BASTEI LÜBBE

Die Saga vom magischen Land Xanth
im BASTEI-LÜBBE-Programm:

Band 1	20156	Chamäleon-Zauber
Band 2	20158	Zauber-Suche
Band 3	20160	Zauber-Schloß
Band 4	20162	Zentauren-Fahrt
Band 5	20164	Elfen-Jagd
Band 6	20166	Nacht-Mähre
Band 7	20168	Drachen-Mädchen
Band 8	20230	Ritter-Geist
Band 9	20232	Turm-Fräulein
Band 10	20236	Helden-Maus
Band 11	20139	Himmels-Taler
Band 12	20154	Welten-Reise
Band 13	20177	Mond-Elfe
Band 14	20204	Höllen-Mädchen
Band 15	20227	Meeres-Braut
Band 16	20253	Dämonen-Spiele
Band 17	20266	Harpyien-Träume

Die Saga vom magischen Land

XANTH

PIERS ANTHONY

HARPYIEN-TRÄUME

Fantasy Roman

Ins Deutsche übertragen
von Ralph Tegtmeier

Mit Illustrationen
von Johann Peterka

BASTEI
LÜBBE

BASTEI-LÜBBE-TASCHENBUCH
Band 20266

Erste Auflage:
Oktober 1995

Deutsche Lizenzausgabe 1995
Bastei-Verlag
Gustav H. Lübbe GmbH & Co.,
Bergisch Gladbach
Originaltitel: Harpy Thyme
Lektorat:
Wolfgang Neuhaus/Stefan Bauer
Titelbild: Mick Posen
Illustrationen von Johann Peterka
Umschlaggestaltung:
Quadro Grafik, Bensberg
Satz: Fotosatz Schell, Hagen a.T.W.
Druck und Verarbeitung:
Brodard & Taupin,
La Flèche, Frankreich
Printed in France

ISBN 3-404-20266-X

Der Preis dieses Bandes
versteht sich einschließlich der
gesetzlichen Mehrwertsteuer.

1

Gloha

Gloha schlug die fedrigen Schwingen, bis sie hoch über das Harpyiennest hinwegflog. Unter ihr breitete sich willfährig das Land Xanth aus, so daß sie es bis in seine näheren und fernsten Ecken überschauen konnte. Dort lag der Ogersee mit seinem Ogerstamm am Ufer, im Wasser die reptilischen, zahnigen Schwimmer. Da hinten war die Große Spalte mit ihrem furchtbaren sechsbeinigen Spaltendrachen, und zwischen See und Spalte befand sich der von Ungeheuern heimgesuchte Urwald. Gloha liebte alles, was sie da sah.

Doch hatte sie nicht die Zeit, um innezuhalten und den Anblick zu genießen. Gloha war in wichtiger Mission unterwegs. Sie mußte nämlich den Guten Magier aufsuchen, um ihm eine Frage zu stellen. Mit etwas Glück und nach Ableistung eines Jahresdienstes würde sie vielleicht seine Antwort bekommen, und möglicherweise würde dann auch endlich der Wunsch in Erfüllung gehen, der Gloha auf dem kleinen, aber schweren Herzen lag.

Sie schwenkte ab und hielt schnell auf das Schloß des Guten Magiers zu. Sie wußte genau, wo es lag, hätte aber nie gedacht, daß sie sich selbst eines Tages dorthin begeben könnte. Denn sie hatte immer geglaubt, daß ihr Leben auch von allein seinen geordneten Gang nehmen würde, nachdem sie die Enttäuschungen und den Zorn ihrer Kindheit an ihrem achtzehnten Geburtstag abgelegt hatte – in dem Augenblick, da sie der Erwachsenenverschwörung beigetreten war. Leider hatte Gloha im selben Augenblick aber auch begriffen, daß sie ein männliches Exemplar ihrer Gattung brauchte – sie kannte aber keins. Sie war die einzige Vertreterin ihrer neuen Art in ganz Xanth. Und genau das war ihr zum Problem geworden.

Deshalb war Gloha nun unterwegs zum Guten Magier Humfrey, und nachdem sie ihm für seine Antwort den Jahresdienst abgeleistet hatte, würde sie sich endlich mit dem Mann ihrer Träume niederlassen, bis ans Ende aller Tage glücklich sein und ihre gemeinsamen Kinder gnadenlos damit quälen, daß sie ihnen nicht das Geheimnis verriet, wie man den Storch herbeirief. Inzwischen war Gloha neunzehn Jahre alt; nach Ablauf des Jahres würde sie zwanzig sein. Glohas große Liebe würde also durchaus noch etwas von ihrer Jugend haben, bevor sie beide im Folgejahr zu erwachsenen Langweilern wurden. Sie war nicht so eitel anzunehmen, daß sie sich von allen anderen Erwachsenen unterschied, die je gelebt hatten. Es war zu schade, daß das Leben aus den beiden großen Problemen – Kindheit und Erwachsensein – bestehen mußte. Dazwischen lag nur die kurze Verschnaufpause der Romanze. Aber so war das eben. Das wußte sie; schließlich hatte sie es selbst beobachtet: Gloha war überwiegend humanoiden Ursprungs, und so waren die Humanoiden nun mal.

Gloha erreichte das Gebiet des Schlosses und hielt im Flug inne. Über dem Gebäude schwebte ein bösartig wirkender Dampf. Das sah aber ungemütlich nach Cumulo Fracto Nimbus aus, der schlimmsten aller Wolken. Aber was hätte der hier zu suchen? Er würde es doch niemals wagen, den Guten Magier zu belästigen.

Mit diesem beruhigenden Gedanken setzte sie ihren Flug fort. Doch je näher sie kam, um so gewaltiger ragte die Wolke vor ihr empor, und um so häßlicher sah sie aus. Gloha merkte bald, daß es sich dabei nicht allein um die Magie der Perspektive handelte, die die Dinge ihrer Entfernung entsprechend veränderte. Nein, diese Wolke hing absichtlich vor ihr am Himmel. Es war *tatsächlich* Fracto!

Gloha ging tiefer, wollte den bösartigen Dampfballen unterfliegen. Doch Fracto griff prompt mit seinen Dünsten nach ihr, um sie abzufangen. Gloha versuchte zu wenden – da schickte er nach allen Seiten strudelnde Nebel aus, und sein großer, formloser Schlund formte sich zu einem gasigen O aus. HO HO HO! stieß er windig hervor.

Das war aber wirklich lästig! Gloha hatte Fracto noch nie besonders gemocht, und diese Begegnung war dazu angetan, ihr Unbehagen in Abscheu zu verwandeln. Ausgerechnet jetzt mußte dieser Windbeutel ihr in die Quere kommen! Wahrscheinlich wußte er, wohin sie wollte, und hatte seine flatulente Freude daran, sie aufzuhalten. Irgendwie schien Fracto immer zu wissen, wenn etwas Wichtiges im Gange war, beispielsweise ein Picknick; und dann dauerte es auch nicht lange, bis er erschien, um einem den Spaß zu verderben.

Wie sollte sie jetzt das Schloß des Guten Magiers erreichen? Gloha begriff, daß die bösartige Wolke genauso lange hier verweilen würde wie sie selbst, nur um ihr Vorhaben zu vereiteln. Gloha blieb in der Luft schweben und schüttelte ihre prächtige kleine Faust der großen, häßlichen Wolke entgegen. »Oh, du machst mich vielleicht wütend! Ich bin drauf und dran, ein schlimmes Wort zu sagen!« rief sie.

HO HO HO! Ein zwirbliger Windstoß schickte sich an, ihr den Rock über den Kopf zu pusten, was viel zu viel von ihren geschmeidigen kleinen Beinen freigab.

»Hör auf damit!« rief sie und strich den Rock schnell wieder herunter. Zu spät wurde ihr klar, daß sie auf dieser Reise doch wohl besser Hosen angezogen hätte. Aber sie hatte nun einmal süß und weiblich aussehen wollen, weil sie wahrscheinlich einer der fünfeinhalb Frauen des Guten Magiers begegnen würde. Natürlich erst, nachdem sie die drei Herausforderungen gemeistert hatte, die ihr den

Zugang zum Schloß verwehren würden. Denn der Gute Magier baute immer erst drei Hindernisse auf, um jene abzuschrecken, die es mit ihrer Frage nicht wirklich ernst meinten. Er mochte es ganz und gar nicht, mit Belanglosigkeiten behelligt zu werden.

Da klickte etwas in Glohas hübschem kleinen Schädel. Die Herausforderungen! Das hier mußte die erste sein! Wahrscheinlich schuldete die ehrlose Wolke dem Guten Magier noch einen Gefallen und leistete ihm gerade einen Dienst ab. Dann war die Sache also doch kein Zufall. Folglich mußte Gloha sich jetzt überlegen, wie sie an Fracto vorbeikam.

Das warf natürlich ein völlig neues Licht auf die ganze Sache. Jetzt brauchte Gloha also nur eine Möglichkeit zu finden, an dieser lästigen Wolke vorbeizukommen, und schon hatte sie ein Drittel der Aufgaben hinter sich gebracht. Es gab immer einen Ausweg, sie mußte ihn nur finden.

Sollte sie Fracto vielleicht beleidigen, daß er sich die Seele aus dem Leib pustete? So würde Grundy Golem die Sache wohl handhaben. Aber Grundy hatte auch eine Schandschnauze, um die ihn jede Harpyie beneidete; er konnte sogar noch schneller Beleidigungen hervorspeien als diese mürrischen Vögel. Gloha war selbst eine halbe Harpyie, die Tochter von Hardy Harpyie, so daß sie eigentlich dazu in der Lage sein müßte, einen Schwall von Beleidigungen auszustoßen, der zum Himmel stank. Aber irgendwie hatte sie sich nie allzu viel aus dieser Fähigkeit gemacht. Ihre Mutter war Gloria Kobold, und die war wunderschön und freundlich, und Gloha zog es nun mal vor, der Mutter nachzueifern. Ja, wenn ihr Bruder Harglo jetzt hier wäre! Der hätte bereits einen Fluch ausgestoßen, der die Wolke hätte zerfasern lassen. So aber mußte Gloha selbst mit dieser Herausforderung fertig werden.

Fracto noch mehr zum Dampfen zu bringen, schied also aus. Und ausweichen würde sie ihm wohl auch kaum können, weil er direkt über dem Schloß schwebte, zu dem sie wollte, und das nicht nur zufällig. Was blieb da noch?

Schlauer zu sein als Fracto? Gloha war sich zwar sicher, daß sie schlauer war als eine Kreatur, deren Gehirn nur aus strudelndem Dampf bestand, aber wie sollte sie das beweisen? In einer Situation wie dieser schien Klugheit nicht allzu viel zu zählen. Fracto brauchte ja nichts anderes zu tun, als dazuhocken und sie naßzumachen, wenn sie versuchte, zum Schloß vorzustoßen.

Na ja, dann mußte sie eben riskieren, naß zu werden. Sie war ja nicht aus Zuckerwatte. Gloha setzte eine ernste Miene auf und flog schnurgerade in die Richtung weiter, von der sie hoffte, daß dort das Schloß liegen mußte.

Fracto plusterte sich auf wie eine Fleckenwarze. Er öffnete den klammen Schlund und blies Gloha einen übelriechenden Windstoß entgegen. Der hüllte sie ein und bedeckte ihre hübschen kleinen Zöpfe mit Smog und ihre süßen kleinen Schwingen mit schmutzigem Eis. Stinkende Luft stieg ihr in die kleine Nase und verklebte ihr die aufgerissenen kleinen Augen. Plötzlich befand sie sich im Blindflug, und noch dazu verlor sie an Höhe. Sie würde gleich abstürzen!

Gloha nieste. Der Stoß schleuderte sie rückwärts aus dem stinkenden Luftschwall, und sie bekam blinzelnd die Augen wieder frei. Sie hatte noch ein wenig Flughöhe und konnte den Rückstoß nutzen, um sich wieder emporzuschwingen.

Sie holte ihr hübsches kleines Taschentuch hervor und wischte sich damit das Gesicht ab. Fractos häßliche Schnauze lachte und spuckte zerbrochene Wind- und Wolkenfetzen hervor, die in stinkenden Farben heranschwebten. Gloha kam zu dem Schluß, daß sie nun am Ende war. Die schreckliche Wolke verfügte einfach über viel zu viel üblen Wind.

Schön – wenn sie schon nicht hinfliegen konnte, würde sie eben zu Fuß gehen. Sie war ein Koboldmädchen mit Harpyienflügeln, und obwohl sie die meiste Zeit unter den Flügelungeheuern zugebracht hatte, war sie auch am Boden zu Hause. Fracto würde sie nicht daran hindern können, ihre schnellen kleinen Beine zu gebrauchen.

Im Schwebeflug setzte sie bereits am Boden auf, noch

bevor die bösartige Wolke einen weiteren üblen Windstoß zustande gebracht hatte, um sie wegzupusten. Eigentlich hatte Gloha darauf gehofft, einen verzauberten Pfad vorzufinden, der sie ans Ziel führte, doch sie konnte keinen ausmachen. Und so berührten ihre hübschen kleinen Sandalen eine Lichtung, und sie setzte ihren Marsch fort. Es gab immerhin einen normalen Pfad, der ihr schon genügen würde. Sie hatte ihn beim Landeanflug bemerkt und war überzeugt davon, daß er sie ans Ziel führte. Sie würde allerdings Ausschau nach feindseligen Ungeheuern und Ähnlichem halten müssen, die ihr auf einem unverzauberten Pfad gefährlich werden konnten.

Fracto war außer sich. Er prustete und hustete und ließ einen solchen Sturm entstehen, daß schon zweieinhalb Momente später dichter Schnee fiel. In dem verbliebenen halben Moment häufte er sich bereits so hoch auf, daß er jede Spur eines Pfades unter sich begrub.

Mist. Wie sollte sie jetzt weiterfinden? Gloha wußte genau, daß sie sich in dem Schnee verirren würde. Sie konnte nicht einmal ihre eigenen Spuren zurückverfolgen. Außerdem war es bitterkalt; Gloha froren die verkrampften Füßchen.

Sie würde sich irgendwo unterstellen müssen, bis der Sturm sich erschöpft hatte. Vielleicht fand sie ja einen Dekkenbusch und konnte sich darunter verstecken; dann würde der Schnee sie seinerseits bedecken, bis Fracto nicht mehr wußte, wo sie sich befand, und schließlich davonschweben.

Doch Gloha entdeckte weder Decken- noch Kopfkissensträucher. Tatsächlich war diese Lichtung bemerkenswert frei von jedweden nützlichen Gewächsen. Nur am Rand der Lichtung war ein großer Schneeball auszumachen. Mit dem wollte sie ganz bestimmt nichts zu tun haben!

Als ihre Zähne jedoch undamenhaft zu klappern begannen, quetschte ihr Geist einen merkwürdigen Gedanken hervor. Was hatte ein riesiger Schneeball dort hinten eigentlich zu suchen? Der Schnee hatte doch gerade erst eingesetzt und den Boden mit einer gleichmäßigen Schicht bedeckt. Da konnte er sich doch nicht so schnell von selbst zu einem Schneeball ausgebildet haben. Ob hier vielleicht ein unsichtbarer Riese am Werk war? Aber es war nirgendwo eine Mulde zu erkennen, wo dieser den Schnee hätte entnehmen können, und außerdem roch es nicht nach Riesen. »Dieser Schneeball ... nee, das ist gar kein Ball«, murmelte Gloha und hielt darauf zu.

Da wurde ihr klar, daß sie gerade einen Kalauer erschaffen hatte. Aus ›Schneeball‹ war ›Neeball‹ geworden. Und das war wohl auch die Lösung.

Sie trat zu dem Ball hinüber und berührte ihn. Ihre Hand drang durch seine scheinbare Oberfläche. Sie trat vor und fand sich im Eingang zu einem Tunnel wieder. Von außen sah das Ganze zwar aus wie ein Schneeball, doch drinnen war es warm und trocken. Hier war sie vor Fractos Sturm in Sicherheit. Sie hatte nur das Rätsel lösen müssen, und schon konnte sie ihren Weg fortsetzen. Ihr sanfter kleiner Geist hatte die Wut der Wolke überwunden. Gloha hatte ihre erste Herausforderung gemeistert.

Doch damit waren immer noch zwei Prüfungen übrig, und die würden bestimmt nicht leichter sein als die erste. Sie hatte soviel Glück wie Verstand gehabt, und es war nicht damit zu rechnen, daß es immer so ging. Sollte sie ihr Vorhaben aufgeben?

Aber dann würde sie niemals ihren Vollkommenen Partner und ihre Wahre Liebe finden. Sie würde bis ans Ende ihrer Tage unglücklich und einsam bleiben – und das war noch viel schlimmer als eine Ehe. Nein, dieser gräßlichen Aussicht war sie nicht gewachsen. Schließlich hatte sie dem richtigen Mann ja eine Menge zu bieten – hoffte sie jedenfalls. Gloha ließ den Blick über ihre hübsche kleine Gestalt gleiten, nur um sicherzugehen.

Entschlossen machte Gloha sich auf den Weg durch den Gang. Sie würde sich so viel Mühe geben, wie sie nur konnte. Sollte sie trotzdem scheitern, würde sie sich irgendwohin zurückziehen und weinen.

Der Gang öffnete sich auf eine große, beleuchtete Höhle.

An den Seiten waren abgedunkelte Nischen auszumachen, und am gegenüberliegenden Ende erblickte sie ein Ungeheuer. Oh ... sie hegte den Verdacht, daß die zweite Herausforderung sie bereits erwartete. An Stelle einer mißmutigen Wolke würde sie es nun mit einem streitlustigen Tier aufnehmen müssen.

Aber es mußte eine Möglichkeit geben, an der Bestie vorbeizukommen, ohne aufgefressen zu werden. Sie mußte eben wieder einen Ausweg suchen. Irgendwie. Vielleicht würde sich das Problem von allein lösen, wenn sie nur vorsichtig genug weiterging.

Und so schritt Gloha durch die Höhle und blickte in die Nischen. Dieser Erkundungsgang erwies sich als ziemlich verwirrend.

Denn in der ersten Nische befand sich ein fetter Vogel mit einem hübschen, fächerförmigen Schwanz. Gloha zermarterte sich ihr kleines Hirn und erinnerte sich schließlich daran, von einem ähnlichen Vogel gehört zu haben, den es möglicherweise nur in Mundania gab: ein Truthahn. Sie sah ihn an, und er sah sie an, und das war es dann auch schon. Der Vogel war nicht eingesperrt, schien aber keine Neigung zu verspüren, seine Nische zu verlassen. Er war einfach nur da.

»Du bist aber ein schöner Vogel«, sagte Gloha höflich. Der Truthahn gluckste anerkennend.

Sie begab sich zur nächsten Nische. Dort erblickte sie einen ziemlich unansehnlichen jungen Menschenmann. Weil er ein Mensch war, war er ungefähr doppelt so groß wie sie; Kobolde waren nämlich doppelt so groß wie Elfen und halb so groß wie Menschen. Gloha vermochte sich nicht vorzustellen, wie man es aushalten konnte, wenn man so erbärmlich klein oder so gefährlich groß war; doch es wäre unhöflich gewesen, auf derlei Mängel hinzuweisen, und so tat sie es denn auch nicht. »Ich ... äh, kannst du sprechen?« fragte sie den Jüngling, der nicht älter zu sein schien als sie, obwohl sich das bei Menschen nur schwer sagen ließ.

»Na klar«, erwiderte der Jüngling.

»Wie heißt du? Ich heiße Gloha.«

»Sam.«

Er schien nicht besonders gesprächig zu sein. »Was tust du hier, Sam, wenn ich fragen darf?«

»Ich bin Teil deiner Herausforderung.«

Das war aber eine direkte Antwort! »Und welche Rolle spielst du in dieser Herausforderung?«

»Ich bin ein Lakai.«

»Ein Lakai? Was ist das denn?«

Er antwortete nicht. Sie begriff, daß er nur auf Fragen antwortete, und auch das so knapp wie möglich. Natürlich gaben Herausforderungswesen von sich aus nur wenig preis.

»Was tut denn ein Lakai so alles?« wollte sie wissen.

»Er erledigt dumme Aufträge für andere.«

»Und welchen Auftrag wirst du für mich erledigen?«

»Keinen.«

Das war's dann wohl. Diesmal hätte Gloha eine weniger direkte Antwort vorgezogen. Sie ging weiter.

In der nächsten Nische stand eine Wanne voll schmutzigem Wasser. Das sah nicht weiter interessant aus, und so begab sie sich zur nächsten Nische.

In dieser befand sich ein großes vierbeiniges Tier, wie ein Einhorn ohne Horn, dafür mit langen Ohren. »Hallo«, sagte Gloha.

»Ia!« blökte das Wesen zurück.

Das war ein Hinweis für Gloha: Es handelte sich um einen mundanischen Esel.

In der nächsten Nische befand sich ein federähnliches Metallding auf einer Stufe. Es gab zwar mehrere Stufen, doch die anderen benutzte es nicht. Als Gloha sich jedoch vor dem Ding aufstellte, beugte es sich vor, und sein oberes Ende landete auf der Stufe darunter. Der Rest folgte geschmeidig, senkte sich vom oberen Teil zum unteren und beförderte sich auf diese Weise selbst hinunter. Dann beugte es sich erneut vor und kam mit sehniger Bewegung eine Stufe tiefer an. Als es unten am Fuß der kleinen Treppe angekommen war, hielt es inne. Und das war es auch schon.

In der nächsten Nische erblickte Gloha eine leicht humanoide Kreatur mit äußerst beweglichem Schwanz. Das Wesen sprang von einem Balken zum anderen, schwang sich an Händen, Füßen oder Schwanz durch den Alkoven. Dabei bewegte es sich äußerst geschickt, verfehlte nie einen Balken, stürzte nie in die Tiefe. Es schnatterte Gloha mit seinem pelzigen Gesicht an. Sie überlegte, bis ihr einfiel, was für ein merkwürdiges Wesen das war: ein Affe. Aber das war's dann auch schon.

So ging es weiter und weiter – jede Nische enthielt irgendein Lebewesen oder ein Ding. Sie alle waren Teil von Glohas Herausforderung. Aber in welcher Beziehung standen sie zueinander? Gloha konnte nichts Gemeinsames erkennen. Das Ganze kam ihr ein bißchen vor wie ein kleiner Zoo mit angeschlossenem technischen Ausstellungsraum.

Am Ende der Höhle befand sich das Ungeheuer. Es war größer als Gloha, stand auf allen vieren da, mit einem riesigen, mächtigen Vorderteil und einem ziemlich kleinen Rumpf. Es stand nicht in einer Nische, sondern versperrte den Höhlenausgang. Gloha wußte, daß sie an dem Untier vorbeikommen mußte, doch kaum trat sie darauf zu, als sich das Wesen aufbäumte und sie mit solcher Heftigkeit anfauchte, daß sie hastig einen Schritt zurückwich. Das Untier war weder eingesperrt noch angekettet, verfolgte Gloha aber nicht.

Sie begriff, daß dies die Kreatur war, mit der sie sich auseinandersetzen mußte. Also drückte sie ihre zittrigen kleinen Knie durch und baute sich knapp außerhalb der Fauchreichweite des Ungeheuers auf. »Wenn ich mal fragen darf«, sagte sie mit ihrer zaghaftesten, höflichsten kleinen Stimme, »was bist du?«

Das Ungeheuer musterte sie abschätzig. Es fuhr sich mit der Zunge über das beachtliche Maul. »Hallo. Ich bin die Yena«, sagte das Wesen.

Gloha blinzelte. Sie hatte geglaubt, daß das Ungeheuer männlich sei. Sie schaute genauer hin, wobei sie versuchte, ihrer Unhöflichkeit wegen nicht gleich zu erröten, und stellte fest, daß das Wesen tatsächlich männlichen Geschlechts war. Wahrscheinlich hatte sie sich nur verhört. »*Die* Yena?«

»So isses, Koboldmädchen«, erwiderte Yena.

Gloha sah noch einmal hin. War das Ungeheuer *doch* weiblich? »Danke«, sagte sie matt.

»Gern geschehen, du leckeres kleines Törtchen«, erwiderte Yena.

Gloha merkte, daß sie immer verwirrter und verlegener wurde. Als sie das magische Alter achtzehn erreicht hatte, hatte sie sich nach den verborgenen Geheimnissen hinter der gefürchteten Erwachsenenverschwörung erkundigt und war ein wenig enttäuscht gewesen, als sie diese Geheimnisse schließlich in Erfahrung gebracht hatte. Ja, sie hatte sich beinahe gewünscht, sie hätte sich gar nicht erst die ganze Mühe gemacht. Aber immerhin hatte sie das Ganze endlich begriffen – glaubte sie jedenfalls. Jetzt war Gloha sich nicht mehr so sicher. Wie auch, da der unaussprechliche Körperteil des Wesens sich ständig veränderte? Das galt auch für die Stimme der Kreatur: Mal war sie schroff, mal lieblich. Was für eine verwirrende (und peinliche) Situation!

»Du ... du mußt Teil meiner Herausforderung sein«, meinte Gloha schließlich. »Ich ... ich soll wahrscheinlich an dir vorbeikommen, um zur nächsten Prüfung zu gelangen.«

»Und wenn du den Schlüssel zu diesem Rätsel nicht findest, kriege ich deine hübschen kleinen Knöchelchen zum Knabbern«, bestätigte Yena.

Das hatte Gloha schon befürchtet. Doch nun stellte sie eher beiläufig fest, daß mit der Mähne der Kreatur irgend etwas nicht stimmte: Sie wirkte verknotet und völlig verfilzt von Metallkugeln.

Gloha überlegte und gelangte zu dem Schluß, daß es wohl besser war, sich zu erkundigen, als die Sache einfach zu ignorieren. »Deine Mähne ...«, begann sie nach einer kleinen Pause. »Würdest du mir vielleicht verraten, warum da Metall drin ist?«

Der/die Yena lächelte und offenbarte dabei beunruhigend

große, spitze Zähne. »Ach, du bewunderst also meine Schloßlocken«, sagte er/sie.

»Äh, ja. Die sind ... ziemlich ungewöhnlich.«

»Das kann man wohl sagen«, bekräftigte Yena. »Ich würde *alles* darum geben, sie mir auszukämmen. Aber jede davon ist fest an Ort und Stelle verschlossen.«

Gloha fiel eine Feinheit im Gesagten auf. Yena wollte offenbar irgend etwas. *»Alles?«* fragte sie zögernd.

Yena überlegte. »Na ja, jedenfalls alles, was in meiner Macht steht, natürlich. Ich bin nicht gerade ein wohlhabendes Ungeheuer.«

»Selbst ... selbst ein kleines winziges Häppchen durchzulassen, ohne es aufzufressen?«

Sie musterte Gloha eindringlich. »Du fängst an zu begreifen, Häppchen. Aber du müßtest es natürlich auch schaffen.«

Gloha stellte fest, daß sie dieses Rätsel erst zur Hälfte gelöst hatte. Sie mußte eine Möglichkeit finden, die Schloßlocken Yenas auszukämmen. Doch wie sollte das gehen? Sie bestanden aus hartem Metall und würden ganz bestimmt nicht auf Glohas süßen kleinen Kamm reagieren.

Und doch mußte es irgendwo in dieser Höhle des Rätsels Lösung geben. So war das nun mal bei Herausforderungen: das wußte schließlich jeder. Das Problem bestand nur darin, eine bestimmte Herausforderung zu meistern, ohne dabei draufzugehen. Das schreckte Fragende davon ab, den Guten Magier zu belästigen – und genau darum ging es ja auch. Humfrey mochte es nicht, von Leuten belästigt zu werden, denen es nicht todernst damit war.

Gloha ließ den Blick durch die Höhle schweifen. Was könnte eine Metallocke auskämmen? Bestimmt weder ein Esel noch ein Truthahn. Der Lakai vielleicht? Sie konnte es sich nicht vorstellen – auch für den wäre das Metall viel zu hart. Das galt auch für den Affen. Und was es mit dem schmutzigen Wasser auf sich hatte, wußte sie sowieso nicht. Wasser machte Eisen zwar rosten, aber dann wäre alles noch schlimmer als vorher, denn dann würden die Schlösser überhaupt nicht mehr aufgehen.

Irgend etwas begann durch Glohas kleinen Geist zu sikkern. Sie blickte Yena wieder an. Da sah sie, daß jede Schloßlocke der Ungeheuermähne anders aussah. Manche waren große Vorhängeschlösser, andere kleine Schlößchen mit Schlüssellöchern, wiederum andere stellten Mischformen dar – Kombinationsschlösser –, und eins sah besonders merkwürdig aus …

»Was ist denn das für eine seltsame Schloßlocke?« fragte Gloha und deutete darauf.

Yena reckte den Kopf nach hinten, um nachzusehen. »Das ist die Locke Ness«, erwiderte er/sie. »Ein Ungeheuer.«

Tatsächlich. Es bestand aus einem riesigen Gewirr schlangengleicher Kabel aus Metall, die sich zu einen Schloß verknotet hatten, das man unmöglich entwirren konnte.

»Ich nehme an, wenn man die da erst einmal aufgesperrt hat, geht es mit den anderen ganz einfach«, meinte Gloha.

»Bestimmt. Aber wenn jemand versuchen würde, sie aufzusperren, und hätte dabei keinen Erfolg, würde das alles noch schlimmer machen. Dann wäre ich äußerst verärgert. Wahrscheinlich müßte ich den Betreffenden in Grund und Boden stampfen.«

Das hatte Gloha bereits geargwöhnt. Sie kehrte zu der Nischenausstellung zurück. In irgendeinem dieser Alkoven mußte der Schlüssel zu dieser schrecklichen Schloßlocke sein – wenn sie doch nur herausbekommen könnte, welcher es war! Denn falls sie sich irrte, war sie verloren.

Gloha betrachtete den Esel. Sie konnte sich nicht vorstellen, daß er mit seinen Hufen ein Schloß zu öffnen vermochte. Gleiches galt für die Krallen des Truthahns. Der Lakai war zwar ein Mensch und dürfte daher die erforderliche Geschicklichkeit besitzen, verfügte aber über keine Werkzeuge, um diese schreckliche Locke Ness zu bearbeiten. Tatsächlich schien keine dieser Kreaturen dafür geeignet zu sein.

Vielleicht hatte sie die Sache aber noch nicht richtig ergründet. Ob es vielleicht diese merkwürdige geschmeidige Feder schaffen könnte, die die Stufen herabmarschierte? Da sickerte ein weiterer kleiner theatralischer Gedanke durch Glohas süße kleine Wahrnehmung.

›Geschmeidig‹ – genauso wollte Yena seine/ihre Locken haben. Alles ausgekämmt, geschmeidig und glatt. Und die Feder war aus Metall, bewies also, daß Metall recht geschmeidig sein konnte. Vielleicht würde die Feder ihre Eigenschaften an die Locke Ness weitergeben und sie gleichermaßen geschmeidig und glatt machen.

Gloha war alles andere als überzeugt davon, daß ihr Gedankengang der richtige war, aber da alles andere nun mal falsch zu sein schien, nahm sie ihren Mut zusammen und schritt zur Tat. Sie griff in die Nische und hob die Feder auf. Die bog sich schillernd in ihren Händen, protestierte aber nicht. Gloha brachte sie zu Yena hinüber.

»Vielleicht kann diese Feder deine Locke Ness geschmeidig machen«, flötete sie allerliebst.

Yena plusterte sich gewaltig auf. »Ach, glaubst du?« fragte er/sie ominös. »Bist du dir ganz sicher?«

»Ich ... ich bin mir ganz und gar nicht sicher«, gestand Gloha mit einem kleinen Beben in der Stimme. »Aber ... aber ich glaube, es dürfte der Sache am nächsten kommen.«

»Aber wenn du scheiterst, werde ich dich fressen, vergiß das nicht.«

»J-ja, das ist mir schon klar«, erwiderte sie zitternd. »Ich muß es einfach versuchen.«

»Na schön, was hindert dich daran?«

»N-n-nichts«, antwortete Gloha mit einem erfolgreichen kleinen Stammeln. Sie hob die geschmeidige Feder und führte sie an die Locke Ness.

Die verhedderten Kabel wanden sich wie Schlangen. Sie glitten umeinander und durcheinander, bildeten ein Muster wie das der Feder. Dann strömten sie plötzlich herab, von geschmeidiger Glattheit, genau, wie Gloha gehofft hatte. Danach glätteten sich auch die anderen Schloßlocken auf ähnliche Weise, bis die/der furchterregende Yena unbestreitbar stattlich oder schön aussah, wie immer man es werten mochte. Die Haut schimmerte plötzlich wie poliertes Wasser und gab Glohas kleines Spiegelbild zum besten.

Gloha wäre beinahe in eine allerliebste kleine Ohnmacht gefallen.

»Na, du hast es ja geschafft«, meinte Yena und trat zur Seite. »Dann darfst du jetzt zur nächsten Herausforderung weitergehen.«

Gloha drückte die hübschen kleinen Knie durch und schickte sich an weiterzugehen. »Ich bin ja so froh, daß ich den richtigen Schlüssel gefunden habe.«

»Oh, du hättest gar keinen falschen erwischen können.«

»Keinen falschen? Hast du nur geblufft, als du sagtest, du würdest mich auffressen?«

»Nein, in diesem Punkt habe ich nicht geblufft. Aber die anderen Dinge hätten auch alle funktioniert.«

Gloha reagierte bestürzt. »Alle? Aber wo war dann die Herausforderung?«

»Es war eine Herausforderung des Mutes, so wie die erste eine Herausforderung der Natur war. Du hast sie gemeistert, deshalb darfst du durch.«

»Mut? Aber ich war wie gelähmt vor Entsetzen!«

»Darum geht es ja beim Mut: zu tun, was du tun mußt, ohne der Angst nachzugeben. Jeder hat mal Angst, aber nur Feiglinge lassen sich davon beherrschen.«

»Das wußte ich ja noch gar nicht!«

»Na ja, hättest du es vorher gewußt, wäre es ja wohl kaum eine besonders große Herausforderung geworden, nicht wahr?« warf Yena ein.

»Ich frage mich, was mit der dritten Herausforderung geprüft wird«, meinte Gloha nachdenklich.

»Das Verständnis, natürlich.« Yena kringelte sich zusammen und legte sich schlafen, zufrieden fuhr der zuckende Schwanz über seinen/ihren Pelz.

Gloha trat in den Gang hinaus. Sie mochte es sich zwar kaum eingestehen, doch ihr Verständnis war inzwischen bis an die äußersten Grenzen ihres kleinen Gehirns strapaziert worden. Sie war sich überhaupt nicht sicher, daß sie *noch mehr* Verständnis würde aufbieten können. Doch was blieb ihr anderes übrig, als weiterzugehen?

Im Gang wurde es immer wärmer. Genaugenommen wurde es sogar heiß. Gloha hätte am liebsten ihre helle kleine Bluse ausgezogen, aber das wäre unschicklich gewesen. Und ganz bestimmt durfte sie auch nicht ihren schnukkeligen kleinen Rock ausziehen. Also spreizte sie statt dessen ein wenig die Flügel und fächelte damit, um sich mit dem sanften Luftzug ein wenig abzukühlen. Das hier war wirklich etwas völlig anderes als Fractos Schneesturm da draußen!

Die Hitze nahm immer mehr zu. Der Boden wurde so heiß, daß Glohas sonnige kleine Sandalen zu rauchen anfingen. Sie mußte regelrecht umhertänzeln, damit ihre Füße nicht verbrannten. Dennoch war sie schon kurz darauf in Rauch gehüllt.

Da erblickte sie einen Springbrunnen an der Seite des Gangs. Sie hüpfte darauf zu und drückte auf den magischen Knopf. Da schoß ein glücklicher kleiner Stahl eisigen Wassers hervor, und Gloha führte die schmachtenden kleinen Lippen daran und trank in vollen Zügen. Das kühlte sie ab, und der Rauch löste sich wieder auf. Welch eine Erleichterung!

Sie folgte dem Gang weiter. Nun machte die Hitze ihr nichts mehr aus. Jetzt brauchte sie nicht mehr umherzuhopsen und mit den Flügeln zu flattern, um ihre Füße abzukühlen, war aber so froh, daß sie diese Strecke hinter sich gelassen hatte, daß sie dennoch hüpfte und tänzelte.

Der Gang mündete in eine weitere Höhle. In deren Mitte stand eine kleine Pflanze. Gloha konnte zwar die Einzelheiten nicht erkennen, nahm aber ihre Gegenwart wahr. Wo Pflanzen wuchsen, war es immer etwas schöner, vor allem, wenn sie hübsche Blüten hatte.

Gloha ging auf die Pflanze zu. Doch da geschah etwas Merkwürdiges. Sie schien immer langsamer zu werden, obwohl sie im selben Tempo weiterging wie zuvor. Sie kam einfach nur langsamer voran.

Als Gloha begriff, daß sich dies rasch zu einem Problem auswachsen konnte, beeilte sie sich. Dennoch kam sie immer langsamer voran. Sie sah, daß ihre kleinen trägen Gliedmaßen sich keineswegs so schnell bewegten, wie sie glaubte – sie rannte zwar, was das Zeug hielt, doch Beine und Arme waren so zäh und klebrig wie Melasse. Gloha machte einen Sprung, wobei sie sich langsam in die Luft hob, um dann ebenso träge wieder herabzusinken.

Irgend etwas war hier ganz eindeutig faul! Sie fühlte sich zwar völlig in Ordnung, kam aber nicht vom Fleck. Was konnte das nur sein?

Was wohl, wenn nicht die Herausforderung? Yena hatte gesagt, daß es eine Herausforderung des Verständnisses werden würde. Also mußte Gloha sie bloß verstehen.

Sie hatte eine kleine weibliche Eingebung. Sie nahm ihre Tasche und ließ sie los. Die fiel träge dem Boden entgegen. Gloha griff danach, doch ihre Hand bewegte sich fast ebenso langsam wie die Tasche, so daß es ihr schwerfiel, sie einzufangen. Gleichzeitig schwebte sie von ihrem trägen Sprung noch immer in der Luft.

Gloha hielt inne. Langsam sank sie zu Boden und musterte die Pflanze. Da erkannte sie das Kraut: eine Zeitwurz. Das Gewächs, das die Zeit beeinflußte. *Deshalb* wurde sie immer langsamer – sie befand sich innerhalb des Wirkungsfelds der Pflanze. Also mußte sie sich etwas ausdenken, um das Zeitfeld zu umgehen.

Das war eine echte Herausforderung! Gloha wußte nicht viel über Zeitwurz, nur daß die Wirkung dieses Krauts immer stärker wurde, je mehr man sich ihm näherte. Also mußte sie fort von ihr; denn wenn sie die Pflanze erst einmal erreicht hatte, war sie so langsam, daß sie sich überhaupt nicht mehr bewegen konnte.

Gleichzeitig machte sie aber die Feststellung, daß es nur einen einzigen Ausgang aus der Höhle gab, nämlich auf der gegenüberliegenden Seite – jenseits der Pflanze. Sie würde diesen Ausgang nicht erreichen können, ohne sich der Pflanze noch weiter zu nähern. Das aber könnte im wahrsten Sinne des Wortes geradezu ewig dauern.

Da gab es nun wirklich eine Menge zu ergründen! Wie

sollte sie an einer Pflanze vorbeikommen, die sie ihr Lebtag lang nicht erreichen würde?

Nun, als erstes würde sie sich wieder von ihr entfernen müssen, um mit normaler Geschwindigkeit weiterzukommen. Denn Gloha befürchtete, daß sie zur Zeit sogar träge *dachte,* so daß dieser Augenblick sehr viel länger sein konnte, als es den Anschein hatte.

Gloha wich zurück. Langsam bewegten sich ihre Füße, und ihr Körper stieß sich rückwärts ab wie eine kleine Flußbarke. Doch mit der Bewegung wurde er zunehmend schneller, und schon bald hatte sie ihr normales Tempo wiedererlangt.

Am Rand der Höhle blieb sie stehen. Sie wußte, daß es keinen Zweck hatte, den Gang zurück zu nehmen, den sie gekommen war, denn der führte nun einmal nicht zum Schloß des Guten Magiers. Sie *mußte* an der Pflanze vorbei. Irgendwie.

Es mußte einen Ausweg geben. Der Glaube daran hatte Gloha bereits zwei der Herausforderungen überwinden lassen. Auch hier mußte es irgendeine Lösung geben, die sie einfach nur erkennen mußte. Genau wie vorher.

Gloha schaute sich um. Da erblickte sie sieben gläserne Kelche, die am Rande der Höhle auf dem Boden standen. Jeder Kelch befand sich auf einem angebauten Podest. Vielleicht war es aber auch ein Doppelbehältnis, oben wie unten gleich, so daß die Gebilde wie Sanduhren aussahen. Sie schienen eine Auswahl verschiedener Samen zu enthalten. Jeder Kelch trug ein Schild. Auf dem einen stand SEK, auf dem nächsten MIN und auf einem weiteren HR. Ein Stück weiter stand auf einem TG, auf einem anderen WO, schließlich noch MO und endlich JH. Was konnte das sein?

Gloha wollte gerade in den ersten Kelch hineingreifen, um einige der Samen herauszuholen und zu begutachten. Doch dann zögerte sie, weil sie weder das Wesen der Kelche noch das der Samen richtig verstand – so, als ob dieses Verständnis ihr dazu verhelfen könnte, die Sache in Sicherheit zu überstehen, während sie bei mangelndem Verständnis

Gefahr liefe, einen furchtbaren Fehler zu begehen. Vermutlich mußte sie erst die Bedeutung der Aufschriften entziffern, bevor sie es wagen durfte, etwas zu unternehmen.

Da sickerte ein weiterer Gedanke durch ihren umherschweifenden Geist. Eine Zeitwurzpflanze … Sanduhrkelche … das mußte die Saat der Zeit sein! Demnach würden einige dieser Samen ihr vielleicht dabei helfen, an der Mutterpflanze vorbeizukommen, wenn sie nur die richtigen bestimmte und dahinterkam, wie man sie benutzen mußte.

Jetzt ergaben die Aufschriften auch einen Sinn. SEK – das stand wahrscheinlich für Sekunden, die kleinste Zeiteinheit. MIN stünde dann für Minuten. Und so weiter – von Stunde über Tag zu Woche, Monat und Jahr. Die SEK-Samen waren winzig, während die anderen dementsprechend größer waren. Der Jahr-Samen schien den ganzen Kelch auszufüllen.

Was würde passieren, wenn sie diesen riesigen Jahr-Samen hervorholte? Da die Zeitwurzpflanze sie, Gloha, langsamer machte, würde der Samen sie wahrscheinlich beschleunigen, so daß ein ganzes Jahr vermutlich binnen eines Augenblicks ablief. Das würde ihr nicht allzu viel nützen. Und wenn sie eine Sekunde nähme, wäre das kaum sinnvoller, weil schon eine gewöhnliche Sekunde sehr schnell verging. Welchen der Samen sollte sie also verwenden – und wie?

Gloha überlegte sich, daß sie den Verlangsamungseffekt aufheben konnte, wenn sie einige der Samen nahm und damit auf die Zeitwurzpflanze zuging, wodurch sie wieder schneller wurde. Damit hätte sie ein normales Tempo wiedergeherstellt. Sofern die Samen so wirkten, wie sie es sich überlegt hatte.

Gloha kehrte zu dem SEK-Glas zurück und holte einen der Samen heraus. Die Höhle blitzte kurz auf, dann war der Samen verschwunden. Was war passiert?

Gloha dachte darüber nach und kam zu dem Schluß, daß dieses Aufblitzen von der Zeit herrührte, die einen Sekundensatz nach vorn getan hatte. Damit war sie sich selbst gewissermaßen um eine Sekunde voraus.

Sie versuchte es erneut mit ihrem Trick, die Tasche fallen zu lassen. Nur daß sie diesmal beim Loslassen gleich mehrere SEK-Samen aus dem Kelch nahm.

Ein dreimaliges Blitzen, und plötzlich lag die Tasche auf dem Boden – viel schneller, als es hätte sein dürfen. Jetzt war sich Gloha sicher: Einen Zeitsamen zu berühren bedeutete, seine Wirkung zu verspüren, und die war jener der Zeitwurzpflanze entgegengesetzt.

Aber wie sollte sie dann diese Samen nutzen? Sie mußte sie in die Nähe der Pflanze befördern, *ohne* sie vorher zu berühren. Denn sie konnte ja nicht immer wieder zu dem Kelch zurück, um Nachschub zu holen.

»Wie dumm ich bin!« rief Gloha plötzlich, als eine matte Glühbirne dicht über ihrem honigblonden kleinen Kopf aufblitzte. Dann nahm sie den SEK-Kelch auf. Sie wollte nur mit den Sekunden arbeiten. Die waren leichter zu handhaben, und notfalls konnte man sie gleich händeweise verwenden.

Gloha trug das Sekundenglas soweit sie konnte, bis die Verlangsamung ihr größte Mühe bereitete. Dann holte sie ein SEK hervor. Diesmal gab es kein Aufblitzen – statt dessen wurde sie für einen Augenblick schneller. Der Samen hatte die Verlangsamung der Pflanze kurzzeitig aufgehoben. Es funktionierte!

Gloha schritt weiter, wobei sie immer wieder SEKs hervorholte. Sie kam nur ruckartig voran – mal sehr schnell, mal sehr langsam. Doch das war schließlich zu erwarten gewesen. In unmittelbarer Nähe der Pflanze mußte sie stets mit zwei Samen auf einmal arbeiten, ein Stückchen weiter sogar mit dreien. Als Gloha ganz dicht herangekommen war, verwendete sie eine kleine Handvoll SEKs zugleich. Sie wollte schließlich ihren Vorrat nicht aufbrauchen, bevor sie die Höhle durchquert hatte! Als sie die Pflanze endlich hinter sich gebracht hatte, konnte sie die Zahl der Samen wieder verringern, bis sie schließlich am anderen Ende der Höhle angelangt war und zu ihrer Erleichterung immer noch ein paar SEKs übrig hatte.

Gloha setzte den Kelch ab und trat in den Gang hinaus. Sie hatte die dritte Herausforderung überwunden!

Doch als sie um eine Ecke schritt, stand sie plötzlich vor einem breiten Schreibtisch, der ihr den Weg versperrte. Dahinter saß eine Frau, die auf einen Papierblock schrieb.

Gloha blieb überrascht stehen. »Wer bist du?« fragte sie.

»Ich bin die SB«, antwortete die Frau und zeigte auf ein Namensschild, auf dem SB stand. »Ich bin hier, um die Sünden-Taxe einzutreiben.«

»Die Syntax? Dann mußt du eine Schriftstellerin sein.«

»Die Sünden-Taxe«, wiederholte die Frau. »S Ü N D E N-T A X E. Du mußt zahlen. Ich bin die Sünden-Taxen-Beschafferin. Mein Auftrag lautet, dafür zu sorgen, daß du auch zahlst.«

»Aber ich habe doch gar nicht gesündigt!« protestierte Gloha unschuldig.

»Du hast geraucht, getrunken, gespielt und SEKs gehabt«, erwiderte SB gelassen. »Das alles ist steuerpflichtig.«

»Geraucht? Meine Schuhe haben gebrannt! Außerdem habe ich nur einen Schluck Wasser getrunken, um mich abzukühlen. Und dann war ich so erfrischt, daß ich ein bißchen getanzt habe. Aber ich hätte nie geglaubt ...« Sie hielt inne. »Was war das letzte?«

»Du hattest die meisten der Sekunden zur Verfügung. Du hast sie aufgebraucht. Jetzt mußt du die Steuer entrichten.«

Gloha begriff, daß sie in der Falle saß. Unschuld war keine Entschuldigung, ob man nun die Finger in einen Bienenkorb steckte oder den Inhalt eines Samenkelchs aufbrauchte. »Wie soll ich denn die Steuer entrichten?«

SB rechnete den Eintrag auf ihrem Block zusammen. »Das sind vier Punkte. Du wirst vier Aufgaben erledigen müssen. Du mußt sie waschen, trocknen, eintüten und verschnüren.«

»Sie waschen, trocknen, eintüten und verschnüren?« wiederholte Gloha verblüfft. »Ich ...« Sie bremste sich gerade noch, bevor sie fortfahren konnte: »... verstehe gar nichts mehr.« Schließlich *mußte* sie ja verstehen, um diese Herausforderung zu bewältigen, die doch noch nicht zu Ende war, wie sie nun erkannte. »Könntest du mir das vielleicht ein bißchen deutlicher erklären?«

SB drückte auf einen Knopf an ihrem Schreibtisch. An der Wand glitt ein Paneel auf. Dahinter erblickte Gloha ein seltsames, doch recht hübsches Wesen. Es hatte den Kopf und die Vorderläufe eines Pferds und das Hinterteil eines Flügeldrachen. Es war ein Flügelungeheuer, also ein Wesen, zu dem Gloha eine Beziehung hatte, weil sie ihm ähnlich war.

»Das ist die Glyphe. Mach sie sauber und pack sie versandfertig ein«, sagte SB und fuhr mit dem Schreiben fort.

Gloha betrat die Box der Glyphe. Jetzt konnte sie erkennen, daß die arme Kreatur ziemlich schmutzig war. Das Flügelgefieder war befleckt, das Fell verschmiert, die Schuppen funkelten nicht, und die Hufe waren schlammverkrustet. Die arme Kreatur brauchte Pflege. Gloha hätte ihr auch sonst mit Freuden geholfen, selbst wenn sie nicht die Sünden-Taxe hätte entrichten müssen.

Neben dem Stall standen ein Trog und ein Eimer; daneben lag ein Striegel. Gloha füllte den Eimer mit Wasser und trat auf die Glyphe zu. Die Kreatur scheute nervös zurück. »He, immer mit der Ruhe!« sagte Gloha beruhigend. »Vor mir brauchst du keine Angst zu haben. Weißt du, ich bin auch ein Flügelungeheuer.« Sie spreizte die Flügel und flatterte mehrmals.

Die Glyphe beruhigte sich wieder. Gloha wusch sie, bis Fell, Schuppen und Hufe wieder so sauber waren, daß sie so kräftig leuchteten und schimmerten, wie es sich gehörte. Dann bürstete sie die Flügel, bis die Federn wieder hell erstrahlten. Sie holte Handtücher und rubbelte das Wesen ab. Doch Gloha wußte nicht genau, wie sie die Glyphe verschnüren sollte. Sie wollte diese hübsche Kreatur schließlich nicht fesseln.

Da erblickte sie eine Pflanze mit einem seltsamen, herabbaumelnden Laubwerk. Sie sah aus wie ein Deckenstrauch, war jedoch kleiner. Gloha brachte sie zu der Glyphe, worauf die Pflanze sich sofort um Füße und Beine des Wesens schlang. Die Schlingarme zogen sich in die Länge, und schon im nächsten Augenblick waren beide Beine in feste Schnürsocken gekleidet. Die Socken versanken im Fell, bis es so aussah, als trüge das Wesen von den Knien abwärts ein hübsches schwarzes Zierfell.

Jetzt mußte Gloha die Glyphe verpacken. Neben dem Stall erblickte sie einige Bretter. Aus denen könnte sie eine Kiste bauen, groß genug, um das Tier zu umfassen. Gloha ging los, um das erste Brett zu holen. Doch als sie die Hand daran legte, hielt sie inne. Irgend etwas nagte an ihr.

Sie drehte sich um. Die Glyphe schaute sie an. Ihre Blicke trafen sich. Gloha hatte das Tier beruhigt, und nun vertraute die Glyphe ihr. Aber Gloha traute der Situation nicht.

Sie ließ das Brett stehen und kehrte in den Gang zurück. »Weshalb soll die Glyphe verpackt werden?« wollte sie von SB wissen.

SB hob den Blick von ihrem Schreibblock. »So steht es auf dem Frachtbrief. Eine verpackte Glyphe.«

»Das reicht nicht. Weshalb muß sie in eine Kiste gesteckt werden, wo sie doch zahm ist? Weshalb kann man sie nicht einfach dorthin führen, wo sie hin soll? Es ist grausam, ein Tier in eine Kiste zu packen.«

SB überprüfte ihren Schreibblock. »Sie ist als Denkmal auf einem schmucken Gebäude vorgesehen. Für den Transport *muß* sie verpackt werden.«

»Das verstehe ich nicht«, erwiderte Gloha und benutzte das Wort, das sie zu vermeiden versucht hatte. Aber sie war wütend. Außerdem war es jetzt ohnehin zu spät, um es rückgängig zu machen.

»Weshalb nicht?«

»Die Glyphe ist ein prächtiges und empfindsames Tier. Sie ist schon vorher schlecht behandelt worden, so schmutzig, wie sie war. Sie in eine Kiste zu stecken, ist ein Unding! Ich werde nie verstehen, weshalb das notwendig sein sollte.«

»Was, nie?« fragte SB.

»Nein, nie!«

»Was, nie?« wiederholte SB.

Gloha zögerte. Sie wußte, daß sie im Begriff war, ihre Chance zu verspielen, die dritte Herausforderung zu bewältigen und ins Schloß gelassen zu werden, um den Guten

Magier aufzusuchen. Aber sie mochte die Glyphe und konnte es nicht ertragen mitanzusehen, wie die Kreatur mißhandelt wurde. Und überhaupt – wer ließ sich schon freiwillig auf ein Gebäude stellen? »Nein, nie«, sagte Gloha in einem Tonfall, der alles andere als freundlich war.

»Dann mußt du ihr Schicksal teilen«, erklärte SB. »Geh und besteige sie.«

»Du meinst, auf ihr reiten? Ich bin sicher, daß sie ein prächtiges Reittier abgibt. Aber was soll das, wenn sie doch nirgendwohin geht?«

»Wo immer sie hingeht oder nicht, wirst auch du hingehen oder nicht. So lautet die Regel. Ich bin hier, um dieser Regel Geltung zu verschaffen.«

Da überkam Gloha eine realistische kleine Erkenntnis. »Du leistest deinen Dienst beim Guten Magier ab!«

»Natürlich. So lautet die Regel.«

»Was hast du ihm denn für eine Frage gestellt, falls ich das wissen darf?«

»Ich habe ihn gefragt, wie ich Schriftstellerin werde. Er sagte, ich sollte an meiner Syntax arbeiten. Nur daß sich herausstellte, daß es die Sünden-Taxe war. Ich bin wegen dieses langweiligen Auftrags an diesen Schreibtisch gefesselt. Ich muß allerdings sagen, daß es die Phantasie wirklich toll beflügelt. Ich habe zwischen den verschiedenen Steuern schon mehrere Kapitel meines Romans fertiggestellt.«

»Dann wirst du also doch Schriftstellerin«, meinte Gloha. »Während du deinen Dienst ableistest.«

»Ja. Ich glaube, ich werde ein Kapitel über ein geflügeltes Koboldmädchen und ihre Freundschaft zu einem geflügelten Tiermischwesen schreiben. Meinst du, das gefällt meinen Lesern?«

»Das hoffe ich. Ich finde, es klingt interessant.«

»Und jetzt geh und reite die Glyphe.« Es war nicht zu übersehen, daß SB in ihrer Liebenswürdigkeit doch nicht so weit ging, ihre Pflicht zu vernachlässigen.

Gloha leistete keinen Widerstand. Sie war es zufrieden, das Schicksal der Glyphe zu teilen, wenn sie schon nichts tun konnte, um dem Tier das Leben zu erleichtern. Also kehrte sie in den Stall zurück und bestieg die Glyphe, um zwischen den Flügeln Platz zu nehmen. »Es tut mir leid, daß ich dich nicht retten konnte«, sagte sie und tätschelte den Hals unter der inzwischen wunderschönen Mähne. »Aber ich konnte dich einfach nicht in eine Kiste sperren, egal was davon abhing.«

Da verschwand die Decke. Der offene Himmel erschien. Die Glyphe breitete die riesigen Flügel aus und schwang sich in die Lüfte. Ehe Gloha sich versah, war sie durch das Loch in der Decke zum Himmel emporgeschossen.

»Aber ... aber du bist ja frei!« sagte Gloha erstaunt.

Die Glyphe wieherte glücklich. Gloha hätte loslassen und selbst weiterfliegen können, zog es aber vor, bei ihrer neugewonnenen Freundin zu bleiben. Wo sie wohl hinflogen?

Unten kam ein Schloß in Sicht. Die Glyphe hielt schräg darauf zu. Da war ein hübsches festes Flachdach mit einem Haufen Heu darauf. Dort ging die Glyphe nieder.

»Aber wo sind wir?« fragte Gloha, die ihre Verwunderung noch nicht ganz überwunden hatte.

»Im Schloß des Guten Magiers, natürlich«, antwortete eine Stimme.

Gloha erblickte eine hübsche junge Frau, die neben einer Treppe zum Dach stand. »Aber ich dürfte doch eigentlich gar nicht hier sein«, protestierte sie. »Ich habe schließlich die dritte Herausforderung versiebt.«

»Oh, das glaube ich aber nicht«, erwiderte die Frau und trat vor. »Ich bin Wira, die Schwiegertochter des Guten Magiers. Ich bin hier, um dich zu ihm zu führen.«

»Ich bin Gloha«, erwiderte Gloha mürrisch. »Ich ... ich habe der SB-Frau gesagt, daß ich es nicht verstehe, und es war doch eine Herausforderung des Verständnisses, und da hat sie gesagt, ich müßte das Schicksal der Glyphe teilen, und ...« Sie hielt inne, als sie begriff, daß hier noch etwas anderes nicht zu stimmen schien.

Wira tätschelte die Glyphe. Diese wiederum liebkoste mit ihrer Schnauze Wiras Gesicht. Es war offensichtlich, daß die beiden sich kannten. Wira holte einen Zuckerwürfel hervor, und die Glyphe fraß ihn. Dann tätschelte Wira das Tier ein weiteres Mal und trat beiseite. »Komm rein«, sagte sie zu Gloha.

»Die Herausforderung des Verstehens ... Da ging es ja gar nicht um Rätsel oder Anweisungen«, sagte Gloha. »Es ging um Anstand.«

Das Mädchen lächelte. »Natürlich.«

Gloha gesellte sich zu ihr, und gemeinsam gingen sie zur Treppe hinüber. Zufrieden machte die Glyphe sich über das Heu her.

2

Der Zweite Sohn

Im Schloß war es angenehm und überraschend hell, wenn man die Dicke seiner Wände bedachte. Wahrscheinlich war die Magie dafür verantwortlich; schließlich war Humfrey ja der Magier der Information. Da würde er auch wissen, wie er sich ein gemütliches Zuhause schuf.

Wira führte Gloha in die Küche, wo sie eine Frau vorfanden, die an einem Tisch saß und das Gesicht abgewand hielt. »Mutter, leg deinen Schleier an, falls du ihn nicht schon anhaben solltest«, sagte Wira.

»Ist schon in Ordnung, Liebes, ich habe euch kommen hören«, antwortete die Frau. Sie drehte sich um, und tatsächlich war ihr Gesicht mit einem dichten Schleier bedeckt. Winzige Schlangen umrahmten es; sie schienen die Rolle der Haare zu übernehmen. Das Ganze sah recht anziehend aus, denn es waren ziemlich hübsche kleine Schlangen.

»Das ist die Gorgone«, sagte Wira zu Gloha. Und dann, an die andere Frau gewandt: »Das ist Gloha, die soeben die Herausforderungen bewältigt hat. Sie ist gekommen, um mit Vater zu sprechen.«

Gloha staunte aufs neue. Sie hatte natürlich schon von der Gorgone gehört, hatte aber nicht damit gerechnet, sie kennenzulernen. Schon der bloße Blick dieser Frau konnte einen in Stein verwandeln, deshalb trug sie auch den Schleier. Sie war die fünfte, möglicherweise aber noch nicht die allerletzte Frau des Magiers Humfrey. Es war eine ziemlich komplizierte Situation.

Doch es gab noch etwas anderes, das Gloha verwirrte, nämlich Wira. Plötzlich fiel es ihr wieder ein: Wira war blind! Dennoch hatte sie sich mit einer solchen Sicherheit im Schloß bewegt, daß Gloha gar nicht mehr daran gedacht hatte. Wira war also die einzige, die den Blick der Gorgone nicht zu fürchten brauchte, weil es vor allem der Anblick des Gorgonengesichts war, der andere in Stein verwandelte. Also hatte Wira die Gorgone nur um Glohas Sicherheit willen an den Schleier erinnert.

»Es freut mich sehr, dich kennenzulernen, Liebes«, sagte die Gorgone höflich. »Der Gute Magier ist jetzt bereit, dich zu empfangen.« Dann wandte sie sich wieder ihrer Tätigkeit zu, die darin bestand, einen Käsekeil langsam versteinern zu lassen: natürlich Gorgonzola. Gloha hatte gehört, daß dies eine ihrer Spezialitäten war, weil die Gorgone den Käse nur lange genug anzustarren brauchte.

Plötzlich fiel Gloha ein, daß der Käse sehen können mußte, wenigstens ein bißchen, um beim Blick der Gorgone zu versteinern. Aber man wußte ja nie, wozu die Dinge fähig waren. Gloha wußte, daß tote Gegenstände äußerst lebhaft werden konnten, wenn König Dor in der Nähe war. Sobald ein Mädchen über einen Stein trat, konnte es geschehen, daß der Stein Bemerkungen über ihre Beine zum besten gab und möglicherweise sogar die Farbe ihrer Höschen verriet – zur größten Verlegenheit des Mädchens. Da schien es nicht allzu abwegig, daß ein Käse sehen konnte.

Wira führte sie zu einer weiteren Wendeltreppe. Dort war es so düster und dunkel, daß Gloha zögerte, weil sie fürchtete, einen Fehltritt zu tun.

»Ach, das tut mir leid«, sagte Wira reumütig. »Ich habe ganz vergessen, daß du ja sehen kannst.« Sie machte eine Handbewegung, worauf die Wände aufglühten und die Treppe beleuchteten.

»Danke«, sagte Gloha. »Ich benutze normalerweise sowieso keine Treppen. Im Harpyienstock gibt es keine.«

»Es muß Spaß machen, fliegen zu können«, meinte Wira. »Ich hätte es natürlich nie gekonnt, selbst als ich noch jung war.«

»Als du noch jung warst?« Die Frau war zwar doppelt so groß wie Gloha – schließlich war sie ein ausgewachsener Mensch –, doch sie sah nicht älter aus als Gloha selbst.

»Als ich noch ein Kind war, meine ich. Technisch gesehen bin ich zwar einundvierzig, aber ich bin erst seit neunzehn Jahren wach. Deshalb hat der Gute Magier mich mit Hilfe des Jugendelixiers wieder jünger gemacht, um meinem subjektiven Alter zu entsprechen. Deshalb betrachte ich mich selbst als neunzehn, was ich körperlich ja auch bin. Aber meine Jugend liegt schon lange zurück.«

»Du hast zweiundzwanzig Jahre lang geschlafen?« Das wurde ja alles immer erstaunlicher!

»Ja. Meine Familie konnte sich mich nicht leisten, weil ich nicht besonders nützlich war. Deshalb haben sie mich mit sechzehn schlafen gelegt. Dann bin ich im Traumreich Hugo begegnet, der war auch sechzehn, und so kannten wir uns zehn Jahre lang im Schlaf. Danach sind wir alle zusammen aufgewacht, als der Magier Humfrey zurückgekehrt ist. Wir haben unser Alter angeglichen und leben seitdem schon drei Jahre lang ganz normal. Der Gute Magier hält sein Alter gern um die Hundert, obwohl er in Wirklichkeit hundertsechzig ist, genau wie seine Halbfrau MähreAnn.«

»Ist die in Wahrheit auch hundert Jahre alt?«

Wira lachte. »Nein, nein. Sie zieht es vor, etwas jünger zu sein. Sie meint, nun, da sie ihre Unschuld verloren hat, könnte sie genauso gut ein Alter haben, in dem sie was vom Leben hat. Offenbar sind alte Frauen nicht so anziehend wie alte Männer. Inzwischen verrät sie nicht mehr, wie alt sie eigentlich ist.«

»Das Leben hier scheint wirklich kompliziert zu sein«, warf Gloha ein. Sie war sich nicht sicher, daß es ihr gelingen würde, all diese Lebensalter auseinanderzuhalten, selbst wenn einige davon unbekannt blieben.

»O nein, das Leben hier ist angenehm schlicht«, widersprach Wira. »Kompliziert ist nur der Hintergrund. Vergiß ihn einfach, dann hast du auch keine Schwierigkeiten.«

Das schien ein kluger Rat zu sein.

Sie gelangten in eine Kammer, irgendwo tief im Innern des Schlosses verborgen. Sie war bis zum Bersten mit Büchern, Schriftrollen und kleinen Fläschchen gefüllt, die mit Stopfen verschlossen waren. In der Mitte hockte ein uralter, gnomähnlicher kleiner Mann, kaum größer als Gloha.

»Guter Magier, Gloha ist hier«, verkündete Wira. »Um ihre Frage zu stellen.«

Der Gnom hob mit solcher Mühe den Blick von seinem Wälzer, daß Gloha fast schon meinte, ein reißendes Geräusch zu vernehmen. »Geh und suche meinen zweiten Sohn auf«, sagte der kleine Mann knurrig. Dann richtete er den Blick wieder auf den Wälzer.

»Aber ich habe meine Frage doch noch gar nicht gestellt!« protestierte Gloha.

Wira stieß sie an. »Es ist besser, nicht mit ihm zu streiten. Er beachtet es sowieso nicht.«

»Aber jetzt bin ich doch diese ganze weite Strecke gereist und habe all diese Herausforderungen gemeistert! Da will ich auch den Lohn für meine Mühe kriegen.«

»Bitte, verärgere ihn nicht.« Wira führte Gloha mit solch sorgenvoller Miene davon, daß ihr nichts anderes übrig blieb, als Wira zu folgen. »Er ist ohnehin schon mürrisch genug.«

Doch als sie vor dem Magier in Sicherheit waren, trug Gloha ihren Protest noch entschiedener vor. »Ich finde es ungerecht, daß ich erst diese ganzen Herausforderungen bewältigen muß, damit ich überhaupt hierher kommen darf, um dann nicht einmal meine Frage stellen zu dürfen! Was ist denn mit ihm los?«

»Der Gute Magier hat stets einen guten Grund für alles, was er tut. Wir begreifen es nur nicht immer. Als Mela Meerfrau, Okra Ogerin und Ida Mensch vor zwei Jahren mit ihren Fragen vorbeikamen, hat er sie sich zwar angehört, sich aber geweigert zu antworten. Mela war so wütend, daß sie ihm damit drohte, ihm ihr Höschen zu zeigen, um ihm die Sinne zu vernebeln. Doch später erfuhren sie dann, daß ihre Antworten sehr viel weniger zufriedenstellend gewesen wären, hätte der Gute Magier sie ihnen damals schon gegeben, weil es erst ein paar andere Dinge gab, die sie vorher erledigen mußten.«

»Das verstehe ich nicht.«

»Na ja, Mela wollte beispielsweise wissen, wie sie einen guten Ehemann findet. Er hat ihr gesagt, sie solle Nada Naga fragen. Das leuchtete Mela überhaupt nicht ein, aber als sie Nada danach fragte, schickte sie Mela zu ihrem Bruder Naldo, der damals Xanths attraktivster Junggesellenprinz war, und der hat Mela dann auch geheiratet. Weil er ihre betörenden Höschen gesehen hatte – was aber nicht geschehen wäre, hätte es unterwegs nicht einige Komplikationen gegeben.«

»Hm«, meinte Gloha nachdenklich. »Das leuchtet mir ein. Vielleicht liegt die Sache bei mir sogar ähnlich, weil ich nämlich auch einen guten Mann suche. Aber mein Problem ist viel schlimmer, denn ich befürchte, daß es für mich keine männliche Harpyien-Kobold-Kreuzung gibt. Der zweite Sohn des Magiers ist bestimmt keiner!« Sie hielt inne, als ihr ein weiterer unangenehmer Gedanke kam. »Und überhaupt, eigentlich hat er nur einen Sohn, nicht wahr? Hugo, den du geheiratet hast?«

Wira wirkte überrascht. »Ach ja! Daran habe ich noch gar nicht gedacht. Ich bin mir sicher, daß er seit Hugo keine weiteren Kinder mehr bekommen hat. Das hätte eine der Frauen bestimmt erwähnt.« Dann hellte ihre Miene sich auf. »Aber schließlich hat er ja fünfeinhalb Ehefrauen, und vielleicht hat eine von denen schon Kinder bekommen, bevor er zur Hölle fuhr. Also ist Hugo möglicherweise nicht der erste Sohn.«

»Angenommen, er ist der zweite?«

»Dann kannst du ihn ja fragen. Ich kann ihn dir schnell beschaffen.«

»Das kannst du?«

»Das geht so.« Wira machte eine Pause, dann flüsterte sie: »Hugo, Liebster.«

Auf der Treppe ertönte ein Scharren. Ein zerzauster junger Menschenmann erschien. »Hast du mich gerufen, Schatz?«

»Ist Liebe nicht wunderbar?« sagte Wira, an Gloha gewandt. »Ich bin ja so froh, daß ich ihm begegnet bin.« Und dann, zu Hugo: »Vater hat Gloha gesagt, sie soll seinen zweiten Sohn aufsuchen. Bist du das?«

»Ich glaube nicht«, erwiderte Hugo unsicher. »Vater hatte mehrere Kinder vor mir, glaube ich. Also muß ich der dritte oder vierte sein. Aber sicher bin ich mir nicht.«

»Weißt du denn, wo ich einen guten Ehemann finde?« fragte Gloha. »Vorzugsweise einen geflügelten Kobold in meinem Alter.«

Hugo schüttelte den Kopf. »Ich glaube nicht, daß es noch mehr fliegende Kobolde gibt. Die Kobolde und Harpyien haben sich ungefähr tausend Jahre lang bekriegt, bevor deine Eltern sich zusammentaten. Deshalb glaube ich nicht, daß irgendwelche von denen … du weißt schon.« Er mußte plötzlich innehalten, weil er errötete.

»Er ist ja so süß«, murmelte Wira. »Manchmal frage ich mich, ob er sich tatsächlich jemals der Erwachsenenverschwörung angeschlossen hat.« Sie zwinkerte, um zu zeigen, daß sie es nicht ganz ernst meinte. Dann fragte sie Hugo: »Hast du eine Ahnung, wer alles über Humfreys Söhne wissen könnte?«

»Vielleicht Lacuna. Die hat seine gesamte Lebensgeschichte aufgezeichnet.«

»Ja, das ist eine gute Idee«, stimmte Wira zu, und Hugo lächelte vor Freude über das Kompliment. Gloha mußte ihr zustimmen: Die Liebe war tatsächlich etwas Wunderbares. Wenn sie doch auch selbst dazu finden könnte.

Sie stiegen die Treppe hinunter, um sich zu erkundigen, ob die Gorgone vielleicht weiter wußte. »Ich würde doch meinen, daß seine früheren Frauen davon wissen müßten«, bemerkte sie. »Die werden mit der Zeit alle schon noch hier aufkreuzen.« Sie überlegte kurz, worauf ein kleines Rauchwölkchen an der Stelle von dem Käse aufstieg, auf der ihr Blick ein Stück zu lange geruht hatte. »Ich glaube allerdings, daß Dara einen Sohn hatte.«

»Wer?« fragte Hugo.

»Dara Dämonin. Seine erste Frau.«

»Ach so, du meinst *Dana* Dämonin«, warf Wira ein.

»Nein, ich meine Dara. Glaubst du etwa, ich würde ihren Namen nicht kennen, nachdem ich ihr in der Hölle begegnet bin?«

»Aber Humfrey nennt sie immer Dana.«

»Humfrey hat noch nie allzu viel auf Einzelheiten gegeben. Dara hat sich auch nie die Mühe gemacht, ihn zu berichtigen, weil sie befürchtete, er könnte es in den falschen Hals kriegen. Für Dämonen sind Namen nicht so wichtig wie für uns.«

»Ich glaube nicht, daß ich fünf Monate warten kann, um all seine anderen Frauen danach zu fragen«, meinte Gloha. »Ich werde ständig älter, und meine Jugend flieht dahin.«

Die Gorgone lachte. »Glaub mir, Liebes, deine Jugend wird noch lange genug vorhalten, wenn du nur deine prächtige kleine Figur wahrst.«

»Meinst du wirklich?« erwiderte Gloha, und neue Hoffnung keimte in ihr auf.

»Ganz bestimmt. Du kannst deine Jugend über mehrere Jahre hinweg retten, indem du schlicht und einfach deine blasierten kleinen Geburtstage vor den Männern verbirgst. Das wissen alle klugen Frauen.«

»Und indem du auch deine Intelligenz versteckst«, fügte Wira hinzu.

»Von solchen Sachen habe ich nie gewußt«, bemerkte Gloha beeindruckt.

»Was ja auch Teil deines Charmes ist, meine Liebe.«

»Vielleicht solltest du lieber nach Hause gehen«, schlug Wira vor, »dann werde ich die Ehefrauen fragen, wenn sie erscheinen. Und wenn wir dann in Erfahrung gebracht haben, wer sein zweiter Sohn ist, schicke ich dir eine Nachricht.«

»Danke«, antwortete Gloha dankbar. Sie sah ein, daß dies die beste und einzige Chance war, ihr Anliegen weiterzuverfolgen.

Die Gorgone servierte ihnen einen kleinen Imbiß aus lustigen Kalauerkeksen und bonbongestreifter Milch, um Gloha für den Heimflug zu stärken. Die Gorgone wirkte irgendwie unbehaglich; ihre gekringelten Schlangen japsten. Im Schloß war es warm, und unter dem dichten Schleier schien es sehr heiß zu sein.

»Wenn ich dich mal was fragen darf ...«, erkundigte Gloha sich mit stockendem, kleinem Zögern.

»Aber nur zu, Liebes«, erwiderte die Gorgone und fuhr sich über die Stirn. »Was Fragen angeht, sind wir nicht so kleinlich wie der Gute Magier.«

»Warum läßt du dir vom Guten Magier nicht etwas Verschwindecreme geben, um dein Gesicht unsichtbar zu machen ...«

»Das habe ich einmal getan. Aber es war sehr umständlich, gesichtslos durch die Gegend zu laufen. Ich mußte trotzdem einen Schleier tragen.«

»Um es dann mit der Illusion deines Gesichts zu maskieren?« beendete Gloha ihren Satz. »Damit du genauso aussiehst wie du selbst, samt den kleinen Schlangen und allem anderen, aber niemanden mehr versteinern läßt.«

Die Gorgone hielt inne, ihr Schleier nahm eine erstaunte Lage ein. »Oh, ja, ich glaube, das könnte funktionieren, solange ich in Xanth bin«, sagte sie. »Und ich könnte die Zauber aufheben lassen, wenn ich im Traumreich wieder meine Arbeit als Horrorschauspielerin antrete. Danke, Liebes. Ich werde in dieser Sache sofort Humfrey aufsuchen.« Sie stand auf und steuerte die Treppe an.

»Der wird es nicht *wagen*, mich anzugruffeln«, murmelte die Gorgone. »Nicht, bevor er diese Zauber herausgerückt hat.«

Wira kicherte, und Gloha schloß sich ihr an. Wenn es

jemanden gab, der sich nicht vom Guten Magier einschüchtern ließ, war es die Gorgone – und das nicht nur, weil sie seine Frau war.

Sie verputzten die Kekse und tranken die Milch. Dann öffnete Wira ein Fenster, und Gloha verabschiedete sich von ihr, spreizte die Flügel und hob ab. »Komm ruhig irgendwann mal wieder vorbei«, rief Wira ihr nach. »Wenn du ohne Frage kommst, gibt es auch keine Herausforderungen.«

»Ja, vielleicht«, rief Gloha zurück. Es war nett gewesen, eine junge Frau ihres Alters aufzusuchen.

Dann schwang sie sich an den Himmel und machte sich auf den Heimflug. Es war schön, wieder in den Lüften zu sein!

Doch kurz darauf überlegte sie es sich plötzlich anders. Das war eines der Privilegien, die man als Frau genoß. Gloha hatte eine ganze Weile im Harpyiennest zugebracht, da war es an der Zeit, wieder einmal ihre Koboldverwandten zu besuchen, einschließlich ihrer Mutter Gloria Kobold. Und so änderte Gloha den Kurs und hielt auf die Spalte zu, in der die Kobolde lebten.

Schon bald war sie am Ziel. Das war auch gut so, denn der Tag wurde allmählich müde, und die Sonne schien sich kaum noch am Himmel halten zu können; jeden Augenblick würde sie die Bäume im Westen versengen, in den Ozean eintauchen und erlöschen, um Xanth in Dunkelheit zu tauchen. Gloha flog über die düstere, tiefe Spalte hinweg, dem Dorf entgegen, das am Rand der Kluft lag. Die Kobolde sorgten sich nicht darum, daß sie in die Spalte stürzen könnten. Wenn einem von ihnen dieses Mißgeschick geschah ... na ja, dann gab es immer noch genügend andere. Kurz darauf umarmte Gloha ihre Mutter, die immer noch eine der hübschesten Koboldfrauen war, trotz ihres unglaublich hohen Alters von siebenunddreißig Jahren.

Nun erzählte Gloha ihr davon, wie sie den Guten Magier Humfrey aufgesucht und dort keine gute Antwort auf ihre Frage bekommen hatte.

»Aber der Gute Magier weiß doch immer, was er tut«, wandte Gloria ein. »Ich erinnere mich noch, wie deine Tante Goldi mal dem Oger begegnete, der bei dem Magier seinen Dienst ableistete, um seine Antwort zu erhalten. Das war komisch – der Oger war so dumm, daß er die Frage schon vergessen hatte, als er schließlich am Schloß eintraf. Aber er hat trotzdem seinen Dienst abgeleistet. Dieser Dienst bestand darin, den Schutz der Halbnymphe Tandy zu gewährleisten. Als der Oger damit fertig war, heiratete er Tandy und wurde glücklich – und das war auch die Antwort auf seine Frage! Und nebenbei bekam Goldi ihren Zauberstab und einen Ehemann. Und das alles nur, weil sie auf den Oger getroffen ist.«

»Und sie wurde die Mutter von Base Godiva Kobold«, ergänzte Gloha. Sie hatte die Geschichte schon einmal gehört. »Und die Großmutter von Gwenny Kobold, die nur drei Jahre jünger ist als ich. Dabei hat sie schon jede Menge Abenteuer erlebt und ist der erste weibliche Koboldhäuptling geworden, während ich noch nicht mal verheiratet bin!« endete sie klagevoll.

»Na ja, du bist eben etwas Besonderes, Liebes«, erinnerte ihre Mutter sie.

»Ja, die einzige meiner Art! Wie soll ich jemals einen brauchbaren Mann finden?«

»Vielleicht weiß Humfreys zweiter Sohn die Antwort.«

»Und wenn nicht? Möglicherweise dauert es noch fünf Monate, bis wir überhaupt erfahren, wer dieser zweite Sohn ist. Und dabei gehe ich schon stramm auf die Z-Zwanzig zu!« Denn im Augenblick hegte Gloha doch einen zarten kleinen Zweifel an der Wirksamkeit der Verlängerung der Jugend durch Verbergen ihrer Geburtstage. Was, wenn es nicht funktionierte? Dann säße sie wirklich schlimm in der Klemme.

Gloria begriff, wie ernst die Angelegenheit war. »Vielleicht fällt deiner Tante Goldi ja etwas ein. Warum suchst du sie nicht auf und fragst sie?«

»Danke. Das werde ich.« Gloha breitete die Flügel aus.

»Ich habe doch nicht *sofort* gemeint! Willst du nicht ein Weilchen bleiben und deinen Großvater Kotbold besuchen?«

»Nicht, wenn es sich vermeiden läßt.«

Gloria nickte verständnisvoll. Koboldmänner waren wirklich nicht die angenehmsten Zeitgenossen. Doch Gloria hatte noch ein überzeugenderes Argument auf Lager. »Bist du sicher, daß du mitten in der Nacht losfliegen willst? Wenn die anderen Flügelungeheuer dich möglicherweise nicht erkennen können?«

Gloha legte die Flügel wieder an. »Vielleicht bleibe ich doch über Nacht bei dir«, entschied sie. »So gehört es sich schließlich in der Familie.«

»Wie nett von dir, Liebes.« Mütter hatten ein besonderes Talent dafür, ihren Willen durchzusetzen.

Doch am Morgen hatte Gloha schon ihr Frühstück verschlungen und sich unter bescheidenem Tränenschwall von ihrer Mutter verabschiedet, bevor ihr Großvater aufkreuzen konnte. Immerhin galt es, gewisse Formen zu wahren.

Gloha flog los und hielt sich nach Norden, dem Koboldberg entgegen, wo ihre Tante Goldi lebte. Es war schön, einen Vorwand zu haben, einmal dort vorbeizusehen, nun, da Gwenny, ihre Base zweiten Grades, Häuptling geworden war. Wenn die anderen Koboldstämme doch auch nur von Frauen angeführt würden! Dann wäre es im Koboldreich um einiges angenehmer. Doch so etwas lag in weiter Ferne, falls es überhaupt möglich war.

Die Sonne hatte sich inzwischen abgetrocknet und ausreichend Kräfte gesammelt, um den östlichen Himmel zu erklimmen. Gloha hatte nie so recht begriffen, wie es der Sonne gelang, in den Osten zu finden, nachdem sie doch im Wasser des Westens ertrunken war. Sie vermutete, daß irgendeine Form von Magie dahinter stecken mußte, denn der Lauf der Sonne war einigermaßen zuverlässig. Die Wolken, die in der Nacht feucht und tropfig geworden waren, trockneten nun ebenfalls ab und wurden wieder weiß und flauschig. Von Fracto war zum Glück weit und breit nichts zu sehen.

Gloha flog durch das Gebiet der Fliegen und Drachen und Elfen, bis sie den Koboldberg erspähte. Aber war er das wirklich? Sie war schon monatelang nicht mehr dort gewesen, und das, was sie nun unter sich erblickte, war höchst merkwürdig. »Seltsame Kobolde«, murmelte sie. Anstelle eines Baus, der wie ein riesiger Ameisenhaufen voller Pokken aussah, sah Gloha ein hübsch angeordnetes Netzwerk von Blumengärten unter sich. Das konnte es *unmöglich* sein!

Da fiel es ihr wieder ein: Die männlichen Kobolde regierten ja nicht mehr im Koboldberg. Dort hatte jetzt eine Frau das Sagen. Da schienen Blumengärten nicht abwegig zu sein.

Beruhigt hielt sie darauf zu und ging tiefer. Als sie näher kam, konnte sie weitere Einzelheiten ausmachen. Die Blumen wuchsen nach Farben sortiert in Gruppen, und die Farben ergaben zusammen das Wort F R I E D E N. Das war ganz eindeutig Gwennys Handschrift.

Gloha landete vor einem hübsch gestutzten Tor. Dort stand ein Koboldwächter in adretter Uniform. Er salutierte zackig, als sie näher kam. »Höflichste Begrüßung, Dame Gloha«, sagte er höflich. »Wen wünschst du zu sehen?«

Gloha stutzte. Was war denn mit diesem Kobold los? Normalerweise hätte er sie mit einer Beleidigung oder einer Drohung begrüßen müssen, zumindest aber mit einer abfälligen Bemerkung über ihr Geschlecht. So waren männliche Kobolde schließlich. Man erwartete es sogar von ihnen. Gloha traute dem Braten nicht.

Da ließ der Kobold eine verstohlene Grimasse aufblitzen. »Schau nicht so verdutzt, Flügelrücken. Das war schließlich nicht *meine* Idee. Immerhin konnte ich dir kurz unter deinen appetitlichen kleinen Rock linsen, als du gelandet bist.«

Gloha lächelte, während sie ihren Rock glattstrich. Das Ganze war also nur eine Fassade. In Wirklichkeit hatten die Kobolde sich doch nicht geändert.

»Ich will mit Goldi sprechen«, sagte Gloha.

»In Ordnung.« Er drehte sich zu seiner Sprechröhre um. »Gloha für Goldi, sofort.« Dann wandte er sich wieder Gloha zu. »Dann schwing mal die Hufe, Leckerchen.«

Gloha nickte; sie wußte das Kompliment nach Koboldart zu würdigen. Sie betrat den Tunnel. Bald darauf hatte sie Tante Goldis Zimmerflucht erreicht und klopfte ans Tor.

Es öffnete sich. Vor ihr stand die Koboldfrau. Sie war sogar noch älter als Gloria, der sie immerhin um zehn Jahre voraus war. Doch sie sah besser aus als früher, wahrscheinlich, weil sie inzwischen eine herausragende gesellschaftliche Stellung einnahm. »Wie schön, dich zu sehen, Liebes«, sagte sie und umarmte Gloha. »Komm doch rein.«

Das Apartment war hübsch gestaltet. Überall standen Blumen und hingen schöne Bilder. Gloha setzte sich anmutig auf ein Kissen, um ihre Glieder zu entspannen, vor allem aber ihre Flügel. »Ich habe den Guten Magier aufgesucht, um einen Ehemann zu bekommen. Er hat mir gesagt, ich soll seinen zweiten Sohn aufsuchen. Aber ich weiß nicht, wer das ist. Mutter meinte, du könntest es vielleicht wissen.«

Tante Goldi überlegte. »Ich erinnere mich, als ich mit dem Oger unterwegs war ... sein Mädchen, Tandy ... irgendwas war mit ihr. Ich habe es nie so recht herausbekommen. Aber möglicherweise der Oger. Vielleicht solltest du ihn mal fragen.«

»Den Oger fragen? Du weißt doch, daß Oger und Kobolde nicht besonders gut miteinander auskommen.«

»Dieser ist anders. Er ist halb menschlich. Ein ziemlich anständiger Bursche, und nicht halb so häßlich oder dumm, wie er eigentlich sein müßte. Immerhin hat er herausbekommen, wie man den Zauberstab bedient, und darauf hat er ihn mir geschenkt, damit ich einen Koboldhäuptling für mich gewinne. Er hat seine eigene Art, was solche Dinge angeht. Sprich mal mit ihm. Vielleicht hilft er dir, diesen zweiten Sohn ausfindig zu machen.«

Gloha schüttelte nachdenklich den Kopf.

»Das klingt aber ziemlich abwegig. Bist du sicher, daß du nicht senil wirst?«

»Da bin ich ganz und gar nicht sicher, Liebes«, erwiderte Goldi fröhlich. »Vielleicht solltest du doch lieber jemand anders fragen.« Doch sie wirkte merkwürdig überzeugt von sich selbst. Ganz bestimmt wußte oder ahnte sie etwas, mochte es aber nicht aussprechen, um nicht allzu töricht zu erscheinen.

Gloha beschloß, den Oger zu fragen. Anschließend könnte sie vielleicht Lacuna aufsuchen und sie ebenfalls fragen. Irgendwo mußte es schließlich irgend jemanden geben, der die Antwort wußte. »Wie heißt denn dieser Oger?«

»Krach. Ich glaube, er ist der Vater von Esk.«

»Ach, Esk! Den kenne ich. Esk Oger. Der hat Bria Messingmädchen geheiratet. Sie haben drei Kinder.«

»Tatsächlich? Ich wußte nur von einem.«

»Ich glaube, der Storch hat ihnen zwei weitere gebracht. Zwillinge.«

»Wie merkwürdig. In letzter Zeit scheint es ziemlich viele Zwillinge zu geben. Vielleicht hecken die Störche gerade etwas aus.«

»Vielleicht ist es eine Verschwörung«, meinte Gloha lächelnd. »Eine Erwachsenenverschwörung.«

»Das muß es sein«, stimmte ihre Tante zu.

Bevor sie ging, suchte Gloha Gwenny auf, ihre Base zweiten Grades, die mit ihren sechzehn Jahren schon eher wie eine richtige Base wirkte. Sie war zwar der Häuptling vom Koboldberg, aber vielleicht hatte sie trotzdem einen Augenblick Zeit für Gloha.

Gwenny war gerade in einer Besprechung, bei der sie einen Vertrag mit den Naga aushandelte. Dafür kam ihr Gefährte, Che Zentaur, zu Gloha heraus. Auch er war ein Flügelungeheuer, und er war mit Gloha befreundet. Sie umarmten sich. Er war nur acht Jahre alt, aber schon beträchtlich größer als Gloha, weil er einer viel größeren Gattung angehörte. Außerdem war er intelligenter, denn das war nun einmal die Natur der Zentauren.

»Ich werde Gwenny melden, daß du hier warst«, sagte er. »Ich weiß, daß sie dich gern empfangen hätte, aber dieser Vertrag ist sehr wichtig. Da kann sie die Besprechung nicht einfach abbrechen. Die Kobolde und die Naga waren schon lange Zeit Feinde, jetzt sollen sie zu Freunden oder wenigstens Verbündeten werden. Da kommt es auf die Einzelheiten an. Prinz Naldo Naga ist auch dabei, obwohl er viel lieber mit seiner Gattin Mela Meerfrau Wasserspielen huldigen würde. Daran siehst du, wie wichtig das alles ist.«

»Ja, natürlich.« Da war es schon wieder: verheiratete Leute, die ihren Spaß hatten. Mela hatte eine Tochter, die zwei Jahre älter war als Gloha, und doch hatte Mela keine Schwierigkeiten, ihr einen Mann zu besorgen. »Aber es ist auch nett, dich zu sehen.«

»Wie ich höre, suchst du den zweiten Sohn des Guten Magiers.«

»Ja. Aber ich weiß nicht, wer das ist. Kannst du es mir vielleicht sagen?«

»Nein. Aber ich bin sicher, daß die Muse der Geschichte es weiß.«

»Ich will aber nicht den Berg Parnaß bezwingen müssen, um sie aufzusuchen! Tante Goldi meint, daß Krach Oger vielleicht etwas wissen könnte.«

Che legte den Kopf schräg. »Das ist möglich. Im schlimmsten Fall weiß er gar nichts. Aber dann kannst du ja immer noch die Muse fragen.«

Gloha dankte ihm und ging davon. Alle waren sie unterschiedlichster Meinung, wen sie fragen sollte. Vielleicht wußte ja einer von ihnen tatsächlich die Antwort. Doch wenn sie den zweiten Sohn erst einmal gefunden hatte, würde ihre Suche überhaupt erst beginnen, denn der Gute Magier hatte schließlich nicht behauptet, daß sein zweiter Sohn die Antwort für sie hatte. Was für Verzwicktheiten wohl noch auf sie warteten? Gloha war wirklich nicht erbaut davon, wie beiläufig Humfrey ihre Frage abgetan hatte. Wen scherten da schon die vielen anderen, deren Antworten sich im nachhinein als richtig herausgestellt hatten? Sie selbst hatte ja nur einen blöden Querverweis.

Sie trat aus dem Berg und hob ab, bevor der Koboldwächter wieder irgendwelche schlauen Bemerkungen von sich geben konnte. Allerdings konnte Gloha ihn nicht daran hindern, ihr noch mal unter den Rock zu lugen, bis sie außer

Sichtweite war. Sie mußte sich wirklich sofort umziehen, sobald sie wieder zu Hause war. Doch zuerst würde sie den Oger aufsuchen, weil sein Heim im Urwald näher war als der Harpyienhort.

Gloha flog gen Süden und überquerte erneut die Spalte. Als sie eine dunkle Wolke erblickte, ging sie rasch tiefer, für den Fall, daß es Fracto war. Da erblickte sie auch schon das Haus des Ogers, das sich in einem verdrehten Eisenholzbaum befand, und landete.

Eine uralte Frau von etwa fünfzig empfing sie an der Tür. Es war Tandy, die Gattin des Ogers.

»Tut mir leid, Krach ist gerade unterwegs und sammelt Steine für unsere Steinsuppe«, berichtete Tandy. »Er ist ja ein halber Oger, wie du weißt, und ab und an gefällt es ihm, sein Ogerwesen auszuleben. Vielleicht ist dir schon aufgefallen, daß die kleinen Drachen sich vorübergehend aus diesem Gebiet zurückgezogen haben. Aber vielleicht kann ich dir ja behilflich sein.«

»Ich suche den zweiten Sohn des Guten Magiers. Weißt du zufällig, wer das ist?«

»Nein, aber ich kenne jemanden, der ihn dir vielleicht zeigen kann. Mein Vater Crombie. Das ist nämlich sein Talent – auf alles zu zeigen.«

Gloha überlegte. »Aber ist dein Vater nicht zu alt, wenn man bedenkt, wie alt *du* schon bist?«

Tandy lächelte auf eine Weise, die Gloha merkwürdig an Tante Goldi erinnerte, die ja auch zu dieser Generation zählte. »Ururalt. Ich glaube, er hat neulich seinen einundneunzigsten Geburtstag gefeiert. Aber er war einmal eine wichtige Figur in Xanth, und alte Figuren sterben nie. Sie verblassen nur. Du mußt allerdings mit ihm reden, bevor er zu sehr verblaßt ist.«

»Das leuchtet ein«, erwiderte Gloha. »Weißt du denn, wo er gerade ist?«

»O ja. Er lebt drunten in der Unterwelt mit meiner Mutter, der Nymphe Juwel.«

»Die muß ja auch schrecklich alt sein.«

»Ja und nein. Im Grunde sind Nymphen alterslos. Sie bleiben ewig jung und reizvoll, es sei denn, sie werden sterblich. Juwel ist sterblich geworden, als sie Crombie geheiratet hat und den Storch nach mir schickte. Wenn wir mal davon ausgehen, daß sie damals im scheinbaren Alter von zwanzig war, müßte sie jetzt ... ein scheinbares Alter von siebzig haben. Ja, das kommt wahrscheinlich hin.«

»Aber ich bin mir nicht sicher, daß ich mich in der Unterwelt zurechtfinde«, sagte Gloha kleinlaut.

»Leider bin ich selbst nur eine halbe Nymphe, aber ich bin immer noch rüstig genug, dich zum Haus meines Vaters zu führen. Einverstanden?«

»Ach, das ist ja wunderbar!« rief Gloha in argloser Freude und klatschte in die kleinen Hände.

»Als erstes müssen wir zum Ogersee«, sagte Tandy und schrieb irgend etwas auf. »Dort liegt der Eingang zur Unterwelt. Das ist zum Glück nicht weit von hier. Ich kann natürlich nicht fliegen, deshalb wird es länger dauern. Aber wir werden schon hinkommen.«

Gloha hoffte inbrünstig, daß es nicht *allzu* lange dauern würde. Sie wollte lieber ans Ziel kommen, bevor die fünf Monate um waren, die sie benötigt hätte, um Humfreys andere Ehefrauen allesamt zu befragen. Aber das sagte sie natürlich nicht, weil es Tandy möglicherweise wütend und noch langsamer gemacht hätte.

Tandy heftete die Notiz an einen Stuhl. Gloha sah, daß darauf stand: »KRACH ... besuche die Eltern ... bald zurück. TANDY.« Dann begab sich Tandy hinaus in ihren Küchengarten, wo sie eine Pflanze ausgrub.

»Proviant für unterwegs?« fragte Gloha.

»Nein. Das ist eine Leichtbirne, um meinen armen alten Körper leichter zu machen. Als ich jung war, bin ich auf einer Nachtmähre geritten. Aber das kann ich heute nicht mehr.« Tandy stopfte die Birne in eine Tasche, und tatsächlich wirkte sie plötzlich deutlich leichtfüßiger.

»Ich nehme an, Schwerbirnen baust du nicht an«, sagte Gloha.

»Doch. Aber die frißt Krach, wenn er sich ein bißchen leicht im Kopf fühlt. Sie verleihen seinen Gedanken die nötige Schwere.«

Sie machten sich auf den Weg durch den Wald. Gloha sorgte sich, daß sie irgendwelchen Landungeheuern begegnen könnten, die sie auffressen wollten, bis sie auf dem Rükken von Tandys Hemd die Aufschrift OGER-EHEFRAU las. Das würde sie wahrscheinlich vor den allermeisten Lebewesen schützen. Wer hätte gern den Zorn eines Ogers auf sich geladen?

Die Leichtbirne schien Tandy tatsächlich um einiges schneller zu machen. Sie sprang forsch dahin, während Gloha sie im Tiefflug begleitete. Sie folgten einem Weg, der von zu Brezeln verschnürten Schößlingen und von kräftigen Hieben aufgebrochenen Felsbrocken gezeichnet war. Ganz offensichtlich ein Oger-Pfad.

Plötzlich vernahmen sie etwas. Es war ein merkwürdig platschendes Geräusch, als würde jemand durch frischen Schlamm gehen. »Was ist das?« fragte Gloha beunruhigt.

»Weiß ich selbst nicht so genau«, erwiderte Tandy. »Sehen wir mal nach.«

Gloha hätte lieber das genaue Gegenteil vorgeschlagen, wollte sich aber nicht ängstlich zeigen und willigte ein. Sie eilten zu der Stelle, wo sie auf die Quelle des Geräusches treffen mußten. Es dauerte nur kurze Zeit, da hatte die voranfliegende Gloha Tandy abgehängt.

Das Geräusch erwies sich als Schlammrutsch. Üppiger brauner Matsch wälzte sich durch den Wald. Das Problem bestand nur darin, daß es hier gar keinen Hang gab, den der Schlamm hätte hinabrutschen können. Er glitt über ebenen Boden, manchmal sogar bergauf.

Der Schlamm hielt klatschend an. »Ho!« ertönte eine Stimme hinter ihm.

Gloha flog höher, um nachzusehen. Zu ihrer großen Überraschung erblickte sie einen ururalten Mann, der mitten im Schlamm auf einem riesigen Eßteller saß. Hinter ihm stand eine hübsch ausgeschmückte Holzhütte mit kleinen weißen Gardinen in den Fenstern.

Gloha blieb verblüfft vor dem Mann schweben. Irgendwie kam er ihr bekannt vor. »Hallo«, sagte sie mit zaghaftem leisen Beben in der Stimme. »Hast du mich gerufen?«

»Hallo, hübsches kleines geflügeltes Koboldmädchen! Du mußt Gloha sein«, antwortete er. »Ja, ich habe gerufen. Ich dachte, vielleicht könntest du uns helfen. Ich bin der König Emeritus Trent.« Und dann, weil er wahrscheinlich vermutete, daß Gloha der Name nichts sagen würde: »Ivys Großvater.«

»Oh!« antwortete Gloha mit einem kleinen Quietschen. »Ich dachte, du wärst verblaßt.«

»Nicht ganz«, antwortete Trent. »Wir vier Großeltern sind unterwegs, um Esks Großeltern zu einer Verblassungsparty aufzusuchen. Aber es sieht so aus, als hätten wir uns verirrt.«

»Ihr vier? Wo sind denn die anderen?«

Trent drehte den Kopf. »He, Zauberin, heb mal den Schleier«, rief er. »Wir haben Besuch: Gloha Kobold-Harpyie!«

Sofort verschwand die Hütte. Und da saßen die drei anderen alten Leute, ebenfalls auf Tellern: zwei Frauen und ein Mann.

»Äh, hallo«, sagte Gloha mit einer gewissen ehrfürchtigen kleinen Ehrfurcht.

»Meine Frau, die Zauberin Iris«, stellte Trent vor. Eine der Greisinnen verwandelte sich in eine wunderschöne junge Frau mit leuchtender Silberkrone und einem Mieder, das aus allen Nähten zu platzen schien.

»Freut mich, dich kennenzulernen, Gloha«, sagte die Zauberin zuckersüß und mit erhabenem Nicken.

»Mein Freund Bink, Ivys zweiter Großvater«, sagte Trent. Der andere alte Mann wurde zu einem attraktiven, jungen bis mittelalten Mann in legerer Kleidung. Er nickte.

»Und zu guter Letzt, seine Frau Chamäleon, in ihrer dummen Phase«, schloß Trent.

Die andere Frau verwandelte sich nicht. Gloha konnte erkennen, daß sie zwar alt war, aber erstaunlich lieblich: Sie schien keiner magischen Beschönigung zu bedürfen, obwohl sie ganz gewöhnliche Kleidung trug. Doch inzwischen hatte Gloha sich an ihren Geschichtsunterricht erinnert, in dem sie gelernt hatte, daß das Talent der Zauberin Iris die Illusion war – sie konnte alles und jeden so aussehen lassen, wie sie wollte. Aber Chamäleon schien keiner Illusion zu bedürfen. Gloha hätte es nicht für möglich gehalten, daß jemand in diesem hohen Alter noch so gut aussehen könnte.

»Wir hoffen, daß du uns helfen kannst, Gloha«, sagte Chamäleon. »Wir scheinen uns verirrt zu haben.«

Das war so offensichtlich, daß es eigentlich keiner Wiederholung bedurft hätte. Plötzlich fiel Gloha ein, was mit Chamäleon los war: Sie verwandelte sich im Einklang mit den Mondphasen, wurde mal schön und dumm, dann wieder häßlich und schlau. Daher durfte man jetzt nicht erwarten, daß sie etwas Kluges von sich gab.

Da fiel ihr etwas auf, was Trent gesagt hatte. »Ihr wollt Esks Großeltern besuchen? Wir auch! Ich bin in Begleitung von Tandy, die kennt den Weg.«

»Was für ein glücklicher Zufall«, meinte Königin Iris. Sie schoß Bink einen merkwürdig vielsagenden Blick von der Seite zu. »Dann müssen du und Tandy euch zu uns gesellen und uns den Weg zeigen.«

»Oh, das tun wir doch gern«, willigte Gloha ein. »Ich will es gleich Tandy erzählen!« Noch bevor ihr der Gedanke kam, daß es unhöflich sein könnte, hatte sie sich bereits auf den Weg gemacht. Wenn sie sich noch richtig an ihren Geschichtsunterricht erinnerte, waren alle vier irgendwann einmal Könige von Xanth gewesen. Doch nun war es zu spät, ihren bedauerlichen Fehltritt auszubügeln, und so flog Gloha einfach weiter.

Kurz darauf fand sie Tandy wieder, die immer noch unterwegs zu ihr war. »Es sind vier ... sie wollen ... zum selben Ort wie wir ... das ist ein Zufall«, sagte Gloha atem- und zusammenhanglos.

Tandy befragte sie nach weiteren Einzelheiten, bis sie

schließlich den groben Zusammenhang in Erfahrung gebracht hatte. »Das ist aber wirklich ein Zufall«, stimmte sie zu. »Daß sich eine solche Gruppe ausgerechnet dorthin verirrt, wo wir gerade vorbeikommen – da muß Magie im Spiel sein.«

»O ja, die Zauberin Iris schmeißt mächtig mit Illusionen um sich«, bestätigte Gloha.

Sie erreichten den Schlammrutsch. Oben war wieder die Hütte zu sehen, die die drei anderen verbarg, doch König Trent wies noch immer seine jüngere Gestalt auf. »Und welchem Umstand verdanken wir die Ehre *deiner* Anwesenheit hier in der Wildnis?« fragte er Tandy.

»Gloha sucht nach dem zweiten Sohn des Guten Magiers, und ich dachte mir, daß mein Vater Crombie ihr vielleicht die Richtung zeigen könnte«, antwortete Tandy.

»Aha, dann hat Humfrey also damit zu tun«, meinte Trent, als wäre das von größter Bedeutung. »Na schön, wenn ihr uns den Weg zeigt, könnt ihr zusammen mit uns auf Schnellschlamm hier mitreisen.« Er zeigte auf die Schlammbank, auf der sein Teller ruhte.

»Ich würde auch lieber fahren oder reiten als gehen«, bestätigte Tandy. »Und Gloha würde vielleicht lieber reiten oder fahren als zu fliegen. Dieser Tausch soll uns eine Freude sein.«

Also legte Trent zwei weitere Teller auf, und Tandy schaffte es, auf einen von ihnen hinaufzuklettern, ohne sich allzu sehr zu beschmutzen, während Gloha auf den zweiten flog. Dann dehnte sich die Hütte aus, um sie allesamt einzufassen, und schon befanden sie sich in einem Raum, der wie ein luxuriöses Zimmer in einem Palast aussah.

»Aber verlaßt nicht eure Teller«, ermahnte Chamäleon sie lächelnd.

Gloha streckte vorsichtig einen Finger nach dem mit Kissen übersäten Boden neben ihr aus: Alles hier war Illusion, bis auf den Schlamm und den Teller. Doch davon abgesehen war es in dieser scheinbaren Hütte recht angenehm. »Wenn ich mal fragen darf ...«, begann sie.

»Wir sind nicht mehr so jung wie früher«, sagte Trent. »Deshalb ziehen wir es vor, bequem zu reisen. Zu diesem Zweck habe ich ein Schlammloch in Schnellschlamm verwandelt, und Iris hat die Teller aus ihrer Küche zur Verfügung gestellt. Das scheint mir eine angemessene Art des Reisens zu sein. Nur daß Schnellschlamm nicht sonderlich helle ist und vom vorgesehenen Weg abgekommen ist, als wir gerade nicht hingeschaut haben, so daß wir jetzt nicht mehr wissen, wo genau wir uns befinden. Aber wir haben mit einem glücklichen Zufall gerechnet, und nun ist er ja auch eingetreten. Zeig uns den Weg, Tandy, dann wollen wir weitergleiten.«

Tandy schaute sich um. »Ich glaube, dafür muß ich nach draußen.«

Abrupt zog sich die Hüttenwand zusammen, und schon waren Trent und Tandy im Freien, während Gloha im Innern verblieb. Kurz darauf setzte der Schnellschlamm sich wieder in Bewegung, sanft – und wahrscheinlich auch schnell – glitt er dahin. Gloha sah, wie draußen, hinter der mit einem Vorhang verhängten Luke, die Bäume vorbeihuschten. Sie waren wieder unterwegs.

»Nimm etwas Ameisenhonig, und dann erzähl uns deine Geschichte«, sagte Iris und reichte Gloha einen kleineren Teller, auf dem mehrere Waben lagen.

»Ameisenhonig?« fragte Gloha verwundert.

»Ja«, erwiderte Iris, »manchen Leuten schmeckt er besser als Bienen- oder Meereshonig.«

»Danke.« Gloha nahm eine Wabe vom Teller und lutschte daran. Es schmeckte sehr gut.

Auch die anderen nahmen sich Waben und kauten darauf. Dann erklärte Gloha ihre Suche nach einem guten geflügelten Koboldmann und wie enttäuschend ihr Besuch im Schloß des Guten Magiers verlaufen war.

»Ja, so ist Humfrey nun mal, heute mehr denn je«, bemerkte Iris und leckte sich Honig von den Fingern. »Das Alter hat ihn nicht gerade freundlicher gemacht.«

»Aber er hat immer einen guten Grund«, meinte Bink.

»Ich erinnere mich noch, wie er sagte, daß er mein Talent nicht ergründen könne.«

»Was hast du denn für ein Talent?« wollte Gloha wissen. »Ich meine, ich weiß zwar, daß du ein Magier bist, weil es in meinem Zentauren-Geschichtsbuch so stand, aber da stand nicht, was für ein Talent du hast.«

»Tja, das ist eine merkwürdige Sache«, antwortete Bink. »Ich glaube, ich habe eine ungefähre Ahnung, worum es dabei geht. Aber jedesmal, wenn ich versuche, jemandem davon zu erzählen, schaffe ich's irgendwie doch nicht.«

»Das verstehe ich nicht«, sagte Gloha.

Iris und Chamäleon lächelten und wandten den Blick ab.

Bink seufzte. »Ich könnte es ja mal vorführen.« Er atmete tief durch. »Mein Talent ist ...«

Abrupt bremste der Schnellschlamm seine Fahrt, so daß sie beinahe von ihren Tellern auf die klebrige Oberfläche geflogen wären.

»Wessen Schuld ist das?« ertönte Trents Stimme draußen vor der Hütte.

»Oh, das muß meine sein!« rief Gloha in chaotischer kleiner Niedergeschlagenheit.

»Unsinn«, antwortete Trent.

Die Hütte verschwand, so daß sie ungehindert hinausblikken konnten. Der Schnellschlamm ruhte am Rand eines riesigen Erdrisses, Trent hatte ihn gerade noch rechtzeitig gebremst, um nicht in die Spalte zu fallen und sich von oben bis unten mit Schlamm zu beschmieren.

»Das muß eine Erweiterung der Spalte sein«, meinte Tandy. »Aber ich kann mich an keine solche Verwerfung in dieser Gegend erinnern.«

»Wahrscheinlich hat der ursprüngliche Vergessenszauber noch nicht sämtliche Nebenlinien ausgelöscht«, sagte Trent. »Ich muß allerdings zugeben, daß es mich überrascht hat. Ich weiß nicht genau, wie wir dieses Hinternis überwinden können.«

»Wenn wir es identifizieren könnten, wüßten wir vielleicht mehr darüber«, schlug Tandy vor. »Schließlich haben alle Abzweigungen der Großen Spalte einen Namen.«

»Das stimmt«, bestätigte Trent. »Deshalb möchte ich auch wissen, wie diese Verwerfung heißt.«

Gloha mühte sich, ihr geographisches Gedächtnis wachzurufen, und brachte tatsächlich einen Namen hervor. »Ob das vielleicht Andrea Graben ist?« fragte sie. »Der sich bis Mundania hineinzieht?«

»Ja, das muß Andrea Graben sein«, bestätigte Trent. »Ich habe noch nie viel von Andrea gehalten!«

»Die Frage ist«, meldete Iris sich schnippisch zu Wort, »wie wir jetzt weiterverfahren sollen. Dieser Graben scheint sich quer über unseren Weg zu erstrecken. Wenn wir jetzt noch einen Umweg machen, nachdem wir schon soviel Zeit verloren haben, kommen wir zu spät zu unserer Verabredung. Wir wollen doch nicht, daß die anderen ohne uns verblassen.«

»Ich kann ja rüberfliegen«, erbot sich Gloha. »Aber ich bin zu klein, um jemanden mitzunehmen. Ein Seil könnte ich allerdings hinüberbefördern, falls das eine Hilfe wäre.«

»Ich glaube nicht, daß wir die Zeit haben, um eine Seilbrücke anzufertigen, die Schnellschlamms Gewicht aushalten würde«, warf Bink ein. »Ich wünschte, wir hätten daran gedacht, vorher eine Grabenversicherung abzuschließen. Dann wären wir bestimmt keinem Graben begegnet.«

»Wir denken eben nie rechtzeitig daran, was uns bevorstehen könnte«, sagte Chamäleon. »Sonst hätten du und ich uns beim ersten Mal nie in die Große Spalte gewagt, Bink.«

Bink lächelte. »Damals warst du fast so hübsch wie jetzt, meine Liebe.«

Sie erwiderte das Lächeln. »Und hübscher, als ich nächste Woche sein werde.«

»Spart euch dieses Schwelgen in der Erinnerung für die Verblassungsparty«, fauchte Iris. »Dann mache ich uns alle schön. Aber wie sollen wir jetzt rechtzeitig dort hinkommen?«

»Wir können weiterreisen, aber es ist möglicherweise nicht allzu bequem«, erwiderte Trent. »Schnellschlamm ist ein ziemlich vielseitiges Wesen. Er kann jede Oberfläche entlanggleiten, ohne den Halt zu verlieren. Aber vielleicht ist es besser, zu Fuß zu gehen.«

»In unserem Alter?« fragte Iris. »Du vergißt, daß du inzwischen ein alter Bock bist, und ich bin auch nicht viel jünger. Wenn wir versuchen, eine längere Strecke zu Fuß zu gehen, verblassen wir noch schneller als geplant.«

»Dann sollten wir wohl besser fahren«, stimmte Trent ihr zu. »Aber wir werden etwas von deinem magischen Leim brauchen.«

»Leim?«

»Für unsere Hintern.«

»Hintern?«

»Damit wir nicht vom Teller rutschen, wenn Schnellschlamm die Grabenwand hinuntergleitet.«

Iris überlegte. Dann grub sie in ihrer Tasche und holte eine Tube Leim hervor, die sie offensichtlich von einer Leimpflanze gepflückt hatte.

Nun brachten sie den Leim abwechselnd auf ihren Tellern an, wobei sie sich auf einen weiteren Teller stellen mußten, den Iris irgendwo besorgt hatte. Anschließend nahmen sie wieder Platz, und ihre Beine und Hinterteile hafteten fest auf jedem Teller. Gloha jedoch behagte das nicht, und so verzichtete sie auf den Leim. »Vielleicht kann ich ja dabei helfen, einen Weg durch den Graben zu suchen.«

»Klingt vernünftig«, stimmte Chamäleon ihr zu.

Gloha überkam ein freudiger kleiner Schwall von Dankbarkeit; die Frau war nicht nur wunderschön, sie war auch nett.

Trent gab einen Befehl, und Schnellschlamm setzte sich wieder in Bewegung. Er glitt über die Kante des Grabens und im rechten Winkel in die Tiefe. Einer nach dem anderen kippten auch die Teller hinunter. Die anderen blieben auf ihren Tellern sitzen, was Gloha nicht möglich war, so daß sie losfliegen mußte.

Sie drehte sich um und schwebte stets in der Nähe von Schnellschlamm, während dieser in gleichmäßigem Tempo die Grabenmauer hinunterglitt. Die fünf Passagiere hafteten fest an ihren Tellern, doch es schien nicht sonderlich unbequem zu sein. Dann erschien wieder die Hütte und verbarg sie. Das beruhigte Gloha ein wenig.

Sie flog hinunter, um den Boden des Grabens zu untersuchen. Unten wurde es immer enger, bis schließlich alles in einer dunklen Ritze mündete, die zu klein für Schnellschlamm war. Andererseits war die Ritze zu breit, um sie zu überqueren – es sei denn, Schnellschlamm konnte eine U-Windung im Nichts vollziehen. Was nun?

Gloha flog erst zur einen, dann zur anderen Seite hinüber. Sie entdeckte ein Stück mit einer U-förmigen Felsverbindung. Das müßte eigentlich funktionieren. Tatsächlich sah es geradezu ideal aus.

Sofort flog sie zu Schnellschlamm zurück. »Folge mir«, sagte sie.

Gehorsam folgte der Schnellschlamm ihr zu der anderen Grabenseite. Gloha landete auf dem U-Stein. »Komm hier rüber«, sagte sie.

Schnellschlamm gehorchte. Dann glitt das Wesen an der gegenüberliegenden Grabenwand in die Höhe. Bald darauf hatte es wieder die Oberfläche erreicht und befand sich erneut auf ebener Erde. Die Hütte verschwand.

»Sehr gut«, meinte Iris. »Jetzt müssen wir aber in vollem Tempo weiter, um Zeit aufzuholen.«

»Sobald wir nicht mehr an unseren Tellern festkleben«, warf Chamäleon ein und versuchte zu zappeln, obwohl sie ihr wohlgeformtes Hinterteil nicht richtig bewegen konnte.

»Natürlich.« Iris holte eine Tube Unleim hervor und entleimte alle.

Gloha nahm wieder auf ihrem Teller Platz, während Schnellschlamm beschleunigte. Jetzt schoß die Landschaft förmlich an ihnen vorbei. Glohas Haar wehte im Wind, ebenso Chamäleons. Die anderen schienen davon nicht betroffen zu sein, vielleicht weil ihr jetziges Aussehen nur Illusion war, wie Gloha vermutete. Sie war ganz froh darüber, denn in ihrem normalen Zustand sahen die anderen so alt aus, daß sich einem fast der Magen umdrehte. Sie hatte gar nicht gewußt, daß man älter als ungefähr fünfzig werden konnte, begriff aber, daß einigen Leuten wohl gar nichts anderes übrig blieb.

Bald darauf hatten sie den ausgedehnten Ogersee erreicht. »Wir sollten jetzt Rast machen und uns erfrischen«, sagte Iris, »bevor wir uns ins Labyrinth der Unterwelt begeben.«

Also führte Trent Schnellschlamm um das Seeufer herum, auf der Suche nach einer Lagestätte mit Pastetenbäumen und Kissensträuchern. Statt dessen stießen sie auf ein Dorf aus schwarzen Häusern. Und tatsächlich stand auf einem Schild: SCHWARZES DORF.

»Ich kann mich gar nicht erinnern, daß hier ein Dorf liegt«, meinte Trent.

»Es muß wohl in den letzten zehn Jahren entstanden sein, seit wir zum letzten Mal hier waren«, warf Iris ein. »Ich kann uns aber in die Illusion der Unsichtbarkeit hüllen, wenn du möchtest.«

»Mach dir nicht die Mühe. Mach uns einfach nur jung und anonym. Bestimmt sind die Eingeborenen hier freundlich.«

Und tatsächlich stand ein Stück weiter auf einem Schild: FREUNDLICHE EINGEBORENE.

Jetzt wurden alle jünger – bis auf Gloha, die sich nicht veränderte. Sie war tief beeindruckt von Iris' Macht der Illusion.

Schnellschlamm glitt langsam die Hauptstraße entlang. Plötzlich kam ein Mann heran. Er sah ganz normal aus, nur daß er schwarz war.

»Was kann ich für euch Touristen tun?« fragte er freundlich. Er trug ein Namensschild mit der Aufschrift SHERLOCK: Sicher – Höflich – Zuverlässig.

»Wir waren auf der Suche nach Erfrischungen«, antwortete Trent. »Wir sind unterwegs zur Unterwelt.«

»Da seid ihr an den richtigen Ort gekommen«, sagte Sherlock. »Wir haben uns letztes Jahr hier niedergelassen und fördern jetzt den Tourismus. Wir haben alle möglichen Erfrischungen und ein großes Unterhaltungsangebot, darunter auch regelmäßige Vorführungen im Fluchungeheuer-Schauspielhaus. Ihr könnt aber auch einfach nur am Strand des

Ogersees ein Sonnenbad nehmen und die zahmen Oger und Fluchungeheuer füttern.«

»Zahme Oger?« fragte Iris ungläubig.

»So etwas kommt vor«, erinnerte Tandy sie.

»O ja«, bestätigte Sherlock. »Wir haben Okra, den Oger-Zähmer, der einen Oger namens Schmied Kraftakte vollführen läßt. Das glaubt keiner, der es nicht mit eigenen Augen gesehen hat!« Er lächelte.

»Bring uns lieber ein paar frische Pasteten zum Mitnehmen«, sagte Iris.

Sherlock wandte den Kopf. »Pastetensortiment zum Mitnehmen«, rief er. Und dann, an Trent gewandt: »Und was könnt ihr dafür eintauschen?«

»Braucht ihr irgendwelche Illusionen?« erkundigte sich Iris.

»Wir ziehen es vor, keine Illusionen zu haben«, erklärte Sherlock. »Wir lieben die Dinge hier so, wie sie sind.«

»Soll irgendeine Person oder ein Wesen in irgend etwas anderes verwandelt werden?« fragte Trent.

Sherlock überlegte. »Da gibt's tatsächlich jemanden, den wir gern verwandelt hätten. Aber es ist sein Wesen, daß einer Umwandlung bedarf, nicht sein Äußeres.«

»Was ist denn das für ein Wesen?«

»Er versucht ständig, die Dinge so zu organisieren, daß er damit Staat machen kann. Und den will er dann beherrschen. Wir haben keinerlei Verwendung für so was, aber er hört einfach nicht auf. Sein Name ist Nator. Wir bezeichnen sein Verhalten sogar als natorisch. Es ist wirklich ziemlich lästig.«

Trent dachte nach. »Ich kann mich an eine Art von Kreatur erinnern, die diese Organisiertheit liebt. Es gibt zwei verschiedene Arten. Die einen wollen nur organisieren, die anderen wollen auch Anführer sein. Deshalb sind sie meist in einem Zustand der Verwirrung oder Enttäuschung.«

»Nator würde nur zu gern die Probleme anderer lösen«, meinte Sherlock. »Gilt das auch für Menschen?«

»Spielt das bei diesem Nator eine Rolle?«

Sherlock überlegte wieder. »Wahrscheinlich nicht.« Er

wandte wieder den Kopf um. »He, Nator! Hast du Lust, ein Goober zu werden?«

Ein weiterer Mann kam herbeigelaufen. »Was ist denn ein Goober?«

»Kreaturen, die damit Staat machen, daß sie keinen Anführer haben, weil niemand diese Aufgabe übernehmen will.«

»Die würde ich wirklich gern auf Vordermann bringen!« meinte Nator.

Trent machte eine Handbewegung. Nator verwandelte sich in eine Kreatur, die schwache Ähnlichkeit mit einer Kreuzung zwischen Erdnuß und rosa Geleebohne hatte, dazu zahlreiche Beine und lange Antennen. Die Antennen zitterten. Dann lief der Goober davon.

»Warte!« rief Sherlock ihm nach. »Wir wissen ja noch gar nicht, ob es dir gefällt.«

Doch da erblickten sie eine grüne Geleebohne, die aus dem Urwald kam, um sich zu der rosafarbenen zu gesellen, während aus einer anderen Richtung bereits eine purpurne herbeieilte.

»Die brauchen offenbar nicht lange, um sich zu finden«, erklärte Trent. »Ich bin sicher, daß Nator jetzt glücklich ist. Es sind sehr gesellige Wesen.«

»Und haben die auch nichts dagegen, daß Nator so natorisch ist?«

»Entzückt werden die sein. Er wird goobernatorisch werden.«

Da traf eine junge schwarze Frau ein, im Arm lauter frische Pasteten. »Ich hoffe, das reicht«, sagte sie. »Wir haben hier Schwarzbeere, die wir am liebsten essen, und Grünbeere, Purpurbeere, Graubeere und Blaubeere. Und eine Gänsepastete. Seid vorsichtig damit, die ist noch ganz frisch.«

»Alles in Ordnung«, sagte Trent. »Ein fairer Tausch.«

Sie nahmen die Pasteten entgegen. Gloha bekam die Gänsepastete. Die stieß einen Schrei aus, als Gloha einen Bissen nahm, aber ihre andere Reaktion der Pastete vermied Gloha, indem sie sich in die Lüfte erhob. Gänse waren Fluglebewesen, und ihre Nahrung ließ andere gern den Versuch unternehmen, selbst zu fliegen, bis auf Wesen, die diese Fähigkeit besaßen. Deshalb konnte Gloha die Frische der Pastete nichts ausmachen, weil sie damit umzugehen vermochte.

Dann verabschiedeten sie sich von Sherlock und der jungen Frau, während Schnellschlamm sich wieder in Gleitbewegung setzte. Inzwischen waren zahlreiche schwarze Leute herbeigekommen und musterten den Schlamm neugierig. Gloha konnte es ihnen nicht verübeln – es war ja wirklich ein sehr merkwürdiges Wesen.

»Wir müssen Dor von diesem neuen Dorf erzählen«, bemerkte Trent. »Scheint mir wirklich ein recht netter Ausflugsort zu sein.«

»Diese Gegend hat sich sehr verändert«, stimmte Bink zu. »Früher war es primitives Land, aber jetzt gleicht es eher einer Parklandschaft.«

»Das müssen die Schwarzdörfler getan haben«, warf Chamäleon ein. »Jetzt erinnere ich mich: Ich habe irgend etwas von einer Schwarzen Welle gehört, die aus Mundania gekommen ist, aber ich habe nie erfahren, wo sie sich niedergelassen hat. Jetzt wissen wir es.«

Während sie ihre Pasteten verzehrten, glitt Schnellschlamm über die Seeoberfläche, die ihm ebensowenig Schwierigkeiten bereitete wie die steilen Wände des Grabens. Schon bald waren sie von flachem Wasser umgeben. Gloha war beeindruckt, denn sie hatte noch nie so viel Wasser auf einmal gesehen. Jedenfalls nicht, wenn sie sich darauf befand.

Es war eine interessante Reise. Aber führte sie Gloha auch wirklich der Erfüllung ihres Herzenswunsches entgegen? Sie hatte immer noch keine Ahnung, wie sie den Mann jedweder Träume, die sie haben mochte, finden sollte – vorausgesetzt, es gab ihn überhaupt. Wenn der Gute Magier doch nur ihre Frage beantwortet hätte, statt sie einfach wegzuschicken, ohne ihr zuzuhören! Statt sie auf diese wilde Jagd nach seinem zweiten Sohn zu schicken, der möglicherweise gar nicht existierte.

3

Versöhnungen

Sie hatten ihre Pasteten kaum verzehrt, als sie die Kuppelstadt der Fluchungeheuer erreichten. Merkwürdigerweise hatte Sherlock sie als ›Fluchfreunde‹ bezeichnet; vielleicht hatte er sich auch nur versprochen. Doch zwischen See und Stadt lag ein großer Strudel. Ein sehr großer.

Schnellschlamm hielt direkt darauf zu. »Da werden wir doch wohl nicht hineingleiten, oder?« fragte Gloha mit einem kleinen Anflug von Zaghaftigkeit.

»Ach, richtig, du warst ja noch nie hier«, warf Tandy ein. »Das ist der Zugang zur Unterwelt. Jedenfalls einer der Zugänge, aber an den anderen lauern Kobolde. Mach dir keine Sorgen.«

Gloha tat ihr Bestes, sich keine Sorgen zu machen, als Schnellschlamm vom Strudel erfaßt wurde und in einer immer dichter werdenden Spirale in der Tiefe verschwand. Das Mittelloch ragte riesig heraus. Dann kippten sie auch schon hinein und wurden auf dem Weg nach unten immer wieder herumgewirbelt.

Ein Aufprall, ein Platscher, dann hörte das gräßliche Strudeln auf. Gloha schlug die Augen auf, die sie fest zusammengepreßt hatte.

Sie befanden sich in einer dunklen Höhle, wo sie auf einem düsteren See dahintrieben.

»Was ist passiert?« fragte Gloha zweifelnd.

»Wir sind am Fuß des Strudels gelandet«, erklärte Tandy. »Von hier aus können wir beinahe schnurstracks zu den Gemächern meiner Mutter segeln.«

Das war Gloha eine Erleichterung. Hätte sie vorher geahnt, wie diese Reise verlaufen würde, hätte sie wahrscheinlich gezögert, sich auf den Weg zu machen. Doch die anderen schienen sich keine Sorgen zu machen, und so stopfte Gloha ihren erschrockenen kleinen Magen wieder an Ort und Stelle zurück und tat, als wäre sie's zufrieden.

Nach einer zeitlosen Zeit – denn es gab hier keine Sonne, nur ein mattes Leuchten im Wasser und an den Felswänden – erreichten sie eine Landestelle. Eine ungewöhnliche Frau trat aus einer Tür. Sie trug ein Kleid, das mit so vielen leuchtenden Edelsteinen besetzt war, daß um sie herum alles dreieinhalbmal heller erstrahlte. »Ach, da seid ihr ja!« rief sie. »Aber wer ist das?«

»Mutter, das ist Gloha. Sie ist gekommen, um Crombie zu sprechen«, erklärte Tandy. »Gloha, das ist Juwel, die Nymphe.«

Sie sah tatsächlich wie eine Nymphe aus und hatte eine wundervolle Figur. Bis auf eins – sie war alt. Gloha hatte noch nie von einer alten Nymphe gehört.

»Juwel war zeitlos, bis sie sich in Crombie verliebte und ihn heiratete«, erklärte Bink ihr. Die Art, wie er mit der Nymphe umging, hatte etwas Distanziertes an sich, was Gloha normalerweise verwundert hätte, hätte sie Zeit dazu gehabt, darüber nachzudenken; doch im Augenblick lernte sie viel zu viele neue Leute kennen. »Da fing sie an zu altern, genau wie Sterbliche. Wir nennen sie immer noch Juwel die Nymphe, aber in Wirklichkeit ist sie gar keine Nymphe mehr und wird schon bald an unserer Verblassungsparty teilnehmen.«

Aha. Gloha verstand zwar nicht, nahm die Dinge aber so hin, wie sie zu sein schienen und lächelte, obwohl sie sich halbwegs sicher war, daß die Dinge ganz und gar nicht so waren, wie sie schienen. Was hatte es zum Beispiel mit Binks Verhalten gegenüber Juwel auf sich?

»Ihr seid gerade noch rechtzeitig gekommen«, sagte Juwel. »Crombie ist fast schon verblaßt.«

»Wir sind aufgehalten worden«, erwiderte Iris ein wenig säuerlich. Gloha empfand wieder Schuldgefühle, weil ihr einfiel, daß es beim letzten Mal daran gelegen hatte, daß Bink versuchte, ihr von seinem Talent zu erzählen. Natürlich war das nicht eigentlich *ihre* Schuld gewesen; dennoch fühlte sie sich irgendwie schuldig.

»Gloha muß unbedingt mit meinem Vater sprechen, bevor er noch weiter verblaßt«, erklärte Tandy. »Sie ist jung und hat den größten Teil ihres Lebens noch vor sich.«

»Wie hübsch«, meinte Juwel. Sie führte die Besucher in ein Schlafzimmer.

Dort lag, inmitten aufgetürmter Decken und Kissen, ein schrecklich verhutzelter uralter Mann. Gloha wußte nicht genau, was es mit dem Verblassen auf sich hatte, aber wenn dies hier die Folge davon sein sollte, gefiel es ihr nicht besonders. Crombie schien fast schon eingeschlafen zu sein, so wie er auf dem Rücken lag und mit ausdruckslosen Augen an die Decke starrte.

Aber sie mußte nun einmal mit ihm reden und hoffte inständig, daß er ihr helfen konnte.

»Herr Crombie, der Gute Magier Humfrey hat mir gesagt, ich soll mit seinem zweiten Sohn reden, aber ich weiß nicht, wo der ist, oder wer es überhaupt ist, und meine Tante Goldi meint, vielleicht wüßte Krach Oger es, aber der war nicht zu Hause, und da hat Tandy gedacht, vielleicht weißt du es oder kannst mir wenigstens die Richtung zeigen«, sprudelte sie hervor und atmete tief durch.

Die zerbrechliche Gestalt rührte sich leicht. Der welke alte Mund öffnete sich. »Kann … nicht«, hauchte er.

Gloha wußte nicht, was sie sagen sollte. Crombie war fast schon zu ihrer letzten Hoffnung geworden – und nun dies. Sie brach in Tränen aus.

Die Gestalt rührte sich wieder. »Frag … anders«, hauchte sie.

Inmitten ihrer Niedergeschlagenheit bildete sich ein Gedanke aus. Anders fragen? Wenn Crombie auf alles zeigen konnte – oder auf fast alles –, warum ihn dann nicht fragen, wo ihr idealer Mann war? Wenn Crombie in die Richtung zeigen könnte, wo der sich befand, würde Gloha gar nicht mehr mit Humfreys zweitem Sohn sprechen müssen.

»Wo ist mein idealer Mann?« fragte sie.

Ein Arm rührte sich. Er fiel zwar seitlich schlaff vom Bett, zeigte aber eindeutig in eine bestimmte Richtung. Gloha prägte es sich sorgfältig ein – jetzt hatte sie zumindest eine Antwort!

Aber sie brauchte mehr. »Gibt es irgend etwas, das mir bei meiner Suche helfen kann?« fragte sie.

Der Arm bewegte sich wieder. Diesmal zeigte er auf König Emeritus Trent.

»Der Magier Trent kann mir helfen?« fragte Gloha erschreckt. »Aber der ist doch ...« Sie bremste sich selbst, bevor sie die schäbige kleine Wahrheit von sich gab, daß er doch viel zu alt und verkalkt war, um mehr durchzustehen als seine Teilnahme an der Verblassungsparty, die ihn vielleicht auch schon überfordern würde. »Hat doch andere Verpflichtungen«, schloß sie.

Trent wirkte selbst überrascht. »Er muß auf irgend etwas zeigen, das hinter mir liegt«, meinte er.

»Beispielsweise auf die Wand«, warf Iris mit einem halben Lächeln ein. »Ich bin sicher, die ist ihr eine große Hilfe.«

»Irgend etwas *jenseits* der Wand«, versetzte Trent mit der anderen Hälfte des Lächelns. »Genau wie vorhin, als er auf Glohas idealen Mann gezeigt hat.«

»Vielleicht hat er die Fragen ja nur vertauscht, und in Wirklichkeit bist *du* ihr idealer Mann«, sagte Iris mit einem Viertellächeln.

Trent lachte. »Welch ein reizvoller Gedanke! Aber ich glaube, sie sucht eher jemanden, der ungefähr sechsundsiebzig Jahre jünger ist als ich. Ich gehe mal ein Stück beiseite, dann kann Crombie noch mal zeigen.« Er ließ sich neben Crombies Kopf auf einem Kissen nieder.

Gloha war erleichtert, Gelegenheit zu bekommen, die Verwirrung aufzuhellen. »Herr Crombie, könntest du bitte noch einmal auf wen oder was auch immer zeigen, der oder das mir bei meiner Suche nach dem idealen Mann helfen kann?«

Der verhutzelte Arm erzitterte und setzte sich wieder in Bewegung. Der knorrige Zeigefinger deutete an dem verfallenen Kopf vorbei. Wieder direkt auf Trent.

Gloha war bestürzt und fasziniert zugleich. Offensichtlich funktionierte Crombies Talent, denn der alte Mann sah nicht einmal hin und hätte gar nicht wissen können, wo Trent sich nun befand. Aber wie sollte ihr der steinalte verkalkte König Emeritus Trent helfen? Irgend etwas mußte hier durcheinander geraten sein.

Gloha hatte viermal um Anweisung gebeten: wegen Humfreys zweitem Sohn, wegen ihrem idealen Mann und wegen etwas, das ihr bei der Suche helfen würde – letzteres gleich zweimal. Die erste Frage hatte Crombie nicht durch Deuten beantworten können, bei den anderen beiden dagegen schien er sich ziemlich sicher zu sein. Die Verwirrung lag also eher bei der ersten als bei der letzten Frage. Merkwürdig, daß er da versagt hatte. Sollte das etwa heißen, daß der zweite Sohn Humfreys tot war? Warum hatte Humfrey sie dann aufgefordert, ihn zu fragen? Sollte sie etwa seinen Geist ausfindig machen? Das war nicht besonders wahrscheinlich; denn Geister beantworteten ausgesprochen selten irgendwelche Fragen.

Da ereilte Gloha eine weitere erstaunliche kleine Intuition. Doch die würde sie erst einmal überprüfen müssen, denn die Sache hatte etwas Verwirrendes an sich. »Ich … könnte ich mal allein mit Crombie sprechen?« fragte sie zaghaft.

»Warum nicht«, meinte Juwel. »Wir können in der Zwischenzeit ja unsere Party vorbereiten.«

Die anderen verließen das Zimmer. Gloha faßte sich ein Herz, um Crombies verwitterte und beinahe zerfallende Hand zu nehmen. Etwas von ihrer jungen kleinen Vitalität schien dabei überzuspringen und Crombies Senilität zu beheben. »Jetzt sind wir allein, Herr Crombie«, sagte sie. »Ich verspreche nicht zu wiederholen, was du mir sagst, wenn du es möchtest. Würdest du mir verraten, weshalb du mir nicht sagen konntest, wo Humfreys zweiter Sohn ist?«

Der runzelige aschfahle Kopf wälzte sich von einer Seite zur anderen. Die welken Lippen bebten. »Nein«, sagte er zittrig.

»Ich habe einen Verdacht«, fuhr Gloha gnadenlos fort. »Ich glaube, der Gute Magier hatte einen bestimmten Grund, mich zu seinem zweiten Sohn zu schicken. Und ich glaube, du weißt, wo er ist.«

»Nein«, knarzte Crombie wieder.

»Ich glaube, daß vielleicht – *ganz* vielleicht – *du* dieser zweite Sohn bist. Daß ich dich gefunden habe, ohne es zu ahnen.«

Wieder wälzte er den Kopf hin und her, verneinte aber nicht mehr.

»Was ich nicht verstehe ... weshalb möchtest du nicht, daß es bekannt wird?«

Crombie war zwar immer noch zögerlich, doch in Anbetracht ihrer genauen Einschätzung der Situation gelang es ihm, sich hinreichend zu erholen, um ihr die Geschichte zu erzählen. Er war der Sohn von Humfrey und der mundanischen Frau Sofia, die Humfrey einst geheiratet hatte, weil sie die beste lebende Sockensortiererin gewesen war. Humfrey hatte einen Sohn von seiner ersten Frau, der Dämonin Dara, und eine Tochter von seiner dritten Frau, Rose von Roogna. Aber Humfrey hatte sich mehr für seine Arbeit als für seine Familie interessiert und mehr dafür, Kinder vom Magierkaliber wie Trent und Iris auszubilden, als sein eigenes Kind. Deshalb hatte er Crombie ziemlich ignoriert.

»Oh, das tut mir aber leid«, sagte Gloha mit mehr als nur einem Anflug von Mitgefühl. »Kein Wunder, daß du nicht glücklich warst. Aber ich verstehe immer noch nicht, warum du nicht als Humfreys Sohn bekannt werden willst.«

Also erzählte Crombie ihr auch von seinem Erlebnis mit

der Dämonin Metria: wie er sie kennengelernt hatte, als er nach einer besseren Mutter suchte, und wie sie ihm geholfen hatte, die Spukgestalten seines nächtlichen Schlafzimmers abzuwehren, und wie sie bei ihm geblieben war, bis er dreizehn wurde und sich für die weiblichen Mitglieder der Art zu interessieren begann. Da hatte sie sich in Rauch aufgelöst und war davongeschwebt. Er aber erkannte, daß sie nur bei ihm geblieben war, um auf diese Weise Zutritt zu Humfreys Schloß zu erhalten und seine Geheimnisse auszuspionieren. Er hatte eine Freundin gesucht und auch geglaubt, eine gefunden zu haben, doch als er dann ihre Höschen sehen wollte, hatte sie sich in Rauch aufgelöst, und er hatte begriffen, daß die Dämonin nur ihren Spaß mit ihm trieb. Metrias schändliches Verhalten hatte schließlich dafür gesorgt, daß Crombie aus Enttäuschung für alle Zeiten den Frauen abgeschworen hatte.

»Das kann ich verstehen«, meinte Gloha. »Sie hätte dich nicht so hinters Licht führen dürfen. Es weiß doch jeder, daß ein Mann bei einer jungen Frau nur eins will, ihre Höschen sehen. So hat sich Mela Meerfrau den Prinzen Naldo Naga geschnappt, und dabei war Mela noch nicht mal besonders jung. Und so werde *ich* mir auch meinen idealen Mann schnappen, sollte ich ihn jemals finden. Aber warum wolltest du denn nicht, daß bekannt wird, daß du Humfreys Sohn bist?«

Also erzählte Crombie ihr, wie er aufgewachsen und schließlich von zu Hause ausgezogen war, ganz auf sich gestellt, um Soldat zu werden. Das Desinteresse seines Vaters hatte ihn zutiefst verbittert, und seine Mutter war schließlich eine Frau, und Frauen traute Crombie nicht mehr über den Weg. Später hatte er dann eine nette Nymphe entdeckt. Das war schon ganz in Ordnung, weil Nymphen ja keine Frauen waren, sondern vollkommen unschuldige Kreaturen. Deshalb hatte Crombie sie geheiratet und war es auch zufrieden gewesen, obwohl sie einen anderen liebte.

Gloha fragte, obwohl es sie eigentlich nichts anging: »Wen hat sie denn geliebt?«

»Bink. Er hat von dem Liebeselixier getrunken, ohne es zu wissen. Dann hat er sie erblickt und sich sofort in sie verliebt, obwohl er bereits verheiratet war. Nach und nach hat sie seine Liebe erwidert, doch ich bin ja kein Dummkopf, da hab' ich ihr einen Liebestrank gebracht, und danach hat sie mich auch geliebt. Natürlich hat es immer noch eine Weile gedauert, bis ihre Liebe zu Bink verblaßt war ... falls das jemals geschehen sein sollte, denn diese Liebe war ja echt.«

Das also erklärte Binks seltsames Verhalten gegenüber Juwel. Bink hatte sie einst geliebt, und sie ihn. Das war die traurige Erinnerung daran, was zwischen ihnen hätte sein können. Wie romantisch!

»Hat es dir denn nichts ausgemacht, daß Juwels Liebe zu Bink natürlich war, während ihre Liebe zu dir magischen Ursprung hatte?«

»Nein, ich wußte ja um die Situation. Ich wollte lediglich, daß sie mir eine gute Frau war, und das ist sie auch gewesen.«

So hatte Crombie also sein Leben selbst gestaltet, und das war in Ordnung. Glücklicherweise war seine Tochter Tandy eine Halbnymphe, weshalb er sie überhaupt ausstehen konnte. Aber Crombie hatte nie einen Grund dafür gesehen, seine Verbindung zu dem Guten Magier bekannt werden zu lassen. Schließlich hatte Humfrey ihm auch nie die geringste Zuneigung entgegengebracht.

Gloha erfuhr die faszinierende Ahnung einer weiteren kleinen Intuition. »Aber mal angenommen, Humfrey würde dir nun doch seine Zuneigung zeigen?« fragte sie. »Es weiß ja jeder, daß er nicht im Traum daran dächte, menschliche Gefühle einzugestehen – aber nur mal angenommen, er würde eine Andeutung fallen lassen, daß er sich an dich erinnert und gern wüßte, wie es dir geht? Wäre es dir dann recht, als sein zweiter Sohn offenbart zu werden?«

Crombie dachte einen Augenblick darüber nach und schien gegen die Vorstellung anzukämpfen, doch deren Anziehungskraft war viel zu groß für seinen matten, greisen Widerstand, und so mußte er schließlich einräumen, daß es ihm recht wäre. Allerdings wisse er ja, daß Humfrey von sich aus nie so etwas andeuten würde; deshalb spiele es auch keine Rolle. Nun würde er eben in Frieden mit seinen Freunden verblassen, und alles wäre vergessen.

»Aber du hast doch gesagt, daß Trent und Iris diejenigen waren, die die Aufmerksamkeit deines Vaters von dir abgelenkt haben«, wandte Gloha ein. »Trotzdem bist du mit ihnen befreundet?«

»Sie wußten ja nicht, wie das war«, versetzte Crombie, und seine Stimme klang plötzlich schon kräftiger. »Sie glauben, daß es irgendeinen anderen Grund dafür gab ... beispielsweise die Dämonin. Deshalb haben sie es hingenommen und niemandem davon erzählt. Und ich habe ja auch jahrelang für sie gearbeitet, als Trent König war – und er war ein guter Arbeitgeber. Deshalb möchte ich sie nicht in Verlegenheit bringen, indem ich es bekannt werden lasse.«

»Und deine Tochter Tandy weiß es auch nicht?«

»Sie weiß es auch nicht. Ebensowenig Juwel. Und so soll es auch bleiben. Nach der Verblassungsparty spielt es sowieso keine Rolle mehr.«

»Na ja, vielleicht muß diese Party eben verschoben werden.«

Die greise Gestalt entwickelte einen Anschein von Lebhaftigkeit. »Verschoben! Ich werde den Tag nicht mehr überdauern!«

»Aber du hast doch auf Trent als denjenigen gedeutet, der mir helfen wird, meinen idealen Mann zu finden. Also wird er mir auch beim Suchen helfen müssen. Folglich kann er jetzt nicht an deiner Party teilnehmen. Möchtest du nicht lieber warten, bis er wieder Zeit hat?«

»Du richtest typisch weibliches Unheil an!« rief Crombie, wobei seine alten Knochen vor Anstrengung klapperten.

»Na ja, das ist eben meine Natur«, erwiderte Gloha mit einem goldenen kleinen Grinsen. »Ich glaube, Humfrey vermißt dich und möchte als dein Vater anerkannt werden. Aber das geht nur, wenn du einverstanden bist. Er kann ja nicht einmal *zugeben*, daß er es möchte, weil er deine Ablehnung fürchten muß. Deshalb hat er mich zu dir geschickt, in der Hoffnung, daß ich dich erweiche. Ich wette, wenn du auch nur einmal zustimmend nicken würdest, wäre er sofort hier, um Wiedergutmachung zu leisten.«

»Niemals!« sagte Crombie mit einem Ausdruck, der durchaus als Heftigkeit hätte durchgehen können.

»Wirklich nicht?«

»Niemals! Der Gute Magier wird niemals zugeben, daß er in seinem ganzen langen Leben auch nur einen Fehler gemacht hat.«

Gloha hatte einen leisen Anflug von Zweifel. Also unterdrückte sie ihn, bevor er größer wurde. »Na ja, das können wir ja mal überprüfen. Nick einfach.«

Gloha hoffte, daß sie recht hatte.

»Ich habe nicht die Kraft dazu.«

»Vielleicht kann ich dir beim Aufsitzen behilflich sein.« Sie beugte sich über ihn.

»Schon gut! Ich nicke ja! Läßt du mich dann in Frieden?«

»Natürlich«, antwortete sie mit zuckersüßem kleinen Lächeln.

Sie legte Hand an Crombies knochige alte Schultern und riß daran, und er schaffte es in eine sitzende Stellung. Dann nickte er einmal und sank sofort erschöpft zurück.

Stille. Nichts geschah. Gloha sah ein, daß sie die Sache offenbar doch falsch eingeschätzt hatte. »Na ja, ich schätze, du hast wohl recht«, meinte sie. »Dann gehe ich jetzt und lasse dich in Frieden.«

»Danke«, hauchte er. Er wirkte beinahe enttäuscht.

Sie stand auf und ging durch die Tür. Draußen stand der Gute Magier Humfrey. »Bist du endlich fertig?« fragte er muffelig.

»Ja, muß ich wohl«, erwiderte sie traurig. Sie ging an ihm vorbei und ließ ihn eintreten.

Da blieb sie plötzlich stehen. Ihr Mund öffnete sich zu einem kleinen O. Die anderen lachten.

»Du hast es geschafft«, sagte Trent und sah dabei noch jünger aus als zuvor, beinahe wie in seinen Zwanzigern. Er trug inzwischen ein leuchtendes Hemd und Hosen, dazu blitzende Stiefel und sogar ein Schwert in einer Scheide. Er sah betörend aus. »Ich hatte gehofft, daß du es schaffst. Ich glaube, ich bin dir einen Gefallen schuldig.«

»Oh, du brauchst nicht ...«

»Humfrey hat etwas Elixier vom Jungborn mitgebracht. Er wird Crombie ein wenig davon geben, damit er das Verschieben der Verblassungsparty überlebt. Mir hat Humfrey auch einen Schluck gegeben, damit ich in Form bin, um dir bei deiner Suche zu helfen.«

Gloha sah ihn wieder an. »Du meinst ...?«

»Das ist keine Illusion mehr. Das ist jetzt mein wirkliches körperliches Alter. Natürlich werde ich noch ein wenig Elixier mitnehmen, dazu Umkehrholz, um die Wirkung zu neutralisieren, nachdem alles erledigt ist. Dann können wir uralten Knacker von Xanth würdevoll verblassen.«

»Oh!« seufzte Gloha in einem Anflug maidenhafter Schwäche.

»Allerdings«, warf Iris in einem scharfen Tonfall ein, der darauf hinwies, daß nun eine beträchtliche Einschränkung ans Tageslicht kommen würde, »kannst du nicht erwarten, daß wir anderen die müden Daumen drehen, während ihr zwei euch damit vergnügt, auf Freudenfahrt durchs Land zu ziehen, Drachen zu erlegen und Ähnliches. Was sollen wir denn so lange tun – mit Ungeheuern Tauziehen spielen?«

Trent überlegte einen guten Dreiviertelmoment. »Vielleicht könntet ihr euch im Teich der Gehirnkoralle ausruhen.«

Chamäleon lachte, doch Juwel blieb ernst. »Warum nicht?« fragte sie in nymphenhafter Unschuld.

Iris antwortete ihr: »Die Gehirnkoralle sammelt zwar gern Dinge in ihrem Teich, gibt sie aber nur ungern wieder her. Wenn wir also nicht gerade unsere Freiheit preisgeben wollen, ist es ratsam, uns von ihr fernzuhalten.«

»Das stimmt doch gar nicht«, wandte Juwel ein. »Ich bin schon oft dort gewesen, wenn ich unterwegs war, um Edelsteine für die Sterblichen zu pflanzen. Manchmal, wenn ich müde war, hat die Gehirnkoralle mich in ihrem Teich ausruhen lassen, und danach hat sie mich erfrischt wieder freigegeben. Sie hält sich an jede Abmachung, die man mit ihr trifft.«

Trent überlegte ein weiteres Mal. »Vielleicht war mein Scherz doch etwas voreilig. Möglicherweise haben wir der Gehirnkoralle Unrecht getan.«

»Sollte sie die Leute tatsächlich wieder freilassen«, warf Bink ein, »wäre es durchaus eine Überlegung wert. Der Gute Magier müßte es eigentlich besser wissen als alle anderen. Er könnte es uns ja sagen.«

»Hat da jemand gerade meinen Namen ausgesprochen?« fragte der Gute Magier, als er im Türrahmen erschien. Neben ihm stand Crombie. Er sah etwa zehn Jahre jünger und vierzig Jahre glücklicher aus. »Mein Sohn und ich konnten nicht anders, wir haben es mitgehört.«

»Dein Sohn?« fragte Juwel überrascht.

»Das ist eine lange Geschichte«, versetzte Crombie. »Was war das mit der Gehirnkoralle?«

»Juwel sagt, daß die Gehirnkoralle sich an Abmachungen hält«, antwortet Bink. »Als ich noch jung war, habe ich in ihr einen Feind gesehen, aber das ist schon eine Weile her.«

»Die Gehirnkoralle tut, was sie für richtig hält«, sagte Humfrey. »Als du versucht hast, den Dämon Dämon X(A/N)th zu befreien, um auf diese Weise die Zeit der Fehlenden Magie herbeizuführen, da hat sie dich bekämpft, weil sie es besser wußte als du. Aber wenn du es nicht gerade auf die Torheiten des Sterblichen abgesehen hast, ist sie nicht deine Gegnerin.«

»Wenn wir also eine Abmachung mit ihr schließen, uns in ihrem Teich ausruhen zu lassen, bis Trent zu unserer Verblassungsparty zurückgekehrt ist, wird sie uns rechtzeitig wieder freilassen.«

»Ganz bestimmt«, bestätigte Humfrey. »Aber für einen solchen Dienst würde sie einen Preis verlangen.«

Bink wandte sich an die anderen. »Dann haben wir vielleicht doch etwas zu tun, solange wir warten. Ich hab' mir sagen lassen, daß ein Schlaf im Teich der Gehirnkoralle wie ein Augenblick ist – man begibt sich hinein und kommt sofort wieder hervor, obwohl inzwischen vielleicht Jahrhunderte verstrichen sind.«

»Aber man kann sich auch Zeit mit dem Schlaf lassen«, warf Juwel ein. »Wenn man möchte, kann man auch bei Bewußtsein bleiben und sich mit den anderen Leuten dort unterhalten. In diesem Speicher sind eine Menge interessanter Wesen, die faszinierende Geschichten zu erzählen haben.«

»Dann gehen wir doch mal hin und erkundigen uns«, schlug Trent vor. »Mal sehen, ob wir nicht eine Abmachung mit der Koralle treffen können.«

»Geh du«, sagte Juwel. »Ich möchte erst die Geschichte hören, wer hier eigentlich wessen Sohn ist.«

»Gloha und ich werden gehen«, entschied Trent. »Das ist unsere Aufgabe.«

Die anderen tauschten ein Achselzucken aus und hatten keine Einwände. Anscheinend hatte die Versöhnung zwischen dem Magier Humfrey und Crombie ihr größeres Interesse geweckt.

»Wo ist denn nun der Teich der Gehirnkoralle genau?« wollte Trent wissen.

Crombie zeigte in eine Richtung. Es schien stromabwärts zu sein, also begaben sie sich zu Schnellschlamm, der schlammig am dunklen Ufer des Unterweltflusses vor sich hin döste.

»Ihr müßt dort von dem Wasser trinken«, erklärte Humfrey. »Dann könnt ihr mit der Koralle in Verbindung treten.«

Sie machten sich auf den Weg durch die Höhlen. Jetzt war Gloha in der Lage, die glühenden Farben der Wände und Decke zu bewundern, ebenso die Windungen des Gesteins unter der klaren Wasseroberfläche. Auf seine düstere Art war es eigentlich ein ziemlich hübscher Ort.

Sie gelangten in eine Höhle, die zur Hälfte mit Wasser gefüllt zu sein schien. Doch als Gloha ins Wasser hineinspähte, stellte sie fest, daß es sehr viel tiefer war, als sie geglaubt hatte, so daß sie den Boden nicht erkennen konnte. An den Seiten war es seichter, und an den Hängen und Vorsprüngen waren alle möglichen Dinge und Kreaturen zu sehen. Alle waren sie stocksteif; keine davon schwamm herum oder zeigte auch nur das leiseste Lebenszeichen. Es war eine gespenstische Ausstellung.

»Das muß es sein«, meinte Trent fröhlich.

Gloha hatte sich immer noch nicht an seine Jugend und Spannkraft gewöhnt; sie hätte ihn kaum wiedererkannt, hätte sie nicht von der Verjüngung gewußt. Er war nun ein attraktiver und selbstsicherer Mann, alles andere als tattrig. Das Jugendelixier war wirklich ein wunderbares Zeug.

Sie tauchten die Hände ein und führten einen Schluck von dem Wasser an die Lippen. Es schmeckte leicht nach Medizin.

Was willst du von mir, König Trent?

»Ich stehe am Beginn einer Suche mit Gloha Kobold, und meine Freunde brauchen einen Ort, an dem sie so lange untergebracht werden können.«

Was bietest du mir im Gegenzug?

Trent lächelte. »Was willst du denn?«

Was ist das für eine Suche?

»Nach meinem idealen Mann«, erklärte Gloha. Dann hatte sie einen halbwegs guten Einfall. »Du hast nicht zufällig einen netten geflügelten Koboldmann auf Lager?«

Nein. Ich habe allerdings ein geflügeltes Zentaurenmädchen.

Gloha schüttelte den Kopf. »Die kann ich nicht heiraten.«

Aber vielleicht können wir auf diese Weise tauschen. Wie ich höre, gibt es jetzt einen geflügelten Zentaurenmann.

»Che Zentaur – das Fohlen von Chex«, bestätigte Gloha. »Das einzige Exemplar seiner Art. Aber der ist noch sehr jung. Erst acht Jahre.«

Cynthia ist auch nicht viel älter. Es wird Zeit, daß sie an die Oberfläche tritt und das zeitgenössische Xanth kennenlernt. Bis sie das getan hat, dürfte Che erwachsen sein.

»Cynthia«, murmelte Trent. »Der Name kommt mir bekannt vor.«

Das sollte er auch, Magier! Du hast sie schließlich im Jahre 1091 transformiert.

»Habe ich das? Ich glaube, ich kann mich nicht erinnern. Ich habe damals, in diesen schlimmen Zeiten, sehr viele Leute verwandelt. War das ungefähr zur selben Zeit, als ich Justin Baum verwandelt habe?«

Ungefähr. Cynthia ist dann zu mir gekommen und befindet sich seit zweiundsiebzig Jahren in einem Schwebezustand. Inzwischen hat Xanth sich doch ziemlich verändert. Sie wird Zeit brauchen, um sich anzupassen, und da ist es besser, wenn ihr ein anderes Flügelungeheuer dabei helfen kann und sie so lange vor Unheil geschützt bleibt, bis sie selbst in der Lage ist, sich zu schützen.

»Ich merke, worauf du hinauswillst«, meinte Trent. »Du möchtest, daß wir uns darum kümmern – als Gegenleistung dafür, daß wir unsere Freunde hier unterbringen dürfen.«

»Ach, tun wir das doch!« rief Gloha. »Cynthia ist bestimmt eine nette Person.«

Trent musterte sie schräg. »Es wäre wohl besser, sich erst davon zu überzeugen, bevor wir uns auf diese Verpflichtung einlassen.«

Gloha begriff, daß es immerhin den Hauch einer Möglichkeit gab, daß Trents etwa fünfundsiebzig Jahre, die er ihr an Erfahrung voraus hatte, ihren Wert haben könnten. »Wahrscheinlich«, stimmte sie ihm vorsichtig zu.

Dann kommt in den Teich und hört euch Cynthias Geschichte an.

Trent schaute Gloha an, und Gloha musterte Trend. Ob sie das unbeschadet tun könnten? Aber wenn nicht, würde der Gute Magier schon vorbeikommen, um nachzusehen, was geschehen war. Also zuckten sie beinahe gleichzeitig die Schultern und bereiteten sich darauf vor, in den Teich zu steigen.

Da gab es allerdings ein Problem, nämlich ihre Kleidung. Es wäre nicht gut, wenn sie naß würde, andererseits wäre es aber auch nicht gut, wenn sie beide unbekleidet waren. Die Erwachsenenverschwörung hatte da einige ziemlich starre Regeln, selbst wenn keine Kinder im Spiel waren. Trent war ein erwachsener Menschenmann und Gloha eine vollausgebildete (wenn auch kleine), beinahe menschliche Mischlingsfrau. Es wäre alles andere als schicklich, wenn Trent ihr Höschen zu sehen bekäme.

Seid nicht albern. Laßt eure Kleider an. Springt einfach herein.

Sie tauschten einen weiteren Blick und ein Achselzucken. Dann hielten sie sich die Nase zu und sprangen, jeder auf seiner Seite, von Schnellschlamm herunter.

Gloha hatte befürchtet, daß sie ersticken könnte, doch diese Befürchtung erwies sich als grundlos. Zwar schien sie hier unten nicht zu atmen, verspürte dabei aber keinerlei Unbehagen. Sie versank einfach in der Tiefe, die auch nicht mehr beängstigend wirkte, und beobachtete, wie Trent ganz in der Nähe ebenfalls heruntersank.

»Das ist eine interessante Erfahrung«, bemerkte er, ohne den Mund zu öffnen.

»Sehr«, stimmte Gloha zu, ohne den ihren zu öffnen. Darüber hinaus schien ihre Kleidung gar nicht naß zu werden; sie klebte weder an ihrem Körper, noch trieb sie von ihr fort. Sie verhielt sich genauso wie an der Luft.

»Ich vermute, wir kommunizieren eher in Gedanken als durch Schall«, bemerkte Trent. »Aber unsere Ohren *halten* es für Schall.«

»Klingt plausibel«, stimmte Gloha mit einem kleinen Lächeln zu.

Sie landeten auf einem Felsvorsprung, der von hübschen Muscheln bewachsen war. Da stand ein weibliches Zentaurenfohlen mit Flügeln, braunem Haar und Mähne, weißen Schwingen und einer Bluse und Jacke, die den menschlichen Teil ihres Oberkörpers bedeckten. Das war ungewöhnlich für einen Zentauren, weil diese Lebewesen normalerweise völlig offenherzig waren, was ihr körperliches Aussehen und ihre Körperfunktionen betraf.

»Cynthia, nehme ich an«, sagte Trent.

»Du erinnerst dich, Magier Trent!« erwiderte das Fohlen.

»So häufig verwandle ich nicht so schöne Persönchen.«

»Du hast dich überhaupt nicht verändert! Aber ich vermute, daß oben doch eine Weile verstrichen sein muß.«

»Eine ganze Weile«, bestätigte Trent. »Das hier ist Gloha Kobold, die dich gern kennenlernen würde.«

Cynthia musterte Gloha zum erstenmal. »Oh! Du bist ja auch ein Flügelungeheuer!«

»Ja. Und möglicherweise das einzige meiner Art. Ich würde gern deine Geschichte hören, falls du sie erzählen magst.«

»Ich erzähle sie dir gern, wenn du sie dir anhören möchtest. Macht es euch bequem.«

Sie suchten sich ein paar glatte Felsbrocken und nahmen darauf Platz. Hier unten im Teich waren sie so leicht, daß selbst der harte Stein noch bequem wirkte.

Cynthia begann zu erzählen. Gloha vernahm nicht nur ihre stimmlose Stimme, sondern sah auch ihre gesichtslose Szene, als die Umgebung des Gehirnkorallenteichs diese zum Leben erwachen ließ.

Cynthia war in so gut wie jeder Hinsicht ein ganz durchschnittliches Menschenmädchen (wenn auch vielleicht ein bißchen hübscher als die meisten, wie sie zu glauben versucht war), das der Storch vor knapp sechzehn Jahren einer netten Familie im Norddorf gebracht hatte. Ihr magisches Talent war bescheiden, aber nützlich: Sie kam ganz erstaunlich gut mit Kindern zurecht. Sie benutzte diese Magie, um andere Leute durch Babysitten glücklich zu machen. Wenn die Eltern der Kinder fort waren, war Cynthia, wie ein Zentaur es einmal ausdrückte, ›in loco parentis‹; das war sein Ausdruck für ein Ersatzelternteil. Oder, wie die Kinder es ausdrückten: ›Verrückte Seh-Seh!‹ Womit sie nur ausdrükken wollten, daß Cynthia Spaß machte und schön anzuschauen war.

Doch in Xanth stand nicht alles zum besten. Der Sturmkönig achtete nicht genau auf das Wetter, so daß an manchen Tagen die örtlichen Kissensträucher dermaßen austrockneten, daß ihre Federfüllung herausleckte und davonwehte, während es an anderen Tagen so stark regnete, daß die

Kissen alle naß und schwammig wurden. Inzwischen kam die Kunde vom Bösen Magier Trent, der Unheil anrichtete und versuchte, die derzeitige Monarchie zu stürzen. Obwohl Cynthia nicht allzu viel dafür übrig hatte, wie der Sturmkönig das Königreich regierte, war sie sich doch so gut wie sicher, daß sich durch eine feindselige Übernahme nichts bessern würde.

Cynthia begab sich an den Rand eines ruhigen Sees, um ihr braunhaariges und braunäugiges Spiegelbild zu bewundern, wie man es von hübschen Mädchen ihres Alters erwartete. Sie bemerkte eine Plauderschlinge, die in der Nähe des Wassers wuchs, und ging darauf zu. Plauderschlingen waren sehr tratschige Pflanzen, berüchtigt für ihre Neuigkeiten über Dinge, die rechtschaffene Leute eigentlich nichts angingen, weshalb ihnen natürlich niemand zuhörte. Aber Cynthia war zufällig allein, so daß es niemand erfahren würde. Also gab sie der Versuchung nach und legte ein Ohr an die Schlinge.

»Der gräßliche Böse Magier nähert sich dem Norddorf und terrorisiert die Bewohner«, ergoß die Plauderschlinge ihre purpurne Prosa in Cynthias zartes, muschelrosa Ohr. »Wer soll diese monströse Invasion aufhalten, bevor es zu spät ist?«

Oh, das war aber wirklich eine schlimme Nachricht! Cynthia war ganz und gar dagegen, daß der Böse Magier ihr friedliches Dorf mit seinen üblen Transformationen heimsuchte. Sie mußte ihn aufhalten! Leider hatte sie nicht die leiseste Vorstellung, wie sie das tun sollte. Vielleicht konnte sie ihn abfangen und versuchen, ihn zu übereden, das Dorf in Frieden zu lassen. Sie war schließlich eine einfallsreiche Maid mit einem ausgeprägten Talent, was den Umgang mit Kindern betraf. Bestimmt würde ihr etwas einfallen, um dem kindischen Verhalten des Bösen Magiers einen Riegel vorzuschieben. Hoffte sie jedenfalls.

Eines Tages, als sie gerade Laberrosen pflückte, sah sie ihn kommen. Sie wußte, daß er es war, weil sie zufällig mitbekam, wie er gerade einen Schmetterling in einen rosa Elefanten verwandelte. Der Elefant schien alles andere als glücklich über diese Transformation zu sein; er trompetete eine blecherne Melodie und trabte davon, wobei er mit den Ohren flatterte, als wären es Flügel. Das war ein eindeutiges Zeichen von Magie. Also machte sie sich daran, den Mann abzufangen, bevor er an ihr vorbeigegangen war.

Plötzlich stand sie ihm von Angesicht zu Angesicht gegenüber. Sie öffnete den Mund, um ihre Vorhaltungen von sich zu geben, als ihr Blick den seinen traf.

Und dann stockte sie wie betäubt.

Nicht seiner Magie wegen. Nein, wegen seines attraktiven Gesichts und seines allgemein guten Aussehens. Sie hatte angenommen, daß er häßlich sein müsse, oder wenigstens unansehnlich. Vielleicht auch gebeugt, hinkend und mit einer Hasenscharte. Doch er sah geradezu göttlich aus, sehr groß und aufrecht und mit ebenmäßigen Gesichtszügen.

»Ich grüße dich, schöne Maid«, sagte er. »Sind wir uns schon mal begegnet?«

»Ich, äh ... weiß nicht genau«, stammelte sie und genoß die Wärme seines anziehenden Blicks. Die Rosen fielen ihr aus den schlaffen Fingern und laberten hastig davon, wie es ihre Art war. Cynthias Verstand schien ihnen zu folgen.

Der Magier beugte sich vor, um ihr beim Einsammeln ihres Verstandes zu helfen. »Dann gestatte mir, mich vorzustellen«, sagte er, als er ihr ihn überreichte. »Ich bin der Magier Trent.«

Cynthia wollte ihre Überzeugungskräfte zusammennehmen und ihn auffordern wegzugehen. Statt dessen sagte sie jedoch: »Ich bin Cynthia. Wie kann ich dir behilflich sein, Magier?«

Er lächelte spitzbübisch, und sie begriff, daß ihre derzeitige vorgebeugte Stellung ihm einen viel zu tiefen Einblick in ihren Ausschnitt gewährte. Schließlich war sie noch nicht *ganz* so weit von der Unschuld der Kindheit entfernt. Beinahe hätte sie ihren Verstand wieder fallen lassen. Doch glücklicherweise schaffte sie es, sich aufzurichten, ohne dabei allzu sehr zu erröten.

»Ich würde es sehr zu schätzen wissen, wenn du mir sagen könntest, wo ich den nächstgelegenen guten Fluß finde«, sagte Trent.

Da Cynthia von Natur aus liebenswürdig und unschuldig war, hielt sie sich an ihrem wiedergewonnenen Verstand fest und gab Trent zuckersüß und in aller Unschuld falsche Anweisungen. Wenn er ihnen folgte, würde er auf dem Pfad enden, auf dem Fremde das Dorf zu verlassen hatten.

Der Magier Trent musterte sie. »Bist du sicher?« fragte er sanft.

»Na ja, vielleicht habe ich es doch ein bißchen durcheinander gebracht«, gestand sie aus Furcht, daß er Mißtrauen hegen könnte. Also beschrieb sie ihm statt dessen den Weg zum nächstgelegenen Liebesquell. Wenn er davon trinken sollte, würde er sich hoffnungslos in das nächstbeste weibliche Wesen verlieben, dem er begegnete, beispielsweise einem Warzenschwein.

»Bist du sicher?« fragte er wieder.

»Ganz sicher«, erwiderte sie und unterdrückte den Impuls, alles zu gestehen und ihn vielleicht noch dazu mit einem Kuß zu versöhnen.

»Das tut mir aber leid«, fuhr er fort. »Du mußt nämlich wissen, daß ich diese Gegend zufälligerweise kenne. Du hast mich soeben an einen Abschiebeweg und einen allzu freundlichen Liebesquell verwiesen. Ich fürchte, das muß ich dir nun heimzahlen, denn ein solcher Verrat ärgert mich. Aber ich werde deiner jugendlichen Schönheit nichts antun.« Und bevor sie auch nur den Versuch unternehmen konnte, etwas dagegen einzuwenden, machte er eine Geste.

Cynthia wußte, daß sie in Schwierigkeiten steckte. Sie versuchte zu fliehen, doch schon verwandelte sich ihr Körper. Ihr Rumpf löste, streckte, dehnte und verzerrte sich. Sie nahm eine groteske Größe an. Ihr – mangels besserer Bezeichnung nur als solches zu benennendes – Hinterteil ragte plötzlich monströs hervor und entwickelte einen langen, haarigen Schweif. Irgendwo in der Mitte ihres Körpers wuchsen ihr plötzlich vier neue Gliedmaßen. Zwei davon waren Beine, doch ohne Füße, statt dessen endeten sie in schwarzem Horn. Die anderen beiden wuchsen ihr hinten. Sie waren weiß, fedrig und grotesk verzerrt. Ihr Körper wurde fast überall braun und haarig, mit knotigen Knien und einem Bauch so groß wie eine Tonne. Nur ihr spärlicher Überrest von einem menschlichen Oberkörper behielt seine Kleidung an; ihr unterer Teil war aus ihrem Rock geplatzt und scheußlich nackt.

Oh, welch ein Grausen! Sie hatte sich in ein garstiges Ungeheuer verwandelt. Und der Böse Magier hatte sie noch mehr getriezt, indem er behauptete, ihrer Schönheit nichts anzutun!

Angemessen entsetzt, schrie Cynthia vor Verzweiflung und Demütigung auf und rannte so schnell davon, wie ihre vier kuhähnlichen Beine sie tragen konnten. Sie wußte, daß sie *in diesem Zustand* nie wieder nach Hause zurückkehren konnte. Aber wo sollte sie sonst hin? Was sollte sie tun? Es hatte keinen Zweck, den Bösen Magier danach zu fragen. Der würde einfach nur sagen: »Ehrlich gesagt, meine Liebe, das interessiert mich herzlich wenig.« Nein, sie würde sich irgendwo verstecken müssen, bis sie es schließlich aus Xanth hinausschaffte und niemand jemals wieder von ihr hörte.

Langsam ging ihr die Puste aus, und so mußte sie in einen leichten Trab überwechseln. Dennoch lief sie weiter, soweit sie nur konnte, in der Hoffnung, weit genug zu kommen, bis sie eine Gegend erreicht hatte, wo niemand sie kannte. Andererseits konnte sie nicht ewig so weitermachen, es wurde schon spät.

Sie entdeckte eine Scheune. Vielleicht konnte sie sich über Nacht darin verstecken, um sich früh am Morgen davonzustehlen, wenn nur wenige Leute auf den Beinen waren. Vielleicht konnte sie auch einen Bärlappsack auftreiben, um ihn sich über den Kopf zu ziehen, damit niemand sie erkannte. Denn ein Abtasten ihres Gesichts zeigte ihr, daß es sich nicht verändert hatte: Der Magier hatte ihr die allergrößte Demütigung angetan, indem er ihre am leichtesten zu erkennenden

Merkmale unberührt ließ, so daß jeder ihrer Schande gewahr werden konnte.

Sie kehrte zur Hintertür zurück, öffnete sie und schob ihren unansehnlichen Körper hindurch. Sie war durstig. Vielleicht fand sie hier einen Schluck Wasser. Müde war sie auch; vielleicht gab es hier ja ein bißchen Heu, um sich darauf zu betten. Immer vorausgesetzt, daß sie sich mit diesem tolpatschigen, klobigen Witz von einem Körper überhaupt hinlegen *konnte*.

»Wer ist da?«

Oh! Sie hatte geglaubt, die Scheune sei leer. Cynthia versuchte, sich hinauszuschleichen, schlug dabei aber mit ihrem riesigen, haarigen Rumpf gegen den Türpfosten und machte einen Lärm, der nicht zu überhören war. Sie versuchte zu wenden, um mit dem Kopf voran zu fliehen, doch in diesem schmalen Gang war nicht genug Platz. Sie steckte fest, während der Bauer aus dem Innern der Scheune auf sie zukam.

Da erschien er auch schon um die Ecke. »Sag was, sonst spieß' ich dich mit meiner Mistgabel auf«, knurrte er und blinzelte in ihre düstere Ecke hinüber.

»Oh, bitte, Herr, tu mir nicht weh!« flehte sie. »Ich versuche gerade, aus deiner Scheune zu kommen!«

»Das ist ja ein Mädchen!« sagte der Bauer überrascht.

»Nein, ein Ungeheuer. Bitte, laß mich gehen, dann werde ich dich auch ganz bestimmt nie wieder belästigen.«

»Du hörst dich aber mächtig nach einem Mädchen an. Laß mich dich mal ansehen.«

»Nein, bitte! Bitte schau mich nicht an! Ich bin furchtbar haarig und sehe ganz scheußlich aus.« Sie versuchte, ihr Gesicht zu verbergen, obwohl das nun gerade nicht der haarige Teil war.

Der Bauer erschien vor ihr. Er gaffte. »Aber du bist ja ein Zentaurenfohlen! Was hast du denn hier zu suchen?«

Cynthia stutzte. »Ein ... was?«

»Ein Zentaur. Kennst du etwa deine eigene Art nicht? Was willst du in meiner alten Scheune?«

Ein Zentaur! Plötzlich begriff sie, daß der Mann recht hatte. Die vier pelzigen Beine mit ihren Huf-Füßen! Der haarige Schweif! Der riesige Bauch! Der Menschenkopf und -oberkörper!

»Das war mir gar nicht klar«, sagte sie. »Der Böse Magier hat mich in eine Zentaurin verwandelt. Nur ... und was ist das hier?« Sie breitete die angelegten weißen, gefiederten Auswüchse an ihrem Rücken aus.

»Das sind ja Flügel«, meinte der Bauer staunend. »Du bist eine fliegende Zentaurin!«

»Dann werden mich nicht einmal die Zentauren als ihresgleichen akzeptieren«, sagte Cynthia, als ihr klar wurde, wie durch und durch bösartig der Magier sie bestraft hatte. Nun war sie eine Ausgestoßene, sowohl unter den Menschen als auch beim Zentaurenvolk, weil es in ganz Xanth kein anderes Wesen ihrer Art gab.

»Der Böse Magier hat dir das angetan? Warum denn?«

»Ich habe versucht, ihn zu täuschen, weil ich nicht wollte, daß er unser Land an sich reißt. Aber er hat sich nicht reinlegen lassen und mich statt dessen verwandelt. Damit ist mein Leben endgültig verpfuscht!«

Der Bauer nickte. »Sieht ganz so aus. Also gut, du kannst die Nacht hier verbringen. Ich habe hier einen Stall, den ich im Augenblick nicht brauche. Ich bringe dir was zu essen. Wasser gibt es im Stall.« Er zeigte ihr den Weg in die Scheunenmitte.

Dort fand sie einen Eimer mit frischem, kühlem Wasser und tauchte die Hände ein, um ein paar Schluck zu schöpfen. Es war wunderbar erfrischend. Dann kehrte der Bauer mit Murrbrot zurück. Der Laib war verzerrt und schien eine Grimasse zu ziehen, aber das gehörte bei dieser Sorte Brot nun mal dazu. Mit Heißhunger biß sie hinein, und es schmeckte sehr gut.

»Ach, wie kann ich dir jemals danken?« fragte sie, als sie sich – etwas spät – auf ihre Manieren besann.

»Was kannst du denn?«

»Früher konnte ich gut mit Kindern umgehen. Die Kinder

haben mich genauso ernst genommen wie ihre Eltern, deshalb konnte ich gut auf sie aufpassen.«

»Na ja, ich habe einen kleinen Jungen. Aber der ist so ein Lausebengel, daß sich niemand mehr um ihn kümmern mag. Er hat die Gabe, alle Dinge scheitern zu lassen. Vielleicht hat er einfach nur zuviel Murrbrot gegessen. Das hier ist schließlich ein Murrhof. Wir backen es und essen es auch selbst.«

»Alle Kinder machen mal Ärger«, erwiderte Cynthia. »Das bin ich gewöhnt.«

»Morgen muß ich ins Dorf, um Vorräte zu holen. Meine Frau ist nicht da. Sie besucht gerade ihre bucklige Verwandtschaft. Wenn du morgen auf den Jungen aufpassen könntest …«

»Das tu ich gern.«

Und so schlief Cynthia in dem weichen Heu und gewöhnte sich langsam an ihren neuen Körper. Der Pferdeteil bereitete keine Probleme, aber sie brauchte doch eine Weile, bis sie den menschlichen Teil bequem gebettet hatte, weil er nicht mehr flach liegen konnte, wie es früher der Fall gewesen war. Schließlich stützte sie ihn an der Wand ab und legte den Kopf auf die verschränkten Oberarme. Am Morgen kämmte sie sich ein paar Knoten aus dem Haar und wusch sich das Gesicht. Sie wünschte sich, sie könnte ihr Hemd wechseln, aber es war das einzige, das sie hatte. Sie wußte zwar, daß Zentauren normalerweise barbrüstig umherliefen, aber sie brachte es nicht fertig, sich derart zur Schau zu stellen.

Der nette Bauer brachte ihr eine Schüssel Murrpudding. Dann holte er den Jungen, der etwa sechs Jahre alt zu sein schien.

»Das ist Wryly«, sagte der Bauer. »Wryly, das ist Cynthia Zentaur, die auf dich aufpassen wird, während ich weg bin.«

»Oh, eine Zentaurin!« sagte der Junge erfreut. »Auf der werde ich herumreiten!«

Daran hatte Cynthia noch gar nicht gedacht. Die Vorstellung gefiel ihr nicht besonders. »Später vielleicht«, meinte sie.

»Sieh mal, ob du mit ihm zurecht kommst«, warf der Bauer ein.

Cynthia setzte ihr Talent ein. Doch sie merkte rasch, daß hier irgend etwas nicht stimmte. Wryly änderte sich nicht; er wirkte immer noch so spitzbübisch wie zuvor. Dafür schien der Bauer plötzlich wegzudämmern. Seine Kieferlade erschlaffte, und die Augen bekamen einen starren Blick.

Cynthia fuhr mit der Hand vor seinem Gesicht auf und ab. Nichts.

Sie begann sich Sorgen zu machen. Sie legte die Hände auf seine Schultern und schüttelte ihn. »Wach auf!«

Der Bauer blinzelte, erst einmal, dann ein zweites Mal, um sicherzugehen. »W-wo bin ich?« stammelte er.

»Du bist in deiner Scheune und willst gerade ins Dorf«, erinnerte Cynthia ihn.

Er blickte sich verdutzt um; dann schritt er in der ungefähren Richtung seines Hauses davon. Der Junge, den das ganze Geschehen langweilte, griff sich in die Tasche und holte etwas hervor, das so aussah wie der Rest seines Abendbrots aus Huhn und Murr. Er kaute darauf, während er sich überlegte, wie er etwas Gemeines anstellen konnte.

Für ein Mädchen war Cynthia gar nicht dumm, obwohl sie nicht sicher war, ob sie auch einen Vergleich mit einem weiblichen Zentaurenfohlen standgehalten hätte. Sie schätzte die Lage ab. Als sie versucht hatte, ihr Talent auf den Bengel anzuwenden, war dessen Vater in einen Tran verfallen. Eine matte Birne blitzte über ihrem Kopf auf.

»Oh, nein!« rief sie und legte eine Hand auf ihre hübsche Wange. »Mein Talent – es hat sich umgekehrt! Jetzt beneble ich damit Eltern!«

Sie begriff, daß das Talent des Jungen das ihre beeinträchtigt hatte. Es war schiefgegangen.

Sie rannte hinter dem Bauern her, der langsam wieder zu sich kam. »Ich kann mein Talent nicht auf deinen Sohn anwenden«, sagte sie. »Es versagt! Aber ich glaube, ich kann trotzdem auf ihn aufpassen, solange du im Dorf bist. Aber danach werde ich mich wieder auf den Weg machen müssen.«

Er nickte. So etwas war er gewöhnt. »In der Küche steht Murrpudding zum Mittagessen«, sagte er. »Ich komme zurück, sobald ich kann.«

Es erwies sich als wahre Plackerei, Wryly daran zu hindern, alle möglichen Schandtaten zu begehen, doch irgendwie schaffte sie es, auch ohne ihr nutzlos gewordenes Talent einzusetzen. Und es gelang ihr auch, noch vor Rückkehr des Bauern den größten Teil des Puddings aufzuwischen, mit dem der Junge um sich geschmissen hatte. Sie fand sogar genug Wasser, um das Feuer zu löschen, bevor die Scheune abbrannte. Aber es gab keinen Zweifel – es war an der Zeit, sich auf den Weg zu machen. Der Junge war einfach zu sehr darauf erpicht, sein Talent auszuleben, und das hätte früher oder später Cynthias Tod bedeuten können.

»Weißt du, wenn du nach einem Ort suchst, wo du ein wenig aus dem Verkehr gezogen bist«, meinte der Bauer, »warum versuchst du es nicht im Teich der Gehirnkoralle?«

»Wo?«

Er erklärte ihr, daß es tief in der Unterwelt eine intelligente Koralle geben solle, die in einem Teich lebte und Dinge sammelte. »Wie ich gehört habe, ist das keine böse Kreatur«, schloß er. »Sie möchte nur die Dinge eine Weile behalten, um sie später wieder freizugeben. Vielleicht könntest du dich ja solange dort aufhalten, bis die Leute dich vergessen haben.«

Dieser Vorschlag gefiel ihr. Und so machte Cynthia sich auf die Suche nach der Gehirnkoralle. Doch das war ein Abenteuer für sich, wobei sie lernte, ihre neugewonnenen Flügel zum Fliegen zu benutzen. Merkwürdig daran war, daß sie im selben Augenblick ihr Talent zum Babysitten einbüßte. Doch als sie darüber nachdachte, kam sie darauf, daß ein Lebewesen ja immer nur ein einziges magisches Talent haben konnte, und ihres war das Fliegen. Vielleicht würde sie ihr altes Talent ja zurückgewinnen, sollte sie jemals wieder ihre menschliche Gestalt annehmen. Bis dahin aber, das mußte sie einräumen, machte ihr das Fliegen doch sehr viel Spaß. Und es war auch recht nützlich, wenn es mal galt, einen strudelnden Bach oder eine von Nickelfüßlern verseuchte Erdritze zu überqueren.

»Und ich vermute, daß inzwischen ein paar Jahre verstrichen sind und daß auch du in den Teich der Gehirnkoralle verbannt worden bist, Böser Magier«, schloß Cynthia fröhlich. »Ich glaube, ich kann dir eigentlich nicht richtig böse sein, daß du mich verwandelt hast, weil ich ja wirklich versucht habe, dich zu täuschen. Aber du hast wohl noch ein weiteres Mädchen in ein Flügelwesen verwandelt, nur daß du diesmal dabei erwischt worden bist. Und somit ist die Gerechtigkeit wiederhergestellt.«

Trent wechselte einen ziemlich vorsichtigen Blick mit Gloha. Cynthia hatte ja völlig falsche Vorstellungen!

»Ganz so ist das nicht«, versetzte Gloha. »Vielleicht sollte ich es mal erklären. Ich bin von Natur aus so. Das heißt, ich bin das Produkt der ersten Liebschaft zwischen Kobold und Harpyie seit vielen Jahrhunderten, von meinem Bruder Hargle abgesehen. Ich suche nach einem Mann meiner Art, also nach einem geflügelten Kobold, und der Magier Trent hilft mir dabei. Wir sind gekommen, um dich nach Xanth zurückzubringen, sofern du das möchtest.«

»Eine Liebschaft zwischen Kobold und Harpyie? So etwas habe ich ja noch nie gehört«, erwiderte Cynthia. »Ich dachte immer, die wären Erzfeinde.«

»Na ja, das ist auch erst passiert, nachdem du hierher gekommen bist. Übrigens sind sie immer noch verfeindet. Aber das ändert sich zur Zeit, weil jetzt eine Koboldin Häuptling geworden ist. Meine Base Gwendolyn.«

»Aber du mußt doch ungefähr so alt sein wie ich. Inzwischen gab es doch gar nicht genug Zeit, um ... um den Storch zu rufen und danach erwachsen zu werden.«

»Ich bin neunzehn«, antwortete Gloha.

Cynthia staunte. »Du meinst, es ist schon zwanzig Jahre her? Das wußte ich ja gar nicht!«

»Sogar noch länger«, murmelte Trent.

»Unmöglich! Du siehst überhaupt nicht älter aus als damals, da du mich verwandelt hast. Du bist immer noch so bösartig anziehend wie früher.«

Trent warf Gloha einen ziemlich hilflosen Blick zu. Sie begriff, daß sie wohl besser dazu in der Lage war, mit dieser speziellen Offenbarung umzugehen.

»Du weißt doch, daß Flügelungeheuer einander nie belügen, nicht wahr?« fragte sie Cynthia.

»Ja, das steht im Großen Buch der Regeln. Im Laufe meines Abenteuers bin ich mal einem Flügeldrachen begegnet, und der hat mir erzählt, daß die Flügelungeheuer zwar untereinander kämpfen mögen, daß sie sich aber gegen Landwesen vereinen müssen, und daß sie einander nie täuschen. Er hat mir auch gesagt, daß ich selbst ein Flügelungeheuer bin und daß das ein Kompliment sei, keine Beleidigung, weil er mich nämlich außerordentlich lecker fand.« Nachdenklich ließ sie den Schweif zucken. »Ich habe ihm geglaubt, weil er mich nicht aufgefressen hat. Vielleicht hatte er aber auch nur keinen Hunger.«

Gloha war von dieser Logik nicht ganz überzeugt, ließ es aber lieber dabei bewenden. »Dann sage ich dir von Flügelungeheuer zu Flügelungeheuer, daß seit deiner Verwandlung zweiundsiebzig Jahre vergangen sind.«

Cynthias hübscher Mund klappte erstaunt auf.

»In dieser Zeit wurde der Böse Magier Trent ins Exil nach Mundania geschickt, um später zurückzukehren und König von Xanth zu werden. Inzwischen ist seine Tochter Königin von Xanth, und man nennt ihn auch nicht mehr böse. Er ist jetzt sechsundneunzig und hat nur ein wenig Jungelixier zu sich genommen, um seine Jugend wiederherzustellen, damit er mir bei meiner Suche behilflich sein kann. Xanth hat sich sehr verändert, seit du es verlassen hast.«

»Und ich möchte mich bei dir entschuldigen, daß ich dich danach verwandelt habe«, erklärte Trent. »Es wird mir eine

Freude sein, dich in deine ursprüngliche Gestalt zurückzuverwandeln. Aber deine Familie ist inzwischen gestorben, und deine alten Freunde und Freundinnen sind wahrscheinlich auch schon verschieden oder uralt. Deshalb fürchte ich, daß ich dir noch viel Schlimmeres angetan habe, als ich je die Absicht hatte. Ich wünschte, ich könnte es irgendwie wiedergutmachen.«

Cynthia sah Gloha an. Die nickte. »Es stimmt. Großes Flügelungeheuerehrenwort.«

»Ich ... ich kann nicht mehr zurück?« fragte Cynthia kläglich. »Was soll denn aus mir werden?«

»Ich ... Wir haben gedacht, daß du es vielleicht vorziehen würdest, ein Flügelungeheuer zu bleiben«, meinte Gloha.

»Als einziges Exemplar meiner Art? Da bleibe ich doch lieber im Teich!«

»Inzwischen gibt es noch eins. Sogar eine ganze Familie von geflügelten Zentauren. Cheiron und Chex Zentaur und ihr Fohlen Che. Er ... du ... wir dachten, vielleicht ...«

»Ein männlicher Flügelzentaur!« sagte Cynthia. »Wie alt ist er denn?«

»Na ja, er ist noch ziemlich jung, aber ...«

»Wie alt denn?«

»Acht. Aber er wird mit jedem Jahr älter.«

»Erwartest du etwa von einem sechzehnjährigen Mädchen, daß es mit einem achtjährigen Knaben was anfängt?«

Gloha sah ein, wie töricht dieser Gedanke war. »Nein. Das war wohl keine besonders gute Idee. Aber ich interessiere mich ja auch nicht für achtjährige Koboldjungen.«

»Es gibt aber eine Lösung«, warf Trent ein.

Die beiden Mädchen sahen ihn an.

»Wie ihr ja seht, kann das Elixier des Jungborns das körperliche Alter eines Wesens herabsetzen. Es ist noch etwas davon da. Falls du nun ...«

»Ich will aber nicht wieder acht Jahre alt werden!«

»Und wenn wir Che etwas älter machen?«

»Er wäre immer noch ein Kind in einem erwachsenen Körper!«

»Dann kann ich dich immer noch in deine ursprüngliche Gestalt zurückverwandeln«, schlug Trent vor. »Du bist ein hübsches Mädchen von anziehendem Alter. Ich bin mir ganz sicher, daß du dich im Reich der Menschen zurechtfinden wirst.«

Doch Cynthia hatte es sich schon wieder anders überlegt. »Dieser Zentaurenjunge ... wie ist er denn so?«

»Oh, der ist etwas ganz Besonderes«, erklärte Gloha. »Alle Flügelungeheuer sind durch Eid darauf verpflichtet, ihn zu beschützen, weil er dazu bestimmt ist, Xanth zu verändern. Wir wissen zwar nicht genau, wie, aber er hat bereits dabei geholfen, Gwenny Kobold zum ersten weiblichen Koboldhäuptling zu machen, und das ist ja schon was. Der Junge ist ihr offizieller Begleiter, was wiederum bedeutet, daß er nicht viel zu Hause ist. Und seine Familie ... die haben natürlich Verständnis dafür.«

»Seine Eltern vermissen es, ihr Kind zu Hause bei sich zu haben«, erwiderte Cynthia. »Ich kann mir schon vorstellen, wie das ist.«

»Ja. Gwenny und Jenny Elfe haben zwar zwei Jahre bei ihnen gelebt, aber dann mußte Gwenny Häuptling werden, und deshalb ...«

»Vielleicht nehme ich doch dieses Jugendelixier«, meinte Cynthia. »Ich muß noch eine Menge über Xanth lernen, sonst stümpere ich einfach nur herum und bringe mich selbst ständig in Schwierigkeiten. Aber wenn ich ein paar Jahre bei einer Familie meiner eigenen Art bleiben könnte ...«

»Oh, ich bin sicher, du bist ihnen sehr willkommen!« meinte Gloha.

»Gut, falls ihr dann auch dazu bereit sein solltet, mich sicher dorthin zu begleiten und mir etwas von diesem Jugendelixier zu verschaffen ...«

»Aber gewiß doch«, sagte Trent. »Das ist ja wohl das mindeste, was ich für dich tun kann. Dann komm jetzt mit uns. Wir werden es so handhaben.«

»Einverstanden.« Cynthia Zentaur reichte dem Magier Trent ihre zierliche Hand.

Gloha war sich zwar nicht völlig sicher, hatte aber doch den unschuldigen kleinen Eindruck, daß Cynthia vom Magier ziemlich eingenommen war, den sie ja schließlich auch nie als alten Mann kennengelernt hatte.

So verließen sie zu dritt den Teich der Gehirnkoralle und machten sich auf den Weg.

4
Flucht

Genaugenommen setzten sie ihre Reise zu viert fort: Gloha, Trent, Cynthia und Schnellschlamm, den Trent in einen Blitzkäfer verwandelt hatte, um ihnen den Weg zu leuchten. Für eine Kreatur von Schnellschlamms natürlicher Größe war dies nicht das ideale Gelände. Die anderen Menschen waren inzwischen gemütlich im Teich der Gehirnkoralle untergebracht, wo sie die scheinbar zeitlose Pause verbringen wollten, bis Trent zu der Verblassungsparty zurückkehrte. Tandy hatte beschlossen, bei den älteren zu bleiben, weil dies möglicherweise ihre letzte Gelegenheit war, ihre Eltern noch einmal zu besuchen, bevor sie verblaßt waren. Gloha hatte versprochen, Krach Oger eine Nachricht zu überbringen, damit er erfuhr, was Tandy aufhielt, sollte es dem Oger überhaupt auffallen.

Sie hatten Tandys Passierschein dabei, der vorschriftsmäßig von den Dämonen, Kobolden, Wasserungeheuern und anderen beglaubigt worden war, was ihr als Verwandte legitimer Unterweltbewohner auch zustand. In früheren Zeiten hatte es zwischen den verschiedenen Gruppen immer Rivalitäten gegeben, doch in den letzten Jahrzehnten hatten sie sich in ihre jeweils eigenen Reviere zurückgezogen und ließen einander weitgehend in Frieden. Es dürfte also keine Probleme geben. Es gab nicht viele Leute, die es darauf abgesehen hatten, wegen irgendeines dummen Grenzzwischenfalls einen Krieg zu riskieren.

Der Gang wurde von einem grünen Schimmern erhellt. Solange sie sich daran hielten, würde man sie im Ruhe lassen. Das war im Prinzip so wie einer der verzauberten Wege an der Oberfläche. So würden sie Lagerstätten finden, wo es etwas zu essen und auch trinkbares Wasser gab.

Der erste Kontrollpunkt, den sie erreichten, befand sich im Dämonengebiet. Am Schreibtisch saß ein Dämon mit einem breitkrempigen blauen Hut und riesigen Plattfüßen. »Was gibt's?« fragte er aus dem Mundwinkel.

»Wir wollen an die Oberfläche«, erwiderte Trent.

Der Dämon musterte sie. Unter seiner Krempe blieb kaum Platz für einen Blick. »Ach ja, Menschenvisage?«

Trent gab die im Protokoll vorgesehende korrekte Antwort: »Klar doch.«

»Ich habe noch nie einen von euch gesehen.«

»Wir haben dich auch noch nie vorher gesehen.«

Darüber dachte der Dämon nach. »Ihr würdet mich auch gar nicht wiedererkennen, weil ich dann eine andere Form angenommen hätte.« Er löste sich in eine Rauchwolke auf, um das Gesagte zu veranschaulichen.

»Aber du hättest *uns* wiedererkannt, wenn du uns schon einmal gesehen hättest.«

Der Dämon nahm wieder seine alte Gestalt an, komplett mit Hut. »Richtig.« Er schien nicht besonders helle zu sein. »Dann dürft ihr durch. Aber putzt euch bloß ordentlich die Nase.«

»Meine Nase ist aber nicht schmutzig«, protestierte Gloha.

Der Dämon starrte sie an, als hätte sie etwas unsäglich Dämliches gesagt. Gloha hegte den Verdacht, daß es wohl auch so war.

Nun schritten sie durch die Dämonensiedlung. Dämonen brauchten keine Häuser, weil sie keine sterbliche Gestalt besaßen, und sie brauchten auch keine Nahrung, weil sie nichts aßen. Dennoch hatten sie eine gewisse Kultur. Gloha wußte, daß es sogar eine Dämonenuniversität gab, an der Magie gelehrt wurde; außerdem organisierten die Dämonen das sogenannte Gefährtenspiel, das ausgesuchten Mundaniern einen Besuch in Xanth gestattete, solange sie die normalen Einwohner nicht belästigten. Aber was das *genau* für eine Kultur war, konnte niemand mit Sicherheit sagen. Vielleicht war es auch alles nur Schau, um Beobachter in die Irre zu führen. Dämonen machten sich manchmal einen Spaß damit, Sterbliche zum Narren zu halten. Als also plötzlich bunte Ballons herbeitrieben und zu Rauchwolken zerplatzten, die sich wiederum zu Gesichtern mit glitzernden Zungen und Zähnen ausbildeten, die den Reisenden die Köpfe abzubeißen drohten, wußte Gloha sie zu ignorieren. Und als der Pfad vor ihnen zu einer wimmelnden Masse aus verschlungenen Schlangen mit schmutzigen Nasen wurden, ging Gloha ohne zu zögern weiter, obwohl sie sich der Herausforderung durchaus bewußt war. Als sich im Boden riesige Augen öffneten, zu ihnen aufsahen und zwinkerten, zögerte sie; schließlich trug sie noch immer ihren Rock. Was, wenn einer der Dämonen plötzlich die Farbe ihrer Höschen offenbarte?

»Ach, sorgst du dich wegen des Fußhalls auf diesem Sehsteig?« fragte Trent. »Das läßt sich schnell erledigen.« Er nahm eine Handvoll Sand auf und schleuderte ihn über den Boden. Die Augen blinzelten wie verrückt, liefen rot an, tränten und mußten sich endlich schließen und verblassen. »Jetzt ist der Fußhalt sicherlich besser.«

»Das stimmt, danke«, erwiderte sie lächelnd.

Da erschien ein Dampfstrudel vor ihnen. Er bildete sich zu einer recht hübschen nackten Frauengestalt aus. »Oh, ich hätte fast gedacht, das ist der Magier Trent«, meinte die Dämonin. »Aber das kann nicht sein, denn Trent ist ein Sterblicher und steht kurz davor, in die Kiste zu springen.«

»In die was?« fragte Gloha.

»Becken, Wanne, Gefäß, Dose, Behältnis …«

»Eimer?« erbot Trent sich hilfsbereit.

»Ist doch egal«, erwiderte die Dämonin verärgert. »Was habt ihr sterblichen Kreaturen hier im Dämonenreich zu suchen?«

»Du mußt Metria sein!« rief Gloha. »Von dir habe ich schon mal gehört!«

»Natürlich bin ich Metria«, erwiderte die Dämonin. »Das bin ich schon immer gewesen und werde es auch immer bleiben, außer, wenn ich es nicht bin. Woher hast du von mir gehört?«

»Crombie hat mir erzählt, daß er dich kannte, als er noch jung war. Er hat gesagt, daß du ihm dein Höschen nicht zeigen wolltest.«

»Natürlich wollte ich das nicht!« versetzte Metria empört. »Hältst du mich für pervers?«

»Für was?«

»Konträr, stur, willfährig, widersprüchlich, widerwärtig ...«

»Ich glaube, du möchtest sagen, daß du nicht gegen Familienkonventionen verstößt«, warf Trent ein.

»Wie auch immer«, stimmte sie mürrisch zu. »Würdest *du* etwa einem Kind dein Höschen zeigen?«

»Das würde ich nicht«, antwortete Trent mit bemerkenswert ungerührter Miene.

»Oder einem geilen Teenager?«

»Auf gar keinen Fall.«

»Na bitte.« An ihrem Leib erschienen ein aufeinander abgestimmter Rock und eine Bluse, und tatsächlich war nicht die Spur eines Höschens zu erblicken. »Also, wer bist du in Wirklichkeit?«

»Warum möchtest du das wissen?« fragte er.

»Ich bin chronisch neugierig.«

»Ich bin der Magier Trent.«

»Aber ich habe doch gerade erklärt, weshalb du das nicht sein kannst!«

»Ich habe Jugendelixier eingenommen.«

»Aber nur der Gute Magier Humfrey und ein paar Einhörner wissen, wo der Jungborn liegt, und die verraten das niemals.«

»Humfrey hat mir von dem Elixier gegeben.«

»Das kann ich nicht glauben. Dazu ist er viel zu muffelig. Verwandle irgend jemanden, dann glaub' ich's dir vielleicht.«

Trent machte eine Geste. Die Dämonin wurde zu einer blauen Köte mit grünen Warzen.

Die Kröte zerplatzte in Rauch. »Ich habe nicht *mich* gemeint!« protestierte der Rauch. Kurz darauf war die nackte Menschengestalt wieder da, komplett ohne Höschen. »Aber ich schätze, ich darf deine Identität wohl als bewiesen annehmen. Wer sind diese Flügelungeheuer?«

»Ich bin Gloha Harpyie-Kobold.«

»Und ich bin Cynthia Zentaur.«

Die Dämonin beäugte sie. »Ich glaube nicht, daß ich schon viele von eurer Art gesehen habe. Nur die Familie von Che Zentaur.«

»Ist das eine nette Familie?« erkundigte sich Cynthia.

»Das weißt du nicht? Das ist ja interessant.« Die Dämonin verblaßte.

»Sie kann manchmal ziemlich lästig werden«, bemerkte Trent. »Aber dagegen läßt sich nichts machen. Wenigstens richtet sie selten irgendwelchen Schaden an.«

»Ich dachte, sie wäre in dem Gefährtenspiel gefangen«, versetzte Gloha, die einmal davon gehört hatte.

Da erschien wieder eine Rauchwolke. »Ich habe eine gewisse Zeit abgedient und bin auf Ehrenwort entlassen.« Die Wolke verschwand erneut.

Gloha machte sich im Geist eine Notiz: Man konnte nie ganz sicher sein, ob sich ein Dämon nicht doch noch in der Nähe aufhielt.

Sie verließen das Dämonenreich. Es gab keine weiteren merkwürdigen Zwischenfälle mehr. Offensichtlich langweilten sich die Dämonen mit ihnen, und das war gut so.

Die Leuchtpilze entlang des markierten Weges nahmen eine bräunliche Färbung an. Die Luft wurde kalt. Gloha schlang die Flügel enger um ihren Körper und isolierte ihn mit dem Gefieder. Cynthia litt weniger darunter, weil sie mehr pelzige Masse aufwies, holte aber eine Jacke aus ihrem Rucksack und zog sie über ihr Hemd, um ihren maidenhaften menschlichen Oberkörper zu schützen. Offensichtlich hatte sie nie die Zentaurenmode der Nacktheit übernommen und für alle Fälle einige Kleidungsstücke behalten. Trent, der schon vollständig angezogen war, schien keine Probleme mit der Kälte zu haben.

Aus kalter Luft wurde eiskalte. Frostflecken erschienen. Die drei beschleunigten ihr Tempo, um sich dadurch ein bißchen aufzuwärmen. Gloha hätte sich normalerweise Sorgen gemacht, hätte sie nicht gesehen, daß die den Weg markierenden Leuchtpilze weiterwuchsen, auch wenn sie jetzt dunkel waren und schliefen.

Als sie um eine Ecke kamen, gelangten sie in eine mittelgroße Höhle – und standen plötzlich vor einem Drachen. Das Wesen hatte Antennen anstelle von Augen, was hier unten auch durchaus einleuchtete; ansonsten wirkte es aber ausgesprochen stattlich. Es war von Drachengestalt und -masse, mit einander überlappenden metallischen Schuppen von dunkelgrüngrauer Färbung, stämmigen, krallenbewehrten Füßen und anderthalb Myriaden Zähnen. Es bewegte sich auf sie zu, sog die Luft ein und knurrte dabei innerlich.

»Warte!« rief Trent und stellte sich ihm in den Weg. »Wir haben einen Passierschein für diesen Pfad!«

Zu spät. Der Drachen atmete aus. Eine Schwade aus schneeigem Dampf wehte Trent zurück. Eis kristallisierte auf seinem Körper. Er stürzte rücklings in die Mädchen, von oben bis unten gefroren.

»Das ist ja ein Schneedrache!« rief Gloha entsetzt, während sie zu zweit den Magier auffingen, bevor er zu Boden stürzte und zersprang. »Ich dachte, die wären alle weiß und würden im Wintergebirge leben.«

»Mach dir deswegen mal keine Sorgen«, sagte Cynthia. »Bringen wir erst einmal Trent in Sicherheit und tauen wir ihn auf.«

Sie hatte recht. Sie zerrten den Eismann den Weg zurück, den sie gekommen waren, fort von dem Drachen. Cynthia leistete dabei die meiste Arbeit, da sie ja auch um einiges größer war als Gloha.

Als sie wieder um die Ecke gebogen und einen Abschnitt des Tunnels erreicht hatten, der zu klein für den riesigen Drachen war, legten sie Trent vorsichtig auf den Boden. »Ist er ...?« fragte Gloha entsetzt.

»Nicht, wenn wir schnell handeln«, antwortete Cynthia. »Das Eis befindet sich nur auf der Oberfläche. Wenn wir es sofort abkratzen, dürfte er innerlich nicht erfrieren.«

Also hackten sie auf seinen Körper ein, und die Eisbrokken fielen klirrend zu Boden. »Aber sein Gesicht müssen wir unbedingt freibekommen, damit er atmen kann«, sagte Gloha. »Da können wir das Eis aber nicht einfach abhauen, sonst schlagen wir ihm noch die Nase und die Lippen ab.«

»Du hast recht. Da müssen wir mit Wärme arbeiten. Ich glaube, jetzt habe ich endlich einen Vorwand, etwas zu tun, das ich schon vor einem Jahr ... ich meine, vor einundsiebzig oder zweiundsiebzig Jahren tun wollte.«

Gloha stutzte. »Du meinst ...?«

»Ja«, sagte Cynthia voller Entschlossenheit. »Ich werde ihn küssen!«

Cynthia schritt zur Tat. Sie beugte sich vor, legte dem Magier die Hände auf die Schultern und richtete ihn mit einer Kraft auf, wie sie nur ein Zentaur aufbieten konnte. Stocksteif ging Trent in die Höhe, die Füße noch immer am Boden. Dann beugte Cynthia den Kopf vor, legte ihr Gesicht an das seine und drückte ihm die Lippen ganz fest auf den Mund.

Kurz darauf hob sie den Kopf. »Mei Hippen sind vreist«, keuchte sie.

Es dauerte einen Viertelmoment, bis Gloha sie verstand. »Du meinst, deine Lippen sind vereist«, wiederholte sie. »Dann sollte ich wohl besser übernehmen, während du dich erholst.«

»Hwh.« Die Eiskruste schälte sich zwar bereits wieder von Cynthias Gesicht, aber ihre Lippen blieben immer noch veilchenblau.

Gloha stellte sich auf die Zehenspitzen, um das schrägliegende Gesicht des Magiers zu erreichen, und pflanzte ihre warmen Lippen auf seine leicht angetauten. Sie küßte ihn so fest sie konnte. Die Kälte schlug zwar durch, doch als sie merkte, wie ihre eigenen Lippen erstarrten, spürte sie zugleich, daß seine weicher wurden. Es funktionierte! Als sie das Gefühl hatte, daß sie in diesem Bereich keine Wärme mehr zu spenden vermochte, zog sie sich zurück und beobachtete zufrieden, wie Trents Mund eine dünne Dampfschwade entwich. Er fing wieder zu atmen an!

Inzwischen hatte Cynthia angestrengt durchgeatmet und die Lippen immer wieder aufeinandergepreßt, um sie aufzuwärmen. Ihre Hände konnte sie nicht gebrauchen, weil sie Trent damit beim Küssen stützte. »Ich glaube, ich schaffe jetzt wieder eine Runde«, sagte sie tapfer. Dann preßte sie erneut ihren Mund auf den seinen.

Gloha hatte die Hände frei und benutzte sie, um ihre Lippen durchzumassieren und das Eis von ihnen abzukratzen. Dann vollendete sie ihr Werk mit Hilfe der warmen Atemluft. Als Glohas Mund wieder intakt war, war Cynthias erneut vereist.

Dafür war Trents Mund jetzt eisfrei, und sein Atem erzeugte hübsche Wölkchen. Deshalb nahm Gloha sich jetzt sein rechtes Auge vor, das ebenfalls zugefroren war. Sie küßte es, und als die Wärme das Eis löste, leckte sie es ab. Als das Auge sich schließlich öffnete, wußte sie, daß es abgetaut war. Doch ihr Mund war wieder verklebt, und ihre Zunge verweigerte das Sprechen.

»Gute Idee«, meinte Cynthia. »Sein Mund ist frei, ein Teil seiner Zunge ebenfalls, aber die Augen müssen noch bearbeitet werden.« Und so küßte sie das linke Auge.

Seine Zunge? Gloha fragte lieber nicht nach.

Anschließend bearbeiteten sie Trents Nase und die Ohren, bis sie schließlich mit dem Gesicht fertig waren.

Dann kam der Rest seines Körpers an die Reihe. Abwechselnd preßten sie ihn fest an sich und kratzten die abtauenden Eisstücke ab. Seine Kleidung war kaum feucht geworden; sie schafften es, das meiste Eis zu entfernen, noch bevor es an den Kanten zu schmelzen begann.

Trent rührte sich. »Thanke, meinh Thamen«, sagte er ein wenig kühl. Doch es war eine Kälte des Körpers und nicht des Herzens. »Eth gibt Schlimmmereth, alth von thwei hübthen jungen Damen inth Leben thurückgeküth und -umarmt thu werden.«

Gloha und Cynthia wechselten anderthalb feste Blicke. Dann tauschten sie ein Halbkörpererröten aus. Das stellte für beide eine gewaltige Leistung dar, denn die Kleidung und das Fell der Zentaurin verbargen normalerweise dergleichen, während Glohas Haut kobaltdunkel war. Doch kurz darauf stieg der Dampf von ihren Gesichtern auf.

»Vergeudet die Hitze nicht!« rief Trent. »Mir ist immer noch kalt!« Und tatsächlich, er zitterte noch.

»Wer A sagt, muß auch B sagen«, meinte Cynthia.

Sie richteten den Magier wieder auf und umarmten ihn von beiden Seiten, übermittelten ihm die Hitze ihrer Körper. Bald darauf war er durchgewärmt. »Ich danke euch beiden, daß ihr mir das Leben gerettet habt«, sagte er. »Aber vielleicht sollten wir lieber niemandem davon erzählen. Es könnte sein, daß andere die Sache falsch verstehen.«

Sie stimmten ihm begeistert zu. Das sollte ihr Geheimnis bleiben. Noch geheimer aber waren Glohas heimliche Gefühle. Sie hatte noch nie einen Mann geküßt, gleich welcher Art, jedenfalls nicht auf den Mund, und schon gar nicht hatte sie einem das Gesicht abgeleckt. In seinem verjüngten Zustand besaß Trent den Körper eines stattlichen jungen Mannes. Jetzt erkannte Gloha, daß sie auf einer bequemerweise verborgenen Ebene diese Erfahrung durchaus genossen hatte. Sie hegte den Verdacht, daß es Cynthia nicht anders erging, denn die hatte schließlich schon gestanden, daß das Aussehen des Magiers sie bereits bei ihrer ersten Begegnung betört hatte. Sie mochte inzwischen eine Zentaurin sein – das änderte jedoch nichts an ihrer Herkunft. Außerdem besaß sie noch immer den Oberkörper eines menschlichen Mädchens. So hatte sie vielleicht doch noch Rache an Trent geübt, sofern man dies als ›Rache‹ bezeichnen konnte. Vielleicht hatten jetzt aber auch beide einen Vorgeschmack darauf bekommen, wie es höchstwahrscheinlich sein würde, wenn sie sich erst einmal richtig mit den männlichen Exemplaren ihrer eigenen Art anfreundeten.

»Aber jetzt«, fuhr Trent fort und stellte jene Führungsqualität wieder unter Beweis, die ihn zum Mann machte, ganz zu schweigen von einem früheren Magier-König, »müssen wir uns um diesen Drachen kümmern.«

»Ja«, stimmten sie beide zu, mit jener Qualität der Liebenswürdigkeit, die sie zu unschuldigen Maiden machte, so sehr diese Unschuld auch durch die jüngsten Ereignisse befleckt worden sein mochte.

»Ich kann ihn natürlich in irgend etwas Harmloses verwandeln, da ich jetzt um seine Natur weiß. Aber ich möchte nicht durch übereiltes Handeln Unheil anrichten. Das habe ich mehr als genug getan, als ich noch so jung war, wie ich jetzt aussehe.« Er warf Cynthia einen bedeutungsschwangeren Blick zu. Die trat daraufhin den Beweis an, daß sie noch nicht ihre gesamte Gesichtsfärbung verbraucht hatte, so rot wurde sie. »Glaubt ihr, daß es nur ein Mißverständnis war und der Drache mich vereist hat, bevor er begreifen konnte, daß wir einen Passierschein haben?«

Gloha überlegte. »Ich glaube, der Drache hätte auch noch einen zweiten kalten Luftzug durch den Tunnel jagen können, um uns alle zu gefrieren, wenn er gewollt hätte. Vielleicht war es also *tatsächlich* ein Mißverständnis.«

»Ja, das leuchtet ein«, stimmte Cynthia ihr zu. »Wir sollten ihm noch eine Chance geben.«

»Aber sobald der Bursche tief Luft holt, werde ich ihn verwandeln«, erklärte Trent grimmig.

Vorsichtig umrundeten sie wieder die Ecke. Der Drache war immer noch da. »Hör mal, alter Knabe – wir haben einen Passierschein, mußt du wissen«, sagte der Magier.

Der Drache nickte. Seine Schnauze war nicht dafür geschaffen, Entschuldigungen hervorzubringen, doch war nicht zu übersehen, daß er sich redlich darum bemühte.

»Wenn du uns jetzt ungehindert passieren läßt, wollen wir das kleine Mißverständnis einfach vergessen«, fuhr Trent fort.

Der Drache nickte ein zweites Mal. Also gingen sie auf ihn zu. Doch Gloha bemerkte, daß die Hand des Magiers bereit war, eine Geste zu machen, für alle Fälle. Es war deutlich, daß Trent sich kein zweites Mal würde erwischen lassen. Er mochte zwar jung aussehen, verfügte aber über mehr als ein halbes Jahrhundert Erfahrung. Was ja möglicherweise auch der Grund dafür war, daß Crombies Magie ihn als Helfer auf ihrer Reise ausgemacht hatte.

Der Drache versuchte nicht noch einmal, sie zu vereisen, und deshalb sah Trent sich nicht veranlaßt, ihn zu verwandeln. Sie kamen an ihm vorbei und betraten ein weiteres Netzwerk von Gängen. Doch das schlafende grüne Glühen der Leuchtpilze markierte immer noch den Weg, und je weiter sie sich vom Hort des Schneedrachen entfernten, um so wärmer wurde die Luft und um so gesünder schienen auch die Pilze zu werden.

Tatsächlich verwandelte sich die Temperatur vom Eisigen übers Warme bis hin zum Schwitzigen. Cynthia zog die Jacke aus und steckte sie weg, das Hemd behielt sie allerdings an. Wahre Zentauren kannten natürlich keinerlei Scham, was ihre Körper anging, und sie zeigten in aller Offenheit Dinge – und taten sie auch –, die normalen Menschen durch die Erwachsenenverschwörung streng verboten waren. Doch als verwandelte Zentaurin hatte Cynthia mehr menschliche Hemmungen als die meisten anderen, sonst hätte sie nicht mit Verlegenheit auf den Zwang reagiert, den Magier durch Küssen wieder zum Leben erwecken zu müssen. Gloha, eine Kreuzung der ersten Generation wußte nicht so recht, welche gesellschaftlichen Hemmungen man von ihr erwartete, und so hielt sie sich erst einmal an die menschlichen, bis sie einen Grund hatte, sich anders zu verhalten.

Die Luft wurde regelrecht heiß. Cynthia und Gloha schlugen beide mit den Flügeln, um sich abzukühlen, während Trent den Eindruck machte, als hätte er am liebsten einen Teil seiner Kleidung ausgezogen. Falls die Hitze noch schlimmer werden sollte, würden sie darüber diskutieren müssen, ob es möglicherweise Ausnahmefälle gab, in denen Nacktheit zu dulden war.

Ob sie etwa geradewegs auf den Hort eines Feuerdrachen zugingen?

Nein. Wie sich herausstellte, war es eine Feuergrube ohne Drachen. Dunkle Flüssigkeit blubberte aus tiefer gelegenen Ritzen empor und bildete brennende Pfützen. Der markierte Weg führte um die Grube herum, indem er eine kleine Furche in der Seitenwand bildete. Doch war die Höhle geräumig genug, daß Gloha und Cynthia fliegen konnten, so daß sie keine Schwierigkeiten hatten. Doch Trent mußte dem unzulänglichen Pfad folgen.

»Wenn du dich doch auch verwandeln könntest, so wie Dolph, sagte Gloha zu ihm.

»Dolph?« fragte Cynthia.

»Sein Enkel, Prinz Dolph. Er kann sich in jede lebende Gestalt verwandeln«, erklärte Gloha. »Er ist genauso alt wie ich, aber schon verheiratet, und er und seine Frau haben Zwillinge.« Sie versuchte den Neid aus ihrer Stimme herauszuhalten, was ihr allerdings nicht so recht gelang.

»Dann ist der Magier Trent also Urgroßvater?«

»Ja. Aber ich glaube kaum, daß irgend jemand, dem wir jetzt begegnen, uns *das* glauben wird.« Sie lachten beide laut, während sie in der Luft schwebten. Es war gut, wieder gemeinsam ein Stück zu fliegen, so kurz es auch sein mochte.

In der Zwischenzeit versuchte Trent mit immer geringerem Erfolg, auf dem winzigen Pfad zu bleiben. Es gab einfach nicht genug Platz für seine Schuhe. Jeden Augenblick drohte er abzurutschen und an der steilen Höhlenwand direkt ins Feuer zu stürzen.

Er blieb stehen. »Wie fliegst du eigentlich, Cynthia?« rief er ihr zu.

»Du hast mich doch verwandelt, da weißt du das nicht? Ich schlage einfach mit den Flügeln und hebe ab.«

»Das ist aber interessant«, bemerkte Gloha. »Er hat dich verwandelt und muß dir daher auch die Magie des Fliegens verliehen haben, und doch weiß er nicht, wie diese Magie funktioniert.«

»Das stimmt leider«, bestätigte Trent. »Ich begreife mein eigenes Talent nicht, ich rufe es nur ab. Aber mein Problem ist dadurch noch nicht gelöst. Ich weiß nicht, wie ich diesen verdammten schmalen Pfad bewältigen kann!«

»Vielleicht könntest du ja neben ihm herfliegen und ihn an die Wand drücken«, schlug Gloha vor. »Damit er nicht herunterfällt.«

Sie versuchten es, doch es erwies sich als problematisch, weil Cynthia Spielraum für ihre Flügel brauchte. Sie probierte es, indem sie Trent den Rücken zukehrte, um ihn mit ihrem Rumpf abzustützen. Das klappte zwar, doch konnte sie nicht seitwärts weiterfliegen und ihn damit durch die Höhle begleiten. Und Gloha war viel zu klein, als daß sie eine Hilfe hätte sein können.

»Könntest du nicht eine von uns in eine Gestalt verwandeln, die dir helfen könnte?« erkundigte sich Gloha.

»Möchtest du vielleicht gern verwandelt werden?« konterte Trent. »Du weißt doch, du könntest deinen idealen Mann sehr schnell finden, wenn ich dich nur in die entsprechende Gestalt verwandle.«

»Nein, auf keinen Fall! Ich gefalle mir so, wie ich bin!« widersprach sie. »Ich will mich nicht verändern. Ich will auf *meine* Weise Erfolg im Leben haben. Aber wenn es nur vorübergehend wäre, würde ich es ertragen.«

Eine Rauchwolke erschien vor ihr. Auf der verschommenen Oberfläche bildete sich ein Mund aus.

»Du Närrin«, sagte er.

»Dich habe ich nicht gefragt«, versetzte Gloha und begriff allmählich, weshalb Leute schrecklich wütend auf Dämonen werden konnten.

»Dann werde ich dir auch nicht verraten, wie du ihn sicher hinüberbringst«, sagte der Rauch und löste sich wieder auf.

»Wie wäre es mit einer Schlingpflanze?« fragte Trent. »Du könntest die Wurzel an einem Ende festhalten, während Cynthia das andere Ende hält. Dann könnte ich sie als eine Art Geländer benutzen.«

»Eine Pflanze?« fragte Gloha bestürzt. Daran hatte sie noch gar nicht gedacht. Wahrscheinlich wäre sie von allein nie darauf gekommen.

»Das Felsgestein ist viel zu heiß dafür«, versetzte Cynthia. »Die Pflanze würde welken.«

»Eine Flammenschlinge aber nicht.«

»Das stimmt«, bestätigte Cynthia nachdenklich.

Die beiden blickten Gloha an. Die Vorstellung behagte ihr zwar nicht besonders, aber sie sah keinen eleganten Ausweg mehr. Gerade wollte sie zähneknirschend einwilligen, als eine plötzliche Erkenntnis sie rettete. »Du kannst mich doch gar nicht verwandeln, wenn ich außer Reichweite bin, nicht wahr? Ich müßte aber bis ans andere Ende der Höhle reichen.«

»Nein, du könntest dich an diesem Ende befinden, und ich könnte dich auf die andere Seite fliegen«, erbot sich Cynthia.

»Du könntest sie auch auf die andere Seite bringen, um dort Wurzeln zu schlagen«, schlug Trent vor. »Schau aber lieber erst mal nach, ob es dort überhaupt eine geeignete Stelle gibt.«

Die Zentaurin flog durch die Höhle. »Ja, hier gibt es sogar ein Fleckchen warme Erde«, meldete sie. »Sie sieht fruchtbar aus. Vielleicht haben die Fledermäuse sie gedüngt.«

»Fledermäuse!« rief Gloha empört. Doch sie erkannte, daß sie in der Falle saß. »Also gut«, murmelte sie in der Hoffnung, daß niemand sie hörte.

Zu früh gefreut – Trent griff nach ihr, und plötzlich war sie ein Ding aus Flammen und Tentakeln und Blättern. Sie fühlte sich sehr unsicher, weil ihre Wurzeln kaum Spannkraft hatten. Sie war tatsächlich zu einer Flammenschlinge geworden. Sie brannte zwar nicht richtig, sondern hatte nur die Farbe von Feuer, besaß dafür aber die Fähigkeit, aus ihren Blattspitzen Flammen hervorzüngeln zu lassen, wenn sie wollte.

Dann nahm Cynthia sie auf, trug sie durch die Höhle und setzte sie auf einem Stück ab, das aus vulkanischem Erdreich bestand, wie es ihre Wurzeln erschmeckten. Das war ideal. Sie schlug die Wurzeln tief ein und fing zu wachsen an. Sie konzentrierte sich, bis sie eine einzige, lange Schlinge bildete, die sie dann oberhalb des Pfads über die Wand kriechen ließ. Wenn sie unterwegs eine Felsritze entdeckte, fuhr sie mit einem Schlingarm hinein und verankerte sich darin. In regelmäßigen Abständen bildete sie Blätter aus, um die Strahlung des Feuers auf dem Höhlenboden aufzunehmen. Es schmeckte fast so gut wie die Erde. Das machte ja richtig Spaß!

Schon bald hatte sie die Strecke zurückgelegt und war überall fest verwurzelt. Sie brauchte Cynthia gar nicht, um ihr Ende zu halten, denn niemand würde sie aus dieser Wand reißen können, wenn sie nicht selbst losließ. Außerdem gab es im Felsgestein lauter schmackhafte Mineralien.

Sie winkte dem Magier mit einem Fangarm: Weitermachen!

Trent betrat wieder den Pfad. Dann legte er die Hand auf ihre Schlinge – und zog sie hastig wieder zurück. Er grub in seinem Rucksack und holte ein Paar schwere Handschuhe hervor. Die zog er an und versuchte es ein weiteres Mal, und diesmal schaffte er es tatsächlich, die heiße Schlinge festzuhalten.

Ungefähr auf der Hälfte der Strecke, wo die Furche im Gestein am schmalsten war, mußte er sich ziemlich kräftig festhalten, doch Gloha verstärkte ihre Ankerwurzeln und hielt das Gewicht. Endlich war Trent auf der anderen Seite angekommen.

»Danke, Gloha«, sagte er. »Jetzt verwandle ich dich wieder zurück. Aber zuerst müssen wir dich wieder vollständig beisammen haben, sonst bleiben am Ende noch Teile von dir an der Wand kleben.«

Die Logik leuchtete Gloha ein. Cynthia flog zurück und

pflückte die gesamte Schlingpflanze vorsichtig aus dem Fels, während Gloha Stück um Stück losließ. Cynthia schlang sie zu einem Bündel zusammen und flog langsam zurück.

Schließlich war sie wieder sie selbst, komplett mit Bluse und Rock. Sie zuckte zusammen bei dem Gedanken, daß sie eine Flammenschlinge hätte bleiben können – es war doch offensichtlich viel besser, ein geflügelter Kobold zu sein.

Und doch konnte sie nun die unterschiedliche Sichtweise einer Pflanze besser verstehen. Jede Lebensform betrachtete sich als unglaublich großartig und mißtraute allen anderen. Vielleicht sollte sie sich diese Lektion zu Herzen nehmen, sofern sie nicht von anderen, wichtigeren Dingen abgelenkt wurde.

Sie gingen weiter und folgten dem abschüssigen Gang. Der schien es nicht allzu eilig zu haben, an die Oberfläche zu führen. Nun gelangten sie in ein Gebiet von spitzen, säulenähnlichen Dingern, die in der Höhle hausten.

»Stalagmiten und Stalaktiten«, sagte Trent. »Junge, die sind aber dick – und schaut nur, wohin der Pfad führt!«

»Wie hältst du die nur auseinander?« wollte Cynthia von ihm wissen. »Ich meine, wie unterscheidest du die Dinge, die sich an der Decke festhalten, von denen, die vom Boden aus in die Höhe wachsen?«

Der Magier lachte. »Das ist ganz einfach! Die Dinger, die von der Decke herunterhängen, haben ein T im Namen, daran kann man sich das merken. Ich weiß allerdings nicht, wofür das M in Stalagmiten steht.«

Da erschien wieder die Rauchkugel. »Für Müdmann?« fragte sie. Er schlug mit der Hand hindurch, worauf die Kugel sich auflöste und einen üblen Geruch zurückließ. Offenbar hatte die Dämonin noch nicht gänzlich das Interesse an ihnen verloren, und natürlich fand sie wieder nicht das passende Wort.

»Müllberg«, schlug Cynthia vor.

»Ist doch egal«, sagte Gloha und versuchte, zornig dreinzublicken. Aber die Wirkung war dahin, als sie beide kichern mußten.

Doch sie standen nun vor drängenden Problemen. Die Stalagmiten und -titen hingen so eng beieinander, daß es schier unmöglich war, sich zwischen ihnen hindurchzuquetschen. Der Pilzpfad führte über die Spitzen, berührte die nach oben zeigenden ebenso wie die nach unten weisenden. Dazwischen war zwar genug Platz für die fliegenden Mädchen, doch Trent hatte wieder mal Pech.

»So langsam frage ich mich, was eigentlich für ein Vorteil darin liegen soll, ein Mensch zu sein«, bemerkte er.

»Das Problem besteht nicht im Menschsein, sondern darin, keine Flügel zu haben. Hättest du welche, dann wäre alles in Ordnung«, sagte Cynthia.

»Danke«, erwiderte Trent. Ihr wurde klar, daß man ihre Feststellung auf verschiedene Weise verstehen konnte, und Cynthia spürte, wie sie erneut errötete.

»Vielleicht kann ich dir ja einen Weg bahnen«, schlug sie vor. Sie baute sich mit dem Rücken vor der Mauer aus Stalagmiten auf und verpaßte ihnen einen gutgezielten Tritt. Die Nächststehenden brachen ab und stürzten krachend zwischen die anderen.

Doch fast im selben Augenblick hagelte es plötzlich speerförmige Stalaktiten von oben herab. Die drei sterblichen Kreaturen konnten gerade noch rechtzeitig zurückweichen, um nicht aufgespießt zu werden.

»Ich glaube, diesen Weg werden wir nie schaffen«, sagte Trent.

»Vielleicht finden wir ja einen anderen«, meldete sich Gloha zu Wort. Sie hob ab und flog zwischen den nadelgleichen Spitzen der Stalaga und der Stalagems (oder wie auch immer) dahin, wobei sie sorgfältig darauf achtete, sie nicht zu berühren. Doch alles, was sie entdeckte, war ein Durchgang, der zu einem mittelgroßen Fluß führte, der wiederum fröhlich seinen Geschäften nachging. Einen anderen Ausgang gab es nicht – der Weg führte den Fluß entlang.

Sie kehrte zurück und machte Meldung. »Allmählich frage ich mich, ob wir überhaupt auf dem richtigen Weg sind«, schloß sie.« Dieser hier scheint mir doch viel zu schwierig für Menschen zu sein. Ich kann kaum glauben, daß Tandy ihn allein gegangen ist.«

»Ich vermute, sie hatte ihren Ogermann dabei«, warf Trent ein. »Diese Gefahren hätten es sicherlich nicht gewagt, sich mit einem Oger anzulegen.«

Das leuchtete ein. Doch was sollten sie nun tun? Diese Höhle schien noch unpassierbarer zu sein als die anderen.

»Du sagst, da gibt es einen Fluß?« fragte Cynthia. »Meinst du, man könnte ihn ablenken?«

»Der schien ziemlich mit sich selbst beschäftigt zu sein. Ach so, du meinst, seinen Lauf verändern? Ich glaube, das wäre möglich. Das eine Ufer war sandig. Das ließe ihn dann in diese Höhle strömen und sie ausfüllen.«

»Ja. Und dann könnte Trent vielleicht zwischen den Titen und Miten hindurchschwimmen.«

Trent überlegte. »Weißt du was? Du scheinst mir fast so klug zu sein, wie du hübsch bist. Ja, so müßte es gehen!«

Cynthias Macht des Errötens hatte sich offensichtlich schadlos erholt. Sie mochte vielleicht einmal die Gegnerin des Magiers gewesen sein, doch das war nun vorbei. Jetzt war nicht zu übersehen, daß sie ihn faszinierend fand.

Gloha konnte es ihr nachempfinden. Trent sah gut aus. Er war intelligent, erfahren, diszipliniert und besaß eines der stärksten magischen Talente von ganz Xanth. Viel mehr konnte man von einem Mann nicht erwarten.

Gloha flog zum Fluß zurück. Sie landete am Ufer und grub mit ihren feinen kleinen Füßen einen Kanal in den Sand. Das Wasser strömte begierig hinein und stürzte in die Höhle hinunter. Dabei erweiterte es den Kanal, so daß noch mehr Wasser folgen konnte. Schon bald hielt der ganze Fluß auf dieses neue Gebiet zu und bildete einen immer größeren Teich um die Wurzel der G-Miten.

Gloha kam zurückgeflogen. »Ich habe den Fluß abgelenkt. Ich glaube, es funktioniert!« vermeldete sie.

»Sieht so aus«, versetzte Trent trocken, was ein Kunststück war, denn inzwischen stand er schon knietief im Wasser.

Der Fluß vergnügte sich mächtig, und der Wasserspiegel stieg ständig. Gloha und Cynthia schwebten darüber. »Wirst du zurechtkommen?« fragte Gloha den Magier.

»Oh, bestimmt. Ich kann nämlich schwimmen. Ihr Mädchen könnt ruhig schon voranfliegen und auf dem trockenen Land warten. Ich komme gleich nach.«

Sie taten, wie geheißen. »Er ist ein tapferer Mann«, sagte Cynthia im Flug.

»Und ein wunderbarer Magier«, stimmte Gloha ihr zu. »Man kann sich schwer vorstellen, daß er jemals als böse bezeichnet wurde.«

»Oh, das lag nur daran, weil er versuchte, Xanth an sich zu reißen, bevor der Sturmkönig zu verblassen bereit war. Außerdem hat er massenweise Leute verwandelt. Aber ich glaube, er war ein recht guter König, als er schließlich das Amt erhielt.«

»Ja, für Xanth war es sehr gedeihlich. Binks Sohn Dor und Trents Tochter Irene haben sich auch ganz gut gemacht. Ich glaube, das zeigt, daß man vorher nicht sagen kann, wie sich etwas entwickelt.«

»Das kann man nie«, stimmte Cynthia ihr wehmütig zu.

Sie landeten auf dem trockenen Teil des Ufers und beobachteten, wie das Wasser um die G-Miten herum höher stieg. Ab und an flog eine der beiden zurück, um nach dem Magier zu sehen, der gerade damit beschäftigt war, Wasser zu treten, wie er es nannte, obwohl es so aussah, als würde er auf der Stelle schwimmen.

Schließlich bedeckte das Wasser die Spitzen der G-Miten, so daß nur noch die herabhängenden Zacken der K-Titen darüber zu sehen waren. Jetzt sah die Höhle wie ein Drachenmaul aus, das zur Hälfte mit Speichel gefüllt war. Gloha behagte dieses Bild nicht sonderlich.

Trent kam herangeschwommen. Er hatte offenbar keine Schwierigkeiten. Erst kurz vor dem Ziel stieß er mit dem Fuß versehentlich gegen einen verborgenen G-Miten. Der Teich erbebte, und mit drohendem Platschen fielen mehrere K-Titen von der Decke. Doch da hatte Trent sich bereits in Sicherheit gebracht.

Nun gingen sie weiter, bis der Pfad sich in eine weitere große Höhle hinaufwand. Sie hatte die Form einer Kuppel; in der Mitte befand sich ein einziger, riesiger Stalagmit. Es war weder ein Drache noch ein Feuer zu sehen, und der Boden war kahl. Aber es gab auch keinen Ausgang. Der Leuchtpilzpfad führte genau bis in die Mitte der Höhle, wo er schließlich endete.

Sie sahen sich um, doch die Höhlenmauer war fest und undurchdringlich. Die einzige Öffnung war jene, durch die sie eingetreten waren. An der kreisförmig verlaufenden Wand waren Bilder verschiedenster Lebewesen angebracht: Drachen, Greife, Schimären, Seeschlangen, Sphinxen und ähnliche; eigentlich nichts Ungewöhnliches. Hier und da waren sogar ein paar Männer mit Speeren zu sehen.

»Wißt ihr was? Das muß eine uralte Höhle sein«, meinte Trent. »Das sind die Lebewesen, die die frühen Menschen von Xanth gejagt haben. Sie haben Bilder von ihnen gemacht, um sich der Magie zu vergewissern, derer es bedurfte, um die Wesen zu erlegen. Vielleicht war's aber auch umgekehrt: daß sie sich mit Magie vor solchen Räubern schützten. Wie dem auch sei – auf jeden Fall handelt es sich hier um ein historisches Artefakt.«

»Wie konnten die Leute denn hier unten solche Wesen jagen?« wollte Gloha wissen. »Wir haben bisher doch nur Drachen gesehen.«

»Vielleicht haben sie die anderen Kreaturen ja so lange gejagt, bis sie ausgerottet waren.«

»Vielleicht haben die Drachen auch die Menschen gejagt, bis sie ausgerottet waren«, warf Cynthia ein. »Denn hier scheinen ja keine Menschen mehr zu leben.«

»Das ist eine recht ernüchternde Bemerkung«, stimmte Trent zu.

»Aber wie sollen wir denn hier herauskommen, bevor wir auch ausgerottet werden?« fragte Gloha klagend.

Trent schnitt eine Grimasse. »Ich fürchte, im Augenblick ist diese Frage ein wenig zu hoch für mich.«

Da fiel Cynthia etwas auf. »Der Leuchtpilzpfad hört gar nicht dort auf! Er führt kreisförmig den Stalagmiten hinauf!«

Sie sahen genauer hin und mußten feststellen, daß Cynthia recht hatte. Tatsächlich führte der Pilzbewuchs in einer Spirale unmittelbar bis zur Decke. Und dort, ganz oben, war ein Loch. Der G-Mite ragte ein kurzes Stück weit hinein.

»Ah! Das ist unser Ausgang«, schloß der Magier. »Aber ich glaube kaum, daß ich an dieser glatten Säule hinaufklettern kann, und diesmal gibt es auch kein Wasser, das mich nach oben treiben könnte.«

»Aber du kannst diesmal dein Talent benutzen«, versetzte Cynthia. »Verwandle mich einfach in irgend etwas, das riesig genug ist, um dich dort hinaufzuheben. Anschließend kannst du mir dann wieder meine jetzige Gestalt zurückgeben.«

»Na gut, wenn du es wünschst«, erwiderte Trent. »Du bist sehr großzügig zu mir, wenn man bedenkt, wie es früher mal zwischen uns war. Deshalb wollte ich dir eigentlich nicht zumuten, dich ein weiteres Mal zu verwandeln.«

»Na ja, seitdem ist schon eine Menge passiert, und inzwischen sind wir ja auch keine Gegner mehr«, sagte Cynthia mit einem Lächeln, das unter anderen Umständen recht gewinnend hätte wirken können. »Jetzt müssen wir zusammenarbeiten, um durchzukommen.«

»Gut, tun wir das«, pflichtete er ihr bei. »Also schön, dann verwandle ich dich jetzt in einen Rokh. Der sollte stark genug sein, um mich hinaufzutragen. Aber wir müssen das ganz genau berechnen. Denn wenn ich dich wieder zurückverwandle, bevor du durch das Loch gekommen bist, könntest du in die Tiefe stürzen.«

Und bei einem solchen Sturz ums Leben kommen, erkannte Gloha. Dann aber wurde ihr klar, daß sie einem Trugschluß aufgesessen war: Eine Flugzentaurin würde nicht abstürzen, sondern einfach nur wegfliegen. Andererseits sah das Loch viel zu klein aus, als daß sich eine solche Kreatur hätte hindurchquetschen können. Somit standen sie immer noch vor einem Problem. Doch auch darauf wußte Gloha eine Lösung: »Dann verwandle sie doch in einen kleinen Vogel, der durch das Loch fliegen kann. Und *danach* erst wieder in ihre Zentaurengestalt, wenn sie in Sicherheit ist.«

»Auch du bist ungewöhnlich klug«, ließ Trent sie wissen, worauf Gloha einmal mehr errötete.

Dann machte der Magier eine Geste, worauf die Zentaurin sich in einen monströsen Vogel verwandelte. Der Rokh nahm den plötzlich geradezu winzig wirkenden Mann in seinen bedrohlichen riesigen Schnabel, spreizte die gewaltigen Flügel und erhob sich in die Lüfte. Das war wirklich ein Akt des Vertrauens, erkannte Gloha: Der Vogel hätte den Mann mühelos in zwei Stücke teilen können, indem er nur den Schnabel schloß. Er flog hinauf, den Stalagmiten umkreisend, bis er schließlich oben angekommen war. Dann legte er den Kopf zurück, öffnete den Schnabel und schleuderte den Mann durch das Loch. Da dieser nicht wieder in die Höhle fiel, mußte er irgendwo im Freien gelandet sein.

Nun flog der Rokh so dicht an das Loch in der Decke heran, wie es ihm möglich war, ohne mit dem Stalagmiten zusammenzustoßen. Mit einer Flügelspitze strich er an dem Loch vorbei – und verschwand. An seiner Stelle war nun ein winziger Kolibri zu sehen.

Gloha hatte halbwegs mitgehalten und darauf geachtet, daß sie nicht von dem gewaltigen Abtrieb der Schwingen des Rokhs erfaßt wurde. Nun flog sie selbst durch das Loch.

Und da standen schon Trent und Cynthia und warteten auf sie.

»Siehst du? Reine Routinesache«, sagte das Zentaurenfohlen beiläufig, während es den Mann fallen ließ. Trent mußte sie bei der Transformation festgehalten haben, vielleicht hatte sie sich aber auch nur an ihn geklammert, um ihr Gleichgewicht zurückzufinden.

Trent lächelte unsicher. »Routinesache«, stimmte er zu.

Doch Gloha fragte sich langsam, wie viele weitere solcher heiklen Verwandlungen sie wohl noch durchstehen mußten. Das Ganze kam ihr nicht gerade sonderlich sicher oder einfach vor. Es hatte eher Ähnlichkeit mit dem Problem, sich Zutritt zum Schloß des Guten Magiers zu verschaffen. Doch sie wollte die anderen nicht beunruhigen; deshalb hielt sie den Mund.

Sie setzten die Reise fort. Diesmal führte der Weg sie zu einem dösenden Kobold.

»Ahem«, machte Trent.

Der Kobold wälzte sich auf seiner Matte herum.

»Hau ab, Blödmann«, murmelte er, ohne die Augen zu öffnen.

»Ich nehme an, das hier ist die Kobold-Kontrollstation«, sagte Trent. »Wir wollten dir nur Bescheid sagen, daß wir einen Passierschein besitzen.«

Der Kobold zwang sich, ein Auge zu öffnen. Dann riß er plötzlich beide auf. »Was habt ihr Kreaturen denn hier zu suchen?«

»Wir sind auf dem Weg aus der Unterwelt«, erklärte Trent gelassen. »Wir folgen dem üblichen Ausgangsweg, für den wir einen Passierschein haben.« Er zeigte den Schein vor.

»Aber das ist unmöglich! Wir haben den Weg geändert, damit niemand durchkommt.«

Trent, Gloha und Cynthia blickten sich bestürzt an. Die Sache ergab plötzlich einen furchtbaren Sinn. Kobold-Unheil.

Der Magier wandte sich wieder dem Kobold zu. »Und weshalb habt ihr den Pfad geändert?« fragte er mit trügerischer Freundlichkeit.

»Weil wir uns nicht an irgendwelche Abmachungen halten, die von den verweichlichten Schnöseln getroffen wurden, die dieses Gebiet geleitet haben, bevor wir hier eintrafen. Aber wir wollten es nicht sofort ausposaunen, bevor wir uns hier nicht ordentlich eingerichtet hatten. Damit wir immer behaupten konnten, daß die Reisenden sich einfach nur verirrt hätten – nur für den Fall, daß die Dämonen zum Schnüffeln vorbeikommen sollten.«

»Und der gewöhnliche Pfad ist leichter zu bereisen?«

»Natürlich, Blödmann. Der führt geradewegs an den Kontrollpunkten vorbei an die Oberfläche. Aber wir werden dem jetzt ein Ende setzen und alle weiteren Reisenden verputzen, die hier entlang kommen – Passierschein hin, Passierschein her.«

»Das könnte die Unterwelt nach einem jahrzehntelangen Frieden in einen neuen Krieg stürzen!«

»Genau«, bekräftigte der Kobold eifrig. »Und jetzt bereitet euch auf den Topf vor, weil wir euch drei nämlich fürs Abendessen kochen werden. Nehmt schon mal eure Rucksäcke ab und zieht die Kleider aus, die schmecken nämlich nicht besonders.« Er blinzelte sie an. »Ein blöder Menschenmann, ein doofes Flügelkoboldmädchen – oh, mit dir werden wir noch unseren Spaß haben, bevor wir dir die Flügel abschneiden! – und eine idiotische Flügelzentaurenjungstute.« Plötzlich fuhr der Kobold zusammen. »Ein Flügelzentaur! Wir *hassen* geflügelte Zentauren, seit dieser kleine Schnüffler in den Koboldberg gekommen ist und es ermöglicht hat, daß ein Mädchen Häuptling werden kann. So was Widerliches! Wir echten Männer-Kobolde mußten uns da einfach verziehen und uns einen Ort suchen, wo wir uns wieder sammeln konnten. O ja, wir werden euch die Federn eine nach der anderen ausrupfen und euch immer schrecklichere Schmerzen zufügen, bis ihr darum bettelt, in den Kochtopf geworfen zu werden! Oh, was werden wir für einen Spaß mit euch haben!«

Gloha verspürte einen gräßlichen Eisesschauer. Sie wußte, daß es Cynthia nicht besser erging. Nur der Magier wirkte merkwürdig ungerührt.

»Und dieser Pfad führt von hier aus direkt an die Oberfläche?« erkundigte sich Trent im Plauderton. »Ohne weitere Gefahren?«

»Na klar. Aber *du* wirst den nicht mehr nehmen, weil wir nämlich das Tor versperren. Vielleicht frißt du deinen Passierschein lieber schon vorher freiwillig auf, bevor wir ihn an dich verfüttern.«

»Und du bist der einzige Kobold, der diesen Pfad bewacht?«

»Richtig.« Der Kobold hielt inne. »Bis auf die hundert anderen, die gerade angerückt sind, als wir uns unterhielten.«

Ein Winken, und plötzlich war der Weg vor ihnen voller

Kobolde mit Speeren und Keulen. »Du hast wohl geglaubt, du könntest mich einfach überrennen und abhauen, Fleischmann? Du bist ja noch blöder, als du aussiehst.«

Gloha verspürte einen noch schlimmeren Schauer. Plötzlich hatten sie es mit schierer Bösartigkeit zu tun. Diese Kobolde waren vor der aufgeklärten Häuptlingsschaft ihrer Base zweiten Grades Gwenny entflohen, um hier in der Tiefe ihre böse Herrschaft wieder zu errichten. Sie wußte, daß sie auf keinerlei Erbarmen hoffen konnten, denn sie war damit vertraut, wie Koboldmänner in ihrem natürlichen Zustand waren. Das war der sichere Tod.

»Ich nehme an, du weißt nicht, wer ich bin«, sagte Trent, der immer noch die Ruhe selbst zu sein schien.

»Nein, Menschendreck. Und ich bin stolz darauf, dir sagen zu können, daß ich nicht die leiseste Vorstellung habe, wer du bist. Und das ist mir auch egal. Du wirst so gut wie jeder andere schmecken, wenn wir dich erst mal ordentlich gewürzt haben. Und jetzt zieht eure Klamotten aus, bevor wir sie euch vom Leib hacken.«

»Ich bin der Magier Trent. Vielleicht hast du schon mal von mir gehört.«

»Natürlich habe ich nie von dir gehört, du Schlammhirn! Und selbst wenn ich von dir gehört hätte, würde ich ...« Er hielt inne. »Wer?«

»Der Magier der Transformation.«

Der Kobold wich ein Stück zur Seite. »Ist mir doch völlig egal! Wahrscheinlich flunkerst du sowieso nur.«

Trent trat vor und machte eine Geste. Der Kobold verwandelte sich in eine große purpurne Schlange, von deren Fangzähnen das Gift troff. »So, und jetzt geh und begrüße deine Kameraden«, befahl Trent.

Doch die Schlange floh nicht. Statt dessen glitt sie auf den Magier zu. Gloha begriff, daß die Gestaltwandlung nichts an ihrer Feindseligkeit ändern würde: Trents Magie konnte die Persönlichkeit nicht verändern.

Die Purpurschlange verwandelte sich in einen rosa Elefanten – eins jener Ungeheuer, von denen Betrunkene zu träumen pflegten. Doch der Gang war nicht groß genug für ihn, und so füllte er ihn vollkommen aus und versperrte den anderen Kobolden damit den Weg. Gleichzeitig aber verriegelte er auch den Fluchtweg zu der Höhle mit dem einzelnen Stalagmiten.

»Wir brauchen einen anderen Ausgang«, sagte der Magier. »Gloha, kannst du durch Koboldtunnel finden?«

»Ja. Aber es werden feindliche Kobolde darin sein. Sie werden uns aus dem Hinterhalt angreifen, bevor du sie verwandeln kannst, oder von weit außerhalb deiner Reichweite mit Steinen nach uns werfen. Ich glaube nicht, daß wir an denen vorbeikommen.«

»Und wie steht es um irgendeinen Gang, den sie nicht benutzen?«

»Sie können überall hin, wo auch wir hin können, weil du nicht fliegen kannst.« Es war ihr zwar sehr unangenehm, diesen Mangel noch einmal zur Sprache bringen zu müssen, doch leider stimmte es.

»Dann such uns einen Gang, den ihr beide benutzen könnt, die Kobolde aber nicht.« Trent erbot sich also, sich aufzuopfern, damit Gloha und Cynthia entkommen konnten. Gloha wußte, daß sie das nicht akzeptieren würde, und das galt vermutlich auch für Cynthia. Verzweifelt blickte sie die Gänge entlang, die von hier fortführten. Schon vernahm sie den Lärm von Kobolden, die sich näherten und auf den unterschiedlichsten, gewundenen Routen hierher kamen.

Da erblickte sie ein Koboldschild. »Ich sehe einen verbotenen Tunnel!« rief sie. »Hier entlang!« Sie rannte darauf zu.

»Warum ist er denn verboten?« fragte Cynthia, während sie Gloha hinterhertrabte.

»Ich weiß es nicht. Aber das Schild bedeutet, daß die Kobolde ihn nicht benutzen, und genau so etwas suchen wir ja.«

Sie betraten im selben Augenblick den Tunnel, als die Kobolde auch schon hinter ihnen erschienen. Der Gang war vom Pilz gut beleuchtet und breit genug, um nebeneinander darin stehen zu können, was Gloha verwundert registrierte, weil Mensch wie Zentaur doppelt so groß waren wie jeder Kobold. Wenn die Kobolde sich vor diesem Gang fürchteten, warum hatten sie ihn dann nicht einfach zugesperrt?

Der Gang führte ziemlich gerade in eine weitere große Höhle, deren Boden von Wasser bedeckt war. Aber das war auch schon alles. Es gab weder abzweigende Gänge noch sonst etwas, nur den stillen Teich.

»Und davor sollen die Kobolde Angst haben?« fragte Cynthia verwundert.

»Ja«, bestätigte Gloha. »Warum, weiß ich auch nicht. Wenn es hier irgendwelche schlimmen Ungeheuer gäbe, hätten sie den Zugang längst versperrt, um die Gefahr zu bannen. Statt dessen haben sie den Gang nur als verboten gekennzeichnet. Das ist äußerst seltsam. Aber es bedeutet nicht zwangsläufig, daß es für uns hier sicherer wäre, oder daß es irgendeinen Ausweg gibt. Es bedeutet nur, daß die Kobolde sich nicht hierher trauen.«

Cynthia spähte über die dunkle Wasseroberfläche. »Ich glaube, ich sehe etwas, das sich bewegt.«

Die anderen folgten ihrem Blick. »Es sieht pelzig aus«, warf Gloha ein.

Das Ding kam auf sie zu. Es war tatsächlich pelzig, schien sogar aus einem reinen Pelzknäuel zu bestehen. Doch als es näher kam, öffnete es einen pelzigen Schlund, der etwas größer schien, als er in Wirklichkeit war, und schnappte mit großen, pelzigen Zähnen. Funken stoben, als die Zähne aufeinanderklappten.

»Das ist kein guter Ort zum Schwimmen«, bemerkte Trent. »Ich vermute, das Fellungeheuer verläßt niemals das Wasser. Das wiederum würde bedeuten, daß die Kobolde nicht befürchten müßten, daß es sie verfolgen könnte. Deshalb müssen sie sich lediglich von diesem Teich fernhalten.«

»Ja, und das würde auch die Warnschilder erklären«, bestätigte Gloha. »Kobolde sind faul – sie tun keinen Handschlag mehr, als sie unbedingt müssen. Wenn es keine Notwendigkeit gibt, einen Tunnel zu versperren, würden sie sich nie die Mühe machen. Dann stellen sie bloß ein paar Warnschilder auf, und damit hat sich's.«

»Aber das Wesen sieht doch nicht danach aus, als könnte es einen ganzen Koboldstamm abwehren«, widersprach Cynthia. »Das Ding ist ja kaum halb so groß wie ich. Das genügt zwar, um jeden Kobold zu fressen, der aus Versehen ins Wasser fällt ...«

»... oder hineingeworfen wird«, sagte Trent.

»Aber dann könnte der Stamm sich immer noch versammeln und das Wesen vom Ufer aus mit Speeren bewerfen«, beendete Gloha den Satz. »Kobolde sind zwar faul, das stimmt, aber in diesem Fall dürfte ihre Gemeinheit die Sache wettmachen. Eigentlich müßte es ihnen schon Spaß machen, das Wesen vom sicheren Ufer aus anzugreifen. Nein, da muß noch mehr dahinterstecken.«

»Und das sollten wir auch besser in Erfahrung bringen«, sagte Trent, dessen Nachsicht nun, da er niemanden in der Nähe mehr zu täuschen brauchte, langsam nachließ. »Ich könnte diese Kreatur zwar in etwas Harmloses verwandeln, aber ich weiß ja nicht, ob es die einzige ist, oder ob unter Wasser noch mehr auf uns lauern, oder etwas anderes. Mir behagt die Geschichte nicht.«

Der Mann war ein wahrer Meister der Untertreibung!

»Ich nehme an, du könntest mich auch in etwas verwandeln, das sich vor dem Pelzknäuel nicht zu fürchten braucht«, warf Gloha ein. »Beispielsweise in eine Allegorie. Dann könnte ich die Tiefen des Teichs erforschen, um herauszubekommen, ob es dort irgendeinen Ausgang gibt. Darüber, auf ebener Erde oder höher scheint es jedenfalls keinen zu geben.«

»Wir sollten nicht zu voreilig handeln, solange wir nicht müssen«, sagte Trent. »Ich habe gelernt, vorsichtig zu sein, wenn ich irgend etwas nicht verstehe. Diesem Teich haftet ein Rätsel an, das sich durch die Anwesenheit eines Ungeheuers nicht ausreichend erklären läßt.«

Cynthia beugte sich über das Wasser und tauchte die Fingerspitze ein. Sofort kam das Pelzknäuel herbeigeschossen und schnappte nach ihrer Hand. »Oh!« rief sie und fuhr zurück.

»Das Ding ist aber schnell«, meinte Gloha.

»Das meine ich nicht. Dieses Wasser brennt.« Sie führte den Finger an den Mund.

»Tu das nicht!« fuhr Trent sie an, so daß sie erschrak. »Das Wasser könnte giftig sein.«

»Oh!« wiederholte sie und musterte ihren schmerzenden Finger.

Gloha holte ein Taschentuch hervor. »Da ist ein bißchen Heilelixier drin«, erklärte sie. Sie wischte damit den Finger ab, der bereits Blasen schlug. Das war wirklich Gift!

»Oh, danke«, quittierte Cynthia Glohas Bemühungen. »Es fühlt sich schon viel besser an.«

»Jetzt kennen wir also einen weiteren Grund, weshalb die Kobolde diesen Teich meiden«, sagte Trent. »Das Wasser ist giftig. Das Pelzungeheuer muß daran angepaßt sein. Trotzdem bin ich mir nicht sicher, ob wir dieses unangenehme Rätsel wirklich schon gänzlich ergründet haben. Und das müssen wir, wenn wir durch diesen Teich wollen, um aus diesem Gebiet zu entkommen.«

»Woher sollen wir wissen, daß es unter dem Teich einen Ausgang gibt?« fragte Gloha. »Vielleicht gibt es dort nur Unterwasserhöhlen, die nirgendwo hinführen.«

»Ich sehe kein Wasser, das von oben aus der Kuppel heruntertropft. Und doch ist das Wasser des Teichs weder abgestanden noch wolkig. Es scheint sich um Süßwasser zu handeln, gleich in welchem Zustand. Das deutet darauf hin, daß es irgendwo unter der Oberfläche einen Quell geben muß. Wenn wir diesen Zustrom finden, könnte das der gesuchte Ausgang sein.«

»Vermutlich«, meinte Gloha zweifelnd. »Einen anderen haben wir ja bisher nicht entdeckt.«

»Aber wir können doch nicht durch giftiges Wasser gehen«, protestierte Cynthia.

»Wer weiß«, meinte Trent nachdenklich. »Ich halte es für unwahrscheinlich, daß das Wasser von der Berührung mit dem hiesigen Felsgestein vergiftet wurde. Dann nämlich müßten die anderen Gewässer in diesem Gebiet ähnlich darunter leiden, was uns bisher aber noch nicht aufgefallen ist. Dieser Fluß, den wir abgelenkt haben, war sauber. Ich glaube auch nicht, daß die Kobolde den Teich vergiftet haben, weil sie ihn damit nur für sich selbst unbrauchbar gemacht hätten. Es deutet alles darauf hin, daß dieser Teich auf magische Weise vergiftet wurde.«

»Magisch vergiftet!« rief Gloha. »So, wie manche Teiche Liebesquellen sind und andere Haßquellen, manche Jungborne oder Heilquellen – so ähnlich soll das hier ein Giftquell sein?«

»Etwas in der Art«, bestätigte er. »Wenn er nicht von Kobolden belästigt werden soll, zum Beispiel, wäre dieses Mittel sehr wirksam.«

»Das kann man wohl sagen!« bekräftigte Gloha. »Nur hindert es *uns* ebenfalls daran, ihn zu belästigen.«

»Vielleicht können wir ein Abkommen mit ihm treffen. Manchmal hat das Unbelebte gewisse Sonderwünsche.«

»Du meinst, daß tote Gegenstände irgend etwas Bestimmtes *wollen*?« fragte Cynthia.

»Mein Schwiegersohn Dor hat die Fähigkeit, mit dem Unbelebten zu reden. Seine Erfahrungen machen deutlich, daß unbelebte Gegenstände durchaus ihre Sorgen haben, genau wie belebte. Leider haben wir zwar nicht die Fähigkeit, mit ihnen zu kommunizieren, wie Dor es kann, aber vielleicht kommen wir trotzdem damit zurecht.«

»Mit Wasser reden?« fragte Gloha ebenso zweifelnd wie Cynthia.

»Es ist einen Versuch wert. Ich vermute, daß das Pelzungeheuer den Teich verstehen kann, so daß es uns vielleicht mitteilen wird, was er haben möchte. Dann könnten wir es ihm vielleicht beschaffen.«

Die beiden Mädchen musterten Trent, ohne der Sache über den Weg zu trauen.

»Angenommen, ich verwandle eine von euch in ein ähnliches Pelzknäuel, das ebenfalls immun gegen das Gift ist«, fuhr er fort. »Dann könnte die Betroffene mit ihm in Verbindung treten und Antworten auf unsere Fragen erhalten, und so kämen wir vielleicht ins Geschäft.«

»Letztes Mal hast du Cynthia verwandelt«, erklärte Gloha. »Dann bin ich jetzt wieder dran.« Sie glaubte zwar kaum, daß es funktionierte, aber was blieb ihnen schon anderes übrig?

Der Magier trat auf Gloha zu und machte eine Geste. Plötzlich war sie ein Pelzknäuel. Sie rollte zum Teich und ließ sich mit einem befriedigenden Platschen hineinplumpsen. Das Wasser fühlte sich wunderbar an.

Das andere Pelzknäuel kam angriffslustig herbeigeschossen, die Zähne gefletscht. »Warte, Pelzgesicht!« rief Gloha ihm in seiner Sprache zu. »Ich gehöre zu deiner Art und möchte mit dir reden.«

»Du bist ja eine Frau!« erwiderte das andere Wesen erstaunt. »Ich bin ein Mann. Dann laß uns …«

»Erst reden!« beharrrte sie. An diese Komplikation hatte sie gar nicht gedacht.

»Worüber?« fragte er ungeduldig.

»Über diesen Teich. Ist er magisch vergiftet?«

»Natürlich. Ist das nicht großartig? Deshalb belästigt mich niemand. Natürlich fühle ich mich ein bißchen einsam. Laß uns also …«

»Läßt sich die Magie neutralisieren? So daß auch gewöhnliche Lebewesen durchs Wasser kommen, ohne aufgelöst zu werden?«

»Natürlich, wenn Aqui das will. Aber wozu? Und jetzt laß uns …«

»Ist das der Teich? Aqui?«

»Natürlich. Und ich bin Pelz. Wir kommen hervorragend miteinander aus. Aber manchmal langweilen wir uns, also laß uns endlich …«

Gloha merkte, daß Pelz ziemlich einseitig ausgerichtet war. Wahrscheinlich durfte sie nicht allzu viel Hilfe von ihm erwarten, bevor sie sich nicht um sein Anliegen gekümmert hatte. Na ja, immerhin war sie ja volljährig. Es war zwar ein größeres Opfer, als sie erwartet hatte, andererseits mußten sie nun mal einen Weg aus der Unterwelt finden.

»Was möchtest du denn genau tun?« fragte sie verhalten.

»Spielen, natürlich. Ich habe schon seit Jahren keinen Spielgefährten gehabt. Aqui auch nicht. Wir langweilen uns schrecklich.«

»Spielen? Was meinst du damit?«

»Du weißt schon. Durch den Teich rasen. Uns anspritzen. Versteck spielen. Lauter so schöne Sachen.«

Gloha begriff, daß sie selbst zwar volljährig sein mochte, Pelz aber nicht. Er war immer noch ein Kind und hatte es auf Kinderspiele abgesehen. In diesem Punkt konnte sie ihm ohne Schwierigkeiten entgegenkommen. »Dann fang mich, wenn du kannst!« rief sie und sauste durch das Wasser davon. Sie wußte zwar nicht genau, wie sie das eigentlich schaffte, weil sie weder Arme noch Beine besaß, aber sie bewegte sich.

»Toll!« rief er und sauste ihr nach.

Sie tauchte unter. Sofort sah sie, daß es *tatsächlich* einen Ausgang gab: Ein gutes Stück unter der Oberfläche strömte Wasser herein und filterte durch ein Gitter auf der gegenüberliegenden Seite wieder heraus. Es war tatsächlich Süßwasser, das mit Sicherheit auch frisch und rein wurde, sobald es die magische Umgebung des Teichs verließ. Trent hatte wieder mal recht gehabt.

Doch es wäre wohl besser, wenn sie auf Nummer Sicher ging. Und so schoß sie seitlich davon, als Pelz gerade im Begriff war, sie wieder einzuholen, und jagte in die Quelle hinein.

»He, das ist unfair!« rief er.

Sie hielt inne, schwamm gegen die Strömung an. »Weshalb?«

»Weil es dort nirgendwo hingeht, wo es Spaß macht. Einfach nur nach oben in die Außenwelt. Da will ich nicht hin.«

»Tut mir leid«, sagte sie entschuldigend. »Das wußte ich nicht.« Wieder schoß sie mit der Strömung so schnell davon, daß Pelz sie gar nicht richtig ausmachen konnte, bevor sie schon wieder außer Reichweite war. »Schweinepelz! Schweinepelz!« rief sie.

»Bin ich nicht! Bin ich nicht« rief er begeistert. »Und außerdem bist du *viel* schlimmer.«

»Wieso?«

»Weil du ein Mädchen bist!«

Sie bremste ab, wie vom Schlag getroffen. »Ach, herrje, du hast recht! Wie kann ich das jemals wieder gutmachen?«

Er bereute es sofort. »Och, so habe ich das doch nicht gemeint. Du kannst ja nichts dafür. Tut mir leid.«

»Schon in Ordnung«, sagte sie großzügig. Und dann nutzte sie die Gunst der Stunde: »Wenn ihr beide einen netten neuen Spielgefährten bekämt, der bei euch bliebe, würdet ihr dann drei seltsame Wesen vorbeilassen?«

»Einen Spielgefährten, der hierbleibt? Na klar!«

»Dann frag mal Aqui, während ich mich mit meinen Leuten berate«, sagte sie. Sie wußte, daß es besser war, positiv und bestätigend zu formulieren, wenn man mit Kindern und Unbelebtem zu tun hatte.

»In Ordnung.« Pelz verschwand blitzartig irgendwo in den Tiefen des Teichs, während Gloha an die Oberfläche schoß.

Sie begab sich ans Ufer. »Verwandle mich zurück«, rief sie.

Doch da sah sie den Magier zögern. Und sie begriff auch, warum: Er wußte ja nicht, welches Pelzungeheuer sie war. Also bewegte sie sich in einem Muster durch das Wasser: G L O H A buchstabierte sie und sauste wieder zurück.

Diesmal zögerte Trent nicht. Er machte eine Geste, und schon war Gloha wieder das geflügelte Koboldmädchen.

»Wir können eine Vereinbarung treffen!« keuchte sie. »Da ist ein Fluß, der hinausführt! Direkt an die Oberfläche. Aber wir müssen ihnen einen Spielgefährten geben, der hierbleibt. Vielleicht könntest du ja irgendwas in ein weiteres Pelzknäuel verwandeln und …«

»Das ist vielleicht gar nicht nötig«, meinte Trent. »Schließlich haben wir immer noch einen Begleiter, der eine Vorliebe für Süßwasser hat.«

»Tatsächlich?« fragte Gloha verständnislos.

»Schnellschlamm!« fiel Cynthia ein. »Den hatte ich schon fast vergessen.«

»Aber der gehört doch zu einer ganz anderen Art«, versetzte Gloha.

Trent schaute sich um. »Wir drei gehören auch zu verschiedenen Arten; trotzdem kommen wir miteinander aus. In seiner natürlichen Form ist Schnellschlamm durchaus ein Original, wenn man ihn erst einmal kennt. Fragen wir ihn mal.« Er holte den Blitzkäfer hervor und setzte ihn sorgfältig auf dem Boden ab, und plötzlich war wieder die riesige Schlammbank da und füllte den Tunnel hinter ihnen aus.

»Schnelli, wir haben hier einen einsamen Aqui-Teich und ein einsames Pelzknäuelkind«, sagte er. »Wenn du mit Aqui und Pelz zu Rande kommst, darfst du hierbleiben. Dann ist dein Dienst bei uns abgegolten.«

Prompt glitt Schnellschlamm ins Wasser, ohne welches zu verspritzen. Das Gift schien ihm nicht das geringste auszumachen.

Pelz erschien wieder. Hätten die beiden Nasen gehabt, sie hätten einander vermutlich beschnüffelt. Dann begannen sie im Wasser zu spielen. Schnellschlamm, der nicht mehr der Notwendigkeit unterlag, an der Oberfläche zu verweilen, um andere Leute zu transportieren, tauchte unter und wirbelte herum, verwandelte sich in eine Wolke aus schmutzigem Wasser, um wieder zu einer Schlammbank zu werden. Pelz umkreiste ihn, rollte sich über ihm ab und klatschte auf der anderen Seite wieder ins Wasser. Das Knäuel hatte offensichtlich einen Heidenspaß.

»Ich glaube, das ist die Lösung«, meinte der Magier. »Natürlich werden wir jetzt zu Fuß und zu Flügel weiterreisen müssen, sobald wir wieder an der Oberfläche sind, denn Schnellschlamm steht uns ja nicht mehr zur Verfügung.«

»Wie sollen wir denn nun durch den Teich und den unterirdischen Fluß kommen?« wollte Cynthia wissen. »Da nützen uns unsere Flügel nichts, und atmen können wir unter Wasser auch nicht.«

»Ihr beiden werdet keine Schwierigkeiten haben. Ich verwandle euch einfach in Fische. Sorgen mache ich mir allerdings meinetwegen.«

»Vielleicht könnten wir dir ja helfen, wenn wir die richtige Sorte Fische wären«, meinte Gloha. »Zum Beispiel Lungenfische, damit du atmen kannst.«

»Lungenfische«, stimmte er ihr zu. »Das müßte gehen.« Er beugte sich vor und steckte den Finger ins Wasser. »Jetzt ist es ungefährlich geworden. Aqui ist mit der Vereinbarung einverstanden.«

Gloha und Cynthia überzeugten sich davon, daß das Wasser nicht mehr giftig war. Dann verwandelte Trent sie beide in Lungenfische, und sie stürzten sich in die Fluten.

Gloha stellte fest, daß ihr auch diese Lebensform gefiel. Jede Gestalt, die sie annahm, hatte ihre eigenen Vorzüge, und ein Fisch im Wasser zu sein, das war etwas durchaus Wünschenswertes. Cynthia schien ähnlich zufrieden zu sein.

Dann sprang Trent in den Teich. Er schwamm zu dem Flußloch hinüber und tauchte hinein, während die beiden Fische ihm den Weg zeigten. Cynthia schwamm zu seinem Gesicht und legte den Mund auf den seinen. Es sah aus wie ein sehr handfester Kuß, und vielleicht empfand Cynthia ihn sogar als solchen; dennoch war es mehr als das. Denn mit ihren Lungen beatmete sie Trent mit frischer Luft. Ihre Kiemen waren groß genug, um sie selbst zu versorgen.

Sie schwammen stromaufwärts. Schließlich kam auch Gloha an die Reihe und pflanzte ihren Mund auf den des Mannes, um ihm seinerseits eine Lunge voll Luft zu verpassen. Sie stellte fest, daß es Spaß machte, sich die Sache als einen innigen Kuß vorzustellen. Natürlich hätte sie niemals zugegeben, daß sie einen derartigen unrechtmäßigen Kontakt zu einem männlichen Mitglied einer anderen Art genießen würde, genausowenig wie Cynthia. Aber das Verstohlene machte es noch reizvoller.

Schließlich erblickten sie das Tageslicht, und der Magier stieß an die Wasseroberfläche.

Er kletterte ans Ufer und beugte sich über das Wasser, um die Mädchen wieder in ihre normale Gestalt zu verwandeln. Sie stiegen aus dem Wasser und schüttelten sich die Flügel trocken. Ihre Kleidung würde etwas länger brauchen.

Sie befanden sich an einem kleinen Fluß, der durch einen Kanal in eine Ablaufrinne strömte. Nun wußten sie auch, wohin er floß. Und endlich waren sie wieder an der Oberfläche Xanths. Es war wunderbar.

5

Xxxxxxx

»Ich habe die Orientierung verloren«, sagte Gloha bestürzt, als sie und die anderen sich in der Sonne trockneten. Sie waren überein gekommen, daß sie genaugenommen zu drei verschiedenen Arten gehörten und sich deshalb keine Sorgen wegen der Nacktheit der anderen zu machen brauchten; dennoch vermieden sie, sorgfältig hinzusehen. Glohas verstohlenes Linsen bestätigte ihr, daß zumindest Trent sich an diese Abmachung hielt.

»Auf dem Weg durch die Unterwelt bin ich völlig durcheinandergekommen und weiß jetzt nicht mehr, in welche Richtung Crombie eigentlich gezeigt hat«, sagte Gloha.

»Nach Südosten«, warf Trent ein. »Zum Ogersee zurück.«

»Oh, vielleicht hat er deshalb auf dich gezeigt, um mitzuteilen, daß du mir hilfst«, meinte sie. »Weil du dich daran erinnern würdest.«

»Das muß es sein«, stimmte er mit einem Lächeln zu.

»Dann müssen wir uns hier wohl voneinander trennen«, meinte Cynthia, die darüber nicht allzu erfreut zu sein schien. »Denn ich muß jetzt die Flügelzentaurenfamilie aufsuchen.«

»Noch nicht«, widersprach der Magier. »Ich habe eingewilligt, dich sicher in eine passende Situation zu bringen. Und weil ich weiß, wo die ist, sollte ich diese Aufgabe erst erfüllen, bevor ich mich um Glohas rätselhafte Suche kümmere.«

»Ja«, bestätige Gloha rasch. Sie mochte Cynthia und wollte sichergehen, daß es ihr gut erging. Außerdem war sie gar nicht so erpicht auf ihre Suche, wie sie ursprünglich erwartet hatte. Sie war sich auch nicht sicher, ob sie wirklich allein mit Trent weiterreisen sollte. So bot sich die Sache als hervorragender Vorwand an.

»Du bist sehr gütig«, meinte Cynthia, und ihre Augen begannen plötzlich zu tränen.

»Das ist ja wohl das mindeste, was ich für jemanden tun kann, der mich so oft und so innig geküßt hat wie du«, erwiderte Trent.

Cynthia schien langsam zu lernen, wie sie mit seiner Nekkerei umzugehen hatte, denn diesmal errötete sie kaum, und die Röte reichte auch nur bis zu den (vorübergehend) nackten Brüsten.

»Die Flügelzentaurenfamilie befindet sich nördlich der Spalte«, sagte Gloha. »Wir beide könnten zwar hinfliegen, aber dann könntest du uns nicht begleiten, Magier.«

»Es tut mir aufrichtig leid, daß ich so eine Belastung für unsere Gruppe bin«, meinte Trent. »Es erinnert mich daran, wie ich mit Bink und Chamäleon gereist bin, als sie noch jung waren. Damals habe ich ihr Fortkommen auch eine ganze Weile behindert.«

»Na ja, damals warst du ja auch böse, nicht wahr?« fagte Cynthia.

»So hat man mich jedenfalls bezeichnet. Aber ich glaube, ich brauche euch nicht zu bremsen. Ich kann ja eine von euch wieder in einen Rokh verwandeln, der mich dann ans Ziel bringt.« Er blickte zum Himmel empor. »Es ist jetzt ungefähr Mittag. Unter der Erde habe ich das Zeitgefühl verloren, aber jetzt kommen wir schneller voran und könnten schon vor Einbruch der Dunkelheit am Ziel sein.«

Cynthia ließ einen etwas zittrigen Blick umherschweifen,

den Gloha auffing. Plötzlich wurde ihr klar, daß sie beide nicht allzu begierig darauf waren, diesen Abschnitt ihrer Reise zu einem Ende zu führen. Es lag nicht allein an der Ungewißheit, was ihre Zukunft betraf, obwohl das durchaus eine Hilfe war, und auch nicht nur an der Tatsache, daß der verjüngte Magier Trent ein angenehmer Begleiter war, obwohl dies ebenfalls als Unterstützung ausgelegt werden konnte. Nein, sie waren einfach noch nicht bereit, diese Episode zu beenden – aus Gründen, denen sie besser nicht nachgingen.

»Bleiben wir lieber eine Weile in unserer eigenen Gestalt«, schlug Gloha vor. »Cynthia muß sich schließlich an das Leben im heutigen Xanth gewöhnen.«

»Wie ihr wollt«, stimmte Trent zu. »Dann können wir uns ja jetzt in meinem begrenzten Tempo nach Norden begeben.«

Bald darauf war ihre Kleidung wieder trocken, und so wechselten sie sich beim Anziehen ab, während die anderen versuchten, nicht allzu auffällig hinüberzulinsen. Sie schnürten sich die Rucksäcke um und machten sich auf den Weg.

Sie folgten dem Strom, der mal nach Norden, mal nach Nordwesten floß. Cynthia und Gloha blieben am Boden, nachdem sie schon die Gelegenheit ausgeschlagen hatten, sich in irgend etwas verwandeln zu lassen, das groß genug gewesen wäre, um den Magier durch die Lüfte zu tragen. Es stellte sich heraus, daß es hier unten eine Menge interessanter Dinge gab, beispielsweise farbige Steine im Flußbett und hübsche Blumen am Ufer. Beide Mädchen pflückten sich eine rosa Blume und steckten sie sich ins Haar. Dann pflückten sie zwei weitere blaue Blumen für Trent. »Damit dich niemand mit einem Mädchen verwechselt«, erklärte Gloha und hauchte ihm einen Kuß aufs linke Ohr, um die Blume damit zu befestigen.

»Oder mit einem Flügelungeheuer«, fügte Cynthia hinzu und küßte sein rechtes Ohr aus dem gleichen Grunde.

»Wenn ich es nicht besser wüßte, würde ich jetzt argwöhnen, daß eine von euch mit mir flirtet«, erwiderte Trent. »Leider kann ich nicht sagen, welche.«

»Das werden wir dir nie verraten«, antworteten sie im Chor und machten sich dabei nicht einmal die Mühe zu erröten.

Der Strom floß einen Hügel hinauf und ergoß sich in einen Teich. Auf einer vorsprungähnlichen Sandbank in diesem Teich waren drei junge Frauenköpfe zu sehen. Die eine war blond; ihre langen hellen Zöpfe verbargen auf dem Weg nach unten kunstvoll das rechte Auge. Der andere Kopf war rothaarig; das üppige Haar ergoß sich über dem Vorsprung. Der dritte war von dunklem Graubraun, und die Locken kräuselten sich neckisch über dem wogenden Busen. Alle drei hatten Augen, so tiefblau wie das frischeste Süßwasser.

»Iiieeeh! Menschen!« schrie die Blondine, ohne sich besonders erschreckt anzuhören.

Doch als Gloha und Cynthia den Hügel bestiegen hatten, berichtigte die Rothaarige: »Zwei Halbmenschen. Weiblich. Das erkenne ich an ihren rosa Blumen.« Die Stimme klang enttäuscht.

»Und ein gewöhnlicher Menschenmann«, warf die Brünette ein. »Das erkenne ich an seinen blauen Blumen.« Sie klang interessiert.

»Und wer seid ihr?« fragte Trent freundlich. Doch Gloha sah, daß er sich dabei unauffällig in Wirkreichweite seines Zaubers bewegte. Er war kein besonders vertrauensseliger Mensch, und das war auch gut so.

»Nur drei schöne, gelangweilte Meerjungfern«, erwiderte die Blondine, und die drei hoben ihre Schwänze. »Esche, Zeder und Mahagoni. Ich bin Esche. Und wer bist du, der du mit geküßten Ohren zu uns kommst?«

»Wir sind Trent, Gloha und Cynthia«, erwiderte der Magier. »Ich bin Trent.«

»Hat man euch nach Bäumen benannt?« fragte Gloha.

»Nach Farben«, erwiderte Zeder mit einer wunderhübschen Schnute. »Die örtlichen Holznymhen haben sämtliche Wasserfarben abbekommen. Da blieben für uns nur noch die Holzfarben übrig.«

»Wir würden dir ja gern ein bißchen Unterhaltung bieten, Trent-Mann, aber du scheinst bereits gut versorgt zu sein«, warf Mahagoni ein. »Und wir sehen auch, daß dein Mund schon recht handfest geküßt wurde. Sollten dir allzu vertraute Dinge allerdings langweilig werden …«

»Wir sind nur auf der Durchreise«, unterbrach Cynthia, die von der Gegenwart der drei sehr viel hübscheren Mischlinge nicht allzu erbaut zu sein schien.

»Aber Ablenkungen sind selten!« widersprach Esche. »Können wir dich nicht überreden, einen Augenblick zu verweilen?« Sie warf Trent einen wunderschönen flüssigen Blick zu, während sie den Schwanz senkte und die gewaltigen vollen nackten Brüste aus dem Wasser hob.

»Nur, wenn ihr etwas Interessantes oder Nützliches anzubieten habt«, meinte Gloha ein wenig abfällig. Ihr Tonfall war der schiere Bluff, weil sie nur zu genau wußte, daß sie nicht einmal in ihren wildesten Träumen einen derart prallen Busen bekommen würde. Wassermenschen konnten sehr viel mehr Fleisch tragen als Luftleute, weil es ihnen beim Treiben auf dem Wasser half. Beim Fliegen dagegen war es eher hinderlich. Das war eine der Ungerechtigkeiten der Wirklichkeit.

»Na ja, wir drei teilen uns schon in ein Talent«, antwortete Zeder mit einem ähnlichen Manöver von etwas gelungenerer Offenherzigkeit. »Wie deine so geküßten Augen auch sehen können, wenn du es wünschst.« Sie holte tief Luft, daß ihr Busen wogte.

»Aber habt ihr denn auch ein magisches Talent?« erkundigte sich Cynthia, wohl wissend, daß dies bei Kreuzungen oft nicht der Fall war. Und selbst wenn, hatte es meist mit ihrem Überleben als Kreuzungen zu tun.

»Aber ja doch«, antwortete Mahagoni. »Wir lesen Titel.«

»Titel?« fragte Trent. Er hatte sich – wohl aus diplomatischen Erwägungen – bisher weitgehend aus dem Gespräch herausgehalten, obwohl er das Geschehen und insbesondere die üppigen Busen fest im Auge behalten hatte.

»Wir können jeden geschriebenen Titel lesen«, erklärte

Esche. »Das können wir zwar nur gemeinsam, zu dritt, und mehr als den Titel schaffen wir auch nicht. Aber das kann ja auch Spaß machen.«

Trent schüttelte den Kopf. »Wir sind mehr daran interessiert, unserem Ziel näherzukommen, als irgendwelche Titel zu lesen.«

»Was für Abenteuer stehen uns denn bevor?« fragte Gloha, an Trent gewandt.

Der Magier überlegte. »Das läßt sich schwer sagen, da keiner von uns das Talent hat, in die Zukunft zu schauen.«

»Aber manchmal gibt es doch einen Hinweis, wenn man die Kapitelüberschriften der Xanth-Serie liest, wie sie im Buch der Muse der Geschichte vorkommen, nicht wahr? Wenn wir wüßten, wie unser jetziges Kapitel heißt, könnte uns das vielleicht manche Komplikationen ersparen.«

Der Magier wirkte amüsiert. »Theoretisch, ja. Aber das setzt voraus, daß sie dieses Kapitel bereits geschrieben hat. Ich vermute, daß sie wohl eher wartet, bis alles passiert ist, bevor sie es beschreibt.«

»Vielleicht beschreibt sie es aber auch, und *dann* passiert es«, erwiderte Gloha. »Muß ein Ereignis nicht erst beschrieben werden, bevor es stattfinden kann?«

Er zuckte die Schultern. »Wir können es ja mal versuchen.« Er wandte sich den drei Meerjungfrauen zu, die in diesem Augenblick alle tief einatmeten, was aber vielleicht nur ein Zufall war. »Könnt ihr den Titel des gegenwärtigen Kapitels im aktuellen Geschichtsband lesen?«

»Wir können es ja mal versuchen«, wiederholte eine von ihnen mit gewinnendem Lächeln. Sie schwammen zusammen, faßten sich an den Händen, schlossen die Augen und konzentrierten sich in perfekter Koordination. Ihre drei Flossen hoben und senkten sich gleichzeitig im Wasser.

Kurz darauf trennten sie sich wieder. Dann schwammen sie zu ihrer Sandbank zurück und stellten sich erneut zur Schau. Mit wohltemperierten Blicken musterten sie nun den Magier.

»Habt ihr den richtigen Band gefunden?« fragte er nach einer Weile.

»Ja«, hauchte Esche betörend.

»Und habt ihr auch den richtigen Titel gelesen?«

»Ja«, bestätigte Zeder, während sich die Wasseroberfläche zu einem wunderschön gewölbten Dekolleté um sie legte.

»Und werdet ihr uns sagen, wie er lautet?«

»Das hängt ganz davon ab«, murmelte Mahagoni, während kleine Strömungen im Wasser ihr die zierenden Zöpfe vom wogenden Busen schwemmten, bis nichts mehr die Aussicht versperrte.

Gloha und Cynthia schossen giftige Blicke auf die drei Meerjungfern ab.

»*Wovon* hängt es ab?« fragte Trent, dem solche Nebensächlichkeiten wie die Zöpfe kaum zu beeindrucken schienen.

»Davon, wie lange ihr bleiben wollt, um ihn euch anzuhören«, antwortete Esche und legte das Kinn auf die rechte Hand, ohne auch nur im geringsten den Ausblick auf ihr oberes Viertel zu versperren.

»Das klingt nach einer Menge Spaß«, meinte der Magier. »Aber ich fürchte, ich sollte euch darüber aufklären, daß ich eine Spur älter bin, als ich aussehe.«

»Wir mögen reife Männer«, versetzte Zeder, und ihre Pupillen weiteten sich bezaubernd.

»In Wahrheit bin ich ein sehr alter Mann, der erst kürzlich durch Jugendelixier verjüngt wurde.«

Plötzlich wurde Mahagoni etwas vorsichtiger. »Wie alt bist du denn?« Auf einmal beförderten die launischen Strömungen ihr Haar wieder an Ort und Stelle.

»Sechsundneunzig.«

Alle drei Häupter verschwanden für geraume Zeit im Wasser, bis die Meerjungfrauen sich gefaßt hatten. Als sie schließlich wieder hervorkamen, wirkte ihr Haar etwas strähnig und die Mienen ein wenig vergriffen. »Tatsächlich?« fragte Esche.

»Tatsächlich«, sagten Gloha und Cynthia im Chor.

Die Busen der Meerjungfrauen schienen zusammenzusinken. »Der Titel ist bedeutungslos«, erklärte Zeder.

»Wie das?« fragte Trent, dem das Erschlaffen ebensowenig aufzufallen schien wie zuvor das Aufblähen.

»Er lautet nur ›Xxxxxxx‹, ohne Worte«, erklärte Mahagoni.

Trent schüttelte den Kopf. »Das hatte ich schon befürchtet. Das ist so, wie wenn man sich nach Binks Talent erkundigt. Irgendwas kommt immer dazwischen. Die Muse wußte offensichtlich, daß wir versuchen würden, uns den Titel anzuschauen, und so hat sie ihn offengelassen.«

»Es tut uns schrecklich leid, daß ihr schon so bald wieder fort müßt«, meinte Esche.

»Ja, ganz furchtbar leid«, bekräftigte Zeder.

»Warum konntest du nicht jünger sein?« fragte Mahagoni rhetorisch.

»Ich wußte ja nicht, daß ich drei so bezaubernden Frauen begegnen würde«, erwiderte Trent und setzte seinen Marsch um den Teich fort.

»Besser so«, brummte Cynthia.

Gloha konnte ihr nur zustimmen.

Sie folgten dem Strom. Der wand sich, als versuchte er sie abzuhängen, doch es gelang ihm nicht.

Dann erschien ein kleiner, bösartiger Drache aus dem Gestrüpp. Er musterte sie hungrig und atmete heftig, um sein inneres Feuer anzufachen.

»Erlaube mir, daß ich dir etwas zeige, Drache«, sagte der Magier. Er deutete auf ein kleines Zeckenkraut, das soeben versuchte, ihm eine Zecke in die Socke zu stechen. Es verwandelte sich in einen Gackervogel. Ebenso verblüfft wie bestürzt, stob der Vogel davon und vergaß darüber sogar das Gackern.

»So, jetzt bist du dran, wenn du möchtest«, sagte Trent. Zielstrebig ging er auf den Drachen zu.

Der Drache fuhr so schnell herum, daß er dabei beinahe seinen Schwanz verloren hätte. Im Bruchteil eines Augenblicks war er verschwunden.

»Aber dieser Drache hätte dir furchtbar heiße Füße

bescheren können, noch bevor du dicht genug an ihn herangekommen wärst, um ihn zu verwandeln«, wandte Gloha ein.

»Ein selbstsicheres Auftreten kann eben manchmal täuschen«, bemerkte der Magier milde.

Nach einer Weile überlegte es sich der Fluß anders und strömte nicht mehr durch Abflußrinnen und Täler, sondern hielt auf einen Gebirgspaß zu. Dafür führte nun ein brauchbarer Pfad durch den Wald, der durchaus daran interessiert zu sein schien, irgendwohin hin zu gelangen. Und als der Abend sich überlegte, daß er gleich anbrechen wollte, fanden die drei eine hübsche Lichtung.

»Ich glaube, hier sollten wir unser Nachtlager aufschlagen«, sagte Trent. »Vielleicht finden wir morgen ja einen verzauberten Weg und kommen etwas schneller voran.«

Da erblickten sie eine grobschlächtige Unterkunft unter einem Schrauben-und-Ösen-Baum, vor der ein Feuer brannte.

»Da ist schon jemand«, sagte Gloha bestürzt.

»Ein Zentaur!« rief Cynthia und richtete sich hastig das Haar.

Tatsächlich waren es sogar zwei Personen: ein männlicher Zentaur und eine Menschenfrau. Sie waren gern bereit, ihre Unterkunft mit den Wanderern zu teilen, wofür sie im Gegenzug ein Stück Pastete von dem Pastetenbaum bekamen, den Trent durch Verwandlung hervorbrachte. Sie verzehrten die Pasteten am Feuer und willigten ein, Geschichten auszutauschen.

»Ich bin Braille«, stellte der Zentaur sich vor. »Ich habe eine verbotene Liebe.«

»Und ich bin Jana«, vertraute die Frau ihnen an. »Ich bin diese Liebe.«

»Seid ihr euch an einem Liebesquell begegnet?« fragte Gloha überrascht.

»Nein, wir haben uns nur kennengelernt, weil wir ganz in der Nähe wohnten«, erklärte Jana. »Sein magisches Talent besteht darin, Dokumente zu transkribieren, damit Leute, die des Lesens unkundig sind, ihre Bedeutung erahnen können. Er hat cin paar Arbeiten für uns erledigt. Dabei habe ich ihn kennengelernt, und mir wurde klar, daß kein Mann, den ich kannte, diesem Zentauren das Wasser hätte reichen können.«

»Natürlich wußte ich, daß es intellektuell die reine Torheit war«, sagte nun Braille. »Aber mein Gefühl sagte mir, daß es keine Zentaurin mit Janas Qualitäten aufnehmen konnte. Die Situation ist furchtbar peinlich.« Er musterte Cynthia. »Ich gehe wohl recht in der Annahme, daß du dich in einer ähnlichen Lage befindest.«

Cynthia verfärbte sich halbwegs zwischen rosa und rot. »Oh, nein! Dieser Mann und ich sind kein Paar! Wir reisen nur zusammen.«

»Das gilt auch für mich«, fügte Gloha hastig hinzu. »Ich suche nach einem Mann meiner Art, und der Magier Trent hilft mir dabei. Cynthia ist unterwegs zu einer Flügelzentaurenfamilie, der sie sich anschließen will.«

»Ein Magier bist du?« fragte Jana ehrfürchtig. »Was hast du denn für ein Talent?«

»Ich verwandle Lebewesen«, erklärte Trent. »Hast du nicht gesehen, wie ich das Unkraut in einen Pastetenbaum verwandelt habe?«

»Ja. Aber ich dachte, das wäre schon alles«, antwortete sie verlegen. »Ich meine ... daß du nur Pastetenbäume machen kannst und sonst nichts.«

»Keineswegs. Falls du es wünschst, kann ich dich in ein Zentaurenfohlen verwandeln, oder Braille in einen Menschenmann.«

Die beiden schauten sich an. »Aber ich interessiere mich doch gar nicht für einen Menschenmann!« protestierte Jana. »Ich liebe deine Zentaurenqualitäten.«

»Und ich liebe deine menschlichen Seiten«, erwiderte Braille.

»Wir wollen den Guten Magier nach einer Lösung für unser Problem fragen«, fuhr Jana fort.

Das schien tatsächlich das Beste zu sein.

Am Morgen setzte Jana sich auf Brailles Rücken; dann verschwanden sie in forschem Tempo gen Westen. Trent, Cynthia und Gloha gingen nach Norden weiter.

»Weißt du was?« bemerkte Cynthia. »Ich könnte dich wahrscheinlich auf gleiche Weise tragen, Magier, nämlich am Boden. Dann kämen wir bestimmt schneller vorwärts.«

»Ich könnte auch eine Fliege in ein Pferd verwandeln und mich von ihm tragen lassen«, antwortete Trent. »Ich hatte bisher nur kein Verlangen danach, es sei denn, ihr habt es eilig. Ich bin der Auffassung, daß man durch gemächliches Sammeln von Erfahrung mit dem Leben im gegenwärtigen Xanth vertraut gemacht werden muß, und solange wir zusammenreisen, kann ich dich vor den meisten Gefahren beschützen. Deshalb ist die Zeit auch nicht so wichtig. Ich muß allerdings zugeben, daß mir diese Erfahrung selbst Spaß macht, weil sie mich daran erinnert, wie jungen Leuten das normale Leben vorkommt. Wenn ich mit meinen Aufträgen fertig bin, werde ich zu meiner Frau und meinen Freunden zurückkehren und mein tatsächliches Alter wieder annehmen. Und dann werden wir verblassen, wie geplant. Aber irgendwie drängt es mich nicht so sehr danach wie vorher.«

»Mich drängt es auch nicht sonderlich danach, mich bei Fremden einzuquartieren«, erwiderte Cynthia. »Aber das Ganze ist natürlich nur eine Ablenkung von Glohas Mission. Deshalb sollten wir sie nicht unnötig aufhalten.«

»Machen wir uns nichts vor«, sagte Gloha. »Ich suche nach einem männlichen Exemplar meiner eigenen Mischgattung, obwohl es meines Wissens gar keins gibt. Das legt den Verdacht nahe, daß ich um so eher enttäuscht werden dürfte, je schneller ich mit meiner Mission fertig bin. Deshalb habe ich es auch nicht besonders eilig.«

»Ich könnte ja einen anderen Mann in ein männliches Exemplar deiner Art verwandeln«, schlug der Magier vor. »Vielleicht hat Crombie ja deswegen auf mich gezeigt. In diesem Fall ...«

»Nein!« rief Gloha um einiges schärfer, als ihre sorgenvolle kleine Besorgtheit es rechtfertigte. »Das wäre nicht dasselbe. So wie Braille und Jana sich auch nicht gegenseitig verwandeln lassen wollten. Wenn du irgendein anderes Lebewesen verwandelst, wäre es nicht als wahres Produkt der Harpyien- und Koboldkultur aufgewachsen. Es wüßte gar nicht, wie sich so etwas anfühlt. Ich will keinen künstlichen Mann haben!« Und doch blieb da die Spur eines Zweifels, denn Gloha erinnerte sich daran, wie angenehm ihr als Flammenschlinge oder als Pelzknäuel oder als Lungenfisch zumute gewesen war; mit der äußeren Gestalt hatte sie auch das entsprechende Gefühlsleben entwickelt. Konnte sie ihre Ablehnung vor dem Hintergrund dieser Erfahrung tatsächlich aufrechterhalten?

»Dann scheint es also keiner von uns besonders eilig zu haben«, meinte Trent. »Und zwar aus Gründen, die uns selbst durchaus genügen. Tja, dann können wir ja weitermachen wie bisher.«

»Ja«, willigte Cynthia ein. »Das behagt mir sehr viel mehr.«

»Mir auch«, bekräftigte Gloha.

Sie hielten sich grob in nördliche Richtung, weil der beste Weg eben darauf bestand. Wurden sie von irgend etwas bedroht, verhinderte Trent das Schlimmste, indem er entweder sein Schwert zückte oder die Gefahr in etwas Harmloses verwandelte.

Sie kamen zu einer Kreuzung, an der mehrere Wege wegführten. Dort stand auch ein Schild: MALBRUNNEN STUFENSTEPPE PIER COM-PUTER.

»Ich hab' Durst«, sagte Trent. »Ich würde gern eine Pause einlegen, um etwas frisches Brunnenwasser zu trinken.«

Cynthia und Gloha waren derselben Meinung. Der Magier hatte zwar unterwegs Wassermelonen herbeigezaubert, doch inzwischen gelüstete es sie nach ganz normalem, natürlichem Wasser.

Also nahmen sie den entsprechenden Weg. Der führte sie zu einem runden Steinbau, auf dessen Spitze ein großes flaches Brett lag. Als sie näher kamen, entfaltete sich ein Stab mit mehreren Gelenken vor dem Brett und begann mit schnellen Bewegungen.

Trent fuhr mit der Hand ans Schwert. Doch das merkwürdige Ding wirkte nicht bedrohlich. Es war ganz und gar mit sich allein beschäftigt, was immer es sein mochte. Von Wasser war nirgendwo eine Spur zu sehen.

Da begriff Gloha, was hier los war. »Es malt ein Bild!« rief sie.

Und tatsächlich – das Ding fertigte gerade eine Skizze von den dreien an: ein Menschenmann, ein geflügeltes Zentaurenfohlen und ein Koboldmädchen mit Flügeln. Es war ein hervorragendes Gruppenporträt in Schwarzweiß.

»Der malt aber gut«, meinte Cynthia.

Das Gerät packte den Rand des Bretts und riß einen Bogen Papier davon ab. Es warf das Blatt beiseite und begann, Cynthia allein zu zeichnen. Offensichtlich konzentrierte es sich auf jeden, der sich bewegte oder etwas sagte, und skizzierte den Betreffenden. Es war ihm gleichgültig, was mit seinen Bildern geschah; es war nur am Malen selbst interessiert.

Trent schüttelte den Kopf. »Ein Schluck ordentlich frisches, kühles Wasser hätte mir eigentlich genügt.«

Das Gerät riß das Zentaurenbild ab und zeichnete eins von Trent, wie er aus einem mit Kälteperlen besetzten Becher voll Wasser trank. Gloha mußte lachen. Und so zeichnete das Ding sie natürlich beim Lachen. Gloha nahm das Bild an sich, so gut gefiel es ihr.

Es blieb ihnen nichts anderes übrig, als den Weg zurückzukehren, den sie gekommen waren, zumal der Pfad hier endete. Als sie wieder an der Kreuzung anlangten, nahmen sie den Weg mit der Bezeichnung STUFENSTEPPE.

»Steppen sind weite, grasbewachsene Ebenen mit geringem Baumbewuchs, die sich leicht bereisen lassen«, bemerkte Trent.

Statt dessen führte sie der Weg zu einem allein stehenden Berg, der von oben bis unten mit Stufen übersät war. Manche waren putzig klein, andere gigantisch, wieder andere reich verziert.

»Was ist das denn?« fragte Cynthia.

Wieder war es Gloha, die dahinter kam. »Die Stufensteppe!«

»Xanth besteht zum größten Teil aus Kalauern«, warf Trent ein. »Offensichtlich sind wir in ein Gebiet voller Kalauer geraten.«

»Ich kann mich nicht daran erinnern, so etwas im Norddorf gesehen zu haben«, sagte Cynthia.

Gloha blickte auf ihr Bild. Zu ihrer Überraschung mußte sie feststellen, daß es sich verändert hatte. Es zeigte nun ein schläfriges, langweiliges Dorf.

»Das liegt daran, daß das Norddorf schon immer der ruhigste Ort in ganz Xanth gewesen ist«, erläuterte Trent. »Deshalb haben wir uns ja auch dorthin zurückgezogen. Es ist sehr konservativ. Man hat dort nur wenig Humor und nicht allzu viel Vorstellungskraft. Selbst Fracto ist es zu langweilig, um dort herumzustürmen.«

»Fracto?« fragte Cynthia.

»Xanths übellaunigste Wolke«, erklärte Gloha. »Immer, wenn Leute gerade Spaß haben, kommt Cumulo Fracto Nimbus vorbei, um ihn wegzuspülen. Den solltest du lieber nicht verärgern. Er ist zwar nicht sehr helle, dafür aber ziemlich naß.«

Inzwischen zeigte das Papier eine übellaunige Wolke, die schadenfroh auf eine Picknickgesellschaft herabregnete.

»Ich nehme nicht an, daß dieser Brunnen wußte, was wir als nächstes Abenteuer erleben werden«, fuhr Gloha fort.

Das Bild zeigte einen Haufen Schrott in einer Höhle, aus dessen Mitte ein Stück Glas herausragte. Auf dem Glas stand das Wort VERFLUCHT.

Trent und Gloha lachten, während Cynthia das Bild verständnislos betrachtete.

»Das ist Com-Puter«, teilte Trent ihr mit. »Früher die zweitschlimmste Geißel Xanths, bis Lacuna ihn durch eine List dazu brachte, sich zu einer netten Maschine umzuprogrammieren. Er hat die Fähigkeit, in seiner unmittelbaren

Umgebung die Wirklichkeit zu verändern. Aber ich hatte eigentlich nicht vor, dorthin zu gehen.«

»Dann müssen wir es wohl mit dem Pier versuchen«, schloß Gloha.

Sie kehrten den Pfad zurück, da das Bild einen See mit einem Dock zeigte.

An der Kreuzung nahmen sie den Weg mit der Aufschrift PIER. Er führte sie tatsächlich an einen kleinen See, wo es auch ein Dock gab. Doch irgend etwas stimmte nicht so recht. Das Pier ragte nicht etwa ins Wasser hinaus, sondern verlief statt dessen am Ufer. Es bestand aus einem Gehsteig, der jedoch nicht ruhte, sondern in ständiger Bewegung war. Mal machte er einen Satz, dann bretterte er zu Boden, um im nächsten Augenblick wieder aufzuspringen und den Versuch zu unternehmen, sich selbst zu überholen. So bewegte er sich Stück für Stück den See entlang.

»Das ist das erste Mal, daß ich einen Steig gehen sehe«, bemerkte Trent schiefmäulig.

Sie schauten dem Steig beim Gehen zu, bis sie schließlich an einen kleinen Fluß gelangten, der in den See mündete. Über diesen führte eine klapprige kleine Brücke. Der Steig legte sich darauf und wollte ans andere Ufer gehen.

»Hau bloß ab!« rief jemand. »Husch! Husch!«

Der Rufer war, wie sich herausstellte, ein häßlicher grünlicher Troll. Trents Hand fuhr wieder an sein Schwert. »Wir kommen nicht in böser Absicht«, sagte er. »Wir suchen lediglich nach einem Weg, der uns nach Nordwesten führt.«

Der Troll wandte den Kopf. »Ich habe nicht mit euch gesprochen«, erklärte er. »Es geht um diesen blöden Gehsteig. Der glaubt, der kann über alles hinweggehen. Ich versuche nur, die Brücke vor diesem Steigverkehr zu bewahren.«

»Der scheint aber gar keinen Schaden anzurichten«, meinte Cynthia.

»Na ja, schädigen tut er die Brücke eigentlich nicht. Aber es ist meine Aufgabe, dafür zu sorgen, daß die Brücke frei bleibt. Angenommen, es kommt jemand, der sie benutzen will, und sie ist von einem Gehsteig verstopft? Das würde doch einen ziemlich schlechten Eindruck machen.«

»Wohin führt die Brücke denn?« wollte Gloha wissen.

»Nirgendwohin. Sie ist einfach nur da. Völlig nutzlos. Aber was soll ich machen? Ich bin schließlich ein Troll. Und Trolle bewachen nun mal Brücken, und das hier ist meine.«

»Vielleicht sollten wir uns erst mal vorstellen«, schlug Trent vor. »Ich bin der Magier Trent, und das hier sind Cynthia Zentaur und Gloha Kobold. Wir befinden uns auf ein bis zwei Suchen nach förderlichen Situationen.«

»Ich bin Tristan Troll. Ich wurde in den Busch verbannt, nachdem ich mein Dorf verraten hatte. Aber der Busch erwies sich als Gehsteig, und jetzt langweile ich mich fast zu Tode.«

»Wie hast du denn dein Dorf verraten?« wollte Gloha wissen.

»Wir haben ein Menschendorf überfallen, und da habe ich ein kleines Menschenmädchen laufen lassen, anstatt sie mitzubringen und zum Abendessen in den Kochtopf zu stekken. Eigentlich sollte ich mit einem ziemlich schlimmen Alptraum bestraft werden, aber Grazi Knochen, das wandelnde Skelett, hat alles durcheinander gebracht und ist selbst in Schwierigkeiten geraten. War eine schlimme Szene.«

»Ach, *dieser* Troll bist du!« sagte Trent. »Mein Enkel Dolph hat Grazi bei ihrem Prozeß verteidigt. Es wurde festgestellt, daß sie zu nett für Alpträume ist, und da hat sie Mark Knochen geheiratet.«

»Wen?« fragte Cynthia.

»Noch ein wandelndes Skelett aus dem Reich der Alpträume«, erklärte Gloha. »Das ist eine lange Geschichte. Mark ist sehr nett.«

»Aber der muß doch schon lange Zeit tot sein!«

»Wie ich schon sagte, es ist eine sehr lange Geschichte.« Gloha schaute den Troll an. »Für einen Troll ist er ziemlich anständig«, sagte sie.

»Es hat sich ja wirklich einiges geändert! Zu meiner Zeit waren Trolle alle gräßlich!« rief Cynthia.

»Das sind sie auch immer noch«, antwortete Gloha. »Bis auf unseren Tristan hier.«

»Der schließlich für seine unschlimme Tat bestraft wurde«, erinnerte Trent sie. »Und der Trollstamm war nicht einmal im Unrecht, jedenfalls nach der Rechtsauffassung seiner Kultur.«

»Warum gehst du nicht einfach weg, wenn dieser Auftrag so langweilig ist?« fragte Gloha den Troll.

»Aus mehreren Gründen. Erstens würden die anderen Trolle mich einfangen und zurückbringen oder mir sogar einen noch schlimmeren Auftrag aufbrummen. Und zweitens ist es für einen Troll gar nicht so leicht, einen Arbeitsplatz zu finden. Ich würde vor Langeweile eingehen, wenn ich *überhaupt keine* nützliche Tätigkeit hätte.«

Gloha hatte die flüchtige kleine Ahnung eines Einfalls. Wenn dieser Weg nirgendwo hinführte, würden sie den nächsten nehmen müssen und somit die Prophezeiung des Brunnens erfüllen und Com-Puter begegnen. Andererseits war hier ein anständiger Troll mit einem Problem. Das war möglicherweise kein Zufall.

»Was würdest du denn tun, wenn du die Wahl hättest?« wollte Gloha von Tristan wissen.

»Ich würde gern eine dieser zukunftsträchtigen Brückenfunktionen wahrnehmen, beispielsweise Informationsverarbeitung«, erklärte Tristan. »Eine Brücke des Wissens. Aber wen kümmert es schon, was ein Troll sich wünscht?«

»Du möchtest also lieber deinen Geist schulen als deinen Körper.«

»Wer würde schon einen Trollkörper haben wollen, wenn er die Wahl hätte?« fragte Tristan rhetorisch. »Aber ich kann nun mal nicht aus meiner Haut. Ich bin überrascht, daß gutaussehende Leute wie ihr überhaupt mit mir redet.«

»Na ja, wir erleben gerade eine Art Abenteuer, ohne es allzu eilig damit zu haben«, sagte Gloha. »Ich glaube, wir könnten dir möglicherweise etwas Gutes tun.«

»Wagt das bloß nicht!« sagte Tristan beunruhigt. »So ein Gefallen kann einen teuer zu stehen kommen.«

»Trotzdem kann er die Sache wert sein, auch wenn er teuer ist«, meinte Trent und musterte kurz die beiden Frauen. »Habe ich da gerade das Aufflackern eines Einfalls in deinem Kopf gesehen, Gloha?«

»Ja, daß Tristan vielleicht mit Com-Puter zusammenarbeiten könnte. Puter soll doch inzwischen eine brave Maschine sein. Da könnte er vielleicht einen Assistenten gebrauchen. Jemanden, der sich für diese Art von Geschäft interessiert.«

»Ja, und wir müssen nun doch den Puter-Weg nehmen«, stimmte Trent zu. »Diese Maschine mag vielleicht nicht mehr bösartig sein, aber ärgerlich könnte sie trotzdem noch werden. Da wäre es wohl nicht schlecht, wenn wir einen Gefallen einzutauschen hätten.«

»Du meinst, wir müßten ihm einen Gefallen tun, damit er Tristan als Assistenten nimmt?«

Trent lächelte. »Puter müßte *uns* einen Gefallen tun, damit wir ihm Tristan *geben*.«

Gloha spürte, wie ihr Mund sich zu einem runden klein O formte. »Oh«, sagte sie.

Trent wandte sich wieder dem Troll zu. »Ich bin ein Verwandler. Ich kann dir eine andere Gestalt verleihen. Dann können wir dich zu Com-Puter bringen und ihn fragen, ob er einen Assistenten gebrauchen kann. Welche Gestalt hättest du denn gern?«

»Och, irgendwas. Zur Not ein Käfer oder so was.«

»Also gut. Dann verwandle ich dich jetzt erst einmal in einen Summkäfer. Später können wir immer noch entscheiden, welche endgültige Gestalt du haben möchtest.« Er griff nach dem Troll, worauf Tristan abrupt zu einem kleinen Käfer wurde.

»Jetzt such dir eine geeignete Stelle aus, um auf einem von uns zu reiten«, wies Trent ihn an. »Und flieg nicht weg! Wenn wir dich verlieren, kann ich dich nicht wieder zurückverwandeln.«

Der Käfer überlegte. Dann summte er, flog hoch und ging auf Glohas Haar nieder. »Sssummmmm?« fragte er.

»Ist schon in Ordnung«, willigte Gloha ein. »Ich habe

nichts dagegen, wenn du auf mir reitest, solange du nicht ...« Sie hielt inne, weil sie nicht über etwas so Schmutziges wie Käferausscheidungen reden wollte.

»Nnnnn!« wehrte der Summkäfer summend ab. So etwas würde er nie auf einem so hübschen Haar tun.

Sie ließen den Gehsteig hinter sich und kehrten einmal mehr zur Kreuzung zurück. Diesmal nahmen sie den Pfad, der zu Com-Puter führte.

Es stellte sich heraus, daß es ein verzauberter Pfad war, der sie fast sofort zur Höhle der Maschine brachte, obwohl diese ein ganzes Stück entfernt war.

Doch als sie sich dem Höhleneingang näherten, erbebte der Boden furchtbar. »Huch!« kreischte Cynthia. »Ein Erdbeben!«

»Nein, ich glaube, das ist der unsichtbare Riese«, widersprach Trent. »Er arbeitet für die Maschine.«

Und tatsächlich, plötzlich erschien ein monströser Fußabdruck dicht neben ihnen im Boden, der zwei Bäume zu Zahnstochern und einen Felsbrocken zu Sandkörnern zermalmte.

»Der wird uns noch zu Brei zerstampfen!« rief Gloha beunruhigt.

»Das glaube ich nicht«, versetzte Trent. »Seine Aufgabe besteht darin, Kunden in Puters Höhle zu treiben, falls diese zögern sollten. Flieg doch mal zu seinem Kopf hoch und sag ihm, daß wir freiwillig kommen.«

»Aber ich kann seinen Kopf doch gar nicht sehen!«

»Das brauchst du auch nicht. Flieg einfach so lange nach oben, bis du seinen Atem riechst. Dann wird sein Kopf schon in der Nähe sein.«

Gloha tat, wie geheißen. Ebenso Cynthia, die sich genau wie Gloha Sorgen wegen der Sicherheit am Boden in Nähe des Fußabdrucks machte.

Hoch über den Baumwipfeln begegneten sie einem furchtbaren Wind. Er wehte sie nicht nur vom Kurs, er roch auch noch wie eine Wagenladung verfaulter Kohl. Der Summkäfer auf Glohas Kopf hustete und würgte.

»Ich glaube, wir haben seinen Atem gefunden«, keuchte Cynthia, der die Haare seitwärts vom Kopf wehten, als würden sie versuchen, vor dem Gestank zu fliehen. »Ich verliere die Kontrolle!« Ruckartig wurde sie zur Seite geschleudert. Glücklicherweise konnte sie sich wieder etwas fangen, als sie dem Wind entkommen war. Gloha sah, wie sie in Sicherheit zurück zum Wald schwebte.

Gloha riß sich zusammen, hielt sich die hübsche kleine Nase zu und flog in die nächstbeste stinkende Brise hinein. Ihre Nase war kleiner als Cynthias und nahm daher nicht soviel von dem Gestank auf. Als sie gegen ein unsichtbares Tau stieß, hielt sie sich daran fest. Das war eine Strähne vom Haar des Riesen. Sie arbeitete sich daran bis zu einem Ohr vor. »He, tritt nicht auf uns!« brüllte sie. »Wir wollen sowieso Com-Puter aufsuchen!«

»UUUUUGAA!« erwiderte der Riese ohrenbetäubend.

»Nicht so laut!« schrie Gloha.

»Was hast du gesagt?« fragte der Riese.

»Ich habe gesagt, daß wir sowieso zu Com-Puter wollen«, rief sie. »Deshalb brauchst du nicht auf uns herumzutrampeln.«

»In Ordnung.« Eine Bewegung über ihr, wie von etwas Großem. Er drehte offenbar den Kopf. »He! Du bist aber eine allerliebste kleine Kreatur!«

»Danke«, keuchte sie.

»Aber deine Nase ist ganz geschwollen.«

»Das liegt daran, daß ich kaum atmen kann.«

»Weshalb denn nicht? Bist du krank?«

Gloha überlegte; dann beschloß sie, ihm die Wahrheit zu sagen. »Es liegt an deinem Atem«, rief sie. »Dein Mundgeruch ist umwerfend.«

»Das ist noch gar nichts. Da solltest du erst einmal den von meinem Vetter erleben. Der haut einen Oger glatt auf fünfzig Schritt Entfernung um.«

»Tja, denn gehe ich jetzt wieder, um mich ein bißchen zu erholen«, rief Gloha. Doch um nicht unhöflich zu sein, stellte sie sich noch vor: »Ich bin übrigens Gloha Kobold-Harpyie.«

»Ich bin Riesenbogen«, erwiderte er. »Freut mich, dich kennenzulernen.«

Gloha konnte ehrlicherweise nicht behaupten, daß die Freude auf Gegenseitigkeit beruhte. Deshalb wich sie dem Problem aus, indem sie eine Frage stellte: »Weshalb hat denn dein Vetter so einen schlimmen Mundgeruch?«

»Mein Vetter Griesbogen? Der ist krank. Er ist sogar schon sichtbar geworden – und das wiederum bedeutet, daß ihm das Herumstampfen nicht mehr allzu große Freude macht.«

»Wie schade«, meinte Gloha. »So, jetzt muß ich aber los.« Sie ließ sich in die Tiefe fallen, was ihr im Augenblick nicht sonderlich schwer fiel. Erst als sie die Baumwipfel erreicht hatte, vermochte sie wieder frei zu atmen. Natürlich konnte man den Riesen keinen Vorwurf machen, daß sie nicht nur körperlich, sondern auch geruchsmäßig riesig waren; trotzdem hatte das Gespräch sie ziemlich angestrengt. Wenigstens hatte sie ihr Ziel erreicht: Der Riese stampfte nicht mehr in der Gegend herum. Somit müßten sie eigentlich ungeschoren die Höhle betreten können.

Cynthia war bereits gelandet und hatte sich Trent am Höhleneingang angeschlossen. »Es tut mir ja so leid, daß ich nicht oben bleiben konnte«, rief sie, als Gloha heransegelte. »Ich konnte einfach nicht mehr ...«

»Das verstehe ich«, antwortete Gloha. »Vielleicht bin ich durch meine Erfahrung mit den Kobolden und Harpyien abgehärtet. Vielleicht lag es aber auch nur daran, daß ich so klein bin und deshalb nur kleine Atemzüge tun konnte.«

Trent und Cynthia tauschten einen Blick.

»Vielleicht ist dein Geist aber auch größer als dein Körper«, meinte Trent. »Tja, sollen wir uns jetzt an die nächste zufällige Herausforderung machen?«

Ein Eisesschauer überkam Gloha, obwohl sie im Atemstoß des Riesen ins Schwitzen geraten war. Wie gefährlich würde es nun werden?

»Na ja, wenn es keinen anderen Weg gibt«, sagte sie.

Sie betraten die dunkle Höhle. Es war gerade hell genug, um den einzigen Pfad auszumachen, der in den Berg hineinführte. Com-Puter sollte zwar inzwischen zu einer netten Maschine geworden sein, doch seine Geschichte als böse Maschine war sehr viel länger, so daß es Gloha doch ein bißchen mulmig war.

Sie gelangten in eine Höhle, auf deren Boden ein Berg Müll lag. Aus der Mitte ragte eine Glasscheibe heraus. WILLKOMMEN, USER, erschien nun auf dieser Oberfläche.

Trent baute sich davor auf. »Ich bin der Magier Trent. Vielleicht kennst du mich.«

UNBELEBTE GEGENSTÄNDE KANNST DU NICHT VERWANDELN, meinte der Schirm und flackerte beunruhigt.

Trent lächelte. »Ich bin nicht gekommen, um mich mit dir zu streiten, Commi. Da der einzige begehbare Weg hierherführte, dachte ich mir, daß ich mal vorbeikomme und dich besuche.«

EINVERSTANDEN. Der Schirm leuchtete überrascht auf. DU SIEHST ABER JUNG AUS, MAGIER.

»Liegt am Jugendelixier. Hat mich siebzig Jahre jünger gemacht. Wenn dieser Auftrag beendet ist, werde ich mein altes Alter wieder annehmen.«

WER IST NOCH BEI DIR?

»Gloha Kobold-Harpyie, der ich bei ihrer Suche nach dem idealen Ehemann behilflich bin. Cynthia Zentaur, die ich früher mal transformiert habe und nun zur einzigen Flügelzentaurenfamilie Xanths begleite. Und außerdem Tristan Troll, den ich in einen Käfer verwandelt habe.«

EIN KÄFER! druckte der Schirm bestürzt aus. LASS IHN BLOSS NICHT AN MEIN PROGRAMM!

Trent nickte. »Wenn ich mich recht entsinne, hast du schon mal Probleme mit Viren gehabt. Ich verstehe deine Vorsicht. Aber ich bin nicht gekommen, um dich zu beschädigern, sondern um dir einen Gefallen zu tun.«

ICH HALTE NICHTS VON GEFALLEN.

Gloha war beeindruckt. Es war nicht zu übersehen, daß die Maschine dem Magier mit größtem Argwohn begegnete, und dabei gab es sicherlich nur sehr wenige Menschen oder Kreaturen in Xanth, die so viel Respekt einflößten wie Trent.

»Natürlich erwarte ich dafür einen Gefallen«, fuhr Trent geschmeidig fort.

ACH SO. DAS KLINGT SCHON VERNÜNFTIGER. WAS WILLST DU DENN?

»Nichts Besonderes. Nur einen freien, angenehmen und sicheren Weg von hier zur Residenz von Cheiron Zentaur.«

Der Schirm verlor für einen Augenblick an Strahlkraft, während Com Puter nachdachte. ES GIBT EINEN, DEN ICH DIR NENNEN KANN. ER FÜHRT ÜBER DIE UNSICHTBARE BRÜCKE ÜBER DIE SPALTE UND MACHT HALT BEI DER BEHAUSUNG VON GRUNDY GOLEM. WIRD DAS GENÜGEN?

»Gewiß doch. Mit Grundy ist zwar nicht viel Staat zu machen, aber seine Frau Rapunzel ist äußerst liebenswürdig.«

WELCHE GEGENLEISTUNG BIETEST DU MIR?

»Zufälligerweise ist Tristan Troll ein aufmerksames und anständiges Wesen, anders als so viele andere seiner Art. Er sucht einen Job als Informationsverarbeiter. Da habe ich mir gedacht, daß du vielleicht einen Assistenten gebrauchen könntest.«

ICH WILL KEINEN TROLL UM MICH HABEN! DER LETZTE, DEM ICH BEGEGNET BIN, HAT MIR MEINE WETZSTEINBRÜCKE WEGGENOMMEN.

»Aber wenn er nun eine andere Gestalt hätte? Beispielsweise die einer Katze …«

NEIN.

»Oder vielleicht eine Maus?«

Der Schirm blitzte. EINE MAUS!

Trent zuckte die Schultern. »Aber wenn du kein Interesse hast, könnte ich ihn auch in ein Frühlingsküken verwandeln.«

DIE MAUS IST SCHON IN ORDNUNG!

Gloha unterdrückte ein Lachen. Frühlingsküken waren dafür berüchtigt, daß sie rasend schnell alterten und an Anziehungskraft verloren. In dieser Hinsicht waren sie fast wie Harpyien. Aber was wollte Puter mit einer Maus?

Trent deutete in Richtung Gloha. Der Summkäfer sprang von ihrem Kopf auf seine Hand. Sodann verwandelte er sich in eine Maus. Trent setzte das Tier vor dem Schirm ab. Die Maus rannte umher, und mit ihrer Bewegung zog sie zugleich eine Linie auf dem Schirm.

OH, JA, PERFEKT!

»Wenn du uns jetzt vielleicht den Weg zeigen könntest«, sagte Trent.

ACHTE AUF DIE MAUS.

Und die Maus rannte auf die Wand zu – wo sich eine Öffnung befand, die Gloha vorher übersehen haben mußte. Sie hätte schwören können, daß die Öffnung kurz vorher noch nicht dagewesen war.

Die Gefährten betraten den Gang, der sich vor ihnen aufgetan hatte. Die Maus stellte sich auf und quiekte. Gloha kauerte neben ihr nieder. »Danke, Tristan«, sagte sie. »Ich hoffe, du wirst hier glücklich.« Sie streckte einen Finger aus, um ihn am Kopf zu streicheln.

»Was hat denn eine Maus mit einer so komischen Maschine zu tun?« wollte Cynthia wissen, als sie weitergingen.

»Ich glaube, sie ist sehr dienlich, um eine Verbindung zwischen dem Benutzer und der Maschine herzustellen«, erläuterte Trent. »Mit so einer Maus läßt sich auf sehr viel einfachere Weise sehr viel mehr Information verarbeiten. Es ist eine besondere Form der Magie, die nur wenige in Xanth begreifen. Aber ich wußte, daß Puter sie verstehen würde. Natürlich gibt es auch Leute, die keine Mäuse mögen, ob mit oder ohne Maschine. Das macht Puter aber nichts aus. Dann kann er sie nämlich von seiner Maus erschrecken lassen, während er so tut, als hätte er gar nichts damit zu schaffen.«

Nun verstand Gloha die Lage schon besser. Offensichtlich war Puter alles andere als glücklich darüber, die ganze Zeit nett sein zu müssen. Jetzt konnte er wenigsten bösartig sein, während er gleichzeitig so tat, als wäre das Gegenteil der Fall.

Der Tunnel führte direkt aus dem Berg heraus – und schon standen sie vor der Großen Spalte.

»So schnell schon?« fragte Gloha überrascht, als sie von oben auf eine kleine herumlungernde Wolke blickten.

»Com-Puter verändert die Wirklichkeit in seiner Umgebung«, erinnerte Trent sie. »Er hat uns einen unmittelbaren Weg gezeigt.«

»Das hat er aber wirklich!« Sie war beinahe enttäuscht darüber, weil ihr diese Reise mit Cynthia durchaus behagte und sie es nicht allzu eilig hatte, ans Ziel zu kommen.

Trent folgte dem Weg bis zum Spaltenrand und setzte vorsichtig einen Fuß darüber. »Ja, sie ist da«, sagte er und spazierte in die Luft hinaus.

»Huuuuch!« kreischte Cynthia.

»Das ist doch nur die unsichtbare Brücke«, erinnerte Gloha sie.

»Ich dachte, das wäre ein Witz.«

»Ich glaube, die Brücke ist erst nach deiner Zeit erbaut worden«, meinte Trent fröhlich mitten in der Luft.

Cynthia flog zu ihm und streckte die Hand aus, um die unsichtbare Konstruktion zu berühren. »Die ist tatsächlich da!« rief sie. »Sie ist wirklich da!«

»Ich werde trotzdem lieber hinüberfliegen«, meinte Gloha. »Die Trollbrücke und der unsichtbare Riese waren schon schlimm genug. Da möchte ich mich nicht noch einer unsichtbaren Brücke anvertrauen müssen.«

»Ich auch nicht«, sagte Cynthia. »Was bin ich froh, daß ich Flügel habe!« Da fiel ihr noch etwas ein, und so fügte sie hinzu: »Was ich dir zu danken habe, Magier. Ich würde mich als gewöhnliches Menschenmädchen gar nicht mehr so richtig wohl fühlen, nicht mal als normale Zentaurin. Weshalb hast du ausgerechnet diese Gestalt für mich ausgesucht?«

»Du warst so hübsch, das wollte ich nicht verschandeln. Andererseits wollte ich aber auch nicht, daß du dich den

Zentauren anschließt, denn die können genauso schwierig sein wie normale Menschen. Es war ein spontaner Kompromiß.« Er sah zu ihr auf, als sie herangeschwebt kam. »Ich glaube, in Anbetracht der herrschenden Umstände war es eine ganz gute Entscheidung. Heute würde ich so etwas zwar nicht noch einmal tun, aber ich finde, daß du noch genauso hübsch bist wie damals.«

Cynthia errötete wieder. Sie flog ein Stück weiter, um ihr Gesicht zu verbergen. Gloha wußte, warum: Cynthia fand den Magier immer noch heimtückisch anziehend. Das konnte Gloha gut verstehen, weil es ihr genauso erging. Sie hatte zwar versucht, dies zu leugnen, doch es *ließ* sich einfach nicht leugnen. Genau wie Cynthia würde auch sie sich nicht in eine reine Menschenfrau verwandeln lassen wollen, selbst wenn der Magier sich für sie interessierte oder unverheiratet oder tatsächlich so jung gewesen wäre, wie er aussah. Dazu gefiel ihr die eigene Gestalt viel zu sehr. Was freilich ihr törichtes kleines Herz nicht daran hinderte, ungezogenen kleinen Spinnereien nachzuhängen.

Endlich gelangte Trent auf die andere Seite. Gloha war erleichtert; sie wußte zwar, daß die unsichtbare Brücke stabil gebaut war, aber man konnte sich sehr leicht vorstellen, wie er in den Abgrund stürzte. Vielleicht wäre sie ein bißchen zuversichtlicher gewesen, hätte sie die Brücke selbst betreten und sich am Geländer festgehalten. Das war übrigens ein weiterer Grund, weshalb sie nicht auf ihre Flügel verzichten mochte: Die an den Boden gefesselte menschliche Gestalt stieß bei Bergen und Schluchten sehr schnell an ihre natürlichen Grenzen.

Der Weg führte in nördlicher Richtung durch den Wald. Nun, da sie die Brücke überquert hatten, wußte Gloha, daß es ein verzauberter Weg war, frei von der Bedrohung durch Drachen, Greife, Basilisken, bösen Menschen und anderen gefährlichen Kreaturen. Das war eine Erleichterung! Andererseits mußte Gloha zugeben, daß ihre kleinen Begegnungen unterwegs durchaus interessant gewesen waren. Vielleicht wäre das nicht der Fall gewesen, hätten sie nicht einen Magier dabei gehabt, der die unschuldigen Jungfern beschützte. Deshalb war ihr Gesamteindruck etwas gemischt.

Bald darauf stießen sie auf eine riesige Keule, die aus dem Boden herausragte, das dornenübersäte Ende wies nach oben. Als sie sich der Keule näherten, begann sie zu zittern, als wollte sie Schwung holen und nach ihnen schlagen. Das Ding war so massiv, daß ein einziger Hieb jeden von ihnen hätte zermalmen können.

»Hält der Zauber auch?« flüsterte Gloha beunruhigt.

»Ich glaube schon«, meinte Trent. »Allerdings ist die Magie manchmal fehlerhaft, dann kommt trotzdem etwas durch. Es ist immer besser, eine Bedrohung nicht als gegeben hinzunehmen.«

»Dann laß mich zuerst an der Keule vorbeifliegen. Ich glaube nicht, daß sie schnell genug ist, um mich zu treffen«, schlug sie vor. »Wenn sie aus dem Boden fährt und mir nachjagt, werden wir es genau wissen.«

»Damit bin ich nur einverstanden, solange du den Weg entlangfliegst. Es könnte sein, daß die Keule nur für Leute eine Gefahr darstellt, die vom Weg abweichen, während sie die anderen einfach nur bedroht.«

»Ja, das könnte sein«, sagte Cynthia. »Vielleicht macht sie eine Finte, um jemanden vom Weg zu jagen. Dann kann sie den armen Wicht erschlagen, weil der Zauber nur den Weg selbst umfaßt. Vor Torheit kann der Zauber einen schließlich nicht bewahren.«

Trent nickte. »Das ist wahrscheinlich die Taktik von dem Ding. Wenn wir uns also einfach weigern zu reagieren, sind wir in Sicherheit. Trotzdem solltest du sie lieber auf die Probe stellen. Falls die Keule tatsächlich auch auf dem Weg selbst zuschlägt, verwandle ich Cynthia in eine Riesin, die sie dann am Griff packen und zähmen kann.«

Gloha schoß schnell an der Keule vorbei, während der Magier und die Zentaurin abwartend zuschauten. Die Keule zitterte, löste sich vom Boden, wollte abheben ..

»Gloha!« rief da plötzlich jemand.

Gloha fuhr in der Luft herum und schaute zurück. Oben auf der Keule stand ein winziger Mann.

»Grundy!« rief sie. »Was tust du denn da?«

»Ich bin hier zu Hause. Das ist mein Keulenheim. Mach dir keine Sorgen, Freunden tut es nichts. Ich bin sofort herausgekommen, als es zu zittern anfing.« Er stieß mit dem Fuß gegen das Holz. »Ganz ruhig, Heim. Gloha ist in Ordnung.« Die Keule bewegte sich nicht mehr.

»Dann solltest du sie lieber auch mit meinen Freunden bekannt machen«, schlug Gloha vor und deutete dabei auf Trent und Cynthia.

Grundy sah sich nach ihnen um. »Ein Flügelzentaur!« rief er. »Aber sie ist zu jung, um Chex zu sein.«

»Sie ist sogar älter als Chex«, widersprach Gloha. »Vergiß nicht, daß Chex nur ein Jahr älter ist als ich. Sie ist schnell gereift.«

Grundy blinzelte. »Trotzdem, die hier sieht aus, als wäre sie erst sechzehn.«

»Sie wurde aber bereits im Jahre 1005 geliefert.«

»Achtundachtzig Jahre alt soll die sein? Du willst mich wohl aufziehen, Harpyienflügel. Als nächstes erzählst du mir noch, daß der junge Mann neben ihr sechsundneunzig ist!«

»Richtig. Das ist der Magier Trent.«

»Na klar. Dann soll er doch mal irgendwas verwandeln.«

Trent kauerte nieder und zeigte auf eine Ameise, die gerade über den Weg lief. Plötzlich wurde sie zu einem Riesenkäfer, einer gewaltigen Kreatur von der Größe eines Einhorns. Sie blickte sich erschrocken um, als ihre Welt plötzlich so viel kleiner geworden war, zuckte mit den Antennen und schickte sich an, irgend etwas mit ihren Scheren zu vertilgen.

Trent verwandelte sie in einen rosa Hasen. Der Hase hopste auf den Wald zu.

»Das ist aber nicht nett«, rief jemand. »Verwandle sie wieder in ihre natürliche Gestalt, bevor sie sich noch verirrt und zu Schaden kommt.«

Trent lief hinter dem Hasen her und verwandelte ihn wieder in eine kleine Ameise.

»Das ist tatsächlich der Magier Trent«, bestätigte Grundy. »Aber wieso ist er so jung, und was hat er mit euch zu tun?«

»Er hilft mir, meinen idealen Ehemann zu suchen«, erklärte Gloha. »Und diese Zentaurin ist Cynthia, die er vor langer Zeit verwandelt hat. Sie war bis vor kurzem im Teich der Gehirnkoralle.«

»Dann ist sie ja tatsächlich noch nicht so alt!« meinte Grundy. »Sie war nur im Schwebezustand, nicht wahr?«

»Ja. Und wir bringen sie gerade zur Flügelzentaurenfamilie.«

Der Golem nickte. »Aber für Che ist sie doch ein bißchen zu alt.«

»Der Magier Trent hat noch etwas Jugendelixier.«

»Versteh' schon.« Grundy sah sich um. »Ich habe gerade meine Frau gehört, als ... ach, da ist sie ja schon! Komm nur raus, Liebes, ich will dir diese Leute vorstellen.«

Die winzige Frau trat aus der winzigen Tür im Keulenheim. Plötzlich nahm sie volle menschliche Gestalt an, mit Haaren, die bis zum Boden und noch ein Stück weiter reichten, erst braun, dann rot, dann blond, und schließlich weiter unten sogar weiß, obwohl sie zu Zöpfen geflochten waren. Sie sah wunderhübsch in ihrem Kleid aus, das mit allen möglichen Taschen übersät war.

Grundy sprang ihr auf die ausgestreckte Hand. »Meine Frau Rapunzel«, stellte er sie vor. »Ich nenne sie das haarige Ungeheuer.«

Rapunzel hob ihn ans Gesicht und tat, als wollte sie ihm den winzigen Kopf abbeißen, doch dann verpaßte sie ihm statt dessen einen Kuß, der das ganze Gesicht bedeckte.

»Eines Tages wird sie dabei mal einatmen, dann bin ich futsch«, meinte Grundy wehmütig.

Rapunzel gab den Besuchern die Hand. Dann griff sie wieder nach dem Keulenheim. »Ich möchte euch meine Tochter vorstellen. Sie heißt Überraschung«, sagte sie.

Eine Gestalt, noch kleiner als Grundy, erschien in der Tür

und trat auf Rapunzels Hand, um sich zu Grundy zu gesellen. »Da ist sie«, sagte er stolz. »Vor sechs Monaten überraschend geliefert.« Er wandte sich an das Kind. »Sag hallo zu den netten Leuten, Kind.«

»Hallo, nette Leute«, sagte das Mädchen.

Glohas kleine Kieferlade klappte herunter. Cynthias ebenfalls. »Du hast doch gesagt, sie ist erst sechs Monate alt«, wandte Gloha ein.

»Das hat er *nicht* gesagt«, widersprach Rapunzel lächelnd. »Er hat gesagt, daß sie vor sechs Monaten geliefert wurde.«

»Aber sie redet doch schon!«

»Ja, sie redet sogar ziemlich viel«, stimmte Rapunzel zu. »Sie ist fünf Jahre alt.«

Selbst Trent wirkte verblüfft, als er das hörte. »Wie kann sie denn nur ein halbes Jahr nach ihrer Lieferung schon so alt sein?«

»Es war eine Überraschung«, gestand Grundy. »Deswegen haben wir sie auch so genannt ...«

»Ich glaube, ich verstehe schon«, meinte Trent. »Trotzdem ...«

»Wir haben den Verdacht, daß der Storch sich unterwegs verirrt hat«, erläuterte Rapunzel. »Wir hatten sie schon vor einer ganzen Weile bestellt, und wir habe sie auch andauernd erwartet, doch irgendwie ist sie nie eingetroffen. Und dann, als wir am wenigsten damit rechneten, war sie plötzlich da. Der Storch hat nicht mit uns persönlich gesprochen. Er ist ganz schnell wieder weggeflogen, als wäre er ziemlich erleichtert.«

Trent schüttelte für alle zusammen den Kopf. »Ich dachte immer, ich hätte im Laufe meines Lebens schon eine Menge ungewöhnlicher Dinge zu Gesicht bekommen, aber das überrascht mich nun wirklich. Hat sie ein Talent?«

Grundy und Rapunzel tauschten mehrere Bruchstücke eines Blicks aus. »Nicht direkt«, meinte Grundy und machte dabei einen ziemlich unbehaglichen Eindruck.

»Talent!« rief das winzige Kind. Plötzlich war sie ein ausgewachsenes Menschenkind, mit einem lieblichen Lächeln und einem schwarzen Lockenschopf. Rapunzel mußte sie schnell am Boden absetzen, wobei sie um ein Haar Grundy abgeworfen hätte.

»Sie verändert ihre Größe!« rief Gloha. »Wie hübsch. Aber das liegt natürlich in der Familie.«

»Nicht direkt«, erwiderte Rapunzel mit demselben unbehaglichen Blick, wie Grundy ihn eben aufgesetzt hatte. »Wir sprechen nicht gern darüber, weil ...«

»Ihr sprecht nicht gern über so ein prächtiges Talent?« fragte Gloha. »Warum denn nicht?«

»Talent!« wiederholte Überraschung. Plötzlich fing ihr Haar zu wachsen an. Es kräuselte über ihre Schultern, wurde dunkelbraun, fuhr hinunter zu ihrer Hüfte, wo es hellbraun wurde, dann weiter zu den Knien, wo es rot wurde, bis es schließlich – blond – ihre Füße erreichte.

Rapunzel sammelte es hastig ein, bevor es am Boden schmutzig werden konnte. Sie nahm mehrere Haarnadeln aus ihren eigenen Zöpfen und befestigte es, während das Kind zerstreut mit einem Kieselstein spielte, den es am Boden gefunden hatte.

»*Zwei?*« fragte Gloha. »Ich dachte, daß niemand in Xanth mehr als ein Talent haben kann!«

»Na ja, eins ist vielleicht nicht ein ... Ich meine, sie schlägt ziemlich nach ihrer Mutter«, sagte Grundy.

»Aber das ist trotzdem erstaunlich! Vielleicht hat sie doch zwei Talente.«

»Talent!« sagte Überraschung zum drittenmal. Offensichtlich hatte sie das Wort wieder aufgeschnappt. Sie hielt den Kieselstein hoch – und er verwandelte sich in einen Drachenzahn.

Diesmal klappte Trents Kieferlade ebensoweit herunter wie die der anderen. »Gestaltwandlung von Gegenständen!« sagte er. »Ein drittes ...« Doch er brach ab, als er sah, daß die beiden Eltern beinahe in Ohnmacht gefallen wären.

»Das ist aber *wirklich* eine Überraschung«, meinte Gloha. »Wie viele ... was auch immer ... hat sie denn?«

»Nur eins, glauben wir«, antwortete Grundy. »Immer nur

eins auf einmal, meine ich. Wir wissen vorher nie, welches das nächste sein wird.«

»Oder ob wir es schon mal zu Gesicht bekommen haben«, fügte Rapunzel hinzu. »Das ist ganz schön enervierend.«

Gloha konnte es ihr gut nachempfinden. »Jetzt verstehe ich, warum ihr sie Überraschung genannt habt.«

»Überraschung!« rief das Kind und verschwand.

Diesmal klappten die Kieferladen von Grundy und Rapunzel herab. »Oh, Mann«, sagte der Golem.

»Das ist neu«, meinte seine Frau.

»Ist sie unsichtbar – oder woanders?« wollte der Golem wissen.

Rapunzel griff nach der Stelle, wo das kleine Mädchen soeben noch gestanden hatte. »Unsichtbar«, sagte sie erleichtert.

»Bisher hat sie vor Fremden noch nie ein neues Talent entwickelt«, meinte Grundy mißtrauisch.

»Vielleicht üben wir ja einen schlechten Einfluß aus«, versetzte Trent diplomatisch. »Wir müssen sowieso weiter.«

»Ja, wir sollten vor Nachteinbruch bei der Flügelzentaurenfamilie sein«, fügte Gloha hinzu. Tatsächlich hatten sie in Wirklichkeit keinen solchen Zeitplan, doch wenn sie tatsächlich schuld daran waren, daß Überraschung Unheil stiftete, war es besser, so schnell wie möglich zu verschwinden, bevor etwas wirklich Schlimmes passierte.

»Nachteinbruch«, rief die kindliche Stimme glücklich.

Plötzlich war es Nacht. Nicht dunkel, sondern tiefste Nacht: Die Sterne schienen herab.

»Lebt wohl«, sagte Trent ein wenig zögernd. »Wir legen einen Schuß zu. Die Sterne sind ja hell genug.«

»Schuß! Stern!«

Einer der Sterne löste sich vom Himmel und kam auf sie zu, einen Lichtschweif hinter sich her ziehend. »Hat da jemand meinen Namen gerufen?« wollte er wissen. »Den schieße ich tot!« Er ließ einen dünnen Blitzstrahl hervorschießen.

»Das hat uns gerade noch gefehlt«, brummte Trent. »Ein Schießstern.«

»Mit Kampfmoral«, bekräftigte Gloha.

»Ich finde ihn süß«, meinte Cynthia.

Der Stern hielt inne, wurde heller. »Tatsächlich? Na dann.« Zufrieden schoß er wieder zurück.

Es dauerte nicht lange, da wurde das Gebiet rötlich – Morgendämmerungsfarben, und schließlich kehrte auch das Tageslicht zurück. Die Gefährten blieben stehen und blickten zurück. Sie befanden sich immer noch auf dem Weg, dessen glatte Oberfläche sie mit den Füßen ertastet hatten, und nichts bedrohte sie. Doch hinter ihnen lag der schwarze Klumpen der Nacht und bedeckte das Keulenheim und seine unmittelbare Umgebung.

»Dieses Kind hat es faustdick hinter den Ohren«, brummte Trent. »Das sind schon mindestens fünf Talente, die sie da gezeigt hat, und manche davon haben fast schon Magierkaliber. Ich wünschte, wir könnten den armen Eltern helfen, aber ich fürchte, sie werden allein damit zurechtkommen müssen.«

»Ja«, stimmte Gloha ihm zu. Sie war gar nicht auf den Gedanken gekommen, daß ein starkes Talent ein Problem sein könnte. Aber dieses Mädchen hatte viel zu viel Talent in viel zu jungem Alter; sie hatte gelernt, es zu gebrauchen, wenn auch zufallsabhängig, doch fehlte hier noch das notwendige Verantwortungsbewußtsein.

Sie folgten dem Pfad nach Norden und erreichten in überraschend kurzer Zeit eine Lichtung mit einer großen Schilfrohrhütte in Form eines Stalls. Davor stand ein Amboß, auf dem man Hufeisen schmieden konnte. Com-Puter hatte seinen Teil der Abmachung eingehalten und ihnen einen direkten Weg zum Heim der Zentauren gewiesen. Sonst hätten sie wahrscheinlich sehr viel länger gebraucht, und die Reise wäre um einiges beschwerlicher geworden.

Trent blieb stehen und wandte sich an Cynthia. »Ich glaube, jetzt ist es an der Zeit, daß Jugendelixier des Magiers Humfrey zu benutzen.«

Cynthia blickte ihn zweifelnd an. »Ich möchte aber niemanden täuschen, schon gar nicht die Zentauren. Ich bin ja in Wirklichkeit gar kein Kind mehr.«

»Sechzehn bist du in Wirklichkeit aber auch noch nicht«, wandte er ein. »In Xanth zählt meist das Äußere. Wir werden auch niemanden täuschen oder betrügen. Wir passen dein Alter lediglich der Situation an.«

Sie zögerte dennoch. »Mein Körper mag zwar jung sein, aber mein Geist ist schon fast siebzehn. Ich könnte es ihnen nicht verübeln, wenn sie Einwände hätten.«

»Mein Geist ist sechsundneunzig«, erwiderte Trent gelassen. »Hat dich das etwa gestört?«

»Nein, bestimmt nicht. Du warst bewunderungswürdig klug und hilfreich.«

»Wenn ich tatsächlich sechsundzwanzig gewesen wäre … ich bezweifle, daß ich mich immer so anständig benommen hätte, vor allem, als ihr den Oberkörper freigemacht oder als ihr mich wieder warmgeküßt habt. Alter und Erfahrung haben durchaus ihre Vorzüge.«

»Wahrscheinlich«, stimmte Cynthia ihm verunsichert zu. »Aber schade, daß du nicht wirklich so jung warst. Dann hätte ich dir vielleicht Männergedanken eingeflößt, die zu meinen Frauengedanken gepaßt hätten.«

Trent schürzte die Lippen, schaffte es aber, die Bemerkung zu ignorieren. Er wandte sich an Gloha. »Wir sind uns offensichtlich nicht ganz einig. Was meinst du dazu?«

»Ich meine, du solltest sie jünger machen und es die Zentauren entscheiden lassen. Wenn sie Cynthia nicht haben wollen, kann sie immer noch bei uns bleiben.«

»Aber dann werde ich neun Jahre alt sein!« protestierte Cynthia.

»Dein Geist wird sechzehn sein.«

»Das ist nicht dasselbe!«

Trent zuckte die Schultern. »Gut, dann wollen wir jetzt erst mal mit der Familie sprechen und das Elixier später benutzen, falls es angezeigt sein sollte.«

»Ja«, stimmte Cynthia ihm erleichtert zu.

Sie begaben sich zu dem Haus. Trent klopfte an die Tür, die zweigeteilt war und sich in der Mitte öffnete. Die Außenteile hingen an Scharnieren, genau wie bei einem Scheunentor. Ein Frauengesicht erschien im Fenster und blickte erstaunt heraus. Dann wurde die Tür geöffnet. Vor ihnen stand eine reife Flügelzentaurenstute mit üppigen nackten Brüsten. »Gloha erkenne ich wieder«, sagte sie. »Aber nicht den Mann und auch nicht ... ach, herrje!« Denn nun hatte sie Cynthias Flügel erblickt.

»Hallo, Chex. Ich bin Magier Trent, vorübergehend verjüngt. Ich begleite Gloha auf ihrer Suche nach dem idealen Mann. Das hier ist Cynthia, die ich in meiner Jugend in diese Gestalt verwandelt habe. Seitdem hat sie die Zeit im Teich der Gehirnkoralle zugebracht. Sie ...«

»Sie möchte gern die einzigen anderen Flügelzentauren von Xanth kennenlernen!« ergänzte Chex. »Ach, wie schade, daß sie nicht jünger ist!« Dann legte sie verlegen die Hand auf den Mund. »Das hätte ich nicht sagen dürfen. Es ist nur, daß ...«

»Warum hättest du sie denn lieber jünger?« erkundigte sich Trent, als wäre er nur neugierig.

»Ach, ich hatte die törichte Idee ... unser Fohlen Che ... nein, das war nur so eine Anmaßung, für die ich mich entschuldigen möchte. Ich war einfach nur verblüfft, noch eine Flügelzentaurin vor mir zu sehen.«

Trent brauchte mit Cynthia nicht einmal den Blick zu wechseln. »Wir haben etwas Jugendelixier dabei. Körperlich können wir sie mühelos ein Jahrzehnt jünger machen.«

»Wozu? Sie hat ihre Kindheit doch schon hinter sich. Die möchte sie doch bestimmt nicht noch einmal durchleben müssen.«

»Vielleicht doch, wenn sie dafür bei ihrer eigenen Art bleiben kann.«

Chex blickte Cynthia an. »Du warst ein Mensch, bevor du verwandelt wurdest?«

»Ja«, bestätigte Cynthia. »Ich war sechzehn. Zentaurin bin ich noch kein Jahr, in echter Lebenszeit gerechnet. Ich habe zu fliegen gelernt. Aber ich war die einzige meiner Art. Die richtigen Zentauren ... die ...« Ihre Miene umwölkte sich, offensichtlich von unangenehmen Erinnerungen gepeinigt.

Chex trat rasch vor und legte einen Arm um Cynthias Schulter. »Ich kenne dieses Gefühl. Sie lehnen Mischlinge ab. Selbst meine eigenen Großeltern haben sich am Anfang geweigert, etwas mit mir zu tun zu haben. Wenn du dich uns gern anschließen würdest ...«

»Und ob!«

»Kennst du denn die Zentaurengeschichte?«

»Ich fürchte, nein«, antwortete Cynthia verlegen.

»Wärst du bereit, sie zu lernen? Das würde einige Jahre dauern. Du mußt nämlich wissen, daß ein Mensch deines Alters intellektuell einem Zentauren von acht oder neun Jahren entspricht. Unser Fohlen Che ist acht.«

»Ich würde eure Geschichte sehr gern erlernen.«

»Che ist im Augenblick nicht da. Er befindet sich im Koboldberg. Wir ...« Chex blickte einen Moment nachdenklich drein. »Wir vermissen die Kinder.«

Cynthia schaute zu Trent hinüber. Der reichte ihr das winzige Fläschchen mit dem Elixier. Sie nahm es entgegen, öffnete es und schluckte die wenigen Tropfen der Flüssigkeit.

Plötzlich war sie körperlich eine Achtjährige geworden. Die Dosis hatte ihr Alter halbiert. Als Einhorn wäre sie voll ausgewachsen, doch Zentauren entwickelten sich ähnlich wie Menschen, und so war sie nun eine Halbwüchsige. Ihre Jacke hing schlaff an ihr herab. »Oh!« rief sie matt. »Ich wußte nicht, daß das *so* schnell geht!«

»Erste Zentaurenlektion«, sagte Chex. »Du brauchst keine Kleidung, solange es das Wetter gestattet. Wie du siehst, macht es mir auch nichts aus, meinen Körper zur Schau zu stellen.« Sie half dem Fohlen dabei, die Kleidung abzulegen. Nun stand Cynthia nackt da. Die vormals üppigen Brüste waren verschwunden, und ihr menschlicher Körperabschnitt hatte plötzlich wieder etwas Jungenhaftes. Ihr Haar war zu einem Pferdeschwanz geschrumpft.

»Ich glaube, wir sind jetzt fertig«, meinte Trent.

»Das glaube ich auch«, stimmte Gloha zu. Sie kam herübergeflogen, um Cynthia zum Abschied zu umarmen, denn das Zentaurenkind war nun ungefähr so groß wie ein ausgewachsenes Koboldmädchen. »Vielleicht begegnen wir uns ja bald wieder.«

»Ach, das hoffe ich sehr!« meinte die junge Cynthia. »Schließlich kennen wir uns schon mein halbes Leben lang.«

Trotz ihrer Tränen mußte Gloha lachen. Rein technisch gesehen war diese Behauptung richtig, auch wenn die wenigsten es verstehen würden. Cynthia war nun nur noch halb so alt wie zu der Zeit, da sie sich gekannt hatten. Sie lösten sich voneinander.

Cynthia musterte Trent. Irgend etwas an ihrem Verhalten wies darauf hin, daß sie ihre Erwachsenengefühle ihm gegenüber noch nicht gänzlich vergessen hatte, doch sie sagte nichts. Gloha mußte aus irgendeinem Grund plötzlich an Jana und Braille Zentaur denken.

Der Magier tat, als würde er es nicht bemerken. »Leb wohl, Zentaurenfohlen«, sagte er.

»Ich danke dir – für was auch immer«, erwiderte sie.

Chex führte Cynthia ins Haus. Die Tür schloß sich. Gloha wußte, daß diese abrupte Trennung das Beste war. Entschlossen wandte sie sich ab. Es würden andere Zeiten kommen. Bis dahin mußte sie sich um ihr eigenes Anliegen kümmern.

6

Mark

Sie nahmen den Weg, den sie gekommen waren, fort von dem Haus. Gloha mußte Tränen der Wehmut zurückdrängen, als sie Cynthias Hufabdrücke sah. Es war zwar nur eine Zwischenepisode gewesen, dennoch mochte sie das geflügelte Zentaurenmädchen und vermißte es bereits.

»Das ist aber nicht derselbe Weg«, bemerkte Trent.

»Das muß er aber sein. Wir folgen doch unseren eigenen Spuren!«

»Die Landschaft ist anders. Wir befinden uns nicht mehr auf Com-Puters magisch bestimmten Weg. Schau doch nur, da ist ein Vulkan.«

»Ein was?«

»Ein Berg, der sich auf magische Weise entzündet und dann überall seine Asche ablädt.« Trent wies auf diese Kuriosität.

Gloha folgte seinem Blick und sah das kegelförmige Ding, aus dessen schmaler Spitze Rauch hervortrat. Plötzlich rülpste es eine Wolke hervor, die sich rasch ausdehnte und über die Landschaft breitete. Graue Partikel schwebten wie Schnee herab. Gloha streckte die Hand aus und griff sich eins davon. Tatsächlich, es war ein Stück Asche. »Wunderbar«, meinte sie.

»Das kommt darauf an, wie dem Vulkan gerade zumute ist. Wenn er etwas dagegen hat, daß wir zu dicht an ihm vorbeiziehen, müssen wir einen anderen Weg suchen.«

»Aber wir wollen doch den verzauberten Weg nicht verlassen. Das wäre doch viel zu unsicher.«

»Möglicherweise sind wir jetzt auch nicht mehr in Sicherheit«, wandte er ein. »Denn vielleicht ist das gar kein verzauberter Weg mehr.«

Das kam ihr merkwürdig vor. »Folgen wir ihm trotzdem. Wenn es gefährlich wird, können wir immer noch einen anderen suchen.«

»Eine unbelebte Gefahr kann ich nicht transformieren«, ermahnte Trent sie. »Gegen diesen Berg dort wäre ich hilflos, falls er in Wut geraten sollte.«

»Dann müssen wir eben hoffen, daß er nicht in Rage gerät«, antwortete Gloha unbesorgt. Was für eine Vorstellung, ein wütender Berg!

Der Berg rumpelte drohend. Verstärkt stiegen Rauchschwaden von seinem Gipfel auf. Trotzdem konnte Gloha die Sache nicht ganz ernst nehmen. Schließlich waren Berge etwas Unbelebtes. Sie konnten doch keine Gefühle haben! Es war gar nicht denkbar, daß Berge etwas dagegen haben könnten, wenn jemand zu dicht an ihnen vorbeiging. Deshalb mußte dieses Rumpeln ein purer Zufall sein.

»Ich glaube, das ist der Berg Pin-A-Tuba«, sagte Trent. »Ich habe mal von ihm gehört. Wenn er wütend wird, stößt er so viel Asche und Dampf aus, daß es ganz Xanth überschattet, die Sonne nicht mehr durchdringen kann und das Land auskühlt.«

»Was für ein komischer Name für einen Berg«, bemerkte Gloha.

Der Weg führte unmittelbar zum Fuß es Vulkans. Trent hatte recht – auf diesem Weg waren sie wirklich nicht gekommen. Auch Cynthias Hufspuren waren nicht mehr zu sehen. Der Weg hatte sich auf magische Weise verändert.

Wenn Magie im Spiel war, konnte zwar alles mögliche passieren, trotzdem war das ein wenig seltsam. Natürlich hätte sie jederzeit davonfliegen können, aber Trent blieb diese Möglichkeit versagt. Deshalb war es das beste, am Boden zu bleiben.

Sie vernahmen ein weiteres Rumpeln, und wieder stieg Rauch auf. Diesmal bebte der ganze Boden. Es hatte den Anschein, als reagierte der Berg wie eine gereizte Sphinx. Aber das bildete Gloha sich wahrscheinlich nur ein.

»Mir gefällt das nicht«, murrte Trent.

»Könntest du nicht ein Wesen in irgend etwas verwandeln, das uns schnell an dem Berg vorbeiträgt?«

Er blickte sich um. »Ich kann weit und breit kein Lebewesen ausmachen. Kein Tier und keine Pflanze.« Tatsächlich war das ganze Gebiet mit grauen Ascheschichten bedeckt, wie von schmutzigem Schnee.

»Dann verwandle mich doch in einen Vogel Rokh. Dann trage ich dich hinüber«, schlug Gloha vor.

»Das wäre noch gefährlicher. Soviel ich weiß, mag der Berg keine großen Vögel und schießt mit heißen Steinen nach ihnen, und zwar mit unangenehmer Zielgenauigkeit.«

Nun ertönte ein noch lauteres Grollen. Ein heißer Felsbrocken schoß aus dem Schlund des Berges hervor. In hohem Bogen zog er über den Himmel und prallte ein Stück abseits mit einem Donnern auf. Ihm folgte immer dichter werdender Rauch. Der Ascheregen verstärkte sich. Langsam verfilzte die Asche Glohas Haar und bedeckte ihre Flügel. Ihr wurde immer unbehaglicher zumute.

»Ich schätze, du hast recht«, meinte sie. »Wir sollten lieber umkehren und einen anderen Weg suchen.«

»Dafür ist es möglicherweise schon zu spät.« Es war ungewohnt, Trent so düster zu erleben.

»Beeilen wir uns«, sagte Gloha, als sich im Berg ein neuerliches Rumpeln aufbaute und der Vulkan auszubrechen drohte.

Sie machten kehrt und ergriffen die Flucht. Doch das Grollen wurde immer heftiger und bedrohlicher, bis es in einer

Wolke aus wirbelndem, schwarzem Rauch losbrach. Der Tag verdunkelte sich, und die Asche regnete so dicht herab, daß sie kaum noch etwas sehen konnten und nur noch mit Mühe Luft bekamen.

Sie versuchten zu rennen, aber der Boden bebte so heftig, daß sie Mühe hatten, das Gleichgewicht zu halten. Gloha breitete die Flügel aus. Sie wollte fliegen, doch die heiße Asche verbrannte sie Fleck um Fleck und Feder um Feder, während heiße Windböen sie wegzupusten drohten. Schnell legte sie die Flügel wieder an, um nicht so viel Angriffsfläche zu bieten. Im Augenblick war sie an den Boden gefesselt.

Dann krachte unmittelbar vor ihnen ein Felsbrocken auf den Weg und riß einen Krater. »Wir befinden uns in seiner Reichweite«, bemerkte Trent.

»Ach, es tut mir ja so leid, daß ich nicht vorher auf dich gehört habe!« rief Gloha mit einer gewissen Bestürzung.

»Ich hätte nicht gedacht, daß es so schlimm kommen könnte. Wir müssen unregelmäßig die Richtung wechseln, damit der Berg uns nicht erwischt.« Er schlug einen Haken zur Seite, fort vom Weg und durch die immer dicker werdende Ascheschicht. Die herabregnende frische Asche verwischte fast im selben Augenblick seine Spuren.

Gloha folgte ihm. Die strudelnden Winde zerrten an ihr, und die Dunkelheit und die Asche hätten sie Trent fast aus den Augen verlieren lassen. Doch da kam er zurückgehuscht und packte sie am Handgelenk. »Wenigstens dich kann ich in etwas verwandeln, das in Sicherheit ist«, sagte er.

»Aber das hilft *dir* doch nicht!« protestierte sie.

»Vielleicht habe ich gar keine Hilfe verdient.«

»Was?« fragte sie entsetzt.

»Egal. Laß dich bloß nicht von herabprasselnden Felsen erwischen.« Trent riß Gloha mit sich.

»Weshalb hast du keine Hilfe verdient?« wollte sie wissen.

»Weil ich auf eine Weise reagiert habe, wie sie für mein Alter und meinen Familienstand unschicklich ist.«

»Wovon redest du bloß?«

Wieder ging ein Ascheschauer nieder, verfehlte sie jedoch zum größten Teil. Solange sie sich unberechenbar durch das Gelände bewegten und Haken schlugen, konnte der Vulkan sie nicht einholen. »Du hast dich durch und durch vollkommen anständig verhalten!«

»Ich wollte Cynthia in eine Menschenfrau verwandeln.«

Also war ihr Interesse an ihm doch nicht spurlos abgeglitten! Gloha, die selbst halbmenschlichen Ursprungs war, wenn auch ohne menschliches Elternteil, hatte Cynthias Gefühle ausreichend nachempfinden können, um nun auch Verständnis für Trents Gefühle zu haben. Mehr als genug! »Anziehende und hübsche Leute finden einander immer attraktiv«, brüllte sie gegen den Aschewind an. »Aber was zählt, ist das, was sie tun.«

»Nicht, was sie empfinden?«

Dagegen konnte sie kaum etwas einwenden. »Vielleicht ist ja ein bißchen Schuld im Spiel, aber du hast richtig gehandelt. Du magst ihr ja Unrecht getan haben, als du sie damals in eine geflügelte Zentaurin verwandelt hast, aber das hast du wiedergutgemacht, indem du sie so belassen hast. Jetzt wird sie glücklich, bei ihrer eigenen Art. Und bin sicher, daß Che Zentaur sie mag, wenn er ihr erst einmal begegnet ist. Vielleicht hilfst du ihm dadurch sogar, seine Bestimmung zu erfüllen, die ja darin besteht, die Geschichte Xanths zu verändern.«

»Vielleicht«, meinte Trent.

Er wirkte schon etwas heiterer. Gloha hatte ihn aufgemuntert. Aber er war erstaunt über ihre Äußerungen: Er war fünfmal älter als sie; er war zweimal verheiratet gewesen und hatte mindestens ein Kind. Was Liebe und Leidenschaft anging, hätte sein Wissen ganze Bände füllen müssen. Wie hatte Gloha ihm da mit ihrer eingeschränkten Sicht der Dinge helfen können?

Hinter ihnen ertönte eine Reihe von dröhnenden Lauten. Der Berg Pin-A-Tuba klang beinahe schon melodisch. Trotzdem war nichts Musikalisches daran: Gloha wußte genau, daß er nur noch mehr Felstrümmer und Asche ausspie. Wenn sie nicht bald aus seiner Reichweite kämen, würde einer dieser Felsen sie doch noch zerschmettern.

»Hallo!«

Gloha blickte auf. Da war ein Rauchstrudel, der anders aussah als der des Berges. »Metria!«

»Ihr Sterblichen habt ja seltsame Vorstellungen von Unterhaltung«, bemerkte die Dämonin.

»Wir sind aber nicht gerade erheitert«, erwiderte Trent mürrisch. »Wir versuchen nämlich, außer Reichweite des Vulkans zu kommen.«

»Das könnt ihr nicht«, meinte Metria. »Ihr tätet besser daran in Deckung zu gehen.«

»Wenn ich der Meinung wäre, daß du eine Deckung für uns wüßtest, würde ich dich schon danach fragen!« antwortete Trent verächtlich. Seine gelassene Haltung schien unter dem Druck dieser Bedrohung, die zu bewältigen jenseits seiner Macht lag, zu schwinden. Zum erstenmal erlebte Gloha ihn unwirsch.

»Ich weiß aber eine«, versetzte die Dämonin.

»Das glaube ich nicht«, antwortete Trent.

Gloha war entsetzt: Warum mußte er die Dämonin ausgerechnet jetzt reizen, da sie ihrer Hilfe bedurften?

»Gleich im nächsten Schmutz«, sagte Metria.

Plötzlich begriff Gloha: Die Dämonin wollte sie nur aufziehen. Doch Trent brachte sie dazu, die gewünschte Information tatsächlich preiszugeben. »Der nächste was?« fragte sie.

»Dreck, Mist, Rufmord, Abfall ...«

»Abguß?« fragte Trent.

»Wie auch immer«, sagte Metria mürrisch und verblaßte in der herabtrudelnden Asche.

»Wir müssen diese Abflußrinne finden«, rief Trent.

Er schritt weiter, Gloha immer noch hinter sich herziehend. Sie spürte seine männliche Kraft, doch war sein Griff um ihren Arm nicht schmerzhaft; er achtete sorgfältig darauf, ihr nicht weh zu tun.

»Aber so eine Abflußrinne wird sich doch um so schneller

mit Asche füllen«, protestierte Gloha. »Und die Felsbrocken können darin rollen!«

»Metria sagt stets die Wahrheit, jedenfalls auf ihre Weise«, erwiderte Trent. »Es *muß* in der Nähe eine Deckung für uns geben. Wir müssen sie nur finden.«

»Das hoffe ich«, warf Gloha matt ein.

Sie erklommen eine Steigung, doch die dahinterliegende Senke schien sich mit immer mehr Rauch zu füllen, begleitet vom Geräusch herabstürzender Felstrümmer.

Plötzlich fiel Gloha etwas auf. Sie blinzelte und versuchte, ihre schmerzenden kleinen Augen vom Aschenstaub zu befreien.

»Ich glaube, ich sehe ein Haus aus Knochen«, sagte sie.

»Das sind wahrscheinlich die Überreste eines verendeten Tieres«, erwiderte Trent.

»Schon möglich. Vielleicht habe ich auch Halluzinationen.«

»Wo hast du es denn gesehen?«

»Da drüben.« Blindlings zeigte sie in die entsprechende Richtung.

Er stemmte sich gegen den furchtbaren Wind und stapfte in die gewiesene Richtung weiter. Plötzlich blieb er stehen.

»Du hast recht! Ein Knochenhaus!« rief er.

»Bitte, mach dich nicht über mich lustig«, flehte sie. »Mir geht es schon schlimm genug.«

Trent ging wieder ein Stück weiter. Plötzlich ragten die Knochen vor ihnen auf. Das Haus gab es tatsächlich!

»Ist jemand zu Hause?« rief Trent.

Eine Tür ging auf. Vor ihnen stand ein Skelett. »Fleischleute!« rief es.

»Mark Knochen«, sagte Trent. »Das mußt du sein. Ich bin der Magier Trent, und das hier ist Gloha Kobold-Harpyie. Wir brauchen einen Unterschlupf.«

»Dann kommt rein«, antwortete Mark. Er streckte eine Knochenhand vor, um ihnen zu helfen. Im nächsten Augenblick befanden sie sich schon im Innern des Hauses, in

Sicherheit hinter der geschlossenen Tür, und ließen die wirbelnde Asche hinter sich zurück.

Nach und nach tränten Glohas Augen sich frei, und sie konnte sich ausgiebig im Haus umsehen. Es bestand tatsächlich aus Gebein. Die Knochen waren raffiniert zusammengefügt und so fest mit Sehnen verschnürt, daß Wände und Dach aschedicht waren. Die Dämonin hatte recht gehabt: Das war genau der Unterschlupf, den sie brauchten.

»Danke, Mark«, sagte Trent. »Es war wirklich ein Glück, daß dein Haus gerade in der Nähe war.«

»Was tut ihr beiden fleischigen Kreaturen denn in einer so fleischlosen Gegend wie dieser?« erkundigte sich das Skelett.

»Gloha ist auf der Suche nach ihrem idealen Mann, und ich helfe ihr dabei.«

»Das ist nett von dir.« Der Totenschädel legte sich schräg, die Augenhöhlen musterten ihn. »Ich muß sagen, daß du jünger aussiehst, als ich erwartet habe. Bist du nicht der Großvater von Prinz Dolph?«

»Der bin ich. Und ich bin ein alter Mann, stehe im Augenblick aber unter dem Einfluß des Jugendelixiers. Ich habe es immer sehr zu schätzen gewußt, wie du Dolph bei seiner Suche nach dem Guten Magier geholfen hast, auch wenn am Schluß nichts anderes dabei herausgekommen ist, als daß er gleichzeitig mit zwei Mädchen vermählt war.«

»Er war noch jung«, sagte Mark. »Junge Leute sind mitunter ein wenig unsicher, was ihre Gefühle angeht.«

»Wiederverjüngte manchmal auch«, murmelte Trent.

»Aber Dolph verfügt über eine hervorragende Magie«, fuhr das Skelett fort. »Von ähnlicher Qualität wie deine, glaube ich.«

»Das stimmt. Ich bin auch stolz auf meinen Enkel, ebenso auf meine Enkelin, die Zauberin Ivy.«

»Was tust du hier eigentlich, Mark?« fragte Gloha. »Ich dachte, du hättest jetzt eine Familie.«

»Habe ich auch, habe ich auch«, bestätigte das Skelett. »Ich habe Grazi Knochen geheiratet, und wir haben zwei

Kinder. Aber ich besitze keine Seele, und deshalb werde ich schon bald verblassen, weil ich ein Wesen des Traumreichs bin. Darum habe ich eingewilligt, am Gefährtenspiel der Dämonen teilzunehmen, sofern sie mir einen Hinweis geben, wie ich mir eine Seele beschaffen kann. Ich bin zwar nicht zum Gefährten auserkoren worden, aber der Dämonenprofessor Fetthuf hat mir gesagt, daß ich mir eine Seele erwerben könnte, wenn ich nur lange genug in der Nähe des Vulkans bleibe. Und während ich hier gewartet habe, hab' ich Tierknochen eingesammelt und dieses Haus gebaut, weil es mir natürlich nicht besonders gefiel, ständig mit Asche bombardiert zu werden. Wißt ihr zufällig, wo ich eine Seele herbekomme? Von mir aus auch eine halbe?«

Trent überlegte. »Von dem Dämon Fetthuf habe ich schon gehört. Der ist von einer so arroganten Intelligenz, daß selbst die meisten Dämonen ihn nicht ertragen. Aber er weiß immer, wovon er redet. Ich vermute, er wollte damit sagen, daß hier irgendein Sterblicher, der hier vorbei kommt, dir eine halbe Seele abgeben könnte. Ich würde dir ja die Hälfte von meiner abgeben, aber ich fürchte, die ist zu schwarz.«

»Du könntest die Hälfte von meiner haben«, meinte Gloha zweifelnd. »Tut es weh, eine halbe Seele loszuwerden?«

»Nein«, sagte Mark. »Aber deine würde ich nicht nehmen, weil du eine Frau bist. Ich brauche eine halbe junge, vitale männliche Seele.«

»Dann sind wir wohl nicht jene, auf die du wartest«, meinte Trent. »Und doch hat deine Gegenwart uns hier geholfen und würden dir gern diese Gefälligkeit erwidern. Können wir vielleicht etwas anderes für dich tun?«

»Ich fürchte, nein. Eure und meine Art haben nicht viel gemeinsam. Trotzdem danke für das Angebot.«

»Vielleicht gibt es ja doch eine Möglichkeit«, warf Gloha ein. »Vielleicht hat der Dämonenprofessor ja nur gemeint, daß du hier jemandem begegnen könntest, dem du einen *Dienst* erweist, worauf dieser dir hilft, eine Seele aufzutreiben.«

»Das ist eine Möglichkeit«, stimmte Mark erstaunt zu.

»Für beseelte Leute scheint mir diese Gegend doch ziemlich unwirtlich zu sein.«

»Vielleicht solltest du uns begleiten. Möglicherweise erreichst du dann dein Ziel«, schlug Gloha vor. »Einen Versuch ist es jedenfalls wert.«

»Möglich«, stimmte das Skelett zu. »Sofern ihr nichts gegen meine Gesellschaft einzuwenden habt.«

»Jeder Freund meines Enkels ist auch mein Freund«, sagte Trent.

»Und du bist doch auch mit Chex Zentaur befreundet, nicht wahr?« fragte Gloha. »Ich meine mich erinnern zu können, mal so etwas gehört zu haben.«

»Wir haben uns gelegentlich als kompatibel erwiesen«, bestätigte Mark förmlich.

»Dann reisen wir zusammen weiter, jedenfalls so lange, bis du eine Spur gefunden hast, wo du eine halbe Seele bekommst.«

Gloha staunte ein wenig über sich selbst, daß sie diesen Vorschlag machte, denn bisher war sie noch nie in ihrem Leben eine Beziehung zu einem wandelnden Skelett eingegangen. Aber sie litt ein wenig unter Vereinsamung, seitdem sie Cynthia Zentaurin als Gefährtin verloren hatte, und sie wußte, daß Mark nicht nur dem Prinzen Dolph ein Gefährte gewesen war – er hatte sich auch als wahrhaft anständiger und verantwortungsbewußter Erwachsener erwiesen, als der neunjährige Junge dringend der Führung bedurfte. Gloha, die genauso alt wie Prinz Dolph war, war ihm seitdem oft begegnet und hatte sich von ihm die Geschichte erzählen lassen. Das Ganze mochte sogar Spaß machen, weil Skelette über ungewöhnliche Fähigkeiten verfügten, die mitunter recht nützlich waren.

»Gibt es hier überhaupt irgendwelche Lebewesen?« erkundigte sich Trent.

»Nur einen Knochenfloh, den ich leider nicht vertreiben konnte«, berichtete Mark. »Ich lasse Lebewesen normalerweise unbehelligt, aber ich muß zugeben, daß Knochenflöhe mich nervös machen.«

»Wie kann ein Floh dir denn etwas antun, wo du doch gar kein Fleisch hast?« wollte Gloha wissen.

»Ein Knochenfloh frißt Knochen«, erläuterte Mark. »Knochenmark, um genau zu sein. Und ohne mein Mark würde ich sofort aus diesem Reich verblassen. Dieser Gedanke gefällt mir natürlich nicht besonders.«

»Dann hättest du also nichts dagegen, wenn ich den Knochenfloh in etwas anderes verwandelte?« erkundigte sich Trent.

»Es würde mir die größte Befriedigung verschaffen, das Mistvieh verwandelt zu sehen.«

»Wo ist er denn?«

Mark deutete mit einem knochigen Finger auf einen leicht angekauten Abschnitt der Knochenwand. Sie erblickten eine kleine Kreatur, die dort fröhlich vor sich hin mampfte.

Trent fuhr mit der Hand dicht an den Floh. Der verwandelte sich plötzlich in einen stattlichen Topfpastetenstrauch, der aus einem Topf hervorwuchs und eine dampfende reife Pastete trug.

»Ach, wunderbar!« rief Gloha, als ihr bewußt wurde, wie hungrig sie war. »Aber sie sieht zu heiß aus, um sie anzufassen.«

»Dafür habe ich Geräte«, sagte Mark. Er holte mehrere dünne Knochensplitter hervor. »Die habe ich zurecht gehackt, um die Ritzen damit zu versiegeln. Aber sie können euch gute Dienste leisten.«

»Ja, als Eßstäbchen«, bestätigte Trent. Er nahm zwei davon entgegen und hielt sie zwischen den Fingern einer Hand.

»Du kannst mit denen essen?« fragte Gloha verwundert.

»Das kannst du auch, mit ein wenig Übung«, antwortete Trent. »Mark, wenn du so gut wärst, diese Topfpastete zu ernten und sie für uns auf den Tisch zu stellen? Dann könnten wir einen Happen zu uns nehmen.«

Mark pflückte die heiße Topfpastete mit seinen kahlen Knochenfingern und stellte sie auf den Knochentisch. Trent zog einen Knochenstuhl heran, und Gloha, die sehr viel kleiner und leichter war als er, setzte sich ihm gegenüber auf die Tischkante, zwischen ihnen die Pastete.

»So geht das«, sagte Trent und führte seine Eßstäbchen vor. Er stach damit in die Pastete und holte mit beiden Enden einen Brocken hervor, der nicht nur lecker aussah, sondern auch gut roch. Er hob ihn an den Mund.

Gloha nahm ebenfalls zwei passend lange Knochensplitter auf und versuchte, sie genauso zu halten wie Trent. Doch als sie die Splitter bewegte, fielen sie ihr aus den kleinen Händen. Sie versuchte es erneut, bis sie allmählich begriff, wie man mit den Stäbchen umgehen mußte. Kurz darauf konnte sie ihren ersten Happen damit aufnehmen.

Sie teilten sich die Pastete. Trent verzehrte die größte Portion, weil er ja auch viel größer war, doch Gloha wurde mehr als satt.

Inzwischen war es dunkel geworden. Mit ein paar ansonsten nutzlosen Knochentrümmern entfachte Mark ein Beinfeuer. Es spendete zwar nur wenig Licht und Wärme, aber sie brauchten ja auch nicht viel, und alles in allem war es recht gemütlich.

»Wir sollten die Nacht lieber hier verbringen«, schlug Trent vor. »Vielleicht hat der Vulkan uns morgen früh ja vergessen.«

»Aber das spielt doch gar keine Rolle«, sagte Mark. »Wenn ich hinausgehe, sorge ich einfach dafür, daß ich wie ein Klumpen Asche aussehe, dann erkennt er mich nicht.«

»Weshalb sind wir selbst nicht darauf gekommen!« rief Gloha.

»Wahrscheinlich, weil ihr weniger freien Platz im Schädel habt«, antwortete Mark diplomatisch. »Das viele lebende Fleisch verdrängt nur die Gedanken.«

»Das muß es sein«, stimmte Trent ihm zu, bevor Gloha sich wieder fangen konnte. »Im Vergleich zu dir sind wir Lebenden im Nachteil. Ich bin eigentlich überrascht, daß du so scharf auf eine Seele bist. Dir ist doch wohl klar, daß du dadurch sterblich wirst?«

»Mit einer halben Seele dürfte es nicht ganz so weit kommen«, meinte Mark.

»Möglicherweise machst du doch die Entdeckung, daß die Seele dir mehr beschert, als du eigentlich wolltest«, bemerkte Trent.

»Dann werde ich's eben höflich ablehnen«, antwortete Mark. »Ich will nur eins: dauerhaft in diesem Reich leben.«

Da fiel Gloha etwas anderes ein. »Was ist mit deiner Familie?« fragte sie. »Kann die ohne Seele überleben?«

»Natürlich nicht. Aber ich hoffe, daß ich meine Seelenhälfte mit ihr teilen kann, so daß jeder ein Stückchen davon abbekommt. Dann können wir allesamt bis in alle Ewigkeit im eigentlichen Xanth wohnen.«

Trent ließ das Thema fallen und verwandelte den Topfpastetenstrauch in einen Deckenbusch, von dem sie sich schöne warme Decken pflückten. Dann legte sich jeder in einer Ecke zum Schlafen nieder. Gloha machte die Feststellung, daß die Decke auf dem Knochenboden, von ihren kräftigen Flügeln gepolstert, erstaunlich bequem war, dennoch fehlte irgend etwas. Sie konzentrierte ihren winzigen kleinen Verstand, der diesen Gedanken vor ihr zu verbergen trachtete, bis sie ihn schließlich erwischte. Sie war unzufrieden, weil sie allein schlafen mußte. Am liebsten hätte sie sich an einen geflügelten Koboldmann gekuschelt. Also versuchte sie, sich einen vorzustellen. Merkwürdig daran war nur, daß er das Gesicht und die Gestalt des Magiers Trent besaß. Sie wußte, daß es töricht war, kam aber nicht mehr dazu, das Bild zu ändern. Denn sie entspannte sich schnell und schlief schon so bald ein, daß es schien, als bräche der Morgen bereits an, noch bevor der Abend geendet hatte.

Am Morgen stand sie auf und streckte die Flügel. Dann ging sie zur Tür und drehte an der daran befestigten Kniescheibe. Die Tür schwang in ihren glatten Gelenken auf, und Gloha blickte auf ein aschiges Panorama.

Auf seine Art war es wunderschön. Alle Unregelmäßigkeiten der Landschaft waren geglättet. Es sah aus wie ein sanft wogendes, aber erstarrtes Meer. Der Berg selbst war ruhig, nur um seinen Gipfel trieben weiße Wolkenfetzen. Alles sah friedlich aus.

»Ich habe euch Hüte gefertigt«, sagte Mark von innen.

Erschreckt fuhr Gloha herum. Sie hatte ganz vergessen, daß Mark ja gar nicht zu schlafen pflegte.

»Danke.« Sie nahm den breitkrempigen geflochtenen Knochenhut entgegen, den er ihr darbot, und setzte ihn auf. Er war am Scheitel mit Asche verziert, so daß er von oben wie ein gewöhnliches Stück Asche aussehen mußte.

Gloha trat ins Freie. Die Asche reichte ihr bis zum Knie, und so breitete sie die Flügel aus und überflog sie. Der Berg reagierte nicht – entweder zeigte der Hut seine Wirkung, oder Pin-A-Tuba schlief gerade. Sie entdeckte eine geeignete Senke, landete und holte die eine oder andere Körperfunktion nach, die man am besten allein erledigte. Dann kehrte sie im Flug zur Knochenhütte zurück.

Trents Spuren führten hinter das Haus. Natürlich wäre Gloha nie so aufdringlich gewesen, entsprechende Überlegungen anzustellen, doch es war durchaus möglich, daß Trent auf der Suche nach einer ähnlichen Senke war.

Sie betrat das Knochenhaus. Drinnen stand ein Zuckerpflaumenstrauch. Wie aufmerksam von dem Magier! Gloha pflückte sich die süßeste Pflaume und aß sie zum Frühstück.

Dann machten die Gefährten sich mit ihren Aschehüten auf den Weg. Der Vulkan schien nicht allzu klug zu sein, denn er bemerkte sie nicht. Sie kehrten zu ihrem ursprünglichen Weg zurück und folgten ihm nun dem Berg entgegen, weil es keine andere Strecke gab.

Pin-A-Tuba stieß ein paar hallende Baßtöne aus, als sie sich ihm näherten, und ließ auch etwas Rauch entweichen. Doch es war nur eine Art Herumwälzen im Schlaf; die Aschehüte verbargen die Gefährten gut genug, um den Berg nicht aus seinem Schlummer zu wecken. Sie marschierten um seinen Fuß herum und hielten sich dann nach Süden.

»Puh!« machte Gloha. »Ich hatte schon Angst, der alte

Pin-A-Tuba würde es merken und uns wieder mit Asche zuhageln.«

Der Boden erbebte. Ein plötzliches Rumpeln fuhr den Bergkegel hinauf. Der Gipfel spie eine zornige Rauchsäule aus.

»Hoppla«, sagte Gloha. »Er hat mich gehört.«

»Bewegung!« sagte Trent nur.

Sie eilten den Weg entlang. Doch sie waren noch nicht außer Reichweite des Bergs. Das Grollen wurde furchtbar, und an der Kegelseite öffnete sich ein riesiger, häßlicher Spalt. Purpurnes Gas wälzte sich heraus und kam auf sie zu.

»Ich glaube, ihr Lebenden tätet gut daran, diesem Dampf aus dem Weg zu gehen«, warf Mark höflich ein. »Ich habe gelegentlich mit angesehen, wie er Lebewesen umhüllte.«

»Oh! Und was ist dann passiert?« erkundigte sich Gloha.

»Dann habe ich mir aus ihren Überresten meinen Knochenvorrat für den Hausbau beschafft, als der Dampf sich verflüchtigt hatte.«

»Alles klar«, sagte Trent und fing an zu laufen. Doch der Weg führte nun einen Hang hinunter, und die Gaskugel rollte schneller, als er laufen konnte. Es würde nicht mehr lange dauern, bis sie die Gefährten eingeholt hatte.

Gloha breitete die Flügel aus, zögerte aber. Sie hätte das Gas überfliegen können, doch das hätte Trent auch nicht viel genützt.

»Mir kann es natürlich nichts anhaben«, sagte Mark, das Tempo haltend. »Solltet ihr irgendwelche Notmaßnahmen ergreifen können, dann macht hin!«

»Ich werde dich verwandeln müssen«, schnaufte Trent, an Gloha gewandt. »Dann kannst du uns beide von hier fortbringen.«

»Gut, wenn du willst«, antwortete sie und kam so dicht an ihn herangeflogen, daß er sie mit seinem Talent erreichen konnte. »Was für eine Kreatur willst du … krächz, krächz, krächz?« beendete sie den Satz aus ihrem großen Vogelschnabel. Sie hatte sich in einen Rokh verwandelt.

Inzwischen hatte die Gaskugel sie fast erreicht. Gloha

griff mit beiden Krallen in die Tiefe und bekam sowohl den Mann als auch das Skelett zu packen. Vorsichtig schloß sie die Klauen, bildete eine Art runden Käfig, schlug mit den Flügeln und erhob sich in die Lüfte.

Die Kugel rollte unter ihr vorbei. Der Wind der Schwingen riß sie in Stücke. Sie löste sich auf und verwandelte sich in eine Pfütze aus widerwärtig gefärbtem Schleim.

Wütend ließ der Berg einen Aschestoß fahren. Die Teilchen waren so heiß, daß sie erglühten, als sie im Bogen auf Glohas Flügel zuschossen und drohten, sie in Flammen zu setzen! Doch da befand Gloha sich bereits am Rand der Reichweite des Vulkans, und so konnte sie ungeschoren davonkommen, bevor die Glutstücke sie trafen. Jetzt erst begriff sie die vorhergehende Ermahnung des Magiers: Tatsächlich war kein großer Vogel in Nähe dieses tödlichen Kegels sicher.

Sie suchte nach einem guten Landeplatz, doch das Gelände war zu rauh und uneben für einen Vogel ihrer Größe. Sie brauchte ein halbwegs ebenes Stück Boden, das frei von Bäumen war. Also flog sie in südlicher Richtung weiter – und erblickte schon nach überraschend kurzer Zeit den klaffenden Schlund der Großen Spalte. Da begriff sie zwei, vielleicht sogar drei Dinge auf einmal: Sie hatte die Spalte so schnell erreicht, weil große starke Rokhs mit ihren viel größeren Flügelschlägen eben sehr viel schneller fliegen konnten als kleine, schwache Flügelkoboldmädchen. Die Spalte gähnte, weil es noch früh am Morgen und sie noch nicht richtig aufgewacht war. Und wenn Gloha in der Lage war, so schnell und mühelos dahinzufliegen, konnte sie ebensogut damit fortfahren, bis sie ihren Ausgangspunkt oberhalb von Crombies Höhle wieder erreicht hatten. Danach könnten sie sich nach Südosten halten, der Richtung, in die Crombie gedeutet hatte.

Beim Fliegen hatte Gloha einen Tagtraum. Darin blätterte sie in einem großen Buch. Die Seiten waren angefüllt mit Text, doch war sie nicht imstande, ihn zu lesen. Schließlich gelangte sie an eine Stelle mit der Aufschrift ›Kapitel 5:

Xxxxxxx‹. Jetzt verstand sie den Titel: Es war ihre eigene Geschichte! Also blätterte sie ein paar Seiten weiter, bis sie plötzlich im folgenden Kapitel abbrachen und leerblieben. Die Kapitel waren zwar bis 12 durchnumeriert, in den letzten 6 Kapiteln stand aber noch nichts. Was wiederum bedeutete, daß ihre Geschichte noch nicht zu Ende war. Da sah sie einen unsichtbaren Schweif aufflackern, und schon huschte die Mähre Imbri, die Überbringerin der Tagträume, im Galopp ihrem nächsten Ziel entgegen.

Gloha war überrascht zu erfahren, daß schon fast die Hälfte ihrer Geschichte erzählt worden war. Dabei hatte sie doch noch nicht einmal mit dem Hauptteil ihrer Suche begonnen. Es war höchste Zeit, damit weiterzumachen, also könnte ein wenig mehr Geschwindigkeit nicht schaden.

Aber wo lag denn Crombies Höhle genau? Auf dem Hinweg hatte sie zum größten Teil das Wasser bereist oder sich unter der Erde bewegt. Sie war durch ein kompliziertes System von Höhlen an die Oberfläche gelangt, so daß sie keine Ahnung mehr gehabt hatte, wo sie sich befand. Deshalb konnte sie die Höhle auch nicht von hier aus orten.

Na ja, vielleicht könnte sie ja wenigstens an die Stelle zurückkehren, wo sie und die anderen an die Oberfläche getreten waren. Das müßte irgendwo hier in der Nähe sein. Vielleicht hatten der Magier Trent oder Mark Knochen ja eine Ahnung, wie sie von dort aus weiterziehen sollten.

Gloha machte die Entdeckung, daß sie in dieser Gestalt ein gutes Auge für Einzelheiten am Boden hatte. Sie sah, wo sich Com-Puters Höhle befand, und sie sah den Gehsteig und den Teich mit den drei Meerjungfrauen. Vielleicht genügte das ja schon für eine Landung, denn die Mitte des Teichs war frei von Bäumen.

Sie glitt hinunter. Im Tiefflug jagte sie über den Teich hinweg und ließ die beiden Gestalten los. Mit zwei Platschern fielen sie ins Wasser. Gloha wußte, daß die Meerjungfrauen Trent schon retten würden, sollte er Schwierigkeiten bekommen, während das Skelett sich einfach auf den Teichboden sinken lassen konnte, um von dort aus zu Fuß an Land zu steigen. Schließlich brauchte Mark ja nicht zu atmen.

Gloha stieg wieder etwas höher und stellte fest, daß ihre Einschätzung richtig gewesen war: Trent war von den drei Schönen umringt. Dann löste sich eine von ihnen aus der Gruppe, um Mark Knochen zu retten – überlegte es sich aber wieder anders. Vielleicht hatte sie ihn ja vorher nicht deutlich genug erkannt. Es mußte ein Schock für sie sein, plötzlich festzustellen, mit wem und was sie es da zu tun hatte. Doch Gloha konnte nicht behaupten, daß es ihr leid tat.

Wieder ging sie tiefer und landete diesmal auf der Wasseroberfläche. Die federte sie zwar ab, doch der Teich war nicht so tief, wie Gloha erwartet hatte, so daß ihre Füße den Boden streiften. Dann aber begriff sie, daß das Wasser zwar tief gewesen war, doch mit ihrer Landung hatte sie nämlich das meiste aus dem Teich hinausgespült. Die drei Meerjungfrauen waren am plötzlich ausgetrockneten Ufer gestrandet; ihre einst so hübschen Frisuren wirkten matt, und sie starrten Gloha in vollkommener Eintracht wütend an. Gloha stapfte aus dem Wasser. Als sie Trent erreicht hatte, nahm sie wieder ihre ursprüngliche Gestalt an.

»Tut mir leid«, sagte sie mit so viel Bedauern in der Stimme, wie sie aufbieten konnte.

»Schon in Ordnung«, preßte Esche zwischen den Zähnen hervor. »Es kann sich ja nur um Wochen handeln, bis der Teich sich wieder füllt. Bestimmt werden wir bis dahin einigermaßen trocken über die Runden kommen.«

»Vielleicht geht es ja auch schneller«, meinte Trent. Er machte eine Geste, und ein in seiner Nähe gestrandeter Fisch verwandelte sich in eine große Wassermelonenpflanze mit einer Vielzahl riesiger Früchte. Trent stach mit dem Finger in eine der Melonen, worauf sie platzte und ihr Wasser in den Teich ergoß.

»Oho!« rief Zeder, als sie begriff, worauf er hinauswollte. Sie stach eine weitere Frucht an, und auch deren Wasser strömte in den Teich.

Trent stapfte in der Mulde umher, verwandelte Fische und Kräuter in weitere Wassermelonenpflanzen. Die anderen folgten ihm und stachen die Früchte an. Zusammen mit dem Rückstrom von den höheren Hängen füllte dieses Wasser den Teich schon bald bis zur Hälfte. Jetzt war wieder genug Wasser darin, daß die Jungfrauen schwimmen konnten, während Mark und Gloha sich im Teich wuschen. Trent, den die platzenden Melonen von Kopf bis Fuß durchnäßt hatten, war bereits einigermaßen sauber.

»Danke«, sagte Mahagoni. »Hör mal, wenn du deine Kleider draußen zum Trocknen auslegen und ein bißchen mit uns im Wasser spielen würdest, könnten wir vielleicht vergessen, wie alt du zu sein behauptest.« Sie lächelte gewinnend.

»Ich fürchte, wir müssen weiter«, erwiderte der Magier, und insgeheim war Gloha froh darüber.

Sie folgten dem Strom bis an die Stelle, wo er in den Berg mündete. Von hier aus ließen sie den Blick nach Südosten schweifen. Jenseits des Flußbettes befand sich ein Berg. Dort war ein Weg zu erkennen, der um das Hindernis zu führen schien, doch sah er nicht besonders einladend aus. Denn er war von Knochenstücken und Federbüscheln übersät und roch nach Drachenatem.

»Ich könnte wieder zu einem Vogel Rokh werden und euch auf die andere Seite bringen«, schlug Gloha vor.

»Wir sind uns nicht sicher, wo sich Crombies Zuhause befindet«, ermahnte Trent sie. »Es könnte ebensogut genau unter diesem Berg sein. Wenn wir den Berg aber auslassen, sind wir damit schon ein Stück vom Weg abgewichen. Und je weiter wir dann gehen, um so unwahrscheinlicher wird es, daß wir ans Ziel deiner Reise kommen.«

Sie nickte. »Ich hoffe nur, daß es nichts mit dem Drachen zu tun hat, der möglicherweise in der Nähe dieses Weges wohnt.«

»Wenn nötig, werde ich das Untier verwandeln.«

Sie gingen zu Fuß weiter. Gloha hätte zwar vorausfliegen können, um die Lage zu sondieren, doch der Weg wand sich unter einem so dichten Laubdach dahin, daß man von oben nicht das geringste hätte erkennen können. So hielt sie die Flügel zwar bereit, blieb aber am Boden.

Da war tatsächlich ein Drache. Ein großer. Er döste, den Kopf quer über den Weg gelegt. Als sie sich näherten, stellten sich die Drachenohren auf, und kleine Rauchwölkchen traten aus den Nüstern der Bestie hervor.

»Ein Raucher«, sagte Trent grimmig. »An den kommen wir nicht nahe genug heran, um ihn zu verwandeln.«

Gloha verstand: Die gefürchtetsten Drachen waren zwar die Feueratmer, aber auf kurze Distanz konnten die Raucher ebenfalls verheerend wirken. Mit ihrem Rauch umhüllten und erstickten sie die Beute. Sobald der Rauch sich verzogen hatte, konnten die Drachen sie nach Belieben verputzen. Hier, unter dem dichten Laubdach, hatten die Reisenden nicht die geringste Chance.

»Dann müssen wir eben umkehren und einen anderen Weg suchen«, sagte Gloha.

»Dafür sehe ich keinen Grund«, widersprach Mark und ging einfach weiter.

»Aber der Rauch ...!« rief Gloha warnend.

Doch Mark hielt unbeirrt auf den Drachen zu. Der war genauso überrascht wie sie. Er hüstelte und schnaufte und ließ zwei Rauchsäulen aus den Nüstern entweichen, die so dicht aussahen, daß man fast darauf hätte gehen können. Der Rauch hüllte das Skelett ein, konnte diesem aber nichts anhaben, so daß es unbeirrt weiterging.

»Natürlich, er atmet ja nicht!« murmelte Gloha. »Da kann er auch nicht ersticken!«

»Und Augen hat er auch keine«, ergänzte Trent. »Deshalb kann man ihn nicht blenden. Und außerdem ist er gegen jede Hitze gefeit, die nicht stark genug ist, um Knochen zu verbrennen.«

»Aber wie will er den Drachen daran hindern, ihn einfach zu Knochenmehl zu zermahlen?«

»Das weiß ich auch nicht so genau. Aber er scheint sich seiner Sache ziemlich sicher zu sein.«

Die großen Augen des Drachen wurden immer größer, als er das Skelett aus dem Rauchbad treten sah. Er holte wieder Luft, bereitete einen noch schlimmeren Dampfstoß vor. Doch da machte Mark einen Satz und bekam die Drachennase zu packen!

»Der wird ihn doch gleich zu Knochensplittern zermalmen!« rief Gloha entsetzt. Denn schon der Kopf des Drachen allein war größer als Marks ganzer Körper.

»Vielleicht auch nicht«, widersprach Trent. »Er hat seine Gestalt verwandelt.«

»Das stimmt, so etwas können die Skelette ja«, bestätigte sie. »Sie können ihre Knochen auseinandernehmen und als Ketten oder in anderen Kombinationen neu zusammenfügen. Im Augenblick sieht er aus wie eine große Kneifzange.«

Tatsächlich hatten sich die langen Knochen von Marks Beinen zu mannsgroßen Kneifern angeordnet, mit denen er nun dem Drachen die Nase zuhielt. Der Drache versuchte, Mark mit einem Prankenhieb wegzuwischen, doch im selben Augenblick verstärkte sich der Klammerdruck aufs schmerzlichste und zwang die Kreatur, davon abzulassen. Der obenauf befindliche Schädel blickte sich nach ihnen um. »Jetzt könnt ihr ungehindert vorbei«, rief Mark. »Er kann nur aus der Nase Rauch ausstoßen, nicht aus dem Maul.«

»Er hat recht«, meinte Trent anerkennend. »Dieser Drache ist jetzt so gut wie hilflos. Auf jeden Fall kann ich jetzt dicht genug heran, um ihn zu verwandeln. Aber ich glaube, das brauche ich gar nicht mehr zu tun.«

Sie gingen an dem Drachen vorbei, nahe genug, um beinahe die riesige Nase des Untiers zu berühren. Die Kreatur sah so aus, als hätte sie gute Lust, sie zu verschlingen, doch der Kneifer schloß sich warnend, und so mußte das Ungeheuer davon ablassen.

»Aber wird er dich nicht gleich auffressen, sobald du ihn losläßt?« fragte Gloha.

»Er wird eine Weile brauchen, um die Orientierung zurückzuerlangen«, antwortete der Totenschädel. »Auf jeden Fall schmecke ich nicht besonders gut. Kein Fleisch auf den Knochen.«

So gingen sie weiter. Als sie außerhalb der Rauchreichweite in Sicherheit waren, teilten sie es Mark mit einem Ruf mit, worauf sie ein gedämpftes *Womppen* vernahmen, als der Kneifer losließ und der Drache wieder anfing, Rauch zu schüren. Kurz darauf erschien Mark und spazierte so gelassen auf sie zu, als sei das alles für ihn reiner Alltag.

»Diese Kreatur verdient Respekt«, murmelte Trent, und damit meinte er wohl nicht den Drachen. Gloha konnte nur zustimmen.

Der Weg führte weiter um den Berg. Sie begegneten keinen anderen Drachen oder sonstigen gefährlichen Wesen. Das war auch nicht weiter überraschend, weil sich kein kleines Raubtier in das Jagdrevier des größeren getraut hätte.

Schließlich führte der Weg aus dem tiefen Wald heraus in ein halbwegs freies Tal. Ein Dorf schmiegte sich in die Senke, und dort schien einiges los zu sein. An der gegenüberliegenden Seite stieg gerade eine Wolke aus Staub oder Rauch gen Himmel.

»Was machen die denn da?« fragte Gloha.

»Ich glaube, das ist das Dorf des Magischen Staubs«, erklärte Mark. »Die bauen magischen Staub ab und pusten ihn in die Luft, damit er sich über ganz Xanth verteilt und überall die Magie verstärkt.«

»Das Dorf des Magischen Staubes!« rief sie. »Natürlich! Davon habe ich schon gehört. Das ist der magischste Ort in ganz Xanth.«

»Stimmt ja«, warf Trent ein. »Da hätte ich eigentlich selbst drauf kommen müssen. Das ist tatsächlich dieses Gebiet. Da muß ich außerordentlich vorsichtig mit meinen Verwandlungen sein, denn die verstärkte Magie dieser Gegend ist recht gefährlich.«

Sie begaben sich ins Dorf hinunter. Dort kam ein älterer Troll auf sie zu, um sie abzufangen. »Soweit ich weiß, sind die Einheimischen hier freundlich gesinnt«, murmelte Trent. »Hier leben und arbeiten Mitglieder zahlreicher

Humanoidenkreuzungen in Einklang miteinander, darunter auch Kobolde und Trolle. Aber vielleicht solltest du dich doch erst einmal hinter mir halten, Gloha, bis wir ganz sicher sein können.«

Das tat Gloha nur zu gern. Sie waren zwar schon einem freundlichen Troll begegnet, aber das war eine Seltenheit. Damit zu rechnen, daß dieser hier ebenfalls freundlich sein würde, konnte sich möglicherweise verhängnisvoll auswirken.

»Guten Tag, Mann, Kobold, Skelett!« rief der Troll. »Kommt ihr in Frieden?«

»Ja, so man *uns* in Frieden läßt«, bestätigte Trent.

»Dann muß ich euch warnen, daß unser Dorf kurz davor steht unwirtlich zu werden. Ihr müßt weitergehen, auf daß ihr nicht in Gefahr geratet.«

»Wir haben eine ziemlich anstrengende Tagesreise hinter uns und wollten uns über Nacht eigentlich ausruhen«, sagte Trent. »Außerdem befinden wir uns auf einer Suche, und es ist durchaus möglich, daß der Gegenstand dieser Suche hier zu finden ist. Ich schlage vor, wir machen uns erst mal miteinander bekannt. Vielleicht besteht ja die Möglichkeit, daß wir einander Gutes tun.«

»Aber gern. Ich bin Pa, der älteste Troll im Dorf des Magischen Staubes. Ich bin zu alt, um noch zu arbeiten, deshalb gehe ich herum und vertreibe Fremde.«

»Freut mich, dich kennenzulernen, Pa Troll. Ich bin Magier Trent, früher Verwandlerkönig von Xanth. Das hier ist Mark Knochen, ehemals aus dem Traumreich, und Gloha Kobold-Harpyie, die wir bei ihrer Suche unterstützen.«

»Der Magier Trent!« rief Pa. »Vielleicht bist du ja genau derjenige, auf den wir gewartet haben.« Er machte eine Pause. »Moment mal – du bist doch viel zu jung. Du mußt ein Hochstapler sein!«

»Ich bin vorübergehend verjüngt worden«, gab Trent zu. »Aber ich werde dir beweisen, daß ich der bin, für den ich mich ausgebe.« Er deutete auf eine winzige blühende Pflanze neben dem Weg. Sie verwandelte sich in einen monströsen, gespreizten Eichelbaum, dessen Stamm den gesamten Weg für sich beanspruchte und sie alle ins nächststehende Gestrüpp drückte. »Hoppla – ich habe die Intensität der Magie vergessen! Das sollte eigentlich nur ein mittelgroßer Eichelbaum werden.«

Pa Troll packte den massiven Stamm. »Es ist tatsächlich keine Illusion. Dann entschuldige ich mich, daß ich an dir gezweifelt habe, Magier.« Er musterte Gloha. »Und eine Harpyienkreuzung – höchst interessant. Kommt ins Dorf, dann werden wir weitersehen. Ich bin ganz aufgeregt!« Tatsächlich zitterte er nach Art der Trolle, wie sie es für gewöhnlich zu tun pflegten, wenn sie sich auf eine besonders verwerfliche Tat freuten. Gloha bedurfte keiner weiteren Ermahnung Trents, um auf der Hut zu bleiben.

Trent versetzte den Baum wieder in seinen ursprünglichen Zustand, wobei er es diesmal richtig hinbekam. Dann begaben sie sich zum Dorfplatz. Dort versammelte sich rasch eine Schar von Mischlingen jeder Art. Es waren nicht nur Trolle, sondern auch Elfen, Feen, Oger, ein oder zwei kleinere Riesen, Kobolde, Gnome, Zentauren, Greife, maskierte Basilisken und andere Kreaturen – viel zu zahlreich und verwirrend, um sie alle aufzulisten. »Ho, Pöbel niedrigster Art!« rief Pa Troll. »Vielleicht stehen wir kurz vor der Rettung, vielleicht auch nicht. Das ist der Magier Trent in Begleitung eines wandelnden Skeletts und einem Gedicht von einer Harpyienkreuzung.« Er wies auf die drei Reisenden.

Gedämpfter Applaus. Gloha war überrascht und verlegen, daß sich die allermeisten Augen auf sie richteten. Sie stellte fest, daß es hier seltsamerweise überhaupt keine Harpyien zu geben schien.

»Ihr müßt nämlich wissen, daß wir ein Problem haben«, fuhr Pa Troll fort, diesmal an die drei Besucher gewandt. »Man hat uns gesagt, wir sollen bis zur Harpyienzeit weitermachen, aber bisher ist keine Harpyie aufgekreuzt, und es sind nur noch ein oder zwei Tage bis zur Katastrophe. Solltet ihr uns also nicht helfen können, werden dieses Dorf und ganz Xanth schon bald bis zu den Knien in Dung stehen.«

»Was ist denn das für ein Problem?« wollte Trent wissen. »Und wieso glaubt ihr, daß eine Harpyie es für euch lösen könnte?«

»Dazu müßt ihr zunächst einmal den Auftrag unseres Dorfs begriffen haben«, erläuterte Pa. »Dies ist die Stelle, wo das magische Gestein aus den unerforschten Tiefen der Magie aufsteigt. Wir zermahlen es zu Staub, und unser Vogel Rokh flattert dann mit den Flügeln, um es hoch an den Himmel zu wehen, damit der Staub sich ausbreiten und das ganze Land Xanth durchdringen kann. Ohne diese unsere Dienste würde Xanth nach und nach seine Magie einbüßen und wieder – verzeiht den schlimmen Ausdruck – mundanisch werden. Nur deshalb arbeiten wir hier alle zusammen, obwohl unter uns viele Kreaturen sind, die es normalerweise vorziehen würden, sich zu streiten und Fremde kurzerhand aufzufressen.« Er warf wieder einen Blick auf Gloha und fuhr sich auf eine Weise mit der Zunge über die dünnen Troll-Lippen, die ihr einen Eisesschauer über den Rücken jagte. »Dazu verwenden wir nur wenig Magie. Statt dessen ziehen wir es vor, die Aufgabe mit Hand und Fuß zu erledigen, weil der Gebrauch von Magie in dieser Gegend nicht ungefährlich ist.«

Er holte tief Luft. »Nun hat sich vor kurzem aber an einem nahen Berg eine neue Ritze aufgetan. Aus der strömt aber kein magisches Gestein hervor, sondern eine giftige dicke Flüssigkeit, die sich nun langsam auf unser Dorf zuwälzt und alles Leben vernichtet, das sich ihm in den Weg stellt. Wir können die Flüssigkeit weder entfernen noch ablenken, weil auch die Dämpfe an ihrer Oberfläche schon tödlich wirken. Unser einziges Gegenmittel besteht darin, uns möglichst von ihr fern zu halten. Aber schon bald wird sie ins Dorf einsickern und hier Pfützen ausbilden. Dann müssen wir fliehen, und niemand wird unsere Arbeit fortsetzen können. Das bedeutet, daß die Magie Xanths verblassen wird, bis unser ganzes Land schließlich genauso öde sein wird wie das öde Gebiet dahinter.« Die Dorfbewohner quittierten die Ausführungen mit weiteren Oh-Rufen. Gloha mußte ihnen zustimmen – die Aussicht war entsetzlich.

»Deshalb haben wir eine Vertreterin zum Guten Magier Humfrey geschickt, um ihn zu fragen, wie wir diese Katastrophe verhindern können. Sie leistet gerade ihren Jahresdienst bei ihm ab. Aber wir können nicht behaupten, daß wir mit Hunfreys Antwort gänzlich zufrieden sind.«

»Wen habt ihr denn geschickt?« fragte Gloha, die ihre Neugier nicht zu zügeln vermochte.

»Ein Flügelungeheuer, von anderer Art als du es bist. Eine Glyphe.«

»Die habe ich kennengelernt!« rief Gloha in fröhlichem, kleinem Entzücken. »Eine Kreuzung zwischen Pferd und Drache, nicht wahr? Sie war eine meiner Herausforderungen auf dem Weg ins Schloß.«

»Ich hoffe, sie wird dort gut behandelt«, sagte Pa väterlich.

»O ja. Ich dachte erst, das wäre nicht der Fall, aber das gehörte zur Herausforderung. Sie ist ganz glücklich dort.«

»Wie lautet denn Humfreys Antwort?« fragte Trent. »Weiterzumachen bis zur Harpyienzeit?«

»Genau. Ich muß sagen, daß die Antworten des Guten Magiers doch etwas zu wünschen übriglassen, wenn man bedenkt, wie kostspielig sie sind.«

»Aber sie sind immer genau und themenbezogen«, erinnerte Trent ihn.

Pa warf einen Blick auf Gloha, wobei er es sich diesmal schenkte, sich mit der Zunge über die Lippen zu fahren. »Warst du mit deiner eigenen Antwort zufrieden?«

»Hm, nein. Genaugenommen hat Humfrey mir gar keine Antwort gegeben. Deshalb brauchte ich ihm auch keinen Jahresdienst abzuleisten.«

»Dann kannst du unsere Unzufriedenheit sicherlich verstehen.«

»Ja, ich glaube schon. Und ich muß auch gleich hinzufügen, daß ich wahrscheinlich nicht die Harpyie bin, auf die ihr wartet. So ziemlich das einzige, was an mir harpyienhaft ist, sind meine Flügel. Davon abgesehen habe ich viel größere Ähnlichkeit mit einem Kobold, anders als mein Bruder Harglo. – Tja, ich habe auch keine Ahnung, wie ich diesen Giftstrom aufhalten sollte. Der würde auch mir den Garaus machen.«

»Und es gibt auch nichts, das ich verwandeln könnte«, ergänzte Trent. »Warum habt ihr denn keinen Damm gebaut, um den Strom aufzuhalten?«

»Das haben wir. Aber das Gift sickert zwischen die Steine und löst sie auf, und dann fließt die Masse unaufhörlich weiter. Wir könnten sie nur aufhalten, indem wir ihre Quelle verstopfen. Aber keiner von kommt nahe genug heran.«

»Könnte ein Vogel Rokh vielleicht einen Felsbrocken auf die Quelle fallen lassen?«

»Nein. Das Gift kommt aus einer Ritze im Steilhang. Die Quelle selbst müßte sich ziemlich leicht stopfen lassen. Aber bisher ist jeder unserer Versuche in einer Katastrophe geendet, weil keiner nahe genug herankam.«

Da hatte Gloha einen Einfall. »Mark, du warst doch gegen den Rauch des Drachen immun. Wärst du nicht auch in der Lage, dich einem Giftloch zu nähern?«

»Ich wüßte keinen Grund, weshalb nicht«, stimmte das Skelett ihr zu.

»Dann seid ihr *doch* diejenigen, auf die wir gewartet haben!« rief Pa Troll. »Ihr seid das Zeichen der Harpyienzeit!«

»Vielleicht«, meinte Trent. »Allerdings sollten wir erst einmal klarstellen, daß Mark Knochen sich ebenfalls auf einer Suche befindet. Er braucht eine halbe Seele, damit er sich unbegrenzt im eigentlichen Xanth aufhalten kann. Wenn sich irgend jemand hier bereit erklären würde ...«

Es war verblüffend, wie schnell die Menge sich verteilte. Es schien, als wäre keiner der Dorfbewohner bereit, so weit zu gehen. Selbst Pa Troll hatte sich plötzlich irgendwie verziehen können. So standen sie auf einmal nur noch zu dritt auf dem Platz eines scheinbar verlassenen Dorfes.

»Diese Kreaturen haben viel zu viel Menschliches an sich«, bemerkte Trent säuerlich.

»Und doch ist ihr Anliegen echt«, meinte Mark. »Xanth wird davon profitieren. Ich werde dieses Loch stopfen.« Er ging in die Richtung davon, in die Pa Troll geblickt hatte, als er ihnen von dem nahenden Gift erzählte.

Trent blickte dem Skelett kopfschüttelnd hinterher. »Ich könnte fast schwören, daß er *mindestens* schon eine halbe Seele hat.«

»Jedenfalls macht er nicht den Eindruck, als würde er noch mehr davon brauchen«, stimmte Gloha ihm zu. »Ich habe erst kürzlich eine Lektion in Sachen Anstand erhalten. Das hier erinnert mich daran.«

»Vielleicht sind die Seelen auch nicht mehr das, was sie mal waren.«

»Ich sollte besser mal nachsehen, ob ich Mark helfen kann.« Gloha breitete die Flügel aus.

»Begib dich nicht zu dicht heran«, ermahnte Trent sie. »Wenn du irgendwas riechst, zieh dich sofort zurück.«

»Mach ich«, versicherte sie ihm. Dann schlug sie die Schwingen und erhob sich in die Luft.

Es war gut, wieder einmal in ihrer eigenen Gestalt fliegen zu können. Von der vielen Lauferei fühlten sich ihre Beine schon ganz abgenutzt an. So war ihr Entschluß, Mark zu helfen, möglicherweise ebenso selbstsüchtigen wie selbstlosen Motiven entsprungen.

Schon kurz darauf bekam sie den Giftstrom zu Gesicht. Er sah aus wie ein klebriger schwarzer Fluß, der vom nahen Berg direkt auf das Dorf zuströmte. Ab und an wurde er schneller, und Gloha begriff, daß dies die Stellen sein mußten, wo die Dorfbewohner erfolglos Dämme errichtet hatten. In unmittelbarer Nähe des Giftstroms wuchs keinerlei pflanzliches Leben, wie überhaupt das ganze Land in Riechreichweite verödet war. Wie von einem bösartigen Willen getrieben, hielt der Strom zielstrebig auf das Dorf zu. Für gewöhnlich hätte Gloha einen solchen Gedanken verworfen, hätte sie sich nicht daran erinnert, wie unbelebte Dinge oft reagierten, wenn König Dor mit ihnen sprach. Sie schienen zwar ziemlich oberflächlich zu sein, hatten aber durchaus eine eigene Meinung und Gefühle. Und Mark Knochen war natürlich auch nicht lebendig, wenngleich durch Magie belebt, und es war nicht zu bestreiten, daß er ein Ziel verfolgte und einen eigenen Verhaltenskodex hatte. Dann war da noch Pin-A-Tuba, der wütende Vulkan, der die Leute daran zu hindern versuchte, sich ihm zu nähern. Weshalb sollte da ein Giftstrom nicht auch seine Ziele verfolgen?

Da wurde ihr plötzlich klar, daß das Gift ja vom Pin-A-Tuba stammte! Das dort drüben war nur der rückwärtige Hang des Vulkans. Also mußte es auch dort Schründe und Ritzen geben, aus denen giftige Gase oder Flüssigkeiten hervortraten. Offenbar waren sie mit diesem bösen Berg immer noch nicht fertig.

Mark stieg mittlerweile den verwüsteten Hang zu der Felsritze hinauf. Gloha konnte allerdings schon jetzt erkennen, daß er die Ritze nicht erreichen würde, weil ihm eine kleine Steilklippe im Weg war. Der schwarze Giftschleim hatte zwar keine Schwierigkeiten, die Klippe herabzutropfen, doch ein Aufstieg war an dieser Stelle unmöglich. Allerdings gab es einen indirekten Zugang, der jedoch nur von oben zu erkennen war.

Gloha ging tiefer, um Mark Mitteilung davon zu machen. Der stapfte jedoch in erhabener Unbekümmertheit neben dem Giftstrom dahin. Als Gloha gerade daran dachte, sich ihm ein Stück weiter zu nähern, stockte ihr plötzlich der Atem. Alles verschwamm vor ihren Augen, und ihre Flügel wurden zittrig und matt. Sie schoß seitlich davon – immerhin nicht dem Strom entgegen, – und gewann nach und nach ihr Gleichgewicht zurück. Nein, sie schaffte es nicht, Mark zu erreichen und es ihm mitzuteilen, wo ein Aufstieg möglich war.

Aber vielleicht könnte sie ihm von oben ein Zeichen geben. Sie kehrte zurück, flog ihm voraus und wedelte mit den Armen. »Mark!« rief sie, obwohl sie sicher war, daß er sie auf diese Entfernung nicht hören konnte.

Doch kurz darauf bemerkte er sie und winkte mit einem Knochenarm.

»Dort entlang!« schrie sie und schoß zur rechten Seite des Berges hinüber. »Da ist ein Pfad!«

Doch er verstand sie nicht. Unbeirrt folgte er dem Strom.

Gab es denn keine andere Möglichkeit, es ihm zu erklären? Gloha zermarterte sich ihr gedankenleeres kleines Gehirn, fand jedoch keine Lösung. So blieb ihr nichts anderes übrig, als Mark zu folgen und darauf zu hoffen, daß sie ihm würde helfen können, sobald sich eine Gelegenheit ergab.

Schließlich erreichte er die Steilklippe, blieb stehen und blickte an ihr empor. Es war offensichtlich, daß er sie nicht erklimmen konnte. Er schaute sich um.

Jetzt war es soweit! Gloha flog wieder nach rechts und blieb schweben, winkte ihm. Diesmal begriff Mark, was sie wollte. Er kam auf sie zu, ließ den Strom hinter sich zurück. Sie führte ihn an eine Stelle, wo eine zerklüftete Felskante den Steilhang hinaufführte. Oben schlug die Kante einen Bogen und führte auf die Klippe zurück, von wo aus der weitere Weg begehbar war.

Mark folgte der Kante und schaffte es tatsächlich bis nach oben. Er hielt irgend etwas in den Händen, und Gloha erkannte, daß es ein Steinbrocken war, mit dem er offensichtlich die Ritze verstopfen wollte. Es schien ein alter Stalaktit zu sein, der aus irgendeiner Höhle stammen mußte.

Gloha beobachtete aus der Ferne, wie Mark bis zur Ritze hinaufkletterte. Dort studierte er die Lage; dann hob er den Stalaktiten und schob ihn geradewegs in den Felsenriß, aus dem das Gift hervorströmte. Der Stalaktit verschwand zum Teil in dem Loch. Dann nahm Mark seinen Schädel ab – Gloha wäre vor Schreck beinahe in Ohnmacht gefallen – und benutzte ihn dazu, den Steindorn tiefer in das Loch zu treiben.

Das war es auch schon. Mark setzte den Schädel wieder auf und spazierte davon. Gloha sah, daß der Giftstrom unterbrochen wurde. Unten floß er zwar noch ungehindert weiter, erhielt aber keinen Nachschub mehr aus der Ritze. Mark hatte sie erfolgreich gestopft.

Da fiel Gloha noch etwas anderes ein. Mark hatte sich viel zu dicht an dem Gift befunden, so daß er jetzt höchstwahrscheinlich damit verpestet war. Deshalb durfte niemand in seine Nähe kommen. Er würde sich erst reinigen müssen, bevor er ins Dorf zurückkehrte.

Gloha flog zu ihm hin und signalisierte ihm, wie sie es vorhin schon getan hatte. Dann hielt sie auf den nächstgelegenen Bach zu, der nicht dem Pin-A-Tuba entsprang. Mark folgte ihr. Rechts und links von ihm verwelkte das Laub. Der Bach war weit genug entfernt, daß Gloha dort heruntergehen und landen konnte. Doch als Mark näher kam, stank er wie erwartet nach dem Gift, und so mußte Gloha wieder davonfliegen, bevor sie die Besinnung verlor. »Waschen! Waschen!« rief sie und deutete auf das Wasser. Und weil sie fürchtete, daß er sie nicht verstehen konnte, fuhr sie sich kräftig schrubbend über den ganzen Leib.

Er verstand, was sie meinte, watete ins Wasser und tauchte unter. Die Pflanzen stromabwärts begannen zu welken, was bewies, daß das Wasser tatsächlich die Giftausdünstungen von Marks Körper spülte. Bald würde das Gift soweit verdünnt sein, daß es niemandem mehr schaden konnte.

Gloha blieb in sicherer Entfernung schweben, bis Mark wieder aus dem Wasser kam. Er ging ein Stück stromabwärts. Als er über den verwelkten Bereich hinausgelangt war, schien die Vegetation in seiner Umgebung unversehrt zu bleiben, und so wagte es Gloha, sich ihm zu nähern. Mark schien tatsächlich keine giftigen Ausdünstungen mehr auszuscheiden. Schließlich landete sie vor ihm.

»Jetzt bist du sauber«, verkündete sie.

»Danke für deinen Rat«, sagte er. »Ich bin gar nicht auf den Gedanken gekommen, daß ich verseucht sein könnte. Aber als du mir das Zeichen gegeben hast, fiel mir auf, daß das Leben in meiner Umgebung abzusterben begann.«

»Ja. Dieses Gift ist sehr stark.«

Sie kehrten ins Dorf zurück. Dort war Trent offensichtlich nicht faul gewesen, denn sie fanden einen großen Berg frischer Nahrung aus Pflanzen und Lebewesen vor, die er offensichtlich verwandelt hatte. Die Dorfbewohner hatten bemerkt, daß das Gift nicht mehr auf sie zuströmte. Das bedeutete, daß der noch bestehende Giftstrom jetzt langsam austrocknen oder im Boden versickern würde und das Dorf verschont blieb. Sie würden also mit ihrer Aufgabe fortfahren können.

»Ich habe mit den Dorfbewohnern gesprochen und festgestellt, daß es hier keine geflügelten Kobolde gibt. Sie haben auch noch nie welche gesehen«, teilte Trent Gloha mit. »Soweit sie das beurteilen können, mußt du einzigartig sein.«

»Das fürchte ich auch«, erwiderte sie. »Aber Crombie hätte mir keine Richtung gezeigt, wenn es nicht eine Lösung gäbe! Es bedeutet nur, daß sie nicht *hier* zu finden ist.«

»Das stimmt. Wir können uns über Nacht hier ausruhen und am Morgen nach Südosten weitergehen.« Er zögerte. »Ich würde die Dorfbewohner nicht zu hart verurteilen, was ihre mangelnde Bereitschaft angeht, eine halbe Seele abzugeben. Viele von ihnen sind weiblichen Geschlechts, womit sie ohnehin ausscheiden. Oder sie sind sehr alt. Andere haben einfach nur Angst. Es gibt eine Menge Vorurteile und falscher Vorstellungen, was Seelen betrifft, und die lassen sich nur schwer ausräumen.«

»Ich weiß«, stimmte Gloha ihm zu, als sie sich daran erinnerte, wie bekümmert sie selbst bei dem Gedanken gewesen war, eine Seelenhälfte zu verlieren.

»Ich würde ohnehin nur ungern eine Seelenhälfte von jemanden nehmen, der sie mir nicht freiwillig geben will«, warf Mark ein.

»Wir werden weitersuchen«, entschied Gloha.

Nun gönnten sie sich eine üppige Mahlzeit, und es erwies sich, daß die Dorfbewohner den Dienst, den Mark ihnen erwiesen hatte, durchaus zu würdigen wußten.

»Du hast ganz Xanth gedient«, meinte Pa Troll, womit er

offensichtlich andeuten wollte, daß möglicherweise ganz Xanth Mark eine Seelenhälfte schuldete und nicht das Dorf.

Man überließ ihnen ein hübsches Haus für die Nacht, das von einer Familie geräumt worden war, die mit einer Evakuierung des ganzen Dorfes gerechnet hatte. Gloha hatte das Glück, ein Zimmer ganz für sich allein zu bekommen, in dem ein schönes weiches Bett stand. Sie schlief sehr gut, wenngleich sie sich immer noch wünschte, einen idealen Mann mit warmen Füßen neben sich zu haben, mit dem sie das Bett hätte teilen können. Sie begriff, daß der Gute Magier recht damit behalten hatte, daß eine Harpyie (oder wenigstens eine Teilharpyie) das Dorf im letzten Augenblick retten würde. Vielleicht wußte Humfreys Sohn ja tatsächlich die Lösung für Glohas Problem. Immerhin kam sie sich jetzt einigermaßen nützlich vor.

7
Wahnsinn

Am Morgen setzten sie ihre Reise in Richtung Südosten fort. Zum Abschied hatte Pa Troll allerdings noch eine Ermahnung für sie: »Die Windströmungen verteilen den magischen Staub zwar überall, doch am dichtesten ist er windabwärts vor dem Dorf. Das ist zwar meistens im Südwesten, im Augenblick aber südöstlich von hier. Euer Weg könnte durch den Außenrand dieser Zone führen. Ihr wärt gut beraten, diese Richtung zu meiden, jedenfalls so lange, bis der Wind dreht und der Staub sich ein wenig verteilt hat.«

Trent sah Gloha an. »Das ist ein guter Rat.«

Gloha nickte. Sie hatte schon einiges über die Auswirkungen des magischen Wahnsinns gehört. »Aber könnte es nicht auch möglich sein, daß mein idealer Mann und Marks Halbseelenspender sich in der Region des Wahnsinns befinden?«

»Möglich wäre das schon«, stimmte er zu. »Wenn Suchen wie die deine im gewöhnlichen Xanth unmöglich sind, sollte man es vielleicht tatsächlich mit dem Unmöglichen versuchen. Ich bin mir allerdings nicht sicher, ob du dir im klaren darüber bist, wie merkwürdig es in der Region des Wahnsinns werden kann.«

»Ach, und wenn schon! Schlimmer als der Berg Pin-A-Tuba kann es nicht sein.«

»Eine Gefahr, an der du zunächst auch gezweifelt hast«, erinnerte Trent sie gelassen.

Sie wußte, daß er recht hatte, und daß sie sich wie eine unvernünftige Halbwüchsige verhielt. Doch irgendwie ließ sie das auch nicht vernünftiger werden. Und es war auch keine Hilfe, daß sie sich wünschte, Trent als faszinierende erwachsene Frau beeindrucken zu können, aber nicht wußte, wie sie das anstellen sollte. Deshalb machten Gloha ihre Gefühle das Leben noch schwerer, als es ohnehin schon war. »Jedenfalls bin ich neugierig zu erfahren, was an der Region des Wahnsinns eigentlich so merkwürdig sein soll.«

»Wie du möchtest«, sagte Trent seufzend.

Mark Knochen legte den Schädel schräg und schien mit den nichtexistenten Augen zu rollen.

Sie machten sich auf den Weg. Nach Südosten. Windabwärts. Es gab keine Probleme. Die Landschaft bestand aus wogenden Hügeln, von Wäldern und Feldern bedeckt, hin und wieder von einem umherwandernden Fluß durchzogen. Trent wollte gerade durch den ersten Fluß waten, als das Skelett ihn davon abhielt.

»Gib mir einen Tritt«, sagte Mark.

»Danke«, erwiderte Trent.

Gloha glaubte, daß sie scherzten, obwohl keiner von beiden bisher sonderlich viel Humor bewiesen hatte. Doch nun beugte Mark sich vor, und Trent verpaßte der Hüfte des Skeletts einen wuchtigen Tritt. Mark stob auseinander. Die Knochen landeten in einem Haufen – in der Form eines kleinen Bootes. Trent schob das Boot ins Wasser, wo es an der Oberfläche trieb, obwohl es gar nicht wasserdicht zu sein schien. Dann stieg er ein und nahm Platz. Von eigener Kraft getrieben, setzte das Fahrzeug nun über. Am gegenüberliegenden Ufer angekommen, stieg Trent aus und gab dem Boot einen erneuten Tritt, worauf die Knochen auseinanderflogen und sich zu Marks natürlicher Gestalt zusammensetzten.

Irgendwann riß auch Gloha sich aus ihrer Erstarrung. Sie hatte zwar gewußt, daß wandelnde Skelette die Anordnung ihrer Knochen verändern konnten, hatte aber nicht geahnt, wie nützlich so etwas sein konnte. Schließlich hatte Mark sich ja auch in einen Kneifer verwandelt, um dem Drachen die Nase zuzuhalten. Trents Tritte hatten das Ganze einfach nur erleichtert. Gloha selbst überquerte den Fluß im Flug; dann setzten sie auf der gegenüberliegenden Seite ihren Marsch fort.

»Wir scheinen die Region des Wahnsinns zu erreichen«, bemerkte Trent. »Vielleicht haben die Leute im Dorf des Magischen Staubes die letzten paar Tage mit verminderter Kraft gearbeitet, weil sich der Giftstrom näherte. Deshalb ist der Staubpegel noch nicht so hoch. Aber inzwischen werden sie wieder mit vollem Einsatz arbeiten. Da dürften wir auch mehr von der Wirkung mitbekommen.«

»Ich glaube, du hast recht«, stimmte Mark zu, wobei er seinen Totenschädel nach ihm umdrehte. »Da scheint gerade eine Schwade auf uns zuzukommen.«

»Na, ich kann jedenfalls keinerlei Wahnsinn erkennen«, versetzte Gloha schnippisch. Das hätte sie lieber nicht getan.

Gloha lutschte und saugte ihre klebrigen Fingerspitzen ab. Sie war zwar zu alt für Tante Grobschwanzens Honigkuchen, aber jeder Klecks Honig machte Appetit auf mehr. Sie seufzte, denn ihre Freude war von ein bißchen Traurigkeit getrübt. Im Alter von achtzehn Jahren hätte sie eigentlich schon zu erwachsen für diese vielen Süßigkeiten sein müssen. Andererseits war sie noch zu jung für die Müllrituale der Kobolde. Und im Augenblick langweilte sie sich fürchterlich, das gute Werk tun zu müssen, wieder mal auf ihren schrecklichen kleinen Bruder Harglo aufzupassen. Er mochte zwar ihr Bruder sein, gehörte aber trotzdem nicht ihrer Art an: Er hatte den Kopf und die Beine eines Kobolds, aber den gefiederten Körper einer Harpyie samt Schwanz, und keine Hände. Er war ein kräftigerer Flieger als Gloha und konnte auch schneller und ausdauernder rennen; dafür war es ihm mit seinen Flügeln nicht möglich, schwierigere Tätigkeiten zu bewältigen, für die man nun einmal Hände brauchte. Diesen Mangel machte er durch seine hervorragende Beherrschung des Harpyienvokabulars wett. Schon im Alter von neun Jahren war er in der Lage, mit seinen Flüchen Laub zum Welken zu bringen, obwohl er sich nur auf Ausdrücke beschränkte, die nicht unter die Erwachsenenverschwörung fielen.

Heute aber war Gloha frei von Harglo, da er Flugstunden (und wahrscheinlich auch verbotene Fluchstunden) von Tante Schandmaul bekam. Deshalb konnte sie sich in aller Ruhe entspannen und den Tag genießen.

Weshalb war sie dann nicht glücklich? Gloha kostete wieder ihre Fingerkuppen, doch diesmal ließen ihre sengendheißen, salzigen Tränen die Finger schmerzen wie von einem ganzen Schwarm stechender Seewespen. Ihr Problem bestand darin, daß sie heute endlich einmal Zeit hatte, zu erkennen, wie sehr es weh tat, ein Mischling zu sein, der sich weder bei den Kobolden noch bei den Harpyien richtig einfügen ließ. Und so ergab sie sich in Selbstmitleid. Sie hatte ihre Pflege vernachlässigt; ihre Flügelfedern hingen schlaff und faltig herunter, ihre halb geschlossenen, normalerweise strahlenden Augen waren matt, und ihr sonst so wunderschönes blauschwarzes, seidiges Haar hing in salzigen, honigklebrigen, verdrehten Strähnen herab.

Über ihr flogen Harpyien umher; sie juchzten und warfen mit einem goldenen Koprolithen um sich. Das war ein mit Gold beschichtetes, versteinertes Stück Drachendung, das sie mit den Klauen fingen und weiterwarfen. Wer die ausdauerndste und übelste Schimpfkanonade zum besten geben konnte, bevor die nächste Harpyie den fliegenden Ball abfing, war der Sieger dieser Runde. Harglo liebte dieses Spiel und sehnte sich nach dem Tag, da er daran teilnehmen durfte; Gloha dagegen hatte es gar nicht erst versucht, weil sie nicht einmal über das Verständnis der Grundbegriffe hinaus gelangt wäre, ohne vor Scham zu Tode zu erröten.

In den Harpyienhöhlen und Koboldhorten waren dies gute Zeiten Xanths, da alles in Richtung mittel bis schlecht lief, statt von schlecht nach schlimmer. Doch von Zeit zu Zeit gab es immer wieder mal einen dämonischen, gräßlichen Tag, und dies schien einer davon zu sein. Anstatt sich also über ihre freie Zeit zu freuen, durchlitt Gloha Xanths allerniedergeschlagenste Stimmung.

Begonnen hatte alles mit der Dämmerung, die ihre düsteren Nebelschleier gelüftet hatte, um eine mißmutige, rotäugige Sonne freizugeben, die von zerschundenen Purpurwolken umgeben gewesen war, die es nur auf eins abgesehen hatten, nämlich irgend jemanden mit saurem Regen zu übergießen. Dann war es in der Frühstückshöhle zu dem Fauchen, Winseln, Grunzen und Schreien gekommen, als Glohas Dutzend Tanten sich um die saftigsten, von Blut triefenden rohen Brocken prügelten. Gloha war zwischen ihrer Tante Harributt und der Großen Häuptlingsharpyie dieses Teils des Familienklans eingekeilt gewesen, die einander im gellenden Kreischen übertrafen. Gloha hatte Schwierigkeiten beim Sitzen auf der Stange vorgeschützt, was es ihr ermöglichte, ihren zuckenden Klumpen Wasauchimmer zu einer abseits gelegenen Bank zu bringen, auf der sie, wie man es abfällig zu bezeichnen pflegte, ›nach Menschenart‹ Platz nehmen konnte. Dann hatte irgend jemand versehentlich einen ordentlichen Schwall heißen Kaffee fallen lassen, direkt auf ihren Rücken, obwohl Harpyien doch nie etwas fallenließen, was sie erst einmal in ihren Krallen hielten, es sei denn, absichtlich. So war Gloha gezwungen gewesen, in ihr persönliches Nest zu fliehen, um die Kleider zu wechseln und ihre Brandblase mit Salbe zu behandeln.

Beim Ankleiden hatte sie sich selbst aufzuheitern versucht. Sie hatte ihr Festtagskostüm angelegt: ein Wams aus Möchtegernleder, Riemen von der Farbe geschmolzenen Goldes, mit sanftgoldenen Glocken zu einem melodischen Muster verwoben, dazu eisige Kristallsterne. Etwas Schönes zum Anziehen hob immer Glohas Stimmung, doch hatte ihre Lehrerin Elster sie eigentlich dazu ermahnt, die Sachen nicht anzuziehen, weil Harpyien eben keine Kleider trugen und sie sich damit nur lächerlich machen würde.

»Die finden mich doch sowieso schon lächerlich!« hatte sie protestiert.

»Unsinn. Du hast einfach noch nicht deinen richtigen Platz gefunden.«

»Was verstehst du schon davon?« hatte Gloha sich aufgeregt. »Du bist ja noch nicht mal eine Harpyie! Nur eine unwahrscheinlich gütige Dämonin.«

»Aber ich habe mit einer Vielzahl von Sterblichen gearbeitet«, erwiderte Elster mit einer Gelassenheit, wie sie Sterblichen unmöglich gewesen wäre. »Okra Ogerin hielt ihr Leben für überflüssig, und heute ist sie eine Hauptfigur. Rose von Roogna glaubte, daß sie niemals einen guten Ehemann finden würde, und dann hat sie den Guten Magier geheiratet und mit ihm zusammen eine wunderschöne Tochter bekommen. Ich könnte noch andere auflisten.«

Gloha wußte, daß Elster das konnte. Elend lange. Deshalb bat sie Elster lieber nicht darum. Statt dessen entschied sie sich für Trick Nr. 15: ein furchtbarer kleiner Wutkoller. »Sag mir gefälligst nicht, was ich zu tun habe!« kreischte sie mit, rollte mit den Augen und stampfte mit dem Fuß auf. Ihr Auftritt erschreckte zahlreiche Vögel in der Nähe, die daraufhin davonstoben, um sich unter dem Bett zu verstecken, wo sie das schlummernde Ungeheuer weckten.

Doch Elster hatte so etwas schon einmal erlebt und blieb ungerührt. Am Schluß hatte Gloha ihre Prachtkleidung wieder ausziehen müssen, um in ihren gewöhnlichen, langweiligen Zustand zurückzukehren. Ungehindert nahm ihr trostloses Leben seinen Lauf.

Gloha schüttelte den kleinen Kopf. Sie war wieder im Wald mit Magier Trent und Mark Knochen. Was war passiert?

»Ich hatte eigentlich geglaubt, daß dein Leben glücklich

verlaufen sei«, sagte Trent erstaunt. »Aber inzwischen ist mir klar geworden, daß niemand zufrieden sein kann, der unter Harpyien lebt.«

»Du hast meine Erinnerung gesehen?« fragte Gloha verwundert.

»Sie ist vor uns erschienen«, erklärte Trent.

»Ich bin zwar kein Experte, was die Sitten lebender Wesen angeht«, warf Mark ein, »aber mir scheint doch, daß es nicht nett von dieser Harpyie war, dir diese heiße schwarze Flüssigkeit über den Rücken zu kippen.«

»Das habt ihr tatsächlich gesehen? Richtig in kräftigen Farben? Sogar, als ich ...«

»Ich habe den Blick abgewandt, als du dich umgezogen hast«, erwiderte der Magier. »Ich dachte mir, das wäre dir lieber.«

Gloha hatte eigentlich ihren Wutkoller gemeint, doch nun wurde ihr klar, daß sie noch ganz andere Sorgen am Hals hatte. Sie hatte eine Episode aus ihrem früheren Leben erneut durchlebt, und die anderen hatten zuschauen können, wie sie sich entwickelte. Wie in der Wirklichkeit. Einschließlich ihres vorübergehend entkleideten Körpers.

Was war denn das für ein Wahnsinn?

Da wurde Gloha auch alles andere klar. Dies hier war schließlich die Region des Wahnsinns, wo die verstärkte Magie des konzentrierten Magischen Staubes sogar die Erinnerungen sichtbar machte. Sie hätte nicht erwartet, daß es *solche* Formen annehmen könnte. Und es gefiel ihr auch nicht besonders. »Verschwinden wir möglichst schnell von hier«, schlug sie vor.

»Was denn? Gerade jetzt, wo der Spaß erst anfängt?« wollte eine Stimme wissen.

»Wer ist das denn?« fragte Gloha beunruhigt.

Rauch wirbelte. »Nichts, was dir Sorgen machen müßte, du antiseptisches Koboldmädchen.«

»Was für ein Koboldmädchen?«

»Unbeschmutzt, hygienisch, unbefleckt, makellos, fehlerfrei ...«

»Unschuldig?« schlug Trent vor.

»Was auch immer«, erwiderte der Rauch ärgerlich.

»Was tust du denn hier, Metria?« fragte Gloha, die selbst ein kleines bißchen ärgerlich geworden war.

»Ich schnüffle überall dort herum, wo etwas Interessantes passiert. Und jeder, der blöd genug ist, um in die Region des Wahnsinns zu tappen, ist geradezu zwangsläufig interessant.«

»Etwas Uninteressanteres als mein früheres Leben wirst du wohl kaum zu sehen bekommen. Da kannst du genausogut abhauen.«

»Oh, da bin ich mir nicht so sicher. Elster sucht sich eigentlich immer die interessantesten Figuren aus, um mit ihnen zu arbeiten.«

»Du kennst Elster?«

»Sie ist schließlich eine Dämonin. Sie weiß, wann etwas passieren wird, und sie ist immer da, um das Kindermädchen zu spielen.«

»Na ja, im Augenblick passiert jedenfalls nichts, also ...«

»Das glaubst du! Da kommt schon wieder ein Schwall Wahnsinn!«

»Bestimmt nicht«, versetzte Gloha. »Das sagst du bloß, um mich ...«

... und endlos lange, einsame Stunden damit zugebracht, endlos lange Gespräche mit ihrer Gegnerin zu führen: Tante Haarbutt, der kämpferischsten aller Harpyien.

»Chaos und Kaffee!« kreischte Haarbutt Harpyie, als sie mit einem schmutzigen Flügel streifenweise Schlabber, Tropf und Kleb aus der Messehalle in die Feuergrube wischte. Mit einer Klaue hielt sie einen dampfenden Becher fest, während sie auf einem ihrer dürren Beine stand. Sie hatte entfernte Ähnlichkeit mit einem schwarzgefiederten mürrischen Storch. Wie schmutzige Kohlen glühten ihre roten Augen in den dämmrigen Purpurschatten der verlotterten Halle. Sie wischte sich lange, schmutzige Strähnen fedrigen schwarzen Haares aus der steinernen Alabasterstirn und funkelte ihre Nichte wütend an.

Glohas empfindlicher kleiner Magen drehte sich immer wieder um, ihr Herz krampfte sich zusammen, und ihr Haar hätte sich am liebsten von der Bildfläche geschlichen. Wie war sie bloß in diese mißliche Lage geraten?

»Ich habe gefragt, welches Spiel du spielst?« wiederholte eine leise, flüsternde Stimme, die irgendwie noch schlimmer war als das übliche Kreischen.

Mit eisigem Schreck mußte Gloha erkennen, daß der Gegenstand ihrer Sorge soeben seine formidable Verärgerung auf sie konzentrierte. Gloha errötete, was natürlich alles nur noch schlimmer machte, weil sie nun noch schuldiger aussah, als sie wahrscheinlich ohnehin schon war. »Wie meinst du, Tante?«

»Du hast ganz höflich um dieses Morgengespräch ersucht, was einma' mehr zeigt, wie wenig von einer Harpyie du an dir hast«, erklärte die Harpyie. »Du hättest es vielmehr mit den übelsten Schimpfwörtern *fordern* müssen. Also, was im Namen der Idiotie willst du?«

Irgendwie gelang es Gloha, genug Mut zusammenzukratzen, um auszusprechen, was ihr auf dem gedämpften kleinen Herzen lag. »Tante Haarbutt, ich bin es leid und müde, ein langweiliges und mittelmäßiges Leben unter Kreaturen führen zu müssen, die ganz anders sind als ich. Wir wissen doch alle, was passiert, wenn man sich irgendwo in der Mitte aufhält – dann wird man totgetrampelt. Ich möchte Alchemistin werden, Geoalchemistin in einer Zauberermannschaft. Ich finde, wenn man keinen Traum hat, den man verfolgt, sitzt man fest in unserer st ... st ...« Sie stockte, konnte das häßliche Wort einfach nicht über die Lippen bringen.

»Stinkenden!« kreischte Haarbutt. »S T I N K E N D E N ! Wo bleibt denn nur dein Harpyienwortschatz? Mädchen, du mußt lernen zu fluchen, wenn du im Leben weiterkommen willst. Los, versuch es noch einmal.«

Schüchtern unternahm Gloha eine kleine Anstrengung.

»Fest in unserer stinkenden Schweinegrube«, preßte sie hervor. »Ich habe immer wieder denselben Alptraum, der mir von einer Nachtmähre gebracht wird, daß ich nämlich nicht mehr fliegen kann – daß ich ein verkrüppelter Vogel mit gebrochenen Flügeln bin. Laß mich das Nest verlassen …«

»Was für ein Nest?« kreischte Haarbutt.

»Das st … stinkende Nest, um mich auf die Suche nach …«

»Wozu, um alles in der Hölle, diese Eile?« wollte Haarbutt wissen. »Die Sicherheit des Schwarms verlassen, obwohl du noch nicht einmal richtig fluchen kannst? Da würdest du dir aber schnell die Flügel brechen! Das Nest ist nun einmal das Beste für Küken.«

»Aber ich bin doch schon achtzehn, Tantchen«, erinnerte Gloha sie.

»Ja, und hast den Wortschatz eines schmutzigen Vogels, der kaum halb so alt ist wie du«, versetzte Haarbutt, während sie sich mit einer dolchähnlichen Klaue Aas aus den Zähnen pickte. »Wenn ein Ungeheuer käme, um dich aufzufressen, würdest du dem nicht mal Zahnschmerz bereiten können, weder mit deiner Stimme noch mit deiner Körperhygiene. Du wärst nur ein leckeres kleines Häppchen, bei dem einem das Wasser im Mund zusammenläuft.«

Nur zu wahr. Doch Gloha wußte, daß sie nie wieder den Mut aufbringen würde, dieses Thema noch einmal anzuschneiden, und so bemühte sie sich, die Sache zu Ende zu führen.

»Könntest du mich nicht in entsprechender Begleitung zum Schloß des Guten Magiers Humfrey fliegen lassen, auf Dienstreise, damit ich dort meine Frage stellen und ihm für die Antwort den Jahresdienst ableisten kann? Oh, bitte, Tante Haarbutt! Ich würde alles tun, wenn ich nur …«

»Harpyien flehen nicht!« fauchte Haarbutt, von diesem Beweis der Schwäche angewidert. »Zeig mir, daß du wenigstens einen flammenden Fluch zustande bringst, und ich lasse dich ziehen.«

Gloha versuchte es. »Mist!« rief sie. »Blöd! Dumm!«

Haarbutt seufzte. »Du machst Fortschritte. Wenigstens zielst du schon auf die Schimpfwörter. Aber das ist alles viel zu schwach und gilt nicht. Es ist ja nicht einmal eine Ahnung von einer Flamme in der Luft. Hör mir mal zu: *So* drückt sich eine richtige Harpyie aus.« Sie atmete tief ein.

»*%#&@+$!«

Gloha schaffte es gerade noch rechtzeitig, sich die Ohren zuzuhalten. Trotzdem spürte sie die Hitze des schrecklichen Stoßes. Die Luft schimmerte und brannte, auf dem Tisch erschienen Brandspuren. Es roch versengt.

Als wieder frische Luft hereinwehte, die das Atmen möglich machte, fuhr Haarbutt mit ihrem gewöhnlichen Gekreische fort. »Na, kannst du das, Küken?«

»M-m-mit der Zeit, vielleicht«, sagte Gloha, obwohl sie wußte, daß es unmöglich war.

»Mit der Harpyienzeit, vielleicht«, berichtigte Haarbutt sie enttäuscht. »Gloha, du bist immer noch feucht hinter dem Ohrgefieder. Es wäre der blanke Wahnsinn, dich allein oder in inkompetenter Begleitung ziehen zu lassen. Weißt du denn überhaupt, wo die Saat der Vernichtung aufbewahrt wird? Kannst du Luftaufklärung betreiben und Dinge kartographieren oder organisieren, wie es dem Harpyienzeitplan entspricht? Wir, die gräßlichen Harpyien, die stinkenden Unberührbaren, die unsäglichen Schandschnauzen, wir verfügen über das Wissen und hüten den Tempel der Hoffnung Xanths, bis zu jenem Zeitpunkt, da wir geruhen, selbst den Mantel der Vorherrschaft überzustreifen. Unsere Zeit ist noch nicht gekommen, aber sie ist nicht mehr fern. Wenn erst einmal die Harpyienzeit angebrochen ist …«

Sie brach ab, als ihr klar wurde, daß sie schon zu viel verraten hatte. »Wie dem auch sei, bevor wir dich in Sicherheit ziehen lassen können, mußt du wenigstens wirkungsvoll fluchen lernen. Wenn du das tust, lasse ich dich vielleicht gehen.«

Das war alles. Die Diskussion war beendet. Tante Haarbutt hatte nach Harpyienmaßstäben eine vernünftige und maßvolle Bedingung gestellt. Aber wie sollte Gloha jemals lernen, so zu fluchen? Ihr kleiner Mund brachte es ja nicht einmal ansatzweise fertig, die dafür erforderlichen gräßlichen Lautfolgen über die Lippen zu bringen.

Gloha blinzelte. Sie war wieder im Wald. Die Schwade des Wahnsinns hatte sich verzogen.

»Das ist nun wirklich eine vernünftige Vettel«, meinte Metria anerkennend.

»Du hast … Tante Haarbutt Harpyie gesehen … und gehört?« fragte Gloha verlegen.

»Sie gesehen? Ich war *selbst* deine Tante!« versetzte die Dämonin. »Schau dir das Laubwerk an.«

Gloha tat es: Das Blattwerk in der Nähe war verwelkt, brannte sogar an manchen Stellen, wie von einem wahrhaft fürchterlichen Fluch entzündet. »Aber wie kann das sein?«

»Das sind nicht einfach nur Erinnerungen«, erläuterte Trent. »Wir anderen mußten plötzlich daran teilnehmen und unsere Rollen spielen. Diese Magie hat uns im Griff.«

»Dann müssen wir so schnell wie möglich fort von hier, bevor noch etwas Gräßliches passiert«, rief Gloha entsetzt. »Manche meiner Erinnerungen sind alles andere als schön.«

»Ich glaube kaum, daß wir von hier entkommen werden, bevor deine Erinnerungen nicht aufgelöst wurden«, widersprach Trent. »Irgend etwas macht dir zu schaffen, und bevor das nicht zur Sprache gekommen ist, sitzen wir hier fest.«

»O weh, das habe ich aber nicht gewollt!« jammerte Gloha.

»Du hast dich wie eine arrogante kleine Göre benommen«, widersprach Metria. »Du hast geglaubt, der Wahnsinn könnte dir nichts antun.«

»Da habe ich mich eben geirrt!« rief Gloha verzweifelt. »Dann laufe ich jetzt weg!« Sie setzt sich in Bewegung, doch da sah sie auch schon, wie die Landschaft leicht zu wabern begann, als würde die Wirklichkeit sich verschieben. Das

Wabern kam geradewegs auf sie zu. Ein Rauschen, wie von schnell strömendem Wasser, und dann – o nein!

Hinter dem Küchenkräutergarten konnte Gloha Chysalis Kristallbach schon hören, bevor sie sie zu sehen bekam. Von den häufigen Regengüssen gewaltig angeschwollen, hatte das Bachwasser das Geschirr zwischen die Zähne genommen und war in gefährlichster Stimmung. Es schlug auf Felsbrocken ein und versuchte sie aus dem Boden zu lösen, stürzte sich auf jedes Lebewesen, das sich ihm zu nähern wagte. Was immer es erwischte, wurde mitgerissen, hin und her gewirbelt, um schließlich in zuckende Trümmer gehämmert zu werden. Das war kein sicherer Ort für ein unschuldiges Flügelkoboldmädchen.

Beinahe geblendet von ihren ausufernden Gefühlen und Tränen, rannte Gloha den schlammigen, unregelmäßigen, trügerischen Pfad entlang, der genau ans Ufer des Baches führte. In der Nähe erwachten Ungeheuer und rührten sich, schnüffelten, wurden der nachhängenden Witterung eines saftigen, zarten, jungen Flügelmädchens gewahr. Langsam erhoben sie sich und kamen auf Gloha zu, schnitten ihr den Fluchtweg ab.

Verängstigt breitete Gloha die Schwingen aus und wollte davonfliegen. Doch das wilde Wasser gab der Luft ein Zeichen, worauf diese sich rührte und sich selbst zu einem tödlichen Kegel zusammenwirbelte, der nach Glohas hübschen kleinen Flügeln griff. Jetzt wagte sie es nicht mehr, einen Flug zu riskieren, aus Furcht, daß sie dabei gerupft werden könnte. Nein, sie mußte am Boden bleiben.

Doch da erblickte sie etwas noch viel Schlimmeres: silbrige, dahingleitende, geschmeidige Nickelfüßler, die genau auf ihre zarten kleinen Zehen zuhielten. Fangarme fuhren aus dem Boden und griffen nach ihren Füßen, um sie an Ort und Stelle festzuhalten, während sie sich ins Fleisch gruben. Gloha war in eine furchtbare Falle getappt. Wie sollte sie jemals die Flucht schaffen?

Sie versuchte, den einzigen Pfad entlangzulaufen, den sie ausmachen konnte, ohne zu wissen, wohin er führte. Doch da bekam ein Fangarm sie am Fuß zu packen, und sie stürzte kopfüber zu Boden. Dabei verdrehte sie sich die zerschundenen Knie und schrie auf vor Schmerz. »Hilfe!« rief sie. Doch das Tosen des Wassers übertönte sie, und sie wußte, daß niemand sie hören oder ihr zur Hilfe eilen würde.

Die Fangarme fanden ihren Körper und schlangen sich darum, hielten sie fest, um sich in diesen saftigen kleinen Happen zu bohren. Die Nickelfüßler kamen gerade rechtzeitig herbeigescharrt, um münzgroße Fleischstücke aus ihrem Opfer herauszureißen, bevor die Pflanzen Gloha gänzlich verkümmern ließen. Nun nahte auch noch der hungrige Schatten eines noch größeren Ungeheuers.

Gloha schrie. Doch diesmal war es keine zaghafte, nur vorgetäuschte Anstrengung – es war eine doppelkehlige, durchbohrende Schwingung im Ultraschall- und Ultraviolettbereich, mit einer Andeutung des Vokabulars, das Tante Haarbutt ihr beizubringen versucht hatte. Die Schlingarme stutzten und wichen von ihr zurück. Die Nickelfüßler ließen ihre Zangen klicken, hatten vorübergehend die Orientierung verloren. Das nahende Ungeheuer zögerte einen Drittelmoment, vielleicht auch nur ein Zehntel eines Augenblicks.

Dann hatten sich alle drei Bedrohungen wieder gefangen und kamen erneut auf Gloha zu. Doch in diesem Augenblick unternahm sie eine erschöpfte kleine Anstrengung, kämpfte um die hoffnungslos kleine Hoffnung, die ihr noch verblieb, ihr verlorenes kleines Leben zu retten. Sie stemmte sich fort.

Gloha stürzte Flügel über Sohle einen langen, sandigen Schacht hinab. Dabei wurde sie glühender Schimmel, Käfer und zahlreicher faszinierender Schmutzschatten gewahr, die unterwegs kaum aussprechbare Teile ihres Körpers berührten. Schließlich prallte sie neben dem schartigen, von Spinnweben bedeckten Schlund eines verborgenen Lochs auf. Ohne nachzudenken, stürzte sie sich hinein und entdeckte einen dunklen Tunnel, der irgendwohin führte – wohin, wußte sie nicht, und sie zögerte auch, danach zu fragen. Doch auf keinen Fall konnte es bedrohlicher sein als das, was bereits hinter ihr her war.

Der Tunnel wand und drehte sich, als wollte er sie abschütteln, doch sie folgte ihm durch jede Schlaufe, wagte es nicht stehenzubleiben. Endlich gab der Tunnel es auf und entließ sie in eine mattleuchtende kleine, vergessene, schon seit langem unbenutzte Flucht gehauener Felshöhlen, die verborgen unter den Höhlen des Harpyienhorts lagen. Wider alle Wahrscheinlichkeit hatte Gloha einen geheimen Ort entdeckt, der beinahe Sicherheit zu bieten schien. Unter felsigen Ritzen, in denen giftig aussehende Schlingpflanzenklumpen wuchsen, die in leuchtendem Gemüsegrün, Ultraviolett, Mondweiß und Blutrot erglühten, taumelte Gloha dahin, durch faulende Baumstämme und vorgeschichtliche Felsruinen. Sie kroch über eine gefährliche, bröckelnde, schmale, morsche Holzbrücke, die über eine klaffende Schlucht führte, in deren Tiefen ein gräßliches, bedrohliches Rascheln zu vernehmen war. Und als sie das tat, gab die Brücke nach und stürzte hinter ihr ins Bodenlose. Gloha lauschte, konnte aber keinen Aufprall hören.

Schließlich führte sie der magische Weg zu einer Pfütze aus düsterem Nebel, wo er auch endete. Sie traute der Sache nicht, und so griff sie nach einer zähen Wurzel, die aus der Ritze einer Ruine hervorwuchs. Nach mehreren zaghaften kleinen Versuchen schaffte sie es, sich aus Dreck und Schlamm auf eine höhere Ebene zu ziehen. Jetzt war sie, wie sie hoffte, wenigstens für eine Weile in Sicherheit.

»Wie ich mir doch wünschte, ich könnte fliegen, fliegen, fliegen, hoch hinauf zu den Sternen und noch weiter«, hauchte sie. Doch sie war zu erschöpft, um zu fliegen, selbst wenn sie nicht in einer tiefen, feuchten, schummrigen Höhle gewesen wäre, unvorstellbar tief unterhalb aller Orte, an denen sie hätte sein wollen. Und so tat sie das Vernünftigste und ließ sich in den Schlaf fallen.

Nach einer Weile merkte sie gar nicht, wie sie erwachte.

Die silbrigen Strahlen des Halbmonds strömten durch ein Netz aus Rissen in der Höhlendecke. Still lag sie unter ihrem ausgebreiteten Umhang, kaum atmend, während sie die Antwort auf die Frage suchte, die sich viel zu schnell in ihren hilflosen kleinen Kopf quetschte.

»Wo bin ich?« fragte sie vorübergehend orientierungslos.

»In einer lange vergessenen Höhle«, ertönte ein Flüstern, vielleicht von einer steinigen Wand. Irgendwie schien das nichts Ungewöhnliches an sich zu haben. Wahrscheinlich bildete sie es sich sowieso nur ein.

»Bin ich allein?« fragte sie.

»Ja und nein«, antwortete das kalte Flüstern. Die Steinwand bewegte sich nicht, das konnte es also nicht sein. Und überhaupt – sie wußte ja, daß Steine nicht sprechen konnten. Doch woher kam dann diese windige Stimme, da die Höhle doch leer zu sein schien?

Vielleicht befand sie sich ja auch im Schlaf und träumte nur einen Traum der Nachtmähre. Dann brauchte sie nur aufzuwachen. Sie zwickte sich fest in den Arm, doch obwohl es weh tat, veränderte sich ansonsten nichts. Nur daß sie jetzt ihrer Füße gewahr wurde. Irgend etwas nagte an ihren Zehen.

Sie bewegte den Kopf, sah sich um. Ihr Haupt ruhte in einem Nest eiförmiger Steine, und ihre Füße lagen in einem kreiselnden Teich aus eisigem Wasser. Darin befanden sich tatsächlich hübsche kleine Fische, die an ihren Zehen nibbelten, obwohl sie nicht richtig zubissen. Vielleicht versuchten sie auch nur, Gloha in die Wachheit zurückzurufen.

Sie setzte sich auf, schlang sich den Umhang um die Schultern und erhob sich. Das hätte sie lieber nicht getan – sie mußte aufschreien vor Schmerz. Ihr rechtes Knie war so dick angeschwollen wie ein kugeliger kleiner Kürbis und tat mindestens doppelt so weh. Hastig nahm sie wieder Platz. Sie hatte Hunger, sie hatte Durst, und sie vermißte ihre Mutter Gloria Kobold und ihren Vater Hardy Harpyie, ebenso ihre Lehrerin Elster.

Warum hatte sie sich nur an einen solchen Ort begeben?

Nüchtern zog sie Bilanz. Na ja, wenigstens gegen den Durst würde sie etwas tun können. Vorsichtig hielt sie das Gesicht an das kalte, kristallklare Wasser des Teichs und benetzte die Lippen. Gierig nahm sie ein paar kleine Schlucke, was den schlimmsten Durst stillte.

Und jetzt, da sie das Gesicht dicht an den Teich hielt, achtete sie ein wenig aufmerksamer auf die rotgoldenen Gestalten darin. Es waren drei zahme Sprödfische, die sie von ihren gelegentlichen Schwimmausflügen an der Oberfläche her kannte. Gloha sah ihr unverwechselbares Muster. Sie versuchten nicht etwa, sie zu fressen, sie wollten nur Gesellschaft haben.

Gloha griff mit einer Hand nach ihnen. »Ich werde euch nichts tun«, sagte sie. »Ich bin in derselben Lage wie ihr. Kommt, laßt mich euch kitzeln, dann will ich euch von meinem Kampf um Leben und Tod erzählen.« Die Fische zappelten zustimmend und spielten eine leise Musik.

Plötzlich beunruhigte sie die Gegenwart der Fische. Sie machten ihr Hoffnung, und genau das ängstigte sie. Vielleicht könnte sie ihnen eine Nachricht mitgeben, die sie den Harpyien bringen würden, damit diese kamen, um sie zu retten. Damit sie nicht einfach aufgab und in Frieden verschied.

»Geht, Freunde, und sagt meinen Leuten, wo ich bin«, rief Gloha. »Vor allem Elster, falls ihr sie findet.« Denn Elster – eine der wenigen fürsorglichen Dämoninnen – verfügte gewiß über den Willen und die Fähigkeit, ihr zu helfen.

Die Fische spielten eine weitere kleine Melodie und huschten davon.

Gloha streckte sich wieder aus, wollte noch einmal einschlafen, da ihr ohnehin nicht viel anderes übrig blieb, als zu leiden. Sie brauchte nur acht lange Minuten sowie zwei bis drei kurze, um zu begreifen, daß sie wohl kaum Schlaf finden würde. So blieb sie liegen, durchgefroren, hungrig, niedergeschlagen und steif auf dem Bett aus steinernen Eiern. Sie wünschte sich, daß ihr Bett aus aufgeschüttelten Federn bestünde. Die Steine leuchteten zwar in hübschen Farben, blieben aber weiterhin unbequem.

Gloha erhob sich, wobei sie ihr geschwollenes Knie sorgfältig schonte, so daß der Schmerz fast erträglich war. Sie kehrte zu der dunkelsten Ritze in der Höhlenwand zurück. Mit einigermaßen klarem und offenem kleinen Auge nahm sie jede steinerne Einzelheit auf. Sollte ihre Harpyienzeit gekommen sein? Dann würde sie versuchen, es sich so nachdenklich-angenehm zu machen, wie sie nur konnte.

Sie bahnte sich ihren Weg in die Mitte der Ruinen in der Höhle, vor sich hin summend und an Elster denkend. Falls die Fische sie fanden, würde Elster kommen. Falls nicht ...

Gloha klopfte an eine Säule. Die hallte düster wider. Sie klopfte an eine zweite. Die hatte einen anderen Klang. So entdeckte sie verschiedene weitere Noten, bildete eine Melodie und sang dazu, ließ die goldenen Töne in den Scherben aus Sonnenlicht tanzen, die nun durch die zerklüfteten Höhlenritzen fielen. Die Lichtstrahlen vibrierten wie die Saiten einer Harfe, veränderten die Farbe, bestrichen verschiedene Stellen auf der Sandsteinplatte. Die Anstrengung wärmte Gloha auf, vielleicht auch das Gestein. Sämtliche Ruinenwände schienen von ihrer Musik widerzuhallen, wurden nach und nach freundlicher. Die Steingeister wisperten kontrapunktisch zu Glohas Lied und scharten sich um eine Bresche in der Wand, die Gloha zuvor nicht gesehen hatte. Sie begab sich dorthin, und tatsächlich – es war ein Fenster zu einer anderen Welt, die vielleicht ein Teil der Oberfläche Xanths war oder vielleicht dorthin führte. Das war möglicherweise ihr Weg nach Hause. Wenn sie es nur irgendwie schaffte, ihren zerschundenen kleinen Körper durch die Ritze zu schieben und der neuen Höhle nach oben und hinaus zu folgen.

Sie wurde sich ihrer Umgebung immer mehr gewahr und vernahm nun die flüsternden Stimmen der steinernen Versammlung von Wasserspeiern. Jetzt erkannte sie ihre Identität und wußte, was ihnen widerfahren war. »Eines Tages soll eure Geschichte bekannt werden, o ihr Wasserspeier«, sagte sie. Da wurden ihre matten Stimmen lauter, verwandelten sich in ein unzusammenhängendes Geplapper, als würde die Luft aus der Höhle gesaugt. Diese begann zu beben, und von den Ruinen schälten sich Steinsplitter. Die Ritze vor Gloha klaffte weiter auf.

Ängstlich, daß die Höhle über ihr zusammenbrechen würde, stieß Gloha einen Schrei aus und schob sich mit furchtbarer kleiner Entschiedenheit durch den Spalt, hinaus aus der Höhle, hinein in die nächste. Sie stürzte auf gleitenden Schiefer und rutschte in die Tiefe.

War sie wirklich frei, oder war das nur ein betörender Traum? Das würde sie schnell genug herausfinden. Halb rannte sie, halb flog sie und belastete ihr schlimmes Knie so wenig wie möglich, während sie es zugleich vermied, an die rauhe Höhlendecke zu stoßen. So folgte sie dem steilen Weg nach oben und um eine Biegung – und erreichte die Oberfläche in Sichtweite der Harpyienhöhlen. Sie rannte hinaus, und die Szene veränderte sich. Sie stolperte, wäre beinahe gestürzt, und drehte sich um.

Hinter ihr waren keine Ruinen, auch keine Höhlen. Nur xanthischer Wald. War das alles nur ein Alptraum gewesen? Sie war sich nicht sicher.

Gloha blinzelte und merkte, daß wieder eine Schwade Wahnsinn vorbeigestrichen war. Sie war noch davon berührt, aber nicht mehr durchtränkt. Sie hatte jene Zeit aufs neue durchlebt, da sie sich in den unteren Höhlen verlaufen hatte – in den Höhlen, von denen die Harpyien behaupteten, daß es sie gar nicht gäbe. Gloha wußte es besser, und eines Tages würde sie es vielleicht sogar beweisen können.

»Es gibt also tatsächlich alte Ruinen mit Wasserspeiern«, bemerkte Trent. »Die sollte man mal ausgraben und in früherer Pracht wiederherstellen.«

»Du könntest dich darum kümmern«, versetzte Gloha, »wenn du nicht beschlossen hättest, zu verblassen.«

Er lächelte. »Nach mir werden andere kommen. Es wäre nicht gut, wenn wir Alten allzu lange blieben, um die spätere Geschichte Xanths zu versperren. Das ist mit ein Grund, weshalb der Gute Magier das Geheimnis um den Jungborn wahrt.«

Da fiel Gloha etwas anderes ein. »Weshalb wird eigentlich immer nur *mein* Wahnsinn enthüllt? Hat denn außer mir sonst niemand schlimme Erinnerungen?«

»Ich nicht«, antwortete die Dämonin Metria. »Ich bin ein höllisches Wesen. Ich habe keine Seele und deshalb auch kein Gewissen. Meine Vergangenheit macht mir nicht zu schaffen. Ich hätte selbst dann keine schlimmen Erinnerungen oder Träume, wenn ich welche haben *wollte*.«

»Ich habe auch keine Seele«, warf Mark ein. »Aber ich hätte gern eine. Dann könnte ich vielleicht auch unter Anfällen von Wahnsinn leiden.«

»Womit nur noch ich übrig wäre«, sagte Trent. »Ich schätze, wenn ich windaufwärts von dir stünde, würde ich die nächste Woge des Wahnsinns wahrscheinlich als erster abbekommen. Dann wären es vielleicht meine schlimmen Erinnerungen, die hier wiederbelebt würden.«

Hastig baute Gloha sich windabwärts von ihm auf. »Bedien dich, Magier!«

Metria formte ihre rauchigen Züge zu einer riesigen Grimasse. »Fünfundzwanzig Jahre Königsherrschaft – das muß ja eine furchtbare Erinnerung sein!«

»Ja, von 1042 bis 1067 als Magier Dor den Thron bestieg«, bestätigte Trent. »Allerdings habe ich die zwanzig Jahre zuvor in Mundania zugebracht. Das darf man mit Fug und Recht als schreckliche Erinnerung bezeichnen.«

»Äh, ja«, meinte Gloha.

»Was ist denn an Mundania so schlimm?« wollte Mark wissen.

»Das weiß doch jeder. Es ist der ödeste Ort, den man sich vorstellen kann«, warf Gloha ein. »Weil es dort keine Magie gibt. Kein Wunder, daß der Magier Trent verzweifelt danach strebte, nach Xanth zurückzukehren.«

»Nicht unbedingt«, widersprach Trent. »Man muß Mundania einfach nur verstehen.«

»Da kommt die nächste Woge«, sagte Metria schadenfroh.

Gloha fand sich an einem Flußufer wieder. Eine solide Steinbrücke mit einer hölzernen Zugbrücke führte über den Strom, und in der Nähe wusch eine Gruppe von Frauen Kleidung im seichten Uferwasser. Gerade fuhr ein zweirädriger bedeckter Wagen über die Brücke, der von einem einzigen Einhorn gezogen wurde – nein, es war ein Pferd, denn es besaß kein Horn.

Gloha schaute an sich herunter. Sie war ein Kind von fünf, sechs Jahren, ohne Flügel, in einem Menschenrock und einer Menschenjacke, und saß oberhalb der Frauen am Fluß.

Sie blickte zur anderen Seite hinüber. Unweit von ihr stand ein Mann. Er war ziemlich schütter behaart, sah beinahe schon glatzköpfig aus, und hatte einen kurz gestutzten rötlichen Bart und braune Augen. Der Mann hatte einen seltsamen kleinen Stand mit einem Brett daran und stand mit dem Gesicht davor, wobei er immer wieder zu den Frauen und der Brücke hinüberblickte. Da begriff Gloha, daß der Mann die Szene malte. Und so stand sie auf und ging auf ihn zu, um sich anzuschauen, wie sein Bild wohl aussehen mochte.

»Kind!« schrie eine der Frauen. Es war die Mutter des Mädchens – das wußte Gloha einfach, ohne sich daran zu erinnern. »Halte dich von diesem Mann fern! Der ist verrückt!«

Also mußte Gloha umkehren. Bedauernd ging sie auf die Brücke zu. Der Wagen war inzwischen darüber hinweggerollt, doch nun schritt ein anderer Mann darüber. Er war merkwürdig gekleidet und wirkte etwas verwirrt. Aber irgendwie kam er Gloha bekannt vor.

Das war ja der Magier Trent! Er sah fast genauso aus wie jetzt, in seinem verjüngten Zustand. Aber sie wußte, daß es der wirkliche junge Trent war – und daß dies Mundania sein mußte, denn Xanth war es ganz bestimmt nicht. Also teilte sie sich gerade in die verrückte Vision von Trents Vergangenheit.

Sie versuchte, ihm etwas zuzurufen, konnte es aber nicht. Das Kind, das Gloha selbst gerade belebte, schaute nur zu. Trent überquerte die Brücke und blickte sich um. Als er Gloha sah, schien er sie gar nicht zu erkennen. Das war nicht weiter überraschend, weil sie im Augenblick ja auch nicht sie selbst war. Da heftete sich Trents Blick auf den Maler. Er verließ die Straße und ging auf den Mann zu.

Gloha hätte gern ihrem Gespräch gelauscht, aber sie wußte, daß ihre mundanische Mutter es ihr nicht erlauben würde, näherzutreten. Also machte sie sich am Ufer zu schaffen, jagte hinter einem Käfer her, begab sich mal hierhin, mal dorthin, um sich wie zufällig dem Maler zu nähern. Schließlich nahm sie am Ufer Platz und schaffte es sogar, noch ein Stück näher zu rücken.

Doch sie erlebte eine Enttäuschung. Trent versuchte zwar, mit dem Maler zu sprechen, doch der schien ihn überhaupt nicht zu verstehen. Gloha begriff, wo das Problem lag: Trent sprach xanthisch, wie es alle Einwohner dieses Landes von Natur aus taten, der Maler dagegen mundanisch. Mit zwei so unterschiedlichen Sprachen konnten die Männer sich nicht besonders gut verständigen.

Endlich gab Trent es auf und ging weiter. Gloha wäre ihm gern gefolgt, konnte es aber nicht; das Mädchen ging einfach nicht weiter. Sie bemühte sich und versuchte, sich durchzusetzen. Zu ihrer Überraschung funktionierte es – vielleicht. Jedenfalls geschah etwas.

Dann war sie plötzlich in einem Obsthain. Die Obstbäume blühten wunderhübsch. Sie schienen kaum Blätter zu haben, waren aber vollständig von Blüten übersät. Der Maler war auch dort und malte die Szene. Wieder schaffte Gloha es nicht, sich ihm zu nähern, weil die Frau, in der sie sich gerade befand, einfach nur vorüberging. Aber wenigstens wußte sie jetzt, daß dies ein anderer Tag und ein anderer Ort war.

Doch es war Trent, den Gloha eigentlich sehen wollte, nicht der Maler. Wieder strengte sie sich an, und diesmal fand sie sich in einem anderen Körper wieder, in dem sie ihn beobachtete. Inzwischen sah er ein wenig zerlumpt aus; es mußte einige Zeit verstrichen sein, und er hatte offenbar viel durchgemacht. Es war ihm schwergefallen, in diesem fremden Land Nahrung aufzutreiben. Doch jetzt hatte er Arbeit auf einem Bauernhof gefunden, wo er sich körperlich betätigte und dabei anscheinend die Sprache erlernte. Kost und Logis schienen frei zu sein; vielleicht schlief er bei den Hühnern unter dem Scheunendach. Im Augenblick servierte ihm eine unscheinbare junge Frau eine Holzschüssel mit Brei. Das mußte die Bauerstochter sein. Sie hatte irgend etwas Bekanntes an sich ...

»Metria!« versuchte Gloha auszurufen, doch daraus wurde natürlich nichts. Sie war einfach nur ein anderes Bauernkind, das soeben in den Angelegenheiten anderer herumschnüffelte. Außerdem war sie – hoppla! – männlichen Geschlechts. Ein Bauernjunge. Ein Teil seines Körpers war irgendwie seltsam. Also löste Gloha sich aus der Szene und ging fort, um den verrückten Maler zu beobachten. Natürlich war er nicht wirklich verrückt; Gloha hielt ihn nur dafür, weil dies ja eine Szene innerhalb der Woge des Wahnsinns war, und weil er der erste Mann war, den sie hier zu Gesicht bekommen hatte.

Trotzdem – so, wie Glohas Wirtskörper den Mann ansah, schien die Einheimische, der dieser Körper gehörte, den Maler tatsächlich für verrückt, wenn nicht sogar wahnsinnig zu halten. Aber sein Bild war durchaus hübsch: Es zeigte ein Weizenfeld, im Hintergrund war eine Stadt zu sehen. Die Ähren hatten etwas Weiches, Rundes an sich. Und außerdem – wurde er von Mark Knochen belebt. Er sah zwar nicht aus wie Mark, doch die Art, wie er sich bewegte, und die Form seines Schädels gaben Gloha Gewißheit. Also mußte der Mann doch irgendeine wichtige Figur darstellen, so daß es besser war, im Auge zu behalten, wie diese Sequenz endete.

Gloha machte die Feststellung, daß sie mit zunehmender Übung ihre Unterbrechungen besser in den Griff bekam. Jede Unterbrechung führte sie *ungefähr* ans Ziel, doch jedesmal war dabei ein wenig Zeit verstrichen. Und mit jedem Sprung sah sie, wie die Jahreszeit sich veränderte. Sie hatte im Frühjahr angefangen, und nun war es Sommer.

Trents Beziehung zu der Bauerstochter verbesserte sich. Sie mochte ihn offensichtlich, verhielt sich aber schüchtern, weil sie nicht hübsch war. Sie war hager und unansehnlich, aber von gutem Charakter. Kein Zweifel, da bahnte sich etwas an.

In der Zwischenzeit war der verrückte Maler allüberall. Jeden Tag ging er hinaus, und dann stand er einfach nur da und malte. An regnerischen Tagen malte er ›Stilleben‹ – Tische mit Obst und Geschirr darauf. Doch an den meisten Tagen war er draußen und malte das Städtchen aus allen möglichen Winkeln. Bäume, Blumen, Äcker, Wolken, Häuser, das Meer, Schiffe und Leute. Alle wiesen sie diese runde, manchmal etwas unscharfe Qualität auf; aber auf ihre verrückte Weise waren sie alle sehr hübsch und realistisch. Es war erstaunlich, welche Vielfalt er aus der ziemlich langweiligen mundanischen Stadt herausholte. Doch er schien nie irgend etwas mit seinen Gemälden anzufangen; er stapelte sie bloß und vergaß sie. Es gab niemanden, der sie haben wollte.

Trent heiratete die Bauerstochter. Gloha erlernte mit der Zeit die merkwürdige mundanische Sprache und Schrift zu verstehen, während sie sie durch die Augen jener Menschen wahrnahm, deren Körper sie gerade innehatte, und so konnte sie auch die Mitteilung auf der Heiratsurkunde entziffern: Es handelte sich hier um einen Ort namens Arles in einer Region namens Frankreich in einer Zeit namens 1888. Das alles sagte Gloha zwar überhaupt nichts, aber da sie schon mal hier war, konnte sie es sich ruhig merken.

Der verrückte Maler malte immer weiter, während die Jahreszeiten vorüberzogen. Manchmal malte er auch nachts und schlief tagsüber. Dann begab er sich wieder auf ein Zimmer und malte Stapel von Büchern oder ein Paar Schuhe oder Stühle oder Leute, die an Tischen saßen und aßen. Oft fertigte er erst Skizzen an, die er dann später vervollständigte.

Als der Winter kam, malte er Blumen in Vasen. Der Mann schien nur zufrieden zu sein, wenn er malte; der Rest seines Lebens war trist.

Aber verrückt war er tatsächlich, denn er geriet in einen Streit mit einem Malerfreund, schnitt sich danach ein Ohr ab und brachte es zu einem Haus, in dem mehrere Frauen lebten. Die gingen einem Beruf nach, den Gloha nicht ergründen konnte; es schien irgend etwas damit zu tun zu haben, Männer für kurze Zeit glücklich zu machen. Es waren keine schlechten Frauen; wahrscheinlich hatten sie mehr Verständnis für den verrückten Maler als sonst wer, und sie erwiesen ihm auch eine gewisse Zuneigung. Sie ließen ihn an einen Ort bringen, wo man Leute reparierte und verband, damit er nicht verblutete. Das bremste seine Malerei ein wenig.

Trent dagegen ging es besser. Er lernte den Maler kennen, vielleicht, weil jeder der beiden auf seine Weise als verrückt galt. Inzwischen konnten sie sich auch unterhalten. Was Trent dem Mann von den Wundern seiner Heimat erzählte, würde dem Maler niemand glauben, wenn er es woanders zum besten geben sollte. Vielleicht tat er es sogar, denn im Frühjahr begab er sich an einen besonderen Ort für verrückte Leute. Er malte immer weiter, und wenn er nicht hinausgehen konnte, malte er Bilder von sich selbst und anderen, die dort lebten, ja, sogar von erfundenen Figuren.

Gloha erschrak, als sie sah, wie er ein Bild von ihr malte, komplett mit Flügeln, obwohl sie hier doch gar keine besaß. Entweder hatte Trent ihm davon erzählt – nein, das war nicht möglich, denn das Ganze fand ja statt, bevor Gloha überhaupt existierte! –, oder der verrückte Maler konnte irgendwie sehen, *ohne* zu sehen.

Trents Frau bestellte ein Kind – auf jene Weise, wie Mundanier es zu tun pflegten. Das fand Gloha höchst seltsam, denn ein Storch kam nicht dabei vor; statt dessen ... egal. Im mundanischen Jahr 1889 traf das Kind jedenfalls ein; es war ein Junge, und ab und zu schlüpfte Gloha in seinen Körper. Doch ihr Hauptaugenmerk galt dem verrückten Maler, der im Augenblick viel interessanter war. Er verließ schließlich das Irrenhaus und begab sich in eine andere Stadt, wo sich ein mundanischer Heiler namens Doktor um ihn zu kümmern versuchte. Das schien zwar nicht viel zu nützen, doch immerhin mochte der Maler die schlanke, liebliche Tochter des Heilers. Plötzlich befand sich Gloha im Körper dieses Mädchens, das genauso alt war wie sie, nämlich neunzehn, und der Maler malte sie in einem Garten, später auch dabei, wie sie eine Musikmaschine namens Klavier bediente. Und dann, ganz plötzlich, brachte er sich um.

Schockiert kehrte Gloha zu Trents Familie zurück. Die entwickelte sich ganz normal. Sie sah, wie der kleine Junge heranwuchs. Aber das Ganze war ziemlich langweilig; Gloha hatte sich von dem verrückten Maler ablenken lassen, und nun, da er fort war, wollte sie diese Szene verlassen. Und so sprang sie so schnell weiter, wie sie nur konnte und sah, wie der Junge zu einem Halbwüchsigen wurde. Er war schon fast ein Mann. Da kam plötzlich eine schlimme Krankheit, worauf Trents Frau und sein Sohn starben ...

»Oh!« rief Gloha. »Das war ja scheußlich!«

»Ja«, stimmte Trent ihr zu. »Sie war die einzige Frau, die ich je geliebt habe, und er war mein einziger Sohn. Da blieb mir nichts anderes übrig, als nach Xanth zurückzukehren, wo ich größere Macht hatte. Aber das war eine andere Geschichte.«

»Dieser verrückte Maler ...«, sagte Gloha.

»Den habe ich auch gemocht. Er hieß ...« Trent überlegte und versuchte, sich nach dieser langen Zeit an den Namen zu erinnern. »Go. Van Go. Irgendwas in der Art. Ich glaube, nach seinem Tod haben die Leute angefangen, sich für seine Bilder zu interessieren. Aber während er lebte, hielten ihn alle für verrückt. Aber das war er gar nicht. Er hatte lediglich starke künstlerische Leidenschaften. Er hatte Verständnis für Xanth, und er war auch der einzige, der mir glaubte. Deshalb habe ich ihn auch gemocht.« Er seufzte.

»Und das Mädchen, das er gemalt hat, kurz vor Schluß? Das Mädchen, das die Musik spielte?«

»Die Tochter des Arztes, Marguerite. Ein nettes Mädchen. Genau wie du.«

»Das ist merkwürdig«, sagte Mark. »Ich bin noch nie ein verrückter mundanischer Maler gewesen. Wenn ich zu solchen Gefühlen fähig wäre, hätte ich bestimmt große Zuneigung für den Mann empfunden.«

»Er hatte auch Zuneigung verdient«, erwiderte Trent. »Hätte er in Xanth gelebt, hätte die Magie ihm vielleicht helfen können. Hier wäre er möglicherweise erfolgreich und glücklich geworden. Statt dessen mußte er mit dem Leben in Mundania zurechtkommen.«

»Und das hat er nicht geschafft«, ergänzte Mark.

»Ich weiß nicht, wie *überhaupt* jemand mit diesem öden Mundania zurechtkommt«, meinte Metria. »Keine Magie, keine Dämonen. So was wie mich gibt's dort gar nicht.« Sie zögerte. »Und doch war da eine gewisse Ambiguität des Gefühls.«

»Eine gewisse was?« fragte Gloha.

»Zweifel, Ungewißheit, Unbestimmtheit, Vagheit, Mehrdeutigkeit ...«

»Ich glaube, ihr erstes Wort war schon das richtige«, sagte Mark.

»Was auch immer«, stimmte die Dämonin mürrisch zu.

Trent musterte sie. »Du hast meine Frau insgesamt fünfzehn Jahre lang verkörpert«, sagte er. »Ich muß schon sagen, wenn du keine Gefühle empfindest, hast du sie jedenfalls treffend genug nachgeahmt, um mich zu täuschen.«

»Ich habe die Gefühle wirklich empfunden«, meinte Metria und blickte dabei ungewöhnlich nachdenklich drein. »Im wirklichen Leben halte ich dich für einen unmöglich verjüngten, verkalkten sterblichen Menschenmann, ein willkommenes Objekt endlosen Hohns. Aber in dieser verrückten Vision, da habe ich ... da hat sie ...« In ihrem Auge glitzerte etwas, das einer Träne täuschend ähnlich war. »Sie hat dich wirklich geliebt, nicht wahr?«

Das konnte Gloha durchaus nachempfinden.

»Und ich habe sie geliebt. Und meinen Sohn auch«, bestätigte Trent. »Andere haben sie als unschön bezeichnet. Aber im Geist war sie schön, und ich glaube, mit der Zeit hat sich das auch körperlich widergespiegelt. Sie hat mich zwar nicht verstanden, wie der Maler es tat, aber sie hat mich von Anfang an gut behandelt und mir die Sprache und die Sitten des Landes beigebracht, und als wir einander schließlich zu lieben begannen, da habe ich ein Gefühl für Verantwortung gelernt, wie ich es nie kannte. Sie hat mich zu dem gemacht, was ich bin, als ich nach Xanth zurückkehrte.«

»Und du hast sie schön gemacht«, ergänzte Metria. »Und sie hat dir einen prächtigen Sohn geboren. Doch dann kam diese böse Magie ...«

»Eine Seuche«, verbesserte Trent. »Eine Krankheit, die das ganze Land Frankreich und auch andere Länder heimsuchte und jedesmal Menschenopfer forderte. Ich weiß nicht, weshalb sie mich verschont hat. Ich habe den Bauernhof verkauft, den wir geerbt hatten, um eine Expedition nach Xanth zu finanzieren, denn ich wußte, wie man dorthin kam. Ich habe Söldner rekrutiert, um mich der Magie zu stellen, und durfte dann die Ironie des Schicksals erleben, daß ich König von Xanth wurde, ohne das Land erobert zu haben. Aber ich wäre nie zurückgekehrt, hätte ich meine Lieben nicht verloren.« Auch in seinem Auge schien eine Träne zu glitzern. Die verrückte Szene hatte ihn erschüttert. Auch das konnte Gloha ihm nachempfinden.

Sie selbst hatte auch Grund zum Staunen. Sie hatte Aspekte der Geschichte des Magiers kennengelernt, von deren Existenz sie keine Ahnung gehabt hatte.

»Hast du denn die Königin Iris nie geliebt?« fragte sie.

»Nein. Das war eine Zweckheirat. Wir waren uns einig, daß es notwendig war.«

»Und deine Tochter, die Zauberin Irene?«

»Die schon. Und auch meine Enkel. Deshalb bin ich ja auch bereit, aus dem Bild zu verblassen und ihnen Xanth zu überlassen. Meine Zeit ist abgelaufen.«

Metria verhielt sich immer noch ungewohnt zögerlich. Nun nahm sie die Gestalt der Frau an, die sie in der Vision belebt hatte, allerdings in einem reifen Alter, das Haar hinten zu einem Knoten zusammengebunden. Sie lachte die anderen weder aus, noch löste sie sich in Rauch auf. Statt dessen schaute sie einfach nur Trent an, ohne etwas zu sagen.

»Bitte, zieh mich nicht mit dieser Gestalt auf«, sagte Trent milde. Doch Gloha erinnerte sich daran, wie trügerisch seine Milde sein konnte. Er stand kurz davor, seinem wahren Gefühl freien Lauf zu lassen.

»Ich ... ich weiß ja, daß es verrückt ist«, sagte Metria. »Aber ich habe noch nie Gefühle gehabt. Würdest du ...«

Der Magier traute der Sache offensichtlich nicht. »Was würde ich?«

Die Dämonin stockte sogar! »Würdest du ... mich küssen?«

Trent starrte sie an; dann wechselte er Blicke mit Mark und Gloha, die genauso überrascht waren wie er. Schließlich schaute Gloha das Skelett an und traf eine Entscheidung. »Mach nur! Ich glaube nicht, daß sie dich aufzieht.«

»Ganz meine Meinung«, bestätigte das Skelett.

»Das ist ja *wirklich* der reine Wahnsinn«, murmelte Trent. Dann nahm er das Abbild seiner ersten Frau in die Arme und küßte sie. Es war ein langer, gefühlvoller Kuß.

»Danke«, sagte Metria, als er sie losließ. Kein Zweifel – da war wirklich eine Träne in ihrem Auge. »Ich wünschte, ich hätte wirklich sein können.« Dann verblaßte sie langsam.

Der Magier Trent verharrte an Ort und Stelle und hing seinen eigenen Gedanken nach. Dann sagte er flüsternd. »Danke, Dämonin, auch wenn es für dich nur ein Spiel war.«

»Ich glaube, sie hat es ernst gemeint«, sagte Gloha. »Der Wahnsinn hat sie berührt.«

»Wie er uns alle berührt hat«, stimmte Mark ihr zu. »Jetzt möchte ich mehr denn je eine Seele haben.«

»Trotzdem meine ich, daß wir diese Region besser verlassen sollten«, sagte Trent und schüttelte die Stimmung ab. »Der Wahnsinn kann auf vielerlei Weise zuschlagen, und nicht immer ist es angenehm.«

Die anderen pflichteten ihm nur zu gern bei. So machten sie sich rasch auf den Weg, wobei Gloha immer wieder ein Stück vorausflog, um den Pfad auszukundschaften. Dennoch wurden sie von mehreren weiteren Wogen des Wahnsinns erwischt, die allerdings nicht so heftig waren wie die ersten. Das Schlimmste hatten sie hinter sich gebracht.

Während eines Anfalls kehrte Gloha in ihr Harpyienheim zurück und nahm dort wieder ihr normales Leben auf – doch irgendwie war das nach ihrem Erlebnis in der geheimen Höhle unbefriedigender denn je. Bei einem weiteren Anfall ging es um Mark Knochen, den ein umherstreifendes Ungeheuer – Gloha erkannte Krach Oger – auf dem Friedhof erschreckte, so daß er floh, nur um sich auf dem verlorenen Weg zu verirren. Dort wurde er schließlich von Esk Oger aufgefunden, dem Sohn des Ogers. Esk war nur ein Vierteloger, weshalb sie ganz gut miteinander zurechtkamen. Sie entdeckten sogar eine weitere verirrte Bewohnerin des Kürbisreichs, Bria Messingmädchen, das so erfreut darüber war, gefunden worden zu sein, daß sie Esk heiratete und sich daran machte, bis ans Ende aller Tage mit ihm glücklich zu sein. Mark aber kehrte nie zu seinem ursprünglichen Friedhof zurück, weshalb er nun nach einer halben Seele suchte. In dieser Handlungsfolge belebte Trent das Bild Esks, Gloha dagegen Bria. An einem Punkt geschah es, daß Bria ungewollt Esk in Verlegenheit brachte, so daß sie sich bei ihm nach Art des Kürbisreichs entschuldigte, nämlich mit einem leidenschaftlichen Kuß. Das war es wahrscheinlich auch, was später zu ihrer Heirat führte. Nur daß es diesmal Trent und Gloha waren, die sich küßten. Na ja, dachte Gloha, als der Wahnsinn abklang; es war ja nicht das erste Mal, daß sie an die Grenzen dessen geraten war, was man lieber der Erwachsenenverschwörung überlassen sollte.

In einem weiteren Anflug wurde Gloha an Harpyienverwandte an der Goldküste weitergereicht. Dort zog sie sich eine seltene Krankheit zu. Man befürchtete schon, daß es sich um das Purpurhüllige Rosaauge handelte, zu dessen Behandlung es erforderlich gewesen wäre, sie in eine Schlangengrube zu stecken, die mit einer Mischung aus Geflügelkot und Erdnußhülsen gefüllt war. Glücklicherweise brachte Elster noch rechtzeitig in Erfahrung, daß es sich um etwas anderes handelte, was sich mit einem übelschmeckenden Trank kurieren ließ. Welch eine Erleichterung, selbst wenn der Trank wie der Inhalt dieser Schlangengrube schmeckte. Mark spielte den Arzt, der die Fehldiagnose stellte, während Metria die Rolle der Elster übernahm, was ihr als Dämonin nicht sonderlich schwerfiel.

Schließlich hatten sie die Region des Wahnsinns hinter sich gelassen und erreichten endlich das Ufer des Ogersees. Hier gab es ganz gewöhnliche Häuser und Gärten und nicht die Ausgeburten der Erinnerung und des Grausens. Der Wahnsinn war vorbei, und Gloha war froh, daß sie nur seinen äußeren Rand durchstreift hatten, wo er nur in Wogen und nicht dauerhaft auftrat. Mehr davon hätte sie in ernsthafte Schwierigkeiten gebracht. Jetzt mußten sie sich nur noch gegen die Fluchungeheuer behaupten.

»Gehen wir mal die Nachbarn begrüßen«, sagte Gloha. »Nur um sicherzugehen, daß sie auch wirklich sind.« Trent und Mark nickten.

8

Spiel

Sie gingen auf das erste Haus zu. Es war eine adrette Hütte auf einem Hof, auf dem gruppenweise hübsche Pilze wuchsen, während davor eine kleine Kiste auf einem Pfahl stand. Auf der Kiste standen in säuberlichen Druckbuchstaben die Worte RICHARD C. WHITE.

»Was ist das denn?« fragte Gloha.

Trent schürzte die Lippen. »Möglicherweise haben wir den Wahnsinn doch noch nicht hinter uns gebracht«, murmelte er. »Das ist ein mundanischer Briefkasten. Schaut mal, da steht der Name des Mannes drauf. Die benutzen dort meistens zwei oder drei Namen.«

»In Mundania bewahrt man die Männer in kleinen Kästen auf?« erkundigte sich Mark.

Trent lächelte. »Nein. Nur die Briefe, die jeden Tag ausgeliefert werden.«

»Ausgeliefert?« wiederholte Gloha. »Soll das heißen, daß die Störche dort Briefe austragen?«

»Nein, das ist ein etwas umständlicherer Mechanismus, der sich von Ort zu Ort und von Zeit zu Zeit unterscheidet. Deswegen mache ich mir auch keine Sorgen, sondern wegen der mundanischen Natur der ganzen Sache. In meinen

Wahnsinnserinnerungen hat sich ja alles um Mundania gedreht.«

»Erinnerst du dich denn auch an ein solches Haus?«

»Nein. Vielleicht ist die Ähnlichkeit ja reiner Zufall.«

Die Haustür ging auf, und ein Mann erschien. Er mochte etwa Mitte Vierzig sein. »Hallo«, rief er. »Habt ihr euch verirrt?«

»Wir hoffen, nicht«, antwortete Trent. »Wir sind gerade durch eine Region des Wahnsinns gekommen. Diese Gegend gehört doch nicht etwa dazu? Bis du Richard White?«

»Ja. Und das mit dem Wahnsinn verstehe ich. Ich bin letztes Jahr selbst auf dem Weg hierher durch diese Region gekommen. Das war eine schreckliche Erfahrung, und doch ist sie von einer gewissen Sehnsucht durchsetzt. Ich habe mir mein Haus direkt hier am Rand bauen lassen, damit ich durch diese Region wieder zurückkehren kann, sollte ich jemals den Wunsch haben. Meistens hält sich der Wahnsinn in Grenzen, obwohl er sich in den letzten Tagen ein bißchen ausgebreitet hat.« Er machte eine Pause. »Aber ich lasse es an Aufmerksamkeit fehlen. Ihr seid bestimmt müde und verwirrt nach eurem Erlebnis. Kommt rein und ruht euch aus. Seid ihr durch den schlimmsten Teil gekommen?«

»Nur durch den Außenrand«, berichtete Trent. »Glücklicherweise. Ich bin der Magier Trent, das hier ist Gloha Kobold-Harpyie, und dies ist Mark Knochen. Wir sind alle keine Feinde.« Dann folgten sie Richard ins Haus.

»Ich habe von dir gelesen, Magier Trent«, sagte Richard. »Aber ich dachte, du wärst verblaßt. Und wenn ich mir die Bemerkung erlauben darf – du siehst bemerkenswert jung aus.«

»Ich habe mich vorübergehend für dieses Abenteuer verjüngen lassen«, erklärte Trent. »Wenn es vorbei ist, werde ich verblassen.«

Richard holte eine Schüssel mit merkwürdigen dünnen Scheiben. Gloha war nicht sicher, um was es sich handelte. Trent nahm eine heraus und lächelte. »Ich glaube, das sind

Kartoffelchips, in manchen Gegenden Mundanias eine Delikatesse.« Er führte sie an den Mund, und sie krachte beim Kauen. »Bist du erst kürzlich aus Mundania gekommen?« fragte er Richard.

»Ja, vor ungefähr einem Jahr, obwohl das möglicherweise nicht genau der mundanischen Zeit entspricht. Die Leute von der Schwarzen Welle und die Fluchungeheuer haben mir beim Bau meines Hauses geholfen. Jetzt baue ich ihnen dafür Komposter ein.« Beim Anblick von Glohas verständnisloser Miene mußt er lächeln. »Das sind große Behälter, die ich unter der Erde errichtete. Sie nehmen die Abfälle der Familien auf und verwandeln sie in Erde für ihre Pflanzen.«

»Ach so, Magie«, sagte Gloha, als sie verstand, worauf er hinauswollte. »Davon könnten wir einige für die Harpyienkothaufen gebrauchen.«

»Vielleicht komme ich mit denen ja auch noch ins Geschäft, wenn ich hier erst einmal fertig bin«, meinte Richard. »Ich mag es, Xanth sauberer und gesünder zu machen, obwohl es hier sehr viel besser ist als Mundania.«

Endlich hatte Gloha genug Mut beisammen, um in einen der Kartoffelsnacks zu beißen. Die Scheibe krachte. »Das schmeckt ja lecker!« rief sie überrascht.

»Ich habe mich noch nicht vollständig akklimatisiert«, fuhr Richard fort. »Mir gefällt es zwar in Xanth, und ich bin auch sehr gern hier, aber es gab auch ein paar mundanische Dinge, die ich vermißt habe. Deshalb habe ich versucht, sie hier nachzuahmen. Das sind zwar nicht die besten Kartoffelchips, aber so langsam verfeinere ich meine Technik.«

Mark betrachtete gerade ein Bild an der Wand. »Ist das dein Zuhause?«

Richard lachte. »Nein, das ist ein Versuch, Jenny Elfes Heim auf der Welt der beiden Monde wiederzugeben. Ich hoffe, ich lerne sie eines Tages mal kennen. Wir haben manches gemeinsam ...« Er hielt inne, offenbar von einer quälenden Erinnerung heimgesucht.

»Für einen Mundanier scheinst du aber eine Menge von Xanth zu verstehen«, bemerkte Trent. »Wie bist du überhaupt hierher gekommen?«

»Ich habe Xanth schon immer gemocht«, erklärte Richard. »Als die Dinge zu Hause schief gingen, da habe ich ... na ja, das ist eine Geschichte, die ich lieber in der Region des Wahnsinns zurücklassen möchte. Ich bin nur froh, daß ich hierher gefunden habe, anstatt mich zu verirren.«

»Nur wenige Mundanier schaffen es bis hierher«, bestätigte Trent. Er sah sich um. »Wir danken dir für das Essen und das Gespräch. Aber jetzt müssen wir mit unserer Suche weitermachen. Gloha und Mark suchen nämlich nach Dingen, die wir irgendwo auf diesem Weg zu finden hoffen.«

»Ich verstehe. Eines Tages gehe ich vielleicht auch auf Reisen. Hoffentlich finde ich dann eine gute Gefährtin.« Er führte sie hinaus.

»Wo hast du denn diese hübschen Pilze her?« fragte Gloha.

»Als ich hier eintraf, hatte ich etwas mundanisches Papiergeld dabei«, erwiderte Richard. »Ich wußte, daß es hier nutzlos ist, deshalb habe ich es in Tiegel getan und vergraben, um es sicher aufzubewahren, falls ich jemals zurückkehre, um meine Schwester zu besuchen. Aber mein Versteck erwies sich als Fehlschlag, weil plötzlich auf jedem Tiegel diese Pilze aus dem Boden schossen.«

»Laß sie ruhig stehen«, meinte Gloha. »Auf diese Weise hält Xanth dich fest.«

»Das stimmt wohl«, pflichtete er ihr bei. Er blickte in die Richtung, in die sie gehen wollten. »Ich bin nie dort entlang gegangen. Ich habe gehört, da soll es einen Riesen geben, und mit dem möchte ich mich lieber nicht anlegen.«

»Riesen sind nicht unbedingt feindselig«, bemerkte Trent. »Aber vielen Dank für deine Warnung. Wir werden aufpassen.«

Erfrischt gingen sie weiter und winkten dem netten Mann zum Abschied zu. Sie entdeckten einen Weg, der um einen kleinen Hügel führte. Dort stand ein Baumhaus: Irgend jemand hatte in einen alten Bierfaßbaum eine Tür und ein Fenster eingesetzt und ein Haus daraus geschaffen. Da es nicht mehr nach Bier roch, mußte der Baum schon vor längerer Zeit geleert worden sein. Er war von hübschen Irisblüten umstanden. Ganz in der Nähe wuchsen Mischobstbäume sowie ein breiter Nuß-Bolzen-und-Wäscher-Baum.

Eine Frau um die Dreiunddreißig war gerade damit beschäftigt, ein paar eßbare Wäscher einzusammeln, als die Gefährten an ihr vorbeikamen. Sie hatte alle Wäscher geerntet, die sie erreichen konnte, und versuchte gerade Hand an einen zu legen, der etwas weiter entfernt hing. So stand sie ein wenig unsicher auf den Zehenspitzen.

»Laß mich dir helfen«, sagte Mark und trat näher.

Sie drehte sich um, und als sie ihn erblickte, kreischte sie: »Huuuuuch! Der Tod!«

Gloha trat schnell vor. Sie wußte, um welche Verwechslung es sich handelte. »Nein, das ist nur ein freundliches wandelndes Skelett«, sagte sie hastig. »Er tut dir nichts.«

Die Frau faßte wieder Mut. »Ein hübsches kleines Koboldmädchen«, sagte sie. Dann schweifte ihr Blick weiter. »Und ein junger Mann.«

»Ich bin Gloha«, sagte Gloha. Sie stellte die anderen vor, wobei sie sie nur bei ihrem ersten Namen nannte. »Wir sind auf einer Suche.«

»Ich bin Janet«, antwortete die Frau. »Janet Hines. Ich bin noch nicht lange hier. Tut mir leid, daß ich geschrien habe. Man hat mir erzählt, daß hier in der Gegend ein Riese sein Unwesen treiben soll, deshalb bin ich ein bißchen nervös.«

Mark griff nach oben und holte den Wäscher herunter. Dann überreichte er ihn Janet. »Im Reich der Alpträume, wo ich entstanden bin, gehörte es zu meinen Aufgaben Leute zu erschrecken«, sagte er. »Es tut mir leid, daß ich so unvermittelt an dich herangetreten bin.«

»Ach, das ist schon in Ordnung«, entgegnete Janet. »Ich habe schon von deiner Art gehört. Ich hätte nicht so reagieren sollen. Danke für die Hilfe.«

»Wie bist du eigentlich hierher gekommen?« wollte Gloha wissen.

»Das ist eine langweilige Geschichte. Damit möchte ich euch nicht behelligen.«

»Wir sind erst kürzlich aus der Region des Wahnsinns herausgekommen«, warf Trent ein. »Wir sind sehr erleichtert, uns wieder unter normalen Menschen zu bewegen.«

»Na ja, es fing alles an, als ich vierzehn war, in Mundania«, sagte Janet. »Da wurde ich krank. Ich war ein hübsches Mädchen, haben manche gesagt, aber diese verzehrende Krankheit …«

»Du bist immer noch eine attraktive Frau«, sagte Trent, was durchaus den Tatsachen entsprach. Janet war sich nicht sicher, ob man über Zwanzig tatsächlich noch schön sein konnte, doch diesen Ausdruck hatte Trent ja gar nicht verwendet.

»Sie hat mich gelähmt und geblendet. Deshalb konnte ich nur noch hören und zur Antwort mit den Augen klimpern. Aber meine Mutter hat mir Bücher vorgelesen und Briefe für mich geschrieben. Es gibt sogar eine hübsche neue Irissorte, die nach mir benannt ist – und die habe ich hier vorgefunden. Da wußte ich, daß ich hierher gehöre, als ich Mundania verließ.«

Das erklärte die Irisblüten. »Aber was machst du hier denn die ganze Zeit?« fragte Gloha.

»Ich habe gerade erst wieder gelernt, meinen Körper zu gebrauchen. Es war ein ziemlicher Schock, als ich plötzlich wieder sehen konnte. Ich sehe immer noch nicht sehr gut, aber es wird von Tag zu Tag ein bißchen besser. Ich mußte mich erst an die vielen Anblicke gewöhnen. Am Anfang mußte ich noch auf allen vieren hinauskriechen, um die Früchte und Nüsse und Bolzen einzusammeln, die von den Bäumen gefallen waren, aber später habe ich dann wieder das Laufen gelernt. Ich glaube, inzwischen bin ich schon fast wieder normal.«

»Aber fühlst du dich nicht einsam, so allein zu leben?« fragte Gloha und bereute es sofort, als ihr klar wurde, daß das keine schickliche Frage war.

»Ja, meine Mutter, die mich all die vielen Jahre gepflegt hat, vermisse ich schon«, gestand Janet. »Aber ich glaube nicht, daß ich noch einmal zurück kann. Und ich fürchte mich auch ein bißchen davor, andere Leute kennenzulernen. Bisher hatte ich noch nicht den Mut, mich allzu weit von diesem Haus zu entfernen, das ich gefunden habe.«

»Wie lang warst du denn krank?« fragte Trent.

»Neunzehn Jahre«, erwiderte sie traurig.

»Dann hast du ja nie ein Erwachsenenleben gehabt«, folgerte Gloha. »Keine Freunde, kein ...« Sie schnitt sich selbst das Wort ab, weil sie merkte, daß sie wieder daneben lag.

»Freunde hatte ich schon«, widersprach Janet. »Sie sind gekommen und haben mir vorgelesen. Aber das war wohl ziemlich beschränkt.«

»Vielleicht solltest du mal einen Spaziergang um den Hügel machen«, sagte Gloha. »Dort hinten wohnt ein netter Mann, den du mal kennenlernen solltest. Er kommt auch aus Mundania.«

»Ach, wirklich? Das wußte ich gar nicht. Vielleicht tue ich das mal.«

Sie verließen Janet und begaben sich wieder in Richtung Südosten. Doch schon bald standen sie wieder am Ufer des Sees.

»Aber liegen die Fluchungeheuer denn tatsächlich direkt auf der Linie, die Crombie gezeigt hat?« fragte Trent. »Ich habe den Eindruck, daß sie zwar den See durchschneidet, aber nicht in der Mitte, wo die Ungeheuer leben. Vielleicht können wir ihnen aus dem Weg gehen. Sie sind nicht gerade für ihre Freundlichkeit gegenüber Fremden berühmt.«

»Ach, bah!« rief eine Stimme. »Und ich hatte schon gehofft, ihr würdet gar nicht merken, daß ihr es mit den Fluchungeheuern nicht aufnehmen müßt. Das wäre viel interessanter geworden.«

Trent wechselte einen Blick mit Gloha und Mark: Die Dämonin hatte soeben seinen Verdacht bestätigt.

»Dann können wir ja ebensogut den See umgehen«, schloß Gloha erleichtert. »Durch welches Ende zieht sich denn die Linie?«

»Durch das südliche, glaube ich. Also können wir südlich um den See herum gehen«, erwiderte Trent.

»Mist, schon wieder reingefallen«, ertönte Metrias Stimme.

Gloha machte sich so ihre Gedanken darüber. Sie fürchtete sich davor, daß irgend etwas vor ihnen liegen könnte, dem sie begegnen würden und das die Dämonin interessant fände – weshalb Metria auch versuchte, ihnen das Gegenteil einzureden. Aber das war nur ein Verdacht, und außerdem mußten sie den See ohnehin umrunden oder ein Boot bauen. Doch um den See herumzugehen, war sicherer, denn das machte es weniger wahrscheinlich, daß sie auf die Fluchungeheuer trafen.

Statt dessen trafen sie freilich auf etwas anderes: ein Ameisenscharmützel. Eine ganze Armee von Kampfameisen hatte einen riesigen Ameisenhügel belagert. Die Ameisen waren allesamt von gewaltiger Größe und sahen höchst gefährlich aus. »Ich glaube, wir sollten besser ausweichen«, murmelte Trent. »Offensichtlich waren die Warnungen, diesen Riesen betreffend, durchaus angebracht, nur daß wir sie nicht richtig verstanden haben. Ich könnte zwar die Ameisen verwandeln, die uns zu nahe kommen, aber wenn sie von allen Seiten gleichzeitig angreifen, könnten sie uns durchaus überwältigen.«

»Ja, verschwinden wir von hier«, sagte Gloha.

So umgingen sie den Ameisenberg und setzten ihren Marsch um den See fort.

Da zog eine Wolke heran. Sie spähte zu ihnen hinunter. Dann plusterte sie sich mächtig auf und wurde immer größer und dunkler.

»Das ist ja Fracto!« rief Gloha. »Was für ein Pech!«

Die Wolke formte einen nebligen Schlund aus. »Ho, ho, ho!« prustete sie und bildete damit immer neue Wölkchen.

»Wir sollten lieber einen trockenen Lagerplatz suchen«, sagte Trent. »Heute werden wir wohl nicht mehr allzu weit kommen.«

Sie eilten weiter und hielten Ausschau nach einem geeigneten Ort. Die Wolke blähte sich immer mehr auf; sie war begierig darauf, die Gefährten noch im Freien zu erwischen.

»Ihr glaubt wohl, ihr wärt ohne Ärger an den Fluchungeheuern vorbeigekommen«, meldete sich eine raucherfüllte Stimme zu Wort. »Seid ihr aber nicht. Schaut mal dort.« Und ein düsterer Arm erschien, der in eine bestimmte Richtung wies.

»Oh, nein!« murrte Gloha. »Metria ist wieder da.«

»Aber da hinten ist etwas«, bemerkte Mark.

Vor ihnen stand ein riesiges Gebäude. Der untere Teil schien aus Stein und Ziegel erbaut zu sein, darüber befand sich ein kuppelförmiges Dach. Das Haus lag ziemlich genau südöstlich auf ihrem Weg. Davor stand ein großes Schild mit der Aufschrift DONNERKUPPEL. Es gab aber keinerlei Donner; alles war still, bis auf Fractos heulende, aufsteigende Winde.

»Ob da vielleicht ein geflügelter Koboldmann drin ist?« fragte Mark.

»Das bezweifle ich«, erwiderte Trent. »Soweit ich weiß, gibt es keine männlichen Exemplare dieser Art. Aber wir werden mal nachsehen.«

»Wenigstens wird es drinnen trocken sein«, warf Gloha ein. Die Wolke war im Begriff, einen Regenschauer auf sie niedergehen zu lassen. Da nagte ein Gedanke an Gloha. »Meint ihr vielleicht, daß Fracto versucht, uns in dieses Gebäude zu treiben, weil er genau weiß, daß dort drin etwas Böses auf uns wartet?«

»Heiß«, sagte Metria und ließ ihre obere Hälfte sichtbar werden. »Das Haus ist Eigentum der Fluchungeheuer. Sie haben es erst kürzlich erbauen lassen in der Hoffnung, damit irgend etwas einzufangen.«

Doch das Gebäude wirkte verlassen. »Hallo!« rief Trent. »Ist jemand zu Hause?« Er erhielt keine Antwort.

Da die Tür offenstand, begaben sie sich hinein. Sie kamen durch ein höhlenähnliches Labyrinth von Gängen und gelangten schließlich in einen Mittelsaal, der den größten Teil des Gebäudes einzunehmen schien und bis hinauf zur Kuppel reichte. Im ganzen Saal standen Reihen von Bänken, so daß er aussah wie eine monströse bedeckte Schüssel.

Und dort, am Boden zusammengekringelt, lag ein schlafender Riese. Die Gerüchte hatten also doch gestimmt.

»Wie ist der denn hier rein gekommen?« wollte Gloha wissen. »Er ist doch viel zu groß für den Eingang, den wir genommen haben.«

»Vermutlich hat er den Deckel hochgehoben und ist eingetreten«, mutmaßte Mark. »Vielleicht hat er ja nur einen trokkenen Platz zum Schlafen gesucht.«

»Genau wie wir«, bekräftigte Trent. »Hoffen wir, daß er freundlich gesinnt ist.«

»Ich schätze, das sollten wir lieber mal feststellen«, meinte Gloha. »Vielleicht sollten wir ihn wecken, und wenn er dann versucht, uns aufzufressen, kannst du ihn in irgendwas Unschädliches verwandeln, Trent.«

»Einverstanden«, sagte der Magier.

Vorsichtig näherten sie sich der schlafenden Kreatur. Vor seinem Ohr blieben sie stehen. Die Luft um ihn herum roch übel, und Gloha erkannte, daß dies an seinem stinkenden Mundgeruch lag.

»Riese«, sagte sie vorsichtig in das Ohr. »Bitte wach auf und sag uns, ob du harmlosen Wandersleuten freundlich gesinnt bist.«

Der Riese schnaubte. Die Luft wurde noch verpesteter. Er schlug die Augen auf, drehte den Kopf am Boden und spähte sie an. »Oh, hallo«, sagte er und hätte sie mit der schieren Wucht und dem gräßlichen Gestank seines Atems beinahe umgeworfen. »Ich bin Griesbogen Riese.«

»Griesbogen!« japste Gloha. »Ich bin deinem Bruder begegnet!«

»Ich habe gar keinen Bruder«, widersprach er.

»Riesenbogen«, sagte sie und tat ihr tapferes kleines Bestes, um nicht unhöflich zu würgen. »Er sagte, du wärst krank.«

»Ach so, mein Vetter! Ja, ich kann meine Unsichtbarkeit nicht mehr aufrechterhalten. Ich wußte gar nicht, daß ihr hier wart, sonst hätte ich euch nicht gestört. Tut mir schrecklich leid. Ich werde gleich gehen, denn ich weiß ja, daß meine Gegenwart für normale Leute unangenehm ist.«

»Nein, wir sind bei *dir* eingedrungen«, widersprach Gloha. »Du warst als erster hier. Wir sind es, die gehen sollten.«

»Wie ihr wollt«, meinte er. »Geht bitte ein Stück zurück, denn ich will jetzt meinen Kopf heben.«

Sie wichen zurück, während der Riese den Kopf hob und ihn mit der Hand abstützte. Er war viel zu groß, um sich in dem Gebäude aufzusetzen. Es war offensichtlich, daß Griesbogen nicht unfreundlich war. Aber sein Atem …!

Mark traf sie draußen am Rand des Ausgangs. »Ich habe gerade die Gegend erkundet«, verkündete er. »Es regnet Katzen und Pelztiere, und die Blitze schlagen in alle erdenklichen Ziele ein. Es dürfte nicht sehr ratsam sein, diesen Ort jetzt zu verlassen.«

»Aber da drin ist ein übelriechender Riese«, wandte Gloha ein.

»Vielleicht können wir ja etwas dagegen unternehmen«, sagte Trent. »Metria?«

»Warum sollte ich euch helfen, den Gestank zu beseitigen?« fragte die Dämonin und erschien aufs neue. »Ich sehe sehr gern zu, wie ihr Sterblichen ins Schwitzen kommt.«

»Schwitzen?« murmelte Mark. »Du bist gut.«

»Was auch immer. Ihr sitzt hier fest.«

»Nicht, wenn ich Gloha in eine Kreatur verwandle, die Wasser mag, beispielsweise in einen Wasserspeier«, sagte Trent.

Metria überlegte. »Hm. Das könntest du natürlich. Also schön. Was wollt ihr?«

»Einen Stengel Petersilie.«

Sie verschwand und kehrte einen Augenblick später mit dem gewünschten Stengel zurück. »Ich würde mich von dir nicht so manipulieren lassen, wenn du mich nicht geküßt hättest«, sagte sie.

»Ganz bestimmt nicht«, pflichtete er ihr bei und nahm die Petersilie entgegen. »Und ich hätte dich auch nicht gefragt, wenn ich dich nicht geküßt hätte.«

Metria wirkte verblüfft. Auch das konnte Gloha verstehen. Trent hatte nun mal eine gewisse Wirkung auf Frauen. Selbst auf dämonische Frauen, wie es schien. Er kehrte zu Griesbogen zurück. »Hier ist ein Stengel Petersilie. Der hat die magische Fähigkeit, den Atem zu reinigen. Wenn du ihn ißt, könnten wir damit schon mal ein Problem lösen.«

»Das wußte ich ja gar nicht!« rief Griesbogen erfreut. Er fuhr mit einer Riesenhand nach dem Stengel, doch der war viel zu klein für ihn.

»Ich werde ihn dir unter den Fingernagel schieben«, schlug Trent vor. Er steckte den Stengel in die riesige Ritze. Der Riese hob die Hand und lutschte den Stengel vom Finger.

Die Luft wurde wieder rein. »Danke«, sagte Griesbogen. »Selbst ich rieche den Unterschied.«

»Na ja, es war ja nicht deine Schuld«, meinte Gloha. »Was kannst du dafür, daß du krank bist?«

»Nett, daß du das sagst«, antwortete der Riese. Jetzt roch sein Atem nach frischem Heu. »Ich mag es eigentlich nicht, widerwärtig zu sein, deshalb habe ich versucht, mich von anderen Wesen fernzuhalten.«

»Was hast du denn genau für eine Krankheit?« erkundigte sich Mark.

»Das ist mir selbst nicht so ganz klar«, antwortete Griesbogen. »Sie hat mich ganz langsam heimgesucht. Ich bin zum Guten Magier gegangen, aber der hat sich geweigert, mit mir zu sprechen, was ich auch verstehen kann. Er hat mir lediglich ausrichten lassen, daß ich Hilfe erhalten würde, wenn ich nur lange genug in dieser Gegend bliebe.«

Gloha fiel auf, daß dies die gleiche Nachricht war, die auch Mark erhalten hatte.

»Und was hast du für Symptome, abgesehen vom Mundgeruch?« wollte Trent wissen.

»Zunehmende Schwächung und Anfälligkeit für Krankheiten. Ich schlafe mehr als früher, bin aber trotzdem immer müde. Ich fürchte, ich werde nicht mehr allzu lange in Xanth bleiben können.«

»Ach nein? Wo gehst du denn hin?« fragte Gloha.

Der Riese lächelte traurig. »Die Bäume düngen, würde ich sagen, wunderschönes kleines Mädchen. Dann bin ich wenigstens zu *etwas* gut.« Er schaute sich um. »Ich höre Donner dort draußen. Diese Kuppel scheint ihn anzuziehen. So bald werdet ihr nicht wieder hinauswollen, stimmt's? Ich habe etwas zu essen. Wollt ihr es mit mir teilen?«

»Gern«, sagte Gloha. Sie mochte den Riesen, nun, da sie in seiner Gegenwart frei atmen konnte. Vielleicht hatte auch sein Kompliment damit zu tun.

Griesbogen holte einen Imbiß aus seiner Tasche: ein Schock Marinadepasteten und ein Faß voll grünem Wein. Sie nahmen winzige Portionen davon, denn mehr konnten sie gar nicht essen, und setzten sich neben ihm auf den Boden.

In der Kuppel blieb es hell, obwohl es draußen dunkel war. »Vielleicht könnten wir ja ein Spiel spielen, um die Zeit zu vertreiben«, schlug Gloha höflich vor.

Griesbogens Miene hellte sich auf. »Magst du Worträtsel?«

»Sehr«, behauptete Gloha.

Und so zogen sie Linien in den Staub und füllten sie abwechselnd mit Wörtern. Es machte großen Spaß. Der Riese war zwar krank und schwach und ziemlich beschränkt, aber nicht dumm. Er hatte einen guten Wortschatz und einen recht ausgeprägten Humor. Gloha begriff, daß jemand, der anders war, deshalb nicht zwangsläufig unangenehm sein mußte. Anschließend legten sie sich schlafen und hofften, daß das Gewitter bis zum Morgen abgeklungen sein mochte. Trent entdeckte einen Floh und verwandelte ihn in einen Kissenstrauch, so daß sie jede Menge Kissen zur Verfügung hatten, einschließlich eines riesigen Haufens für den Kopf des Riesen.

Gloha erwachte, als sie seltsames Scharren hörte, als würde eine gewaltige Menschenmenge sich versammeln, um irgendein wundersames Ereignis zu beobachten. Es mochte eine Schar Vögel sein, die gerade einen großen Eichelbaum von Käfern säuberten. Sie schlug die Augen auf – und mußte feststellen, daß der erste Eindruck der richtige gewesen war. Die Sitzreihen in dem Schüsselsaal füllten sich mit Leuten.

Erschrocken blickte sie zu ihren Gefährten hinüber. Der Magier Trent und der Riese Griesbogen schliefen noch, doch Mark, der keinen Schlaf brauchte, war wach. »Was ist hier los?« flüsterte Gloha dem Skelett zu.

»Die Fluchungeheuer versammeln sich«, erwiderte er.

»Oh, dann werden sie wohl gleich ein Stück vorführen. Wir müssen unbedingt gehen, damit wir ihnen nicht im Weg sind.«

»Ein Satz mit Niemand«, sagte eine Rauchkugel.

»Was für ein Satz? Metria?«

Der Rauch dehnte sich zum unteren Teil einer außerordentlich gutbestückten Frau aus. »Mit Null, Kredit, Minus ...«

»Mit nix?«

Nun bildete sich auch der obere Teil der Gestalt aus. »Was auch immer«, meinte das Gesicht mürrisch, während die Figur insgesamt abspeckte. »Die haben die Kuppel verriegelt und das ganze Gelände magisch versiegelt. Da kommen wir nicht mehr raus.«

»Was denn? Die können einen *Dämonen* gefangensetzen?« fragte Gloha überrascht.

»Ich verstehe das auch nicht«, meinte Metria übellaunig. »Ich habe die merkwürdigsten Nebenwirkungen, seit ich mich mit euch abgebe.« Ihr Blick fiel auf Trent. »Seit dem Wahnsinn.«

Gloha bekam eine weitere leise Ahnung. Sie erinnerte sich, wie sehr Cynthia von dem gut aussehenden Magier eingenommen gewesen war, ja, wie sie sich selbst zu ihm hingezogen gefühlt hatte. Metria hatte nun die Rolle der einzigen Frau gespielt, die Trent jemals geliebt hatte, und es hatte ihr zugesetzt. Aber natürlich würde sie niemals gestehen, daß sie irgend etwas haben könnte, was sich ernsthaft mit menschlichen Gefühlen verwechseln ließe. Deshalb hatte eine einschränkende Magie, die sie normalerweise nicht behindert hätte, jetzt eine erheblich größere Wirkung auf sie. Zumindest war es ein Vorwand, um in Trents Nähe zu bleiben.

Doch das war jetzt und hier nebensächlich. Gloha konzentrierte sich auf das größere anstehende Problem. »Was wollen die von uns?«

»Ich glaube, das werden wir in anderthalb Momenten erfahren«, antwortete Mark. »Da kommt nämlich einer von ihnen.«

Und tatsächlich, anderthalb Momente später hatte der Mann sie erreicht. Trent und Griesbogen erwachten vom Geräusch seiner Schritte. Keiner von beiden sagte etwas. Offensichtlich war ihnen klar, daß sie erst weiterer Informationen bedurften, bevor sie wissen konnten, wie sie reagieren sollten.

»Wer ist für diesen Hausfriedensbruch verantwortlich?« wollte der Mann wissen.

Metria plusterte sich zur Vettel auf. »Hör mal zu, Grunzgesicht ...«, fing sie an.

Gloha begriff, daß das zu nichts führen würde. »Cumulo Fracto Nimbus?« warf sie schnell ein, während ihr nun gleichzeitig klar wurde, weshalb die böse Wolke sie belästigt hatte. »Er hat letzte Nacht ein Gewitter veranstaltet, und da mußten wir uns unterstellen. Dieses Gebäude schien leer zu stehen, deshalb haben wir hier unser Nachtlager aufgeschlagen. Wir gehen aber gern wieder, falls ...«

»Von wegen«, antwortete der Mann säuerlich. »Ihr seid in unser Anwesen eingedrungen, da müßt ihr jetzt auch die Strafe zahlen.«

Plötzlich war Gloha selbst danach zumute, sich zur Vettel aufzuplustern. »Strafe zahlen? Nur weil wir uns vor dem Regen untergestellt haben?«

»Vielleicht sollen wir uns erst einmal einander vorstellen«, meinte Mark diplomatisch.

»Ihr wißt doch. Ich bin Contumelo Fluchungeheuer, der Intendant der Donnerkuppel.«

»Ich bin Gloha Kobold-Harpyie, und das da sind Mark Knochen, die Dämonin Metria, Griesbogen Riese und Magier Trent.«

Sie hatte geglaubt, daß der letzte Name in ihrer Liste den Mann erschrecken würde, doch dem war nicht so. Vielleicht waren die Fluchungeheuer ja zu isoliert, um sich darum zu kümmern, wer im restlichen Xanth wer war.

»Nun, Fremde, ihr habt euch unserer Spielbühne bemächtigt und damit unser Programm durcheinander gebracht. Deshalb müßt ihr uns nun gleichwertigen Ersatz bieten, bevor ihr das Gelände verlassen dürft.«

Gloha sah sich um, doch keiner der anderen schien widersprechen zu wollen. Sie überließen es ihr. Wahrscheinlich war Mark nur zu höflich, um sich mit jemandem zu streiten, während Trent sich bedeckt hielt für den Fall, daß er irgend jemanden würde verwandeln müssen. »Was für ein gleichwertiger Ersatz?« fragte Gloha.

»Ein Schauspiel, natürlich. Diese Leute haben die anstrengende Reise über den See unternommen, um unser neues Theater aufzusuchen, und jetzt müssen sie unterhalten werden. Wenn ihr nicht unsere Bühne besetzt hättet was unsere Truppe daran gehindert hat, ihre Kulissen aufzubauen ...«

»Besetzt?« fragte Metria. Sie war zwar nur allzu gern bereit, Widerspruch einzulegen, doch damit würde sie sich und die anderen höchstwahrscheinlich in noch größere Schwierigkeiten bringen. »Dir gebe ich besetzt, du dämlicher Schnösel!« Sie begann sich aufs furchtbarste aufzuplustern.

»Was für ein Schnösel?« erkundigte sich Contumelo.

Die rauchige Gestalt hielt mitten im Aufplustern inne. »Pompös, renitent, anmaßend, herablassend, überheblich ...«

»Arrogant?«

»Was auch immer«, stimmte die Halbgestalt mürrisch zu. »Oh, schau mal, was du angerichtet hast! Jetzt habe ich ganz vergessen, zu was ich mich eigentlich aufplustern wollte.«

»Vielleicht zu einem Frosch«, schlug Contumelo beinahe lächelnd vor.

»Danke.« Es bildete sich ein riesiger grüner Frosch aus. »He, Moment mal! Das war es doch überhaupt nicht!«

»Jetzt siehst du aber viel besser aus als vorher«, sagte Contumelo. Der Frosch schien im Begriff zu sein, zu einer pilzförmigen Wolke zu explodieren.

»An was für ein Schauspiel habt ihr denn gedacht?« warf Gloha hastig ein.

»An irgendwas, das wir in unserem Repertoire gebrauchen könnten«, antwortete Contumelo. »Natürlich müßten wir jedwede gräßliche Anstrengung umschreiben, die erbärmliche Schauspieler wie ihr uns antun würdet, aber wenn ihr euch erst mal eine Stunde auf der Bühne abgeplagt habt, hört euch sowieso keiner mehr zu. Manchmal holen wir uns unsere Eingebung aus den unwahrscheinlichsten Quellen.« Irgendwo in seiner Nähe schwebte ein höhnisches Grinsen, ohne jedoch richtig in Erscheinung zu treten.

Selbst Mark sah mittlerweile verärgert aus, was angesichts der knochigen Kahlheit seines Antlitzes eine ganz schöne Leistung war. Auch Griesbogen, der bis jetzt immer noch außerordentlich freundlich dreingeblickt hatte, begann die Stirn zu runzeln. Nur Trent sah weiterhin unbekümmert aus – was möglicherweise das schlimmste Warnsignal von allen war.

»Wenn wir euch also ein Stück vorführen – irgend etwas, das euch vielleicht zum Lachen bringt –, würdet ihr uns dann in Frieden ziehen lassen?« fragte Gloha in der Hoffnung, eine sich möglicherweise zum Häßlichen entwickelnde Szene abzuwenden.

»Uns bringt sicherlich schon euer bloßer Versuch zum Lachen.«

Gloha ließ einen leicht zerzausten Blick zu den anderen hinüberschweifen. »Dann sollten wir es vielleicht mal versuchen«, sagte sie verunsichert.

Da ergriff Trent das Wort. »Wir brauchen Kostüme und Kulissen.«

»Das hättest du dir vorher überlegen sollen, als du hier eingedrungen bist, Tölpel«, erwiderte Contumelo.

Trent holte zu einer Geste aus, doch Griesbogen unterbrach ihn. »Ich glaube, manche Leute merken gar nicht, was für einen Eindruck sie auf andere machen. Ich habe auch erst eine ganze Weile gebraucht, bis mir klar wurde, weshalb die Leute mich mieden, je schlimmer meine Krankheit wurde.«

Der Magier sah ihn an und nickte. Gloha war erleichtert; Contumelo war soeben eine Verwandlung erspart geblieben, die ihm ganz bestimmt nicht behagt hätte.

»Vielleicht können wir ja auch selbst für unsere Kostüme sorgen«, schlug Trent vor.

»Das möchte ich hoffen«, sagte das Fluchungeheuer. »Wir geben euch eine halbe Stunde Vorbereitungszeit. Dann erwarten wir von euch eine Vorführung. Natürlich muß jeder von euch eine Hauptrolle spielen. Wir dulden keine Faulpelze.« Er machte auf dem Absatz kehrt und stakste davon.

»Eine halbe Stunde!« wiederholte Gloha. Am liebsten hätte sie losgeschnaubt, doch dafür hatte sie nicht die richtige Nase. »Wie können die von uns erwarten, daß wir in einer halben Stunde ein Stück vorbereiten, obwohl wir nicht einmal Gelegenheit haben, Kulissen zu bauen, ein Theaterstück zu verfassen, zu proben – ja, obwohl wir noch nie im Leben so etwas gemacht haben?«

»Tun sie doch gar nicht«, wandte Mark ein. »Die erwarten von uns, daß wir scheitern und uns vor ihnen lächerlich machen.«

»Ja, jetzt erinnere ich mich«, steuerte Metria bei. »Die haben die Leute von der Schwarzen Welle angeheuert, um dieses Stadion zu bauen, und nun locken sie Fremde hierher und zwingen sie dazu, etwas vorzuführen. Danach bestrafen sie die Fremden, wenn die Vorführung nicht gut genug war. So bringen die ein wenig Abwechslung in ihren langweiligen Alltag.«

»Und Fracto ist mit von der Partie!« stieß Gloha hervor. »Natürlich!«

»Wie bestrafen sie denn die Versager?« wollte Mark wissen.

»Indem sie einen ihrer Gesamtflüche auf sie loslassen. Die Opfer sind davon so benommen, daß sie kaum noch davontorkeln können. Und es kann sehr lange dauern, bis sie wieder voll funktionstüchtig sind.«

Trent runzelte die Stirn. »Ich glaube, die Fluchungeheuer haben noch eine kleine Lektion vor sich.«

»Andererseits ist das auch nicht schlimmer als das, was Drachen oder Kobolde ihren Gefangenen antun«, wandte Griesbogen ein. Er blickte Gloha an. »Anwesende ausgenommen.«

Trent nickte wieder. »Deine Toleranz ehrt dich. Aber wenn wir nicht in der Lage sind, eine Vorstellung zu bieten, die sie zufrieden stellt, noch dazu in einer unzulässig kurzen Frist, wie ich finde, werde ich bestimmt nicht stillsitzen und Däumchen drehen, während sie ihren Fluch loslassen. Dann werde ich etwas unternehmen müssen!«

»Ja. Beispielsweise könntest du einen von ihnen in eine Sphinx verwandeln, die dann die anderen zu Brei zertrampelt«, meinte Metria begeistert.

»O nein, das wäre nicht nett«, protestierte Griesbogen. »Wir müssen dem Problem einfach dadurch aus dem Weg gehen, daß wir eine anständige Vorstellung bieten.«

»Ich habe noch nie einen so friedlichen Riesen gesehen wie dich«, versetzte die Dämonin, und das meinte sie nicht als Kompliment.

»Das liegt nur daran, daß die anderen Riesen unsichtbar sind. Deshalb konntest du sie gar nicht sehen«, wandte Griesbogen durchaus vernünftig ein. »Die wenigsten von uns möchten den kleinen Leuten Unbehagen antun. Deshalb zertrampeln wir ja auch nicht ihre Dörfer und Äcker. Wir möchten nur in gegenseitiger Harmonie leben.«

Je mehr Gloha über die Riesen zu hören bekam, um so mehr wuchs ihr Respekt. Doch jetzt war nicht die Zeit für Nebensächlichkeiten. »Was sollen wir denn auf die Schnelle für ein Stück spielen? Noch dazu eins, in dem jeder von uns eine Hauptrolle hat? Dazu fällt mir überhaupt nichts ein.«

»Etwas Schlichtes, würde ich sagen«, meinte Trent. »Vielleicht sollten wir eine bekannte Fabel oder Geschichte vorführen. Es müßte doch eine geben, in der für jeden von uns eine geeignete Rolle vorkommt.«

»Auch für einen Riesen?« fragte Griesbogen interessiert.

»Jakob und die Bohnenstange!« rief Gloha. »Nur daß da ein bösartiger Riese mitspielt.«

»Na ja, vielleicht könnte ich ja mal so einen Riesen darstellen, solange es nur im Theaterstück ist.«

»Aber in dieser Geschichte kommen keine Dämonen vor«, protestierte Metria.

»Dann vielleicht Aladin und die Wunderlampe«, schlug Gloha vor. »Da könntest du den Lampengeist spielen. Und Trent wäre der Aladin.«

»Oder das Märchen vom Flaschengeist«, stimmte die Dämonin genüßlich zu. »Mit einem weiblichen Geist. Jedesmal, wenn er die Flasche entkorkt, kommt sie hervorgeraucht und küßt ihn.«

»Aber in diesen Geschichten kommt kein Riese vor«, wandte Griesbogen ein.

»Und überhaupt keine Koboldmädchen«, fügte Gloha hinzu.

»Und auch kein wandelndes Skelett«, ergänzte Mark.

Trent kratzte sich den Hinterkopf. »Kennt denn irgend jemand eine Geschichte, in der ein Riese, eine Dämonin, ein Mensch, ein Skelett und ein Flügelkobold vorkommen?«

Darauf wußte keiner eine Antwort. »Vielleicht könnte ich ja ein anderes Mädchen spielen«, schlug Gloha schließlich vor. »Eine Fee vielleicht, oder sogar ein Menschenmädchen, wenn ich so tue, als wären meine Flügel ein weißer Mantel.«

»Oder eine Prinzessin«, warf Griesbogen ein. »Prinzessinnen kommen in vielen Geschichten vor. Und die Dämonin könnte auch irgendeine andere Gestalt annehmen, beispielsweise die eines Frosches in ›Der Froschprinz‹.«

»O ja«, willigte Metria ein. »Vielleicht die Froschprinzessin, die den kleinen Prinzen heiratet.« Wieder sah sie Trent an.

»Aber welche Gestalt soll ich denn dann annehmen?« fragte Mark in einem etwas jammerndem Tonfall.

»Du spielst den Tod«, schlug Griesbogen vor.

»Natürlich!« sagte Gloha. »Dieselbe Rolle wie im Traum.«

»Im Froschprinzen?«

»Wir stoßen immer wieder auf dasselbe Problem«, bemerkte Gloha. »Es gibt keine einzige Geschichte, in der das alles zusammenkommt.«

»Aber vielleicht könnten wir ja ein Potpourri machen«, überlegte Griesbogen.

»Ein Potpourri?«

»Eine Mischung aus verschiedenen Geschichten«, erklärte Trent. »Wir könnten sie zusammenfassen, damit alle erforderlichen Rollen vorkommen.«

»Und was machen wir mit der Ausgestaltung?« wollte Gloha wissen. »Die Kostüme und so?«

»Wir werden wohl oder übel uns selbst spielen müssen«, antwortete Griesbogen. »Ich bin als Riese verkleidet, du bist als Mädchen verkleidet, Mark ist ein Skelett und Trent ist ein Mann. Metria kann jede beliebige Form annehmen. Wir sollten uns lieber auf die Handlung konzentrieren.«

»Und auf das Bühnenbild«, sagte Mark. »Es wird schwierig sein, das in der kurzen verbliebenen Zeit herzustellen.«

»Ich kann irgendwelches Ungeziefer in Mauerblümchen und Pinselblumen verwandeln«, schlug Trent vor. »Damit können wir dann Bühnenbilder schaffen.«

Jetzt kam Contumelo wieder. »Ihr habt noch fünf Minuten, bis der Vorhang sich öffnet«, verkündete er mit unverkennbarer Befriedigung.

»Wir sollten uns zusammenreißen«, sagte Trent. »Ich schlage vor, daß wir Arbeitsgruppen bilden. Metria und ich können das Bühnenbild entwerfen, Gloha und Griesbogen die Handlung.«

»Und was wird mit mir?« fragte Mark.

»Du bist unser objektivstes Mitglied. Du kannst die beiden Arbeitsgruppen koordinieren und die Ansagen übernehmen.«

»Die werden doch einem Skelett keine Aufmerksamkeit schenken!«

»O doch, das werden sie, wenn du ein Kostüm trägst.« Trent erspähte einen am Boden kriechenden Käfer und griff nach ihm. Plötzlich war er zu einem Hutbaum geworden. »Such dir einen passenden Hut aus, und trag ihn bei den Ansagen.«

Mark wählte einen hohen Zylinder und setzte ihn auf. Plötzlich sah er sehr offiziell aus.

Gloha flog auf Griesbogens erhobene Hand, wo sie sich niederließ, um bequemer mit ihm reden zu können. »Wir müssen ganz schnell mehrere Geschichten zusammenlegen«, sagte sie. »Ich hoffe, deine Phantasie ist größer als meine im Augenblick.«

»Zumindest ist mein Kopf größer.« Er überlegte kurz. »Vielleicht sollten wir mit Jakob und der Bohnenstange anfangen, um den Mann und den Riesen ins Spiel zu bringen. Dann führen wir eine gefangene Prinzessin ein ...«

»Ja! Der Riese will sie auffressen ...«

Griesbogen zog eine Schnute. »Nein, lieber nicht. Das wäre unhöflich.«

»Aber es ist doch nur ein Spiel. Der Riese *muß* bösartig sein, sonst interessiert er keinen.«

»Aber in der richtigen Geschichte möchte der Riese kostbare Dinge haben ... eine Henne, die goldene Eier legt, und eine magische Harfe ...«

»Wie wäre es statt dessen mit einer magischen Harpyie?« fragte Gloha lachend. »Und der Riese will sie auch nicht umbringen, er will sie heiraten. Aber sie würde sich natürlich lieber fressen lassen, und deshalb ...«

Mark trat zu ihnen. »Was für ein Bühnenbild und welche Kostüme brauchen wir?«

»Eine magische Bohne, die zu einer Bohnenstange heranwächst«, sagte Gloha. »Und ein Stück Land auf einer Wolke. Und ein Schloß für den Riesen ...«

»Das genügt für den Anfang«, sagte das Skelett und begab sich zu der anderen Arbeitsgruppe.

Kurz darauf kehrte er zurück. »Vielleicht wäre es besser, wenn ich die Geschichte kenne, dann könnte ich nämlich die Überleitungen erzählen.«

»Hervorragende Idee«, stimmte Gloha zu. Sie beschrieb ihm, was sie und Griesbogen sich gerade ausgedacht hatten.

Es folgten zwei weitere Minuten hektischer Koordination, dann war es Zeit für den Vorhang. Trent hatte mehrere Käfer in unterschiedliche Dinge verwandelt: zahlreiche große Mauerblümchen, einen riesigen Bettkäfer, Kissen- und Dekkensträucher, eine große Schachtelesche mit roten, schwarzen und gelben Schubladen, sowie verschiedene andere Gegenstände innerhalb der Schachtel. Alle standen sie um Griesbogens zusammengekringelten Körper, der den größten Teil der Bühne einnahm. Glohas verwirrter kleiner Kopf wirbelte. War es überhaupt möglich, die ihnen gestellte Aufgabe zu meistern?

»Seid ihr bereit für euren Auftritt?« fragte Contumelo in grimmiger Schadenfreude.

Mark trat vor, wobei er einen Zylinder aufsetzte. »Jawohl. Bühnenarbeiter bitte von der Bühne!«

Am liebsten hätte Gloha beim Anblick der Miene des Fluchungeheuers laut losgelacht, wäre sie nicht so besorgt gewesen, daß ihre fahrige Improvisation nicht funktionieren könnte. Sie verzog sich ins Innere der Schachtelesche, um ihr Stichwort abzuwarten. In einem runden kleinen Theater wie diesem gab es eigentlich keine Möglichkeit, die Bühne zu verlassen, doch die Schachtel reichte durchaus dafür aus.

Schweigen breitete sich im Publikum aus, das mittlerweile den größten Teil des Saals ausfüllte. Gloha staunte, wie viele Fluchungeheuer erschienen waren. Da stellte sie fest, daß sich im Publikum viele schwarze Gesichter wiederfanden: Die Vertreter der Schwarzen Welle waren ebenfalls gekommen. Sie wirkten um einiges freundlicher.

Mark Knochen betrat den mittleren Teil der Bühne. »Ich begrüße – oder sollte ich sagen: ich verfluche? – euch«, sagte er großspurig und nahm für einen Moment seinen Zylinder ab. Ein Murmeln ertönte; Gloha war sich nicht sicher, ob es Zustimmung, Verwunderung oder Empörung anzeigen sollte. »Wir, die Zufallstruppe, freuen uns, euch das Stück ›Die Prinzessin und der Riese‹ präsentieren zu dürfen.«

Er wandte sich um und machte eine ausladende Geste mit dem knochigen Arm. »Es war einmal zu alter Zeit ...« Und schon erschien eine Zeitpflanze neben ihm. Gloha war verblüfft, bis ihr klar wurde, daß die Pflanze nicht echt war – es war Metria, die diese Gestalt angenommen hatte. Zufrieden bemerkte Gloha, daß das Publikum ebenfalls überrascht zu sein schien.

Mark wartete, bis das Gemurmel nachgelassen hatte. Dann fuhr er fort. »Da gab es einen stattlichen jungen Mann namens Jakob.«

Trent trat aus der Schachtel und baute sich mitten auf der Bühne auf, an jener Stelle, die vom zusammengekringelten Körper des Riesen markiert war. Er sah genauso aus wie in der Beschreibung.

»Jakob war arm, aber ehrlich«, sagte Mark. »Seine Familie hatte schwere Zeiten hinter sich ...«

Plötzlich hielt ›Jakob‹ eine Zeitpflanze in der Hand, deren gewaltiges Gewicht ihn zu Boden zu drücken drohte. Aus den Tiefen des Publikums ertönte ein Quieken. Offensichtlich hielt irgend jemand den Witz für komisch, unterdrückte aber gerade noch mit Mühe sein Lachen.

»Deshalb mußte Jakob das Familienrindvieh in die Stadt bringen, um es für bares Geld zu verkaufen«, fuhr Mark fort. Plötzlich verwandelte sich die Zeitpflanze in eine Lochkuh, der es trotz ihres durchlöcherten Körpers nicht schlecht zu gehen schien. Metria hatte offensichtlich wieder einmal die Gestalt gewechselt.

Jakob nahm die Kuh am Ohr und führte sie im Kreis über das Feld, also jenen Teil der Bühne, der den Riesenkörper umgab.

»Aber auf dem Weg in die Stadt begegnete Jakob einer verdächtigen Gestalt«, fuhr Mark fort. Er nahm seinen Ansagerhut ab und ersetzte ihn durch einen Schlapphut. Dann trat er vor, um Jakob abzufangen. Diesmal ertönte ein richtiges Lachen: Es war Contumelo, der einfach nicht widerstehen konnte und darüber lachen mußte, daß Mark eine ›verdächtige Gestalt‹ abgeben könnte.

»Wo gehst du hin, mein stattlicher, unschuldiger junger Mann?« erkundigte sich der Schlapphut.

»Ich bringe unsere Familienkuh in die Stadt, um sie dort für bares Geld zu verscheuern, damit wir was zu futtern haben«, erwiderte Jakob unschuldig.

»Oh, ich habe aber etwas Besseres als bares Geld«, antwortete der Schlapphut. »Ich habe nämlich diese Zauberbohne, die ich dir gern für deine Lochkuh geben würde, denn mir gefällt deine Einstellung.«

»Ach, das ist aber nett von dir«, meinte Jakob naiv.

Nun fand der Austausch statt, und Jakob kehrte nach Hause zu seiner Schachtel zurück, die Bohne in den Händen, die im selben Augenblick erschienen war, als die Kuh verschwand. Er betrat die Schachtel. »Mutter, liebste Mutter, schau mal, was für einen tollen Handel ich gemacht habe«, rief er aus der Schachtel.

»Eine Zauberbohne?« kreischte Gloha in ihrer allerbesten Imitation einer Harpyie, die unsichtbare Mutter darstellend. »Du %#$*!! Idiot!« Sie war ziemlich stolz auf dieses Wort. Es hatte zwar noch keine ausgesprochene Harpyienfluchqualität, war aber fast schon bösartig zu nennen. Sie nahm die Bohne entgegen und schleuderte sie auf die Hauptbühne zurück.

»Jakobs Mutter war nicht besonders erfreut«, fuhr der Erzähler in prachtvoller Untertreibung fort. »Sie warf den Bohnenkeim aus dem Fenster, und Jakob mußte zur Strafe ohne sein Abendbrot zu Bett. Doch war es tatsächlich eine Zauberbohne, und während der Nacht geriet sie ins Sprießen und wuchs ein Stück.«

Die Bohne auf der Bühne fing zu sprießen an und wuchs schnell zu einer riesigen Bohnenstange aus. Das war wieder Metria, die ihre Gestalt wandelte. Die Bohne hatte schon bald die Größe eines ausgewachsenen Baumes angenommen.

»Tatsächlich wuchs sie bis zu den Wolken hinauf«, sagte Mark. Die Bohne vernebelte sich ein Stück und wurde zu einer Wolke, welche die Bühne samt Riesen und allen anderen verschleierte. »Und als Jakob das am Morgen sah, beschloß er, nachzusehen, was oben auf dieser Wolke sein mochte. Deshalb kletterte er an der Bohnenstange hinauf und kam oben auf der Wolke heraus.«

Die Wolke auf der Bühne teilte sich und gab Jakob frei, der sich soeben aufrichtete, als wäre er von unten hochgestiegen. Er schirmte die Augen mit der Hand ab, als würde er sich umschauen.

»Und dort auf der Wolke war ein riesiges Schloß«, erzählte Mark. Die Wolke wurde immer dünner und gab ein improvisiertes Schloß mit Mauern aus Mauerblümchen und einem Hauptturm frei, der aus der Schachtelesche bestand. Der größte Teil des Bauwerks ruhte auf Griesbogen, als würde dieser das Fundament darstellen. In Anbetracht der Umstände sah alles ziemlich beeindruckend aus.

»Und so begab sich Jakob zu dem Schloß, um nachzusehen, was er dort vorfinden würde«, sagte Mark.

Jakob ging darauf zu und öffnete ein schwankendes Mauerblümchen, um das Innere freizulegen. »Glücklicherweise schlief der Riese in diesem Augenblick.« Vor ihm erschien Griesbogens Gesicht, über mehrere Bettkäfer erstreckt, und schnarchte gewaltig.

Jakob schlich sich auf Zehenspitzen um das schlafende Gesicht, und dort, auf einem Berg von zwanzig Federkissen, die auf der Hand des Riesen ruhten, saß Gloha und blickte verzweifelt drein.

»Da entdeckte er im Riesenschloß die Gefangene des Riesen, eine Prinzessin«, fuhr der Erzähler fort. »Sie war ans Bett gefesselt und alles andere als glücklich darüber.«

»Wer bist du?« fragte Jakob.

»Ich bin eine gefangene Prinzessin«, erwiderte Gloha. »Wie du an meinem schmucken Federumhang erkennen kannst.« Sie bewegte die Flügel ein winziges Stück.

»Was tut denn eine nette Prinzessin wie du an einem solchen Ort?«

»Der Riese will mich heiraten, aber ich würde mich eher in kleine, zuckende Stücke zerhacken lassen«, erwiderte sie.

»Deshalb hat er mich an dieses ungeheuer unbequeme Bett gefesselt.« Sie deutete auf den Kissenberg.

»Aber die sehen doch sehr weich aus«, wandte Jakob ein.

»Sind sie auch. Aber darunter hat er eine Bohne gelegt. Eine halbe Erbse hätte ich ihm ja vielleicht noch durchgehen lassen, aber eine ganze Zauberbohne? Das war einfach zuviel. Schau mal, ich bin schon blau und grün.«

Hämisches Kichern im Publikum, denn natürlich war Glohas Körper koboldunkel.

»Aber ich habe ihn reingelegt, glaube ich«, fuhr sie fort. »Ich habe mich von einer Seite auf die andere gewälzt, bis die Bohne hinausgekullert und von der Wolke gefallen ist. Jetzt kann ich ein bißchen bequemer schlafen. Aber natürlich stöhne ich immer wieder mal ein bißchen, damit der Riese glaubt, daß ich mich immer noch quäle.«

»Das war also die Bohne, gegen die ich meine Lochkuh eingetauscht habe!« rief Jakob.

»Pst! Du weckst noch den Riesen auf!«

Tatsächlich geriet das Gesicht des Riesen in Bewegung, und er schnaubte. Jakob und die Prinzessin hielten sich verzweifelt den Mund, bis nach einer Weile das Schnarchen wieder einsetzte.

»Ich muß dich unbedingt vor diesem Schicksal erretten«, sagte Jakob galant. »Laß mich dich losbinden, dann nehm' ich dich mit zu mir nach Hause.«

»Oh, losbinden kannst du mich nicht«, widersprach die Prinzessin. »Das hier ist ein magischer Strick.« Sie hob ihr Handgelenk und zeigte ihm den Strick, der lose daran hing. »Den kann nur der Riese aufknüpfen. Aber er tut es natürlich nicht. Es sei denn, ich willige ein, ihn zu heiraten.«

»Wie kann ich dich dann retten?« wollte Jakob verwundert wissen.

»Du mußt den Frosch dazu bringen, dir zu helfen.«

»Den Frosch?«

»Der Frosch kann eine kostbare goldene Flasche beschaffen, in der sich das einzige befindet, wovor der Riese sich fürchtet«, erklärte Gloha. »Deshalb hat er die Flasche auch in den Brunnen geworfen, weil er glaubte, daß niemand sie dort finden würde. Aber der Frosch weiß davon.«

Mark trat wieder vor. »Also begab Jakob sich in den hinteren Teil des Schlosses«, verkündete er, während Jakob ebendies tat, indem er hinter Griesbogens Rücken verschwand. »Wo der Frosch in einem tiefen Brunnen wohnte.«

Und plötzlich war da ein riesiger grüner Frosch: Metria in einer weiteren Rolle. »Quak?« erkundigte sich der Frosch.

»Ich brauche eine kostbare goldene Flasche, die am Boden des Brunnens liegt«, erklärte Jakob. »Denn sie enthält das einzige, was der Riese fürchtet. Kannst du sie mir holen?«

»Na, logo«, erwiderte der Frosch.

Nun gab es eine Pause. »Und?« fragte Jakob nach einer Weile.

»Was, und?«

»Holst du mir die Flasche?«

»Ach so! Aber du hast doch nur gefragt, ob ich das könnte und nicht, ob ich es tun würde.«

Nun gab es eine weitere Pause. »Und?«

»Du hast gefragt, ob ich es tun würde. Du hast nicht gesagt, daß du das wünschst.«

Langsam wurde Jakob ungeduldig. »Hör mal, Froschgesicht ...« Doch dann überlegte er es sich anders. »Ja, das wünsche ich mir.«

»Gut zu wissen, Säugetier.«

Wieder eine Pause. »Und? Warum tust du es denn dann nicht?« wollte Jakob wissen.

»Du hast nicht bitte gesagt.«

»*Bitte* hol die Flasche für mich.«

»Und was ist dabei für mich drin, Zahnmaul?«

»Ach so, du möchtest etwas im Gegenzug erhalten?«

»Sehe ich etwa so aus, als wäre ich die Wohlfahrt? Natürlich will ich was dafür haben!«

»Was möchtest du denn?«

»Ich möchte, daß du mich zu deinem Anführer bringst.«

»Hä?«

»Besonders helle bist du wohl nicht, wie?« bemerkte der Frosch.

Jakob, der sich offenbar ziemlich ärgerte, schaffte es dennoch, nicht ausfallend zu werden. »Was willst du bei meinem Anführer? Ich meine, ich könnte mir eigentlich vorstellen, daß du es vorziehen würdest, in deinem hübschen kalten Teich zu bleiben ... oder so was.«

»Du bist doch ein Bauer, richtig? Also ist dein Anführer ein Prinz oder ein Ritter, stimmt's? Ich muß mich von einem von denen küssen lassen.«

»Dich von einem Prinzen küssen lassen? Weshalb denn?«

»Weil ich kein gewöhnlicher Frosch bin, sondern eine verzauberte Prinzessin, die so lange ein Frosch bleiben muß, bis ein Prinz oder König sie küßt. Wärst du ein Prinz, würde ich mich von dir küssen lassen. Aber da du nur ein Bauer bist, nützt du mir nichts. Wenn du mich aber zu deinem Prinzen führst, kann der mich küssen. Dann ist der Zauberbann gebrochen, ich nehme wieder meine prachtvolle ursprüngliche Gestalt an und kann in mein märchenhaftes Königreich zurückkehren. Alles klar?«

»Ach so. Verstehe. In Ordnung, dann nehme ich dich mit. Aber es kann eine Weile dauern, bevor ich beim Schloß des Königs bin.«

»Ich kann warten«, meinte die Fröschin. Dann sprang sie hinunter in den Brunnen und holte die goldene Flasche hervor, die am Rand der Bühne stand.

Jakob nahm sie entgegen, dann machte er sich auf den Rückweg zum Schloß.

»He, warte auf mich!« rief der Frosch. Doch Jakob war schon außer Hörweite.

Jakob brachte der Prinzessin die Flasche. »Und nun?« fragte er sie. »Ich kann nichts da drin erkennen.«

»Ich weiß auch nicht, was da drin ist«, erwiderte sie. »Nur, daß der Riese Angst davor hat.«

An der Mauertür ertönte ein dumpfes Klopfen. »Quaaak!«

»Was war das denn?« fragte die Prinzessin beunruhigt.

»Och, das ist nur der blöde Frosch, der rein will.«

»Weshalb will er denn rein?«

»Weil ich ihm gesagt habe, daß ich ihn mitnehmen werde, damit er eines Tages einen Prinzen küssen kann.«

»Tja, wenn du mit ihm diese Abmachung getroffen hast, mußt du dich auch dran halten«, sagte die Prinzessin streng. »Laß den Frosch herein, sonst weckt der mit seinem Getöse noch den Riesen.« Und tatsächlich begann eins der Augenlider des Riesen zu zucken.

Also ging Jakob hinaus und ließ den Frosch herein. Der kam prompt auf das Kissenbett gehopst. »Ach, ist das gemütlich!« meinte er. »Aber da stimmt etwas nicht. Da muß vor kurzem eine Erbse druntergelegen haben.«

»Da war eine blöde Zauberbohne«, meinte die Prinzessin. »Woher wußtest du das?«

»Ich bin eine Prinzessin. Meine Haut ist sehr empfindlich. Ich habe die Ausbeulung gespürt, die die Bohne hinterlassen hat.«

»Ach so, das erklärt natürlich alles. Und was sollen wir jetzt mit der Flasche?«

»Der Bauernlümmel muß sie zu dem schlafenden Riesen bringen und sie öffnen. Sie enthält einen Alptraum, der den Riesen erschrecken wird. Eigentlich fürchtet er nichts auf der Welt, aber das Traumreich ist etwas anderes.«

»Und so brachte Jakob die Flasche zu dem schlafenden Riesen«, erklärte der Erzähler, während Jakob es auch tat. »Er öffnete die Flasche, aus der ein bedrohlicher Dampf entwich.«

Und tatsächlich, der Dampf strudelte, verdickte sich und gab etwas frei – nämlich den Erzähler in einem spitzen Horrorhut. Er vollführte mit klappernden Knochen den Totentanz. »Ich bin der Tod«, sagte der weiße Schädel. »Ich bin gekommen, um dich zu holen, Riese!«

»Wer?« fragte der Riese verständnislos.

»Der Tod. Ich war in dieser Flasche eingesperrt, aber jetzt bin ich wieder frei und kann meinem Geschäft nachgehen. Wenn ich eine Dryade aus ihrem Baum hole, lasse ich nur Totholz zurück. Und jetzt bin ich gekommen, um dich zu holen. Also mach dich auf dein Ende gefaßt.«

»Oooh!« stöhnte der Riese. Dann brach er in Tränen aus. »Ach, was bin ich froh, daß meine Mutter, die Königin der Riesen, mich jetzt nicht sehen kann – mögen ihre königlichen Knochen gesegnet sein! Ich wollte sie doch nur glücklich machen, indem ich nicht unter meinem Stand heirate, und jetzt muß ich statt dessen mit dem Tod davonziehen! Ach, weh mir!«

»Das ist ein Prinz?« fragten die Prinzessin und der Frosch im Chor.

»Sieht so aus«, bemerkte Jakob. »Aber keine Sorge. Der Tod wird ihn gleich zu einem zappelnden Nichts machen, dann sind wir den Heini los.«

»Nicht so schnell, Kumpel«, sagte der Frosch.

»Ich heiße Jakob.«

»Nicht so schnell, Jakob. Ich will, daß er mich erst küßt.«

»Und mir tut es leid, daß wir ihn zum Weinen gebracht haben«, warf die Prinzessin ein. »Ich wußte ja nicht, daß er von königlichem Geblüt ist. He, Prinz Riese! Wärst du vielleicht glücklicher, wenn ich dich doch noch heirate?«

Der Riese erwachte. »O ja«, sagte er und wirkte sofort ein bißchen heiterer.

»Aber erst mußt du mich küssen«, meinte der Frosch.

»Einen Augenblick mal«, sagte die Prinzessin. »Wenn er dich küßt und du wieder zu einer Prinzessin wirst, dann will er vielleicht dich statt meiner heiraten.«

»Machst du Witze?« fragte der Frosch. »Ich habe zu Hause einen Prinzenfreund. Mein Vater mag ihn nicht. Deshalb hat er mich ja verzaubert, damit ich meinen Freund nicht heirate. Er hat sich gedacht, mein Freund würde mich nie wiederfinden und mich freiküssen, bevor ich alt und häßlich geworden bin. Aber jetzt können wir abhauen, bevor mein Vater was merkt, und dann ist es zu spät für weitere Verzauberungen.«

»Aber *ich* wollte doch die Prinzessin heiraten«, protestierte Jakob.

Prinzessin und Frosch brachen in Gelächter aus. »Du? Ein Bauer? Eine Prinzessin heiraten? In was für einer Märchenwelt lebst du denn, Kumpel?« wollte der Frosch wissen.

»Na ja, irgend etwas muß ich aber für meine Bemühungen kriegen«, antwortete Jakob ziemlich ratlos.

»Dann nimm einen Sack voll Gold und hau ab«, sagte der Riese und warf ihm einen winzigen Sack zu, der aber so groß war, daß Jakob ihn kaum schleppen konnte.

Der Tod nahm seinen Hut ab, der Erzähler setzte den seinen wieder auf. »Und so küßte der Riese den Frosch«, sagte er, während der Riese es tat und der Frosch sich zu einer außerordentlich üppigen Prinzessin mit einem ebenso außerordentlich tiefen Ausschnitt aufblähte. »Und dann gab er die andere Prinzessin frei, woraufhin sie den Riesen küßte.« Nun flog Gloha hinauf, um sich auf Griesbogens Unterlippe niederzulassen und seine Oberlippe zu küssen. »Und so lebten sie fast bis in alle Ewigkeit glücklich und zufrieden zusammen. Jakob brachte seiner Mutter den Sack voll Gold nach Hause, die einigermaßen zufrieden reagierte, wenn man bedenkt, daß es kein größerer Sack war, und auch die Bauernmädchen im Dorf fanden Jakob plötzlich sehr viel anziehender als vorher, als er noch arm gewesen war. Und der Tod konnte, nachdem er endlich aus seiner Flasche befreit worden war, wieder seinem üblichen Geschäft nachgehen, wie viele von euch schon noch merken werden.« Er verneigte sich vor dem Publikum. »Wir hoffen, unsere Darbietung hat euch gefallen«, fuhr er mit einem lippenlosen Grinsen fort.

Die zynischen Fluchungeheuer versuchten sich unbeeindruckt zu geben. Doch dann bekam die Fassade Risse. Ein Mitglied der Schwarzen Welle fing an zu klatschen, dann taten es ihm einige andere gleich. Gloha sah, daß der erste Beifallspender Sherlock gewesen war, dem sie mit der Gruppe von Magier Trent bei ihrem Ritt auf Schnellschlamm begegnet war. Einige Leute in seiner Umgebung schlossen sich ihm an, schließlich auch einige Fluchungeheuer. Zwar nicht die Mehrheit, aber doch eine nicht unbeträchtliche Minderheit. Gloha überlegte, ob Sherlock sie vielleicht nur unterstützte, weil er sie und Trent wiedererkannt hatte, oder weil ihre Koboldhaut so dunkel war wie seine, oder weil ihm das Stück tatsächlich gefallen hatte. Gloha hoffte auf letzteres.

Contumelo schnitt eine Grimasse. »Der Applausmesser meldet, daß eure Bemühungen knapp ausreichend waren. Wir sollten in der Lage sein, euer Stück umzuschreiben und etwas daraus zu machen, das man auch unwissenden Kindern vorführen kann. Jetzt seid ihr frei zu gehen.«

»Wurde auch Zeit, Fluchgesicht«, sagte die Froschprinzessin.

Dann richtete Griesbogen sich langsam auf, bis er eine geduckte Sitzhaltung eingenommen hatte. Er hob den Kuppelrand hoch, stand gänzlich auf und trat aus dem Gebäude. Gloha, Trent und Mark verließen den Bau auf konventionellere Weise. Metria verschwand einfach mit einem unhöflichen Geräusch und hinterließ dabei eine übelriechende Rauchschwade, um die Fluchungeheuer zu ärgern.

Dann sahen sie den Riesen draußen stehen. Er wirkte einsam. »Was ist denn los?« rief Gloha ihm zu.

»Na ja, ich weiß nicht, wo ich hingehen soll«, erwiderte er. »Weder geographisch noch sonstwie.«

»Möchtest du mit uns kommen?« fragte Gloha ohne nachzudenken.

»Aber ja«, willigte er ein. »Ich habe unsere kurze Verbindung genossen und würde sie gern ausweiten. Vielleicht kann ich euch ja noch zu Diensten sein, bevor ich verscheide.«

»Närrin!« ertönte Metrias Stimme mitten in der Luft neben Gloha. »Eines Tages wird dich dein weiches, menschliches Mädchenherz noch in Schwierigkeiten bringen.«

Gloha wußte zwar auch nicht so recht, wie sie mit einem kranken Riesen als Begleiter zu Rande kommen sollten, aber Griesbogen war sehr nett, weshalb sie ihre Impulsivität auch nicht bedauerte. Außerdem war es ja tatsächlich möglich, daß er ihnen behilflich sein konnte, beispielsweise beim Überqueren eines mächtigen Flusses, einer Schlucht oder einer Wüste.

Trent und Mark sagten nichts.

9
Nympho

Sie setzten ihre Reise entlang der unsichtbaren Linie fort, die Crombie ihnen gewiesen hatte, und hielten sich südöstlich des Ogersees. Sie trafen auf eine Reihe alltäglicher Probleme wie Flüsse, Drachen, Klippen und feindselige Bienen, doch mit der großen Hand des Riesen und ein wenig Einfallsreichtum gelang es ihnen, all diese Probleme zu meistern.

Und dann, als sie gerade Ausschau nach einem geeigneten Platz für das Nachtlager hielten, wo es genügend Raum für einen schlafenden Riesen gab, sah Gloha ein Wesen herbeifliegen. Einen Augenblick fürchtete sie schon, es könnte ein Drache oder ein Greif sein, doch dann sah sie, daß es sich um eine Kreuzung handelte. Es war zwar keine richtige Harpyie, dafür stimmte der Körper nicht, aber ein Greif war es auch nicht.

»He!« rief Gloha.

Verblüfft stoppte die Kreatur, dann flog sie davon.

»Warte!« rief Gloha und flog ihr nach. »Ich bin kein Feind! Ich bin ein Mischling. Ein Flügelungeheuer. Genau wie du.«

Die andere Kreatur hielt inne, bis Gloha sie eingeholt hatte. Es stellte sich heraus, daß es sich um ein Weibchen handelte. »Oh, das bist du ja tatsächlich«, sagte sie. »Ich hatte schon Angst, du wärst ein Mensch mit Pfeil und Bogen oder so was.«

Gloha bleib neben ihr schweben. »Nein, ich bin eine einzigartige Kreatur. Ich glaube, das bist du wahrscheinlich auch. Was bist du denn genau?«

»Ich bin halb Mädchen, halb Greif. Mein Name ist Amanda.« Sie errötete leicht. Sie schien etwas jünger zu sein als Gloha. Ihr schulterlanges blondes Haar war mit einem blauem Band zusammengehalten, das zur Farbe ihrer Flügel paßte. »Meine Eltern sind sich an einem Liebesquell begegnet. Sie sprechen nicht viel darüber.«

Das konnte Gloha verstehen. »Ich bin Gloha Kobold-Harpyie.«

Im Schweben gaben sie sich die Hand.

»Ich suche nach meiner Art«, erklärte Amanda. »Aber bisher habe ich noch niemanden gefunden, der genauso ist wie ich. Ich weiß gar nicht, wie ich mich nennen soll.«

»Für mich siehst du wie ein Greifenmädchen aus«, sagte Gloha.

»Ein Greifenmädchen! Wunderschön! Tja, aber jetzt sollte ich wohl lieber nach Hause zurückkehren, bevor meine Mami mich vermißt.«

»Auf Wiedersehen«, rief Gloha, als das Greifenmädchen davonflog. Sie bedauerte es ein wenig, daß es sich nicht als männlicher Flügelkobold erwiesen hatte. Dennoch – wenn es hier in der Nähe einen Liebesquell gab, war es auch möglich, daß es einen solchen Kobold geben könnte. Vielleicht hatte Crombies Finger aus diesem Grund hierher gezeigt.

Möglicherweise war das also ein gutes Zeichen.

Gloha kehrte ins Lager zurück. »Es war nicht, wonach ich gesucht habe«, erklärte sie bedauernd.

»Vielleicht beim nächstenmal«, warf Griesbogen ein. Er hatte gerade vorsichtig neben ihrer Lagerstätte Platz genommen. »Du bist ein so nettes Mädchen, da muß es für dich doch irgendwo einen Jungen geben.«

»Danke«, sagte sie geschmeichelt.

In der Zwischenzeit hatte Trent eine kleine Pflanze in eine

große Zelthaube verwandelt. Im Zelt war genug Platz für ihn selbst, für Gloha, Mark, Metria und das Gesicht des Riesen. Der Rest von Griesbogen war mit mehrerer weiteren Zelten abgedeckt. Kissen von einem verwandelten Kissenstrauch dienten ihnen und Griesbogens Kopf als Bettlager.

Sie schmausten Beerenpasteten, weil Pastetenpflanzen die leichteste Nahrungsbeschaffung durch Verwandlung darstellten. Es gab auch Milchkrautschoten und Schokolade von einem Schokoladenstrauch. Metria und Mark brauchten nichts zu essen, deshalb begnügten sie sich damit, die Umgebung auszukundschaften. Griesbogen aß merkwürdigerweise nicht mehr als Trent.

»Bist du sicher, daß das genügt?« fragte Gloha ihn besorgt.

»Meine Krankheit hat meinen Appetit verringert«, erklärte der Riese. »Mach dir deswegen keine Sorgen.«

»Ich mache mir aber Sorgen! Du kannst doch keine Riesendinge tun, wenn du nicht ißt wie ein Riese.«

»Das stimmt. Ich bin geschwächt, und es wird immer schlimmer. Deshalb bin ich ja so froh, daß ihr mich mitnehmt. Das ist mir ein gewisser wertvoller Trost.«

»Weißt du denn überhaupt nichts über deine Krankheit? Vielleicht könntest du ein Heilmittel finden, wenn du einen Namen dafür wüßtest.«

»Ich weiß nur, daß es sich um eine Bluterkrankung handelt. Mein Körper stellt kein Blut mehr her, wie er es eigentlich tun sollte. Deshalb habe ich immer weniger, und das schwächt mich von Tag zu Tag. Ich hätte normalerweise Schwierigkeiten, mit euch Schritt zu halten, wenn ihr nicht so klein wärt.«

»Vielleicht könnte der Magier Trent dich ja in irgendeine andere Gestalt verwandeln, die nicht so viel Blut braucht«, schlug Gloha vor.

»Das würde nichts nützen«, warf Trent ein. »Diese Kreatur hätte die gleiche Krankheit. Ich kann zwar die Gestalt von Wesen ändern, kann sie aber nicht heilen.«

»Und wenn wir eine Blutwurzel fänden …«

»Nein«, wand Griesbogen sanft ein. »Mein Körper kann

nur das Blut verwenden, das er selbst herstellt. Es kommt aus meinen Knochen. Aber mach dir meinetwegen keine Sorgen. Ich möchte dir kein Unbehagen bereiten, du wunderhübsche kleine Kreatur.«

Gloha fühlte sich wieder geschmeichelt. Sie war nicht sicher, ob sie der hohen Meinung würdig war, die der Riese von ihr hatte. Wahrscheinlich war er einfach nur froh, jemanden zu haben, mit dem er sich unterhalten konnte. »Der Gute Magier muß einen Grund gehabt haben, dich in dieses Gebiet zu schicken, so wie er mich ja auch indirekt hierher geschickt hat. Vielleicht gibt es für uns beide hier eine Lösung unserer Probleme, und vielleicht ist sie gar nicht mehr weit.«

»Der Gedanke ist ganz nett«, stimmte er düster zu.

Da kehrten Mark und Metria zurück. »Was ist das denn?« rief die Dämonin. »Treibt ihr es jetzt in einem Zelt?«

»Was du deinen Verstand nennst, ist der reinste Müllhaufen«, schimpfte Trent. »Griesbogen und Gloha haben sich nur unterhalten.«

»Und was habt ihr gemacht?« fragte Gloha.

Die Dämonin musterte sie triumphierend. »Ich dachte schon, du würdest mich nie fragen! Wir haben den Storch gerufen.«

Gloha, Trent und Griesbogen blieb die Spucke weg, noch dazu beinahe gleichzeitig.

»Aber …«, brachte Gloha quiekend hervor.

»Sie hat mich geküßt«, erklärte Mark. »Das ist nicht ganz dasselbe.«

»Das kommt der Sache aber schon ziemlich nahe«, beharrte Metria störrisch.

»Wandelnde Skelette rufen keinen Storch«, widersprach Mark. »Wir setzen unsere Kleinen aus überschüssigen Knochen zusammen. Aber wie dem auch sei, ich würde mit einer Dämonin weder den Storch rufen noch etwas zusammensetzen wollen. Schließlich bin ich ein verheiratetes Skelett.«

»Ah, bäh!« machte Metria. »Was ist denn am Verheiratetsein so besonders? Der Storch hört einem trotzdem zu.«

»Du bist eine Dämonin«, ermahnte Trent sie. »Du hast keine Seele und daher auch kein Gewissen. Du kannst nicht lieben. Du verstehst das Ganze überhaupt nicht.«

»Aber ich würde es gern verstehen«, erwiderte Metria frustriert.

»Weshalb denn?« erkundigte sich Gloha neugierig.

»In der Region des Wahnsinns war ich Trents Frau«, erklärte die Dämonin. »Da war irgend etwas. Ich fand es interessant. Und ich mag es nicht, wenn mir interessante Dinge entgehen. Ich will wissen, was Liebe ist.«

Griesbogen schüttelte leicht den Kopf; jede größere Gefühlsäußerung hätte das ganze Zelt niedergerissen. »Ich würde auch gern wissen, was Liebe ist. Eine Seele zu besitzen, garantiert einem noch nicht die Liebe.«

»Das stimmt«, pflichtete Gloha ihm bei. »Ich habe auch noch nie die Liebe der Storchenart kennengelernt.«

»Aber du bist schließlich auch das einzige Exemplar deiner Gattung«, wandte Metria ein. »Wenn du erst einmal einen Flügelkoboldmann gefunden hast, wirst du die Storchsprache schon schnell genug erlernen.«

»Aber um auf deine Frage zu antworten«, warf Trent ein. »Für Leute mit einer Seele ist die Heirat ein heiliger Vertrag. Die Vertragspartner willigen ein, nur einander zu lieben und mit niemandem sonst den Storch zu rufen. Es ist zwar durchaus möglich, den Storch auch außerhalb der Ehe zu rufen, aber das wird im allgemeinen mißbilligt. Als Dämonin kannst du natürlich jede beliebige Gestalt annehmen. Du kannst zwar die Bewegungen des Herbeirufens des Storchs vollziehen, indem du einfach nur irgendeinem naiven Mann deine Höschen zeigst und ihn ermunterst, weiterzumachen. Aber das ist weder dasselbe wie die Ehe noch wie die Liebe.«

»Vielleicht sollte ich jemanden heiraten, um etwas über die Liebe zu erfahren«, überlegte sie.

»Das bezweifle ich. Du könntest zwar die Zeremonie vollziehen, sie würde dir aber nichts bedeuten. Die einzige Dämonin, die meines Wissens zur Liebe fähig gewesen ist, war Dara, die vor vielen Jahren den Magier Humfrey heiratete. Aber Dara hatte auch eine Seele. Als sie die verloren hatte, wurde sie wieder wie früher und ließ Humfrey im Stich.«

»Aber sie ist doch wieder zurückgekommen«, widersprach Metria.

»Ja, hundertsechsunddreißig Jahre später«, erinnerte er sie. »Weil sie sich langweilte. Sie tut nur so, als ob. Aber vielleicht könntest du sie ja mal fragen, wie das war, als sie Humfrey tatsächlich geliebt hat.«

»Das habe ich schon. Sie hat gesagt, ich würde es nie verstehen.«

»Siehst du! Vielleicht solltest du es lieber aufgeben, Metria, und uns in Ruhe unserer Wege ziehen lassen, ohne ständig zu kiebitzen.«

»Nein. Ich will nun mal wissen, was Liebe ist! Und dabei kommt ihr diese Sache immer noch am nächsten. Wenn ich euch gründlich genug beobachte, erfahre ich es vielleicht.«

»Bestimmt nicht, indem zu versuchst, verheiratete Skelette zu verführen«, widersprach Trent.

Metria überlegte kurz. Dann begann ihre Kleidung sich aufzulösen.

»Oder verheiratete Magier«, fügte Trent hinzu und schloß die Augen.

»Mist! Wieder daneben«, fluchte die Dämonin und löste sich in Rauch auf.

Auch Gloha schloß die Augen. Sie empfand ein gewisses Mitgefühl für Metria. Deren Verzweiflung war der ihren nicht unähnlich.

Am Morgen setzten sie die Reise fort. Gloha war sich nicht sicher, ob es nur an ihrer Einbildung lag, hatte aber den Eindruck, daß Griesbogen Riese ein wenig geschwächt wirkte. Er brauchte eine ganze Weile, um auf die Beine zu kommen, und schien auch danach noch ziemlich wacklig zu sein. Vielleicht lag es aber auch nur daran, daß ihm morgens immer ein wenig schwindlig war. Also flog sie zu ihm hoch, um sich zu erkundigen.

»Griesbogen, geht es dir gut?« fragte sie, während sie neben seinem Gesicht auf der Schulter landete. »Ich meine, von deiner Krankheit einmal abgesehen?«

»Mach dir meinetwegen keine Sorgen, hübsches Ding«, erwiderte er.

»Jetzt hör auf damit!« sagte sie mit ärgerlicher kleiner Verärgerung. »Du denkst wohl, weil ich so klein bin, muß ich auch kindlich sein! Behandelst du mich deshalb so herablassend? Ich mache mir *wirklich* Sorgen um dich.«

»O nein, Gloha«, widersprach er. »Ich betrachte dich überhaupt nicht als Kind. Du bist eine wunderschöne Person, körperlich und vom Wesen her. Ich möchte dich nur nicht mit meinen Problemen belasten.«

»Na schön, erzähl mir trotzdem davon«, antwortete sie beschwichtigt.

Er seufzte. »Ich werde von Tag zu Tag schwächer. Ich glaube, ich kann nur noch ein paar Tage durchhalten. Wenn ich befürchten muß, daß ich am nächsten Tag nicht wieder hochkomme, werde ich mich in irgendeine abgeschiedene Einöde begeben und dort verscheiden, wie ich es dir ja bereits erklärt habe.«

»Aber du sollst hier doch eigentlich Hilfe finden! Und diejenigen, die dir helfen sollen, sind wir. Da kannst du doch nicht einfach aufgeben!«

»Vielleicht nicht«, meinte er und vermied es, Gloha zu widersprechen.

»Es *muß* einfach so sein«, sagte sie entschieden. Sie spazierte auf seiner Schulter zu dem Riesenohr hinüber, breitete die Flügel aus und flog ein Stück hinauf, um sein Ohrläppchen zu küssen. Dann kehrte sie wieder zum Boden zurück.

Nun machte sich jeder nach seiner Art wieder auf den Marsch. Griesbogen machte riesige Schritte und setzte die Füße vorsichtig auf, um keine Häuser oder Bäume zu zertrampeln. Metria löste sich mal an einer Stelle in Rauch auf, um an der nächsten wieder in irgendeiner Gestalt zu erscheinen. Gloha flog in kurzen Etappen. Trent und Mark gingen zu Fuß. Sie wurden von keinen Ungeheuern mehr behelligt.

Vielleicht hatte sich bei denen ja inzwischen herumgesprochen, daß eine Gruppe von Reisenden, zu der ein Riese, ein Magier und eine Dämonin gehörten, keine besonders gute Beute versprach.

Schließlich gelangten sie ins ›Erholungsgebiet für Faune & Nymphen‹. Das stand jedenfalls auf dem Schild am Wegesrand. Es war ein kleiner Berg mit einem See, wo die Faune und Nymphen den ganzen lieben langen Tag vor sich hinspielten. Die Faune besaßen menschliche Gestalt, abgesehen von ihren hübschen kleinen Hörnern und den Ziegenfüßen, während die Nymphen gänzlich von menschlicher Form waren, nur daß sie sich anderes benahmen: Wenn man sie jagte, kreischten sie allerliebst, strampelten mit den Beinen und warfen ihr Haar umher. Und wenn sie erwischt wurden, dann ...

Gloha wandte den Blick ab, besorgt, daß irgendwelche Kinder in der Nähe sein könnten. Doch das war glücklicherweise nicht der Fall, und so fand hier demzufolge auch keine Verletzung der Erwachsenenverschwörung statt, deren Aufgabe es ja war, Kindern interessante Dinge vorzuenthalten. Gloha wußte, daß Prinzessin Ida in dieser Gegend aufgewachsen war; aber die war ja auch zu unschuldig gewesen, um zu wissen, daß sie derlei Aktivitäten gar nicht hätte zu sehen bekommen dürfen. Denn die Faune und Nymphen waren die ganze Zeit damit beschäftigt, den Storch zu rufen. Merkwürdig daran war nur, daß die Störche auf diese ständigen Signale nur selten reagierten, falls überhaupt. Vielleicht wußten sie ja, daß Faune und Nymphen keine Kinder großziehen konnten, weil sie keine Familien hatten. Sie waren unfähig, sich über Nacht an irgend etwas zu erinnern; deshalb gab es auch keine dauerhaften Beziehungen unter ihnen.

»Ich frage mich, woher dann eigentlich die neuen Faune und Nymphen kommen«, überlegte Gloha nachdenklich, während sie das Geschehen im Erholungsgebiet beobachteten. »Ich meine, wenn die Störche doch gar nicht hier vorbeifliegen ...«

»Ich glaube, sie sind unsterblich«, erwiderte Trent. »Jedenfalls so lange, bis einige wenige unter ihnen sterblich werden. Vergiß nicht, daß auch die Nymphe Juwel erst zu altern anfing, als sie sich verliebte und heiratete.«

»Juwel war schon immer eine ganz besondere Nymphe«, antwortete Gloha. »Sie hat die Edelsteine in den Boden gepflanzt, damit die Prospektoren sie dort finden konnten. Sie besaß auch eine Seele. Ich glaube, sie konnte sich auch vor ihrer Heirat schon an Dinge erinnern.«

»Ja, sie war etwas Besonderes. Vielleicht befand sie sich auch auf dem Weg zur Frauwerdung und war deshalb zur Liebe fähig. Jetzt, da sie sich zu Ruhe gesetzt hat, wird eine neue Nymphe aus dieser Region dazu ausgebildet, ihre Aufgabe zu übernehmen, und die fängt zweifellos bald damit an, sich an Dinge zu erinnern. Es könnte übrigens auch sein, daß jeder, der das Erholungsgebiet verläßt, normale menschliche Eigenschaften zu entwickeln beginnt.«

Mark legte den Totenschädel schräg, blickte mal hierhin, mal dorthin. Metria fiel es auf. »Interessierst du dich etwa dafür, anderen heimlich beim Storchholen zuzusehen?« fragte sie verächtlich.

»Nein. Ich glaube, für die ist das sowieso bloße Unterhaltung«, erwiderte das Skelett. »Was mir Sorgen macht, ist das augenscheinliche Ungleichgewicht, das unter ihnen zu herrschen scheint.«

Nun wurden auch die anderen neugierig. »Ungleichgewicht?« wiederholte Gloha. »Ich habe den Eindruck, daß sie es ganz normal machen – immer ein Faun pro Nymphe.«

»Ja, aber sieh doch mal selbst, wie viele Faune noch übrig sind«, versetzte Mark. »Vor jeder Nymphe bilden sich inzwischen regelrechte Warteschlangen von Faunen. Ich hatte eigentlich geglaubt, daß die Geschlechter einigermaßen gleichmäßig verteilt sind. Das scheint aber nicht der Fall zu sein.«

Er hatte recht. Er waren ungefähr dreimal so viele Faune wie Nymphen, was zur Folge hatte, daß die Nymphen sehr viel beschäftigter als die Faune waren. Das schien ihnen zwar nichts auszumachen, die Faune aber wirkten mitunter unfaunisch ratlos. Es war nicht zu übersehen, daß jeder von ihnen es vorgezogen hätte, eine oder mehrere Nymphen für sich allein zu haben.

»Vielleicht sollten wir mal nachfragen«, warf Trent mit einem Lächeln ein.

Also ging Gloha auf den nächsten Faun zu. »Weshalb gibt es hier nicht genauso viele Nymphen wie Faune?«

Er blickte sie an. »Eine winzige, geflügelte, bekleidete Nymphe!« rief er. »Ich wußte gar nicht, daß es euch gibt. Komm und spiel mit mir!« Er griff nach dem Flügelkoboldmädchen.

Mark streckte einen Knochenarm aus, um den Faun daran zu hindern. »Sie ist keine Nymphe«, sagte er. »Nur eine ausländische Besucherin. Beantworte ihre Frage.«

»Och.« Der Faun schluckte seine Enttäuschung herunter. »Tja, ich weiß auch nicht, weshalb es nicht genügend Nymphen gibt.« Er rannte davon, um eine Nymphe zu verfolgen, die vorübergehend frei geworden zu sein schien.

»Das ist natürlich ein Problem«, bemerkte Trent. »Irgend etwas muß hier einer ganzen Anzahl von Nymphen zugestoßen sein, aber sie können sich nicht daran erinnern.«

»Ob ein Drache sie aufgefressen hat?« fragte Gloha entsetzt.

»Drachen und andere Raubtiere machen sich nichts aus dem Geschlecht ihrer Beute«, bemerkte Trent nachdenklich. »Die würden normalerweise ebenso viele Faune wie Nymphen vertilgen. Es muß eine andere Erklärung geben.«

»Menschen, vielleicht«, sagte Metria. »Menschenmänner mögen Nymphen sehr, hab' ich gehört. Während Menschenfrauen nicht so viel für Faune übrighaben.«

»Das stimmt«, bestätigte Trent. »Aber Menschenmänner werden auch davon abgehalten, in dieses Erholungsgebiet einzufallen.«

»Ach, ja?« fragte Gloha. »Wie denn? Ich sehe hier nichts, was sie abhalten könnte.«

»Siehst du denn nicht das Bett da vorn, mitten im Erholungsgebiet?« fragte Trent.

»Ja, aber es ist leer.«

»Es geht darum, wer sich darunter befindet. Ich glaube, Snorty ist dort.«

»Wer?«

»Snorty. Das Ungeheuer unter dem Bett meiner Enkelin Ivy. Er hat den Platz des Drachen Stanley Dampfer eingenommen, und nun beschützt es die Faune und Nymphen. Natürlich kann Snorty bei Tag das Bett nicht verlassen, aber Männer, die hier eindringen, versuchen über kurz oder lang mit ein oder zwei Nymphen darauf Platz zu nehmen, und das ist dann der Augenblick, da Snorty nach ihren Fußknöcheln greift und sie verscheucht.«

»Aber Erwachsene glauben doch gar nicht an Ungeheuer unter dem Bett«, warf Gloha ein.

»Wenn Snorty nach ihnen grabscht, dann schon«, antwortete Trent. »Dieses Gebiet ist etwas Besonderes, wie ja auch die Anwesenheit der Faune und Nymphen beweist. Die haben keine Schwierigkeiten, an Snorty zu glauben, weil sie so kindlich sind. Und *weil* so viele an ihn glauben, verfügt er über sehr viel mehr Macht, als seine Art normalerweise hat. Ich hab' gehört, daß Snorty ganze Arbeit leistet.«

»Das fällt mir aber schwer zu glauben«, meine Gloha kopfschüttelnd.

»Natürlich, weil du ja auch eine Erwachsene bist. Nur Kinder und alte Leute, die kurz vor dem Verblassen sind, erkennen den Wert, den ein Ungeheuer unter dem Bett haben kann.«

»Ich sehe ihn«, sagte Mark.

»Ich auch«, schloß Metria sich an.

»Ja, aber ihr stammt ja aus dem Reich der Träume und der Dämonen, deshalb zählt ihr nicht.«

»Ich sehe ihn ebenfalls«, sagte Griesbogen und kauerte sich nieder, um sich ihrem Gespräch anzuschließen.

»Riesen zählen auch nicht«, antwortete Trent. »Was diese Sache angeht, zählen nur ganz normale Menschen oder menschenähnliche Personen. Du, Gloha, könntest durchaus daran glauben, wenn du dich nur anstrengst. Denn auf dich trifft diese Beschreibung ja nicht so ganz zu.«

Gloha versuchte es. »Na ja, so ganz schwach kann ich schon daran glauben«, meinte sie.

»Aber wir müssen uns jetzt wichtigeren Dingen widmen«, fuhr Trent fort. »Dieses Erholungsgebiet liegt auf der Strecke, der wir folgen, was nahelegt, daß wir hier die Lösung für das ein oder andere unserer Probleme finden könnten. Wir sollten das Gebiet erst sorgfältig erforschen, bevor wir weiterziehen. Ich glaube, als nächstes kommen die Immersümpfe, die wir lieber nicht erkunden sollten, sofern wir es vermeiden können.«

Gloha hatte schon von den Immersümpfen gehört, die sich immer und ewig in die Länge zogen. Sie hoffte ebenfalls, daß sie nicht dorthin mußten. »Ich glaube kaum, daß ich hier einen geeigneten Mann finden kann. Und ich kann mir auch nicht vorstellen, daß die Faune und Nymphen Seelen haben, die sie mit anderen teilen könnten. Außerdem sehe ich hier nichts, was Griesbogen helfen könnte.« Sie fühlte sich ein kleines bißchen entmutigt.

»Die Wege der Magie können recht seltsam sein«, sagte Trent. »Es wird uns nichts anderes übrigbleiben, als diese Gegend so lange zu erforschen, bis wir uns sicher sein können, daß wir hier nicht unsere Lösungen finden.«

Das hörte sichg vernünftig an – was aber genau das Problem war. Gloha war nicht allzu begierig darauf, in diesem Gebiet unentwegter zweifelhafter Aktivitäten zu verweilen. Die männlichen Mitglieder der Gruppe hingegen schienen es hier interessant zu finden.

»Schlagen wir unser Lager dicht außerhalb der Sichtweite des Erholungsgebietes auf«, empfahl Metria.

Es gab Zeiten, da hätte Gloha die Dämonin fast gerngehabt. »Ja, tun wir das«, willigte sie ein.

»Wie ihr wünscht«, sagte Trent mit der Andeutung eines erklecklichen Bruchteils eines Lächelns.

So lagerten sie an einem Strom, der sich auf eiliger Suche

nach dem See befand, wo die Gefährten sich wieder mit Zelten und Pasteten und ähnlichem versorgten. Es war immer noch früh am Tag, und so erforschten sie die Umgebung, vor allem entlang der unsichtbaren Linie, die Crombie ihnen gewiesen hatte. Griesbogen stand aufrecht da und spähte in alle Himmelsrichtungen, konnte jedoch nichts Besonderes entdecken. Metria verpuffte mal in die eine, mal in die andere Richtung, machte aber ebenfalls nichts Bemerkenswertes aus. Mark schlenderte furchtlos in so gut wie sämtliche Richtungen davon, wobei er verirrte Pflanzen und Lebewesen erschreckte und vertrieb, entdeckte aber nichts, was der Rede wert gewesen wäre. Trent streckte sich auf einem Bettkäfer aus und überlegte.

»Was überlegst du?« fragte Gloha.

»Ich versuche zu ergründen, ob das Rätsel der fehlenden Nymphen irgend etwas mit unseren verschiedenen Anliegen zu tun haben könnte.«

»Wie das?« fragte Gloha zerstreut.

»Tja, das ist in sich schon ein Rätsel. Aber mal angenommen, irgend etwas, das für den Verlust der Nymphen verantwortlich zeichnet, ist auch die Lösung für unsere Probleme? Was könnte dieses Etwas deiner Meinung nach sein?«

Gloha dachte nach. »Etwas mit einer halben Seele, die es Mark geben könnte, und einem Heilmittel für Griesbogen, und einem idealen Mann für mich.«

»An diesem letzten Punkt stört mich was«, versetzte Trent. »Angenommen, wir finden tatsächlich einen geflügelten Koboldmann. Woher willst du wissen, daß ausgerechnet er dein idealer Partner ist?«

»Na, hör mal«, meinte sie aufgeregt, »das *müßte* er doch sein. Das einzige weitere Mitglied meiner gekreuzten Art!«

»Ich bin bisher nur wenigen Koboldmännern begegnet, die ich gern näher kennengelernt hätte.«

Ein Koboldmann. Irgendwie überkam Gloha bei dem Gedanken ein Anflug von Unbehagen. Der durchschnittliche Koboldmann war häßlich, brutal, übelgelaunt, gewalttätig und ziemlich dumm. Im Prinzip ganz ähnlich der durchschnittlichen weiblichen Harpyie. Weshalb sollte ein geflügelter Kobold da besser abschneiden? Und weshalb sollte sie, Gloha, jemals einen solchen Mann heiraten wollen?

»Oh!« sagte sie niedergeschlagen. »Ich bin wohl einem Hirngespinst nachgejagt!«

»Nicht unbedingt«, widersprach der Magier. »Es könnte lediglich bedeuten, daß die Antwort auf deine Suche möglicherweise etwas anders aussieht, als du vorher angenommen hast. Vielleicht suchst du ja gar keinen geflügelten Kobold, sondern die Selbstentdeckung.«

»Das verstehe ich überhaupt nicht!« rief sie und lief aus dem Zelt. Sie wußte, daß sie zwar nicht wirklich vor der Wahrheit würde davonlaufen können, doch sie brauchte jetzt einfach etwas Zeit, um den Dingen auf den Grund zu gehen.

Sie ertappte sich dabei, wie sie auf das Erholungsgebiet zuhielt. Sie konnte nicht anders, sie mußte einfach darüber nachdenken. Was wollte sie denn genau? Einen netten, gutaussehenden, intelligenten, aufmerksamen, fürsorglichen, liebevollen Flügelkoboldmann. Aber so war nun einmal kein Koboldmann. Weshalb sollte ein geflügelter da anders sein? Sie war eine Närrin, davon auszugehen, daß ein so idealer Mann überhaupt existierte oder jemals würde existieren können.

Dennoch hatte Crombie in eine bestimmte Richtung gezeigt. Das legte die Vermutung nahe, daß es *doch* einen solchen Mann geben mußte. Aber wie ließ sich das miteinander vereinbaren?

Sie wünschte sich, sie könnte eine Lösung finden, wo sie doch fürchten mußte, daß es keine gab. Der Magier Trent glaubte also, daß sie der ›Selbstentdeckung‹ bedurfte. Dabei war sie doch ganz zufrieden mit sich selbst. Es waren nur ihre Lebensaussichten, die der Verbesserung bedurften. Wußte Trent das etwa nicht? Was nützte denn die Selbsterkenntnis, wenn sie anschließend den Rest ihres bedauernswerten kleinen Lebens in Einsamkeit würde zubringen müssen? Sie würde es sehr viel lieber mit jemandem wie Trent verbringen. Bis auf seine Körpergröße und das Fehlen der Flügel entsprach er in jedem Punkt dem Idealbild.

Gloha sah etwas am Boden liegen, unmittelbar am Außenrand des offenen Erholungsgebiets. Es sah aus wie ein Stück Puffmais, hatte aber die falsche Farbe. Puffmais hätte normalerweise buttergelb oder karamelbraun sein müssen. Dieser hier aber war hellrot.

Sie ging darauf zu und nahm ihn auf. Er sah tatsächlich aus wie Puffmais. Sie schnüffelte daran. Er roch auch wie Puffmais. Sie kostete ihn. Es war *tatsächlich* Puffmais!

Gloha schaute sich um. Da erspähte sie ein weiteres Stück, unmittelbar am Außenrand des Tals der Faune und Nymphen. Es war blau. Sie hob es auf und verzehrte es ebenfalls. Es war ganz zweifellos Puffmais, und es schmeckte sehr gut. Hätte sie die Augen geschlossen, hätte sie nicht sagen können, welche Farbe er hatte; er schmeckte ganz genau wie normaler, frischer Puffmais.

Jetzt stand sie am Rand des Erholungsgebiets. Die Faune und Nymphen waren immer noch zugange, jagten einander und bemühten sich begeistert, jeden Storch Xanths herbeizurufen. Seltsam, daß sie noch gar nicht begriffen zu haben schienen, daß es nicht funktionierte. Aber natürlich bedurfte es ja auch einer gewissen Zeit, bis der Storch seine Fracht ablieferte, und da diese Wesen sich nur an den jeweils letzten Tag zu erinnern vermochten, lernten sie nie daraus. Damit war ihr Verhalten erklärt, nicht jedoch, weshalb es so wenige Nymphen gab. Trent glaubte, daß dieses Rätsel mit Glohas Suche nach dem idealen Mann zusammenhängen könnte. Doch wie sollte das sein? Vielleicht machte Trents wirkliches Alter ihn ja langsam senil, trotz seines verjüngten Körpers.

Nun war kein weiterer gefärbter Puffmais mehr zu sehen. Eigentlich schade. Er hatte köstlich geschmeckt und Gloha vorübergehend von ihren Sorgen abgelenkt.

Sie machte kehrt, wollte ins Lager zurück. Da erblickte sie doch noch ein Stück Puffmais, diesmal ein grünes. Und dahinter ein purpurfarbenes. Genaugenommen war da sogar eine ganze Spur aus Puffmais – Gloha hatte sie schräg von der Seite gekreuzt und deshalb nur die letzten beiden Stücke entdeckt.

Sie ging hinüber und aß den grünen und den purpurnen Puffmais; sie schmeckten genauso köstlich wie die beiden anderen Stücke. Dann folgte sie der Maisspur über den abzweigenden Pfad durch den Wald. Wie waren diese bunten Leckerchen hierher geraten? Hatte vielleicht jemand eine Tüte dabeigehabt und sie verloren? War die Spur auf diese Weise entstanden? Falls dem so war, sollte Gloha den Betreffenden am besten einholen und ihm raten, das Loch in der Tüte zu stopfen, bevor er noch alles verlor.

Sie kam unter einem weit gespreizten riesigen Eichelbaum vorbei, den Blick auf die Spur geheftet. Plötzlich senkte sich ein Netz über sie. Gloha war so überrascht, daß sie sogar zu schreien vergaß. Sie stand einfach nur benommen da und wunderte sich über das Geschehen. Dann versuchte sie, die Flügel auszubreiten, um wegzufliegen, doch sie verhedderten sich natürlich sofort im Netz.

Neben ihr sprang ein häßlicher Mann zu Boden. Er griff nach ihr. Seine Hände waren riesig und verknorpelt.

Jetzt fiel es ihr wieder ein, zu schreien. Sie holte tief Luft, öffnete den Mund: »Jii-ee!«

Er schlug ihr die Hand über den Mund und erstickte ihren Schrei. Dann schlang er ihr ein Kopftuch ums Gesicht und knebelte sie damit, so daß ihr Schrei verstummte. Schließlich hob er sie auf, immer noch im Netz gefangen, und trug sie davon.

Zu spät begriff Gloha, wie töricht sie sich verhalten hatte. Sie war von ihren Gefährten fortspaziert und wie eine Närrin einer Spur aus Puffmais gefolgt, bis sie sich weit vom Lager entfernt hatte. Und nun war sie die Gefangene irgendeines brutalen Manns geworden und wußte nicht, wie es nun mit ihr enden würde.

Der Mann stapfte derweil seinen eigenen Pfad entlang. Der führte zu einem schmutzigen Teich, auf dem sich eine düstere Insel befand, und auf der Insel stand eine verwitterte alte Burg. Der Mann stieg in ein nasses Boot, warf Gloha auf den Boden und ruderte zur Burg hinüber. Als er an der Insel angelangt war, nahm er Gloha wieder auf und trug sie zur nächsten dunklen Holztür der Burg. Er holte einen großen Metallschlüssel hervor, steckte ihn ins Schlüsselloch, drehte ihn herum und riß die Tür auf. Dann trat er ein, um wieder innezuhalten, die Tür zu schließen und hinter sich zu verriegeln. Nun trug er Gloha durch einen dunklen Gang in einen Mittelsaal. Gloha vernahm ein leises Wimmern. Dann sah sie, woher es kam: aus einer kleinen vergitterten Zelle, an der sie soeben vorbeikamen. In der Zelle befand sich eine Nymphe, die unnymphisch unglücklich wirkte. Kein Wunder – Nymphen liebten es schließlich, mit anderen Mitgliedern ihrer Art im Freien herumzutollen. Es mußte schrecklich für sie sein, in einer geschlossenen Zelle eingesperrt zu sein.

Nun erst merkte Gloha, daß es unterwegs noch weitere Zellen gab; in allen waren Nymphen. Allmählich begriff sie, wohin all die Nymphen verschwunden waren. Vermutlich waren auch sie irgendwelchen Spuren aus buntem Puffmais gefolgt, um dann mit dem Netz eingefangen und hierher verschleppt zu werden – genau, wie es Gloha ergangen war.

Der Mann legte sie vor einem Altar ab und entfernte das Netz. Sofort breitete Gloha die Flügel aus und schwang sich aus seiner Reichweite.

»He, das darfst du aber nicht!« protestierte der Mann.

»Erst entführst du mich gegen meinen Willen und verschleppst mich hierher, und jetzt sagst du, ich darf nicht von dir wegfliegen?« rief sie. »Du hast sie wohl nicht alle.«

»Das spielt keine Rolle. Du sollst mich heiraten.«

Gloha hatte gerade den jungfernhaften kleinen Mund aufgesperrt, um einen weiteren Protest von sich zu geben, doch seine letzten beiden Worte verhinderten das recht wirkungsvoll.

»*Dich heiraten*?« quiekte sie.

»Ja. Bringen wir es hinter uns. Stell dich vor den Altar und sag: ›Ich, soundso, nehme hiermit dich, Veleno, zu meinem rechtmäßigen Mann nach dem Gesetz der Notarrepublik.‹ Ich werde in etwa dasselbe sagen und dich zu meiner Frau nehmen. Und dann gehen wir ins Schlafzimmer, um die Ehe zu vollziehen.« Er musterte sie. »Du bist ein zwar bißchen klein, aber damit kann ich leben.«

Schon wieder nahm er Glohas Erwiderung den Wind aus den Segeln. »Einfach ... so?« war alles, was sie zustande brachte.

»Es ist eben alles sehr gut durchorganisiert«, bestätigte er.

»Ich verschwinde jetzt von hier«, sagte Gloha. Sie flog in den Gang hinaus zur Vordertür. Doch die war immer noch versperrt und viel zu massiv, als daß Gloha sie hätte öffnen können, selbst wenn sie nicht abgeschlossen gewesen wäre. In diesem Stockwerk schien es keine Fenster zu geben, während die Treppen durch weitere verriegelte Türen versperrt waren. Gloha war in der Burg gefangen.

Sie betrachtete die Zellen im Gang. In den meisten davon befanden sich ziemlich niedergeschlagene Nymphen. Gloha war zu klug, um ihnen irgendwelche Fragen zu stellen; sie würden sich sowieso nicht mehr an ihre Enführung erinnern, ganz zu schweigen von der geographischen Lage der Burg. Immerhin machte Gloha sich damit ihr eigenes Bild, und was sie sah, war so unschön, daß sie es es kaum fassen konnte.

Sie kehrte in den Hauptsaal zurück, weil es dort mehr Platz gab. »Du bist ja ein Nymphomane!« schrie sie Velemo an. »Du bist besessen von Nymphen!«

»Natürlich«, stimmte er ihr zu. »Etwas anderes kann ich hier nun mal nicht auftreiben. Aber ich habe noch nie eine geflügelte Nymphe gesehen. Du bist auch kleiner als die anderen, und außerdem trägst du Kleider. Weshalb?«

»Weil ich eben *keine* Nymphe bin«, versetzte sie. »Ich bin eine geflügelte Kreuzung zwischen Kobold und Harpyie. Ich habe Besseres zu tun, als den ganzen Tag nackt herumzulaufen, zu schreien, mit den Beinen zu strampeln und mein Haar herumzuwerfen.«

»Ach ja? Was denn?«

»Beispielsweise, nach meinem idealen Mann zu suchen, um ihn zu heiraten.«

»Das ist kein Problem. Du wirst mich heiraten.«

»Dich heiraten! Du unerträglicher ...« Gloha mußte die Feststellung machen, daß ihr die passenden Ausdrücke fehlten. Sie hätte wirklich den Rat ihrer Tante befolgen und die versengenden Harpyienausdrücke lernen sollen. So mußte sie sich mit einem knappen Ersatz zufriedengeben. »Nein!«

»Nein?« fragte er überrascht. »Weshalb denn nicht?«

»Weil ich dich nicht kenne, weil ich dich nicht liebe, und weil ich auch nicht glaube, daß du für irgend jemanden den idealen Mann abgeben würdest! Jedenfalls ganz bestimmt nicht für mich.« Das schien die Situation auch ohne das angemessene Harpyienvokabular deutlich klarzustellen.

Er kam auf Glohas anfängliche Äußerung zurück. »Du bist gar keine Nymphe?« rief er aufgeregt. »Dann kannst du dich ja auch von einem Tag auf den anderen erinnern.«

»Und ob ich das kann«, bestätigte sie zornig. »Und ich glaube kaum, daß ich jemals vergessen werde, wie du mich entführt hast.«

»Dann bist du ganz gewiß diejenige, die ich heiraten muß.«

Das Ganze überstieg allmählich ihr Vorstellungsvermögen. »Hä?« fragte sie wenig intelligent.

»Ich muß nämlich ein Mädchen heiraten, das sich hinterher auch daran erinnern kann, mit mir verheiratet zu sein.«

»Na ja, ich bin jedenfalls nicht dieses Mädchen«, erwiderte sie mit einer gewissen Festigkeit in der Stimme. »Und jetzt laß mich los, bevor meine Freunde kommen, um mich zu befreien. Dann steckst du nämlich in großen Schwierigkeiten.«

»Du hast Freunde?« fragte er überrascht.

»Natürlich!« antwortete sie empört. »Du etwa nicht?«

»Nein.«

Das warf sie schon wieder aus der Fassung. »Was denn? Keine Freunde?«

»Nein, keine.«

Sie traute ihren Ohren nicht. »Keinen einzigen?«

»Na ja, ich hatte mal einen Giftkröterich als Haustier, aber ich glaube nicht, daß das zählt. Denn kaum hatte er mich kennengelernt, ist er davongehopst.«

Gloha begann zu begreifen, daß es sich hier nicht um einen gewöhnlichen bösen Entführer handelte. Die Sache lag wohl etwas komplizierter.

»Wie bist du denn in diese Burg gekommen?« fragte sie. Vielleicht war es ja hilfreich, wenn sie etwas über die Hintergründe in Erfahrung brachte.

»Das ist eine kurze und langweilige Geschichte«, antwortete er. »Warum kommst du nicht einfach herunter und heiratest mich, damit wir endlich die Ehe vollziehen können?«

»Ich werde dich nicht heiraten, und schon gar nicht werde ich die Ehe ...« Doch ihr nervöses kleines Wesen ließ es nicht zu, daß sie ein derart schlüpfriges Wort über die Lippen brachte. »Und außerdem – wie kommst du überhaupt auf den Gedanken, daß du dir einfach irgendein Mädchen schnappen und es heiraten kannst?«

»Das tu' ich doch schon die ganze Zeit. Jeden Tag hole ich mir eine neue Nymphe, heirate sie und vollziehe mit ihr die Ehe, und am nächsten Tag kann sie sich an nichts mehr erinnern. Dann muß ich wieder mit einer neuen Nymphe ganz von vorn anfangen. Das bringt einen zur Verzweiflung!«

»Na schön, dann erzähl mir mal deine kurze und langweilige Geschichte«, sagte Gloha. Wenn er dazu bereit war, sich von seinem katastrophalen Vorhaben ablenken zu lassen, war sie auch dazu bereit, ihn darin zu ermutigen. »Und vergiß nicht zu erzählen, wie du in diese Burg gekommen bist, warum du sie als Republik bezeichnest und weshalb du überhaupt irgendwelche Leute heiratest. Ich werde mich in der Zwischenzeit in sicherer Entfernung von dir aufhalten, falls du nichts dagegen hast.«

»Ich habe nichts dagegen«, antwortete er. »Es ist ganz nett, zur Abwechlung mal ein halbwegs intelligentes Gespräch führen zu können.«

Wenn er bisher immer nur mit Nymphen hatte reden können, deren Geist ja ziemlich geistlos war, getreu der Theorie, daß keine Kreatur mit einem nymphischen Körper eines Geistes bedurfte, leuchtete es durchaus ein, daß er sich nach einem Gespräch mit einer klugen Person sehnte. Gloha nahm neben einem Sessel auf dem Boden Platz, bereit, sofort davonzufliegen, sobald er versuchen sollte, näherzukommen und nach ihr zu greifen. Bis dahin hörte sie sich seine Geschichte an.

Es war einmal in den Nebeln des Altertums – also vor ungefähr dreißig Jahren – eine alte Vettel. Sie war Weberin und webte von morgens bis abends, um sich und ihre unschuldige junge Tochter zu ernähren. Kaum, daß sie sich selbst und ihrem Kind eine Ruhepause gönnte. Aber so beschäftigt und fleißig die Vettel auch war, liebte sie doch ihre Tochter und nahm sich eines Tages die Zeit, ihr einen guten Rat zu geben.

»Heide, meine geliebte Tochter, wenn die Balz über einen jungen Mann kommt, versagt er dabei, auf Zeitgemäße & Angemessene Weise zu handeln. Verstehst du?«

»Nein, liebste Mutter«, erwiderte die unschuldige Heide, so wie ein braves Mädchen es tun mußte.

»Nicht? Dann paß mal auf: Ein junger Mann wird dann plötzlich so heiß, daß nicht einmal die Dorfschafe vor ihm in Sicherheit sind. Verstehst du mich jetzt?«

»Nein, liebste Mutter«, antwortete Heide verlegen, weil sie es nicht mochte, ihre Mutter in Verlegenheit zu bringen.

»Nicht? Hast du denn eine Vorstellung davon, wie man den Storch ruft?«

»Nein, liebste Mutter«, antwortete Heide. »Das gehört doch zur Erwachsenenverschwörung. Deshalb habe ich natürlich noch nie vom Storch gehört. Warum erzählst du mir das alles?«

»Weil ich auch einmal so unwissend war wie du, und so kam es dazu, daß ich den Storch gerufen habe, der dich gebracht hat, liebste Tochter. Ich möchte nicht, daß du denselben Fehler begehst.«

»Aber wie konntest du denn den Storch rufen, wenn du nicht einmal wußtest, wie das geht, liebste Mutter?« fragte Heide, doppelt verwundert. »Ich jedenfalls kann nichts tun, von dem ich nicht weiß, wie es geht.«

»Bei den Ogern und Nachtmähren Xanths, Heide – sag einfach nein!!«

Heide war tief beeindruckt, denn noch nie hatte sie so ein doppeltes Ausrufezeichen vernommen. Sie nahm sich die Lektion zu Herzen und hob sich ihr entschiedenstes Nein für die Gelegenheit auf, da sie einem jungen Mann begegnen würde, der sich Unzeitgemäß & Unangemessen verhielt oder irgendwelche Schafe mißhandelte.

Doch mit zunehmendem Alter wurde sie sich auch gewisser gesellschaftlicher Gepflogenheiten bewußt. Sie bemerkte, daß ihre Mutter stets Arbeitskleider trug und mit den Händen arbeitete, die dementsprechend schwielig und verknorpelt waren, und so begann sie sich für die alte Vettel zu schämen. Also tat sie, was alle Heranwachsenden in einer derart unerträglichen Lage taten: Sie schrie ihre Mutter an, beschimpfte sie mit üblen Bezeichnungen wie ›Alte‹, ›Hexe‹ und ›Schrulle‹, ja mit allem, außer dem richtigen Ausdruck ›Vettel‹, und um das Gesagte erst so richtig zu unterstreichen, brannte sie auch noch mit Schatten durch, dem Dorftrottel. Dieser Mann kannte die Bedeutung der Worte Zeitgemäß oder Angemessen nicht, und er war auch ungeheuer bösartig zu den Schafen, indem er sie jeden Frühling schor, und so brach es der alten Vettel das Herz.

Natürlich verstand der Idiot auch nichts vom Herbeirufen des Storchs. So vergnügten die beiden sich einfach nur. Doch durch irgendeinen merkwürdigen Zufall gewann der Storch die Überzeugung, daß dieses Paar einen Säugling verdient hatte. Das war ganz offensichtlich eine Verwechslung, denn Heide, die einst eine Figur wie eine Sanduhr gehabt hatte, schien langsam an Sand zuzunehmen. Sie wurde von Tag zu Tag fetter und schien kaum in der Lage zu sein, mit einem Säugling zurechtzukommen. Auf jeden Fall wußte sie nichts von den Vorstellungen des Storchs. Lange Zeit tat sie so, als hätte sie keinen Appetit, und sie verzehrte nichts anderes als ein paar schwarze und blaue Beeren, die sie aus den Gärten der Nachbarn gestohlen hatte, sowie ein paar Kekse. Sie behauptete, daß diese besser schmeckten als die guten Suppen ihrer Mutter und ihre Eintöpfe und ihr hausbackenes Bauernbrot. Schatten kochte ihr mehrmals klebrigen gelben Bananenraupenbrei, doch der ließ Heide nur ihre Kekse ausspeien. Das gefiel Schatten nicht, denn er hatte etwas dagegen, daß man Kekse vergeudete. Was wiederum bewies, was für ein Trottel er tatsächlich war, woran Heide ihn auch häufig genug erinnerte.

Schließlich kam der Tag, da Heide ebensoviel Mißfallen an Schatten fand wie schon zuvor an ihrer vettelhaften Mutter. Als sie eines Nachts im Dunkeln dalag, durchgefroren und hungrig, kochte ihre Ungeduld ob ihrer Lage auf eisige Weise über. »So, die letzten neun Monate habe ich genug für die Menschheit gelitten. Ich will meine Mutter wiederhaben, auch wenn sie eine Vettel ist. Wenn es diesem Idioten Schatten nicht gefällt, kann er von mir aus mit irgendeiner anderen in den Küß-mich-See springen.« Denn inzwischen war Heide klar, daß ihre Gesundheit sich verschlechtert hatte, nachdem die beiden im Küß-mich-See geschwommen und danach ziemlich viel Küsserei veranstaltet hatten. Vielleicht machte das Wasser ja auch dick.

Und so verließ eines prächtigen Morgens eine nicht mehr ganz so prächtige Heide die sandige Treibholzhütte des Trottels und kehrte nach Hause zurück, ohne jedoch ihr angesammeltes Selbstmitleid mitzunehmen. Dort fand sie ihre Mutter, die Dorfhebamme und den Storch vor. Sie standen händeringend vor der Hütte. Als sie Heide erblickten, brachen sie in Tränen aus.

»Weshalb seid ihr denn so traurig, mich wiederzusehen?« fragte Heide, während sie ungeduldig zu ihrem geliebten sauberen, nach Lavendel duftenden Bett hinüberschritt. »Habt ihr nicht von vornherein gesagt, ich würde zurückkommen?«

Es stellte sich heraus, daß sie gar nicht traurig waren, sondern froh, obwohl ihre Gefühle irgendwie durcheinandergeraten zu sein schienen. Der Storch war besonders erleichtert, weil er schon befürchtet hatte, an die falsche Adresse geraten zu sein. Er legte einen kleinen Jungen in die Wiege und zog wieder ab. In seiner Eile ließ er dabei noch einen Zeitsamen fallen, der eigentlich für eine andere Lieferung bestimmt gewesen war. Der Samen landete im Garten, und daraus wuchs eine erste Pflanze, aus der nicht allzu viel wurde, dann eine zweite, die im Laufe von sechzig Sekunden zu eine Minutenpflanze wurde, nach sechzig Minuten zu einer Stundenpflanze, nach einem Jahr zu eine Jahrespflanze, und so weiter, in der offenkundigen Absicht, irgendwann schließlich zu einer Jahrhundertpflanze zu werden. Da das einige Zeit erfordern würde, trug sie in ihrem oberen Teil einen strahlenden Kristall, um ihre Stellung in der Raumzeit zu markieren. Die Vettel ignorierte die Pflanze, weil sie zu beschäftigt war und glaubte, die Pflanze würde ohnehin keine Rolle spielen. Das hätte sie besser nicht getan.

Sieben Tage später kamen die Dorfältesten, um an der Zeremonie der Kindsbenennung teilzunehmen. Heide nannte den Jungen Veleno, was ›Vergiftetes Geschenk‹ bedeutete. Die Ältesten besprenkelten Heide mit Regenbogenrosenwasser und verkündeten, daß sie in Anbetracht der jüngsten Ereignisse kein Kind mehr sei, sondern eine Erwachsene.

Sofort legte sich die Last der Erwachsenenverantwortung auf Heides Schultern. Sie begriff, wie sie den Storch gerufen hatte, damals, als sie wohl doch ein kleines bißchen mehr getan hatte, als nur zu küssen. Heide war entsprechend entrüstet und beschloß, es nie wieder zu tun. Sie schloß sich ihrer Mutter am Webstuhl an, den sie für den Rest ihres Lebens nicht mehr verließ, und richtete ihre Aufmerksamkeit darauf, selbst zu einer Vettel zu werden. Von da an nannte man die kleine Steinbehausung ›Das Haus der beiden Weberinnen‹.

Sieben, acht Jahre krochen dahin, und der Säugling

schaffte es, zu einem Jungen zu werden. Er war ruhig, ein Einzelgänger, und bewies schon früh sein magisches Talent: Er konnte einfachen Puffmais in regenbogenfarbenen Puffmais verwandeln. Das war eine natürliche Weiterentwicklung des Talents seiner Mutter, die einfache weiße Rosen in regenbogenfarbene Rosen verwandeln konnte. Sie benutzte dieses Talent nicht sehr häufig, weil sie nur selten einer weißen Rose begegnete, aber immerhin verfügte sie über diese Magie. Niemals erfuhr irgend jemand, welches Talent Velenos Vater hatte, von der Trottelei einmal abgesehen; Veleno aber lernte den Mann nie kennen.

Velenos kleine Welt bestand aus seiner Mutter, seiner Großmutter und der unmittelbaren Umgebung seines Dorfes. Eines Tages erwachte er aus seinem mitsommerlichen Schlummer unter seinem Lieblingsschirmbaum, nahm ein Bad in dem konservativen goldenen Wasserteich rechts vom Dorf, legte seine kühlen weißen, abgetragenen Baumwollkleider an und kehrte nach Hause zurück. Doch er fand alle in furchtbarer Aufgelöstheit um den Dorfbrunnen stehend vor. Die Dorfbewohner schrien, zerrupften sich das Haar, rangen die Hände und weinten bitterlich.

»Was ist denn los?« fragte er in stockendem Flüstern, weil er befürchtete, daß irgend etwas nicht stimmte. Schließlich war es alles andere als gemütlich, sich das Haar zu zerrupfen, und die Schreie waren gar fürchterlich.

»Ein schrecklicher Feuerdrache kommt gerade auf das Dorf zu«, erklärte ein Mann mit goldorangefarbenem Haar. Sein Name war Menthol, doch das hatte nichts zu bedeuten und hätte wohl gar nicht erwähnt werden dürfen. »Wie es scheint, kann nichts ihn mehr daran hindern, alle hier im Dorf zu massakrieren.«

»Aber weshalb regen sich denn alle so auf?« fragte der Junge verwundert.

Der Mann musterte den Jungen für einen Augenblick. Dann nickte er, als habe er bei sich eine Entscheidung gefällt. »Wie heißt du, kleiner Junge?«

»Veleno.«

»Was für ein hübscher Name. Was hat er denn zu bedeuten?«

»Vergiftetes Geschenk.«

Menthol nickte wieder, als wäre sein Verdacht gerade bestätigt worden. »Ach ja. Wächst auf eurem Hinterhof zufälligerweise eine junge Jahrhundertpflanze, die deiner Familie dabei hilft, die Zeit zu messen?«

»Ja.«

»Nun, Veleno, deine Mutter möchte nicht, daß du jetzt nach Hause zurückkehrst. Eigentlich möchte sie sogar, daß du einen Spaziergang mit mir machst. Tu alles, was ich dir sage, dann bekommst du von mir eine ganze Schüssel voller Süßigkeiten.«

»Toll!« rief Veleno.

Und so nahm Menthol den jungen Veleno an der Hand und führte ihn fort. Zufälligerweise war Menthol ein Kinderdieb. Er erkannte in Veleno ein Kind, das von den Dämonen zu ihrer späteren Unterhaltung gezeichnet worden war, weshalb er ihn auch zu den Dämonen brachte, um eine Belohnung einzuheimsen.

»Und so haben die Dämonen mich in diese verlassene Burg gesperrt«, schloß Veleno. »Und haben zu mir gesagt, daß mir im Leben alle meine Wünsche erfüllt werden sollen, bis auf einen: die Liebe. Die kann ich nur erlangen, indem ich eine Frau heirate, die bereit ist, mich zu heiraten und ihre Liebe mit mir zu teilen. Die Dämonen haben mir allerdings nicht gesagt, daß die einzigen menschlich erscheinenden Frauen hier in der Gegend Nymphen sind. Die aber sind zur Liebe unfähig und können sich von einem zum anderen Tag an nichts mehr erinnern. Allerdings haben die Dämonen erwähnt, daß sich unter ihnen vielleicht *eine* verstecken könnte, die sich erinnern und auch lieben kann. Und so habe ich seit der Zeit, da ich alt genug geworden bin, um der Erwachsenenverschwörung beizutreten, meinen gefärbten Puffmais dazu benutzt, eine Nymphe nach der anderen vom

Berg fortzulocken. Ich habe sie geheiratet und versucht, mit jeder von ihnen den Storch zu rufen, in der Hoffnung, daß die Richtige sich am nächsten Morgen daran erinnern würde. Doch bisher hat jede Nymphe es wieder vergessen, obwohl sie doch alle begeistert dabei mitgemacht haben, dem Storch das Signal zu geben. So ist die Ehe jedesmal gescheitert und aufgelöst worden, und ich mußte wieder von vorn anfangen.«

»Aber warum hältst du sie dann in der Burg gefangen?« wollte Gloha wissen. »Es sind doch von Natur aus sorglose Kreaturen, die in der Gefangenschaft nur unglücklich werden.«

»Weil ich keine Nymphe von der anderen unterscheiden kann. Wenn ich sie wieder freilasse, nachdem ich sie geheiratet habe, könnte es passieren, daß ich dieselbe ein zweites Mal wieder einfange und so meine Zeit vergeude. Die einzige Möglichkeit, das zu verhindern, besteht darin, daß ich die alten Nymphen von der Gruppe fernhalte.«

Langsam begann Gloha das Ganze einzuleuchten. Trotzdem gefiel es ihr nicht. »Tja, ich würde dich jedenfalls nicht heiraten, und ich werde auch nicht begeistert dabei mitmachen ... den ... na ja, egal. Und ich werde dich auch nie lieben. Nein, nicht im Laufe der Zeitspanne, die diese Jahrhundertpflanze bis zur Reife benötigt. Also kannst du mich ebensogut freilassen.«

»O nein! Ich *muß* dich heiraten. Du bist die einzige, die mich lieben und mit der ich endlich die Liebe erfahren kann, weil du Erinnerungsvermögen besitzt. Danach werde ich den Zauberbann der Dämonen gebrochen haben. Dann kann ich endlich ein ganz normales Leben führen wie jeder gewöhnliche Mensch.«

Veleno schien Glohas Erklärung nicht sonderlich aufmerksam verfolgt zu haben. Ob es vielleicht eine andere Möglichkeit gab, ihn abzuschrecken? Da fiel Gloha etwas ein, was die Dämonen betraf. »Beobachten die das hier?«

»Natürlich. Auf diese Weise unterhalten sie sich ja. Aber wenn ich die Liebe finde, werden sie das sofort merken, und dann ist es aus mit ihrer Unterhaltung. Dann lassen sie diese Burg in Rauch aufgehen, während ich mit meiner Braut in mein Dorf zurückkehren kann, wo wir dann bis ans Ende unserer Tage als Bauern leben können, die dem kargen Boden mühsam ihren Lebensunterhalt abringen.«

»Das ist ein wahrhaft bescheidenes Ziel«, meinte Gloha. »Und ich wünsche dir dazu alles Gute. Aber mit mir wird das nichts. Denn ich werde dich *nicht* heiraten, und mehr gibt es dazu nicht zu sagen!«

»Dann muß ich dich eben in eine Zelle einsperren, bis du es dir anders überlegst«, entschied Veleno. »Denn du bist meine einzige Hoffnung, die Liebe zu erlangen, und da wäre ich ja ein Narr, wenn ich dich entkommen ließe.«

Gloha begriff, daß dem Mann mit Vernunft nicht beizukommen war. Also flog sie davon und suchte einen anderen Ausgang aus der Burg. Sie entdeckte eine Treppe, die nicht abgesperrt war, und flog die Stufen hinauf, doch sämtliche Fenster waren vergittert, und die meisten Räume, in denen sich wimmernde nackte Nymphen aufhielten, waren abgeschlossen. Eine Flucht schien unmöglich.

Da entdeckte Gloha einen dunklen Gang, der ihr anfangs in ihrer Hast nicht aufgefallen war. Er war niedrig und schmal, so daß sie landen und zu Fuß weitergehen mußte. Er führte sie zu einer Wendeltreppe, die wiederum nach oben führte. Gab es dort vielleicht einen verborgenen Zugang zum Dach?

Gloha gelangte an eine kleine Tür. Sie zog an dem Griff, und weil sie so klein war, konnte sie die Tür sogar in Bewegung setzen. Dahinter befand sich ein geschlossener kleiner Raum mit mehreren vergitterten Fenstern. Das mußte das höchste Turmzimmer der Burg sein, von dem kein Weg außen hinunterführte. Genau von jener Art, wie man sie benutzte, um zögerliche Jungfrauen einzusperren. Wenn sie aber eins dieser Fenster aufbekäme oder auch nur einen der Gitterstäbe herausreißen könnte, brauchte sie einfach nur hinauszuspringen. Denn sie würde dabei ja nicht zu Tode stürzen, sondern könnte ohne Mühe davonfliegen. Die

Erbauer dieser Burg hatten offenbar nicht mit einem geflügelten Koboldmädchen gerechnet.

Sie betrat den Raum und schritt zum gegenüberliegenden Fenster, um hinauszuspähen. Sie hatte recht gehabt: Das Zimmer befand sich hoch oben am Himmel, umgeben von herrlich kahler Luft. Gloha ergriff einen der Stäbe. Der klapperte – und im selben Augenblick vernahm sie hinter sich ein merkwürdiges leises Klicken. Nervös drehte sie sich um und sah, daß die Tür zugefallen war.

Beunruhigt lief sie zu der Tür hinüber, um sich zu vergewissern, daß die Tür nicht eingerastet war – doch genau das war der Fall. Sie rührte sich nicht mehr von der Stelle. Gloha steckte in der Falle.

Und sie hörte Velenos Schritte, die sich draußen der Treppe näherten. Der Nymphomane wollte zu ihr, denn er hielt sie für einen zufriedenstellenden Nymphenersatz.

Was konnte sie tun? Sie tat das einzige, was ihr möglich war: Sie legte ihr aufgeregtes kleines Gesicht an das Fenster und stieß Xanths herzzerreißendsten kleinen Schrei aus.

10

Griesbogen

Griesbogen spitzte die Riesenohren. Er vernahm einen leisen Schrei in der Ferne! Ob das Gloha war?

Er blickte in die betreffende Richtung, konnte aber nur bewaldete Berge ausmachen. Wenn Gloha dort drüben sein sollte, würde sie mehrmals schreien müssen, damit er sie orten konnte.

Vorsichtig kauerte er sich nieder, um in seiner Schwäche nicht das Gleichgewicht zu verlieren, umzukippen und dabei einen beträchtlichen Teil des Walds und vielleicht sogar den einen oder anderen Freund zu zerdrücken. Er preßte das Gesicht ans Zelt.

»Ich habe einen Schrei gehört«, sagte er.

Direkt vor seiner Nase platzte die Dämonin Metria in die Feststofflichkeit. »Hast du? Wo denn?«

»Nördlich vom Nymphenberg. Aber ich habe nur Berge und Bäume gesehen.«

Metria verblaßte. Kurz darauf kehrte sie zurück. »Ich habe Trent und Mark Bescheid gesagt. Sie werden dorthin eilen und nachsehen. Kannst du sie in das Gebiet tragen?«

»Ja, ich glaube, dafür reicht meine Kraft noch.«

»Dann steh erst mal auf und zeig mir genau, woher der Schrei kam. Vielleicht kann *ich* ja erst einmal nachschauen.«

Griesbogen erhob sich unsicher und atmete tief durch, um das Schwindelgefühl zu vertreiben, während er sich aufrichtete. Er war vielleicht ein armseliger Abklatsch von einem Riesen! Dann wies er zu den Bergen hinüber. »Aber der Schrei war sehr schwach. Ich kann mir nicht sicher sein, daß es tatsächlich Gloha war«, warnte er Metria. »Für meine Ohren klingen nämlich alle jungfräulichen Schreie gleich.«

»Deshalb will ich ja auch nachsehen«, sagte sie und verschwand mit einem *Zzzrrpp*!

Vorsichtig kauerte Griesbogen sich wieder nieder. Bald darauf trafen der Magier und das Skelett ein. Er wiederholte seine Mitteilung.

»Bring uns hin«, sagte Trent nur.

Griesbogen öffnete die linke Hand und legte sie mit der Fläche nach oben auf den Boden. Trent und Mark stiegen auf. Griesbogen hob sie bis auf Kopfhöhe, dann stapfte er vorsichtig auf das Gebirge zu.

Sie hatten zuerst mit Verwunderung, dann mit Beunruhigung auf Glohas Verschwinden reagiert. Gerade war sie noch dort gewesen, auf dem Weg in das Erholungsgebiet, und dann war sie plötzlich nicht mehr wiedergekehrt. Trent war der erste gewesen, der sich Gedanken gemacht hatte, weil es ja auch seine Aufgabe gewesen war, dafür zu sorgen, daß dem süßen kleinen Geschöpf nichts zustieß. Vielleicht hatte Gloha ja einen Seitenpfad genommen, um einem Ruf der Natur zu folgen. Doch je mehr Zeit verstrich, um so mehr wurde ihnen klar, daß irgend etwas nicht stimmte. Kein Zweifel – Gloha war verschwunden.

Von einem Gewirrbaum war sie nicht eingefangen worden, weil sie sämtliche Gefahren dieser Art in der Umgebung bereits geortete hatten, und außerdem war Gloha zu klug, um sich in die Nähe eines solchen Unwesens zu begeben. Dasselbe galt auch für Drachen und andere Landungeheuer. Auch, was Flügelungeheuer betraf, brauchte Gloha sich keine Sorgen zu machen, weil sie ja selbst eins war. Bei diesem Gedanken mußte Griesbogen lächeln; diese Bezeichnung schien das Mädchen überhaupt nicht zu bekümmern, sie sah darin nichts anderes als eine nüchterne Tatsachenbeschreibung. Trent war ein Menschenmann, Griesbogen ein menschlicher Riese, Mark Knochen ein wandelndes Skelett, Metria eine Dämonin, und Gloha war eben ein Flügelungeheuer. Dieser Mangel an Geziertheit gehörte zu ihren vielen liebenswürdigen Eigenschaften. Darüber hinaus war sie hübsch, nett, feinfühlig und fürsorglich. Der Mann, der sie bekommen würde, konnte sich glücklich schätzen.

Griesbogen erinnerte sich, wie Gloha ihn während der Theateraufführung vor den Fluchungeheuern geküßt hatte. Der Gedanke, daß eine winzige Prinzessin einen Riesen heiraten könnte, war natürlich lächerlich, aber das Stück hatte ja auch nur der Unterhaltung gedient und gar nicht den Anspruch erhoben, realistisch zu sein. Am Schluß war Gloha vor sein Gesicht spaziert und hatte ihm einen köstlichen kleinen Kuß auf die Oberlippe gepflanzt. Irgend jemand im Publikum hatte zwar laut gelacht, doch Griesbogen hatte dieser Kuß wirklich sehr gefallen.

Überhaupt gefiel ihm Gloha wirklich, und er wäre untröstlich, sollte ihr irgend etwas zustoßen. Er würde alles tun, was in seiner Macht stand, um sie aus möglichen Schwierigkeiten zu retten. Doch zunächst einmal mußten sie Gloha finden. Griesbogen versuchte den Gedanken zu unterdrücken, daß es für Hilfe möglicherweise schon zu spät sein könnte. Er mußte sich an die Hoffnung klammern, daß dieser zaghafte leise Schrei von Gloha stammte, damit sie die Kleine aus welcher mißlichen Lage auch immer befreien konnten.

Da erschien Metria wieder. »Ich habe meine Rauchgestalt angenommen und bin durch die Wälder geschwebt«, berichtete sie. »Ich habe zwar ein paar gewöhnliche Kobolde entdeckt, aber keine geflügelten. Ich glaube nicht, daß sie dort sind.«

»Dann können wir nur hoffen, daß Gloha noch einmal schreit«, sagte Trent.

»Falls es überhaupt ihr Schrei war«, versetzte die Dämonin mit dämonischer Logik. »Vielleicht hat der Riese sich den Schrei nur eingebildet.«

»Im Augenblick bleibt das immer noch unsere beste Spur«, erwiderte Trent scheinbar unbekümmert. Doch Griesbogen hatte begriffen, daß der Magier immer dann, wenn er am wenigsten berührt zu sein schien, seine Reaktionen am stärksten zu zügeln pflegte. Wenn irgend jemand den Fehler begehen sollte, zu glauben, daß man diesen sanft wirkenden Mann ignorieren oder achtlos beiseite schieben könnte, würde der Betreffende sich höchstwahrscheinlich schon bald in ein Stinkhorn verwandelt wiederfinden. In Wirklichkeit war der Magier nämlich ein sehr alter Mann, der nur für diese Suche verjüngt worden war, und verfügte dementsprechend auch über die Erfahrung und Selbstbeherrschung des Alters. Griesbogen hegte großen Respekt für ihn.

Der Riese baute sich vor den Bergen auf. Die waren nur ein kleines bißchen größer als er, aber dafür um einiges wuchtiger. Er blickte auf den Waldteppich hinab, der sie bedeckte. Alles war ruhig. Hatte er sich vielleicht doch geirrt, was die Richtung anging, aus der der Schrei ertönt war? Hatte er ihn sich vielleicht doch nur eingebildet? War es möglich, daß er Glohas Freunde an die falsche Stelle geführt hatte, während sie in Wirklichkeit ganz woanders in schrecklicher Gefahr schwebte? Er würde es sich niemals verzeihen, falls ...

Da ertönte wieder der Schrei. Diesmal vernahmen sie ihn alle. Er erscholl hinter dem Berg, genau in der Richtung, die sie eingeschlagen hatten.

»Eins zu null für die riesige Einbildungskraft«, bemerkte Mark. Das Skelett war ebenfalls ein gutes Wesen, und Griesbogen wünschte ihm inständig, daß seiner Suche nach einer halben Seele Erfolg beschieden sein mochte. Griesbogen konnte ihm das nämlich nur zu gut nachempfinden, denn er wußte schließlich um eine ganz bestimmte Seele, die schon bald zur Verfügung stehen würde. Doch war jetzt nicht die Zeit, darüber zu reden. Das drängendere Problem war im Augenblick Gloha.

Griesbogen hielt Ausschau nach kahlen Stellen im Gebirge, um darüberzusteigen. Er machte sich langsam an den Aufstieg und schob den Kopf über die Gipfel, um hinüberblicken zu können.

Und dort, im dahinterliegenden Tal, stand eine Burg. Und aus einem Fenster im allerhöchsten Turmzimmer flatterte eine Fahne. Es sah aus wie Glohas Bluse.

Metria verschwand so schnell, daß es einen Knall gab. Sie wollte der Sache nachgehen. Inzwischen berichtete Griesbogen dem Mann und dem Skelett, was er gesehen hatte, und hob sie empor, um sich selbst davon zu überzeugen. Seine Annahme, den Schrei betreffend, hatte sich bestätigt. Das war ihm eine große Erleichterung, denn nun würden sie Gloha aus ihrer augenscheinlichen Gefangenschaft befreien können.

Schritt um Schritt überwand er den Gebirgszug, kletterte über die Gipfel und machte sich an den Abstieg. Die Burg wurde immer größer und war immer deutlicher auszumachen. Sie reichte Griesbogen ungefähr bis zum Schienbein und stand auf einem Inselchen in einem schlammigen Teich. Von dort führte ein Weg ins Erholungsgebiet der Faune und Nymphen. Ein Verdacht keimte in Griesbogen auf.

Da erschien Metria wieder. »Gloha ist tatsächlich gefangen«, meldete sie. »Zusammen mit einer Unmenge trauriger Nymphen. Sieht so aus, als ob dieser Rüpel von einem Mann ein Nymphomane ist. Er ist von Nymphen besessen und entführt sie am laufenden Band für seine nächtlichen Vergnügungen. Dann sperrt er sie in Zellen ein und holt sich neue. Er hat Gloha mit einer Nymphe verwechselt, als er sie im Netz einfing.«

Trents Miene bekam einen leicht grimmigen Ausdruck. »Gloha ist keine Nymphe, also sollte er sie auch nicht gefangenhalten. Übrigens bin ich auch nicht der Meinung, daß er das Recht hat, die anderen Nymphen gefangenzuhalten.«

Wieder hatte seine Sanftmut einen gefährlichen Unterton. Dieser Nymphomane würde noch furchtbare Schwierigkeiten bekommen! Griesbogen wünschte sich, daß er selbst dazu fähig wäre, sich mit einer derart tödlichen Untertreibung auszudrücken. Aber er wußte, daß er nun einmal nichts anderes war als ein ganz gewöhnlicher Riese, selbst wenn man seine Erkrankung mit einbezog. Besäße er Trents Körpergröße, würde er überhaupt keine Rolle mehr spielen.

»Vielleicht sollten wir Gloha erst einmal befreien, um danach mit dem Mann wegen der Nymphen zu reden«, schlug Mark vor.

»Ja. Was Gloha betrifft, will ich kein Risiko eingehen.« Trent wandte sich an Griesbogen, was nicht allzu schwierig war, da er ja auf der Hand des Riesen stand. »Könntest du das Dach vom Turm heben, damit sie hinausfliegen kann?«

»Ich will es versuchen«, willigte Griesbogen ein. Er trat auf die Burg zu, kniete neben ihr nieder, streckte den Arm aus und legte Daumen und Zeigefinger an das kegelförmige Dach. Dann versuchte er es hochzuheben, doch das Dach war gut befestigt. »Ich fürchte, ich habe nicht die Kraft dazu«, sagte er bedauernd. »Es gab mal eine Zeit, da wäre das kein Problem für mich gewesen. Ich könnte zwar dagegenhauen und daran rütteln, um es zu lockern, aber Gloha könnte dabei zu Schaden kommen.«

»Das wollen wir nicht riskieren«, warf Trent hastig ein. Er wandte sich an Metria, die gerade neben ihnen schwebte. »Kannst du dich in einen Schlüssel verwandeln, um die Tür aufzusperren, damit Gloha aus dem Raum kommt und vielleicht einen anderen Fluchtweg nehmen kann?«

»Ich dachte schon, du würdest mich nie fragen!« Mit einem kleinen Puffer verschwand sie.

Doch kurz darauf kehrte sie zurück. Für eine Dämonin sah sie plötzlich ziemlich beschämt aus. »Das ist ja eine verzauberte Burg! Ich kann sie nicht mal anfassen.«

»Nicht mal anfassen?« fragte Trent überrascht.

»Es ist, als wäre sie Rauch für mich«, erklärte sie. »Wenn ich versuche, sie zu berühren, fahren meine Hand und mein Körper einfach hindurch, als wäre ich nicht wirklich, obwohl ich mich doch in meiner feststofflichen Gestalt befinde. Immerhin weiß ich jetzt, daß die Burg von Dämonen erbaut wurde. Ich kann zwar hinein und beobachten, was dort geschieht, und ich kann auch mit den Leuten reden, wenn ich will, aber ich kann weder die Burg noch irgendeinen ihrer Gegenstände berühren. Das treibt einen glatt zur Verzweiflung.«

Trent überlegte. »Ich könnte irgendein Lebewesen in ein Ungeheuer verwandeln, das die Burg angreift, aber ich muß doch etwas Vorsicht walten lassen. Denn das Ungeheuer könnte auch den Nymphen und Gloha Schaden zufügen. Und ich hätte auch keine Gewalt darüber. Nein, das ist mir zu riskant, denn sobald das Ungeheuer in der Burg wäre, wäre es auch meinem Zugriff entzogen. Ich muß also ein freundliches Wesen verwandeln, um sicherzugehen, daß wir nicht noch ungewollt Schaden anrichten.«

»Vielleicht könnte ich ja in die Burg eindringen«, meinte Mark. »Die vergitterten Fenster können mich nicht aufhalten, solange ich nur den Schädel hindurchstecken kann, und die Mauer kann ich mühelos erklimmen.«

»Die Gitterstäbe stehen für einen Schädel zu dicht beieinander«, widersprach Metria. »Das habe ich schon überprüft. Und möglicherweise wirst du auch feststellen, daß die Mauern zu glatt sind, um sie zu erklimmen. Verzauberte Burgen lassen sich nun einmal nicht so leicht einnehmen.«

Das Skelett nickte. »Das stimmt. Ich fürchte, dann weiß ich auch nicht weiter. Wenn ich irgendwie hineingelangen könnte, könnte jemand einen meiner längeren Knochen benutzen, um die Gitterstäbe auseinanderzuhebeln. Aber wenn nicht einmal Gloha hinaus kann, komme ich auch nicht hinein.«

»Dann liegt es also an mir«, schloß Trent. »Das überrascht mich nicht. Bisher hat Gloha ebensoviel getan, um mir zu helfen, wie ich ihr geholfen habe, aber Crombies Hinweise treffen immer zu. Also werde ich jetzt tun, wozu ich eigentlich hier bin. Gloha ist ein prächtiges Mädchen und die Anstrengung durchaus wert. Griesbogen, wenn du so nett wärst, mich auf dem Dach der Hauptburg abzusetzen. Dann werde ich mich daranmachen, die Prinzessin zu befreien.«

Griesbogen lächelte. Das ganze Unterfangen wies langsam eine gewisse Ähnlichkeit mit ihrem Bohnenstangen-Theaterstück auf. Er hob Trent und Mark an das Burgdach und legte die Hand flach, damit Trent absteigen konnte.

Mark Knochen glitt ebenfalls von der Hand. »Aber du brauchst dich doch nicht auch noch zu gefährden«, protestierte Trent.

»Muß ich doch«, erwiderte Mark.

Trent stritt sich nicht mit ihm. Griesbogen zog die Hand zurück und beobachtete aus angemessener Entfernung. Natürlich hätte er es nie erwähnt, aber es hatte ihn ermüdet, die beiden zu tragen, so winzig sie auch waren, und er mußte sich ausruhen. Wie schlimm diese entkräftigende Krankheit doch war!

Trent sah sich auf dem Dach um und entdeckte einen winzigen Käfer. Den verwandelte er in einen Sägefisch. Mark nahm den Fisch auf, dessen gezahnte Kanten seinen Knochenhänden nicht so viel anhaben konnten wie dem Fleisch des Menschen. Er trug ihn zu der verriegelten Dachtür hinüber. Dann setzte er die mit Sägezähnen bewaffnete Nase des Fischs an die Kante des Türrahmens und hielt ihn fest, um ihn den Rahmen und schließlich auch die Tür selbst durchsägen zu lassen. Der Fisch sägte das Schloß aus, und nachdem es herausgefallen war, ließ die Tür sich öffnen. Dann verwandelte Trent den Sägefisch wieder in einen Käfer und brachte ihn an die Stelle zurück, wo er ihn gefunden hatte. Das fand Griesbogen interessant: Der Magier achtete sorgfältig darauf, kein unnötiges Unheil anzurichten, nicht einmal, wenn es um einen Käfer ging.

Die beiden drangen in die Burg ein. Griesbogen verfolgte ihr Vorankommen, als sie an den oberen Fenstern vorbeikamen. Sie befanden sich in einem ungenutzten Flügel, der durch eine verschlossene Tür vom Haupttrakt der Burg abgetrennt war. Deshalb mußte Mark erst zurückkehren, um den Käfer noch einmal zu holen, damit dieser wieder verwandelt werden konnte, da es im Innern der Burg offensichtlich keine Käfer oder sonstiges Ungeziefer gab.

»He, guck dir mal Veleno an«, flüsterte Metria Griesbogen ins Ohr, so daß er auffuhr. »Er hält mit einem Kostüm auf den hohen Turm zu.«

Griesbogen veränderte seine Stellung und versuchte, sich auf den Mann zu konzentrieren. Draußen vor der Burg brach die Nacht du, und das Gebäude wurde nun von Lichtern erhellt, wenngleich es in der Burg weder Verteidiger noch Dienstboten zu geben schien. Bis auf Veleno und die gefangenen Nymphen war sie völlig leer. Der Bau schien von allein zu funktionieren. Da Dämonen die Burg erbaut hatten, wie Metria berichtete, gaben sie sich offenbar nicht mit menschlichen Dienern ab. Auf dem Mittelhof wuchsen ein paar Pastetensträucher, die Veleno wahrscheinlich mit seinem täglichen Nahrungsbedarf versorgten, aber das war es auch schon. Es war eine autarke Burg.

Wenigstens erleichterte die Beleuchtung das Verfolgen des Geschehens im Innern, während Veleno seinerseits Griesbogen nicht sehen konnte, falls er sich überhaupt darum kümmerte. Die Burg bestand zwar nicht aus Glas, doch an manchen Stellen machte das keinen Unterschied, weil man durch die oberen Fenster hineinblicken konnte. Nur das untere Stockwerk war völlig undurchsichtig.

Veleno stieg zu dem oberen Turmzimmer hinauf, während Trent und Mark sich einen Weg durch die zweite versperrte Tür bahnten. Der Mann schien nichts von den Gefährten bemerkt zu haben. Vielleicht lebte er ja schon so lange in dieser Burg und fühlte sich so sicher, daß er gar nicht erst mit Eindringlingen rechnete.

Endlich erreichte Veleno sein Ziel. Griesbogen hielt das Ohr an die Burg, um genau zu hören, was dort gesprochen wurde.

»Ich habe dir ein Hochzeitskleid in deiner Größe mitgebracht, damit du mich auch stilvoll heiraten kannst«, teilte Veleno Gloha mit.

»Ich habe dir schon einmal gesagt, daß ich dich nicht heiraten werde«, versetzte Gloha. »Meine Freunde werden mich gleich aus deinen üblen Klauen erretten.«

»Hier kann dich niemand erretten. Diese Burg ist für Sterbliche uneinnehmbar. Und nun nimm dieses Kleid und leg es an. Dann kommst du herunter in den Hauptsaal, damit wir endlich heiraten können.«

»Was ist bloß mit dir los?« fragte sie ungläubig. »Ich habe dir doch gerade gesagt, daß ich dich nicht heiraten werde! Hörst du mir gar nicht zu?«

Veleno runzelte die Stirn. »Du bist ein richtiges Mädchen und keine Nymphe«, sagte er. »Deshalb kannst du dich von einem Tag zum anderen erinnern. Das bedeutet aber, daß unsere Ehe morgen nicht automatisch aufgelöst ist. Dann werde ich endlich die Anforderung erfüllt haben, ich werde die Liebe kennenlernen und kann wieder nach Hause zurückkehren.«

»Das hast du mir alles schon einmal erzählt«, ermahnte sie ihn. »Und ich habe dir auch schon einmal gesagt, daß ich dabei nicht mitmachen werde. Ich bin keine Nymphe, und ich werde dich auch nie heiraten. Und jetzt nimm dein dämliches Kleid und laß mich gehen, dann will ich die Sache vergessen und mich verdrücken.«

Griesbogen schüttelte den Kopf. Was für eine wunderhübsche, tapfere Kreatur sie doch war! Sie ließ sich von ihrem Räuber nichts bieten.

»Wenn du nicht herunterkommst, um mich zu heiraten«, sagte Veleno gelassen, »bringe ich dir eben nichts zu essen. Und weil du wirklich bist, *mußt* du etwas essen. Wenn du erst hungrig genug bist, wirst du mir schon zustimmen, daß es besser ist, verheiratet zu sein und essen zu dürfen.«

»Versuchst du etwa, mich so lange auszuhungern, bis ich dich heirate?« fragte sie empört.

»Ja. Bist du jetzt bereit?«

»Nein!«

»Das ist bedauerlich«, meinte Veleno. »Ich hatte eigentlich darauf gehofft, einen angenehmen Abend des Ehevollzugs verbringen zu dürfen. Aber ich kann warten.« Er hängte das Kleid zwischen die Gitterstäbe der Tür.

»Vollzug?« rief Gloha. »Niemals!« Und um es zu unterstreichen, stampfte sie mit ihrem zierlichen kleinen Fuß auf.

Griesbogen seufzte vor Bewunderung. Gloha gab auch unter äußerem Druck nicht nach. Und schon bald würde sie gerettet werden; deshalb würde ihr Widerstand ihr tatsächlich die Qual einer unglücklichen Ehe ersparen.

Veleno stieg die Treppe hinunter. Metria erschien vor ihm. »Sie wird dich niemals heiraten, du Haufen Drachendung!« sagte sie triumphierend.

»Wer bist du denn? Eine verirrte Dämonin?« wollte er wissen. »Geh mir aus dem Weg.« Dann trat er einfach durch sie hindurch.

Metrias Miene wirkte zornig, doch sie versagte sich eine Antwort. Sie konnte weder Veleno noch der Burg etwas anhaben, da sie für beide unwirklich war – sofern man von der Möglichkeit absah, hier in sichtbarer Gestalt zu erscheinen. Also schnellte sie zu Glohas Zimmer hinauf. »Dem hast du's aber gegeben«, meinte sie. »Gut für dich, Koboldmädchen.«

»Ich werde langsam hungrig«, gestand Gloha. »Seit diesem gefärbten Puffmais habe ich nichts mehr gegessen.«

»Du wirst bald gerettet. Trent und Mark dringen gerade in die Burg ein.«

»Oh, was für eine Erleichterung!« sagte Gloha. »Ich fürchte mich vor diesem Veleno. Ich habe Angst, er könnte ...«

»Er könnte was?« fragte die Dämonin.

»Er könnte versuchen, die ... die Ehe sogar ohne Heirat zu vollziehen.«

»Daran habe ich noch gar nicht gedacht«, sagte Metria. »Hmm ... das könnte er wohl tatsächlich.« Nachdenklich verblaßte sie wieder.

Plötzlich wurde Griesbogen furchtbar wütend auf die Dämonin. Anstatt Gloha Mut zu machen, hatte sie das Mädchen noch niedergeschlagener gemacht. Dämonen kannten eben keine menschlichen Gefühle!

In der Zwischenzeit waren Mark und Trent damit beschäftigt, die zweite Tür durchzusägen. Doch als sie es schließlich geschafft hatten, war Veleno bereits wieder unten, außer

Hörweite. Hätte er sie gehört und wäre er gekommen, um nachzusehen, hätte Trent ihn verwandeln können, was ihnen die Flucht sehr erleichtert hätte.

Na schön, dafür konnten sie jetzt wenigstens hinein und das Turmzimmer aufsuchen, wo Trent Gloha in irgend etwas verwandeln konnte, das klein genug war, um aus der Zelle zu fliehen. Danach konnte er sie dann wieder in ihre normale hübsche Gestalt verwandeln, und sie würde ungehindert davonfliegen können.

Die beiden gelangten an eine dritte abgesperrte Tür, die ihnen den Zutritt zu einem Gang verwehrte, der an einer Außenmauer entlangführte. Mark kehrte zurück, um wieder den Käfer zu holen, doch diesmal schlug noch eine weitere Tür hinter ihnen zu und hinderte ihn am Fortkommen. Die Gitterstäbe standen zu dicht beieinander, als daß Mark seinen Schädel hätte hindurchschieben können, genau wie Metria erklärt hatte.

»Oh, oh«, murmelte Trent.

Griesbogen konnte ihm sein Unbehagen nachempfinden. Tatsächlich saßen die beiden jetzt in der Falle und vermochten sich auch nicht aus eigener Kraft daraus zu befreien, weil es hier nichts gab, was sie in ein nützliches Werkzeug hätten verwandeln können. Auf ihre passive Art hatte die Burg sie gründlich hereingelegt.

»Du könntest mir einen Tritt versetzen, dann könnte ich eine andere Gestalt annehmen«, schlug Mark vor.

»Dein Schädel würde trotzdem nicht hinausgelangen, und ohne ihn kann der Rest deines Körpers nichts bewirken«, wandte Trent ein.

»Das stimmt. Zu dumm, daß ich dieser Situation nicht gewachsen bin.«

Metria erschien. »In was für eine Klemme habt ihr Jungs euch denn da manövriert?« wollte sie wissen.

»Wir haben uns ziemlich blöd angestellt«, gab Trent zu. »Und nun zahlen wir den Preis für unsere Dummheit.«

Metria riß sich zwei Haarsträhnen aus. »Wie kann so eine blöde Burg uns nur alle matt setzen?« fragte sie wütend. »Ich bin ja nur eine seelenlose Dämonin, aber von dir hätte ich doch etwas mehr erwartet, Magier.« Sie ließ die ausgerupften Strähnen fallen, worauf sie sich in Rauch auflösten und wieder ihn ihren Körper hineinfuhren.

»Du hast allen Grund, wütend zu sein«, sagte Trent nachsichtig.

Griesbogen erkannte, daß es Zeit für ihn war, zu handeln. Er beugte sich zu der neu entstandenen Gefängniszelle hinüber. »Verwandle mich, Magier«, sagte er. »Mach mich zu etwas, das klein genug ist, um in die Burg zu gelangen, und groß genug, um Hilfe leisten zu können.«

Trent nickte. »Ich werde dich in eine Maus verwandeln, damit du hereinkommst, und danach in einen Elf, damit du einen Satz Schlüssel suchen kannst, um die Türen aufzusperren.«

Griesbogen griff nach der Zelle, berührte mit dem Finger die äußeren Gitterstäbe. Der Magier Trent griff hindurch und berührte ihn seinerseits, wobei er sanft seine Haut kniff. Da war Griesbogen auch schon zu einer Maus geworden, die an einem Bein von Trents zusammengekniffenen Fingern baumelte.

Trent holte ihn herein, bevor er herunterfallen konnte, und setzte ihn am Boden ab. Griesbogen versuchte zu gehen und mußte feststellen, daß er jetzt vier Füße statt zwei Füße koordinieren mußte. Also bewegte er sich vorsichtig auf Händen und Füßen weiter; es funktionierte auch. Ein wenig tapsig begab er sich zur Tür, die den Zugang zum vor ihnen liegenden Gang versperrte. Er schlüpfte hindurch und drehte sich wieder zu dem Magier um. Es war das erste Mal, daß er verwandelt worden war, und das war ein ziemlich komisches Gefühl.

Schlimmer noch – es war auch sehr ermattend. Griesbogen fühlte sich schwächer denn je. An dieses Problem hatte er vorher noch gar nicht gedacht. Wie schwach würde er noch werden, bevor er gänzlich versagte? Wenn er sich nicht einigermaßen vernünftig bewegen konnte, würde er keine Hilfestellung leisten können.

Die riesige Hand des Magiers senkte sich herab. Ob er, der Riese, gewöhnlichen Leuten wohl genauso erscheinen mochte? Diese Hand hätte ihn jeden Augenblick zermalmen können! Dann fand Griesbogen sich im Körper eines Elfs wieder. Er trug sogar die Kleidung eines solchen, und das war auch gut so, denn es wäre ihm peinlich gewesen, nackt herumzulaufen. Dieser Magier verfügte wirklich über eine gewaltige Macht. Zugleich war Griesbogen aber auch schrecklich schwach. Die zweite Verwandlung hatte ihn eines weiteren kleinen Teils seiner ohnehin schon geschwundenen Kräfte beraubt. Er mußte sich am Geländer festhalten, um nicht zu stürzen.

»Griesbogen«, sagte Mark besorgt, »Fühlst du dich nicht wohl?«

»Es geht. Ich bin nur sehr schlapp«, erwiderte Griesbogen. »Ich ... ich fürchte, eine weitere Verwandlung überstehe ich nicht.«

»Das wußte ich nicht«, warf Trent ein. »Sonst hätte ich dich gar nicht erst verwandelt, wenn ich gewußt hätte, daß es dir Schmerzen bereitet. Entschuldige bitte.«

»Ich hab' keine Schmerzen – es entkräftet mich nur«, antwortete Griesbogen nach Luft ringend. »Ich werde gleich weitermachen.«

»Vielleicht. Aber es ist immerhin möglich, daß ich dir ein paar Tage deines dir verbliebenen Lebens geraubt habe«, sagte Trent. »Das war alles andere als nett von mir.«

»Ein paar Tage machen kaum noch einen Unterschied. Solange ich es wenigstens noch schaffe, mein Ziel zu erreichen und euch und Gloha zu befreien.«

Trent und Mark wechselten einen Blick, kommentierten die Situation aber nicht weiter. »Ruh dich aus«, schlug Trent vor. »Schöpfe wieder etwas Kraft. Dann wird Metria dir zeigen, wo die Schlüssel zur Burg sind.«

Griesbogen ruhte sich eine Weile aus, bis er sich wieder etwas kräftiger fühlte; vielleicht hatte er sich auch nur an seine neue Gestalt gewöhnt. »Ich bin bereit«, erklärte er schließlich.

Da erschien Metria. »Folge mir«, sagte sie und schritt den Gang entlang voran.

Griesbogen versuchte es, doch schon beim ersten Schritt stürzte er gegen die Mauer. Er richtete sich mühsam wieder auf und tat einen weiteren taumelnden Schritt, bevor er ein weiteres Mal gegen die Mauer sackte.

»Ach, herrje«, versetzte die Dämonin. »Kannst du dich nicht anders bewegen? Sonst brauchen wir die ganze Nacht!«

»Er ist von seiner Krankheit und den Verwandlungen geschwächt«, rief Trent ihr zu. »Du solltest ein wenig verständnisvoller sein!«

»Wieso?« fragte sie und löste sich in Rauch auf.

»Weil du damit die Haltung einer Person nachahmen würdest, die eine Seele besitzt und daher liebesfähig ist.«

Der Rauch erstarrte mitten im Strudeln. »Verständnis soll mir dabei helfen, die Liebe zu begreifen?« Dann setzte die Wirbelbewegung wieder ein. Die Dämonin erschien aufs neue. »Na schön, ich habe es begriffen. Ich muß mich in Verständnis üben. Also gut, ich werde es versuchen. Was soll ich als nächstes tun?«

»Ich an deiner Stelle«, erwiderte Trent milde, »würde ihm helfen, sich zu bewegen, indem ich ihm jede körperliche und moralische Unterstützung gewähre, die ich ihm geben kann.«

Sie dachte darüber nach. Dann ging sie zu dem Elf hinüber. »Laß mich dir helfen«, sagte sie. »Ich bin sicher, daß du mit ein wenig Unterstützung und Ermutigung deine Aufgabe bewältigen wirst.«

Griesbogen erinnerte sich daran, daß er der Elf war. Denn er hatte sich fast schon von dieser Vorstellung gelöst und dem Zwiegespräch der beiden gelauscht. Es war wirklich sehr merkwürdig, so klein zu sein!

»Danke«, willigte er ein.

Sie streckte einen Arm aus, um ihn zu stützen. Doch Metria hatte menschliche Größe, er dagegen elfische: Daher war er nur ein Viertel so groß wie sie, so daß sie mit der Hand gerade einmal seinen Kopf erreichte.

»Hm«, machte sie. Dann löste sie sich erneut in strudelnden Rauch auf, um als Elfenmädchen wiederzuerscheinen. Er war überrascht, wie hübsch sie in dieser Gestalt aussah. Aber sie konnte natürlich jede beliebige Gestalt annehmen, und ihre dämonische Eitelkeit trug schon dafür Sorge, daß sie sich dabei um ein anziehendes Äußeres bemühte. Sie streckte den Arm aus, um ihn um Griesbogens Hüfte zu schlingen und ihn an sich zu drücken. »Komm, halt dich an mir fest«, sagte sie. »Wir müssen endlich los – ich meine, ich bin sicher, daß das für dich so bequemer ist.«

Er schlang seinerseits den Arm um ihre wunderhübsche, schlanke, und doch kurvige Hüfte. Es war tatsächlich um einiges bequemer, aber möglicherweise nicht gerade so, wie Metria es sich gedacht hatte. So schritten sie los, den Gang entlang und um eine Ecke, und immer, wenn er zu torkeln begann, drückte sie ihn fester an sich. Er spürte, wie seine Hand in eine Gegend ihres Körpers vorstieß, wo sie eigentlich nichts zu suchen hatte.

»He, das geht aber nicht!« rief sie mit aufblitzender Ungeduld.

»Tut mir leid«, sagte er. »Ich wollte dich nicht berühren ...«

»Ach, es ist mir doch völlig egal, wo du mich berührst«, fauchte sie. »Du bist schließlich volljährig, nicht wahr? Du kannst dir sogar meine Höschen angucken, wenn du möchtest.« Ihre Kleidung wurde immer nebliger und durchsichtiger, bis sie in nymphenhafter Nacktheit neben ihm ging, wenn man von einem hellrosa Höschen absah, auf dem seine Hand ruhte. »Ich meine, daß wir zu langsam sind! Ich werde dich ein Stück tragen, ja?«

Sie löste sich in Rauch auf, und seine Hand fiel schlaff durch ihr keckes Höschen, ebenso durch das Fleisch darunter. Dann bildete sie sich wieder zu voller Menschengröße aus, und seine Hand lehnte plötzlich an ihrer wohlgeformten Wade. Sie griff hinunter, um ihn in die Arme zu nehmen. Nun lag er fest an ihren großen, weichen Busen gepreßt. »Vorwärts«, sagte sie und marschierte forsch den Gang entlang.

Griesbogen beschloß, keine Einwände zu erheben. Er hatte ohnehin nicht allzu viel Erfahrung mit Frauen, gleich ob riesischer, menschlicher oder dämonischer Herkunft, und so war er sich ein wenig unsicher, wie er sich verhalten sollte. Also ließ er den matten Kopf an ihrem angenehm weichen Busen ruhen und gestattete es ihr, ihn umherzutragen, wie es ihr beliebte. Es gab, schloß Griesbogen, weitaus unangenehmere Arten des Reisens, und das hier dürfte wahrscheinlich die letzte Gelegenheit sein, Erfahrung damit zu sammeln, bevor er starb.

Metria trug ihn rasch hinunter ins Erdgeschoß. Offensichtlich hatte sie sich mit der Burg bereits vertraut gemacht.

Unterwegs kamen sie an vielen Zellen vorbei, und in den allermeisten befanden sich Nymphen.

»Ach, bitte, gütige Leute, laßt uns raus!« riefen die Nymphen ihnen zu. »Wir wissen nicht, wie wir hierher gekommen sind, oder was aus uns werden soll. Wir leben doch, um umherzutollen und glücklich zu sein! Aber hier drin sind wir überhaupt nicht glücklich.«

»Wir müssen diese armen Kreaturen befreien!« sagte Griesbogen.

»Wieso?« wollte die Dämonin wissen.

Er staunte. Sie verstand es wirklich nicht!

»Weil sie es nicht verdient haben, eingesperrt und unglücklich zu sein, so oberflächlich sie auch sein mögen«, erklärte er vorsichtig. »Jedes Wesen sollte sein Leben ungehindert nach Lust und Laune führen können, solange es sich nicht in die Lebensführung anderer einmischt.«

»Na ja, ich suche nach der Liebe, aber das hier hat dazu keine Referenz.«

»Keine was?«

»Assoziation, Verbindung, Anwendung und Bezugnahme ...«

»Beziehung?«

»Was auch immer«, stimmte sie mürrisch zu.

»O doch, da gibt es sehr wohl eine Beziehung«, widersprach er. »Liebe besteht nämlich nicht einfach nur darin, etwas für ein Mitglied des anderen Geschlechts zu empfinden. Es ist vielmehr ein allgemeiner Zustand, der sich auf die Existenz als solche richtet. Nur jemand, der in jeder Hinsicht Mitgefühl für das Wohlergehen anderer empfindet, ist überhaupt in der Lage, einen anderen wahrhaft zu lieben.«

»Macht das nicht einen Haufen Ärger?«

»Manchmal schon. Aber das ist nun mal der Nachteil, jemand zu sein, der lieben und geliebt werden kann.«

»Wenn es mir also etwas ausmachen würde, was mit dämlichen Nymphen passiert, könnte ich einen Mann lieben?«

»Ich glaube, daß beides zusammenhängt, ja. Weil du weder menschlich bist noch über Liebe verfügst, sorgst du dich weder um die Qualen anderer noch um einen besonderen Mann.«

Metria blieb stumm. Offenbar dachte sie über das Gesagte nach.

Sie gelangten in einen kleinen Raum unmittelbar hinter dem Haupteingang, wo sie einen Haken erblickte, von dem ein Ring mit einem einzigen Schlüssel hing – der Schlüssel zur Burg. Veleno nahm ihn wahrscheinlich stets mit, wenn er ausging oder gerade eine Nymphe einsperrte. In der Zwischenzeit bewahrte er ihn hier auf.

Metria setzte Griesbogen ab. Er griff nach dem Schlüssel, doch der hing zu hoch, als daß er ihn erreichen konnte. Metria streckte voller Ungeduld selbst die Hand danach aus, doch die fuhr einfach hindurch. »Ach, Stinkhorn!« fluchte sie. »Ständig vergesse ich das wieder.« Dann schob sie die Hände unter Griesbogens Schultern und hob ihn hoch, damit er an den Schlüssel herankam.

Der erwies sich zwar als schwer, war er aber nicht zu schwer, um ihn zu halten. Griesbogen hakte den Schlüsselring aus. »Jetzt müssen wir Trent, Mark und Gloha befreien«, sagte er erfreut. »Danke, Metria.«

»Weshalb machst du dir die Mühe, mir zu danken?« fragte sie. »Ich helfe dir doch bloß, weil Trent mir aufgetragen hat, mich in Verständnis zu üben.«

»Weil ich ein lebendes, fühlendes Wesen bin, das liebesfähig ist und es daher zu würdigen weiß, wenn ihm jemand hilft«, erwiderte er. »Vor allem in meinem verkleinerten und geschwächten Zustand.«

»Willst du damit sagen, daß ich mich wie eine Memme aufführen muß, um die Liebe zu lernen?« fragte sie empört.

Er lächelte. »Nein. Du brauchst nur Gefühle zu haben und sie gelegentlich auch zu zeigen.«

»Gefühle habe ich schon. Ich werde nämlich immer sehr ungeduldig, wenn ich es mit trägen Menschen zu tun habe, und ich finde es äußerst komisch, wenn sie etwas versieben. Und außerdem liebe ich es, sie mit meinem Körper aufzuziehen.« Ihr Oberkörper war plötzlich in ein helles, äußerst eng anliegendes rotes Kleid gehüllt, dessen Dekolleté nur das äußere Viertel ihrer wogenden Brüste bedeckte, während der kurze Rock sich tapfer mühte, ihr Höschen zu verbergen. Sie atmete tief ein. »Siehst du? Dir fallen auch gleich die Augen aus dem Kopf.«

Griesbogen blinzelte und gab seinen Augen dadurch wieder ihre ursprüngliche Form zurück. »Das stimmt. Du hast aber auch einen äußerst beeindruckenden Körper.

Sie stutzte. »Wie würde ein fühlendes Wesen auf eine solche Bemerkung reagieren?«

»Eine empfindungsfähige Frau würde erröten, schüchtern den Blick senken und ›Danke‹ sagen, als wäre es etwas völlig Belangloses. Innerlich jedoch wäre sie erfreut über dieses Kompliment. Das schließe ich jedenfalls aus meinen spärlichen Beobachtungen des anderen Geschlechts.«

Die Dämonin errötete eine Spur, senkte schüchtern den Blick und hauchte: »Danke.« Dann blickte sie wieder auf. »So etwa?«

»Ganz genau. Du lernst sehr schnell.«

Sie errötete ein weiteres Mal, blickte wieder zu Boden und wiederholte: »Danke.«

Völlig einwandfrei – und doch ohne jedes wahre Gefühl. Griesbogen beschloß, die Sache nicht noch komplizierter zu machen. »Wir sollten lieber weitergehen.« Nachdem er wieder ein wenig Kraft geschöpft hatte, trat er aus dem Raum.

Die Nymphen in den nächstgelegenen Zellen erspähten sie. »Ach, bitte, laßt uns raus!« riefen sie herzzerreißend im Chor.

Griesbogen zögerte. Es wäre herzlos, sie eingesperrt zu lassen, andererseits könnte die Verzögerung ihn letztlich aber auch daran hindern, seine Freunde zu befreien. Er entschied sich zu einem Kompromiß. »Ich werde zurückkehren, um euch freizulassen, sobald ich meine Aufgabe erfüllt habe«, teilte er ihnen mit.

»Aber vielleicht kommst du ja nie wieder!« riefen sie.

Das stimmte. Er seufzte. Und entschied sich zu einem zweiten Kompromiß. »Ich werde eine von euch befreien. Die kann dann nach einem Schlüssel suchen, mit dem sie die anderen befreit.«

Griesbogen schritt zur nächstgelegenen Zelle und griff nach dem Schloß. Metria mußte ihn wieder hinaufheben. Er führte den Schlüssel in das Loch und versuchte, ihn zu drehen. Er schaffte es nicht. Also drückte Metria ihn mit einem Arm um seinen Körper fest gegen ihren weichen Busen und stützte seinen Arm mit ihrer freien Hand, was seine Kraft beträchtlich erhöhte. Der Schlüssel drehte sich, das Schloß klickte.

»Oh, danke, gütiger Herr!« rief die Nymphe. Sie drückte gegen die Tür, die sofort aufschwang. Dann trat sie in ihrer nackten Pracht heraus, beugte sich vor und küßte Griesbogen auf die Stirn. Er lag immer noch in Metrias Armen.

»Ist das vielleicht eine Variante einer schicklichen Reaktion?« wollte die Dämonin wissen.

»Ja«, bestätigte Griesbogen und riß seinen Blick von den Reizen der Nymphe. Klein zu sein, bot ja tatsächlich ungeahnte Vorteile! »Ich habe ihr einen Gefallen getan, deshalb hat sie mir auf nette Weise gedankt, obwohl sie eine seelenlose Kreatur ist.«

»Schön, dann gehen wir jetzt weiter«, meinte Metria. Sie faßte ihn wieder wie vorher und wollte den Gang weiterschreiten.

»Ho!« rief plötzlich jemand. Es war Veleno.

Metria blieb stehen, und die Nymphe kreischte auf: »Iiiiieeek!« Sie strampeltc und warf ihr Haar umher, während sie Ausschau nach einem Versteck hielt – und das fand sie zufälligerweise wieder in ihrer Zelle.

»Na, den Ausgang dieser Episode werde ich jetzt aber nicht mehr abwarten«, sagte Metria. Sie schritt geradewegs auf Veleno zu, dessen Augen leicht glasig wurden, als er ihre Konturen und Bewegungen bemerkte. Griesbogen konnte sich ausmalen, wie der Mann sich fühlte. Die Wirkung wäre wahrscheinlich noch um einiges stärker gewesen, hätte Griesbogen nicht den provozierendsten Teil ihres Körpers mit seinem eigenen abgedeckt.

»Jede Flucht ist unmöglich«, sagte Veleno und griff nach der Dämonin.

Es gab einen Zusammenprall. Nicht mit Metria – mit Griesbogen. In ihrer Unfähigkeit, der Burg, ihren Gegenständen und Bewohnern feststofflichen Widerstand entgegenzusetzen, schritt Metria geradewegs durch Veleno hindurch, um auf der anderen Seite wieder hervorzutreten. Griesbogen dagegen lag plötzlich in Velenos Armen, weil er ja eine wirkliche Kreatur und dementsprechend feststofflich war.

Die beiden sahen einander an. »Bäh!« machten sie im Chor. Veleno ließ Griesbogen fallen, dem es immerhin gelang, ohne allzu große Probleme auf die Füße zu fallen. Er machte die Entdeckung, daß seine geringe Körpergröße ihn leicht machte, so daß ein Sturz, der ihn in seiner Riesengestalt das Leben hätte kosten können, ihm in seiner Elfenform nichts anhaben konnte. Er taumelte zur Seite, wo eine Nymphe die Arme zwischen den Gitterstäben ausstreckte, um ihn aufzufangen und abzustützen.

Veleno drehte sich um und starrte Metria nach, die ja auch wirklich anstarrenswert genug war »Du bist ja eine Dämonin!« rief er enttäuscht.

»Na und?« konterte sie und drehte sich auf höchst beeindruckende Weise um, damit ihre Gestalt auch ja zur vollen Geltung gelangte. »Du schießt auch nicht gerade den Schönheitsvogel ab, Nympho.«

»Wenn du doch nur eine Sterbliche gewesen wärst«, sagte er. »Es wäre zehnmal besser, dich zu heiraten als diese kleine Mißgeburt von einem Flügelkobold.«

Metria errötete eine Spur. Sie senkte den schüchternen Blick. »Danke«, hauchte sie und ließ die oberen Umrisse ihres Kleids ein Stück herabsinken, um ihre Bemühungen nicht so angestrengt aussehen zu lassen.

Veleno schien kurz davor zu stehen, das Gleichgewicht zu verlieren. Das war kaum verwunderlich, denn auch Griesbogen wäre glatt umgefallen, hätte die Nymphe ihn nicht gestützt.

»Was hat sie nur, was wir nicht haben?« wollte die Nymphe wissen, die von dem Anblick offensichtlich nicht ganz so beeindruckt zu sein schien.

»Kleidung«, antwortete Griesbogen. »Das macht es geheimnisvoller und, äh, unterstützt die Sache.«

»Ach, Quatsch! Kleider könnten wir uns auch anziehen, wenn wir wollten.«

»Außerdem kann sie ihre Kleidung wieder ablegen, wann immer sie will«, erwiderte er. »Und zwar ohne dabei die Hände zu benutzen.«

Doch dieses Gespräch war nebensächlich. Das eigentlich Interessante spielte sich gerade in der Mitte des Ganges ab.

»Was fällt dir ein, einen Elf hier reinzuschleppen?« wollte Veleno von Metria wissen.

»Was fällt dir ein, Nymphen zu inkommodieren?« versetzte sie.

»Nymphen was?«

»Einzupferchen, einzudosen, festzusetzen, zu inhaftieren ...«

»Einzusperren?«

»Was auch immer«, stimmte sie mürrisch zu.

»Ich suche nach der einen, die mich lieben wird.«

»Na ja, du bist eben ein richtiger Mistkäfer, da solltest du lieber ...« Sie hielt inne. »Was soll sie dich?«

»Mich lieben.«

»Ich dachte, du wolltest bloß einen Körper zum Schinden?« Sie korrigierte ihre Haltung und atmete noch tiefer durch. Ihr strapaziertes Dekolleté hätte unter dieser Anstrengung normalerweise schon längst den Geist aufgegeben, hätte es Geist besessen.

»Das auch«, bestätigte er. »Wenn ich erst die Liebe gefunden habe, bin ich von alledem hier frei.« Er wies auf die Burg um sie herum.

»Warum läßt du die Nymphen nicht einfach wieder laufen, wenn du erst einmal weißt, daß sie dich gar nicht lieben?«

»Das habe ich euch doch schon erzählt.«

»Mir aber nicht.«

Er seufzte. »Weil ich nicht die eine von der anderen unterscheiden kann. Deshalb muß ich die gebrauchten Nymphen aufheben.«

Metria schüttelte den Kopf. Dann trat sie wieder durch Veleno hindurch, der ziemlich benommen wirkte. Sie hob Griesbogen auf und setzte ihren Marsch durch den Gang fort.

»He, warte mal!« rief Veleno in dem Bemühen, wenigstens den Anschein von Initiative wiederzuerlangen. »Du kannst diesen Elf nicht einfach mitnehmen! Der hat doch meinen Schlüssel!«

»Und ob er den hat«, bestätigte sie und beschleunigte dabei ihr Tempo, wobei Griesbogen immer wieder leicht gegen ihren Busen geschleudert wurde. Doch der war zum Glück so weich, daß es ihm nichts anhaben konnte – im Gegenteil.

»Das wirst du nicht tun!« sagte Veleno und machte sich auf die Verfolgung.

»Metria fing an zu rennen. Sie kam an eine Treppe, huschte hinauf, schlug oben auf dem Treppenabsatz einen Bogen und bestieg gerade die zweite Treppenflucht, als Veleno die erste erreichte.

Er hob den Blick und stolperte plötzlich. Griesbogen begriff, daß der Mann aus diesem Winkel offenbar einen Blick auf die dämonischen Höschen geworfen haben mußte, was ihn entsprechend betäubt hatte. Metria zog wirklich sämtliche Register!

Doch kurz darauf vernahmen sie, wie Veleno die Verfolgung fortsetzte. Da er nicht mehr sehen konnte, was er eigentlich auch nicht sehen durfte, konnte er sich nun wieder an seine ursprüngliche Absicht erinnern. Allerdings hatte Metria inzwischen einen erklecklichen Vorsprung, und sie bewegte sich nach wie vor sehr schnell.

»Ich wünschte, ich könnte eine beseelte Kreatur sein, und wär's auch nur für eine Stunde«, sagte sie. »Gerade lange genug, um herauszufinden, was Liebe ist.«

»Das wünschte ich mir auch für dich, Metria«, erwiderte Griesbogen. »Egal aus welchem Grund, auf jeden Fall bist du mir behilflich, und das weiß ich zu schätzen. Ich wünschte, ich könnte dich irgendwie dafür belohnen.«

»Das wünschte ich mir auch. Aber ich schätze, die Liebe muß ich wohl ganz allein lernen.«

»Das glaube ich auch. Vielleicht schaffst du's ja irgendwann.«

Sie gelangten in den oberen Trakt, jenes Stockwerk, in dem Trent und Mark eingesperrt waren. Allerdings gab es da ein Problem: In ihrer Eile hatte Metria einen anderen Rückweg genommen, deshalb befanden sie sich nun in einem Gang, der nicht an der fraglichen Zelle vorbeiführte. Metria schaute sich um und suchte nach dem richtigen Weg, doch schien es keinen zu geben. Veleno dagegen holte langsam auf und kam näher.

»Befreit uns! Ach, befreit uns doch!« riefen die eingesperrten Nymphen dort im Chor. Aber die Dämonin beachtete sie nicht, sondern suchte weiterhin nach einem Verbindungsgang.

»Wo, zum Teufel, ist es bloß?« rief sie. »Ich habe dieses Stockwerk nicht sorgfältig genug erkundet. Ich selbst könnte zwar mühelos hinüberhuschen, aber du bist der einzige, der den Schlüssel halten kann.«

»Vielleicht führt dieser Gang ja weiter bis zu Glohas Zelle«, meinte Griesbogen. »Dann könnten wir sie zuerst freilassen und uns danach um die anderen kümmern.«

Da kam Veleno in Sicht. »Ha!« schrie er. »Hab' ich euch?«

»Bestimmt nicht, du Penner«, rief Metria. Sie stampfte mit den Füßen auf, fuhr herum und stürmte los, wobei sie sich wieder dem vor ihnen liegenden Gang zuwandte und beschleunigte. Als sie schließlich die Wendeltreppe gefunden hatte, jagte sie hopsend die Stufen hinauf, während Griesbogen sich verzweifelt an den Schlüssel klammerte.

Endlich kamen sie oben an. Vor ihnen lag Glohas Zelle. »Wir haben den Schlüssel!« keuchte Griesbogen, während Metria abrupt vor der Tür stehenblieb.

»Oh, das ist ja wunderbar!« rief Gloha. »Aber wer bist du denn?«

Griesbogen begriff, daß sie ja noch nichts von seiner Verwandlung wußte. »Ich bin Griesbogen Riese. Trent und Mark sind bei dem Versuch, dich zu befreien, in Gefangenschaft geraten. Da habe ich Trent berührt und mich von ihm in diese Gestalt verwandeln lassen, um die Schlüssel zu holen.«

»Griesbogen!« wiederholte Gloha erstaunt. »Hast du dich aber verändert!« Sie musterte ihn etwas eingehender. »Aber du trägst doch seine Züge. Ich meine, deine Züge.«

»Unschön«, bestätigte er ohne Wehleidigkeit. »Es spielt meist keine große Rolle, wie ein unsichtbarer Riese aussieht.«

Metria hielt Griesbogen eine Zeitlang hoch, während er den Schlüssel ins Schloß steckte. Dann half sie ihm, den Schlüssel zu drehen, wie sie es schon einmal getan hatte. Das Schloß klickte.

Griesbogen riß an der Tür, Metria zerrte an ihm, und schon schwang sie auf. »Ach, ich danke euch beiden!« rief Gloha und umarmte Griesbogen impulsiv. Als Koboldmädchen war sie ungefähr doppelt so groß wie er als Elf, während Metria gleich viermal größer war. Gloha beugte sich zu ihm herab und umarmte ihn. Es war eine wunderschöne Erfahrung, denn ganz anders als bei Metria war ihr Mitgefühl echt.

»Ha!« Das war Veleno. Er kam auf die Zelle zugestürmt

und schob die Tür zu. Die Dämonin versuchte, ihm den Weg zu versperren, doch er rannte einfach durch sie durch, wie er es schon einmal getan hatte.

»Der Schlüssel!« fiel es Griesbogen wieder ein, als Gloha ihn absetzte. »Er steckt noch im Schloß!«

»Jetzt nicht mehr«, rief Veleno mit grimmiger Zufriedenheit. Er drehte den Schlüssel um, sperrte die Tür erneut zu und zog den Schlüssel wieder heraus.

»Laß ihn los!« schrie Metria und versuchte, Veleno den Schlüssel zu entwenden. Doch ihre Hand fuhr durch ihn und das Metallstück hindurch.

»Mist!« fluchte sie.

Veleno warf einen Blick in die Zelle. »Sag mir Bescheid, wenn du bereit bist, mich zu heiraten, Koboldmädchen. Ich werde alle paar Stunden nach dir sehen. Ich schätze, es wird nicht mehr allzu lange dauern, bis du hungrig und durstig geworden bist, genau wie dein Elfenfreund.«

»Niemals!« rief Gloha, als er davonging.

Empört löste sich die Dämonin in Rauch auf und verschwand.

»Warte, Metria!« rief Griesbogen verzweifelt, als ihm etwas eingefallen war.

Sie erschien wieder im Innern der Zelle. »Ich kann nichts für euch tun«, sagte sie. »Ich kann weder Veleno noch dem Schlüssel etwas anhaben. Tja, deshalb sollte ich mich lieber woanders amüsieren.«

Genau das hatte Griesbogen befürchtet. »Metria, du hast wirklich schon Fortschritte gemacht, menschliche Gefühle zu erlernen. Jetzt kannst du möglicherweise noch ein Stück weiterkommen. Du könntest etwas Großzügiges tun und Hilfe holen.«

»Weshalb sollte ich mir diese Mühe geben?« fragte sie.

»Weil es genau das ist, was ein empfindungsfähiges Wesen tun würde! Du hast ja durchaus Gefühle, wie du mir erzählt hast. Vielleicht kannst du dir das eine Gefühl, das du noch haben willst, dadurch erwerben, daß du dich einfach so benimmst, wie es jemand tun würde, der dieses Gefühl hat.«

Sie überlegte. »Also gut. Einen Versuch werde ich noch wagen. Was willst du denn diesmal?«

»Begib dich zu Glohas Verwandten und erzähl ihnen, wo sie ist, und daß sie gegen ihren Willen verheiratet werden soll. Und dann führ sie hierher.«

Metria überlegte wieder. »Das wäre wirklich sehr gefühlvoll, nicht wahr«, brummte sie schließlich.

»Äußerst gefühlvoll«, bekräftigte Gloha, als sie Griesbogens Plan durchschaute. »Vielleicht machst du auch noch den Flügelzentauren Mitteilung. Und den Riesen.«

»Du verlangst aber eine ganze Menge!« fuhr die Dämonin auf.

»Ich weiß. So etwas würde allerdings auch nur ein wahrhaft großzügiges und gefühlvolles Wesen in Erwägung ziehen«, erwiderte Gloha.

»Na schön, na schön!« willigte Metria mürrisch ein. Dann verschwand sie.

Schweigen breitete sich aus. Dann wandte Gloha sich schüchtern um. »Bist du wirklich Griesbogen?« fragte sie. »Nicht nur ein Elf nach seinem Ebenbild?«

»Ich bin es wirklich. Ich muß gestehen, daß ich mich in dieser Körpergröße merkwürdig fühle, aber es war wohl unvermeidlich.« Er blickte sich um. »Hast du etwas dagegen, wenn ich mich hinsetze? Ich fühl' mich ziemlich schlapp.«

»Ich würde dir gern ein Kissen anbieten, wenn ich eins hätte«, erwiderte sie. »Ich fürchte, du wirst mit dem Steinfußboden vorlieb nehmen müssen.«

»Danke.« Er nahm Platz und lehnte sich dabei gegen die Wand. »Es tut mir leid, daß ich es nicht geschafft habe, dich zu befreien.«

»Aber es war nett von dir, es wenigstens zu versuchen.«

»Ich hätte daran denken sollen, den Schlüssel herauszuziehen«, fuhr er fort, wütend auf sich selbst. »Was für ein dummer Fehler!«

»Auch nicht schlimmer als meiner, mich so hereinlegen und gefangennehmen zu lassen«, versetzte sie. »Es war wirklich nicht nötig, daß du dein Leben aufs Spiel setzt.«

»O doch.«

Sie lächelte. »Ich glaube, dein Gefühl für Anstand ist mindestens so groß wie du selbst. In deiner natürlichen Größe, meine ich.«

»Nein, das war es nicht. Ich hätte es so oder so getan.«

»Warum denn?«

»Ich ...« Plötzlich wurde ihm klar, warum. Zugleich wußte er aber auch, daß er es nicht würde aussprechen können. Was hätte es auch für einen Zweck, da sie doch beide auf so unterschiedlichen Größenskalen beheimatet waren und er ohnehin schon bald würde sterben müssen? »Es war einfach richtig, so zu handeln.«

»Nein, *ich* war töricht und sollte dafür büßen. Es ist nicht recht, daß du und Trent und Mark jetzt meinetwegen in Schwierigkeiten seid.« Sie hielt inne und legte nachdenklich den Kopf schräg. »Vielleicht sollte ich doch lieber einwilligen, Veleno zu heiraten, wenn er dafür euch und die Nymphen ziehen läßt.«

»Nein!« rief er entsetzt.

Sie sah ihn an, war überrascht von seiner Heftigkeit. Dann wechselte sie das Thema. »Wie ist das eigentlich so, ein Riese zu sein?«

»Groß«, sagte er knapp. »Und schwer.«

Sie lachte. »Ich meinte eigentlich ... was tust du so den ganzen Tag? Wie ist deine Rasse überhaupt entstanden? Und wie kommt es, daß ihr so groß und dazu auch noch unsichtbar seid?«

»Das ist wirklich keine tolle Geschichte«, meinte er drucksend.

»Bereitet sie dir Unbehagen? Das tut mir leid. Es geht mich nichts an. Ich war einfach nur neugierig.«

»Ach, das ist es doch gar nicht!« protestierte er. »Es wird mir ein Vergnügen sein, dir unsere Geschichte zu erzählen.

Es fällt mir nur ein bißchen schwer, weil ich sehr geschwächt bin und der Steinboden sich sehr hart anfühlt.«

»Ja, das stimmt«, sagte sie. »Vielleicht kann ich ja etwas dagegen tun. Laß mich dich halten.«

Er glaubte, sich verhört zu haben. »Ich ... ich verstehe nicht ...«

»Ich bin im Augenblick größer als du, und weicher dazu. Mir macht der Stein nichts aus. Laß mich dich halten und dich vor seiner Härte beschützen.«

»Oh, das wäre nicht recht«, wandte er ein.

»Weshalb nicht?«

»Weil ich ...« Wieder zögerte er, weil er nur zu gern ganz dicht bei ihr gewesen wäre.

Wieder legte sie den Kopf schief. »Willst du mir nicht den Grund nennen, Griesbogen?«

»Nein.«

»Ach, komm schon«, sagte sie entschlossen. »Du bist mir ein wahrer Freund gewesen, da will ich dir jetzt eine Freundin sein. Und bedenke doch, in welcher Lage wir stecken.«

Griesbogen mußte feststellen, daß er keine Einwände vorzubringen vermochte, wenn Gloha es so formulierte. Er versuchte aufzustehen, doch es fiel ihm schwer.

Gloha stand auf, schritt durch die Zelle auf ihn zu, nahm neben ihm Platz, beugte sich vor und hob ihn sitzend in ihren Schoß. Dann legte sie die Arme um ihn, hielt ihn fest und stützte ihn. Sein Kopf reichte knapp bis zu ihrem winzigen Busen.

»Ist es besser so?«

»Ich komme mir vor wie ein Kind«, antwortete er.

Sie lachte wieder und schüttelte ihn dabei ein bißchen durch. »So ergeht es mir auch meistens, wenn ich mit normalen Menschen zu tun habe. Es wird allmählich Zeit, daß ich auch anderen dieses Gefühl vermittle.« Sie lehnte sich mit dem Rücken an die Wand. »Und jetzt erzähl mir von den Riesen.«

Vor vielen hundert Jahren waren die Vorfahren der Riesen noch ganz gewöhnliche Menschen. Sie lebten in einem Dorf Zentralxanths, wo sie Nichtlöcher von den örtlichen Schmachtbäumen pflückten. Die tauschten sie in anderen Dörfern gegen Waren ein. Wo immer es ein ungewünschtes Loch gab, ließ es sich durch eins ihrer spezialisierten Nichtlöcher beseitigen, ohne daß weitere Baumaßnahmen erforderlich gewesen wären. Daher gab es eine einigermaßen gleichbleibende Nachfrage, und das Dorf kam ganz gut über die Runden, wobei es die Löcher gegen alles eintauschte, das seine Bewohner brauchten.

Aber es gab auch Probleme. Ganz in der Nähe lebten nämlich zahlreiche Ungeheuer, darunter Drachen, Greife, Flußschlangen, Oger und Trolle. Jeder Dorfbewohner, der es an gebührender Vorsicht mangeln ließ, mußte damit rechnen, im Bauch eines dieser Ungeheuer zu enden. Deshalb fühlten die Leute sich alles andere als sicher. In der Tat schrumpfte ihre Zahl immer mehr, weil die Ungeheuer sie schneller auffraßen, als sie Kinder aufziehen konnten. Ging das so weiter, würde eines Tages kein Dorf mehr existieren.

Dann hörte einer von ihnen, daß ein Magier – jedenfalls jemand mit einem starken magischen Talent – Hilfe brauchte. Die Leute kamen auf die Idee, mit dem Magier einen Handel abzuschließen. Vielleicht würde er ihnen ja helfen, nachdem sie erst einmal ihm geholfen hatten. Also schickten sie einen Unterhändler, um mit dem Magier in Verhandlungen zu treten. Es stellte sich heraus, daß der Magier das Talent besaß, alles sehr groß zu machen. Riesig, um genau zu sein. Da wurde den Leuten plötzlich klar, daß sie sich keine Sorgen mehr wegen der Drachen und anderer Ungeheuer zu machen brauchten, wenn sie erst einmal sehr groß geworden wären. Dieser Gedanke war natürlich höchst verlockend. Also schlossen sie einen Vertrag: Sie würden den Berg erbauen, den der Magier haben wollte, wenn er sie dafür so groß machte, daß sie es mit den Drachen aufnehmen konnten.

Also packten sie ihre Sachen und begaben sich zum Heim

des Magiers. Der berührte den erstbesten Mann, worauf dieser ins Riesenhafte zu wachsen begann. Er wuchs einfach aus seiner Kleidung heraus, was ihnen allen ziemlich peinlich war. Tatsächlich ließ der Anblick seines nackten Hinterteils sie sogar erröten.

»Macht euch keine Sorgen«, rief der Magier. »Eure Körper werden nicht zu sehen sein.«

»In ganz Xanth wird man sie sehen!« protestierte eine Frau. »Wir brauchen Riesenkleidung!«

»Schaut nur zu, dann werdet ihr schon sehen«, erwiderte der Magier gelassen.

»Genau das macht uns ja gerade Sorgen!« sagte die Frau und hielt ihren Kindern die neugierigen Augen zu. »Wir bekommen schon viel zuviel zu sehen. Das da oben sind schließlich keine Monde am Himmel.«

Doch als der Mann immer größer wurde, geschah etwas Merkwürdiges. Nach und nach war er immer undeutlicher. Sein Körper schien sich auszudünnen, wie ein Dämon, der sich in Rauch verwandelte.

»Er löst sich auf!« rief jemand. »Er bemondet uns nicht mehr.«

»Nein, er wird lediglich unsichtbar«, widersprach der Magier. »An einem gewöhnlichen Menschen gibt es nur eine bestimmte Fläche Haut zu sehen. Wenn sein Körper sich ausdehnt, verteilt die Haut sich über eine größere Oberfläche. Schließlich dehnt sie sich so weit aus, daß man sie nicht mehr sehen kann. Aber die Person ist immer noch da, und zwar vollkommen feststofflich.«

Staunend beobachteten die Dorfbewohner, wie der Mann zu einem regelrechten Schatten seiner selbst wurde, zu einer immer dünneren Umrißlinie, bis er schließlich gänzlich verschwunden war. Doch als sie zu der Stelle traten, wo er gestanden hatte, entdeckten sie dort seine monströsen nackten Füße. Er war tatsächlich immer noch da.

»Das war aber nicht abgemacht!« meinte jemand.

»Denkt doch mal vernünftig darüber nach«, antwortete der Magier. »So groß ihr auch sein werdet, ihr braucht keinerlei oder nur wenig Kleidung als Wärmespender. Das liegt am sogenannten Quadrat-Kubik-Verhältnis. Und solltet ihr doch Kleidung brauchen, müßt ihr sie eben entsprechend groß anfertigen. Jedenfalls wird euch niemand angaffen oder sich Sorgen machen, wenn ihr vorbeikommt, weil euch ja niemand sehen kann. Das gewährt euch die größtmögliche Ungestörtheit, zu der noch eure gewaltige Körpergröße kommt. Diese Kombination dürfte eigentlich genau das Richtige für euch sein.«

Die Leute überlegten, und je länger sie darüber nachdachten, um so mehr leuchtete es ihnen ein.

Also machte der Magier auch die anderen Dorfbewohner zu Riesen. Es gab eine Menge Erröten, als sie aus ihren Kleidern hervorplatzten, und auch ein paar bewundernde Blicke, bevor sie wieder verblaßten, bis sie schließlich allesamt, die Kinder eingeschlossen, riesig und unsichtbar geworden waren. Sehen konnten sie vollkommen normal; sie waren nur selbst nicht mehr zu erkennen.

»Ihr habt Glück, daß ihr nicht in Mundania seid«, meinte der Magier. »Denn dort würde die Unsichtbarkeit euch das Sehen unmöglich machen. Ihr wärt blind, denn das Licht würde einfach eure Augen durchdringen, ohne euch Bilder zu liefern. Aber hier in Xanth braucht ihr euch wegen solcher Kleinigkeiten keine Sorgen zu machen.«

Sodann machten sie sich ans Werk und gruben mit ihren gewaltigen Händen einen großen Haufen aus Erdreich und Felsgestein für den Magier aus, um seinen Berg zu erschaffen. Als er es zufrieden war, nahmen sie sich bei den Händen und spazierten davon, um sich ein Gebiet zu suchen, wo sie leben konnten, ohne auf jemanden zu trampeln, denn es war ein friedfertiges Volk, das niemandem Schwierigkeiten machen wollte. Sie entdeckten eine abgeschiedene Region, wo sie sich niederließen. Die Riesen machten die Feststellung, daß sie tatsächlich keine Kleider brauchten, es sei denn, sie wollten sichtbar werden. Doch selbst wenn sie Kleidung trugen, verblaßte auch diese mit der Zeit und wurde ebenso unsichtbar wie sie selbst.

Nach einer Weile verließen einige Riesen die Gemeinschaft, um sich woanders eine Anstellung zu suchen. Einige von ihnen wanderten auf der Suche nach Arbeit einfach nur umher, wobei sie sorgfältig darauf achteten, wo sie ihre Füße hinsetzten, um niemandem Schaden zuzufügen. So kam es gelegentlich vor, daß einer von ihnen einen großen Baum erblickte, der vom Sturm entwurzelt und auf das Haus normaler Menschen gestürzt war; dann hob er in aller Stille den Baum vom Haus, um die darunter gefangenen Menschen zu befreien. Die wiederum pflegten zu glauben, daß dies ein Werk des Windes gewesen sei.

Griesbogens Vetter Riesenbogen fand eine Anstellung bei Com-Puter, wo er Leute in die Höhle der Maschine scheuchte. Doch achtete Riesenbogen dabei sorgfältig darauf, niemanden zu zertrampeln oder dem Wald irgendeinen Schaden zuzufügen.

Ein weiterer Vetter, Girard, hatte ein so weiches Herz, daß er versuchte, in einer Dürrezeit die Bäume zu bewässern und verletzten Tieren zu helfen. Er trieb sein gutes Werk so weit, daß es schon wieder zum Problem wurde. Als er eines Tages versuchte, einem kleinen Menschenjungen zu helfen, fing er sich einen Alptraum, der eigentlich dem Jungen zugedacht gewesen war. In diesem Traum erblickte er Gina Riesin, in die er sich sofort verliebte. Doch sie war nur eine Einbildung, die für diesen Traum erschaffen worden war, so daß ihm die Erfüllung seiner Liebe versagt blieb. Schließlich konnte Girard sie aber doch noch finden, nämlich im Traumreich des Hypnokürbis.

Griesbogen selbst war gar nicht erst dazu gekommen, nach seiner Liebe zu suchen. Seine Krankheit hatte ihn unverhofft überfallen und mit schleichendem Siechtum heimgesucht, wodurch sein Mundgeruch so schlimm geworden war, daß die anderen Riesen ihn nicht mehr ertrugen; er büßte seine Unsichtbarkeit ein und wurde immer schwächer. Und doch schien der Gute Magier zu glauben, daß es eine Lösung für ihn gab, und nach ebendieser Lösung hatte Griesbogen gesucht. Nun aber erkannte er, daß es keine

Lösung oder Antwort gab, es sei denn, er hatte sie unterwegs verloren. Und so war er es zufrieden, wenigstens noch etwas Gutes zu tun, bevor er verschied.

»Ach, das ist aber traurig«, meinte Gloha und versuchte ihn zu trösten. »Du bist doch so ein nettes Wesen. Du hast es wirklich verdient, über deine Jugend hinaus zu leben. Wie alt bist du denn genau?«

Griesbogen zählte es an den Fingern ab. »Kurz vor meiner Volljährigkeit«, sagte er. »Man hat mich vor achtundvierzig Jahren auf einem Kohlfeld gefunden.«

»Aber das ist ja ganz furchtbar alt!« rief Gloha erstaunt.

»Für einen Riesen nicht. Wir werden für gewöhnlich etwa zweihundert Jahre alt. Also habe ich bisher noch nicht einmal ein Viertel meiner Lebensspanne erreicht. Nach euren Maßstäben wäre ich ungefähr ...« Er konzentrierte sich und versuchte, mit den Fingern einen Dreisatz zu lösen, doch es funktionierte nicht besonders gut.

»Ungefähr neunzehn?« fragte sie.

»Ja, ich glaube, das kommt hin«, bestätigte er. »Würde ich bis ans Ende meiner Tage in diesem Körper verbleiben, würde ich schließlich auch nicht länger leben als du. Aber das ist natürlich eine rein theoretische Frage.«

»Es muß doch irgendeine Möglichkeit geben, dich zu retten«, meinte sie.

»Ich mache mir mehr Sorgen darüber, *dich* zu retten«, erwiderte er. »Es wäre mir ein unerträglicher Gedanke, wenn Veleno dich zur Braut bekäme.«

»Na, das wollen wir erst mal sehen!« sagte Gloha entschlossen. »Jetzt ruhe dich mal ein Weilchen aus, Griesbogen, während ich mir überlege, ob ich nicht irgendeine Möglichkeit finde, uns zu helfen.«

»Vielleicht holt Metria ja Hilfe.«

»Vielleicht.« Sie hielt und wiegte ihn, bis er einschlief. Ihre Umarmung war wunderbar tröstlich.

Griesbogen rechnete zwar damit, daß er sein Geheimnis

mit ins Grab nehmen würde, doch vor sich selbst konnte er die törichte Wahrheit nicht länger verbergen: Er war von Natur aus ein Riese, Gloha dagegen ein Kobold-Harpyien-Mischlingswesen – dennoch liebte er sie. Ihm blieb nur noch, darauf zu hoffen, daß Gloha aus diesem Gefängnis entkam und daß ihr Herzenswunsch in Erfüllung ging. Er selbst aber konnte sich keine angenehmere Art und Weise des Dahinscheidens vorstellen, als von ihr in den Armen gewiegt zu werden.

11

Metria

Gloha hielt den schlafenden Griesbogen in den Armen. Sie hatte schreckliche Schuldgefühle, weil sie sich hier hatte erwischen lassen und ihre Freunde damit ebenfalls in die Gefangenschaft geführt hatte. Trent hatte sie zwar begleitet, um sie zu beschützen, und das hatte er ja tatsächlich auch versucht. Aber es gab eben Grenzen, und Gloha hatte sie überschritten. Mark war mitgekommen, um vielleicht eine Seelenhälfte aufzutreiben, und er hatte sich auch als hilfreich erwiesen, aber nun war er selbst gefangen. Am schlimmsten aber war es mit Griesbogen, denn der hatte nichts davon gehabt. Dennoch hatte er sein Bestes gegeben, Gloha zu helfen – um den Preis, daß er sich jetzt seinen eigenen Lebenswunsch nicht mehr würde erfüllen können. Es war interessant zu erfahren, daß Griesbogen nach Zeitrechnung der Riesen ungefähr in ihrem eigenen Alter war. Das war doch viel zu jung, um zu sterben!

Gloha hörte Schritte auf den Stufen. Veleno erschien, eine Lampe in der Hand, denn inzwischen war es dunkel geworden.

»Bist du nun bereit?« fragte er.

»Niemals«, sagte sie leise, um Griesbogen nicht zu wekken. Der arme Riese hatte schon genug Schwierigkeiten gehabt. Da mußte sie nicht auch noch seine Ruhe stören.

»Du wirst es dir irgendwann anders überlegen«, meinte Veleno. »Ich kann warten.«

»Und wenn ich es nicht tue?«

»Du bist sterblich. Dann wirst du hier sterben.«

»Das wagst du nicht!« rief sie – eine Spur zu heftig, denn Griesbogen begann sich zu rühren. Sie verstärkte ihr Wiegen und hoffte, daß er nicht erwachen möge.

»Und ob ich das wage«, widersprach Veleno. »Ich erwarte gar nicht von dir, daß du mich beim Wort nimmst. Aber je hungriger und durstiger du wirst, um so vernünftiger wird dir mein Vorschlag schon erscheinen. Und ich glaube, das gilt ebenso für deine sterblichen Freunde. Du möchtest doch bestimmt nicht, daß sie deinetwegen mehr leiden müssen als nötig.«

Gloha senkte den Kopf. Veleno hatte recht. Wie konnte sie Trent und Griesbogen das nur antun? Griesbogen mochte vielleicht ohnehin bald sterben, aber Trent nicht. Sie durfte nicht zulassen, daß die beiden ihren, Glohas, Trotz mit dem Leben bezahlten.

Und doch war ihr die bloße Vorstellung zuwider, mit Veleno, diesem Grobian von einem Menschenmann, verheiratet zu sein. Der Kerl war doppelt so groß war wie sie und hatte nicht die entfernteste Ähnlichkeit mit jenem Mann, nach dem sie suchte. Somit würde eine Heirat allen ihren törichten Träumen ein Ende setzen. Nein, diese Vorstellung war viel zu gräßlich, um auch nur darüber nachzudenken. Wenn sie schon einen Menschenmann heiraten müßte, dann sollte es wenigstens jemand sein, der wie der Magier Trent war.

Was sollte sie also tun? Ihr blieb ihr nichts anderes übrig, als darauf zu hoffen, daß es der Dämonin Metria gelang, tatsächlich Hilfe herbeizuholen, damit sie und ihre Freunde aus den Klauen dieses schurkischen Mannes mit seiner widerlichen Burg befreit wurden.

Veleno wartete noch einen Augenblick. Als Gloha nichts

antwortete, machte er kehrt und stapfte wieder die Treppe hinunter. Er war sich sicher, daß die Zeit für ihn arbeitete. Vielleicht – welch abscheulicher Gedanke! – hatte er sogar recht. Es sei denn, Metria …

In diesem Augenblick erschien ein Rauchstrudel.

»So, da bin ich wieder«, sagte die Dämonin.

»Hast du Hilfe herbeigerufen?«

»Nicht herbeigerufen. Ich habe sie bestätigt.«

»Du hast was?«

»Einwilligen, erleuchten, ermahnen, bekanntmachen, informieren, benachrichtigen …«

»Du hast ihnen Bescheid gesagt?«

»Was auch immer«, stimmte die Dämonin mürrisch zu.

Gloha zügelte ihr Temperament, denn sie wollte Griesbogen nicht stören. »Wem hast du denn Bescheid gesagt?«

»Och, allen. Deinen Kobolden, den Harpyien, den Flügelzentauren, den Riesen …«

»Riesen?«

»Griesbogen ist doch ein Riese, nicht wahr? Wenn er er selbst ist?«

Gloha blickte zu dem Elf in ihren Armen nieder. »Ja. Wenn die unsichtbaren Riesen kämen, könnten sie das Dach abreißen und uns alle befreien. Das war klug von dir, Metria.«

Die Dämonin errötete eine Spur, wandte den Blick ab und sagte: »Danke.«

Von diesem Anblick der Schüchternheit überrascht, verlor Gloha ihren Gedankenfaden, hatte ihn allerdings schon bald wiedergefunden. »Kommt denn nun jemand, um uns zu helfen? Hast du ihnen gesagt, wo wir sind?«

»Na klar. Ich habe sogar Krach Oger mitgeteilt, daß Tandy aufgehalten wurde und erst später nach Hause kommt, weil du das ja vergessen hast. Sie meinte, das sei für den Augenblick ganz in Ordnung. Die anderen werden wahrscheinlich übermorgen hier eintreffen.«

»Übermorgen!« rief Gloha, dann wiegte sie Griesbogen hastig wieder in den Schlaf. »Bis dahin könnten wir schon verdurstet sein!«

»Schon was?«

»Egal. Ich glaube kaum, daß Griesbogen ohne Nahrung und Wasser so lange durchhalten wird. Wir müssen rascher etwas unternehmen.«

»Was denn, zum Beispiel?«

Gloha unterdrückte ein Stöhnen. »Beispielsweise, Veleno zu heiraten.«

»*Ich* soll ihn heiraten?«

»Nein, ich. Ich bin doch diejenige, auf die er's abgesehen hat. Der Gedanke widert mich zwar an, aber ich sehe keine andere Möglichkeit.«

Doch die Dämonin war auf einen eigenen Gedanken gestoßen, der sie offenbar faszinierte. »Ich überlege gerade, ob ich ihn vielleicht doch heiraten könnte ...«

»Das geht nicht. Du bist eine Dämonin. Du kannst nicht lieben! Sein Zauberbann wird erst gebrochen, wenn jemand anders ihn liebt.«

»Kannst du ihn denn lieben?«

Gloha schüttelte den Kopf. »Nein. Du hast natürlich recht. Ich mag zwar in der Lage sein, jemanden zu lieben, aber nicht Veleno. Ich kann ihn nicht ausstehen! Selbst wenn ich ihn heirate, würde das den Bann nicht brechen. Es wäre vergebliche Liebesmüh.« Sie empfand diesen Gedanken als regelrechte Erleichterung.

»Aber mal angenommen, ich heirate ihn und tue nur so, als würde ich ihn lieben. Wenn ich ihn tatsächlich reinlegen könnte – würde das genügen?«

Das war eine knifflige Frage. »Ich glaube nicht, daß du ihn reinlegen könntest, Metria.«

Die Dämonin kochte. »Ich kann so ziemlich jeden reinlegen, wenn ich mich bemühe! Jeden bis auf Fetthuf.«

»Wen?«

»Den Dämonenprofessor Fetthuf. Der ist so klug, daß er glaubt, alle anderen hätten nur Schleimbrei im Kopf. Und das beweist er ihnen auch immer wieder. Ich habe mal versucht, ihn mit Gnade Uns reinzulegen, aber er hat sie durchschaut.«

»Mit wem?«

Metria verschwand. An ihrer Stelle stand nun ein allerliebstes, süßes, unschuldiges, großäugiges, verlorenes kleines Waisenmädchen in Lumpen. »Hallo«, piepste sie. »Ich bin Gnade Uns. Kaufst du mir ein Streichholz ab?« Sie bot Gloha einen winzigen Zweig dar.

Gloha war beeindruckt. »Damit könntest du mich auch reinlegen«, sagte sie.

Die Miene des Waisenmädchens umwölkte sich. »Fetthuf habe ich aber nicht reingelegt. Den legt niemand rein. Der Mann ist furchtbar!«

Griesbogen erwachte. »Wer ist das denn?« fragte er erschrocken.

Das Lumpenmädchen richtete die großen traurigen Augen auf ihn. »Ich bin die arme, geschundene Gnade Uns, das arme kleine Streichholzmädchen. Alle trampeln auf mir herum.«

Griesbogen lachte matt. »Hallo, Metria.«

Gnade Uns löste sich in einer Rauchwolke auf. »Womit habe ich mich nur verraten?« fragte die Dämonin und nahm wieder die Gestalt ihrer üppigen Ausgabe an.

»Ach, ich habe wohl einfach nur Glück gehabt«, meinte Griesbogen.

Metria warf ihm einen argwöhnischen Blick zu, brachte aber keine Einwände vor.

Doch das ursprüngliche Thema hielt Glohas Aufmerksamkeit immer noch gefangen. »Ich frage mich, ob du Veleno nicht vielleicht *doch* reinlegen könntest«, sagte sie. »Allerdings wäre das unmoralisch.«

»Wen schert es schon, ob es moralisch ist, solange es funktioniert?« wollte die Dämonin wissen.

»Veleno reinlegen?« fragte Griesbogen.

»Er will jemanden heiraten, der ihn liebt«, erklärte Gloha. »Metria könnte ihn heiraten und so tun, als würde sie ihn lieben.«

»Wozu?«

»Um uns freizubekommen.«

»Und warum?«

»Weil es etwas Fürsorgliches wäre«, erwiderte Metria kurz angebunden. »Damit ich lernen kann, zu schwelgen.«

»Zu was?« fragte Gloha.

»Verehrung, Wertschätzung, Amore, Leidenschaft, Storch ...«

»Ach so, lieben«, sagte Gloha.

»Was auch immer«, stimmte die Dämonin mürrisch zu.

»Ich glaube, ich habe verstanden«, meinte Griesbogen. »Veleno will heiraten und lieben, und Metria möchte etwas Fürsorgliches tun, um uns zu helfen, damit Veleno glaubt, er habe die Liebe gefunden, und die anderen freiläßt.«

»Quatsch!« widersprach Metria. »Wir machen ein Geschäft mit ihm! Entweder Veleno läßt seine Gefangenen frei, oder er darf nicht an die Möpse ran.«

Gloha kannte diesen Ausdruck nicht, beschloß aber, lieber nicht nachzufragen, denn sie argwöhnte, daß das richtige Wort ziemlich drastisch ausfallen könnte. »Ich glaube nicht, daß das moralisch vertretbar wäre«, wiederholte sie. »Deshalb dürfen wir das auch nicht tun, so groß die Versuchung auch sein mag.«

»Du hast noch gar nicht erklärt, weshalb Moral dabei eine Rolle spielen sollte«, warf Metria ein.

»Für empfindungsfähige Wesen spielt sie nun mal eine Rolle«, sagte Griesbogen.

»Ach, warum mußt du das unbedingt so ausdrücken!« rief die Dämonin verärgert.

»Es ist nun mal sehr schwierig, jemandem, der nicht fühlt, empfindungsfähige Wesen zu erklären«, warf Gloha etwas ratlos ein.

»Laßt doch mal sehen, ob ich das richtig begriffen habe: Es ist zwar in Ordnung, daß Veleno Leute gefangennimmt und aushungert, damit sie tun, was er von ihnen verlangt; aber es ist nicht in Ordnung, wenn sie ihn an der Nase herumführen, damit er seine Opfer freiläßt. Richtig?«

»Ach, herrje«, versetzte Gloha bestürzt. »Wenn man es so ausdrückt ...«

»Veleno handelt unmoralisch«, sagte Griesbogen. »Aber das gibt uns nicht das Recht, ebenfalls unmoralisch zu handeln. Wir ziehen es vor, uns von den besten Werten leiten zu lassen und nicht von den schlimmsten.«

»Ja«, stimmte Gloha ihm zu. Sie war froh über seine Richtigstellung.

»Na schön, dann gehen wir die Sache doch mal von der praktischen Seite an. Angenommen, ich erzähle ihm, daß ich eine Dämonin bin und ihn gar nicht wirklich lieben kann, daß ich aber ein paar Tage lang so tun will als ob, damit er seinen Zauberbann brechen kann. Er ist ja magisch verpflichtet – er muß die Liebe finden, um hier rauszukommen.«

»Das ist interessant«, meinte Gloha nachdenklich. »Ob andere auch so eine Verpflichtung haben mögen?«

»Oh, das geht vielen so. Da solltest du dir mal die Geschichte vom Zauberbann des Wasserspeiers anhören. Aber das steht auf einem ganz anderen Blatt. Egal, jedenfalls will Veleno etwas, du willst etwas, ich will etwas – warum sollten wir da nicht ein Geschäft machen?«

»Vielleicht. Solange die Bedingungen unstrittig sind und eingehalten werden, wäre das möglicherweise moralisch vertretbar«, willigte Griesbogen ein.

»Du würdest das alles *tatsächlich* auf dich nehmen, Metria, nur um das Gefühl zu haben, etwas Großzügiges zu tun?« fragte Gloha verwundert.

»Na klar. Ihr scheint viele Gefühle zu haben, die ich nicht begreife, und ihr scheint eine Menge Spaß an der Liebe zu finden. Das möchte ich auch versuchen. Wenigstens ein einziges Mal, nur um zu wissen, worum es dabei geht.«

»Aber es gibt keine Garantie dafür, daß du das Lieben lernen wirst, nur indem du etwas Gutes tust«, wandte Gloha ein.

Die Dämonin zuckte die Schultern. »Es gibt aber auch keine Garantie dafür, daß es *nicht* passieren wird.«

Gloha dachte über die häßlichen Alternativen nach, vor

denen sie stand. Wenn dieser Plan sie davor bewahren könnte ...

»Vielleicht ist es einen Versuch wert«, schloß Griesbogen. »Solange du die Wahrheit sagst und dich an die Abmachungen hältst.«

»Das ist leicht. Jede Dämonin kann jeden beliebigen Mann bis zur Verzückung glücklich machen, wenn sie es möchte.«

»Das würde ich aber nicht sagen«, widersprach er.

»Ach, würdest du nicht? Wie war das denn vorhin, als du an meinem Busen geschaukelt bist? Hat es dir etwa nicht gefallen? Und wie war es, an *ihrem* Busen zu schlafen? Hast du das nicht sogar noch mehr gemocht?«

Gloha und Griesbogen blickten sich an. Er kroch von ihrem Schoß herunter. »Ich ...«, fing er an, während Gloha sich bemühte, nicht zu erröten.

»Und außerdem müßt ihr doch immer die Wahrheit sagen, nicht wahr? Dann sag mir doch mal, daß es nicht stimmt. Ich könnte schließlich auch eine Koboldmädchengestalt annehmen, weißt du.«

Griesbogen blieb stumm. Gloha kam ihm zu Hilfe. »Nur wirkliche Menschen können andere Menschen glücklich machen«, sagte sie. »Aber wenn's eine Dämonin tut ...«

Metria verwandelte sich in eine Nebelwolke und erschien wieder als Gnade Uns. »Vielleicht könnte ich ja als jemand von deiner Größe erscheinen«, sagte sie, an Griesbogen gewandt. »Angenommen, ich versuche es mit einem Schönheitstanz?«

»Was für ein ...?« begann Griesbogen.

»Egal!« unterbrach Gloha. »Wir räumen ein, daß eine Dämonin tatsächlich tun kann, was du gerade gesagt hast, wenn sie es nur möchte. Aber wie können wir sichergehen, daß du Veleno auch die Wahrheit sagst? Damit wir nicht moralisch kompromittiert werden?«

»Angenommen, ich tue es gleich hier? So daß ihr zuhören könntet?«

Gloha wechselte einen Blick mit Griesbogen. »Das klingt annehmbar«, meinte sie.

»Abgemacht! Wenn er wieder herkommt, um dich zu quälen, werde ich schon mit ihm handelseinig.«

Gloha war sich ihrer Gefühle nicht ganz sicher. Wenn die ganze Sache moralisch vertretbar sein sollte und tatsächlich funktionierte …

Die Dämonin verschwand plötzlich und ließ sie allein in der Zelle zurück. Griesbogen suchte sich eine Stelle, wo er sich hinsetzen und an die Wand lehnen konnte.

»Tut mir leid«, sagte er. »Ich wollte dich nicht in Verlegenheit bringen.«

»Das hast du doch gar nicht. Das hat nur die Dämonin getan.«

»Trotzdem. Ich will dir keine weiteren Probleme bereiten, wenn ich es irgendwie verhindern kann.«

»Du magst mich, nicht wahr?« fragte Gloha plötzlich.

»Na ja, das spielt für unsere jetzige Situation keine Rolle. Jeder andere hätte schließlich auch versucht, dir zu helfen.«

»Nein, ich meine, du …« Sie zögerte. »Du magst mich *wirklich*.«

Seine Miene hellte sich auf. »Ja … das stimmt. Aber ich hege keinen Wunsch, dir Sorgen zu bereiten oder mich auf irgendeine Weise einzumischen …«

»Ja, das hast du schon einmal gesagt. Und dabei bist du ein so guter Mann. Wärst du doch nur nicht …«

»Ein Riese«, beendete er niedergeschlagen ihren Satz.

»Nein.« Denn allmählich begriff sie etwas, das der Magier Trent gesagt hatte: Es hatte damit zu tun, in Erfahrung zu bringen, was sie wollte. »Ich wollte, du würdest nicht im Sterben liegen. Ich glaube, ich könnte … dich genauso mögen. Dir eine Freundin sein, wie du mir ein Freund warst. Denn selbst wenn ich aus dieser Burg herauskommen sollte, deinem Schicksal kannst du nicht entgehen. Du wirst nie wieder ein zufriedener Riese werden, der seiner Wege geht, eine nette Riesin heiratet und glücklich weiterlebt bis in alle Ewigkeit.«

Griesbogen schien über irgend etwas nachzudenken und zu einem schmerzhaften Schluß zu gelangen. »Freunde, ja«, stimmte er zu. »Das stimmt. Jetzt tut es mir leid, daß ich nicht weitblickend genug war. Ich hätte wissen müssen, daß es in meiner Situation nicht nur sinnlos war, neue Freundschaften zu schließen, sondern regelrecht grausam. Grausam für meine Freunde. Aber ich habe mich so sehr nach Gesellschaft gesehnt, daß ich gar nicht erst daran gedacht habe. Ich habe euch allen einen Bärendienst erwiesen.«

Gloha erwiderte nachdenklich: »Ich begreife zwar deine Logik, Griesbogen, aber nicht dein Gefühle. Ich glaube nicht, daß ich es jemals bereuen könnte, dich oder Trent kennengelernt zu haben, egal, wie das alles ausgehen mag. Die ganze Zeit habe ich immer nur Ausschau nach einem geflügelten Kobold gehalten, während ich doch viel eher nach wahren guten Freunden hätte suchen sollen. Nach Freunden wie dir. Ich bin ein ganz gewöhnliches Wesen.« Sie schüttelte den Kopf. »Wenigstens habe ich gelernt, nicht nur auf Äußerlichkeiten zu achten. So wenig es mir jetzt auch nützen mag.«

Sie verstummten. Gloha hoffte, daß Trent und Mark sich nicht allzu niedergeschlagen fühlten. Ihre eigenen Schuldgefühle blieben unvermindert bestehen. Wäre sie doch nicht so töricht gewesen wäre, diesem Puffmais zu folgen! Damit war sie von ihrem gemeinsamen Weg abgewichen und hatte sich und die anderen in Schwierigkeiten gebracht. Nun ruhte ihre ganz Hoffnung auf einer Dämonin, die nur einen einzigen Grund hatte, ihnen zu helfen: ihre höllische Neugier.

Gloha vernahm Schritte – draußen auf der Treppe. Kehrte Veleno etwa schon so früh zurück? Aber war es denn wirklich so *früh*? Das ließ sich im Dunkeln schlecht sagen. Vielleicht hatte sie ja auch ein wenig geschlummert.

Diesmal brachte der Mann ein Tablett mit Speisen herbei. »Bist du inzwischen bereit, mich zu heiraten?« fragte er.

»Nein, aber jemand anders vielleicht«, erwiderte Gloha.

»Die Nymphen zählen nicht. Von denen kann sich später ja keine erinnern, daß sie mich geheiratet hat. Du hingegen schon.«

»Es gibt da noch jemanden, der sich erinnern kann. Und der bereit ist, dich zu heiraten.«

Das weckte sein Interesse. »Wer denn?«

»Metria.«

»Wer?«

»Die Dämonin.«

»Ach so. Dämonen zählen noch weniger als die Nymphen, weil die weder mit mir noch mit der Burg in Berührung kommen können.«

Metria erschien. Sie war elegant gekleidet und gab sehr viel weniger von ihrem üppigen Körper zum Besten als gewöhnlich. Ihr Kleid bestand aus Seide und Gaze; dazu trug sie ein funkelndes Halsband und eine Tiara im schimmernden Haar. »Ich habe einiges über diese Burg der Notarrepublik in Erfahrung gebracht«, sagte sie. »Kein Dämon kann im Innern des Gebäudes mit dir in Berührung kommen, aber draußen kann es jeder. Und jeder, der dich heiratet, kann es auch innerhalb der Burg tun. Weil diese dann die Betreffende als Herrin akzeptiert.«

»He, das stimmt ja!« sagte Veleno überrascht. »Das hatte ich ganz vergessen. Ich dachte eigentlich, daß es keine Rolle spielt, weil keine Dämonin Interesse daran hatte. Willst du damit sagen, daß du ...?«

»Ja. Ich werde dich heiraten, aber um einen Preis.«

»Einen Preis?«

»Laß alle Gefangenen frei. Alle Nymphen und auch die Sterblichen, ebenso das wandelnde Skelett.«

»Ich habe es euch doch schon einmal erklärt: Ich kann die Nymphen nicht freilassen, bevor ich nicht die Richtige gefunden habe.«

Metria überlegte. »Na gut, dann tust du es eben, sobald du dir sicher bist, daß ich die Richtige bin.«

»Sobald ich die Liebe gefunden habe, sind mir die anderen völlig egal. Dann werden sie von selbst frei, und deine Freunde auch.«

»Von selbst?« fragte Gloha.

»Wenn diese Burg sich auflöst.«

»Ach so, der Zauberbann«, meinte Metria. »Ja, das stimmt. Schön, darum brauchen wir uns also keine Sorgen zu machen. Trotzdem müssen wir eine Abmachung treffen. Ich will, daß du jedem was zu essen gibst. Den beiden hier, sowie Trent in der anderen Zelle.«

»Wenn du mich heute abend heiratest, sollen sie auch noch heute abend etwas zu essen bekommen.«

»Abgemacht.«

Gloha räusperte sich.

»Da ist allerdings noch etwas, was ich dir sagen muß«, fügte Metria hinzu. »Du weißt, daß ich eine Dämonin bin. Ich kann in Wirklichkeit niemanden lieben. Aber ich kann so tun als ob – und daß so gut, daß du darauf reinfällst. Vielleicht fällt die Burg ja gleich mit darauf herein.«

Jetzt war es an Veleno, zu überlegen. »Ich glaube, es ist einen Versuch wert. Wenn es nicht funktioniert, wird die Burg sich nicht auflösen. Dann bleiben die Gefangenen hier, und das Koboldmädchen kommt als nächstes an die Reihe, mich zu heiraten.«

»He, damit bin ich aber nicht einverstanden!« protestierte Gloha.

»Das ist auch gar nicht nötig. Ich werde dich und deine Freunde so lange aushungern, bis du es dir anders überlegst.«

»Deine Logik ist unwiderstehlich«, bemerkte Gloha schneidend.

»Also, ran an die Arbeit!« sagte Metria.

»Dann komm mit hinunter ins Brautgemach.«

»Erst mußt du meine Freunde speisen.«

Er seufzte. »Also gut. Ich habe ein Tablett dabei. Ich hole noch ein zweites.«

Metria überlegte es sich anders. »Ich will aber keine schlichte Kammerhochzeit. Ich will eine rauschende Ballnacht.«

»Das dauert aber seine Zeit.«

»Ich habe es nicht eilig.« Metrias Hülle veränderte sich

und wurde zu einem prächtigen Hochzeitskleid. »Willst du es nicht wenigstens ein einziges Mal richtig machen?«

»Das würde aber bedeuten, daß wir auch Trauzeugen und diesen ganzen lästigen Kram brauchen.«

»Zeugen sind da. Laß meine Freunde dabeisein. Und die Nymphen auch.«

»Aber dazu müßte ich sie aus ihren Zellen befreien.«

»Die Burg ist doch immer noch sicher, oder nicht?«

»Einer deiner Freund ist Magier. Er könnte einen der anderen in ein Ungeheuer verwandeln, um mich auffressen zu lassen .«

»Sein Einwand ist berechtigt«, warf Griesbogen ein. »Er hat keinen Grund, uns zu vertrauen.«

»Dann laß sie Eide der Nicht-Feindseligkeit schwören«, schlug Metria Veleno vor. »In dieser Burg sind alle Eide bindend, selbst wenn die Leute, die sie leisten, es nicht ehrlich damit meinen.«

»Du hast aber *wirklich* einiges in Erfahrung gebracht«, bemerkte Veleno anerkennend.

»Natürlich. Die Notarrepublik besteht eigentlich nicht aus dieser Burg, es ist vielmehr eine Art ... Situation. Alles, worüber sie wacht, muß wahr sein. Wo immer die Burg sich befindet, stellt sie einen Teil dieser Republik dar und untersteht somit ihren Gesetzen. Deshalb genügen Eide hier auch.«

Veleno musterte erst Gloha, dann Griesbogen. »Würdet ihr den Eid der Nicht-Feindseligkeit leisten? Es würde bedeuten, daß ihr nichts Feindseliges gegen mich unternehmen dürft, zum Beispiel, gegen meine Interessen zu handeln. Das gilt auch für Fluchtversuche.«

Gloha empfand ein eisiges Schauern. »Oh, das gefällt mir aber gar nicht«, murmelte sie.

»Wenigstens brauchst du nicht zu schwören, daß du ihn heiraten wirst«, warf Griesbogen ein. »Du mußt nur schwören, daß du ihm nicht weh tust.«

Gloha erkannte, daß ihr die Freiheit im Innern der Burg sehr viel behaglicher vorkommen dürfte, als in diesem

Raum eingesperrt zu bleiben. Unter anderem deshalb, weil sie dringend ein stilles Örtchen aufsuchen mußte. »Also gut.«

»Dann schwört, und ich gewähre euch freien Zutritt zur Burg«, entschied Veleno.

Gloha schloß die Augen, nahm ihren Mut zusammen und sagte: »Ich leiste dem Besitzer dieser Burg hiermit den Eid der Nicht-Feindseligkeit.« Im selben Augenblick spürte sie, wie sich mehrere Schlingen einer seidenen Kordel um sie legten und sanft zuzogen. Überrascht riß sie die Augen auf, doch es war nichts zu sehen. Sie begriff, daß es sich um die Fesseln des bindenden Eids handeln mußte, die sie zwar unsichtbar, aber unmißverständlich in Beschlag nahmen.

Auch Griesbogen legte den Eid ab. Dann schloß Veleno die Tür auf. Er überreichte Gloha den Schlüssel. »Laß deine anderen Freunde raus – aber erst, nachdem auch sie den Eid abgeleistet haben. Ich kümmere mich in der Zwischenzeit um das Essen und die Hochzeitsvorbereitungen.«

Wieder war Gloha überrascht, als sie den Schlüssel entgegennahm. »Nimm du dieses Tablett«, sagte sie zu Griesbogen, »dann nehme ich das nächste. Nachdem ich Trent und Mark freigelassen habe.«

»Und ich werde die Hochzeitsvorbereitungen beaufsichtigen«, warf Metria begeistert ein. »Oh, ich werde Xanths schönste Braut abgeben!« Dann verschwand sie.

Gloha folgte Veleno die Treppe hinunter. Die Ereignisse überschlugen sich beinahe, so daß ihr zu schwindeln drohte. Doch wenigstens sah es jetzt danach aus, als könnten sich die Dinge doch noch zum Besseren wenden.

»Hier entlang«, sagte Veleno und zeigte in einen Seitengang. Er selbst ging geradeaus weiter.

Gloha folgte dem Gang und gelangte an eine Zelle. »Du bist freigekommen!« rief Trent erfreut.

»Nicht ganz. Metria heiratet Veleno. Deshalb gewährt er uns Freizügigkeit innerhalb der Burg, vorausgesetzt, wir leisten einen Eid der Nicht-Feindseligkeit ab. Wir dürfen nicht versuchen, ihm zu schaden oder zu fliehen, bevor nicht eindeutig geklärt ist, daß die Ehe Gültigkeit hat. Griesbogen und ich haben den Eid schon geleistet. Jetzt müßt ihr es auch tun.«

»Ich bin nicht bereit, diesen Eid zu leisten«, sagte Trent entschlossen.

»Dann darf ich deine Zelle nicht aufsperren.«

»Das ist ja interessant. Hast du etwa die Ehre kennengelernt?«

»Ich habe immer geglaubt, daß ich welche hätte. Aber es spielt auch keine Rolle. Als ich den Eid leistete, haben sich unsichtbare Fesseln um mich gelegt. Es ist ein Zauberbann.«

»Eine Ehrenschuld«, bestätigte Trent. »Und wenn Metrias Ehe scheitert, was wird dann aus dir?«

»Dann stehe ich wieder da, wo ich angefangen habe. Ich habe zwar nicht eingewilligt, Veleno zu heiraten, aber wenn die Ehe scheitert, würde er mich wieder einsperren und so lange aushungern, bis ich einwillige. Auch dich und Griesbogen würde er gefangenhalten.«

»Dennoch hältst du dich an diese Vereinbarung? Trotz dieses Risikos?«

»Ja. Bist du nun bereit, den Eid zu leisten? Ohne den Eid darf ich dich nicht freilassen.« Sie zögerte. »Bitte, Magier, ich will dich nicht in Gefangenschaft zurücklassen.« Tatsächlich wollte sie ihn überhaupt nicht zurücklassen. Sie erinnerte sich noch, wie Trent ihr seinen Wunsch gestanden hatte, Cynthia Zentaur wieder ihre menschliche Gestalt zurückzugeben, und zwar aus einem Grund, den er gar nicht zu erklären brauchte, wenn man Cynthias Interesse an ihm bedachte. Gloha konnte nicht anders, sie mußte darüber nachdenken, wie es wohl wäre, in eine Menschenfrau verwandelt zu sein, und sei es nur für die Dauer einer Nacht mit ihm. Natürlich hatte der Magier keine Ahnung von ihrem Interesse, und sie würde ihm davon auch keine Mitteilung machen. Sie … wünschte es sich einfach nur.

»Ich brauche den Eid nicht abzuleisten«, sagte Trent. »Ebensowenig Mark.«

»O doch, das müßt ihr. Sonst kann ich euch nicht herauslassen.« Der bindende Eid hielt Gloha in seinen Fesseln. Trent lächelte. »Laß es mich dir erklären. Du meinst es zwar gut, aber du bist gerade eben in meine Verwandlungsreichweite geraten. Ich hätte dich mühelos in einen Floh verwandeln können, um danach den Schlüsselring vom Boden aufzuheben. Dann wären wir auch ohne Eid freigekommen.«

»Oh!« sagte Gloha und trat hastig einen Schritt zurück. Sie wußte, daß er recht hatte. »Warum hast du es dann nicht getan?«

»Weil ein Teil dessen, was ich in meinem Exil in Mundania gelernt habe, das Gefühl für Ehre war. Seitdem habe ich niemals einen anderen Menschen oder sonst ein Wesen betrogen. Es wäre unehrenhaft gewesen, deine Naivität auszunutzen, um dich mit einem Kniff dazu zu bringen, gegen deinen Eid zu verstoßen. Und wenn mir auch der Kompromiß, den du mit dem Besitzer dieser Burg eingegangen bist, nicht so recht behagt, muß ich mich doch an die Abmachung halten, die du getroffen hast, und darf ihm nicht mit Feindseligkeit begegnen. Daher ist meine Gefangenschaft sinnlos geworden.« Er drückte gegen die Tür, und sie schwang auf.

Gloha fielen beinahe die Augen aus dem Kopf. »Wie ist die denn aufgesperrt worden?«

Mark hob einen krummen Knochen. »Skelettschlüssel«, erklärte er. »Ich habe gelernt, mich anzupassen. Ich wünschte, ich wäre schon früher darauf gekommen, bevor Griesbogen in Gefangenschaft geriet, aber mein Hohlkopf macht mir manchmal Schwierigkeiten, wenn es ums Denken geht. Als es mir schließlich wieder einfiel, hielt ich es für das beste, erst mal abzuwarten, um genau in Erfahrung zu bringen, was in dieser Burg eigentlich los ist.«

»Du meinst, ihr hättet auch freikommen können, ohne den Eid zu leisten – wenn ich ihn nicht schon abgeleistet hätte?« fragte Gloha bestürzt.

»Das stimmt«, bestätigte Trent. »Aber die Entscheidung darüber oblag dir. Schließlich ist es ja auch deine Suche.«

Gloha schüttelte den Kopf. Sie konnte nur hoffen, daß Metrias Entscheidung, Veleno zu heiraten zum gewünschten Ergebnis führte. Andernfalls hätte die Dämonin möglicherweise viel mehr Unheil gestiftet, als ihr selbst bewußt sein mochte.

Sie begaben sich nach unten. Gloha suchte das stille Örtchen auf; dann schaute sie sich den Rest des Erdgeschosses an. Es schien ein recht geschickt entworfenes Gebäude zu sein, aber es war sehr still, weil es keine Dienstboten gab. Im Speisesaal der Burg hatte Veleno bereits mehrere Pasteten von den Pastetensträuchern im Burghof aufgetragen. Der Speiseplan ließ zwar etwas zu wünschen übrig, aber man würde sich damit nun mal begnügen müssen.

»Ich werde meine Portion mit nach oben nehmen, um mit Griesbogen zusammen zu speisen«, erklärte Gloha. Sie wäre zwar viel lieber unten bei Trent geblieben, doch der Riese bedurfte ihrer Gesellschaft mehr als der Magier. Sie legte den Schlüsselring auf den Tisch, damit Veleno ihn dort wiederfand, und machte sich auf den Weg.

»Ich werde hier auf Veleno warten«, sagte Trent und nahm Platz, um sich über seine Pastete herzumachen.

»Und ich werde die Nymphen freilassen«, verkündete Mark. »Die brauchen auch keine Eide abzuleisten, die sind harmlos. Er nahm den Schlüsselring. »Außerdem haben sie was für Hochzeiten übrig.«

Gloha war sich da nicht so sicher. Schließlich war jede der Nymphen für eine Nacht mit Veleno verheiratet gewesen.

Gloha stieg hinauf in das höchstgelegene Burgzimmer. Griesbogen hatte kaum damit begonnen an seiner Pastete zu knabbern. Nicht, daß er keinen Hunger gehabt hätte – er war einfach zu schwach. Genau das hatte Gloha auch befürchtet.

»Komm, ich werde dir helfen.« Sie nahm neben ihm am Boden Platz. Sie fragte ihn gar nicht erst, ob er Hilfe haben wollte, sondern nahm den Löffel und fütterte ihn. Zwischendurch aß sie selbst etwas von ihrer eigenen Pastete.

»Danke«, sagte Griesbogen schließlich. Er schien sich ein wenig erholt zu haben. »Tut mir leid, dir diese Umstände machen zu müssen.«

»Ich wünschte, ich könnte dich mit irgend etwas füttern, das dich stärken würde«, sagte sie wehmütig.

»Ich bin einfach nur froh, daß ich dich kennenlernen durfte.«

»Danke.« Sie beugte sich vor und küßte ihn aufs Ohr. Dann hob sie ihn hoch und trug ihn vorsichtig ins Erdgeschoß hinunter. Sie wollte ein Auge auf ihn halten, obwohl sie nicht wußte, was sie unternehmen konnte, sollte sein Zustand sich verschlechtern.

Mittlerweile waren die Hochzeitvorbereitungen in vollem Gange. Sämtliche Räume waren beleuchtet. Überall schwärmten Nymphen umher und halfen bei den Vorbereitungen. Mark Knochen beaufsichtigte den Bau von Tischen und Bänken, während Metria Anweisungen zur Dekoration erteilte. Die Nymphen fanden offenbar nichts Ungewöhnliches daran, daß eine Dämonin und ein Skelett das Geschehen überwachten. Da ihr Gedächtnis nicht einmal bis zum Vortag zurückreichte, glaubten sie wahrscheinlich sogar, daß dies der normale Lauf der Dinge sei.

Trent mußte eine der Pflanzen im Hofgarten in einen Stoffbaum verwandelt haben, denn einige der Nymphen waren damit beschäftigt, grellbunte Stoffbahnen zu zerreißen und sie als Dekoration aufzuhängen. So bekam die Burg ein festliches Aussehen, was einen seltsamen Kontrast zu ihrer gewohnten Atmosphäre darstellte.

Da erschienen zwei weitere Gestalten. »Elster!« rief Gloha und kam herbei, um ihre alte Lehrerin zu umarmen. »Was tust du denn hier?«

»Ich bin zur Hochzeit gekommen, Liebes. Genau wie Dara.«

Gloha blickte zur anderen Frau hinüber. Sie war von vornehmer Gestalt, elegant gekleidet und wirkte ganz und gar wie eine Königin.

»Du bist Dara Dämonin? Humfreys erste Frau? Ich habe schon sehr viel von dir gehört«, sagte Gloha unaufrichtig.

Dara lächelte. »Nicht alle Dämonen sind wie Metria. Aber

das weißt du wahrscheinlich schon, denn du kennst Elster ja.«

Da erschien auch Metria, eine Rauchfahne hinter sich herziehend. »Das habe ich gehört! Du hast deine Seele verloren, und – *wusch!* – schon warst du verschwunden. Genau wie ich.«

»Aber ich habe mich gebessert«, erwiderte Dara gelassen. »Jetzt handle ich einfach so, als hätte ich eine Seele. Ich vermute, das stellt auch für dich kein Problem dar.«

»Überhaupt nicht«, bekräftigte Metria. »Ich will nur lange genug bleiben, um herauszufinden, was Liebe ist. Dann verschwinde ich wieder von hier.«

»Oh, das glaube ich aber nicht, Liebes«, warf Elster ein.

»Ach, was weißt du denn schon?« wollte Metria wissen. »Du hast viel zuviel Zeit damit zugebracht, Sterblichen zu dienen. Es war ja schon schlimm genug mit dieser Prinzessin Dorn ...«

»Rose«, sagte Elster.

»Was auch immer«, erwiderte Metria mürrisch. »Prinzessin Rose. Aber dann hast du dich auch noch mit Tiefergestellten eingelassen, sogar mit Kobolden und Ogern wie diese Gumbo.«

»Okra«, berichtigte Elster. »Okra Ogerin.«

»Was auch immer. Jedenfalls hast du damit jeden Bezug zur Realität verloren.«

»Das bezweifle ich«, erwiderte Elster ungerührt. »Jedenfalls möchte ich um nichts auf der Welt dieses Ereignis verpassen.«

»Na schön, dann kannst du dich wenigstens nützlich machen. Die Hochzeit beginnt in ein paar Augenblicken.«

»Das will ich gern tun«, erwiderte Elster. »Wenn schon, denn schon.« Sie verschwand, um an anderer Stelle im Raum wieder aufzutauchen, gerade noch rechtzeitig, um drei Nymphen daran zu hindern, einen Lampion verkehrt herum aufzuhängen.

»Und wer ist dein Bräutigam?« erkundigte sich Dara und warf dabei einen Blick auf Griesbogen.

Gloha merkte, daß sie noch immer den Elf in den Armen trug. Hastig setzte sie ihn ab. »Das ist Griesbogen Riese. Er ist nicht mein …«

»Ein Riese?« fragte Dara überrascht. Sie blickte genauer hin. »Oh, tatsächlich. Ist der Magier Trent zufälligerweise in der Nähe?«

»Ja, er hat Griesbogen verwandelt. Aber das ist eine komplizierte Geschichte.«

»Das kann man wohl sagen. Aber sie wird sich schon bald erheblich vereinfachen. Ich wünsche euch jedenfalls alles erdenkliche Glück.« Sie ging davon, um einige Nymphen zu entwirren, die sich ungewollt in Stoffbahnen verheddert hatten. Wohlgeformte Arme und Beine wedelten in den unmöglichsten Winkeln, und schon ertönten die ersten Schreie.

Verlegen wandte Gloha sich an Griesbogen. »Sie hat geglaubt, daß wir …«

»Er zuckte die Achseln. »Sie konnte es ja nicht wissen.«

Nun erschien eine andere Gestalt vor ihnen. Es war ein dicklicher älterer Dämon mit einem erschreckend selbstsicheren Gesichtsausdruck. »Natürlich weiß sie es«, widersprach er. »Habt ihr eigentlich nichts als Brei im Hirnkasten? Ihr hättet das Ende durchaus selbst erkennen können, würdet ihr nur über ein bißchen Verstand verfügen.«

Gloha riet ins Blaue hinein. »Hallo, Professor Fetthuf«, sagte sie höflich. »Ich bin überrascht, dich auch hier zu sehen.«

»Ich konnte es kaum vermeiden«, erwiderte Fetthuf. »Schließlich muß ich die Sache beaufsichtigen.« Er blickte sich säuerlich um. »Ich muß schon sagen, Metria kommt die zweifelhafte Auszeichnung zu, die schlimmste aller nichtsnutzen, unaufmerksamen, dümmlichen Schülerinnen zu sein, die jemals die Schande meiner Klassen waren.«

Metria erschien aufs neue. »Ich liebe dich auch, Professor.« Mit einem hallenden Schmatzer küßte sie ihn auf die Wange.

»Hör auf damit, du erbärmliche Kreatur!« rief er und schien kurz davor, zu explodieren.

»Es ist wirklich nett von dir, daß du gekommen bist«, erwiderte Metria, von seiner Heftigkeit völlig unbeeindruckt.

»Ich bin nur gekommen, um ganz sicherzugehen, daß du die Sache auch tatsächlich zu Ende führst, du verantwortungslose Inamorata.«

»Verantwortungslose *was?*«

»Flamme, Geliebte, Liebchen, Mätresse, Nebenfrau, Konkubine ...«

»Verlobte?« fragte sie.

»Was auch immer«, stimmte er mürrisch zu.

Metria lief leicht rosa an und wandte den Blick ab. »Danke«, sagte sie schüchtern.

Er stach mit einem rundlichen Finger nach ihrer Nase. »Du stehst im Begriff, zu bekommen, was dir zusteht, du infernalische Belästigung.«

»Hauptsache, ich lerne, was Liebe ist. Das hast du in deinen Klassen nämlich nie unterrichtet, Professor.«

»Ich habe die Liebe zum Wissen unterrichtet! Aber du warst ja unfähig dazu, sie zu erlernen.« Er hielt inne, überlegte. »Aber es besteht kein Zweifel, daß du jetzt etwas dazulernen wirst«, fügte er mit geheimnisvoller Befriedigung hinzu.

Metria verschwand. Fetthuf schüttelte den Kopf. »Sie ist wirklich eine außerordentlich ärgerliche Frau«, grollte er. »Sie denkt ganz und gar nicht wie ein Gelehrter.«

»Aber sie versucht wenigstens, etwas Anständiges zu tun«, meinte Gloha.

»Aus dem falschen Grund.« Beunruhigend richtete er seine Aufmerksamkeit auf Gloha. »Wogegen dein Fall weitaus positiver zu werten ist. Du hast die Freude verdient, die dir bald zuteil werden wird.«

»Freude?« fragte Gloha verständnislos. Doch da wandte der Dämonenprofessor sich schon wieder ab.

»Ich verstehe Dämonen einfach nicht«, bemerkte Griesbogen.

»Metria sagt, daß Fetthuf der einzige ist, den man nicht hereinlegen kann«, antwortet Gloha. »Aber wenn er glauben sollte, daß ich meinen Zukunftsaussichten mit Freude entgegensehe, liegt er völlig daneben.«

Fetthuf stapfte ans Podium, das vorn vor den Bänken aufgebaut war. »Bitte Platz zu nehmen«, sagte er mit einer Stimme, die so eindeutig von Autorität widerhallte, daß die Dachbalken der Burg zu beben begannen. »Die Zeremonie wird gleich beginnen.«

Hastig beeilten sich die Nymphen, sich allerliebst auf den Bänken aufzureihen. Elster erschien wieder vor Gloha. »Als Freunde der Braut müssen Griesbogen und du ganz vorn sitzen.«

»Wir sind eigentlich keine richtigen Freunde«, wandte Gloha ein.

»Um so besser, Liebes. Hier entlang.« Sie führte sie an ihren Platz.

»Um so besser?« flüsterte Griesbogen, nachdem sie sich gesetzt hatten.

»Ich verstehe das alles nicht«, gestand Gloha.

Wieder erschien Elster. »Ach, es tut mir leid – das hatte ich ja ganz vergessen. Du bist die Brautjungfer, Gloha.«

»Ich?« rief Gloha entsetzt. »Ich verstehe doch überhaupt nichts von ...«

»Wir Dämonen können keinen direkten Kontakt zu der Burg herstellen, und außerdem muß ein Sterblicher etwas zu dieser Zeremonie beisteuern. Das ist sehr wichtig.«

»Aber Veleno hat doch jeden Tag eine andere Nymphe geheiratet, und das alles ohne so viele Umstände.«

»Ja. Und keine dieser Ehen hat gehalten. Diese hier dagegen *wird* halten.«

»Tatsächlich?« fragte Gloha, und Hoffnung keimte in ihr auf.

»Wenn alles richtig gemacht wird. Komm.«

Also stand Gloha wieder auf, um Elster zu folgen, deren Urteil sie vertraute. Die Dämonin konnte zwar weder mit Veleno noch mit der Burg in Berührung kommen, doch

Gloha konnte sie anfassen. Rasch stellte sie ein geeignetes Brautjungfernkleid her, komplett mit einem süßen kleinen Spitzhut, von dem ein Stück Stoff herabbaumelte. Dann führte sie Gloha vor einen Spiegel.

Da stand ein hübsches Koboldmädchen vor ihr, dessen Flügel hervorragend zu dem Kleid paßten. »Ach, ich wünschte, ich könnte immer so aussehen«, hauchte Gloha.

»Das tust du auch, nämlich für andere«, versicherte Elster. »Die sehen in dir ein engelhaftes kleines Wesen. Aber jetzt mußt du hinausgehen, die Zeremonie fängt bald an.«

»Aber ich weiß doch gar nicht, was ich zu tun habe«, protestierte sie.

»Du mußt einfach nur anwesend sein, um die Zeremonie zu bezeugen. Und du mußt den Blumenstrauß entgegennehmen, während der Ring übergestreift wird.«

»Ist das alles?«

»Das genügt.« Elster drängte sie vorwärts.

Die Zeremonie war bereits im Gange. Von irgendwoher ertönte Orgelmusik, aber es schien keine richtige Orgel zu sein, auf der gespielt wurde. Tatsächlich stellte sich heraus, daß es Mark Knochen war, der seinen Rippen Töne entlockte. Sie waren erstaunlich exakt – Gloha erkannte den Hochzeitsmarsch.

Dann sah sie auch Metria. In einem geradezu dämonisch schönen Brautkleid samt Schleier schritt sie mit einem phänomenalen Blumenstrauß den Mittelgang herunter. Sie schwebte fast – wozu sie ja auch durchaus fähig war, wenn sie wollte. Die nackten Nymphen stießen einmütig ein »Oooooh!« aus und wünschten sich ofenbar, daß sie sich ebenfalls so kleiden könnten.

Veleno wartete ein Stück weiter vorn. In seinem dunklen, förmlichen Anzug wirkte er beinahe anziehend.

Sie trafen aufeinander – und dann war auch schon Professor Fetthuf da, der als nächstes Worte von solcher Feierlichkeit und Gewichtigkeit sprach, daß Gloha sich wünschte, sich ihr Leben lang daran zu erinnern.

Es folgte eine Pause. »Der Ring.«

Trent kam von der anderen Seite herbei. Auch er trug einen schmucken Anzug. Er überreichte eine kleine Schachtel. Gloha begriff, daß der Ring aus demselben Stoff sein mußte wie die Burg; deshalb konnten die Dämonen ihn nicht überreichen. Trent spielte demnach den Trauzeugen. Gloha fragte sich, ob dies nicht eine Übertreibung der Nicht-Feindseligkeit war. Aber warum eigentlich nicht? sagte sie sich dann. Sollte die Ehe tatsächlich halten, würden sie dadurch alle ohne jede Gewaltanwendung oder Täuschung die Freiheit wiedererlangen.

Veleno nahm den Ring aus der Schachtel. Metria suchte nach einer Gelegenheit, ihren Blumenstrauß abzulegen. Schnell trat Gloha auf sie zu, um den Strauß entgegenzunehmen. Doch kaum berührte sie ihn, verdampfte er zu einer Rauchwolke. Ach ja – der Strauß war ja gar nicht wirklich; die Dämonin hatte ihn nur aus ihrer eigenen Substanz geformt, um die Wirkung zu unterstreichen! Und dennoch – damit der Schein gewahrt blieb, bedurfte es jemandes, der den Strauß an diesem Punkt der Zeremonie in Empfang nahm.

Nun kam der kritische Teil. Veleno nahm den Ring und Metria hob die linke Hand. Würde der Ring passen, oder würde er durch ihre Substanz hindurchdringen wie alle anderen Gegenstände der Burg?

Der Ring blieb haften. Metria hob triumphierend die Hand und zeigte ihn herum. Für die Burg war sie wirklich geworden.

»… Mann und Frau«, hörte Gloha den Professor sagen.

Dann nahm Veleno Metria in die Arme und küßte sie. Seine Hände fuhren nicht durch sie hindurch, ebensowenig seine Lippen. Auch für ihn war Metria also wirklich geworden!

Zufrieden verschwand Professor Fetthuf mit großem Pomp. Elster und Dara folgten ihm, wenngleich etwas bescheidener. Sie hatten erreicht, wozu sie gekommen waren.

Nun wich die Szene dem Hochzeitsfest. Die Nymphen

brauchten zwar nicht zu essen, knabberten aber dennoch an den gemischten Pasteten. Gloha, Trent und Griesbogen hatten bereits gegessen, taten es ihnen aber gleich. In der Zwischenzeit verschwanden Bräutigam und Braut in der Brautkammer, um die Ehe zu vollziehen, wo Metria ihren Veleno für die ungefähre Dauer einer Stunde glücklich bis zum Delirium machen würde. Gloha wußte, daß dies nichts zu bedeuten hatte; wichtig war vielmehr, daß die Braut feststofflich blieb und am nächsten Morgen noch ihr Erinnerungsvermögen besaß. Vorher wurde niemand von ihnen freigelassen. So lautete nun mal die Abmachung.

In der Zwischenzeit blieb es den anderen überlassen, aufzuräumen. Sie machten sich gemeinsam ans Werk und versetzten die Burg wieder in ihren früheren Zustand, allerdings mit einer Ausnahme: Die Dekoration ließen sie hängen. Warum sollte es am nächsten Tag nicht auch noch festlich aussehen?

Endlich war alles vorbei. Die Nymphen zogen sich zum Schlafen in ihre Zellen zurück, wo sie sich am behaglichsten fühlten. Am Morgen würden sie sich an nichts mehr erinnern. Doch ihre Zellen würden nicht länger zugesperrt sein, so daß sie herauskommen und sich vergnügen konnten, wenngleich es hier keine Faune gab.

Trent, Mark, Griesbogen und Gloha saßen am Küchentisch und ruhten sich aus. Schon bald würden auch sie sich zum Schlafen in ihre Zellen zurückziehen, doch würden sie diesmal Kissen mitnehmen, um es bequemer zu haben. Alles hing vom Verlauf des Morgens ab. »Glaubst du, es wird funktionieren?« fragte Trent.

»Ach, ich hoffe es sehr!« erwiderte Gloha voller Inbrunst. »Die Dämonen schienen es jedenfalls zu glauben.«

»Wie ich gehört habe, irrt der Dämonenprofessor sich nie«, bemerkte Mark.

»Es ist merkwürdig, daß er persönlich gekommen ist, um die Zeremonie zu leiten«, warf Griesbogen ein. »Wenn man bedenkt, daß er keinerlei Respekt für Metria hegt.«

»Seine Einstellung ist wirklich seltsam«, stimmte Mark

ihm zu. »Es schien fast, als glaubte er, daß es Metria gar nicht gefallen würde, verheiratet zu sein.«

»Er hat gemeint, daß sie nun bekommen wird, was ihr zusteht«, erinnerte sich Gloha. »Und als ich sagte, daß wir eigentlich nicht Metrias Freunde sind, hat Elster gesagt: ›um so besser‹.«

Trent schüttelte den Kopf. »Merkwürdig. Ich glaube, wir haben wohl noch nicht so recht begriffen, was dieses Ereignis wirklich zu bedeuten hat.«

Schweigend saßen sie anderthalb Weilen da, konnten sich aber nicht aufraffen, sich nach dem anstrengenden Tag zur Ruhe zu begeben.

Metria erschien, gekleidet in ein durchscheinendes Nachthemd, das den darunter befindlichen rosa Hüfthalter und ein Höschen zeigte. »Ach, seid ihr immer noch auf?« fragte sie erstaunt.

»Aus Trägheit«, antwortete Trent. »Und weshalb bist du gekommen?«

»Ich habe Veleno so glücklich gemacht, daß er bewußtlos geworden ist. Er wird ein Weilchen brauchen, bis er sich für die nächste Runde erholt hat. Deshalb habe ich mich hierhergestohlen, um mir eine leckere Pastete zu besorgen.«

»Aber du brauchst doch gar nichts zu essen, Metria«, wandte Gloha ein.

»Es ist auch nicht für mich, sondern für Veleno. Er wird nach der Anstrengung ziemlich hungrig sein.«

Selbst Mark wirkte ein wenig erschüttert. »Du versuchst, ihm etwas Nettes zu tun, obwohl das nicht ausdrücklich zur Abmachung gehört?«

»Na ja, schon …«, sagte die Dämonin verteidigend. »Darf eine Frau ihrem Mann denn nichts Gutes tun, wenn sie möchte?«

»Es scheint fast, als würdest du dir etwas aus ihm machen«, bemerkte Griesbogen.

Metria blickte ihn verblüfft an. »Das muß eine Illusion sein.«

Trent blinzelte sie an. Offensichtlich ging ihm irgend

etwas durch den Kopf. »Sag doch mal etwas Gemeines über ihn«, schlug er vor.

Metria sperrte den Mund auf. »Ich ... mag aber nicht.«

»Wenn ich es nicht besser wüßte – ich hätte den Verdacht, daß du einen Teil seiner Seele besitzt«, meinte Trent.

»Das ist doch Unfug! Ich versuche lediglich, Veleno für ein paar Stunden glücklich bis zum Delirium zu machen. Das ist eine Sache des handwerklichen Stolzes, mehr nicht.«

»Seit wann hast du denn diese Art von Stolz?« wollte Gloha wissen.

»Seit ... ich verheiratet bin«, erwiderte die Dämonin überrascht.

»Diese Zeremonie muß mehr bewirkt haben, als euch nur miteinander zu verheiraten«, sagte Gloha. »Als ich den Eid der Nicht-Feindseligkeit ableistete, habe ich gespürt, wie sich unsichtbare Fesseln um mich legten und mich an meinen Schwur banden. Hast du auch so etwas gespürt?«

»Aber ja«, bestätigte Metria verblüfft. »Ich war allerdings so sehr damit beschäftigt, alles richtig zu machen, daß ich nicht besonders darauf geachtet habe. Immerhin konnte ich dadurch tatsächlich eine Verbindung zur Burg herstellen, um wenigstens so zu tun, als würde ich mit Veleno den Storch rufen.«

»Um so zu tun?« wiederholte Griesbogen.

»Wir Dämonen rufen nie irgendwelche Störche, es sei denn, wir wollen es ausdrücklich«, erklärte Metria. »Wir vollziehen zwar die erforderlichen Bewegungsabläufe und legen damit die Sterblichen herein, aber das ist alles nicht echt. Wer möchte sich auch schon mit einem Säugling belasten, wenn er noch ganz bei Trost ist?«

»Ich«, erwiderte Gloha. »Wenn ich die richtige ... die richtige Familie hätte.«

Trent schürzte die Lippen zu einem allermildesten Gesichtsausdruck. »Und hast du nicht die richtige Familie, Metria?«

»Das habe ich nicht gesagt! Veleno ist kein schlechter

Mann! An ihm ist nichts verkehrt, was eine gute, liebevolle Frau nicht in Ordnung bringen könnte.«

»Und bist du diese Frau?«

»Natürlich nicht!« Dann blickte sie gequält drein. »Aber ... da ist irgendwas. Ich weiß nicht, was.«

»Ist das alles vielleicht wunderbar und schmerzhaft zugleich? Bist du so verwirrt, daß du kaum noch weißt, was du eigentlich fühlst?« wollte Griesbogen wissen.

»Ganz genau!« bestätigte die Dämonin. »Woher weißt du das?«

»Ich glaube, du machst gerade die ersten verwirrten Wehen des Verliebtseins durch«, antwortete er.

»Tue ich das? Aber – aber genau das habe ich doch gesucht!«

»Und jetzt ist es doch nicht das, was du erwartet hast?« fragte Gloha interessiert.

»Nein. Ich weiß zwar nicht genau, was ich erwartet habe, aber das hier jedenfalls nicht. Es ... ich weiß noch nicht so recht, ob es mir gefällt.«

»Die Liebe fragt nicht unbedingt danach, ob sie dir gefällt«, versetzte Trent traurig. »Sie kann dir auch gewaltiges Leid bescheren. Trotzdem würde man sie gegen keine andere Erfahrung eintauschen. Metria, ich glaube, daß deine Hochzeitszeremonie dir die Hälfte von Velenos Seele eingebracht hat. Jetzt bist du in der Lage, das gesamte Spektrum menschlicher Gefühle und Verpflichtungen zu erleben.«

»Nicht nur das halbe?« warf Gloha ein.

»Auch eine halbe Seele bleibt eine Seele«, widersprach Trent. »Normalerweise regeneriert sie sich mit der Zeit und wird wieder vollständig. Du hast noch eine Vielzahl von Erfahrungen vor dir.«

»Aber ich will doch gar keine Seele haben«, protestierte Metria. »Ich wollte doch bloß wissen, wie die Liebe so ist.«

»Ich glaube, das hat Professor Fetthuf gewußt«, sagte Griesbogen. »Er wußte, daß du mehr kriegen würdest, als du wolltest. Und er ist hergekommen, um sicherzugehen, daß es auch tatsächlich eintritt.«

»Fetthuf!« rief Metria. »Dieser Höllenspuk! Der wollte es mir doch nur heimzahlen, daß ich seinen Unterricht nie ernstgenommen habe.«

»Tja, das dürfte ihm wohl gelungen sein«, bemerkte Trent trocken.

»Was soll ich denn mit einer Seele anfangen?« wollte Metria wissen.

»Um ehrlich zu sein, meine Liebe«, sagte Trent mit einem Dreifünftellächeln, »ich weiß es auch nicht ...«

»Leiden«, sagte Griesbogen an seiner Stelle. »Du wirst leiden, Metria.«

»Na ja, ich will jedenfalls nichts damit zu tun haben. Ich werde ...« Abgelenkt hielt sie inne.

»Was wirst du?« wollte Mark wissen.

Sie seufzte. »Ich werde Veleno diese Pastete bringen.« Dann verschwand sie in einer Rauchwolke.

Trent schüttelte den Kopf. »Ich glaube, *ich* möchte Professor Fetthuf lieber nie verärgern«, bemerkte er.

»Falls das seine Strafe sein sollte, wenn man ihn verärgert, würde ich es nur zu gern tun«, versetzte Mark. »Denn *ich* will eine Seelenhälfte haben.«

Gloha sah, wie Griesbogen nachdenklich dreinblickte, ohne jedoch etwas zu zu sagen.

»Na ja, dann sollten wir mal schlafen gehen«, sagte sie und erhob sich.

Griesbogen versuchte ebenfalls aufzustehen, schaffte es aber nicht. »Vielleicht bleibe ich besser hier«, meinte er.

Er versuchte, seine Schwäche mit Anmut zu überspielen und niemanden damit zu behelligen. Gloha wollte ihn ihrerseits nicht dadurch in Verlegenheit bringen, daß sie sich erbot, ihn wieder zu tragen. »Vielleicht bleibe ich auch hier«, sagte sie.

»In deiner eigenen Zelle dürfte es aber um einiges bequemer sein«, meinte Mark.

»Ja, vielleicht, aber ...«, fing sie an.

»Es wird mir eine Freude sein, Griesbogen dorthin zu tragen«, erklärte das Skelett. »Er hat mich schließlich auch schon einmal getragen.«

»Das ist sehr freundlich von dir«, willigte Griesbogen ein. Das Skelett nahm ihn auf und stolzierte davon.

»Ich gehe Kissen holen«, sagte Gloha rasch.

Doch als sie schließlich mehrere Kissen beisammen hatte, merkte sie, daß sie zu groß waren, um sie tragen zu können. Sie würde den langen Weg zum höchstgelegenen Burgzimmer also gleich mehrmals unternehmen müssen, immer nur mit einem Kissen. Das versprach mühselig zu werden. Und außerdem dürfte es den größten Teil der Zeit beanspruchen, die sie eigentlich zu schlafen gehofft hatte.

Da erschien wieder Metria. »Hast du Probleme?« erkundigte sie sich.

»Ich komme schon alleine klar«, erwiderte Gloha kurz angebunden.

»Bestimmt nicht. Du bist eine nette Person, die nie jemandem Schaden zugefügt hat, da hast du Hilfe verdient. Ich werde die Kissen für dich nach oben tragen.«

Gloha war verblüfft. Die Dämonin hatte sich tatsächlich in ein fürsorgliches Wesen verwandelt.

»Danke, Metria«, sagte sie.

»Es ist seltsam, sich darum kümmern zu müssen, wie es anderen geht«, bemerkte Metria, während sie die Kissen trug. »Aber diese Geschichte mit der Liebe ... Ich habe ja solche Angst, ich könnte etwas falsch machen. Oder daß Veleno etwas falsch machen könnte. Obwohl ich weiß, daß solche Sorgen töricht sind. Manchmal bin ich glücklich, und dann wieder packt mich das Entsetzen. Ich bin so durcheinander! Ich wünschte ...«

Kurz darauf begriff Gloha, daß die Dämonin gefragt werden wollte. Das war ganz und gar nicht mehr die alte Metria. »Was wünschst du dir?«

»Ich wünschte, ich hätte einen ... jemanden ... zum Zuhören ... zum Verstehen ... zum Beraten ... ich weiß auch nicht, was. Das ist alles so neu für mich.«

»Du wünschst dir, du hättest eine Freundin oder einen Freund«, sagte Gloha, als ihr ein Licht aufging – so hell, daß der ganze Gang erstrahlte.

»Das muß es sein. Aber es gibt keine ... Dämonen haben nun mal keine Freunde.«

»Vielleicht doch, wenn sie welche wollen«, widersprach Gloha.

»Wer will sich schon mit Dämonen befreunden?« fragte Metria weinerlich.

Gloha erkannte, daß das Problem der Dämonin auch das ihre war. Sie hatte Metria in diese Sache hineingezogen und sich selbst dadurch vor einem schrecklichen Schicksal bewahrt. Schön, die Dämonin mochte zwar aus rein selbstsüchtigen Gründen gehandelt haben, ohne Wissen um die vollen Konsequenzen ihres Tuns, dennoch war Gloha ihr noch einen Gefallen schuldig.

»Ich könnte vielleicht diese Freundin sein«, sagte sie.

Metria blieb auf dem oberen Treppenabsatz abrupt stehen. »Was sagst du da?« fragte sie vorsichtig.

»Ich würde gern deine Freundin sein.«

Die Dämonin erstarrte. »Ach, so etwas würde ich doch nie verlangen«, sagte sie schließlich. »Ich ... oh, danke. Jetzt fühle ich mich schon viel besser!« Sie lächelte zwar, doch aus ihren Augen strömten die Tränen.

»Ich habe auch noch nicht die Liebe erfahren, jedenfalls nicht so richtig«, erwiderte Gloha gerührt. »Aber ich glaube, deine Gefühle sind etwas ganz Normales.«

»Ich hoffe nur, daß sie sich bald entwirren.«

Sie erreichten das oberste Burgzimmer. Dort unterhielten Mark und Griesbogen sich gerade, verstummten aber, als die beiden eintrafen.

Metria setzte sich auf die Kissen. »Ich muß zurück«, sagte sie. »Aber ...«

»Komm ruhig vorbei, wann immer du Lust hast«, bot Gloha ihr an.

Die Dämonin nickte und verblaßte.

»Ich werde jetzt auch gehen«, verkündete Mark und ließ seinen Worten Taten folgen.

Gloha richtete die Kissen so aus, daß es für Griesbogen bequem war. Er wirkte nicht nur matt, sondern auch nachdenklich, doch Gloha beschloß, ihn nicht danach zu fragen, worüber er sich mit Mark unterhalten hatte. Im nächsten Augenblick war er schon eingeschlafen – und Gloha im übernächsten.

Irgend etwas war seltsam. Der Boden schien durchzuhängen. Das war natürlich unmöglich, doch Gloha konnte das Gefühl nicht ignorieren. Sie setzte sich auf und schaute sich um.

Draußen herrschte Morgendämmerung. Vor dem vergitterten Fenster verlor eine rosa Wolke gerade ihre Farbe. Das Fenster wirkte etwas schräg. Gloha stand auf, wohl wissend, daß es sich nur um einen Effekt der Magie der Perspektive handelte. Doch sie konnte ihre Neugier nicht zügeln. Sie berührte einen der Gitterstäbe. Er fühlte sich an, als wäre er aus Holz, und nicht mehr aus Metall.

Sie hob den Blick – und bemerkte eine Beule in der Decke. War das nur Einbildung? Gloha spreizte die Flügel und flog hinauf, um die Delle zu betasten. Auch die war ziemlich weich und gab ein Stück nach, als sie mit dem Finger hineinstach. Die Decke sackte *tatsächlich* ein!

Kein Zweifel – hier war irgend etwas faul. Gloha ließ sich zu Boden sinken.

»Griesbogen – ich glaube, wir sollten lieber von hier verschwinden.«

Er erwachte. »Ich glaube nicht.«

»Nicht?«

»Ich glaube nicht, daß ich aufstehen kann. Ich fürchte, meine Zeit ist gekommen.«

Irgend etwas in Glohas Innerem schien zu zerreißen. »Nein, Griesbogen!« rief sie. »Noch nicht. Du hast doch noch nicht deine … deine Antwort gefunden.«

»Ich habe genug gefunden. Du mußt die Gitterstäbe aufreißen und hinausfliegen.«

»Aufreißen? Die Gitterstäbe? Das kann ich nicht!«

»Die Burg löst sich auf. Das bedeutet, daß Veleno jemanden gefunden hat, eine Ehefrau, die sich am nächsten Morgen noch an ihre Heirat erinnern kann. Der Bann verliert an Kraft. Du mußt fliehen, bevor hier alles einstürzt.«

Gloha sah ein, daß er die Lage richtig erfaßt hatte. Das erklärte also das Absacken der Burg. Die Gitterstäbe würden nicht mehr kräftig genug sein, um ihr zu widerstehen, und tatsächlich wäre das Fenster der schnellste Ausgang für sie. Sie trat hinüber und riß die Stäbe auseinander, als wären sie aus Gummi. Dann schaute sie aus dem Fenster und stellte mit einem Blick in die Tiefe fest, daß die ganze Burg bereits schräg stand. Offensichtlich hatte das Fundament seine Festigkeit eingebüßt.

Gloha eilte zu Griesbogen zurück. »Ich nehme dich mit«, sagte sie.

»Gloha, das ist die Anstrengung nicht wert. Ich werde sowieso dahin sein, noch bevor der Morgen zu Ende ist. So ist es auch nicht schlechter als anders. Aber wenn du vielleicht ...« Er hielt inne; es erinnerte ein wenig an Metrias Stocken.

»Was?« fragte sie, und das Herz tat ihr dabei furchtbar weh.

»Wenn du mir vielleicht einen Kuß geben würdest, bevor du gehst ...«

»Ich gehe aber nicht!« rief sie. »Nicht ohne dich.«

Sie kauerte nieder und wollte ihn gerade aufheben, doch da fiel ihr ein, daß der Flug in die Tiefe mit Griesbogen als Last gefährlich werden könnte. Schließlich war sie keine besonders kräftige Fliegerin. Also ging sie lieber kein Risiko ein, beugte den Kopf hinab und küßte ihn auf den kleinen Mund.

Irgend etwas durchfuhr sie. Es war wie ein sanfter Schreck. Dann kippte der Boden, und sie mußte handeln. Sie packte Griesbogen, stürzte auf das Fenster zu und sprang hinaus. Die Gitterstäbe gaben willig nach. Mit einem Satz war Gloha in der Luft, spreizte die Flügel und schlug sie, so fest sie konnte.

Doch es war nicht genug. Griesbogens Gewicht zerrte an ihr, und sie verlor viel zu schnell an Höhe, um sicher landen zu können. Sie mühte sich, noch kräftigere Flügelschläge zu machen, vermochte aber nur den Absturz ein wenig zu bremsen. Jeden Moment mußten sie unten aufschlagen.

»Laß mich fallen!« rief Griesbogen.

»Nein!« schrie sie zurück und umklammerte ihn um so fester.

Der Boden raste auf sie zu. Gloha schloß die Augen.

Sie prallte auf etwas Weiches, Fedriges. Sie machte einen Hopser, wurde vom Abprall wieder ein Stück in die Höhe geworfen.

Sie schlug die Augen auf. Sie war auf einem riesigen, nachgiebigen Kissen gelandet und unbeschadet am Boden angelangt. Aber woher kam das Kissen?

Das Kissen öffnete einen Mund, als Gloha zum zweitenmal darauf prallte. »Guck nicht so verdutzt aus der Wäsche«, sagte es. »Dafür sind Freunde schließlich da, nicht wahr?«

»Metria!« rief Gloha voller Freude.

Das Kissen löste sich auf. »Muß mich um den Magier Trent kümmern«, hallten die Worte hinter Gloha her.

»Weshalb hat Metria uns gerettet?« wollte Griesbogen wissen, als Gloha ihn in eine Hängemattenpflanze in der Nähe legte.

»Wir sind Freunde geworden . Wir haben es letzte Nacht beschlossen, auf dem Weg hinauf ins Zimmer. Metria *braucht* eine Freundin.« Gloha musterte das dahinschmelzende Gebäude. »Und ich brauchte offensichtlich auch eine.«

»Aha. Weil Gewissen und Liebe für Metria etwas Neues sind. Es muß schwierig für sie sein.«

»Das ist es auch. Sie muß sehr vieles auf einmal begreifen. Aber offensichtlich hat sie Erfolg damit, denn der Zauberbann löst sich gerade auf. Ich werde ihr so gut helfen, wie ich kann. Schließlich hat sie uns vor dem Tod bewahrt.«

»Was mich zu meiner zweiten Frage führt. Weshalb hast du mich nicht fallen lassen und dich selbst in Sicherheit gebracht, wo es doch offensichtlich war, daß du uns nicht beide retten konntest?«

»Ich habe es nicht fertiggebracht!«

Er hakte nicht weiter nach. Sie beobachteten, wie die Burg in sich zusammenstürzte, als ihre Substanz immer mehr an Zusammenhalt verlor. Derweil öffnete sich das Vordertor, und die Nymphen kamen mit wehendem Haar über die Zugbrücke gerannt. Sie waren wieder frei und eilten nun nach Hause zurück, wo man sie gewiß willkommen heißen würde. Doch wo blieben Trent und Mark?

Da traten auch die beiden ins Freie. Sie hatten erst die Nymphen freigelassen.

»Was ist mit Veleno?« wollte Gloha wissen.

Metria erschien. »Machst du Witze? Den habe ich natürlich als ersten hinausgeschafft. Er wartet dort drüben.«

Gloha folgte mit dem Blick Metrias Geste. Veleno lag am Boden. Ein verträumtes Lächeln zierte sein Gesicht.

Gloha schritt zu ihm hinüber. »Geht es dir gut?«

»Es ging mir noch nie besser«, erwiderte er. »Ich mußte Metria schon bitten, mich für eine Weile in Ruhe zu lassen. Man kann nämlich nur ein gewisses Quantum delirierenden Glücks ertragen, wenn man nicht daran gewöhnt ist.«

»Ich nehme an, da hast du wohl die Forderung der Dämonen erfüllt«, meinte Gloha. »Du hast eine Frau gefunden, die dich liebt.«

»Metria ist keine gewöhnliche Frau. Sie ist etwas Besonderes!« Er schloß die Augen, und das verträumte Lächeln kehrte zurück. Offensichtlich war er zufrieden.

Die Burg sackte immer weiter ab, wie schmelzendes Eis auf einer heißen Oberfläche. Rauch stieg auf und verteilte sich am Himmel. Die Burg brach zu einem Steinberg zusammen; der Berg schrumpfte zu einem Felshaufen, und der Haufen verwandelte sich blubbernd in einen Maulwurfshügel. Endlich waren auch die letzten Überreste verdampft und hinterließen nur noch eine kahle Insel in einem schmutzigen Teich.

»So, das war's, Liebster«, sagte Metria zu Veleno. »Eigentlich wollte ich mich jetzt aus dem Staub machen, aber irgendwie habe ich keine Lust mehr dazu. Gehen wir nach Hause in dein Dorf.«

»Warst du nicht damit beschäftigt, diesen Leuten bei ihrer Suche zu helfen?« fragte Veleno.

»Ja, auf meine Weise. Aber jetzt sind sie frei. Da können sie wieder ihren eigenen Geschäften nachgehen.«

»Das stimmt«, bestätigte Gloha. »Metria hat ihren Teil dazugetan und uns sehr geholfen. Den Rest schaffen wir jetzt auch allein.«

»Also gut«, entschied Veleno, »dann gehen wir.«

Doch nun war es Metria, die einen Einwand vorbrachte. »Vielleicht sollte ich doch noch ein Weilchen bei ihnen bleiben, bis sie ihre Suche abgeschlossen haben. Wir können schließlich warten. Dein Dorf weiß ja nicht einmal, daß wir kommen.«

»Und es ist den Leuten auch gleichgültig«, erwiderte Veleno. »Vielleicht sollten wir ganz woanders hingehen. Mir ist es egal. Hauptsache, du gehst mit.«

»Du bist offensichtlich schon wieder für ein wenig delirierende Freude bereit«, sagte die Dämonin und trat auf ihn zu.

»Na ja ...«

»Vielleicht sollten wir erst mal etwas zu essen suchen und danach unsere Reise wieder aufnehmen«, warf Trent rasch ein.

»Aber Griesbogen kann nicht mehr reisen«, erklärte Gloha.

»Wir könnten ihm doch dabei helfen«, meinte Metria.

»Weshalb solltest du dir diese Mühe machen?« fragte Gloha.

Metria kam auf sie zu. »Bitte«, sagte sie leise. »Ich habe zwar jetzt einen Mann, aber das alles ist für mich noch so neu, und ich habe doch nur eine einzige Freundin. Ich bin einfach noch nicht in der Lage, ganz allein damit zurechtzukommen.«

»Ach so«, erwiderte Gloha eilig. »Natürlich.«

»Möglicherweise bekommen wir nun auch andere Sorgen«, warf Mark ein, den Totenkopf gen Himmel gerichtet.

Rasend schnell kamen dort große Kreaturen auf sie zugeflogen.

12

Liebe

Gloha erkannte die Wesen. »Die Flügelzentauren!« rief sie erleichtert.

Kurz darauf gingen vier Zentauren am Boden nieder: zwei Erwachsene und zwei Kinder. Gloha flog zu ihnen hinüber, um alle miteinander bekanntzumachen. »Hallo, Cheiron und Chex, Che und Cynthia«, sagte sie. »Und Gwenny Kobold – weshalb bist du denn mitgekommen?«

»Metria hat gesagt, daß du Hilfe brauchst«, erklärte der weibliche Koboldhäuptling und sprang von Cheirons Rükken, um Gloha zu umarmen. »Deshalb haben wir einen Trupp Kobolde abgestellt, um herzukommen und dich zu befreien. Natürlich mußte ich persönlich mitkommen, um dafür zu sorgen, daß sie sich benehmen.«

»Und ich mußte natürlich auch mit, nämlich als ihr Begleiter«, warf Che ein.

»Und wir wollten sie natürlich nicht unbegleitet in eine unklare und möglicherweise gefährliche Situation ziehen lassen«, ergänzte Chex.

»Die Situation hat sich inzwischen beruhigt«, erwiderte Gloha. »Metria hat meinen Peiniger geheiratet und dabei eine halbe Seele abbekommen, und die Burg hat sich in

Nichts aufgelöst. Was das betrifft, braucht ihr uns nicht mehr zu retten.«

»Das ist aber schade«, meinte Gwenny.

»Schade?« wiederholte Gloha verwundert.

»Weil die Koboldstreitkräfte jeden Augenblick eintreffen, und zwar in Kampfeslaune.«

»Oh.« Gloha verstand das Problem. Koboldmädchen waren zwar lieblich, nett und gütig, Koboldmänner aber ganz und gar nicht. Wenn es keinen Feind gab, gegen den sie kämpfen konnten, neigten sie dazu, sich in ihrer Streitlust anderen zuzuwenden – beispielsweise ihren Freunden.

»Ich frage mich gerade, wie die Harpyien wohl reagieren werden«, bemerkte Metria.

»Kommen die etwa auch?« fragte Gloha beunruhigt.

»Ich habe versucht, die interessierten Parteien zu benachrichtigen«, erklärte die Dämonin.

»Gut, daß die Riesen nicht auch noch davon Wind bekommen haben«, meinte Griesbogen mit mattem Lachen.

»Natürlich haben sie Wind davon bekommen«, erklärte Metria. »Du warst ja schließlich auch in Schwierigkeiten. Sie haben gesagt, daß sie eine große Streitmacht zusammenstellen und sofort herübergetrampelt kommen.«

Gloha reagierte entsetzt. »Wem hast du denn *noch* alles Mitteilung gemacht?«

»Sonst niemandem, außer den Skeletten im Kürbis.«

Das beruhigte Gloha wieder. »Na, die können wenigstens nicht herkommen, weil sie im Traumreich festsitzen.«

»Nicht, wenn Trojan die Angelegenheit als wichtig genug erachtet, um ihnen einen Passierschein für das Reich der Wachträume zu genehmigen«, widersprach Mark.

Trojan war der Hengst von der anderen Farbe, der über das Traumreich herrschte. Er machte nie viel Federlesens.

»Schön, dann besteht ja keine Gefahr«, sagte Gloha erleichtert.

Da ertönte Marschlärm. Er wurde von Augenblick zu Augenblick lauter. Nicht nur das – er schien auch noch aus verschiedenen Richtungen gleichzeitig zu kommen. Was war da los?

Gloha und die Flügelzentauren schwangen sich in die Lüfte, um die Lage aus geeigneter Höhe auszukundschaften.

»O nein!« hauchte Gloha.

Denn nun kamen vier verschiedene Gruppen auf sie zu. Aus dem Norden ein Pöbel von Kobolden, bewaffnet mit Keulen, Lanzen und Steinen. Im Süden ertönte das Kreischen von Harpyien, die sich mit Kotkugeln und explodierenden Eiern bewaffnet hatten. Im Osten schepperte das Knirschen von Riesen; sie waren zwar unsichtbar, doch ihre Fußabdrücke waren deutlich zu erkennen, als sie mit Riesenschritten näher kamen. Im Westen erblickte Metria, die auf selber Höhe hervorpuffte, eine ›Skelett-Truppe‹, wie sie es ausdrückte.

»Und sie alle werden am schmutzigen Teich aufeinanderstoßen«, bemerkte Cynthia. Sie flog gerade neben Che Zentaur; die beiden gaben wirklich ein hübsches Paar ab, auch wenn sie noch Kinder waren. Gloha war froh, daß wenigstens dieser Teil ihres Abenteuers ein gutes Ende zu nehmen schien.

»Wir werden es ihnen erklären müssen«, sagte Gloha.

»Das wird nicht so leicht sein«, meinte Chex. »Die Kobolde werden Gwenny zwar gehorchen, wenn auch nur zähneknirschend, aber die anderen nicht. Die sind auf ein Gemetzel aus.«

»Außerdem sind es mehr oder weniger natürliche Feinde«, ergänzte Gloha. »Es war schon schwer genug, die Kobolde und Harpyien daran zu hindern, einander zu bekämpfen, als meine Eltern sich kennenlernten. Ich wünschte mir fast, unsere Gefangenschaft hätte noch ein Weilchen länger gedauert.«

»Vielleicht weiß Trent einen Rat«, sagte Cynthia. »Er war doch eine Zeitlang König, nicht wahr?«

»Ja«, bestätigte Gloha. »Er dürfte schon öfters schwierige Situationen gemeistert haben.«

Sie gingen wieder zu Boden und gesellten sich zu ihren Gefährten. »Kobolde, Harpyien, Riesen und Skelette marschieren gerade aufeinander zu«, meldete Gloha dem Magier. »Wir müssen sie daran hindern, aufeinander loszugehen.«

Trent nickte. »Eine Ablenkung wäre jetzt angebracht. Vielleicht irgendeine vorübergehende Suche, um ihre Aufmerksamkeit zu erregen.«

»Ja! Aber was sollte das sein?«

Trent blickte zu Griesbogen hinüber. »Ich fürchte, du stehst kurz vor dem Ende. Hast du einen letzten Wunsch?«

Ein furchtbarer Eisesschauer durchfuhr Gloha. »Ende? Jetzt?«

»Ich würde mir wünschen, in ein abgelegenes Gebiet gebracht und in meine natürliche Form zurückverwandelt zu werden«, antwortete Griesbogen. »Und ich würde Mark Knochen gern meine Seele vermachen.«

»Oh, deine Seele würde ich aber gar nicht annehmen!« protestierte das Skelett.

»Ich würde es ungern sehen, daß sie vergeudet wird, wo sie doch ein viel längeres Leben erwartet hat«, erklärte Griesbogen. »Und ich kann mir niemanden denken, der ihrer würdiger wäre.«

»Aber du darfst doch nicht sterben!« rief Gloha. »Du solltest doch eigentlich gerettet werden!«

»Das war wohl nur eine törichte Hoffnung«, erwiderte Griesbogen traurig. »Ich möchte, daß Mark meine Seele bekommt.«

»Vielleicht eine Hälfte davon«, schlug Trent vor.

Das Trampeln wurde immer lauter. Jeden Augenblick mußten die sich aufeinander zu bewegenden Verbände erscheinen. »Ich möchte zwar diesen delikaten Augenblick nicht stören«, warf Mark ein, »aber ich denke doch, daß unser Problem mit den Streitkräften im Augenblick den Vorrang haben sollte.«

»Das meine ich auch«, bestätigte Trent. Doch dann wandte er sich unerklärlicherweise wieder Griesbogen zu. »Hat der Gute Magier noch etwas gesagt, außer, daß du Hilfe erhalten würdest, wenn du dich in dieser Gegend aufhältst?«

»Nein. Nicht daß ich wüßte«, erwiderte Griesbogen. »Nur, daß ich transportiert werden könnte.«

»Transportiert?« fragte Gloha.

»Verschifft, versandt, ausgeliefert, bewegt, getragen, befördert ...«, warf Metria hilfsbereit ein.

»Bestimmt an den Ort, der für mein Dahinscheiden der geeignetste ist«, bestätigte Griesbogen. »Ich muß die Aussage wohl falsch verstanden haben.«

»Das ist kein Wunder – so, wie Humfrey sich gemeinhin auszudrücken pflegt«, meinte Mark. »Möglicherweise habe ich Professor Fetthufs Rat, mich in der Nähe des Vulkans aufzuhalten, ähnlich falsch verstanden.«

»Ich bin mir in beiden Fällen nicht so sicher«, widersprach Trent. »Humfreys Antworten sind immer zutreffend, wenn man sie erst einmal richtig verstanden hat. Fetthufs ebenfalls. Möglicherweise sind euer beider Schicksale ja miteinander verknüpft, zusammen mit Glohas.«

Inzwischen waren die Riesenschritte so nahe gekommen, daß der Boden erbebte, während die Flugschar der Harpyien am Horizont erschien. Warum beachtete Trent sie nicht?

»Dieses Wort«, warf Trent ein. »War es vielleicht ›transplantiert‹?«

»Ja, ich glaube, das war es!« stimmte Griesbogen überrascht zu. »Ich habe mich nicht mehr richtig daran erinnert. Aber das muß doch nur ein anderer Ausdruck dafür sein, daß ich an einen anderen Ort verbracht werden soll.«

»Und nun zu dir, Mark«, fuhr Trent unbeirrt fort. »Hat Fetthuf dir noch irgend etwas gesagt – egal, wie unwichtig es dir erschienen sein mag?«

Das Skelett klopfte sich an den Schädel. »Nur, daß es ein gerechter Tausch sein würde. Aber da ich nichts besitze, was ich gegen eine Seele eintauschen könnte, ergibt das für mich keinen Sinn.«

Im Norden erschien das Koboldheer, im Westen die Skelett-Truppe. Alles schien zeitlich perfekt aufeinander abgestimmt zu sein – alle vier Gruppen würden in Kürze hier eintreffen.

Trent wandte sich wieder an Griesbogen. »Wenn du eine Seelenhälfte gegen irgend etwas eintauschen würdest, was könnte das sein?«

»Ich habe gar nicht vor, meine Seele einzutauschen«, widersprach Griesbogen. »Ich möchte sie nur jemandem geben, der ihrer würdig ist.«

»Rein hypothetisch gesprochen: Was *könnte* ihrer denn würdig sein?«

Griesbogen brachte ein mattes Lächeln zustande. »Mein Leben, natürlich. Aber ...«

»Was für eine Transplantation würde dir denn Leben verleihen?«

»Frisches Blut. Aber da das nicht möglich ist ...«

»Wo kommt dein Blut her?«

Griesbogen schüttelte den Kopf. »Das verstehe ich nicht.«

»Ich schon«, warf Cheiron Zentaur ein. »Das Blut kommt aus den Knochen, zumindest teilweise. Er würde eine Knochentransplantation benötigen.«

Die anderen lachten lauthals über diese phantastische Vorstellung. Alle, bis auf Trent. »Vielleicht auch eine Knochenmarktransplantation?«

»Ja, natürlich«, stimmte Cheiron zu. »Den mittleren Teil des Knochens. Ich dachte, das wäre klar.«

Dem Skelett klappte die Kieferlade herunter. »Du meinst, ich könnte etwas von meinem Knochenmark eintauschen, um ihm das Leben zu schenken? Das würde ich liebend gern tun, ganz unabhängig von der Seele.«

»Aber Griesbogen ist doch ein Riese«, wandte Gloha ein. »Mark hat doch überhaupt nicht genug Mark in seinem Körper, als daß es für mehr als einen Finger reichen würde.«

»Nicht, solange Griesbogen sich in seiner derzeitigen Gestalt befindet«, widersprach Trent.

Die anderen starrten ihn an.

»Stimmt!« rief Mark. »Im Augenblick ist er ja ganz klein.«

»Ach, Griesbogen, jetzt kannst du doch noch gerettet werden!« rief Gloha. »Und wenn du erst einmal genesen bist, kannst du wieder so werden wie früher, nämlich ein unsichtbarer Riese.« Doch irgendwie wirkte ihre Freude darüber etwas getrübt.

»Jetzt wissen wir möglicherweise, um welchen Tauschhandel es gehen könnte«, schloß Trent. »Knochenmark gegen eine Seelenhälfte, und beide haben ihr Ziel erreicht.«

Nun trafen die Truppenkontingente aus den vier Himmelsrichtungen ein. Sie bauten sich auf, kamen zum Stillstand, bildeten vier vollkommene Karrees, die jeweils aus Kobolden, Riesen, Harpyien und Skeletten bestanden. Von den Riesen waren nur die Fußabdrücke zu sehen, diese aber um so deutlicher.

»Auf diesen Handel lasse ich mich gern ein«, meinte Mark.

»Ich auch«, bestätigte Griesbogen überrascht.

»Es gibt da nur ein einziges Problem«, fuhr Trent fort. »Soweit ich mich erinnere, kann ein Knochenmarktausch nur mit Hilfe eines Blutwurz und einer Verpflanzungspflanze durchgeführt werden. Weiß irgend jemand, wo solche Pflanzen wachsen?«

Alle blickten ihn ratlos an.

»Ich glaube, da haben wir die nächste Suche vor uns«, meinte Trent. »Glücklicherweise verfügen wir ja nun über einen kompetenten Suchtrupp, der in der Lage ist, in der Luft, zu Boden und unterirdisch Ausschau danach zu halten. In einem dieser Bereiche müßte es die entsprechende Pflanze geben.« Er sah sich um. »Allerdings müssen wir sie ausfindig gemacht haben, bevor der Tag zu Ende ist, denn ich glaube nicht, daß Griesbogen noch bis morgen aushalten wird.«

»Wie sieht diese Pflanze denn überhaupt aus?« wollte Gloha wissen.

»Sie ist ziemlich klein, mit schlingpflanzenähnlichen Ästen«, erklärte Cheiron. »Das Blattwerk ist grün, und sie besitzt gedrehte Auswüchse, die in Dornen enden.« Mit einem Stock machte er eine Skizze ins Erdreich. »Das sieht ungefähr so aus.« Dann zeichnete er noch eine vergrößerte Blüte dazu. »Am einfachsten läßt sie sich anhand ihrer unverwechselbaren Blüten erkennen.«

»Mal sehen, welches der Kontingente als erstes eine solche Blume aufstöbert«, sagte Trent.

Den vier Gruppen wurde entsprechende Nachricht übersandt. Sofort stoben sie auseinander und machten sich auf die Suche nach der Verpflanzungspflanze. Die drohende Auseinandersetzung war abgewehrt.

Cynthia blickte nachdenklich drein. »Ich erinnere mich entfernt an irgend etwas, das mit einer solchen Pflanze zu tun hatte«, sagte sie. »Das war vor siebzig Jahren, als ich noch ein Kind war ...« Sie hielt inne. »Vor sieben Jahren. Vielleicht ist sie aber auch gar nicht mehr da.«

»Wo soll sie denn gewesen sein?« erkundigte sich Che.

Cynthia bedachte ihn mit einem erstaunlich sachkundigen Kleinemädchenlächeln. Che wußte natürlich um ihren Ursprung und ihr tatsächliches Alter, schien sie aber trotzdem sehr zu mögen. Das war vielleicht gar nicht einmal überraschend, denn zum einen war Cynthia das einzige weitere Flügelzentaurenkind in Xanth – noch dazu eins, das sehr darum bemüht war, gut mit Che auszukommen –, zum anderen wies sie mehr als nur eine Andeutung ihrer früheren und späteren Schönheit auf. »Das weiß ich nicht mehr. Ich glaube, ich werde einfach nach der Pflanze suchen.«

»Aber nicht allein«, widersprach Chex streng. »Nicht in deinem Alter, und schon gar nicht in dieser Gegend.«

»Och«, machte Cynthia ein wenig betroffen. »Na ja, wahrscheinlich ist sie sowieso nicht mehr da.«

»Wir werden suchen«, entschied Chex. »Aber ich komme mit.«

Sofort machten die beiden sich auf den Weg.

Gloha begriff, daß Che nicht mitkommen konnte, weil er als Begleiter bei Gwenny bleiben mußte. Die beiden waren unzertrennlich. Es war klar, daß sie sich sehr nahestanden, doch es handelte sich um eine reine Freundschaft und keine Liebelei. Auch Cheiron blieb, um Gwenny als Reittier zu dienen, weil sie nicht fliegen konnte. So befehligte Gwenny die Kobolde vom Rücken eines Flügelzentauren aus, was aber niemand besonders bemerkenswert zu finden schien.

Schon bald waren am Teich nur noch Gloha, Griesbogen, Mark, Trent, Metria und Veleno übrig. Die beiden letztgenannten verschwanden kurz darauf im Wald, vorgeblich, um sich auf die Suche zu machen, in Wirklichkeit aber wohl, um sich eine weitere Stunde delirierenden Glücks zu gönnen. Gloha staunte immer noch, wie gut das zu funktionieren schien. Zugleich war sie ein kleines bißchen eifersüchtig. Die Dämonin und der Nymphomane schienen offensichtlich wie füreinander geschaffen, während Gloha bisher noch niemanden gefunden hatte, der zu ihr paßte. Wenn sie doch nur von einem Mann wie Trent in der Burg gefangengenommen worden wäre …

»Vielleicht sollten wir jetzt erst einmal etwas essen und uns ausruhen«, schlug Trent vor. »Denn wenn diese Pflanze erst einmal gefunden wurde, steht uns vermutlich noch eine lange Reise bevor.«

»Könnte man sie nicht hierher bringen?« fragte Gloha. »Es wäre doch viel besser, wenn Griesbogen nicht auch noch reisen müßte.«

»Den Blutwurz schon. Davon brauchen wir nur einen Zweig. Aber ich glaube zu wissen, daß die Verpflanzungspflanze sich selbst nicht verpflanzen läßt«, erklärte Trent. »So, wie ich mich selbst auch nicht verwandeln kann. Also werden wir eine Möglichkeit finden müssen, Griesbogen bequem zu transportieren. Vielleicht kann ich ja einen Freiwilligen in eine geeignete Gestalt verwandeln.«

»Dann verwandle mich!« erbot Gloha sich sofort.

»Bitte, nein«, widersprach Griesbogen. »Ich möchte nicht, daß du dir meinetwegen noch mehr Umstände machst.«

»Aber ich will dir doch helfen! Ich ertrage den Gedanken nicht, daß du …« Sie brachte den Satz nicht zu Ende.

»Ich bin dir schon viel zu sehr zur Last gefallen«, versetzte er. »Und du warst schon mehr als gut genug zu mir.«

»Vielleicht sollten wir erst einmal den Austausch vornehmen«, meinte Mark. »Dann brauchen wir uns wegen zusätzlicher Belastungen keine Sorgen mehr zu machen, weil

Griesbogen dann wieder gesund ist und sich in jede beliebige Gestalt verwandeln lassen kann.«

»Ganz genau«, bekräftigte Gloha. »Dann kann er auch wieder zu einem unsichtbaren Riesen werden. Und ich könnte ihm dabei helfen, indem ich mich in eine geeignete Gestalt verwandeln lasse, die ihn transportieren kann.«

»Ich halte es für besser, einen anderen Freiwilligen zu nehmen«, wandte Trent ein.

»Warum denn? Ich will doch nur helfen?«

Trent winkte ab, und Gloha beschloß, keine weiteren Einwände vorzubringen. So begab sie sich mit Mark auf die Suche nach Nüssen und Obst und einer Decke für Griesbogen, dem es offenbar immer kälter wurde. Trent verwandelte ein Unkraut in eine Flammschlinge, die ihm Wärme spendete. Sie verzehrten ein spätes Frühstück und ruhten sich aus. Gloha stellte fest, daß sie müde war; die Ereignisse des Morgens hatten sie geistig wie körperlich erschöpft. Deshalb nahm sie neben Griesbogen auf dem Kissen Platz und versuchte, sich zu entspannen. Allerdings wußte sie, daß sie erst Ruhe finden würde, wenn sie Nachricht von der Verpflanzungspflanze erhalten hatte.

Eine Zeitlang später erwachte sie und fühlte sich schon ein wenig frischer. Es schien gegen Mittag zu sein. Griesbogen schlief neben ihr, in seine Decke eingewickelt. Er schien immer noch zu frieren. In einiger Entfernung unterhielten sich die anderen.

Metria platzte vor Gloha aus der Luft. »Gemischte Meldungen«, verkündete sie. »Die Kobolde durchkämmen das Gelände ober- und unterirdisch. Die Harpyien durchsuchen zur Zeit die Gebirge und Baumwipfel. Die Riesen und die Skelette überprüfen gemeinsam alle möglichen Verstecke. Blutwurz haben sie schon jede Menge gefunden. Hier ist ein Zweig davon.« Sie zeigte Gloha eine blutrote Wurzel. »Aber von einer Verpflanzungspflanze ist bisher weit und breit nichts zu sehen.«

»Die Riesen und die Skelette arbeiten zusammen?« fragte Gloha verwundert.

»Ja. Die Riesen können zwar weit reisen, taugen aber nicht zu Feinarbeit, beispielsweise, in die Astlöcher von Bierfaßbäumen zu spähen. Deshalb haben sie jede Menge Skelette mitgenommen, die für sie das Spähen erledigen.« Die Dämonin lächelte. »Einige Leute haben ziemlich schockiert reagiert, als die Totenschädel in ihre Häuser lugten!«

Das konnte Gloha sich lebhaft vorstellen. »Ich hoffe, daß irgend jemand die Pflanze findet. Es wäre gemein vom Guten Magier, Griesbogen zu sagen, daß er hier Hilfe bekommt, wenn es gar nicht stimmt.«

»Genau. Früher hätte mich das nicht gestört. Jetzt würde mir eine solche Irreführung allerdings sehr leid tun.«

»Du hast ja inzwischen eine Seele.« Gloha setzte sich auf. »Ich schätze, als Freundin war ich bisher eine ziemlich Niete. Ich habe mich ablenken lassen.«

»Weißt du, das ist seltsam«, bemerkte Metria. »Nachdem du gesagt hast, daß du meine Freundin sein würdest, wurde ich sofort viel selbstsicherer, und schon kam ich besser mit allem zurecht. Ich habe deinen Rat gar nicht gebraucht.«

»So ist das eben manchmal mit Freundschaften.« Gloha schaute zu Griesbogen hinüber. »Wenn ich ihm doch nur eine stärkere Freundin sein könnte!«

»Du hast alles getan, was du konntest.«

»Sein Leben habe ich aber nicht gerettet!«

Die Dämonin wirkte ungewohnt nachdenklich, als hätte ihre jüngste Erfahrung ihr zu einer bestimmten Einsicht verholfen. »Ich bin sicher, du findest schon etwas.«

Da erschienen zwei Zentauren am Himmel. Chex und Cynthia.

»Sie war noch da!« rief Cynthia mit zuckenden Pferdeschwänzen. »Und zwar genau dort, wo sie der Beschreibung nach hätte sein sollen.«

Gloha sprang auf. »Du hast die Verpflanzungspflanze gefunden? Wunderbar!«

»Freu dich lieber nicht zu früh«, wandte Chex ein. »Sie ist nämlich alles andere als leicht zugänglich.«

»Wir werden sie trotzdem erreichen«, erwiderte Gloha. »Das müssen wir einfach! Wo ist sie denn?«

»In einer Felsritze am Berg Pin-A-Tuba. Das ist nicht gerade ein freundlicher Steinhaufen.«

Plötzlich spürte Gloha, wie Angst sie überfiel. »Am Pin-A-Tuba? Das ist ja furchtbar! Wie sollen wir die Pflanze jemals dort fortschaffen, ohne daß sie von brennender Asche zugeregnet wird?«

Der Magier Trent gesellte sich zu ihnen. Er nahm Metrias Blutwurzzweig entgegen und steckte ihn in die Tasche. »Ich glaube, die Kreaturen, die uns zu Hilfe geeilt sind, werden nun doch noch zu ihrer Schlacht kommen. Wir werden den Berg belagern müssen.«

»Aber damit kommen wir auch nicht sicher in diese Ritze!« protestierte Gloha.

»O doch, sofern die Ablenkung ausreicht.«

Diese Logik konnte Gloha nachvollziehen. Der böse Berg würde nicht dazu in der Lage sein, über jeden einzelnen Kobold, über jede Harpyie zu wachen. Wenn sie vorsichtig waren und lange genug unbemerkt blieben, konnte ihr Plan vielleicht klappen.

Nun wurde zum Rückzug geblasen, und die verschiedenen Suchtrupps machten sich daran, an ihren gemeinsamen Treffpunkt zurückzukehren. Nachdem sie sich dort versammelt hatten, erhielten sie neue Anweisungen. Zuerst reagierten die Harpyien und Kobolde zwar noch mit freudigem Johlen und Kreischen, als ihnen mitgeteilt wurde, daß es nun doch noch ein Gemetzel geben würde, doch sie verstummten sehr schnell, als sie erfuhren, mit welchem Gegner sie es zu tun bekamen. Diese Herausforderung war doch um einiges größer, als ihnen lieb war. Doch in Gegenwart der anderen Gruppen konnte es keine der Streitkräfte auf sich sitzen lassen, kneifen zu wollen. Die Skelette machten sich am wenigsten Sorgen, da glühendes Gestein ihnen kaum etwas anhaben konnte. Die Riesen verhielten sich gleichgültig; normalerweise hätten sie sich mit zwei, drei Riesenschritten von einer solchen Gefahr entfernen können. Andererseits wußten sie, daß die herumsausenden Gesteinstrümmer durchaus gefährlich werden konnten, was um so schlimmer werden würde, je mehr sie sich dem Berg näherten.

»So, nun müssen wir los«, entschied Trent.

»Aber die Belagerung hat doch noch gar nicht begonnen«, wandte Gloha ein.

»Stimmt genau. Wir müssen einen Umweg suchen, für den wir etwas länger brauchen, damit der Berg nicht ahnt, was wir im Schild führen. Der Belagerungsring sollte geschlossen sein, bevor Pin-A-Tuba mitbekommt, daß sich ihm außerdem noch ein viel unbedeutenderer Trupp nähert. Dann geht er vielleicht davon aus, daß es sich dabei nur um eine Ablenkung handelt. Ich gebe zu, die Sache ist ziemlich riskant, aber es scheint mir das klügste Vorgehen zu sein.«

»Was ist denn unser eigentliches Ziel?« wollte Gloha wissen. »Ich meine, welches Ziel soll der *Berg* bei unserem Vorgehen vermuten?«

»Die Harpyien haben hinter dem Berg – dort, wo die Verpflanzungspflanze wächst – einen wunderschönen See entdeckt. Sie nennen ihn den Wundersee. Das vorgebliche Ziel wird darin bestehen, diesen See zu erobern und auszubeuten.«

»Weshalb sollte irgend jemand einen See neben einem bösartigen Vulkan erobern wollen?«

»Auf diesem See ankern Boote, und am Kiel dieser Boote wachsen Muscheln. Die Oberfläche der Muscheln glänzt so stark, daß sie spiegelt. Man kann sie sammeln und große Spiegel daraus bauen. Deshalb bezeichnet man sie als Wundermuscheln.«

»Aber Spiegel lassen sich doch ebenso aus Glas oder poliertem Stein herstellen«, warf Gloha ein. »Weshalb sollte man sich da die Mühe machen, sie aus glänzenden Muscheln zu bauen?«

»Es sind magische Muscheln, also kann man magische Spiegel daraus machen.«

»Ach so!« Gloha begriff plötzlich. »Stimmt. Ich habe mich noch nie gefragt, woher die magischen Spiegel eigentlich kommen.«

»Möglicherweise gibt es auch noch andere Quellen dafür«, erwiderte Trent. »Aber ich vermute mal, daß wir hier über eine geheime Quelle des Magiers Humfrey gestolpert sind. Sicher ist jedenfalls eins – der Berg wird seinen Schatz eifersüchtig hüten. Deshalb glaube ich, daß diese Ablenkung mehr als ausreichen dürfte.«

»Das halte ich auch für möglich«, stimmte Gloha beeindruckt zu. »Ich hätte nichts dagegen, einen dieser Spiegel zu besitzen.«

Trent lächelte. »Ich dachte, du hast etwas Besseres vor.«

»Ja, natürlich«, murmelte Gloha kleinlaut.

Trent wandte sich anderen Angelegenheiten zu. »Metria und Veleno kundschaften gerade einen möglichen Weg zu der Verpflanzungspflanze aus. Sie scheinen ganz gut miteinander auszukommen.«

»Aber Veleno kann sich dem Berg doch gar nicht nähern!«

»In seiner jetzigen Gestalt schon.«

»In seiner …?«

»Ich habe ihn verwandelt. Er ist jetzt ein Paragraphenpapagei. Das ist eines der wenigen Wesen, die der Vulkan in der Nähe seiner Spitze duldet. Vielleicht liegt es daran, daß sie so gute Plädoyers formulieren können.«

»Plädoyers?« fragte Gloha verständnislos.

»Papageien sind sehr geschwätzige Vögel, und diese Sorte liebt es, sich mit rechtlichen Dingen zu befassen, obwohl es weder Sekretärs- noch Advokatenvögel sind. Sie plädieren für Pin-A-Tubas Sache, daß er nämlich das Recht habe, sich so großspurig zu geben, wie er es tut, obwohl er dabei unvorstellbare Mengen an Gas und Asche in den Himmel pustet. Deshalb hat er nichts gegen die Anwesenheit der Papageien. Veleno durchfliegt gerade das Gebiet, während Metria es stichprobenweise überprüft. Ich glaube, sie werden es schon schaffen.«

»Aber wieso hilft Veleno uns überhaupt? Erst hat er uns gefangengehalten, dann wollte er beinahe … wollte er mich fast zu seiner …«

»Er hat nur getan, was er für nötig hielt, um sich aus seinem Zauberbann zu befreien«, erklärte Trent. »Und du hast wiederum dafür gesorgt, daß Metria ihn heiratet. Dafür ist er dankbar. Vielleicht hat er auch ein bißchen Schuldgefühle. Er glaubt, daß er seine Schuld erst wieder los sein wird, nachdem er dir bei deiner Suche geholfen hat, so, wie du ihm geholfen hast.«

Gloha schüttelte den Kopf. »Das leuchtet irgendwie ein. Aber weshalb konnte Metria das Gebiet nicht allein erkunden?«

»Weil sie eine Dämonin ist und der Vulkan für Dämonen nicht allzu viel übrig hat. Anscheinend haben die ihm schon öfter Streiche gespielt. Stinkbomben in seinen Schlund zu werfen, zum Beispiel. Seitdem gerät Pin-A-Tuba jedesmal in Wut, wenn ein Dämon in seiner Nähe auftaucht, und speit so lange Asche, bis er ihn vertrieben hat. Deshalb kann Metria sich nur so lange in seiner Nähe aufhalten, wie sie nicht materialisiert.«

»Aber dann kann sie doch mit niemandem reden, nicht wahr?«

»Doch, mit Veleno, weil sie eine Hälfte seiner Seele besitzt. So erweist sich Veleno für unsere Sache noch als durchaus nützlich.«

Gloha schüttelte wieder den Kopf. Es war wirklich erstaunlich, wie die Dinge sich manchmal entwickelten.

Da erschien Metria. »Wir haben einen Weg gefunden«, meldete sie. »Ich hatte zwar nicht genug Zeit, um alle Einzelheiten auszukundschaften, aber ich glaube, es ist ganz gut. Es wird zwar kein Zuckerschlecken, aber ihr müßtet immerhin ans Ziel kommen.«

»Wo ist denn Veleno?«

»Der hat eine Pause eingelegt, um mit einem anderen Paragraphenpapagei, der ihn noch nicht kannte, einen Fall durchzuplädieren. Er wird bald nachkommen.«

Tatsächlich dauerte es nur vier Augenblicke, bis der Papagei herbeigeflogen kam. Er hatte ein strahlend purpurnes Gefieder mit orangefarbenen Streifen. Metria streckte die Hand aus, und er ließ sich darauf nieder. Dann holte sie ihn zu sich heran und küßte ihn auf den Schnabel. »Das ist Nötigung!« rief er mit flatternden Flügeln. »Ein Präzedenzfall!«

»Bist du bereit, deine nächste Gestalt anzunehmen?« fragte Trent.

»Die Staatsanwaltschaft möge fortfahren«, erwiderte der Papagei.

Der Magier streckte die Hand nach ihm aus, worauf der Papagei sich in einen Klumpen Schleim verwandelte.

»Iiieh!« kreischte Metria fast nach Nymphenart, während sie versuchte, den Schleim in den Händen zu halten. Doch der glitt ihr durch die Finger und schlug klatschend auf dem Boden.

Metria wandte sich zu Trent um. »Was hast du mit meinem Liebsten angestellt?« fragte sie. »Der ist ja ganz klebrig geworden!«

»Nein, ist er nicht«, widersprach Trent milde. »Er ist nur noch nicht ganz gefestigt. Er wird gleich Gestalt annehmen.«

Und tatsächlich, schon im nächsten Augenblick formte sich der Klumpen zu etwas, das einem Liegestuhl ähnelte. Metria berührte seine Oberfläche. »Oh, das fühlt sich ja an wie Zentaurenfell«, sagte sie.

»Ganz genau. Jetzt ist er bereit, Griesbogen zu der Verpflanzungpflanze zu tragen.«

»Aber was für ein Wesen ist er jetzt?« wollte Gloha wissen.

»Ein Schleichschlamm. Ein kleiner Vetter von Schnellschlamm. Groß genug, um einen Elf zu tragen. Er kann hören und versteht uns auch, kann aber selbst nur mit Blasenbildung antworten: Weiße Blasen heißen ja, schwarze heißen nein. Alle anderen Antworten haben Grautönungen.«

»Einen Elf tragen?« wiederholte Gloha. »Du meinst ...?«

»Griesbogen ist nicht mehr kräftig genug für diese Reise«, erinnerte Trent sie. »Wir können von Glück reden, daß er sich hinreichend erholen konnte, um bis zum Mittag durchzuhalten.«

Das stimmt. Griesbogen schlief immer noch – hätte er es aber nicht getan ...

Hastig sah Gloha nach ihm. Er hatte die Augen aufgeschlagen, aber seine Stirn war kühl. »Ach, Griesbogen, du siechst ja dahin!« sagte sie.

Er schenkte ihr ein beruhigendes, aber sehr schwaches Lächeln.

»Wir müssen die Pflanze erreichen, noch bevor der Tag zu Ende ist«, warf Trent ruhig ein. »Ist das auf dem von dir ausgekundschafteten Weg möglich, Metria?«

»Ja, sofern ihr euch sofort in Marsch setzt«, erwiderte die Dämonin. »Ich werde vorangehen. In der Nähe des Berges kann ich mich zwar nicht verfestigen, aber Veleno wird meine Mitteilungen auffangen.«

»Du solltest lieber von Anfang an unsichtbar bleiben«, schlug Trent vor. »Damit wir etwaige falsche Fährten schon bewältigt haben, bevor wir in Reichweite des Berges gelangt sind.«

»Kapiert.« Sie verrauchte.

Er wandte sich wieder an Gloha. »Es wird wohl das beste sein, wenn du Griesbogen in den Stuhl hebst.«

Gloha stimmte ihm zu. Sie kauerte nieder und schob die Arme unter die Gestalt des Elfs und seine Decke. Dann hob sie ihn auf. Vorsichtig legte sie ihn auf den Stuhl, der sich an den Körper anschmiegte. Die Oberfläche des Schleichschlamms war sehr weich und bequem, wie man es sich nicht besser hätte wünschen können. Trent hatte eine gute Wahl getroffen, was die Verwandlung betraf.

»Dann mal los, Metria«, sagte er.

Die Dämonin wurde nicht wieder sichtbar. Statt dessen setzte Veleno sich in Bewegung. Er glitt geschmeidig über den Boden, ganz ähnlich, wie der größere Schnellschlamm es getan hatte, offensichtlich als Reaktion auf Metrias unsichtbare Berührung oder ihr stummes Wort. Geteilte Seelen waren wirklich etwas Wunderbares!

»Aber wir kommen doch von hier aus nicht dort ran«, wandte Gloha ein, während sie Schleichschlamm nacheilte, der inzwischen ein beachtliches Tempo zugelegt hatte. »Die Stelle liegt jenseits des Nymphenerholungsbebiets, des

Ogersees und der Region des Wahnsinns. Wir haben Tage gebraucht, um so weit zu kommen. Wie sollen wir es da binnen weniger Stunden schaffen?«

»Vielleicht können wir ja den Ogergang einlegen«, meinte Trent unbekümmert, als sie gerade einen kleinen Hügel erklommen. »Oder Riesenschritte machen.«

»Aber wir sind doch nicht …«

Da hob sich der Hügel in die Luft. »Iiieeh!« schrie Gloha, genau wie eine Nymphe. Sie strampelte mit den Beinen, warf das Haar herum, spreizte die Flügel und flog erschrokken auf.

Trent und Mark nahmen neben dem Stuhl Platz. »Andererseits sollten wir uns vielleicht lieber ein wenig entspannen«, meinte Trent. Die Gruppe erhob sich über die Baumwipfel.

Chex und Cynthia kamen herbeigeflogen, um sich zu Gloha zu gesellen. »Wie ich sehe, seid ihr unterwegs zu dem fiesen Berg«, sagte die ältere Zentaurin. »Dorthin können wir euch nicht begleiten, deshalb kehren wir jetzt nach Hause zurück. Aber kommt doch bitte vorbei, sobald eure Suche beendet ist.«

»Ja, bitte«, sagte auch Cynthia. »Ich habe es wirklich genossen, zusammen mit dir und dem Magier Trent zu reisen.« Als sie den Namen aussprach, hing plötzlich die Spur eines Errötens in der Luft, als wäre eine ziemlich unkindliche Erinnerung in Cynthia aufgestiegen. »Ich möchte nicht, daß die Verbindung abreißt.«

»Ich … äh, natürlich«, sagte Gloha leicht verdutzt, wenn auch nicht gerade verwirrt, weil sie Cynthias Erinnerung nur zu gut verstand. Außerdem versetzte der geheimnisvolle fliegende Hügel sie in Verwunderung.

»Ich bin ja so froh, daß ich ein wenig behilflich sein konnte«, erklärte Cynthia.

»Ja. Danke.«

Die Zentauren flogen davon. Es sah ein bißchen aus wie Stute und Fohlen, besser gesagt: wie eine Mutterstute mit zukünftigen Schwiegerfohlen.

Da sah Gloha, wie sich auf einem Feld ein Riesenfußabdruck bildete. Ach so – sie wurden von einem unsichtbaren Riesen getragen! Von einem, der keinen Mundgeruch hatte. Jetzt bemerkte sie, daß der Hügel, auf dem die anderen saßen, in etwa die Form einer Hand besaß, über der eine Plane lag. Irgendwie war ihr diese Einzelheit vorher entgangen.

Sie flog zu der Hand hinüber und landete. Es hatte keinen Sinn, die Strapazen eines langen Fluges auf sich zu nehmen.

Da erinnerte sie sich an Trents Kalauer: Riesenschritte. Er hatte es wörtlich gemeint. Dieser Mann war wirklich schlimm!

Nach überraschend kurzer Zeit senkte sich ihre fliegende Insel wieder zu Boden. In der Ferne war der Gipfel eines rauchenden Berges auszumachen. Gloha entdeckte weitere Inseln, die herbeigeschwebt kamen, und begriff, daß auch die Streitkräfte der Kobolde, Skelette und Harpyien auf ähnliche Weise transportiert wurden.

»Die Riesen dürfen sich dem Vulkan aus demselben Grund nicht nähern wie die Dämonen«, bemerkte Trent. »Anscheinend ist ein zerstreuter Riese einmal auf einen von Pin-A-Tubas Aschengärten getrampelt. Deshalb sind sie dort nun unwillkommen. So ein glühender Felsbrocken kann eine ziemlich schlimme Brandwunde verursachen. Immerhin unterstützen die Riesen unser Unternehmen jetzt wenigstens auf diese Weise, bevor sie wieder nach Hause zurückkehren.« Er tätschelte die Plane. »Wir wissen diesen Transport ganz bestimmt zu schätzen.« Das darunterliegende Fleisch zuckte anerkennend. Gloha wußte, weshalb der Riese nichts sagte. Denn hätte der Berg ihn gehört, wäre die gesamte Operation aufgeflogen.

Sie stiegen von der Hand. Auch die Plane glitt herab und erschlaffte. Dann entfernte sich die Hand wieder.

Sie standen am Rand einer trockenen Tischebene, auf der sich Gegenstände befanden, die wie Teller aussahen. Einer unsichtbaren Anweisung folgend, glitt Veleno forsch hinein. Trent und Mark gingen rechts und links neben ihm her. Wieder konnte Gloha nur staunen.

Unfähig, ihre Ungeduld zu zügeln, begab sie sich zu dem nächstbesten Teller, um ihn zu inspizieren. Er schien etwas zu enthalten, das nach Vanilleeiscreme aussah. Was hatte die denn hier mitten im Nirgendwo zu suchen? Gloha schaute auf den nächsten Teller. Darauf lagen mehrere Kekse, die allesamt schokoladig rochen. Auf einem dritten Teller fand sie Butterpudding vor. Andere Teller enthielten Pasteten, Kuchen, Torten, Süßigkeiten, Obst, kandierte Nüsse und diverse weitere Nachtische.

Plötzlich begriff Gloha, was hier los war: Das war gar keine Tischebene – es war eine Nachtischebene! Angefüllt mit Nachtischen. Tatsächlich mußte es wohl das Gebiet der Nur-Nachtische sein, von dem sie mal gehört hatte. Allerdings hätte sie nie gedacht, daß sie es einmal selbst besuchen würde.

Nun ja, es hatte keinen Sinn, alle diese wunderbaren Speisen verkommen zu lassen. Also nahm sie einen Teller mit einem Stück Meringuepastete auf, bei deren Anblick ihr das Wasser im Mund zusammenlief. Sie wollte gerade hineinbeißen, als Mark seinen Schädel in ihre Richtung drehte. »Das ist vielleicht nicht unbedingt das Klügste«, meinte das Skelett. »Möglicherweise haben die Vulkandämpfe den Nachtisch verdorben.«

Ein guter Einwand. Gloha warf die Pastete beiseite. Doch die flog einen Bogen und hopste ihr wieder in die Hand. »Buh!« machte sie.

Erstaunt warf Gloha sie wieder fort, diesmal etwas kräftiger. Die Pastete huschte in einer riesigen Schlaufe dicht über den Boden und kehrte wieder zu ihr zurück. »Buh!« Konnte sie das Ding denn überhaupt nicht mehr loswerden?

»Ich glaube, da ist eine Buh-Meringuepastete«, bemerkte Mark.

Ach so. Von jener Sorte, die immer zu einem zurückkehrte. Also hielt Gloha sie erst einmal fest; sie war sicher, daß sie die Pastete schon bald auf irgendeine Weise loswerden konnte.

Gloha flog ein Stück voran, um nachzusehen, welche

Wunderdinge noch auf diesem Weg liegen mochten. Jenseits der Nachtische befand sich ein flaches Tal. Dort lagen zahllose Kappen umher: runde, eckige und ovale Kopfbedekkungen, die darauf zu warten schienen, daß irgend jemand sie aufsetzte. Gloha suchte sich ein Exemplar aus, das zu ihr paßte, und setzte es tatsächlich auf.

Im selben Augenblick schlang die Kappe sich um Stirn und Ohren, mit einer solchen Wucht, daß es weh tat. Gloha versuchte, die Kappe abzureißen, doch die Kopfbedeckung haftete an ihr, wand sich um den Mund, versuchte sie zu ersticken. Hustend stürzte Gloha zu Boden.

Dann kletterte die Kappe von ihrem Gesicht. Gloha schöpfte Luft, blieb einen Augenblick reglos liegen. Die Kappe kroch auf ihre Hand zu und wickelte sich um den Pastetenteller. Dann rollte sie mit der Pastete davon.

Gloha setzte sich auf und starrte ihr nach. Das war ja eine Raubkappe! Ein krimineller Typ. Und sie hatte nichtsahnend zugelassen, daß sie von ihr überfallen wurde! Wie töricht von ihr, einer fremden Kappe zu trauen!

Gloha stand auf, schüttelte den Staub ab und setzte sich wieder in Bewegung. Sie hoffte inständig, daß die anderen nicht mitbekommen hatten, wie dämlich sie sich angestellt hatte.

Jenseits des Kappentals befand sich ein Feld, auf dem ein einziger Baum stand. Der hatte Äste, von denen nadelgleiche Dornen ausgingen, Laub, das Röntgenstrahlen abgab und Fangarme, die kleine Wasserfontänen ausspien oder furchtbare Sauggeräusche von sich gaben. Schon der Anblick ließ Gloha erschauern. Das war ja ein Dentistenbaum! Der gefürchtetste aller Bäume. Beim bloßen Gedanken, sich diesem Ungeheuer zu nähern, schmerzten ihre Zähne.

Die Gruppe holte Gloha ein, während sie unentschlossen zögerte. »Wegen dem braucht man sich keine Sorgen zu machen«, sagte Trent beruhigend. »Das ist ein Dentistenbaum.«

»Ich w-weiß«, bestätigte Gloha zähneklappernd.

»Ich hab' gehört, daß solche Bäume sehr nützlich sein können, wenn man mal Zahnschmerzen hat«, warf Mark ein. »Und Leuten mit gesunden Zähnen tun sie nichts.«

Veleno kroch dicht an dem Baum vorbei. Gloha nahm ihren Mut zusammen und folgte. Sie war erleichtert, als der Baum nicht nach ihr grapschte.

Nun führte der Weg in eine breite, tiefe Erdspalte hinein. Das war gut, weil sie sich dort außer Sichtweite des Berges befinden würden. Doch irgend etwas war seltsam an der Sache. »Mir gefällt das nicht«, sagte Gloha.

»Gefällt das nicht nicht«, erwiderte eine Stimme mit ärgerlichem Tonfall.

»Wer war das?« fragte Gloha verdutzt.

»War das das«, sagte die Stimmen mit höhnischem Unterton,

»Machst du dich über mich lustig?« wollte Gloha wissen.

»Über mich lustig lustig«, stimmte die Stimme ironisch zu.

»Beachte sie nicht weiter«, riet Trent ihr. »Das ist offensichtlich eine Sarkastische Schlucht.«

»Sarkstische Schlucht Schlucht«, bestätigte die Stimme.

Gloha nickte, traute sich aber nicht mehr, noch irgend etwas zu sagen, weil diese Schlucht sich darauf verstand, alles Gesagte irgendwie in sein Gegenteil zu verkehren.

Sie vernahmen Lärm in der Ferne. Es hörte sich an wie Kobolde und Harpyien, die einander Beleidigungen an den Kopf warfen. Das war eine gute Nachricht, bedeutete es doch, daß die Belagerung begonnen hatte. Und das dürfte den Berg Pin-a-Tuba von ihrer eigentlichen Mission ablenken.

Doch schon bald darauf ertönte ein anderes Geräusch: ferner Donner. »Oh, oh«, machte Trent.

»Ob das Fracto ist?« wollte Mark wissen.

»Durchaus möglich«, meinte Gloha. »Der taucht doch immer im allerschlimmsten Augenblick auf.«

»Bösartige Wesen neigen dazu, sich zusammenzuschließen«, stimmte Trent ihr zu. »Möglicherweise hat die böse

Wolke einen Pakt mit dem bösen Berg geschlossen. Und durch unsere Belagerung haben wir ihn aktiviert.«

»Na ja, solange Fracto nicht merkt, was wir vorhaben.«

Mit gräßlicher Geschwindigkeit kam die Wolke näher. Der Himmel verdunkelte sich. Donner krachte, und gezackte Blitze fuhren hernieder. Der Regen setzte ein.

»Ich glaube, diese Schlucht wird nicht mehr lange sicher bleiben«, sagte Trent.

»Wenn wir uns beeilen, kommen wir vielleicht bald heraus«, sagte Mark.

Also beeilten sie sich. Veleno sauste förmlich dahin. Der Regen fiel immer dichter, und das Abwasser von den höhergelegenen Hängen ergoß sich in mehreren Wasserfällen in die Schlucht. Schon begann sich der Boden der Erdspalte zu füllen.

»Vielleicht sollten wir zusehen, daß wir aus dieser Schlucht kommen«, schlug Gloha vor. »Sofort! Nicht erst, wenn wir am Ende angelangt sind.«

»Metria zeigt uns den Weg«, erwiderte Trent. »Sie müßte eigentlich wissen, ob es riskant ist oder nicht, die Schlucht jetzt zu verlassen.« Er musterte Veleno.

Aus dem Schlund an der Vorderseite des Schleichschlamms trat eine schwarze Blase hervor. Das bedeutete nein – es war zu riskant.

Also setzten sie ihren Marsch fort, so schnell es ging. Doch der Regen wurde heftiger. Wasser prasselte in die Schlucht, und die Sturzbäche wurden immer größer. Offensichtlich handelte es sich bei der Schlucht um eine der natürlichen Drainagen des Bergs, die zwar bei trockenem Wetter einen hervorragenden Wanderweg abgaben, bei Gewitter aber eine Katastrophe waren. Metria hatte ja nicht wissen können, daß Fracto sich auch noch einmischen würde. Und nicht nur, daß das Wasser in der Schlucht immer stärker anschwoll, es entwickelte zudem eine reißende Strömung. So blieb ihnen nur die Wahl, die Schlucht entweder sofort zu verlassen oder gegen die Strömung anzukämpfen. Das Fortkommen wurde zusehends beschwerlicher.

»Ist es immer noch zu riskant, diese Erdspalte zu verlassen?« fragte Trent.

Wieder erschien eine schwarze Blase.

»Ich will mich lieber selbst davon überzeugen«, warf Gloha ungeduldig ein. Sie spreizte die Flügel und schwang sich in die Lüfte, den Windstößen zum Trotz. Schon hatte sie den oberen Rand erreicht und spähte hinaus.

Vor ihr war die Hölle los: Die Schlucht wand sich durch eine Landschaft aus zerklüfteten Felsen, die von Ascheschichten eingefaßt waren. An heißen Stellen stieg Dampf empor, und aus heimtückischen Löchern im Gestein quoll finsterer Rauch. Die Schlucht schien der einzig sichere Weg zu sein, der durch diese furchtbare Landschaft führte. Metria hatte sie nicht getäuscht.

»Zu riskant«, meldete Gloha knapp, als sie wieder landete. »Wir müssen uns hier weiter vorkämpfen.«

»Wir werden schwimmen müssen«, erklärte Trent. »Der Schleichschlamm schafft das schon, während Mark sich für mich zu einem Boot umgestalten kann, wie er's ja schon mal getan hat. Aber die beiden können jeweils nur einen tragen. Wir sind also einer zuviel.«

»Das bin ich«, sagte Gloha. »Dann muß ich eben umkehren, damit ihr anderen es schafft.«

»Nein«, widersprach Trent entschieden. »Du mußt mitgehen. Schließlich ist es deine Suche.«

»Aber Griesbogen muß doch auch mitkommen, genau wie Mark. Willst du damit etwa sagen, *du* willst zurückbleiben?«

»Nein. Ich fürchte um deine Sicherheit, wenn ich nicht bei dir bin. Es könnte ja es sein, daß ich dich im Notfall schnell verwandeln muß.«

»Dann verwandle mich doch jetzt sofort! In eine Gestalt, die hier zurechtkommt.«

»Das halte ich nicht für klug.«

»Aber *irgend etwas* müssen wir doch tun!« rief sie verzweifelt.

»Schau mal, ob du dich an dem Schleichschlamm festhalten kannst«, sagte der Magier. »Du könntest ja hinterherschwimmen, ohne ihn zu belasten.«

Daran hatte sie noch gar nicht gedacht. Vielleicht würde es klappen.

Trent verpaßte Mark einen Tritt in die Hüfte, worauf das Skelett auseinanderstob und sich zu einem kleinen Boot zusammenfügte. Es wies sogar einige hervorstehende Knochen auf, an denen der Schleichschlamm sich festhalten konnte. Auf diese Weise würden sie nicht von den Stromschnellen auseinandergerissen.

Trent stöberte ein langes Stück Treibholz auf, das er mit ein paar kräftigen Hieben zu einer Mischung zwischen Paddel und Stange formte. Dann stieg er ins Boot und rammte die Stange durch das gischtende Wasser, um zu ankern. Jetzt sah Gloha, daß unten am Knochenboot Propellerknochen angebracht waren, die das Gefährt antrieben.

Inzwischen stellte Veleno seinen Versuch ein, durch das seichte Wasser zu gleiten, und schickte sich an, in die tieferen Gewässer hinauszuschwimmen. Das schien besser zu klappen, nur daß der wirbelnde Strom ihn immer wieder um die eigene Achse drehte. Gloha hielt sich hinten an ihm fest, und die Strömung riß sie herum, bis sie Veleno als Stabilisator diente. Dann war der Schleichschlamm endlich in der Lage, vorwärts zu treiben.

Langsam schwammen sie stromaufwärts. Unerbittlich schüttete der Regen seine Wassermassen herab, so daß der Strom nicht versiegte. Fracto wußte wahrscheinlich nicht einmal, daß sie hier waren, sonst hätte er vermutlich noch schlimmer gewütet. Bei dem Gewitter handelte es sich lediglich um die Nebenwirkungen seiner Anstrengungen, die Kobolde und Harpyien an anderer Stelle wegzuspülen.

Eine dunkle häßliche Gestalt flatterte über der Schlucht. Gloha konnte ihre Umrisse vor dem trüben Himmel ausmachen. Sie sah aus wie ein riesiger Geier. Mit schimmernden Augen spähte sie in die Tiefe. Dann ließ sie einen stinkenden Klumpen ins Wasser fallen. Da erkannte Gloha, womit sie es zu tun hatte: Das Ding war ein Vulgär – wahrscheinlich eine der bösartigsten Kreaturen des Berges. Was wohl erst geschehen würde, wenn das Wesen sie erspäht hatte und Pin-A-Tuba Mitteilung davon machte?

Da erschienen zwei kleinere häßliche Gestalten. »Da ist einer!« kreischte die erste.

Harpyien! Ein Teil der Belagerungstruppe. Selten war Gloha so froh gewesen, ihren geflügelten Verwandten zu begegnen.

»Na, dann wollen wir ihn mal in tausend Stücke reißen!« kreischte die zweite Harpyie begeistert.

Die beiden schossen auf den Vulgär zu. Gemeinsam verschwanden die drei Gestalten hinter dem oberen Spaltenrand. Es folgte wildes Gekreische; dann flatterte eine schmutzige Feder herab. Die Harpyien hatten den kleinen Trupp vor der Entdeckung bewahrt.

Gloha und ihre Gefährten folgten dem Fluß in der Schlucht um eine Biegung und gelangten an einen Teich, der sich immer mehr füllte. Hier war es merklich ruhiger, obwohl über ihren Köpfen noch immer das Gewitter hämmerte. Sie manövrierten sich an den Rand, wo es seicht genug war, um für einen Augenblick Halt zu finden und sich kurz auszuruhen.

Trent schaute sich um. »Schwierigkeiten«, sagte er.

Gloha folgte seinem Blick. Sie rechnete mit irgendeiner neuen Bedrohung. Doch es war nichts zu sehen. »Was ist denn los?« Sie stellte fest, daß der Sarkasmus-Effekt verschwunden war, es gab kein bösartiges Echo mehr.

»Griesbogen verläßt uns.«

»Was?« Aber sie wußte schon, was Trent damit meinte. Sie wandte sich zur Seite und schaute den Elf-Riesen an.

Der war immer blasser geworden und schien einer Ohnmacht nahe zu sein. Die Anstrengung der Flußfahrt hatte seinen winzigen verbliebenen Kräftevorrat aufgezehrt.

Gloha war entsetzt und niedergeschlagen. Wozu diese Reise mit all ihren Strapazen, wenn Griesbogen doch noch verschied, bevor die Verpflanzungspflanze Gelegenheit bekam, ihn zu heilen?

»Was sollen wir tun?« fragte sie klagend.

»*Wir* können nichts tun«, erwiderte Trent ernst. »Aber *du* kannst viel tun.«

»Das verstehe ich nicht!«

»Sag ihm die Wahrheit.«

»Ich habe ihm nichts vorgelogen, und auch sonst niemandem!«

»Bis auf dir selbst, vielleicht.«

Manchmal konnte der Magier ganz schön nervtötend sein. Wovon redete er überhaupt?

»Wobei war ich denn nicht ehrlich?« wollte Gloha wissen. »Und wieso sollte das Griesbogen schaden?«

»Dein Gefühl.«

»Mein Gefühl? Ich möchte, daß er geheilt wird, damit er überlebt und wieder ein Riese werden kann.«

»Dann sag ihm das.«

Gloha schüttelte den Kopf. Sie war verärgert und verwirrt zugleich. Griesbogen lag im Sterben, und da sollte sie ihm noch eine glückliche Riesenschaft wünschen? Und doch mußte sie irgend etwas sagen.

»Ich kann ihm die Wahrheit nicht sagen«, preßte sie mühsam hervor. »Es würde ihm nur weh tun und mich verletzen. Und dich.«

»Das bezweifle ich«, erwiderte Trent gelassen.

»Dann hör *du* es dir zuerst an!« fauchte sie. »Ich bin ... fasziniert von dir, und wenn ich die Wahl hätte, würde ich eine Menschenfrau werden und alles mit dir tun, was du mit Cynthia vorgehabt hast!«

So. Jetzt war es endlich heraus, egal, wie groß der Schaden sein mochte, den ihre Worte anrichteten.

Trent schien unbeeindruckt. »Das glaube ich nicht.«

»Weil du nicht interessiert bist«, ergänzte Gloha stumpf.

»Oh, das bin ich sehr wohl.«

»Deswegen amüsiert es dich bloß, wenn ...« Sie hielt inne. »Was hast du da gesagt?«

»Du bist wunderschön, unschuldig, fürsorglich, treu, und du meinst es ernst. Du bist eine Frau, wie jeder Mann sie nur lieben kann. Du bist etwas ganz Besonderes. Ich würde dich nur zu gern in eine ausgewachsene Menschenfrau verwandeln.«

Sie starrte ihn an. »Du ... du erwiderst mein Interesse?«

»Ja. Ich bin ebenso fasziniert von dir, wie du es von mir bist. Wir könnten wunderbare Zeiten miteinander verleben.«

Gloha schüttelte den Kopf. »Verzeih mir, Magier, aber das kann ich nicht glauben.«

»Glaub es nur. Aber begreife bitte auch alles andere: Es würde nicht funktionieren. Weil meine Sicht der Dinge nicht die deine ist, und meine Freunde nicht die deinen. Außerdem bin ich ein Magier, du aber nicht. Ich lebe in einem anderen Reich, und das würde uns mit Sicherheit einander entfremden, nachdem die erste Begeisterung erst einmal abgeklungen ist. Du wirst es mir an Magie nie gleichtun können, und du würdest deine Herkunft verleugnen, würdest du dich mir anschließen. Dann würdest du deine Unfähigkeit zu fliegen verabscheuen und dich dafür schämen, daß du ausgerechnet jene Eigenschaft preisgegeben hast, die dich einzigartig macht: die Vereinigung der Kobolde und Harpyien in einer Person. Und deshalb wäre es eine törichte Affäre ohne jede Zukunft – selbst wenn ich nicht schon so alt und zudem verheiratet wäre. Das entspricht weder deinem wahren Wollen noch meinem.«

Sie erstarrte förmlich unter seiner harten und gräßlich erwachsenen Logik. Plötzlich erkannte sie, was es mit ihrem Traum auf sich hatte: Es war nur eine törichte Phantasie gewesen. Sie hatte es zwar schon immer gewußt, hatte es aber nie wahrhaben wollen. Jetzt aber konnte sie es nicht mehr leugnen. Sie durfte ihre Herkunft nicht verraten, nur um einer vorübergehenden Liebelei willen, gleich wie anziehend, intelligent oder magisch begabt der Mann auch sein mochte. Und Trent wiederum durfte die seine nicht verraten, obwohl er immerhin weit genug gegangen war, um Gloha zu beichten, daß er sich sowohl von ihr als auch von Cynthia angezogen fühlte. Er war körperlich zwar ein junger, gesunder Mann; er hatte ein Auge für schöne Frauen. Doch er verfügte über genügend Erfahrung, die ungeschminkte Wahrheit zu erkennen, und er hatte die nötige Disziplin, sich eher von seinem Verstand als von seinen Leidenschaften leiten zu lassen

»Danke, Magier«, sagte Gloha schließlich. »Du hast mir den Kopf wunderbar zurechtgerückt.« Sie wischte sich die Tränen ab, doch es folgten sofort neue.

»Und jetzt mußt du dasselbe für Griesbogen tun, bevor er stirbt.«

»Ich soll ihn aufklären, so wie du mich aufgeklärt hast? Ich glaube kaum, daß ich so grausam sein könnte.«

»Die Wahrheit ist selten grausam. Ich glaube, du bist es ihm schuldig.«

Er war wirklich gnadenlos! Doch was hätte sie tun sollen? Sie war dem sterbenden Griesbogen tatsächlich die Wahrheit schuldig. Und so wandte sie sich ihm zu.

Sie schob den Arm aus dem Wasser und nahm seine Hand unter der Decke. Sie war ebenso kalt wie die ihre, aber nicht feucht. Die Decke schien wasserabstoßend zu sein, wodurch sie ihn vor dem Durchnäßtwerden schützte.

»Griesbogen, ich wünschte, du würdest noch lange genug durchhalten, um geheilt zu werden und dein Leben als unsichtbarer Riese führen zu dürfen.«

»Danke«, hauchte er. »Und ich wünsche dir, daß deine Suche zum gewünschten Ziel führt.« Er schloß die Augen. »Wenn du so freundlich wärst, Mark Knochen zu bitten, zu mir zu kommen.«

Sie sah, daß es mit ihm zu Ende ging. Irgend etwas in ihrem Innern zerriß. »Ach, das stimmt ja überhaupt nicht!« rief sie. »Ich will gar nicht, daß du ein Riese wirst!«

Langsam schlug er die Augen auf. Er wirkte leicht überrascht.

»Ich will auch nicht, daß du irgendein anderes Wesen wirst«, sagte sie und staunte über sich selbst. »Ich will nur, daß du mein bist. Ich liebe dich, Griesbogen, und ich wünschte mir, ich könnte dich h-heiraten, s-soll meine

Suche doch der T-T-Teufel holen!« Sie führte seine Hand an ihr Gesicht und küßte sie. »Ach, Griesbogen, ich weiß ja, daß es unmöglich ist, und ich bin auch so furchtbar selbstsüchtig. Dabei bist du ein so guter Mann, und ich habe überhaupt kein Recht darauf. Aber bitte, stirb nicht! Selbst wenn nie etwas zwischen uns sein kann, möchte ich trotzdem, daß du gesund und glücklich wirst.«

»Aber ich bin weder anziehend noch besonders klug, und ein magisches Talent besitze ich auch nicht. Eine wunderbare Kreatur wie du hat doch viel Besseres verdient.«

»Du bist einfach nur ein wirklich anständiger Bursche, der mich braucht«, erwiderte sie. »Und mehr habe ich nie gewollt. Mein Herz hat es immer gewußt. Nur ...«

Seine Hand erwärmte sich. »Ich wäre lieber ein geflügelter Kobold mit dir zusammen, als ein Riese ohne dich«, sagte er. »Ich liebe dich nämlich auch, Gloha, aber ich wollte mich dir nicht aufdrängen.«

»Ein Flügelkobold!« rief sie. Auf diesen Gedanken war sie noch gar nicht gekommen. »Das ist natürlich eine Möglichkeit. Du könntest ja zu allem werden, wenn Trent dich verwandelt! Ach, Griesbogen, *du* bist derjenige, den ich haben will. Ich wußte zwar, daß du mich magst, aber ich hätte nie gedacht, daß du bereit wärst, deine natürliche Gestalt aufzugeben. Halte durch und sei *du* die Erfüllung meiner Suche!«

Er lächelte. »Ich glaube, das werde ich jetzt schaffen.«

Sie beugte sich über ihn und küßte sein winziges Gesicht. »Das mußt du auch, Griesbogen. Ohne dich wäre ich am Ende.«

»Und ich möchte ohne dich nicht weiterleben.«

Deshalb war er immer schwächer geworden! Er hatte keinen Grund mehr gesehen, ums Überleben zu kämpfen. Trent dagegen hatte es genau gewußt. Nun war die Wahrheit ans Tageslicht gekommen. Gloha waren die Augen aufgegangen.

Griesbogen schloß dafür wieder die seinen, doch schien er diesmal in einen erholsamen Schlummer zu sinken und nicht mehr dem Tod entgegenzudämmern. Nun sah es so aus, als könnte er durchaus noch so lange durchhalten, bis sie die Verpflanzungspflanze erreicht hatten.

Sie setzten ihre Flußfahrt stromaufwärts fort. Der Regen prasselte noch immer auf sie herab, und die ganze Landschaft war in völlige Düsternis gehüllt. Dennoch erschien Gloha plötzlich alles sehr viel freundlicher.

Schließlich verjüngte sich die Schlucht und endete. Sie gelangten auf eine schräge Ebene aus gehärtetem Vulkangestein; die Ascheschicht darauf war fortgespült worden. Was gerade eben noch eine Schlucht gewesen war, war jetzt nur noch eine Mulde. Trent versetzte Mark mit einem Tritt in seine ursprüngliche Gestalt zurück; dann folgten sie der Mulde an die gewölbte Oberfläche, bis schließlich eine andere zerklüftete Landschaft vor ihnen erschien. Dort gab es Felsgrate und -nadeln, unterbrochen von einem Gewirr von Erdrissen, die wie Sprünge in einer Lackierung aussahen.

Ein riesiges Untier kam um einen Steinhaufen. Es bewegte sich, indem es sich über die eigenen Knöchel abrollte. »Hä?« rief es, als es die Ankömmlinge erspähte. Dann hob es die Schnauze und stieß ein wildes Geheul aus.

Der Berg bemerkte es. Das Felsgestein erbebte. Dampf stieg aus kleinen Ritzen. Kochende rote Lava quoll hervor.

»Ich glaube, wir haben ein kleines Problem«, sagte Trent.

»Pin-A-Tuba weiß jetzt, daß wir hier sind«, bestätigte Gloha. »Er konzentriert sich nun auf uns. So werden wir nie durchkommen.«

»Metria«, sagte Trent. »Materialisiere.«

Die Dämonin erschien. »Du weißt, daß das noch mehr Ärger bedeutet«, sagte sie.

»Falls du dazu bereit sein solltest, uns als Lockvogel zu dienen, könnten wir unseren Marsch fortsetzen.«

Sie schürzte die Lippen. »Folgt dem Pfad bis hinauf zu dem Riß dort drüben am Bergkegel«, sagte sie und deutete auf die entsprechende Stelle. »Ich werde tun, was ich kann.«

Dann wurde Metria zu nebligem Rauch, der sich schließlich in eine monströse Kröte verwandelte. »Komm und hol mich, du Dumpfschädel!« krächzte die Kröte.

Lava kochte förmlich aus den Ritzen hervor und fing zu zischen an, als der Regen darauf niederprasselte. Das flüssige Gestein bildete sich zu Pfützen aus; dann begann es hinter der Kröte herzuströmen. Umherliegendes Holz und Gestrüpp fingen Flammen, als die Lava es im Vorbeiströmen berührte. Die Ströme vereinten sich schließlich zu einem einzigen, großen Fluß, der immer schneller wurde.

Trent schritt eilig auf den nächstgelegenen Felsgrat zu, um dem sengenden Gesteinsstrom zu entgehen. Der umgab ihren höhergelegenen Punkt schon bald wie ein seichter See. Nun blieb ihnen nichts anderes übrig, als dem Grat nach oben zu folgen.

Der Gipfel lief immer höher und spitzer zu. Die Lava hinderte die Gefährten daran, sich auf flacheres Gebiet zurückzuziehen, weshalb sie auf dieser Höhe bleiben mußten. Der Grat wurde immer spitzer, bis die beiden Seiten sich wie ein Messerschnitt zusammenfügten.

Veleno hatte keine Schwierigkeiten damit. Der Schleichschlamm glitt einfach über die messerscharfe Felskante und blieb daran haften wie eine Schnecke. Griesbogen hatte sicheren Halt und wurde gefahrlos weiterbefördert. Gloha konnte dicht über den Grat hinwegfliegen, obwohl der Regen und die Windstöße ihr das Vorankommen nicht gerade erleichterten. Mark dagegen erklomm den Felsgrat, da er kein Fleisch besaß, das von der scharfen Kante hätten zerschnitten werden könnten. Blieb nur noch Trent.

Doch dieses Problem wurde von Mark gelöst. Mit einem Tritt nahm er die Gestalt einer Plattform an, die sich über die scharfe Kante legte, zu beiden Seiten von Arm- und Beinknochen abgestützt. Trent nahm auf dieser Plattform Platz, worauf das Skelett forsch davonglitt und ihn mitnahm. Gloha war sogar in der Lage, sich zu ihnen zu gesellen, was es ihr ersparte, gegen die nebligen Winde ankämpfen zu müssen.

Da flatterte ein weiterer Vulgär vorbei. Er kreischte auf,

als er sie bemerkte. Dann hielt er sofort auf den Bergkegel zu.

»Wir sollten uns beeilen«, meinte Trent gelassen.

Also beeilten sie sich. Die Skelettplattform klapperte über den Felsgrat; der Schleichschlamm hielt Schritt. Der Grat schien auf den Riß im Kegel zuzuhalten, an den Metria sie verwiesen hatte, doch im letzten Augenblick wandte er sich wieder vom Kurs ab. Nun steckten sie am Ende einer langen Insel fest, durch schmelzendes Felsgestein vom Bergkegel getrennt. Sie erblickten deutlich den Riß in der Bergwand, den sie als Weg zur gegenüberliegenden Seite des Kegels hätten nutzen sollen, doch sie kamen nicht an ihn heran.

Da erfuhr Pin-A-Tuba von ihrer Anwesenheit. Der Kegel rumpelte. Der Gipfel spie einen Sturzbach aus Asche hervor. Der Berg versuchte, sie mit seiner Asche zu erwischen, doch dazu waren sie schon zu dicht herangekommen. Der größte Teil der Asche und des heißen Gesteins prasselten viel zu weit von ihnen entfernt zu Boden.

Gloha hätte zwar hinüberfliegen können, obwohl sie in den verbliebenen, heißen Ascheregen um ihre Flügel gefürchtet hätte. Doch die anderen wären davon ausgeschlossen geblieben. »Verwandle mich in einen Vogel Rokh, dann trage ich euch hinüber!« rief sie Trent zu.

»Nein. Auf ein Ziel von solcher Größe könnte der Vulkan sich leicht ausrichten und deine Flügel mit Feuerkugeln bombardieren. Wir müssen so klein bleiben, wie wir sind.«

»Da kann ich helfen«, meldete Marks Kopf von der Plattform aus. »Gib mir einen Tritt, daß aus mir eine Leiter wird. Dann könnt ihr auf die andere Seite steigen.«

»Gute Idee. Aber wie soll ich ohne deine Hilfe auf diesem messerscharfen Grat stehenbleiben?«

Der Schleichschlamm pustete eine weiße Blase hervor. Dann glitt er in die Höhe, bis seine schlammige Schnauze die rasiermesserscharfe Felskante bedeckte. Rechts und links davon verhärtete sich der Schlamm und stumpfte den Grat ab.

»Danke«, sagte Trent. Er trat vorsichtig von der Plattform

und setzte sich auf die Kante, geschützt von dem gerundeten harten Schlamm. Gloha blieb nervös in der Nähe schweben.

Dann hievte Trent die Knochenplattform hinauf, hielt sie über seinen rechten Fuß und verpaßte ihr einen kräftigen Tritt. Sie flog auseinander und bildete eine Doppelreihe aus Knochen, die durch Querstreben miteinander verbunden waren. Tatsächlich hatte Mark sich in eine Strickleiter ohne Stricke verwandelt.

An beiden Enden befand sich je eine Skeletthand. Trent hob die zusammengesunkene Leiter auf und legte sie über den Grat. Die Finger befühlten den Felsen, bis sie einen guten Halt gefunden hatten, dann schloß sich die Hand fest. Als nächstes reichte das andere Ende Trent an Gloha. Sie nahm die Knochenhand entgegen und flog damit zum Fuß des Kegels hinüber. Hinter ihr spannte sich das Knochenseil. Es war sehr schwer, doch auf diese kurze Strecke würde es schon gehen. Gloha landete auf dem Riß und beugte sich hinunter, um die Hand dort zu befestigen. Die Finger fanden einen festen Halt, und kurz darauf spannte sich die Knochenleiter.

Der Schleichschlamm glitt auf die Leiter und machte sich an die Überquerung. Er kam nur langsam voran, weil es nur wenig Oberfläche gab, an welcher der Schlamm hätte haften können, doch immerhin kam er voran und führte auch Griesbogen dabei mit.

Der Berg Pin-A-Tuba merkte, was geschah. Er stieß ein zorniges Rumpeln aus. Plötzlich schoß so viel Asche aus dem Kegel empor, so schnell und so wuchtig, daß sie nicht mehr herunterrieselte, sondern hoch in der Luft schweben blieb und ganz Xanth um ein Grad abkühlte. Trotzdem konnte er die Überquerung nicht verhindern.

Veleno und Griesbogen schafften es auf die andere Seite. Dann machte sich Trent daran. Auf allen vieren begab er sich auf die Leiter, als würde er an ihr hochklettern.

Doch nun eilte Cumulo Fracto Nimbus, das bösartige Gewitter, dem Vulkan zu Hilfe. Er blies und blies und versuchte, den Mann in die Tiefe zu wehen. Als das nicht klappte, bildete er einen gräßlichen Trichter aus. Dieser Trichter schien alles aufzusaugen, was er berührte, und er verfügte über gewaltige Kräfte. Das bedeutete höchste Gefahr!

Trent sah, was da geschah. »Metria!« rief er.

Die Dämonin erschien. »Du weißt hoffentlich, daß mein Auftauchen nur Pin-A-Tubas Aufmerksamkeit auf ...« Da erblickte sie den Trichter. »Alles klar. Ich kümmere mich darum.« Sie verwandelte sich in das größte Stinkhorn, das Gloha in ihrem ganzen Leben gesehen hatte.

Der Trichter fuhr heran und griff blindlings nach dem Mann auf der Leiter. Das Heulen des Windes übertönte fast alle anderen Geräusche. Das Stinkhorn setzte sich in Bewegung, um den Trichterschlund abzufangen. Im nächsten Augenblick hatte er es auch schon aufgesaugt.

Eine kurze Pause trat ein, dann explodierte der Trichter plötzlich mit einem widerlichen Geräusch, wie es für Stinkhörner typisch war. »BBBRRRRRUMMPPPPOOPOOH!« Der Lärm löste sich in einen klebrigen Nebel auf, der das ganze Gebiet überzog. Als die stinkende Schwade sie erreichte, wäre Gloha beinahe erstickt. Die Dämonin hatte wirklich ganze Arbeit geleistet, um den Schlund der üblen Wolke von ihnen abzuwenden!

Nicht nur das: Fracto selbst war so stark mitgenommen von dem Geruch des Stinkkrauts, daß er nicht mehr imstande war, mit seinem Wolkenbruch fortzufahren. In tausend Stücke zerrissen, trieb er davon, und ein erster Sonnenstrahl wagte sich hervor, wenngleich er an den Kanten von dem schwebenden Geruch zerfranst war. Sogar die geschmolzene Lava am Boden bäumte sich auf, schlug Blasen und verhärtete. Einem Stinkhorn konnte nichts und niemand standhalten.

Machtlos vollführte der Vulkan einen Ausbruch nach dem anderen. Trent schaffte es auf die andere Seite, dann zog er die Leiter hinter sich ein. Nun befanden sie sich alle auf dem Spaltenpfad, ganz nahe am Ziel. Um sicherzugehen, flog

Gloha mit Marks Leiterende hinauf und half ihm, ein Stück pfadaufwärts Halt zu finden. Dann benutzten die anderen die Leiter als Geländer, um nicht den Steilhang hinunterzustürzen.

Doch nun setzte der Berg seine letzte Waffe ein. Hoch über ihnen drang schwarzer Schleim aus einem Felsriß. Träge wälzte er sich den Kegel hinab auf sie zu.

Besorgt flog Gloha näher, um die Sache zu begutachten. Doch Marks Totenschädel, der sich in der Mitte der Knochenleiter befand, rief ihr eine Warnung zu: »Das könnte Gift sein!«

Unmittelbar außerhalb der Reichweite blieb Gloha schweben. Ein leiser Hauch wehte zu ihr herüber: Es war dasselbe Zeug, dem sie schon im Dorf des Magischen Staubes begegnet waren. Das war die größte Gefahr von allen!

Sie flog wieder hinunter. »Damit werden wir nicht fertig! Wir müssen fliehen, bevor es uns erreicht.«

»Ich glaube nicht«, widersprach Trent gelassen.

»Aber es wird uns alle umbringen, außer Mark und Metria, und die sind noch nicht einmal ein Paar!«

»Es wird die Verpflanzungspflanze nicht vernichten, weil sie zu den kostbarsten Besitztümern des Berges gehört. Sobald wir uns in der Nähe der Pflanze aufhalten, dürften wir in Sicherheit sein.«

Konnte das wirklich stimmen? Gloha war nicht sicher, wie der Vulkan sich verhalten würde. Immerhin war ja auch denkbar, daß er die Pflanze vernichtete, nur um sicherzugehen, die Eindringlinge loszuwerden. Andererseits war ihr klar, daß Griesbogen sterben mußte, wenn sie sich jetzt zurückzögen. Nein, sie mußten alles auf die Pflanze setzen – möglicherweise nicht nur in einer Hinsicht.

»Beeilen wir uns«, sagte sie.

Während sie weiterzogen und sich den Weg in die Höhe bahnten, kam der Giftklumpen von oben herab auf sie zu. Schon wehten die ersten übelkeiterregenden Gasschwaden herab und ließen die Gefährten husten und würgen. Gloha sorgte sich um Griesbogen, den im Augenblick schon der leiseste Lufthauch umwerfen konnte. Und das hier war alles andere als ein harmloser Gegner.

Doch als sie sich der Öffnung am Kegelhang näherten, auf den die Spalte zuhielt, verschwand der furchtbare Geruch plötzlich. Gloha blickte hinauf. Der tödliche Klumpen machte tatsächlich einen Umweg und glitt von der Höhle fort. Trent hatte recht behalten: Der Berg wollte seinen eigenen Schatz nicht vernichten.

Sie betraten die freie Grotte. Und dort, im hinteren Teil, wuchs die Verpflanzungspflanze.

»So, bringen wir die Sache endlich hinter uns«, sagte Trent forsch, »bevor der Berg sich noch irgend etwas anderes ausdenkt, um uns daran zu hindern.«

Veleno trug Griesbogen neben die Pflanze. Mark Knochen nahm seine übliche Gestalt an und baute sich auf der anderen Seite auf. Trent legte den Blutwurzzweig zwischen ihnen auf den Boden.

Gloha hatte damit gerechnet, daß nun irgendeine Beschwörung folgen müsse; statt dessen wickelte die Pflanze einfach nur Schlingarme um Marks linken Beinknochen, die anderen um Griesbogens rechten Arm, während weitere den Blutwurz aufnahmen. Dann hob das Gewächs Nadeldornen auf, bohrte einen davon in den Knochen, den anderen in die Vene des Elfs. Gloha zuckte zusammen, als sie dies beobachtete.

Es dauerte um einiges länger, die Nadel in den harten Knochen des Skeletts zu treiben, als in das weiche Armfleisch des Elfs. Doch die Pflanze tat noch etwas anderes. Sie führte eine große gelbe Blüte herum, bis sie sich über Griesbogens Körper geneigt hatte. Sie sah aus wie eine Sonnenblume.

Von der Blume ging ein Leuchten aus. Es badete Griesbogen in seinem Licht. Der zuckte zwar, schien aber keine Schmerzen zu haben. Sein Fleisch veränderte sich ebenfalls nicht. Trotzdem war Gloha sicher, daß gerade irgend etwas ungeheuer Wichtiges geschah.

»Ich habe nur ein sehr begrenztes Verständnis, was den Prozeß angeht«, warf Trent ein. »Aber ich glaube, daß das kranke Mark des Patienten erst abgetötet werden muß, damit das neue an seine Stelle treten kann. Das dort dürfte die Strahlung sein, mit der es bewerkstelligt wird. Griesbogen wird sehr bald sterben, falls die Transplantation nicht gelingt. Das Mark des Spenders wird verflüssigt und mit dem Blut des Blutwurz vermischt, um das Ganze in den Körper des Empfängers einzuführen, von wo es seinen Weg in den Knochen findet. Wir müssen einfach darauf vertrauen, daß es hilft.«

»Ach, und wie sehr ich das hoffe!« hauchte Gloha. Sie ertrug es nicht mehr, noch länger zuzusehen, deshalb wandte sie den Blick nach draußen. Und erstarrte.

Ein Geschwader Vulgäre kam soeben auf die Höhle zugeflogen. Die Kreaturen waren in der Lage, ins Innere der Höhle zu fliegen und die Gruppe anzugreifen.

Trent folgte Glohas Blick. »Wir müssen uns verteidigen«, sagte er gelassen. »Ich glaube, jetzt ist die Zeit gekommen, dich zu verwandeln, Gloha.«

Sie begriff, daß Trent dies auf dem Hinweg bisher vermieden hatte, weil sie erst ihre Pflicht gegenüber Griesbogen hatte erfüllen müssen, ihm ihre Liebe zu erklären. Jetzt aber war sie frei und würde die Gruppe verteidigen können.

»Ja, verwandle mich«, stimmte sie zu.

»Achte darauf, daß du keinen von uns ansiehst«, sagte er. »Wende den Blick niemals ins Höhleninnere!«

»Weshalb denn nicht?«

Während sie die Worte aussprach, verwandelte Trent sie bereits. Sie fand sich in einem Echsenkörper wieder. Echse? Was würde sie als Echse schon ausrichten können? Beinahe hätte sie Trent einen fragenden Blick zugeworfen, besann sich aber gerade noch rechtzeitig. Und so schaute sie stattdessen zu den rasch schnell näherkommenden schmutzigen Kreaturen hinüber.

Der erste Vogel fing ihren Blick auf – und stürzte abrupt in die Tiefe. Was war geschehen?

Schon sah der zweite sie an, und auch er verschwand mit einemmal.

Da begriff Gloha endlich, was geschehen los war: Trent hatte sie in einen Basilisken verwandelt! Schon ihr bloßer Blick war tödlich.

Sie starrte die Angreifer an, und die Vulgäre stürzten wie flammende Steine in die Tiefe. Kurz darauf war keins der Wesen mehr am Leben. Gloha war im Augenblick gefährlicher als jeder feuerspeiende Drache.

Dann, urplötzlich, war sie wieder sie selbst. »Eine kleine Dosis davon genügt schon, um große Wirkungen zu zeitigen«, bemerkte Trent.

Jetzt konnte Gloha die anderen wieder gefahrlos anschauen. Beunruhigt von dem Gedanken, welches Unheil sie hätte ausrichten können, reagierte sie mit Erleichterung darauf.

Offenbar war doch mehr Zeit vergangen, als ihr bewußt geworden war. Die Verpflanzungspflanze zog soeben ihre Nadeln wieder zurück. Gloha trat zu Griesbogen hinüber.

»Wie fühlst du dich?« fragte sie besorgt.

Er blickte sie erstaunt an. »Besser. Ich spüre, wie das frische Mark mein Blut erneuert. Ich glaube, es wird noch eine Weile dauern, bis ich völlig genesen bin, aber es besteht kein Zweifel, daß es geschieht!« Er hielt inne und musterte das Skelett. »Es gibt da etwas, das ich jetzt tun muß. Hilf mir auf.«

Gloha legte den Arm um seine Schulter und half ihm beim Aufstehen. Er wirkte schon wesentlich kräftiger, wenn auch immer noch schwach. Auf unsicheren Beinen schritt er zu Mark hinüber. »Du hast mir das Leben gerettet. Nun nimm eine Hälfte meiner Seele.« Er reichte ihm die Hand.

Das Skelett streckte den Arm hinunter, um Griesbogens Hand in seine Knochenklaue zu nehmen. »Jetzt will ich sie auch annehmen«, sagte Mark.

Die Hände berührten einander. Licht schimmerte auf. Gloha, die immer noch Griesbogen festhielt, verspürte eine gespenstische Trennung – nicht etwa schmerzhaft, nur unbehaglich: Es war die Spaltung einer Seele.

Dann lösten ihre Hände sich voneinander. Griesbogen

geriet ins Taumeln. Er war wieder geschwächt, und Gloha stützte ihn hastig. Mark sackte gegen die Wand. »Oh!« sagte er verwundert.

Metria erschien. »Jetzt weißt du, wie ich mich fühle.«

»Ich glaube, schon«, erwiderte Mark. »Es ist wunderbar … und gleichzeitig furchterregend.«

»Ganz genau«, stimmte die Dämonin zu. Sie trat herbei, um einen Kuß auf seinen fleischlosen Mund zu pflanzen. »Aber mit der Zeit wirst du dich daran gewöhnen. Vor allem, wenn du einen Freund hast.«

»Freunde hat er«, warf Gloha ein, und Griesbogen nickte zustimmend.

Trent wandte sich dem Schleichschlamm zu. »Du warst uns eine große Hilfe«, erklärte er. »Ich glaube, du hast damit jegliches Ungemach wettgemacht hast, das du uns bereitet hast.« Dann stand plötzlich Veleno wieder in seiner natürlichen Gestalt vor ihnen.

»Ja!« bekräftigte Gloha. »Du hast dein Leben aufs Spiel gesetzt, um Griesbogen hierher zu bringen. Dafür werde ich dir ewig dankbar sein.« Und sie tat es Metria nach, indem sie aufflog und ihm einen Kuß gab.

»So, ich denke, wir sollten jetzt lieber von hier verschwinden, bevor Pin-A-Tuba noch einen weiteren Plan ausheckt, um sich unserer zu entledigen«, entschied Trent. Er trat zum Rand der Grotte hinüber und blickte in die Tiefe. »Ich glaube nicht, daß wir denselben Weg zurück nehmen können. Da ist überall giftiger Schleim.«

»Du könntest mich in einen Rokh verwandeln«, schlug Gloha vor. »Damit ich euch hinausbringen kann.«

»Nein, darauf wartet der Vulkan nur. Er speit ständig heißes Gestein aus, und das würde dein Gefieder in Brand setzen.«

Gloha blickte hinaus. Tatsächlich ließ Pin-A-Tuba einen Schwall brennender Asche in die Luft entweichen, wütend, weil die Gruppe es bis zur Verpflanzungspflanze geschafft hatte. Der gesamte Boden war mit Lava und Gift bedeckt. Flucht schien unmöglich.

Griesbogen gesellte sich zu ihr. »Ich glaube, ich könnte es schaffen«, erklärte er. »In meiner natürlichen Form, unsichtbar. Ich könnte draußen auf die sauberen Felszeilen treten und schon fort sein, noch bevor der Vulkan gemerkt hat, was los ist.«

»Dann geh auf jeden Fall«, riet Gloha. »Wir anderen werden dir folgen, sobald wir können.«

»Nein. Wenn ich dazu in der Lage bin, sind wir es alle. Ich werde euch tragen. Dann müßtet ihr nämlich ebenfalls unsichtbar sein, sobald ich meine Finger um euch herum krümme.«

»Aber du bist doch gar nicht mehr unsichtbar«, erinnerte Mark ihn. »Und außerdem bist du noch geschwächt, weil du eine Seelenhälfte verloren hast.«

»Wenn ich gesund bin, müßte ich eigentlich auch unsichtbar sein. Ich bin zwar noch geschwächt, aber wieder bei Gesundheit. Und wenn ich dich trage, wird meine Seele vorübergehend wiedervereint sein. Vielleicht wird es für euch zu einer beschwerlichen Reise, aber ich glaube, ich könnte es schaffen. Mein natürlicher Körper ist mir vertraut; deshalb kann ich das Gleichgewicht halten und guten Tritt finden.«

Gloha blickte zu Trent hinüber. »Meinst du ...?«

Der Magier nickte. »Wenn er glaubt, daß er es schaffen kann, dann kann er es wahrscheinlich auch. Aber es wäre besser für ihn, abzuwarten, bis er etwas kräftiger geworden ist.«

»Das glaube ich nicht«, widersprach Mark. »Ich meine nämlich, das Kratzen von Nickelfüßlern zu vernehmen.«

»Nickelfüßler!« rief Gloha entsetzt. »Wenn die im Anmarsch sind, dürfen wir auf keinen Fall bleiben. Dann sind es bestimmt zu viele, als daß Trent sie alle verwandeln könnte, und sie reißen uns münzgroße Fleischstücke aus dem Leib.«

»Ja. Ich würde zwar gern versuchen, so viele von ihnen unschädlich zu machen, wie ich nur kann, aber vor einem Schwarm ist mir doch bang.«

Und tatsächlich vernahmen sie alle in diesem Augenblick tief im Innern der Höhle die Kratzgeräusche. Als Bergwesen würden die Nickelfüßler der Verpflanzungspflanze nichts anhaben; dafür würden sie in kürzester Zeit allen anderen Wesen, die sie erwischten, das Fleisch vom Leib reißen. Gloha könnte sich zwar wieder in einen Basilisken verwandeln lassen, doch das wäre nicht besonders wirkungsvoll gegen die Antennen von Lebewesen, die mehr am Fressen als am Sehen interessiert waren. Pin-A-Tuba war auf etwas gestoßen, das seine Gegner nicht so ohne weiteres unschädlich machen konnten.

Griesbogen baute sich am Höhlenrand auf und streckte Gloha die rechte Hand entgegen. »Faßt alle meine Finger an«, sagte er. »Und dann verwandle mich, Magier. Ich werde versuchen, euch möglichst sanft zu halten.«

Das Angebot hätte ziemlich lächerlich geklungen, hätten nicht alle gewußt, was nun auf sie zukam. Denn eigentlich besaß der Elf ja den kleinsten Körper von allen. Dennoch streckte Gloha die Hand aus, um seinen winzigen Finger zu ergreifen. Mark nahm den nächsten Finger, Veleno den mittleren, Metria den Zeigefinger, und Trent packte den Daumen.

Plötzlich war Griesbogen verschwunden. Nur die Hand war noch da, allerdings unvergleichlich größer – und unsichtbar. Nur die Berührung mit den gewaltigen Fingern konnte Gloha überhaupt davon überzeugen, daß sie noch vorhanden waren.

Sofort kletterten sie in die Höhe. Gloha hatte keine Schwierigkeiten, denn sie brauchte nur die Flügel zu spreizen und gewissermaßen zur Kuppe ihres Fingers hinaufzuflattern. Mark schlang einfach seine Skelettarme um den Finger. Veleno und Trent allerdings hatten ihre Schwierigkeiten. Da trafen auch schon die ersten Nickelfüßler ein – eine riesige, schwärmende Welle, die Kneifer voran.

Metria löste sich in Nebel auf. Dann erschien sie plötzlich hinter Veleno in Gestalt einer Ogerin. »Komm hoch, mein Liebster«, sagte sie und schleuderte ihn Kopf über Fuß in die

Hand. Gloha sah, wie er über die unsichtbare Fläche kugelte und schließlich verdutzt zum Stillstand kam. »Und du auch, Magier«, fügte sie hinzu und hob Trent auf dieselbe Weise hoch. Dann löste sie sich mit einem Knall in Rauch auf, als der erste Nickelfüßler gerade nach ihren Füßen schnappte.

Die Hand schloß sich vorsichtig. Die Gefährten taumelten auf der Handfläche gegeneinander, von den leicht geschlossenen Fingern gehalten.

Die Hand fuhr in die Höhe. Gloha richtete sich auf und spähte zwischen den unsichtbaren Fingern – oder durch diese hindurch – ins Freie. Sie schwangen durch Luft und brennende Asche, allerdings geschützt vom Fleisch des Riesen.

Nun stapfte Griesbogen von dem Berg fort. Gloha sah, wie ein Felsgrat zermalmt wurde und eine Spalte sich füllte, als würde sie von einem gewaltigen Gewicht zusammengepreßt. Ihre Geschwindigkeit war beachtlich, denn Griesbogen machte Riesenschritte.

Hinter ihnen ertönte ein Grollen, als der Berg Pin-A-Tuba seinem unmäßigen Zorn über ihre Flucht freien Lauf ließ. Plötzlich schoß ein Schwall brennender Substanz aus seiner Kegelspitze, die ganz Xanth wahrscheinlich um ein weiteres Grad abkühlen würde, bevor sie erlosch. Auch glühende Felsbrocken prasselten um sie herum zu Boden. Doch inzwischen hatten sie noch mehr Abstand gewonnen – sie waren in Sicherheit!

Der Riese verlangsamte seine Geschwindigkeit. An einer Lichtung blieb er stehen und führte die Hand in die Tiefe, damit die Gefährten hinuntersteigen konnten. Dann stellte Trent sich mit dem Gesicht in Griesbogens Richtung auf. »Welche Gestalt möchtest du jetzt annehmen?« rief er.

»Ich …«, ertönte die Stimme des Riesen. »Ich falle!«

Trent sprang auf die Hand zu. Dann stand plötzlich ein nackter Flügelkobold vor ihnen, der vornüber stürzte. Trent fing ihn auf. Hätte er ihn nicht verwandelt, wäre der Riese möglicherweise auf sie gestürzt.

»Griesbogen!« rief Gloha. »Was ist los?«

Dann sah sie es selbst: Sein Körper war übersät von schrecklichen Verbrennungen. Er hatte sie zwar klaglos vor dem Feuerschwall beschützt, doch war er von seiner Krankheit immer noch geschwächt, und nun kamen noch die Verletzungen hinzu.

Gloha riß ihr Taschentuch heraus. Darin befand sich noch ein bißchen Heilelixier. Sie würde jetzt alles davon brauchen.

Sie betupfte Griesbogens Verbrennungen und Blasen, und sie heilten sofort ab. Als das Elixier aufgebraucht war, küßte sie die verletzten Stellen, und das schien fast ebensogut zu funktionieren. »Ach, mein Liebling«, hauchte sie, »du hast ja gar keinen Ton gesagt! Da hast du die ganze Zeit gelitten, während du uns beschützt hast ...«

Trent hatte Griesbogen gestützt, doch Glohas Behandlung brachte ihn schnell zu frischen Kräften, und der Magier konnte sich wieder zurückziehen. Erst jetzt wurde Gloha bewußt, daß Griesbogen nackt war. Sie baute sich vor ihm auf, um ihm die Peinlichkeit zu ersparen – und fand sich plötzlich in seinen Armen wieder. Sie küßten sich.

Nachdem ihr der Kopf nicht mehr wirbelte, zog Gloha sich ein Stück zurück. »Natürlich kannst du ein Riese bleiben, falls du das vorziehen solltest. Ich wollte ja nie ...«

»Ich werde von Augenblick zu Augenblick kräftiger und gesünder«, sagte Griesbogen. »Besorg mir entweder etwas zum Anziehen, oder zieh gefälligst deine eigenen Sachen aus.«

Die anderen lachten. Metria erschien mit Kleidung, die sie irgendwo zusammengesucht hatte. Bald darauf war Griesbogen wieder angezogen.

Trotzdem hegte Gloha immer noch Schuldgefühle. »Du hast mich nie darum gebeten, dir eine Riesin zu werden. Ich finde es nicht richtig, von dir zu verlangen, daß du dich meinetwegen verwandeln läßt. Falls du dir es also noch einmal anders überlegt haben solltest ...«

»Nicht von der Stelle rühren!« sagte die Dämonin plötzlich und verschwand.

»Was hat die denn vor?« fragte Trent.

»Bestimmt etwas Nettes«, erklärte Veleno. »Sie ist eine ganz wunderbare Frau.«

Gloha beschloß, dies lieber nicht in Zweifel zu ziehen, und so wechselte sie vorsorglich das Thema. »Ich glaube, ich weiß jetzt, was Griesbogen und ich tun werden«, sagte sie. »Genau wie Veleno und Metria. Mark wird mit seiner Seelenhälfte zu seiner Familie zurückkehren und sie mit ihnen teilen. Wir haben also alle unser Ziel erreicht. Aber was ist mit dir, Magier Trent? Bist du bereit, jetzt zu verblassen?«

Trent blickte nachdenklich drein. »Ich muß doch sagen, daß ich ganz vergessen hatte, wie beschwingend so ein jugendliches Abenteuer sein kann. Ich glaube, ich werde meine Jugend noch eine Weile behalten und meiner Frau sagen, sie soll es auch versuchen. Nein – es ist noch nicht die Zeit, um zu verblassen.«

»Ich bin froh, das zu hören«, erwiderte Gloha. Das war zwar eine ziemliche Untertreibung, doch hielt sie es nicht für angebracht, noch mehr von sich preiszugeben.

Da erschien die Dämonin aufs neue. Sie überreichte Griesbogen einen Spiegel.

»Wofür ist der denn?« wollte er wissen.

»Das ist ein magischer Spiegel, den die Kobolde aus einer Lagerhalle am Wundersee gerettet haben«, erklärte Metria mit einer Andeutung ihrer alten Lust am Unheil. »Sie haben gesagt, daß du ihn als Hochzeitsgeschenk bekommen sollst. Ich finde, er ist tatsächlich ideal. Er wird dir alles verraten, was deine Geliebte zu verbergen trachtet. Sie wird keinerlei Geheimnisse vor dir haben können. Du brauchst sie nicht einmal danach zu fragen – frag einfach nur den Spiegel. Alle verborgenen Gefühle, alle Zweifel, jeder Groll wird gnadenlos von ihm enthüllt.«

Griesbogen nickte unbekümmert. »Der ist für dich, meine Liebe«, sagte er und reichte Gloha den Spiegel . »Ich wünsche dir eine glückliche Zeit.«

ENDE

Anmerkung des Autors

Ich schreibe keine routinemäßigen Anmerkungen; diese hier allerdings gehört doch zur Routine, und deshalb können jene Leser, die nicht gern lange Listen von Danksagungen lesen, die folgenden Seiten getrost überspringen.

Glohas Suche nach einem Ehemann und das Talent der Überraschung wurden von Jeremy Brinkman vorgeschlagen. Michael Cowan war für die Locke Ness verantwortlich. Die Sündentaxe wurde von Susan Bates definiert. Die Sokkenpflanze stammt von Patrick Geary. Joseph Slezak hat sie gewaschen, getrocknet und eingetütet. Die Glyphe wohnte ursprünglich bei Sharon Stegemeyer. Susanna Alvarez fand heraus, daß das Gesicht der Gorgone mit einer Gesichtsmaskenillusion unsichtbar gemacht werden kann. Chris Anthony (meines Wissens nicht mit mir verwandt) stellte die Leicht- und Schwerbirnen zur Verfügung, Com-Puters Maus und den Schießstern. Schnellschlamm strömte aus dem Wasserverwaltungsbezirk Südwest Florida herbei. Robert Christensen besorgte den Ameisenhonig. Cynthia Carman tagträumte die Geschichte von Cynthia Zentaur, als sie krank war – die Mähre Imbri kommt wirklich viel herum! Verspäteter Dank geht auch an jemanden, der einst für Gwenny Kobold Kontaktlinsen vorschlug und den ich schon früher hätte erwähnen müssen: Deana Livingston. Die drei Meerjungfrauen wurden von Julie Brady auf einen der reichverziertesten Briefumschläge gezeichnet, die ich je erhalten habe – die faszinierenden Vorderseiten vorn, die wunderschönen Rücken auf der Rückseite –; also gab ich ihnen Namen und baute sie in die Geschichte ein. Braille, der Dokumente transkribiert, wurde von Rich Cormier erschaffen. Janas Liebe zu dem Zentauren wurde von Dana Bates beschrieben, die unseres Wissens nicht mit Dana Dämonin verwandt ist; wie sollte sie denn auch, da die Dämonin doch in Wirklichkeit Dara heißt? Der Ziehbrunnen stammte von Michael Portney. Alyson Dewsnap schritt die Stufen hoch, Misty Malmstrom den Brettgang. Robert Smith verlieh Griesbogen seinen Namen. Missy DeAngelis war das Frühlingsküken. Roger Brannon verwandelte Gegenstände in andere. Barbara Hay Hummel beschrieb Glohas Harpyienvergangenheit und jene Velenos; wir erinnern uns noch aus den Tagen der Rose von Roogna und Okra Ogerin an sie. Panther Ginnett steuerte die Todeskalauer bei. Cathy Hudson stellte Richard C. White vor, der sich so sehr nach Xanth sehnte und schließlich auch dort hinkam. Hinter dieser Geschichte steckt noch sehr viel mehr, als ich hier erzählen möchte.

Janet Hines wurde bereits in der Anmerkung zum letzten Band erwähnt, wo eine Iris nach ihr benannt wurde. Eine schlimme Krankheit hatte sie gelähmt und geblendet, dennoch mochte sie Xanth. Sie starb, während ich diesen Roman schrieb. Also brachte ich sie nach Xanth, wie ich es mit unserem Hund Bläschen im letzten Roman tat, und verlieh ihr wieder ihre Bewegungsfähigkeit und ihr Augenlicht, damit sie dort unter ihren Irisblumen ein schöneres Leben erwartet. Das tue ich zwar für andere Leser in der Regel nicht, aber in diesem Fall erschien es mir doch angebracht.

Julia Lalor beschrieb den Nymphomanen. Stephanie Erb, die Kim im letzten Roman das Talent des Auslöschens verlieh, wartete diesmal mit der Notarrepublik und dem Paragraphenpapagei auf. Die Nichtlöcher stammen von L. Charles Gattuso. Shirwyn Dalgliesh schlug die Konsequenz vor, die auf Metrias Heirat folgte. Jeff Snavely spendete Marks Rückenmark. Bridget Colvin erschuf die Wundermuscheln für den magischen Spiegel. Dakota Hain probierte es mit der Nachtischebene, während E. Jeremy Parish die Buh-Meringuepastete aß. Matthew Brennan war die Raubkappe. Jeffrey Ku bohrte den Dentistenbaum, während Brad Bell die Sarkastische Schlucht vorschlug.

Es gab noch ein halbes Fuder weiterer Kalauer und Vorschläge, die übrigblieben. Manche bezogen sich auf vergangene Romane, in denen sie keine Verwendung fanden. Ich möchte mich bei jenen dafür entschuldigen, die schon seit einer halben Ewigkeit darauf warten; ich werde versuchen, im nächsten Roman alles auf den neuesten Stand zu bringen. Die Geschichten nehmen oft ihren eigenen Verlauf und schlagen dabei einen Bogen um manche Einfälle, die ich ursprünglich verwenden wollte. Es gibt zwar jede Menge Kalauer, im Vordergrund steht aber stets die Geschichte selbst, die davon nicht beeinträchtigt werden darf. (Das häßliche Wesen, das soeben vor Lachen geplatzt ist, war ein Kritiker; er glaubt, daß das der erste wirklich komische Satz in diesem Buch ist.)

Jenny Elfe trat in diesem Roman zwar nicht auf – auch sie hat schließlich Anrecht auf eine Erholungspause –, doch ihrer Namensschwester in Mundania geht es schon besser. Allerdings mit Rückschlägen. So beispielsweise, als sie sich im Hospiz zur Mühsal (nein, so heißt es in Wirklichkeit nicht; diesen Namen habe ich *Letters to Jenny* entnommen, in dem mehr über unsere Beziehung steht) befand, um dort ihr Computerwissen zu mehren. Sie war gerade draußen im Freien, als ein anderer Patient plötzlich einen Anfall bekam. Jennys Krankenpfleger eilte hin, um ihm zu helfen, wobei er vergaß, daß Jennys Rollstuhl ja auf einem Hang stand. Die festgeschnallte Jenny rollte vom Weg ab und stürzte über eine Bank, wobei sie sich den Kopf am Boden aufschlug und einen Bruch zuzog. Die Folge waren mehrere Stiche, aber keine inneren Verletzungen. Am meisten hat sie sich darüber beklagt, daß man sie ohne ihr Make-up in den Operationssaal beförderte. Sie war damals liebliche sechzehn, und Make-up ist nun einmal wichtig. Wer will da noch behaupten, das Leben im Rollstuhl sei langweilig?

Mein einziges Abenteuer in dieser Zeit war mein Besuch beim MagiCon, der World Science Fiction Convention in Orlando, Florida. Ich wollte eigentlich gar nicht hingehen, aber meine Frau meinte, daß sie der Haushaltsroutine müde sei, und so fuhren wir eben doch hin. Meine Töchter waren natürlich dort; sie sind absolute Con-Freaks, seit ich einmal den Fehler beging, sie vor zehn Jahren zum NecronomiCon in Tampa mitzunehmen; inzwischen haben sie an mehr Cons teilgenommen als ich. Ich war übrigens noch nie auf einem World Con. Mein Erscheinen wurde nicht angekündigt; ich hatte mich auch nicht vorher festgelegt oder irgendwelche Zusagen gemacht, weil ich ausnahmsweise lieber mal Dinge tun wollte, nach denen mir gerade zumute war, als irgendwelchen Programmen zu entsprechen. Es war recht interessant, und ich traf eine ganze Reihe von Leuten aus der Branche, darunter auch jemanden, der behauptete, ich hätte ihn als Nazi bezeichnet. Was mir dabei zu schaffen machte, war die Tatsache, daß er selbst daran zu glauben schien und darauf bestand, es gleich in Gegenwart von zwei Verlegern zu behaupten. Im Laufe der Jahre sind mir schon viele Dinge vorgeworfen worden, und damit meine ich nicht nur schlechte Schreibe, aber dies war das erste Mal, daß jemand die Frechheit besaß, es mir vor Zeugen ins Gesicht zu sagen. So habe ich nunmehr rechtliche Schritte wegen übler Nachrede eingeleitet. Wir werden sehen, wie sich die Sache entwickelt. Die anderen Kontakte waren ausnahmslos positiver Art. Meine Autogrammstunde am Sonntagmorgen dauerte fast anderthalb Stunden; meine Anwesenheit hatte sich herumgesprochen, und so erschienen meine Fans. Barbara Hambly begrüßte mich vom Autogrammtisch nebenan, und ich lernte auch Hal Clement kennen, dessen Werke *Needle* und *Mission of Gravity* mich früh prägten, als ich in dem Genre zu schreiben begann. Bedauerlicherweise lernte ich den Ehrengast, Jack Vance, nicht persönlich kennen, der meiner Meinung nach der beste lebende Fantasy-Schriftsteller ist. Aber so ist das eben auf großen Cons: Dort geschehen immer so viel Dinge auf einmal, daß das, was man eigentlich will, zwangsläufig in den Hintergrund tritt. Es hat dennoch Spaß gemacht, jedenfalls dieses eine Mal, aber ich werde mich nicht überschlagen, um es zu wiederholen. Wir nahmen auch Hinweise auf den WorldCon 1995 in Glasgow mit, möglicherweise werden wir ihn besuchen. Immerhin bin ich ja in England geboren. Das ist schon ziemlich lange her, und seitdem bin ich nie wieder dort gewesen – es wird langsam Zeit, das mal nachzuholen.

Soviel zu meinem ruhigen Leben in den Monaten AuaGust, SeppTember und OktOger des Jahres 1992.

Magie,
wie sie im Buche
steht!
Die Rose aus Saphir
Die Elenium-Saga
HOHLBEIN
DER THRON DER LIBELLE
MARGARET WEIS & TRACY HICKMAN
FEUER SEE
Das neue Buch der FANTASY
Barbara Hambly
DAS DÄMONEN TOR
Fantasy-Roman
Angus Wells
DER GÖTTERKRIEG
Epische Fantasy
von den größten Meistern
des Genres.
BASTEI
LÜBBE
Taschenbücher

HOHLBEIN
GEISTERSTUNDE

HOHLBEIN
DIE TOCHTER DES DRACHEN

HOHLBEIN
DER THRON DER LIBELLE

HOHLBEIN
DER HEXER VON SALEM

HOHLBEIN

HOHLBEIN
NEUES VOM HEXER VON SALEM

HOHLBEIN
DAS JAHR DES GREIFEN

HOHLBEIN
DER HEXER VON SALEM

HOHLBEIN
DAS GROSSE WOLFGANG-HOHLBEIN-BUCH

HOHLBEIN
DIE MOORHEXE

HOHLBEIN
DIE HELDENMUTTER

HOHLBEIN
DER SOHN DES HEXERS